ତାରାଭର୍ତ୍ତି ଆକାଶ

ଓ ଅନ୍ୟାନ୍ୟ ଗପ

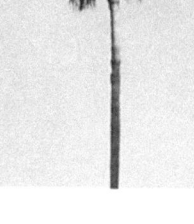

ତାରାଭର୍ତ୍ତି ଆକାଶ

ଓ ଅନ୍ୟାନ୍ୟ ଗପ

ବିରଜା ରାଉତରାୟ

BLACK EAGLE BOOKS

2019

BLACK EAGLE BOOKS

7464 Wisdom Ln,
Dublin, OH 43016, USA
E-mail: info@blackeaglebooks.org
Website: www.blackeaglebooks.org

First Edition by Ezy's Publication

First International Edition published by
Black Eagle Books, 2019

Tarabharti Aakash O Anyanya Gapa by Biraja Routray

Copyright © **Biraja Routray**

Cover : Atul Bal
Interior Design: Ezy's Publication

ISBN- 978-1-64560-023-7 (Paperback)

Printed in United States of America

ଉତ୍ସର୍ଗ

ଆଜନ୍ମରୁ ଶ୍ରବଣ ଓ ବାକ୍‌ଶକ୍ତି ବାଧିତ ଥାଇ ସୁଦ୍ଧା
ସଫଳତାର ଅନେକ ଉଚ୍ଚତାକୁ ଛୁଇଁ ପାରିଥିବା
ଆଦରଣୀୟ ଅଗ୍ରଜ ସୁକାନ୍ତ ଚୌଧୁରୀଙ୍କୁ...

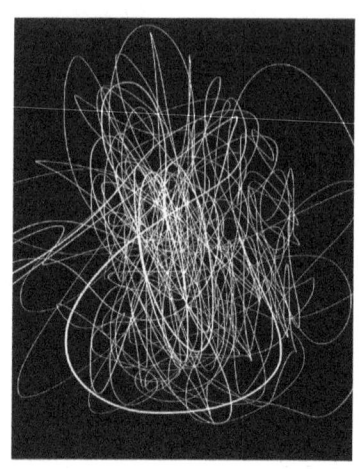

ବର୍ଷାଭୋକ

ଝରକା ସେପଟେ ଟିପ୍‌ଟିପ୍ ହୋଇ ଝରୁଥିଲା ବର୍ଷା । ତା'ର ନିରନ୍ତର ପଦପାତରେ କାନ୍ଥ, ବାଡ ଓ ଗଛର ପତ୍ରରେ ବାରିହୋଇ ପଡୁଥିଲା ଭିଜାଭିଜା ଆଶ୍ଳେଷର ମୁଦ୍ରାଙ୍କ । ଅନ୍ୟମନସ୍କ ହୋଇ ସେ ୟାଡକୁ ଏକ ଲୟରେ ଚାହିଁ ରହିଥିଲା ସ୍ୱରାଜ । ତା' ଚାହିଁବାରେ ଭରିରହିଥିଲା ଯେପରି ଓଦା ହେବାର ଏକ ଅତୃପ୍ତ ଆତୁରପଣ । ଏକ ନିଦାଘକ୍ଲିଷ୍ଟ ଫଟାମାଟିର ଆଁ ପରି ଅସରନ୍ତି ଶୋଷ । ନହନହକା ଡାଳରେ କଅଁଳ ପତ୍ରଟେ ପାଲଟି ବର୍ଷା ବୁନ୍ଦାର ଛୁଆଁରେ ମନଭରି ନାଚିବାର ବ୍ୟାକୁଳପଣ । 'ଓଃ... କି ଚମତ୍କାର ହୁଅନ୍ତା ସତରେ ! ପହିଲି ଆଷାଢର ବର୍ଷା ଭିଜାର ମାଦକତାକୁ ସାଉଁଟି ନିଅନ୍ତା ମନରେ... ପ୍ରାଣରେ । ପୁଣି ସ୍ମୃତି କୋଷରେ ଚିଆଁଇ ଦିଅନ୍ତା ବେପରୁଆ ଅତୀତର ମୁଗ୍ଧ ସମ୍ମୋହନ । କେଇ ମାତ୍ର କ୍ଷଣିକ ପାଇଁ ହେଉ ବରଂ ପାଶୋରି ପକାନ୍ତା ନିରସ ବର୍ତ୍ତମାନକୁ... ଅଣନିଶ୍ୱାସଭରା ଅସ୍ତିତ୍ୱକୁ.... । ମାତ୍ର ସେହି ସୌଭାଗ୍ୟ ତା'ର ବା କାହିଁ ?'

ତା'ର ବର୍ଷା ବିଭୋର ଏକାଗ୍ରତାକୁ ଭାଙ୍ଗି ଟେବୁଲ୍

ସାମ୍ନାରେ କେତେବେଳେ ଆସି ହାଜିର ହୋଇଯାଇଥିଲା ପିଅନ ହଳଧର। 'ସାର... ଏମ୍‌ଡି କହିଲେ, ପ୍ରଗତିଭିଲ୍ଲା ଫାଇଲଟାକୁ ଶୀଘ୍ର ତାଙ୍କ ନିକଟକୁ ପଠାଇ ଦେବାକୁ।' ଧ୍ୟାନ ଭଗ୍ନ ହେବାପରି ସାମାନ୍ୟ ଅବୁଝା ଆଖିରେ ଚାହିଁ ରହିଲା ପିଅନ ହଳଧର ଆଡକୁ ସ୍ୱରାଜ। ଟିକେ ଉତ୍‌କ୍ଷିପ୍ତ ହେବାପରି ମନେମନେ ଶୁଣାଇ କହିଲା, ' ଆବେ ରଖିବେ ତୋ ଏମ୍‌ଡିକୁ। ଶଳାର ଆଉ କିଛି କାମ ନାହିଁ ତ.... ଖାଲି ଫାଇଲ୍ ଆଉ ଫାଇଲ!' ଉପରକୁ କୌଣସି ପ୍ରତିକ୍ରିୟା ପ୍ରକାଶ ନ କରି ନିଜକୁ ନିୟନ୍ତ୍ରଣ କରିନେଲା ସେ। ହଳଧର ଆଡକୁ ଚାହିଁ କହିଲା, 'ହଉ, ସେହି ଫାଇଲରେ ଆଉ ଟିକେ କାମ ବାକି ଅଛି, ମୁଁ ଶୀଘ୍ର ସାରି ପଠାଇ ଦେଉଛି।' ତା' କଥାରେ ସନ୍ତୁଷ୍ଟ ହେବାପରି ମୁଣ୍ଡ ଟୁଙ୍ଗାରି ଫେରିଯାଇଥିଲା ହଳଧର।

ତା'ର ଫେରିବା ବାଟକୁ ଚାହିଁ ଦଣ୍ଡେ ନିଶ୍ୱାସକୁ ପହଁରେଇ ଆଣିଲା ନାକ ପୁଡାରୁ। ଏଥର ଟିକେ ଉଶ୍ୱାସ ଲାଗିଲା ତାକୁ। କିଛି ସମୟ ଆଗରୁ ଯେପରି ତାକୁ ଶ୍ୱାସରୁଦ୍ଧ ଲାଗୁଥିଲା ହଳଧରର ଉପସ୍ଥିତିରେ, ଏବେ ପୁଣି ଫେରିପାଇଲା ପରି ଅନୁଭବ କରୁଥିଲା ନିଜର ପୂର୍ବ ମୁକ୍ତ ଆବହାଓ୍ୱାକୁ। ଇଚ୍ଛା ହେଉଥିଲା କୌଣସି ଏକ କାମର ବାହାନା ଦେଖାଇ ଲିଫ୍ଟର ସୁଇଚ ଟିପି ଆଖି ପିଛୁଳାକେ ସିଧା ଚାଲି ଆସନ୍ତା ତଳକୁ। ବେପରୁଆ ଭାବେ ଭିଜି ଚାଲନ୍ତା ଝିପ୍‌ଝିପ୍ ବର୍ଷାରେ, ଯେପର୍ଯ୍ୟନ୍ତ ତା'ଭିତରୁ ଓଦାହେବାର ତୃଷ୍ଣା ପୂରାପୂରି ନ ମେଣ୍ଟିଛି। ତା'ର ଏହି ପାଗଳପଣକୁ ଦେଖି କିଏ କ'ଣ ଭାବିବ ନ ଭାବିବାକୁ ଆଦୌ ଖାତିର କରନ୍ତା ନାହିଁ। ଅଲବତ୍ ଭିଜନ୍ତା ନିଜ ମର୍ଜିରେ। ବୁନ୍ଦା ବୁନ୍ଦା ବର୍ଷା ଟୋପାକୁ ଖୁବ୍ ଅନ୍ତରଙ୍ଗତାର ସହିତ ଅନୁଭବ କରନ୍ତା। ଜଡାଇ ଦିଅନ୍ତା ନିଜ ହୃଦୟ ଭିତରକୁ ଆତ୍ମତୃପ୍ତିର ପରିବ୍ୟାପ୍ତିରେ।

'ଧ୍ୟାତ୍....ଶଳା, ଏମ୍‌ଡି ସିୟାଡେ ଶୀଘ୍ର ଫାଇଲ ପଠାଇବାକୁ କହିଛି। ପୂରା ଏଣ୍ଟି ରୋମାଣ୍ଟିକ୍‌ଟା.......! ଏ ବର୍ଷା, ବସନ୍ତ ଯାହା ବି ଆସିଲେ ତା'ଠାରେ କିଛି ବୋଲି କିଛି ଫରକ ପଡେ ନାହିଁ। ପକ୍କା ଘର ବେପାରୀ ଖଣ୍ଡେ। ଲୋକଙ୍କୁ ଇଟା ସିମେଣ୍ଟର ଘର ବିକିବିକି ସେ ଶଳାର ମନଟା ବି ବିଲକୁଲ୍ କଂକ୍ରିଟ୍ ହୋଇଯାଇଛି। ନହେଲେ, ଏହି ବିଲ୍‌ଡର ଲାଇନ୍‌ରେ ଯୋଉ କମ୍ପିଟେସନ୍ ସେଥିରେ ଏତେ ସଫଳତା ପାଇ ନଥାନ୍ତା। ତା'ର ଦରକାର ତ ଖାଲି କାମ। ଗୋଟିଏ ପ୍ରୋଜେକ୍ଟ ସରିବ ତ ଆଉ ଗୋଟିଏ ପ୍ରୋଜେକ୍ଟ। ସେତିକିରେ ମତଲବ। ଦିନେ ଅଧେ ବି ଷ୍ଟାଫ୍‌ଙ୍କର ମନକଥା ବୁଝି ପଦୁଟିଏ କଥା ହେବାର ନାହିଁ। ନିର୍ଦ୍ଧାରିତ ଛୁଟିଠାରୁ ଅଧିକ ଗୋଟିଏ ଦିନ ମାଗିଲେ ପ୍ରଥମେ ମୁଣ୍ଡ ହଲେଇ ନା, ତା'ପରେ ଦରମା କାଟ୍। ସେଇ ନିଷ୍କମ୍ପ କଠୋର ପ୍ରକୃତିର ଲୋକଟା କ'ଣ ଅବା ବୁଝିବ ଆଦ୍ୟ ଆଷାଢର ଆମନ୍ତ୍ରଣ?' ମନେମନେ ଗୁଣୁଗୁଣୁ ହୋଇ ଏମ୍‌ଡିଙ୍କ ଉଦ୍ଦେଶ୍ୟରେ ପୁଳାଏ ଖଣ୍ଡେ ଗାଳି ଶୁଣାଇ ଚୁପ୍ ହେଲା ସ୍ୱରାଜ। ତଥାପି ସେତିକିରେ ଶାନ୍ତ ପଡିଲା ନାହିଁ ତା'ର ମନ। ଯୋଉଟା କି ଫାଇଲ କଥା ଉଠିବା ପର ଠାରୁ କିଛିଟା ଉତ୍‌କ୍ଷିପ୍ତ ହୋଇପଡିଥିଲା ତା'ର ବର୍ଷା ମନସ୍କତାକୁ ବେସୁରା କରି। ସେ ଅସ୍ଥିର ଭାବରେ ସେହିପରି ବସିଥିବା ଚେୟାର ଉପରେ ଆଗପଛ ହୋଇ ଦୋହଲିବାକୁ ଲାଗିଲା। ଝରକା ସେପଟେ ପୂର୍ବପରି ଝିପ୍‌ଝିପ୍ ଝରିଚାଲିଥିଲା ବର୍ଷା।

ଆଗରୁ ବର୍ଷାକୁ ନେଇ ସେ ଏତେଟା ପ୍ରଗଲ୍‌ଭ ନଥିଲା। ଏତେଟା ଉନ୍ମୁଖ ନଥିଲା। ନ ଥିଲା ମଧ୍ୟ ତା'ଠାରେ ଭାବପ୍ରବଣତା। ପିଲାଦିନୁ ପାଠ ବହିରେ ପଢିଥିବା ଚିରାଚରିତ ଛ'ଗୋଟି ଋତୁ ମଧ୍ୟରୁ ଇଏ ବି ମଧ୍ୟ ଥିଲା ଗୋଟିଏ ଋତୁ। ଯୋଉଠି କି ଫି' ବର୍ଷର କ୍ୟାଲେଣ୍ଡର ପୃଷ୍ଠା ଲେଉଟାଇବା ସହ ଧରା ପୃଷ୍ଠରେ ଅବତରୁଥିଲା ଧାରଧାର ବାରିଧି ରୂପରେ। ତା'ଆସିବାରେ ନୀଳ ଆକାଶ କଳାଘୁମୁର ପାଲଟୁଥିଲା। ଯେତେକ ଗୁବି ଖାଡିଆ, ପୋଖରୀ, ନଈନାଳ ସବୁ ଉଚ୍ଛୁଳା ପାଣିରେ ଭରିଯାଉଥିଲା। ଧାନ କ୍ଷେତରେ ଚଷାପୁଅ ଗୀତଗାଇ ଚାଷକାମ ଆରମ୍ଭ କରୁଥିଲା। ଗ୍ରୀଷ୍ମର ନିଦାଘ ଖରାରେ ଥୁଣ୍ଟା ପଡିଯାଇଥିବା ଗଛବୃଛସବୁ ଆଉଥରେ କଅଁଳିବା ଆରମ୍ଭ କରିଦେଉଥିଲେ ନବ ଜୀବନ୍ୟାସରେ। ସାରା ପୃଥିବୀ ହୋଇପଡୁଥିଲା ସବୁଜିମା ମୟ ଇତ୍ୟାଦି... ଇତ୍ୟାଦି। ଏ ସବୁକୁ ସେ କେତେ ନା କେତେଥର ବର୍ଣ୍ଣନା କରିଥିଲା ରଚନା ଖାତାରେ। ଯଦିଓ ପ୍ରତିବଦଳରେ ସ୍କୁଲ୍ ଶିକ୍ଷକଙ୍କ ସାବାସି ସହ ଭଲ ନମ୍ବର ତାକୁ ମିଳୁଥିଲା ତଥାପି ବର୍ଷାର ଅନ୍ତରଙ୍ଗ ଅନୁଭବଠାରୁ ସେ ଯେପରି ଥିଲା କୋଶ କୋଶ ଦୂରରେ। ଆଉ ସେହି ଦୂରତାକୁ ଅନାୟାସରେ କମାଇ ଦେଇଥିଲା ଅଙ୍କିତା।

ତା'ସହିତ ବନ୍ଧୁତା ଆରମ୍ଭ ହୋଇଥିଲା ଭୁବନାନନ୍ଦ ଇଞ୍ଜିନିୟରିଂ କଲେଜରେ। ଏକାଠି ସିଭିଲ ଇଂଞ୍ଜିନିୟରିଂ ଡିପ୍ଲୋମା ପାଠ୍ୟକ୍ରମରେ ନାମ ଲେଖାଇଥିଲେ ଦୁହେଁ। ଅଙ୍କିତା ଥିଲା ଖାଣ୍ଟି କଟକି ଝିଅ। ସ୍ୱଭାବରେ ଖୁବ୍ ଚପଳା ଆଉ ସ୍ମାର୍ଟ। ତୁଳସୀପୁର ସରସ୍ୱତୀ ବିଦ୍ୟାମନ୍ଦିରରେ ପଢି ମାଟ୍ରିକ ଉତ୍ତୀର୍ଣ୍ଣ ହେଲାପରେ ମନ ବଳାଇଥିଲା ଇଂଞ୍ଜିନିୟରିଂ ପାଠ ପଢିବାକୁ। ଘର ସେହି ପାଖାପାଖି ଶ୍ରୀବିହାର କଲୋନୀରେ। ସେଠାରୁ ସବୁଦିନେ ଖଣ୍ଡେ ନାଲି ସ୍କୁଟି ଚଢି ସେ ଯିବା ଆସିବା କରୁଥିଲା କଲେଜକୁ। ଅନ୍ୟ ପକ୍ଷରେ ଆଠଗଡ ସବ୍‌ଡିଭିଜନର ଏକ ଅଖ୍ୟାତ ଗାଁ ନଳଦିଆପାଟଣାରେ ଥିଲା ତା'ର ଘର। ଗାଁ ସ୍କୁଲରୁ ମାଇନର ପାସ୍ କଲା ପରେ ହାଇସ୍କୁଲ୍ ପାଠ ପଢ଼ିବାକୁ ସାଇକେଲ୍ ଚଳାଇ ଆସିବାକୁ ପଡୁଥିଲା ତାକୁ ଚାରିକୋଶ ବାଟ। ଅଙ୍କାବଙ୍କା ରାସ୍ତା ତ ପୁଣି କେତେବେଳେ ଗହୀର ପାଟ। ସ୍କୁଲ୍ ଯା ଆସ କଲାବେଳେ ତା'ର ସବୁଠାରୁ ବଡ଼ଭୟ ଥିଲା ବାଟ ଆରମ୍ଭ କି ଅଧାରେ ଅତର୍କିତ ଆକ୍ରମଣ କରୁଥିବା ଢୁ ଢୁ ବର୍ଷା ଟୋପାକୁ।

ଘରୁ ବାହାରିବା ବେଳେ ବୋଉର ତାଗିଦା ବି ସେଥିପାଇଁ କମ୍ ନଥାଏ। ଦୂର ଆକାଶ ଆଡ଼କୁ ଚାହିଁ ସମ୍ଭାବ୍ୟ ବର୍ଷାର ସ୍ଥିତିକୁ କଳିନିଏ ତା' ଦୁଇ ଆଖିରେ। ଯଦି କେଉଁ ଦିଗରେ ଝୁଲନ୍ତା ମେଘ ପଟଳକୁ ଭାସୁଥିବାର ଦେଖେ ତତ୍‌କ୍ଷଣାତ୍ ବେଣ୍ଟଲଗା ଛତା ଖଣ୍ଡେ ଆଣି ହାତରେ ଧରାଇ କହେ, 'ଏ ବାବୁନା ..... ମୁଣ୍ଡ ଉପରେ ମେଘ ଧରି ଆସିଲାଣି। କେତେବେଳେ ଯେ ବରଷି ଯାଇ ପାରେ କହି ହେବ ନାହିଁ। ଛତାଟାକୁ ସାଙ୍ଗରେ ନେଇ ଯାଇଥା।' ସେତେବେଳେ ବୋଉର କଥାଟା ତାକୁ ନାୟକ ସାହି ଅବଧାନଙ୍କ ପରାମର୍ଶ ପରି ଲାଗେ। ଫରକ ଏତିକି, ଅବଧାନ ହାତର ପାପୁଲି ଦେଖି ଆଗତ ଭବିଷ୍ୟତ କଥା କହିଥାନ୍ତି। ଆଉ ବୋଉ ତା'ର ଆକାଶର ଛାତିକୁ ଦେଖି ଫଳନ୍ତି ଭବିଷ୍ୟତକୁ ବଖାଣିଥାଏ।

ସେ ବିଶ୍ୱାସୀ ଯାଏ ବୋଉର କଥାରେ। ତା' କଥା ମାନି ବେଣ୍ଟ ଲଗା ଛତାଟିକୁ ସାଇକେଲର

କ୍ୟାରିଅରରେ ଖୋସିଦିଏ ସତର୍କତାର ସହିତ ଯେପରିକି ବାଟରେ କେଉଁଠି ଖସି ନ ପଡ଼େ। ବହି ଖାତାତକ ଏକାଠି ଜରିରେ ପୂରାଇ ଟାଙ୍ଗିଦିଏ ଆଗ ହ୍ୟାଣ୍ଡେଲ୍‌ରେ। ବାଟସାରା ସାଇକେଲ୍ ଚଳାଇ ଆସିଲା ବେଳେ କେମିତି କେମିତି ଆନମନାହୋଇ ରହେ। ଦଣ୍ଡେ ଆଗକୁ ଚାହିଁଲେ ଆଉ ଦଣ୍ଡେ ଆକାଶ ଆଡ଼କୁ ଚାହେଁ। ନଜର ଥାଏ ଗୋଟିଏ ପଟୁ ଅନ୍ଧାର କରି ଘୋଟି ଆସୁଥିବା ମେଘ ପଟଳ ଆଡ଼କୁ। ସେତେବେଳେ ବର୍ଷଣମୁଖୀ ଆକାଶର ଚେହେରାଟା ତାକୁ ପଛେ ପଛେ ଗୋଡ଼ାଉଥିବା ଭୂତପରି ଲାଗେ। ସେ ସବୁତକ ଜୋର ଲଗାଇ ପେଡାଲ ଉପରେ ବଳକଷ୍ଟେ। ଧଇଁସଇଁ ହୋଇପଡ଼େ, ତଥାପି ପେଡାଲ୍ ମାରିବା ବନ୍ଦ୍ କରିନଥାଏ। କେମିତି କ'ଣ ଲକ୍ଷ୍ୟ ସ୍ଥଳରେ ପହଞ୍ଚିବାଟା ତା' ପାଇଁ ହୋଇପଡ଼େ ଗୁରୁତ୍ୱର। ବର୍ଷାଟୋପା ପଡ଼ିବା ଆଗରୁ କୌଣସି ମତେ ସ୍କୁଲ୍ ହତା ଭିତରକୁ ପଶିଗଲେ କଥା ଶେଷ। ସେହିଦିନ ତାକୁ ଯେପରି କି ଦୌଡ଼ରେସ୍‌କୁ ଜିତି ଯାଇଥିବା ପରିଲାଗେ। ପଛରେ ଧାଇଁ ଗୋଡାଉଥିବା କଳାବାଦଲ ଆଡ଼କୁ କଟାକ୍ଷ ଚାହାଣି ଢାଳି ସେ ପଶିଯାଏ କ୍ଲାସ୍ ଭିତରକୁ। ବିଜୁଳି ପରି ଝଲକାଏ ପ୍ରକାଶ୍ୟ ପ୍ରସନ୍ନତା ଖେଳିଉଠିଥାଏ ତା' ମୁହଁରେ।

ଦିନେ ଦିନେ କଳା ବାଦଲ ସହ ଏହି ଲୁଚକାଳି ଖେଳ ବହୁତ ମହଙ୍ଗା ପଡ଼ିଯାଏ। ଅର୍ଦ୍ଧଛିଆ ବାଟ ଅଧକରେ ହଇରାଣ ହରକତ କରିବାକୁ ସୁଦ୍ଧା ପଛାଏ ନାହିଁ। ଥିବ ଥିବ ପାଟ ମଝି ବାଟରେ କିନା ବରକୋଳିଆ ଟୋପା ପରି ଓଜାଡ଼ି ହୋଇ ପଡ଼ିବ। ସାଙ୍ଗକୁ ସୁ ସୁ ପବନ କୋଡ଼ି ହୋଇ ପଡୁଥିବ ଉପରେ। ସେତେବେଳେ ବୋଉ ଦେଇଥିବା ଛତା ଖଣ୍ଡିକ ତାକୁ ବଞ୍ଚାଇ ପାରେନା ବର୍ଷାର କୋପରୁ। ଓଲଟି ଯୁଦ୍ଧ ଭୂଇଁରେ ଛତ୍ରଭଙ୍ଗ ଦେଲାପରି ପବନ ମାଡ଼ରେ ଲେଉଟି ପଡ଼ି ଖସିଯାଏ ହାତମୁଠାରୁ ଖଣ୍ଡେ ଦୂର ଯାଏ। ନିରୁପାୟ ହୋଇ ନିର୍ଦ୍ଦୟ ବର୍ଷାର ପ୍ରହାର ଖାଇବା ଛଡ଼ା ତା' ପାଖରେ ଅନ୍ୟ କୌଣସି ଚାରା ନ ଥାଏ। ପରାସ୍ତ ସୈନିକ ପରି ଗୋଟାପଣ ଭିଜି ଭିଜି ଅଧାବାଟକରୁ ସେ ଘରକୁ ଫେରେ। ବାସ୍ ବୋଉ କି ଆଉ ସମ୍ଭାଳେ! ଦେଖୁ-ଦେଖୁ ଧାଇଁ ଆସି ପୋଛି ପକାଏ ପଣତକାନିରେ। ବହେ ଗରଗର ହୁଏ ମେଘର ଅଦଉତି ଉପରେ। ତା' ପରେ ଅବିଳମ୍ବେ, 'କାଲିକୁ ତୋର ସ୍କୁଲ୍ ଯିବା ବନ୍ଦ' ବୋଲି ଘୋଷଣା କରିଦିଏ ନିଜଆଡୁ। ଦିନକ ପାଇଁ ସ୍କୁଲ୍ ଯିବାକୁ ଛୁଟି ମିଳିଯାଏ ସିନା ହେଲେ ସେହି ଦିନଟା ଘରେ ବସି ବସି ବୃଥାରେ କଟେ। ଏଣେ ନାକରୁ ପାଣି ବୋହିବା ବନ୍ଦ ହେବାର ନାଁ ଧରୁ ନଥାଏ। ତା' ସହିତ ରହି ରହିକା ଲମ୍ବା ଛିଙ୍କ। ସେହି ଅବସ୍ଥାରେ ବୋଉର ଦରଦପଣରୁ ମିଳିଥିବା ଛୁଟିକୁ ଉପଭୋଗ କରିବାର ସାମର୍ଥ୍ୟ ତା' ପାଖରେ ନ ଥାଏ।

ଏମିତି କି ବର୍ଷା ଋତୁରେ ବୋଉର ଆକଟ କିଛି କମ୍ ନ ଥାଏ। କାଳେ ଦେହ ପା' ଖରାପ ହୋଇଯିବ ବୋଲି ଗୋଟାସୁଦ୍ଧା ନିଘା ରଖିଥାଏ ତା' ଉପରେ। ଓଳିରୁ ପାଣି ଗଡ଼ିବା ଦେଖିବା କ୍ଷଣି ସତର୍କ କରାଇ ଦେଇ କୁହେ, 'ଏ ବାବୁନା, ତୋ ଦେହରେ ଥଣ୍ଡା ଜମାରୁ ଯାଏନାହିଁ। ପଦାକୁ ଯିବୁ ନାହିଁ କି ଓଦା ହେବୁ ନାହିଁ, ମୋ ଧନଟା ପରା......।' ସୁନା ପିଲାଟି ପରି ସେ ବୋଉର କଥାମାନି ପିଣ୍ଡା ତଳକୁ ଆଦୌ ଓହ୍ଲାଏ ନାହିଁ। ଚୁପ୍‌ଚାପ୍ ଚେକାମାରି ବସିରହେ ମଉନ ଋଷିଟେ ପରି। ସେଇଠୁ ବସି ଦେଖେ ବର୍ଷାର ଚିତ୍ର। ପିଣ୍ଡା ତଳେ ତଳେ ବୋହି ଯାଉଥିବା ମାଟିଆ ପାଣିର

ବହଳ ସୁଅ। ଆଉ ସେହି ସୁଅରେ ଭାସିଯାଉଥିବା କୁଟାକାଠି ଓ ଶୁଖିଲା ନଡ଼ିଆ ପତ୍ର ଯେତେକ। ସେସବୁ ଦେଖି ତା'ର ଇଚ୍ଛା ହୁଏ ସେହି ସୁଅରେ କାଗଜର ଡଙ୍ଗା ତିଆରି କରି ଭସାଇ ଦେବାକୁ। ଏଣେ ଡରଥାଏ ବୋଉର ଆକଟକୁ। ମନର ଇଚ୍ଛା ମନରେ ମାରି ଖାଲିଟାରେ ବସିରହିବାକୁ ଏକରକମ ବାଧ୍ୟ ହୁଏ। ବସିବସି ଆଖି ପାଇବା ଯାଏଁ ସୁଦୂର ଦୃଶ୍ୟପଟକୁ ଚାହିଁ ରହେ। ଦେଖେ, ତା' ସାଙ୍ଗର ପିଲା ଯେତେକ ବର୍ଷାର ମଜାନେଇ ଦଣ୍ଡାରେ ଫୁଟବଲ୍ ଖେଳରେ ମସ୍‌ଗୁଲ୍। ଖେଳଟା ଦେଖିବାକୁ ତାକୁ ଭଲଲାଗେ ସିନା ହେଲେ, ଏମିତି ଓଦା ହୋଇ ଖେଳିବାଟାକୁ ସେ ଆଦୌ ପସନ୍ଦ କରି ପାରେନା। ଛାଁ କୁ ଛାଁ ପ୍ରଶ୍ନକରେ, 'ଏଣେ ପାଦସାରା କାଦୁଅ ସାଲୁବାଲୁ, ସେଇଟା ପୁଣି କି ଖେଳ? ଛି ... ଏତେ ଅସନା ହୋଇ କେମିତି ସବୁ ଖେଳୁଛନ୍ତି କେଜାଣି!' ସେତିକିରେ ତା' ଅଥୟ ମନଟା କୌଣସି ମତେ ଥୟ ଧରିଯାଏ ସିନା ହେଲେ, ଦୁଇ ଆଖି କିନ୍ତୁ ସେପରି ଲାଖି ରହିଥାଏ ଖେଳଟା ଉପରେ। ବୋଉ ବୋଧେ ଠିକ୍ ବୁଝିପାରେ ତା' ଅପ୍ରକାଶ୍ୟ ମନ ତଳର ଦୁର୍ବଳତାକୁ। ଅଧକଂସା ମୁଢ଼ିରେ ସୋରିଷ ତେଲ ଓ କଟା ପିଆଜ ଗୋଳାଇ ଆଣି ଥୋଇଦିଏ ଆଗରେ। ଅନ୍ୟମାନଙ୍କ ପରି ବର୍ଷିଣ ଆକାଶ ତଳେ ବେପରୁଆ ଉଲ୍ଲାସରେ ଫୁଟ୍‌ବଲ୍ ନ ଖେଳିପାରିବାର ସୁପ୍ତ ଅବସୋସଟି ଏକ ପ୍ରକାର ଭରଣା ପାଇଯାଏ ସେଥିରେ।

ଏମିତି କିଛି ସାଉଁଟା ସ୍ମୃତିକୁ ଛାଡି ଦେଖିବାକୁ ଗଲେ ବର୍ଷାଋତୁ ସହ ତା'ପିଲାଦିନର ଅନୁଭୂତି ସବୁ ସେତେଟା ସୁଖକର ନଥିଲା କି ନଥିଲା ମଧ୍ୟ ବୈଚିତ୍ର୍ୟତାରେ ଭରା। ବରଂ ଏହି ଋତୁ ସହ ତିକ୍ତତା ଆହୁରି ବଢିଯାଇଥିଲା ଯେତେବେଳେ ସେ ପଢୁଥିଲା ଦଶମ ଶ୍ରେଣୀରେ। କ୍ଲାସରେ ଭଲ ପଢୁଥିବା ଦୁଇଚାରିଜଣ ପୁଅଙ୍କ ମଧ୍ୟରେ ସେ ଥିଲା ଅନ୍ୟତମ। ଯଦିଓ ଦଶଜଣ ପାଖାପାଖି ଝିଅ ସେଇ ଏକା ଶ୍ରେଣୀରେ ତା'ସହିତ ପାଠ ପଢୁଥିଲେ, ସେମାନଙ୍କ ଭିତରୁ କାଦମ୍ବରୀ ଥିଲା ତାଙ୍କ ଗାଁ ନଳଦିଆପାଟଣାର। ତାକୁ ମିଶାଇ ଆହୁରି ଦୁଇଜଣ ପୁଅ ଏମିତି ମୋଟ୍‌ରେ ଚାରିଜଣ ସେହି ଏକା ଗାଁରୁ ଯା' ଆସ କରୁଥିଲେ। ମାତ୍ର ସମସ୍ତଙ୍କ ମଧ୍ୟରୁ କାଦମ୍ବରୀର ଅନୁପସ୍ଥିତି ଥାଏ ଟିକେ ଅଧିକ। ମଝିରେ ମଝିରେ ଦିନେ କି ଦୁଇଦିନ ଯାଏ ସ୍କୁଲ୍ ନଯାଇ ଘରେ ରହିଯାଏ। ଯେଉଁଥି ପାଇଁ ତା' ପରଦିନ ତାକୁ ଶ୍ରେଣୀ ଶିକ୍ଷକଙ୍କ ସମ୍ମୁଖରେ ଛିଡ଼ା ହୋଇ କୈଫତ୍ ଦେବାକୁ ପଡ଼େ। ଅଧିକାଂଶ ଥର ସେହି ଗୋଟିଏ କାରଣକୁ ଦୋହରାଇ ସେ କହିଥାଏ, 'ବୋଉର ଦେହ ଭଲ ନଥିଲା' ସବୁତକ ଘରକାମ ଓ ଗାଈ ଗୁହାଳ କାମ ମୋତେ କରିବାକୁ ପଡ଼ିଲା। ସେଥି ପାଇଁ ଆସି ପାରି ନ ଥିଲି।' ତା' ମୁହଁରୁ ଏହି ମୁଖସ୍ତକରା ଉତ୍ତର ଶୁଣି କ୍ଲାସ୍‌ର ସବୁ ପିଲା ଫେଁ ଫେଁ ହୋଇ ହସି ପକାନ୍ତି। କିନ୍ତୁ ସେତେବେଳେ ସେ ଚୁପ୍ ରହିଥାଏ। କାରଣ ସେ ଜାଣିଥାଏ ଯେ କାଦମ୍ବରୀ ସତ କହୁଛି ବୋଲି। ସେଥିଲାଗି କେମିତି ଏକ ସହାନୁଭୂତିର ଭାବ ଚେଇଁ ଉଠିଥାଏ ତା' ଭିତରେ।

ପ୍ରିଟେଷ୍ଟ୍ ପରୀକ୍ଷା ପାଖେଇ ଆସୁଥାଏ। ଦିନେ ହଠାତ୍ ସ୍କୁଲ୍ ଫେରନ୍ତା ବାଟରେ କାଦମ୍ବରୀ ପଛରୁ ଖୁବ୍ ଜୋରେ ସାଇକେଲ୍ ଚଳାଇ ଆସି ପହଞ୍ଚିଗଲା ତା' ନିକଟରେ। କ'ଣ କହିବ କହିବ ବୋଲି ତା' ଆଡ଼କୁ ଚାହିଁଥାଏ। ଏଣେ ସାଇକେଲ୍ ହ୍ୟାଣ୍ଡେଲକୁ ସମ୍ଭାଳି ଭାରସ୍ୟାମ ରଖୁରଖୁ ଠିକ୍ ପାଟ ଶେଷ ବାଙ୍କ ମୁଣ୍ଡରେ ଛନ୍ଦିହୋଇ ପଡ଼ିଗଲା ସାଇକେଲ୍ ସହ। ତଳେ କାଦମ୍ବରୀ ତା' ଉପରେ

ସାଇକେଲ୍। ସହସା ସେଥିରୁ ତାକୁ ଉଦ୍ଧାର କରିବାକୁ ଆଗେଇ ଆସିଥିଲା ସେ। ପ୍ରଥମେ ବିରକ୍ତି ହୋଇ ପ୍ରଶ୍ନ କରିଥିଲା, ' ତୁ କ'ଣ ଆଜି ନୂଆ ସାଇକେଲ୍ ଚଳାଉଛୁ, ନା' ଆଗରୁ କେବେ ଚଳାଇନୁ ...? ଆଲୋ ...?' ଅପରାଧି ପରି ତା' ଆଡ଼କୁ ବଲବଲ ଚାହିଁ କାଦମ୍ବରୀ ସଫେଇ ରଖିଲା, 'ନାଇଁରେ, ମୁଁ ତୋ ପାଖରୁ ଇଂରାଜୀ ନୋଟ ଖାତା ଟିକେ ନେବା ପାଇଁ ଚାହୁଁଥିଲି। ସେଇକଥା ଜଣାଇବି ବୋଲି ତୋତେ ପିଛା କରୁଥିଲି। ହେଲେ, ଅନ୍ୟମନସ୍କ ହୋଇ ପଡ଼ିଗଲି।' ଟିକେ ଛେପ ଢୋକି ତା' କଣ୍ଠରେ ସାମାନ୍ୟ ରୁକ୍ଷତା ଜଡ଼ାଇ ସେ ପୁଣି କହିଲା, 'ତୁ ତ ଲାଟ୍ ସାହେବ ଭଳିଆ ସାଇକେଲ୍ ଚଳାଉଛୁ! ପୂରା ଏକ ମୁହାଁ! ତୋ ପଛରେ କି ସାଙ୍ଗରେ କିଏ। ଆସୁଛି, ସେସବୁକୁ ଟିକେ ନଜର ନାହିଁ!'

'ହଉହଉ, ମୁଁ ତୋତେ ମୋ ଇଂରାଜୀ ନୋଟ ଖାତାଟି ଦେଉଛି ନେ। ହେଲେ ମୋତେ ଶୀଘ୍ର ଫେରାଇ ଦେବୁ।' କହି ସେ ତା'ନୋଟ ଖାତାଟିକୁ ବଢାଇ ଦେଇଥିଲା କାଦମ୍ବରୀ ଆଡ଼କୁ। କେବେ କାହାକୁ ନୋଟ ଖାତା ଦେବାକୁ ପସନ୍ଦ କରି ନ ଥାଏ ସେ। ହେଲେ କେଜାଣି କେମିତି ସେଦିନ କାଦମ୍ବରୀ ସାଇକେଲରୁ ପଡ଼ିଯିବା ଘଟଣା ଯଦି ନ ଘଟି ଥାନ୍ତା ହୁଏତ ସେ ସିଧା ସଳଖ ଦେବାକୁ ମନା କରି ଦେଇଥାନ୍ତା। ଏଥି ସହିତ ପୂର୍ବରୁ କ୍ଲାସ୍‌ରେ ଅନୁପସ୍ଥିତ ରହିବା ନେଇ କାଦମ୍ବରୀ ପ୍ରତି ଶ୍ରେଣୀ ଶିକ୍ଷକଙ୍କ ଗାଳି ମନରେ ତା' ପ୍ରତି ସହାନୁଭୂତିର ଭାବ ମଧ୍ୟ ତିଆରି କରି ସାରିଥାଏ।

ଥରେ ଦୁଇଥର ମାଗିସାରିବା ପରେ ସୁଦ୍ଧା ନୋଟ ଖାତା ଫେରାଇବାର ନାଁ ଧରୁ ନଥାଏ କାଦମ୍ବରୀ। ଏଣେ ସମ୍ମୁଖରେ ପ୍ରିଟେଷ୍ଟ ପରୀକ୍ଷା। ସେଥି ନେଇ ବ୍ୟସ୍ତ ହୋଇ ପଡୁଥିଲା ସେ। ଦିନେ ସେହି ପାଟ ଶେଷ ବାଙ୍କ ମୁଣ୍ଡରେ ଛିଡା ହୋଇ ରହିଥିଲା ମୁହଁପାତି ଦୋଷୀଟିଏ ପରି। ସାଇକେଲରେ ବ୍ରେକ୍‌କଷି ତା' ପାଖରେ ଅଟକି ଯାଇଥିଲା ସେ। ମୁହଁଖୋଲି ତାକୁ ନୋଟଖାତା ବିଷୟରେ ପଚାରିବା ଆଗରୁ କାଦମ୍ବରୀ ଖାତାଟିକୁ ବଢାଇଦେଇଥିଲା ତା'ଆଡକୁ। ଯେପରି କିଛି ଅକ୍ଷମଣୀୟ ଭୁଲ୍‌ଟିଏ କରିପକାଇଛି, ସେପରି ବିଷର୍ଣ୍ଣ ଦିଶୁଥିଲା ତା'ଗୋରା ମୁହଁଟି। କ୍ଷୀଣ ସ୍ୱରରେ କହିଲା, 'ସ୍ୱରାଜ' ତୋ ନୋଟ୍ ଖାତାଟା ନେଇଥିଲି ଯେ ହେଲେ ଠିକ୍‌ରେ ଯତ୍ନରେ ରଖିପାରିଲି ନାହିଁ। କାଲି ସାଙ୍ଗରେ ଛତା ଆଣିବାକୁ ଭୁଲିଯାଇଥିଲି। ଯିବା ବାଟରେ ବର୍ଷା ମାଡରେ ଓଦା ହୋଇଯାଇଥିଲା ତୋ ପୂରା ଖାତାଟା। ସ୍କୁଲ ନ ଯାଇ ଅଧା ବାଟରୁ ଓଦା ହୋଇ ଫେରିଲି। ଯେତିକି ପାରିଲି ଖାତାଟିକୁ ଖରାରେ ଶୁଖାଇବାକୁ ଚେଷ୍ଟାକଲି, ହେଲେ...।' ଥମିଯାଇଥିଲା କାଦମ୍ବରୀର କଣ୍ଠସ୍ୱର। ଆଉ କିଛି ବୁଝିବାକୁ ବାକି ରହି ନଥିଲା ତା ପାଇଁ।

ତତ୍‌କ୍ଷଣାତ୍ ଖାତାଟିକୁ ଖୋଲି ଆଖିବୁଲାଇ ଆଣିଥିଲା ପୃଷ୍ଠା ପରେ ପୃଷ୍ଠା ଉପରେ। କାଦୁଅ ଚେପଟାପରି ଅକ୍ଷର ସବୁ ଓଦା ହୋଇ ଏପରି କଦର୍ଯ୍ୟ ଦିଶୁଥିଲେ ଯେ ସେ ସବୁକୁ ପଢିବା କିମ୍ବା ସେଥିରୁ କିଛି ଠଉରାଇବା ଥିଲା ପୂରାପୂରି ମୁସ୍‌କିଲ୍। ଏଣେ ରାଗ ତା'ର ପଞ୍ଚମରେ। ସେପଟେ ମୁଣ୍ଡ ଉପରେ ପ୍ରିଟେଷ୍ଟ ପରୀକ୍ଷା। କ୍ଷଣିକ ଭିତରେ ଉତ୍‌କ୍ଷିପ୍ତ ହୋଇପଡିଥିଲା ସେ। କ'ଣ ତାକୁ କହିବ ନ କହିବ କିଛି ଭାବି ପାରୁ ନଥାଏ। ଯେତିକି ରାଗ କାଦମ୍ବରୀ ଉପରେ ଆସୁଥାଏ,

ତା'ଠାରୁ ଅଧିକ ରାଗ ମାଡୁଥାଏ ନିଷ୍ଠୁର ବର୍ଷା ଉପରେ। ସେହି ଦିନଠୁ ତା' ଭିତରେ କେମିତି ଏକ ତିକ୍ତତା ଭରିଯାଇଥିଲା ବର୍ଷା ଋତୁକୁ ନେଇ।

ଗାଁ ଛାଡି ଇଂଜିନିୟରିଂ ପାଠ ପଢିବା ପାଇଁ କଟକ ଆସିବା ପରେ ଦେଖୁଦେଖୁ ବଦଳି ଯାଇଥିଲା ସେହି ସଂପର୍କର ପରିଭାଷା। କେବେ ତିକ୍ତ, ନିଷ୍ଠୁର ଓ କଦର୍ଯ୍ୟ ଲାଗୁଥିବା ବର୍ଷାଋତୁଟା ଅଜାଣତରେ ପାଲଟିଗଲା ମଧୁର। ବର୍ଷା ସହ ତା' ଭିତରେ ଏହି ନୂଆ ସଂପର୍କର ସେତୁ ଯିଏ ତିଆରି କଲା ସେ ଥିଲା ଅଙ୍କିତା। ପୂର୍ବପରି ବର୍ଷା ତା' ପାଇଁ କେବଳ ଏକ ଋତୁ ନଥିଲା , ବରଂ ଯେପରି ପାଲଟି ଯାଇଥିଲା ଅଫୁରନ୍ତ ଜୀବନର ଉତ୍ସ। ସୃଷ୍ଟିର ଅନନ୍ୟ ମହାର୍ଘ ପୁଲକ। ମନରେ ଜାବୁଡି ଧରିଲା ପରି ଏକ ଅନିର୍ବଚନୀୟ ଉଚ୍ଚାଟନ। ଯାହାଖାଲି ଦେହକୁ ଭିଜାଏ ନାହିଁ, ଭିଜାଏ ମଧ୍ୟ ମନତନ୍ତ୍ରୀର ସପ୍ତସ୍ୱରକୁ। ତା'ର ଛୁଆଁରେ ଅଙ୍ଗେ ଅଙ୍ଗେ ଖେଳିଯାଏ ଏକ ମୁଗ୍ଧ ରୋମାଞ୍ଚ। ଏକ ଉନ୍ମୁକ୍ତ ଶିହରଣ। ପୁଣି ଏକ ଅବର୍ଣ୍ଣନୀୟ ଉନ୍ମାଦନା। ଏ ସବୁ ସମ୍ଭବ ହୋଇଥିଲା କେବଳ... ହଁ.... କେବଳ ଅଙ୍କିତା ପାଇଁ।

ଏମିତି ଦେଖିବାକୁ ଗଲେ ସ୍ୱଭାବରେ ଖୁବ୍ ଗମ୍ଭୀର ପ୍ରକୃତିର ପିଲାଥିଲା ସ୍ୱରାଜ। ଦରକାର ପଡିଲେ ପାଟିରୁ କଥା ବାହାରେ ନ ହେଲେ ଚୁପ୍ ରହିବାକୁ ପସନ୍ଦ କରିଥାଏ। ଗାଁ ସ୍କୁଲରେ ପଢୁଥିବା ବେଳେ ଯୋଉ ଅଭ୍ୟାସ ଥିଲା ସେଇଟା ସହଜେ ବଦଳି ଯାଇଥାନ୍ତା ବା କେମିତି ? ଇଂଜିନିୟରିଂ କଲେଜରେ ପ୍ରଥମବର୍ଷ ଶେଷ ସୁଦ୍ଧା ସାଙ୍ଗରେ ପଢୁଥିବା ବାକି ସହପାଠୀମାନଙ୍କ ସହ ସଂପର୍କ ଯୋଡିପାରି ନଥିଲା ସେ। ମୋଟା ମୋଟି ହଷ୍ଟେଲ ରୁମ୍‌ରୁ ବାହାରି କଲେଜକୁ ଯିବା ପୁଣି କ୍ଲାସ ସାରି ହଷ୍ଟେଲକୁ ଫେରି ଆସିବା ବ୍ୟତୀତ ଆଉ କିଛି ବିଶେଷ ଆଗ୍ରହ ନଥିଲା ତା' ଭିତରେ। କେବଳ କେଇଜଣ ରୁମ୍‌ମେଟ୍‌ଙ୍କ ସହ ଯାହା ଯେତିକି କଥାଭାଷା ସେତିକି।

ମାଟ୍ରିକ ପରୀକ୍ଷାରେ ଭଲ ନମ୍ବର ରଖି ଫାଷ୍ଟ ଡିଭିଜନରେ ଉତ୍ତୀର୍ଣ୍ଣ ହୋଇଥିଲା ସେ। ତା'ର ଭାରି ଇଚ୍ଛାଥିଲା ଆଠଗଡ କଲେଜ କିମ୍ବା କୌଣସି ଏକ ଭଲ କଲେଜରେ ଯୁକ୍ତ ଦୁଇ ବିଜ୍ଞାନ ଶ୍ରେଣୀରେ ନାମ ଲେଖାଇଥାନ୍ତା। ମାତ୍ର ତା' ବାପାଙ୍କର ଇଚ୍ଛାଥିଲା ଅଲଗା। ତାଙ୍କର ଯୁକ୍ତିଥିଲା ଯେ, 'ଆମର ତ ସେତିକି ଅର୍ଥବଳ ନାହିଁ ଯେ ତୋତେ କୋଚିଂ ଦେଇ ଡାକ୍ତରୀ କି ବଡ କଲେଜରେ ଇଂଜିନିୟରିଂ ପାଠ ପଢେଇ ପାରିବୁ? ସେମିତିରେ ଖାଲି ସାଇନ୍‌ସ ପଢିଲେ ଯାଇ ଯାଇ ତୁ ବି.ଏସ୍.ସି କି ଏମ.ଏସ୍.ସି ଯାକେ ଯାଇଥାନ୍ତୁ। ତା'ପରେ ପୁଣି ବେକାର ହୋଇ ଘରେ ବସିଥାନ୍ତୁ। ଏମିତିରେ ହେଲେ କୌଣସି ସରକାରୀ କଲେଜରେ ଡିପ୍ଲୋମା ଇଂଜିନିୟରିଂ କରିବା ପାଇଁ ସୁଯୋଗ ମିଳିଯିବ। ସେ ବାଟେ ଯାଇ ଘରେ ବେକାର ହୋଇ ବସିବା ଅପେକ୍ଷା ଏବାଟେ କୋଉଠି ଗୋଟେ ନିଜପାଇଁ ଚାକିରି ଖଣ୍ଡେ ହେଲେ ଯୋଗାଡ କରିପାରିବୁ। ତା'ହେଲେ ଡିପ୍ଲୋମାରେ ଯିବୁନି ବା କାହିଁକି?' ଚାଷ କାମ ଦେଖା ଚାହାଁ ବାଦ୍ ଗାଁ ଗହଳିରେ ଛୋଟ ମୋଟ ପେଟି କଣ୍ଟ୍ରାକ୍‌ଟି କାମ କରୁଥିବା ବାପାଙ୍କ ଆଖିରେ ଇଂଜିନିୟର ହେବାଟା ଯେପରି ଥିଲା ଏକ ବଡ ସଫଳତା। ତାଙ୍କର ସେହି ଅଭିଳାସକୁ ଚରିତାର୍ଥ କରିବାକୁ ଯାଇ ପରକ୍ଷଣରେ ସେ ରାଜି ହୋଇଥିଲା ଡିପ୍ଲୋମା ପାଠ ପଢିବା ପାଇଁ।

ସେଇଠି ଅଙ୍କିତା ସହ ବନ୍ଧୁତା ଆରମ୍ଭ ହୋଇଥିଲା ଦ୍ୱିତୀୟ ବର୍ଷର ପ୍ରାରମ୍ଭରେ। ଆଉ ସେହି ବନ୍ଧୁତାର ସୂତ୍ରଧର ନିଜେ ଥିଲା ଅଙ୍କିତା। ସେହିବର୍ଷ ସେମିଷ୍ଟାର ପରୀକ୍ଷାରେ ସର୍ବାଧିକ ନମ୍ବର ରଖି ସବୁ ସହପାଠୀଙ୍କ ଦୃଷ୍ଟି ଆକର୍ଷଣ କରିପାରିଥିଲା ସେ। ନ ହେଲେ ସବୁବେଳେ ଚୁପ୍‌ଚାପ୍ ମିଜାଜରେ ରହୁଥିବା ପିଲାଟିକୁ କିଏ ବା କାହିଁକି ଚିହ୍ନନ୍ତା! କିଏ ବା କାହିଁକି ବନ୍ଧୁତାର ହାତ ବଢାନ୍ତା! ଯେମିତି ଇନ୍ଦ୍ରଧନୁର ପ୍ରକାଶରେ ଆକାଶର ଶୋଭା ମନଲୋଭା ହୁଏ, ସେମିତି ଥିଲା ତା' ପାଇଁ ଅଙ୍କିତାର ବନ୍ଧୁତା। ଏକ ସ୍ନିଗ୍ଧ ତାଜା ଅନୁଭବର ପରଶ। ଜୀବନକୁ ଏକ ଅଲଗା ବାଗରେ ବଞ୍ଚିବାର ଉନ୍ମୁକ୍ତ ଆଶ୍ଳେଷ। ତା'ପରେ କେମିତି ସବୁକିଛି ବଦଳି ଯାଇଥିଲା ଆପାଣା ଛାଏଁ ଛାଏଁ।

ଅଙ୍କିତାର ପ୍ରିୟ ଋତୁ ଥିଲା ବର୍ଷା। ମେଘ ମେଦୁର ଆକାଶଟାକୁ ଦେଖି ମୟୁର ଯେପରି ଉଲ୍ଲସିତ ହୋଇଉଠେ ସେହିପରି ଖୁସି ହୋଇ ଉଠୁଥିଲା ସେ। ଏପରିକି ଅମାନିଆ ହୋଇ ଓଦା ହେବାର ଝୁଙ୍କ ବି ତା'ର କମ୍ ନଥିଲା। ଧାରଧାର ବର୍ଷା ଗାଲୁଥିବ, ବିନା ରେନ୍‌କୋଟ୍‌ରେ ସ୍କୁଟି ଚଳାଇ ହଠାତ୍ କୁଆଡେ ବାହାରି ଯିବ ଅଦଭୂତ ଖିଆଲିଟିଏ ପରି। ସାଙ୍ଗସାଥୀ ଯିଏ ଯେତେ ବାରଣ କଲେ ସୁଦ୍ଧା ବିଲ୍‌କୁଲ୍ କାହା କଥା ଶୁଣିବ ନାହିଁ। ଓଲଟି କହିବ, 'ଏମିତିକା ବର୍ଷାର ସୁଯୋଗ କିଏ ବା ଛାଡେ? ଓଦା ହେବ ତ ଏମିତିକା ବିନ୍‌ଦାସ୍‌ରେ...... ନହେଲେ ନାହିଁ।' ଯଦିଓ ଅଙ୍କିତା ପରି ବର୍ଷାଋତୁ ସ୍ୱରାଜର ପ୍ରିୟ ଋତୁ ନଥିଲା ତଥାପି ବର୍ଷାକୁ ନେଇ ତା'ରଏହି ନିଆରା ଅନ୍ଦାଜ ଭଲ ଲାଗିଥାଏ ତାକୁ। ଭଲ ଲାଗିଥାଏ ତା'ର ଏହି ଅମାନିଆପଣ.... ଚପଳତା... ପୁଣି ମୃଦୁ ଉଶୃଙ୍ଖଳତା....।

ବିଶେଷ କରି ବର୍ଷା ଋତୁରେ ଏମିତି କୌଣସି ଦିନ ନଥିବ ଯୋଉଦିନ କି ଅଙ୍କିତା ସବୁତକ କ୍ଲାସ ଆଟେଣ୍ଡ୍ କରିଥିବ! ମଝିରେ କିଛି ନା କିଛି ବାହାନା ଦେଖାଇ ସାଙ୍ଗରେ ଡାକି ନେଇଯିବ ତାକୁ। ଯଦି ସେ 'କ୍ଲାସ ମିସ୍ ହୋଇଯିବ' କହି ଯିବାକୁ କୁଣ୍ଠାବୋଧ କରେ, ତେବେ ସେ କହିବ, 'ଆରେ ତମେ ତ ହେଲ କ୍ଲାସ ଟପର, ଗୋଟେ ଅଧେ କ୍ଲାସ ମିସ୍ କରିଦେଲେ ତମ ପାଇଁ କ'ଣ ବା ଏମିତି ଫରକ ପଡିଯିବ ଯେ...... ? ପ୍ଲିଜ୍ ମୋ ସଙ୍ଗେ ଆସନା..... ଦେଖିବ କିପରି ମତୁଆଲା ଲାଗିବ ବର୍ଷା ଭର୍ତ୍ତି ଆକାଶର ଚେହେରା।'ତା'ର ସେହି ମଧୁର ଆମନ୍ତ୍ରଣକୁ କୌଣସି ପ୍ରକାରେ ଏଡାଇ ଯାଇ ପାରେନା। ସ୍କୁଟି ପଛରେ ବସାଇ ସେ ତାକୁ ସିଧା ନେଇଯାଏ ଜୋବ୍ରା ବ୍ୟାରେଜ ଉପରକୁ, ଯୋଉଠି ମହାନଦୀର ପ୍ରସସ୍ତ ଶଯ୍ୟା ସୁଦୂର ଦିଗ୍‌ବଳୟ ସହ ମିଶି ଏକାକାର ଦିଶେ। ସେହି ଜାଗାଟା ତା'ର ସବୁଠାରୁ ପ୍ରିୟ ସ୍ଥାନ। ସେଇଠି କଲର୍ଭଟ ଉପରେ ଘଣ୍ଟାଘଣ୍ଟା ଧରି ଛିଡା ହୋଇ ସେ ଚାହିଁରହେ କଳାଘୁମର ବର୍ଷଣମୁଖୀ ଆକାଶ ଆଡକୁ। ଅନ୍ତତଃ ବର୍ଷାର ପ୍ରଥମ ଅସରାରେ ନ ଭିଜିବା ପର୍ଯ୍ୟନ୍ତ ସେ ସେହି ସ୍ଥାନ ଛାଡେ ନାହିଁ କି ନିଜ ଆଡୁ ଫେରିଯିବାକୁ କହେ ନାହିଁ। 'ବର୍ଷା ଆରମ୍ଭ ହୋଇଗଲାଣି ଅଙ୍କିତା.... ଚାଲ ଯିବା।' ବୋଲି ଯେତେ କହିଲେ ସୁଦ୍ଧା ଶୁଣିବ ନାହିଁ। ନିଜେ ଭିଜିବ ସାଙ୍ଗରେ ତାକୁ ମଧ୍ୟ ଭିଜାଇବ।

ଧିରେ ଧିରେ ତା'ର ଏପରି ଅଜବ ଆଉ ଖିଆଲି ସ୍ୱଭାବଟା ଅସହ୍ୟନୀୟ ହୋଇ ରହି ନଥିଲା ସ୍ୱରାଜ ପକ୍ଷରେ। ବରଂ ସମୟ ଗଡିବା ସହ ଦୁହିଁଙ୍କ ଭିତରେ ଥିବା ବନ୍ଧୁତା ଆହୁରି ଅଧିକ

ଘନେଇ ଉଠିଥିଲା । ଯେମିତି ମୁକୁଳା ଆକାଶରେ ଖଣ୍ଡ ଖଣ୍ଡ ବାଦଲ ମିଶି ଆକଶର ରୂପକୁ ବଦଳାଇ ଦେଇଥାନ୍ତି । ସେମିତି ଦିନକୁ ଦିନ ବର୍ଷାର ରଙ୍ଗରେ ଗାଢ ପାଲଟୁଥିଲା ସେମାନଙ୍କର ବନ୍ଧୁତା । ଆଉ ଆଗପରି ଦେହରେ ବର୍ଷା ଛିଟା ବାଜିଲେ ସେ ସଂକୁଚିତ ହୋଇ ଉଠୁ ନଥିଲା କି ବର୍ଷାକୁ ଶତ୍ରୁ ଭାବରେ ଦେଖୁ ନଥିଲା । ତା' ପାଇଁ ସିକ୍ତ ଅନୁରାଗରେ ବନ୍ଧା ନୂଆ ବନ୍ଧୁ ପାଲଟି ଯାଇଥିଲା ଯେପରି ବର୍ଷା । ତା'ର ଦିଗନ୍ତ ବିସ୍ତାରୀ ଭାବଗମ୍ଭୀର କାୟା.... ଚୂନାଚୂନା ମାଦକତା ଭରା ନିର୍ଭେଜାଲ ଆଶ୍ଲେଷ.... ଶିହରଣଭରା ଉଦାର ପରଶ.... ତଲ୍ଲୀନତା.... ଆଉ ଉନ୍ମୁକ୍ତ ସମ୍ମୋହନ ଯେପରି ଏକ ମାୟାର ଅଞ୍ଜନ ବୋଳିଦେଇଥିଲା ସ୍ୱରାଜର ଆଖିରେ । କେବେ କୋଶେ ଦୂର ଲାଗୁଥିବା ଅମାନିଆ ବର୍ଷା ଯେପରି ହୋଇଯାଇଥିଲା ଅତି ଆପଣାର ପ୍ରିୟ ଋତୁ ।

ଏବେ ସେହି ଋତୁ ତାକୁ ମୁଗ୍ଧ ପଦପାତରେ ଆମନ୍ତ୍ରଣ କରୁଥିଲା ଝରକା ଆରପଟୁ । ନିସର୍ଗ ଆତ୍ମୀୟତାରେ ଭିଜାଇଦେବାକୁ ଚାହୁଁଥିଲା ତା'ର ତୃଷାର୍ତ୍ତ ଅସ୍ତିତ୍ୱକୁ । କର୍ମ କଷଣରେ କବଳିତ ନିବୁଜ ମନର ଚୌହଦୀକୁ । 'ଆଃ... ଅଙ୍କିତା ଥାନ୍ତା କି ପାଖରେ ! ତା' ସ୍କୁଟି ପଛରେ ଲାଉ ହୋଇ ବାହାରି ଯାଆନ୍ତା କୁଆଡେ ନା କୁଆଡେ । ଉତ୍ତାଳ ସାଗର ବକ୍ଷର ଦୁର୍ଦ୍ଧର୍ଷ ନାବିକ ପରି ଦୁହେଁ ନିରୁଦ୍ଦିଷ୍ଟ ହୋଇଯାଆନ୍ତେ ମେଘ ପଟଳଭରା ନୂଆଣି ଆକାଶର ଛାତ ତଳେ ତଳେ । ବାଟଭୁଲି ବର୍ଷାର କୁହୁକୁହୁ ଡାକରେ ।' ମୂହୂର୍ତ୍ତକ ମଧ୍ୟରେ ପୁଣି ସଚେତନ ହୋଇ ଉଠିଲା ସ୍ୱରାଜ,'ଧ୍ୟାତ୍ .....ଅଙ୍କିତା କ'ଣ ଆଉ ସତରେ ଲେଉଟି ଆସିବ? ନା ଫେରିବ ଆଉ ସେହି ବର୍ଷାଭିଜା ଇଂଜିନିୟରିଂ ସ୍କୁଲ୍‌ରେ ପାଠ ପଢିବାର ଦିନ? ବାଙ୍ଗାଲୋରରେ ଯାଇ ଲ୍ୟାଟେରାଲ୍ ଏଣ୍ଟ୍ରିରେ ଡିଗ୍ରୀ କରୁଥିବା କଥା ଜାଣିଥିଲା । ବାସ୍,ସେତିକି ଯାହା ରହିଥିଲା ତା' ପାଖରେ ଖବର । 'ଏବେ ହୁଏତ ନିଶ୍ଚୟ କେଉଠି ଚାକିରି କରୁଥିବ ଆଉ ବାହା ବି ହୋଇସାରିବଣି ଏହା ଭିତରେ, ହାଃ.... !' ବିସ୍ମିତ ଭରା ହସଟିଏ ଖେଳି ଉଠିଲା ସ୍ୱରାଜ ଓଠରେ । ସେ ପୁଣି ଥରେ ବୁଲି ଚାହିଁଲା କାଚ ଝର୍କା ସେପଟ ଆକାଶ ଆଡକୁ । ଖୁନ୍ଦାଖୁନ୍ଦା ମେଘର ଆସ୍ତରଣରେ ଭରି ରହିଥିଲା ପୂରା ଆକାଶଟା । ଝରି ଚାଲିଥିଲା ଟପ୍‌ଟପ୍ ବର୍ଷା । ଲାଗୁଥିଲା ଯେପରି ଝର୍କା ସେପଟ ବର୍ଷଣ ଆକାଶ ପରି ଏକ ପ୍ରଗାଢ ଅନୁଭବ ପାଲଟି ଯାଇଛି ଅଙ୍କିତା ତା'ଭିତରେ । ଟୋପା ଟୋପା ଅସଂଖ୍ୟ ଆତ୍ମୀୟତାରେ ଭିଜାଇ ଚାଲିଛି ମହମହ ବାସ୍ନାରେ ।

ସ୍ୱରାଜର ବର୍ଷା ମନସ୍କତାକୁ ଭାଙ୍ଗି ପୁଣିଥରେ ଆସି ରୁମ୍‌ରେ ହାଜର ହୋଇଯାଇଥିଲା ପିଅନ ହଳଧର । ମନେମନେ ବିରକ୍ତି ହେବା ସତ୍ତ୍ୱେ ତା'ର ଏପରି ପୁନର୍ବାର ଆସିବାର ଉଦ୍ଦେଶ୍ୟକୁ ବେଶ୍ ବୁଝିପାରିଲା ସେ । ଟେବୁଲ ଉପରେ ଥାକ ମଝିରୁ ପ୍ରଗତିଭିଲ୍ଲା ପ୍ରୋଜେକ୍ଟର ଅସମ୍ପୂର୍ଣ୍ଣ ଫାଇଲଟିକୁ କାଢି ହଳଧର ଉଦ୍ଦେଶ୍ୟରେ କହିଲା, 'ଚାଲ,ମୁଁ ଫାଇଲ୍ ଧରି ଯାଉଛି' ଏମ୍‌ଡିଙ୍କ ସହିତ ଏହି ବିଷୟରେ ମୋର କିଛି ଡିସ୍‌କସନ୍ କରିବାର ଅଛି । ଉତ୍ତରରେ ସମ୍ୟକ୍ ସନ୍ତୁଷ୍ଟ ହେବା ପରି ଆଗେ ଆଗେ ରୁମ୍‌ରୁ ବାହାରିଗଲା ହଳଧର ।

ଫାଇଲଟାକୁ ହାତରେ ଧରି ଏମ୍‌ଡିଙ୍କ ଚ୍ୟାମ୍ବର ଅଭିମୁଖେ ଦ୍ରୁତ ପଦରେ ଅଗ୍ରସର ହେଲା ସ୍ୱରାଜ । ଯିବା ବାଟରେ ଭାବୁଥାଏ, 'ଆଜି ନିଶ୍ଚୟ ତା'ଉପରେ ବହେ ଗାଳି ପଡିବ । ଦୁଇ ଦୁଇ

ଥର ଏହି ପ୍ରଗତିଭିଲ୍ଲା ଫାଇଲ ପାଇଁ ଡକରା ଆସିସାରିଲାଣି ଏହା ଭିତରେ। ଅଥଚ ସେ ହାତରେ ସମୟ ଥାଇ ସୁଦ୍ଧା ସମ୍ପୂର୍ଣ୍ଣ କରିପାରିଲା ନାହିଁ। ଭଲା ଆଷାଢ଼ର ଏହି ପ୍ରଥମ ବର୍ଷା ତାକୁ କି କିମିଆ କଲା କେଜାଣି? ଖାଲି ଭାବନାରେ ଭାବନାରେ ଅନ୍ୟମନସ୍କ ହୋଇ ପହଁରି ବୁଲିଲା ଏତେ ସମୟ କାଳ। ଇଏ ଏମ୍‌ଡି ଯୋଉଭଳିଆ ଲୋକ ସହଜେ ଆଜି ନ ଛାଡେ ତାକୁ ?' ପ୍ରମାଦ ଗଣିଲା ପରି ଖୁବ୍ ସଂକୋଚତାର ସହ ସେ ପ୍ରବେଶ କଲା ଏମ୍‌ଡିଙ୍କ ଚାମ୍ବର ଭିତରକୁ।

ଏକ ପ୍ରକାରର ଅଭାବିତ ଦୃଶ୍ୟକୁ ଦେଖି ଆଖି ଅଟକିଗଲା ସ୍ୱରାଜର। ମୁହଁରେ ରୁମାଲ ଦେଇ ପଛକୁ ପଛ ଛିଙ୍କି ଚାଲିଥିଲେ ଏମ୍‌ଡି ମହାଶୟ। ସବୁବେଳେ ଷ୍ଟାଫ୍‌ମାନଙ୍କୁ ଫିଟ୍‌ନେସ ଓ ନିରୋଗ ଶରୀରର ମନ୍ତ୍ର ଦେଉଥିବା ଏମ୍‌ଡିଙ୍କ ଠାରେ ଏପରି ବିଲକ୍ଷଣକୁ ଦେଖି କିଛିଟା ଆଶ୍ଚର୍ଯ୍ୟ ହୋଇଯାଇଥିଲା ସେ। ବୋଧହୁଏ ତା'ମୁହଁର ଭାବଭଙ୍ଗୀରୁ ସ୍ପଷ୍ଟ ବୁଝିପାରିଲେ ଏମ୍‌ଡି। ନିଜ ଆଡୁ ସଫେଇ ଦେବାକୁ ଯାଇ କହିଲେ,'ସକାଳୁ ଆଜି ଅଫିସ୍‌କୁ ଆସିବା ବାଟରେ ଝିପ୍‌ଝିପ୍ ବର୍ଷା ଚାଲିଥିଲା। ଆରେ, କ'ଣ ମନ ହେଲା କେଜାଣି, ଏହି ପ୍ରଥମ ବର୍ଷାରେ ଟିକେ ଓଦା ହେବାକୁ କାଇଁ ଇଚ୍ଛା ହେଲା। ପୁଣିଥରେ ଭିତରେ ଚେଇଁ ଉଠିଲା ପିଲାଦିନର ବର୍ଷାଭିଜା ସ୍ମୃତିସବୁ। ଆଉ ଅଟକାଇ ପାରିଲି ନାହିଁ ନିଜକୁ। ବାହାରି ଆସିଲି ଗାଡି ଭିତରୁ। ଯାହାର ପରିଣାମ ଏବେ ଭୋଗୁଛି।'

ତାଳୁରୁ ତଳିପା ଯାଏଁ କଂକ୍ରିଟ୍‌ର ମଣିଷ ବୋଲି ଚିହ୍ନିଥିବା ଲୋକଟି ଭିତରେ ଯେ ବର୍ଷାଭୋକ ତଥାପି ଅକ୍ଷତ ରହିଛି ଭାବି ପୂରାପୂରି ଚକିତ ହୋଇଯାଇଥିଲା ସ୍ୱରାଜ। ତା' ମୁହଁରେ ଖେଳିଉଠିଲା ଏକ ସ୍ମିତ ହସର ଧାର। ତା' ଆଖିକୁ ଏକ ସଦ୍ୟ ବର୍ଷାଧୌତ ପୃଥିବୀ ପରି ଏମ୍‌ଡିଙ୍କ ଚେହେରାଟା ଦିଶୁଥିଲା ପୂର୍ବାପେକ୍ଷା କମନୀୟ।

■

ଗୋପପୁରର ଠିକଣା

କୋଉଠି କିଛି ଶବ୍ଦ ହେଲେ, କୋଉଠୁ କିଛି କାହାର କଣ୍ଠସ୍ୱର ଦୂରରୁ ଭାସି ଆସିଲେ, ସେହି କୋଳାହଳ ପୁଣି ଚେଇଁ ଉଠିଥାଏ ତାଙ୍କ ଭିତରେ। ନହେଲେ ଏବେ ସେଠି ଖାଲି ନିର୍ଜନତା। ଖାଁ......ଖାଁ ନିର୍ଜନତା। ଚାରିପଟର ଶୂନ୍ୟତା ଚାହୁଁ ଚାହୁଁ ଗ୍ରାସ କରିପକାଏ ନିଦାଘ ମାସର ଗୁମ୍‌ସୁମ୍ ଦ୍ୱିପ୍ରହର ପରି। ଏଇ ଟିକେ ପୂର୍ଣ୍ଣତା ଯାହା ସଞ୍ଚରି ଯାଇଥିଲା କିଛି ଦିନ ପାଇଁ। କିଛି ଦିନ ପାଇଁ ପୃଥିବୀଟା ଲାଗୁଥିଲା ସ୍ପନ୍ଦନମୟ। ଏବେ ନିରବ.....ନିଥର।

ଏଇ କିଛି ସମୟ ହେଲା ଖାଇସାରି ଖଟ ଉପରେ ଶୋଇବାକୁ ଉପକ୍ରମ କରୁଥିଲେ ଦାଶରଥିବାବୁ। ଆଖିପତା ମୁଦି ଚେଷ୍ଟା କରିବା ସତ୍ତ୍ୱେ ନିଦ ଆସିବାର ନାଁ ଗନ୍ଧ ଧରୁ ନଥାଏ। ଆଗରୁ ଗଡି ପଡୁ ପଡୁ ଗାଢ଼ା ନିଦ କୋଉଠୁ ଆସି ଘେରି ପକାଉଥିଲା ଦୁଇ ଆଖିକୁ। ହେଲେ ଏଇ ମାସେ ଖଣ୍ଡେ ହେବ ଯେପରି ବ୍ୟତିକ୍ରମ ଆସିଯାଇଥିଲା ସେଥିରେ। ମନକୁ ବୁଝାଇଲା ପରି କହୁଥିଲେ, ହଁ, ଅଲଗା ଅଭ୍ୟାସରେ ପଡି ଯାଇଥିଲା ତ ... ଧିରେ ଧିରେ ପୁଣି ଖରାବେଳିଆ ନିଦଟା

ଫେରି ଆସିବନି କି!' ଭାବୁଥିଲେ, ଏଇନେ ନାତିଟୋକା ରିତୁଲ ଯଦି ଥାଆନ୍ତା 'ସେଇଠୁ...ସେଇଠୁ କହି ପୂରା ଖରାବେଳଟାକୁ ଗପ ଶୁଣିବାରେ ସାରିଦେଇଥାନ୍ତା। ତାରି ଯୋଗୁ ଏହି ଦ୍ୱିପ୍ରହ୍ୱର ନିଦଟା ପଳେଇ ଯାଇଥିଲା କୁଆଡେ। ବୁଢୀ ଅସୁରୁଣୀ, କଲୁରି ବେଷ୍ଟ, ରାଜାପୁଅ ମନ୍ତ୍ରୀ ପୁଅ ଯେତେ ଯାହା ଗପ ଜାଣିଥିଲେ ସବୁ ତାକୁ ଶୁଣାଇ ଶୁଣାଇ ବେଳ କୁଆଡୁ ଉତୁରି ଯାଉଥିଲା।

ଏବେ ରିତୁଲ ଯାଇ ରାଉରକେଲାରେ। ଯେଉଁ ମାସକ ପାଇଁ ସେ ଏହି ଖରାଛୁଟିରେ ପ୍ରଥମ କରି ଆସିଥିଲା, ଯେମିତି ଖାସ୍ ସାଙ୍ଗ ଖଣ୍ଡେ ପାଇଥିଲେ ଦାଶରଥି ବାବୁ। ଆଃ ....ବୟସ ଯେମିତି ଫେରିଯାଇଥିଲା କେଇ କୋଶ ପଛକୁ। ସକାଳୁ ସଂଜ ନଇଁଲା ଯାଏଁ ତା ସହିତ ଏଠି ସେଠି ହୋଇ କାଟୁଥିଲେ ସମୟ। କେତେବେଳେ ତା ବରାଦରେ ବାଡିରୁ ପିଜୁଳି ତୋଳୁଥଲେ ତ କେତେବେଳେ ଜାମୁକୋଳି। ଘଡିକୁ ଘଡି ତା'ର ଫରମାଇସ୍ ନୂଆ ନୂଆ। ଓଃ ଭାରି ବିଚକ୍ଷଣ। ବିଲ୍‌କୁଲ ତା ବାପା ପରିକା ହୋଇଛି। ସିଏ ବି କୋଉ କମ୍ ଥିଲେ କି ପିଲାବେଳେ.....। ମଞ୍ଜିନେଇ ଫଳ। କହି ମନେ ମନେ ହସିପକାଇଲେ ସେ। ଟିକେ ବଡ ହେଲେ ବାଟକୁ ଆସିଯିବନି ଛାଏଁ। ନିଜକୁ ବୁଝାଇଲା ପରି ପୁଣି କହିଲେ ଏତେ ଦିନ ପରେ ନୂଆକରି ଆସିଥିଲା ଯେ ଛୁଟି ସାରିକି ଗଲା। ଯାହା ତାକୁ ଦେଖିଥିଲେ ସେହି ଜନ୍ମ ହେଲା ବେଳରେ। ଏଥର ଦୁଇରୁ ତିନି କ୍ଲାସକୁ ଯିବ। ଆଉ ଟିକେ ବଡ ହେବ। ଆଉ ଟିକେ ବଡ ପାଠ ପଢ଼ିବ।

ଆରପଟକୁ କଡ଼ ଲେଉଟାଇଲେ ଦାଶରଥି ବାବୁ। ଛାଇନିଦ ଟିକେ ହେଉ ବରଂ କିଛି ସମୟ ପାଇଁ ମୁଦି ପକାଇବ ଆଖିକୁ। ନିଦ ତ ଆସିଲାନି ବରଂ ଆଖିପତା ଉପରେ ନାଚି ବୁଲିଲା ପୁରୁଣା ଦିନର କୋଳାହଳମୟ ମୁହୂର୍ତ୍ତ ସବୁ। ଚାକିରି ସରିଛି ତାଙ୍କର ଏଇ ସାତ ଆଠ ବର୍ଷ ତଳେ। କୁଆଡେ କୁଆଡେ ପରିବାରକୁ ଧରି ଘୂରିବୁଲି ନାହାଁନ୍ତି ସେ। ଓଭୟସିୟର ଚାକିରି। ଆଜି ଏଠି ତ କାଲି ଆଉ କେଉଁଠି। ଏହି ଘୂରିବୁଲିବା ଭିତରେ ଚାକିରି ଜୀବନର ଏଇ ଉଠାପକା ବ୍ୟବସ୍ଥା ଉପରେ ପୂରାପୂରି କ୍ଷୁବ୍ଧ ହୋଇଯାଇଥିଲେ

ଯେପରି। ତାଙ୍କ ସହ ସମଦଶା ଭୋଗୁଥିଲେ ପତ୍ନୀ ରେଣୁବାଳା। ଥରେ ଗୋଟିଏ ଜାଗାରେ ଘର ସଜାଡି ପୁଣି ଭାଙ୍ଗି ଆଉ ଏକ ନୂଆ ଜାଗାରେ ଘର ସଜାଡିବା, ପୁଣି ବର୍ଷ କେତେଟା ପରେ ଭାଙ୍ଗିବା ଏସବୁରେ ଅତିଷ୍ଠ ହୋଇ ପଡିଥିଲେ ସେ। ଅନ୍ୟପକ୍ଷରେ ସିଏ ସବୁବେଳେ ଗୋଟିଏ କଥା କହି ରେଣୁବାଳାଙ୍କୁ ବୋଧ ଦେଉଥିଲେ। କହୁଥିଲେ, 'କ'ଣ କରିବା ଆଉ ? ଚାକିରି ଥିବା ଯାଏଁ ସବୁ ସହିଯିବା ଛଡା ଆଉ କିଛି ଚାରା ନାହିଁ। ଚାକିରି ସରିଲା ପରେ ଏମିତି ଉଠାପକା ଆଉ ହେବନି ବୋଲି କଥା ହେଉଛି। ସିଧା ଯିବା ଗାଁକୁ। ଘରଟିକୁ ସଜାଡି ସେଇଠି ସ୍ଥାୟୀ ଭାବରେ ରହିବା ଅବଶିଷ୍ଟ ଜୀବନ।'

ସବୁଥର କହିସାରି ଭାବିନ୍ତି ତାଙ୍କର ଏହି ଆଶ୍ୱାସନାମୟ ଓ ଭରସାମୟ କଥାଟା ରେଣୁବାଳାଙ୍କ ମନରେ ଦଲକାଏ ଆଶ୍ୱସ୍ତି ଆଣିଦେବ। ତାଙ୍କ ବିରସ ମନରେ ସରସତାର ଚମକ ଖେଳାଇ ଦେବ। ହେଲେ ସେପରି କିଛି ଆଶାନୁରୂପକ ପ୍ରତିକ୍ରିୟା ନଥାଏ ରେଣୁବାଳାଙ୍କ ମନରେ। ଓଲଟି ମୁହଁ ବୁଲାଇ କିଛି ନ ଶୁଣିବା ପରି ଆରଘରକୁ ଚାଲିଯାଆନ୍ତି। ଭାରି ବାସ୍ତବବାଦୀ ସିଏ। ଦୁଇପଦ

ପ୍ରତିଶ୍ରୁତି ଦେଇ ତାଙ୍କର ମନ ଜିତିବା ଖୁବ୍ କାଠିକର ପାଠ। କାରଣ ସେ ଭଲ କରି ଜାଣନ୍ତି, ଗାଁଠାରୁ କେବେ ଦେଢଶହ, କେବେ ତିନିଶହ କୋଶ ଦୂରରେ ରହି ଗାଁର ଥିବା ଅର୍ଦ୍ଧଭଗ୍ନ ପୈତୃକ ଘରଖଣ୍ଡିକୁ ସଜଡା ଯାଇପାରେନା ? ସେଥିପାଇଁ ସମୟ ଦେବାକୁ ପଡିବ। ତାହା ପୁଣି ମାସାଧିକ କାଳ ! ଯେଉଁ ଫି'ସାଲ ଦଶହରା ଛୁଟିକୁ ଗାଁକୁ ଯାଇଥାନ୍ତି ସେତିକି ଦିନ ରହି କାମ କରିବା ସମ୍ଭବ ନୁହେଁ। ଆଉ କିଛି ଦିନ ଛୁଟି ଗଡାଇ ସବୁ ବର୍ଷ କିଛି କିଛି କାମ କରିଦେଲେ ବି ହୁଅନ୍ତା। ହେଲେ, ଯାଙ୍କ ଚାକିରିରେ ଲମ୍ବାଛୁଟି କେଇଟା ନେବା ବି ସମ୍ଭବ ନୁହେଁ।

ପାଠପଢା ପରେ ଓଭରସିୟର ଚାକିରିରେ ଯୋଗ ଦେବାକୁ ଯୋଉଦିନ ସରକାରୀ ଚିଠି ଘରେ ପହଞ୍ଚିଥିଲା, ବାପା ତାଙ୍କ ହାତ ଧରି ସିଧା ନେଇ ଆସିଥିଲେ ଭାଗବତ ଗାଦି ପାଖକୁ। ସେଠି ଥିବା ପୁରାଣ ଛୁଆଁଇ କହିଥିଲେ, 'କହ ବାପା। ମୁଁ ଓଭରସିୟର ଚାକିରି କରିବି ସତ କୌଣସି କାମ ପାଇଁ କେବେ କାହାଠାରୁ ପଇସା ଖାଇବି ନାହିଁ କି କାହାକୁ ପଇସା ଦେବି ନାହିଁ।' ସେତେବେଳେ ହଠାତ୍ ଅପ୍ରସ୍ତୁତ ହୋଇପଡିଥିଲେ ଦାଶରଥି ବାବୁ। ପ୍ରଥମେ ସାମାନ୍ୟ ସଙ୍କୋଚ କରି ଚୁପ୍ ରହିଥିଲେ। ତାପରେ ଦର୍ପଣ ପରି ଝଲଝଲ ହେଉଥିବା ବାପାଙ୍କ ମୁହଁକୁ କେଇ ମୁହୁର୍ତ୍ତ ଚାହିଁଲେ। ତାଙ୍କ ମୁହଁରେ ପରିଷ୍କାର ଭାବେ ବାରି ହୋଇପଡୁଥିଲା ଜଣେ ଦୃଢମନା ଅବିଚଳିତ ବ୍ୟକ୍ତିତ୍ୱର ଆଭା। ସେପରି ହେବା ପଛରେ କାରଣ ଥିଲା ତାଙ୍କର ବୃତ୍ତି ଓ ବ୍ୟକ୍ତିତ୍ୱର ସମିଶ୍ରଣ। ପ୍ରାଥମିକ ଶିକ୍ଷକ ଚାକିରିରେ ଶ୍ରେଣୀ କକ୍ଷରେ ପିଲାମାନଙ୍କୁ ଯେଉଁ ଆଦର୍ଶ ଏବଂ ଉପଦେଶର ଶିକ୍ଷା ପ୍ରଦାନ କରୁଥିଲେ ସେହିଭଳି ଜୀବନ ଜୀଉଁଥିଲେ। ଆଉ କୌଣସି ବାଟ ନଥିଲା ବାପାଙ୍କର ସେହି ଆସ୍ଥାକୁ ସମ୍ମାନ ଜଣାଇ ଚୁପ୍ ରହିବାକୁ। ସିଏ ବି ବାପାଙ୍କ ସହ ସ୍ୱର ମିଳାଇ ଭାଗବତ ଗୋସାଇଁଙ୍କୁ ଛୁଇଁ ଶପଥ ନେଇଥିଲେ।

ସେହି ଶପଥଟା ପରୋକ୍ଷରେ ଅଭିଶାପ ପାଲଟିଯାଇଥିଲା ତାଙ୍କ ଚାକିର କାଳ ମଧ୍ୟରେ। ନା ତଳ କର୍ମଚାରୀ ତାଙ୍କ ଉପରେ ଖୁସି ଥିଲେ ନା ସେ ଉପର କର୍ମଚାରୀଙ୍କୁ ଖୁସି କରାଇପାରୁଥିଲେ। ଯେଉଁଥି ପାଇଁ ଛତିଶ ବର୍ଷ ଛଅ ମାସର ଚାକିରି କାଳ ଭିତରେ ତାଙ୍କର କୋଡିଏ ଥରରୁ ଉର୍ଦ୍ଧ୍ୱ ହେବ ବଦଳି ଦଶାକୁ ଭୋଗିବାକୁ ପଡିଥିଲା। ସମାନ ଚଉଦ ଜିଲ୍ଲା ବୁଲିସାରିଛନ୍ତି ଏହି ସମୟ କାଳ ମଧ୍ୟରେ। ସୁଦୂର କୋରାପୁଟରୁ ଉତ୍ତରପଟେ ମୟୁରଭଞ୍ଜ, ପଶ୍ଚିମରେ କଳାହାଣ୍ଡିରୁ ପୁରୀ ଯାଏଁ କୋଉଠି କୋଉଠି ଯାଇଁ କାମ ନ କରିଛନ୍ତି ସେ। ତାଙ୍କ ସାଙ୍ଗରେ ଥିବା ପ୍ରାୟ ସବୁ ସହକର୍ମୀ ଓ ଓଭରସିୟରମାନେ ପ୍ରମୋସନ ପାଇ ଆସିଷ୍ଟାଣ୍ଟ୍ ଇଂଜିନିୟର ପୁଣି ଏକ୍‌ଜିକ୍ୟୁଟିଭ୍ ଇଞ୍ଜିନିଅର ହୋଇ ଚାକିରିରୁ ଅବସର ନେଲେ। ଆଉ ସିଏ ଯେଉଁଥିରେ ଆରମ୍ଭ କରିଥିଲେ ଶେଷକୁ ମଧ୍ୟ ସେହିଥିରେ ଅବସର ନେଲେ। ଅର୍ଥାତ ସେଇ ଓଭରସିୟର ହୋଇ। ସେକଥା ଭାବିଲେ ତାଙ୍କ ମନଟା ବିଷର୍ଣ୍ଣ ହୋଇଉଠେ। କେଉଁଠି କିଛି ଭିତରେ କ୍ଷତାକ୍ତ ହେଲାପରି ଲାଗେ। କ'ଣ ଗୋଟା ହା...ହା କରି ଦୀର୍ଘନିଶ୍ୱାସ ନେଲାପରି ବାଧେ। ସେତେବେଳେ ସେ ମନକୁ ସାନ୍ତ୍ୱନା ଦେବାପରେ କହନ୍ତି, 'ତୁ ଖାଣ୍ଟି ବାପାର ପୁଅ। ସେଗୁଡା ସବୁ ଜାରଜ ଛୁଆ। ପଇସାଖିଆ ନିର୍ଲ୍ଲଜ। ଅସ୍ତିତ୍ୱହୀନ ମଣିଷ। ତୁ ନୀତିବାନ୍ ଆଦର୍ଶ ଶିକ୍ଷକ ବ୍ରହ୍ମାନନ୍ଦ ସାମଲର ପୁଅ। ଆଉ ସେମାନଙ୍କ ବାପାଙ୍କୁ କିଏ

ବା ଚିହ୍ନେ କିଏ ବା ଜାଣେ ?' ତାଙ୍କ ବିକ୍ଷୁବ୍ଧ ମନ ସେଥିରେ ଶାନ୍ତ ହୋଇଯାଏ ସତ ତଥାପି ଛାତିର ମଞ୍ଜି ଭିତରେ କିଛି ଗୋଟିଏ ରୁକୁରୁକୁ ହେଉଥିବାର ଅସ୍ପଷ୍ଟ ଯନ୍ତ୍ରଣାକୁ ସେ ବାରିପାରନ୍ତି।

ଯେଉଁଥିପାଇଁ ସେ ପୁଅ ରାଜୀବକୁ ଇଞ୍ଜିନିୟରିଂ ଚାକିରିରେ ଯୋଗଦେବା ବେଳେ ନା ସେହି ପୈତୃକ ଶପଥର ପୁନରାବୃତ୍ତି କରାଇଥିଲେ ନା କୌଣସି ନିୟମ ବନ୍ଧନର ଉପବୀତ ତା ବେକରେ ଗଳାଇ ଦେଇଥିଲେ। ପୁଅ ପ୍ରତି ତାଙ୍କ ଭିତରେ ଅଟଳ ଆସ୍ଥା ଥିଲା ଏବଂ ସେଥିପାଇଁ କୌଣସି ଶପଥ କିମ୍ବା ବନ୍ଧନର ଆବଶ୍ୟକତା ଯେ ନାହିଁ ଏହା ସେ ମର୍ମେ ମର୍ମେ ଅନୁଭବ କରିଥିଲେ। ଦଶବର୍ଷର ଚାକିରି ମଧ୍ୟରେ ତା'ର ମଧ୍ୟ କେତେଥର ଏ ଜାଗାରୁ ସେ ଜାଗା ବଦଳି ହୋଇସାରିଲାଣି। ବେତନଟୀରେ ସେ ଥିବାବେଳେ ଜନ୍ମ ହୋଇଥିଲା ରିତୁଲ। ସେତେବେଳକୁ ସେ ଅବସର ନେଇସାରିଥିଲେ ଚାକିରିରୁ। ରିତୁଲ ଜନ୍ମ ହେବାର କେଇମାସ ଆଗରୁ ରେଣୁବାଳା ଓ ସିଏ ଦୁହେଁ ଚାଲି ଆସିଥିଲେ ବେତନଟୀକୁ। ବାହାରେ କୋଉଠି ପିଲାମାନଙ୍କ ସହ ସପରିବାରେ ଏକାଠି ରହିବା ସେଇଟା ହିଁ ପ୍ରଥମ ଓ ଶେଷ ଥିଲା। ରାଜୀବ ଓ ବୋହୂ ରୋଜାଲିନ ମିଶି କେତେ ବାଧ୍ୟ ଓ ବିନତି ନ କରିଛନ୍ତି ତାଙ୍କ ପାଖରେ ରହିବା ପାଇଁ। ହେଲେ ସେ ସିଧା ଶୁଣାଇ କହିଥିଲେ, 'ବାପରେ, ଚାକିରି କାଳ ଭିତରେ ବହୁତ ଏଠି ସେଠି ବଦଳି ହୋଇ ବୁଲି ବିରକ୍ତ ହୋଇଯାଇଛୁ। ଆଉପୁଣି ଏ ବୟସରେ ଏତେ ଏପଟସେପଟ ହୋଇପାରିବୁନି। ଆମେ ଏଥର ଗୋଟିଏ ଜାଗାରେ ଯାଇ ରହିବୁ। ତୁ ବରଂ ଛୁଟି ହେଲେ ପିଲାମାନଙ୍କୁ ଧରି ଆମ ପାଖକୁ ଆସେ। ସେତିକିରେ ଆମ ଦୁହିଁଙ୍କର ଆନନ୍ଦ।' ତାଙ୍କର ଏହି ଭାବନା ସହିତ ସଂପୂର୍ଣ୍ଣ ଏକମତ ଥିଲେ ରେଣୁବାଳା।

ନିର୍ଜନତାମୟ ଦ୍ୱିପହରରେ କ୍ରମଶଃ ଭାରୀ ହୋଇପଡୁଥିଲା ଦାଶରଥି ବାବୁଙ୍କ ପାଇଁ। ଆଉ ଅଧିକ ବାଟ ଭାବିଲା ବେଳକୁ ବାଷ୍ପରୁଦ୍ଧ ହୋଇଉଠୁଥିଲା ତାଙ୍କ କଣ୍ଠ। କପାଳରେ ଜମାଟ ବାନ୍ଧି ଆସୁଥିଲା ବୁନ୍ଦା ବୁନ୍ଦା ଝାଳ। ହଠାତ୍ ଭିତରଟା ଯେମିତି ହା....ହା କାରମୟ ହୋଇଉଠୁଥିଲା। ଭିତରର କୋହ ସମ୍ଭାଳି ହୋଇପାରୁନଥିଲା ଜମାରୁ। ସମୁଦ୍ର ବକ୍ଷର ଉତ୍‌କ୍ଷିପ୍ତ ଢେଉ ଯେପରି ଅଣାୟତ୍ତ ହୋଇ ବେଳାଭୂମିରେ ମଥା ପିଟେ ସେପରି ଅସମ୍ଭାଳ ହୋଇପଡୁଥିଲେ ସେ। ସାଙ୍ଗ ହୋଇ ବାଟ ଚାଲୁଥିଲେ ଯେ ଚାଲୁଥିଲେ। ରେଣୁବାଳା ସହସା ଏପରି ବାଟ ଭାଙ୍ଗି ଚାଲିଯିବ ବୋଲି କିଏ ଜାଣିଥିଲା ! ଚାକିରି ସରିଲା ପରେ ଗାଁ ଘରଟିକୁ ସଜାଡି କେଡେ ଶାନ୍ତିରେ ସେମାନେ ରହୁନଥିଲେ। ବିଧାତା କ'ଣ ଇଚ୍ଛାକଲା କେଜାଣି ଜଣକୁ ଅସମୟରେ ନେଇଗଲା ପାଖକୁ ? ଏହି ପ୍ରଶ୍ନର ଉତ୍ତର ଯେତେ ଖୋଜିଲେ ବି ପାଇପାରୁ ନଥିଲେ ଦାଶରଥି ବାବୁ। ଅସମାହିତ ଗୋଲକଧନ୍ଦା ପରି ଲାଗୁଥିଲା ତାଙ୍କୁ ଜନ୍ମ ଆଉ ମୃତ୍ୟୁର ରହସ୍ୟ।

ରେଣୁବାଳା ଗଲାପରେ କେମିତି ଏକ ଅଦ୍ଭୁତ ସଂସାର ବୈରାଗ୍ୟ ଭାବ ଜନ୍ମ ନେଇଛି ତାଙ୍କ ଭିତରେ। ଆଗରୁ ପାରିବାରିକ ବନ୍ଧନ ଭିତରେ ରହି ଟିକେ ଟିକେ କଥା ପ୍ରତି କେତେ ଯତ୍ନବାନ ନଥିଲେ ସତରେ। ଦିନେ ରାଜୀବ ସେପଟୁ ଠିକ୍ ସମୟରେ ଫୋନ କଲାନି ବୋଲି ରଖେଇ ବସେଇ ଦେଇ ନଥିଲେ ରେଣୁବାଳାକୁ। 'ଆରେ ରୁହ, ତା'ର ଆଜି ଅଫିସରୁ ଆସିବାରେ ଡେରି ହୋଇଯାଇଥିବ କି ଅସୁବିଧା ହୋଇଥିବ ସେଥିପାଇଁ ଫୋନ କରିନି। ଆଉ ଟିକେ ଧୈର୍ଯ୍ୟ ଧର।'

କହି ରେଣୁବାଳା ଯେତେ ବୁଝାଇଥିଲେ ବି ତାଙ୍କ ମନ ମାନି ନଥିଲା। ଏପଟୁ ଫୋନ ଡାଏଲ କରିଥିଲେ ପୁଅ ପାଖକୁ। ସେପର୍ଯ୍ୟନ୍ତ ଅଫିସ୍‌ରୁ ସେ ଘରକୁ ଫେରି ନଥାଏ। ବୋହୂ ଫୋନ୍ ଉଠାଇ କହିବାରୁ ଯାଇ ଡେରି ହୋଇଥିବାର କାରଣଟା ଜାଣିଲେ। ଏତକ ଶୁଣିଲା ପରେ ଯାଇ ତାଙ୍କ ଅଧୈର୍ଯ୍ୟ ମନ ଶାନ୍ତ ହୋଇଥିଲା।

ଖାଲି ସେତିକି ନୁହେଁ, ନିହାତି ଛୋଟ ଛୋଟ କଥାରେ ମଧ୍ୟ ସେ ଚିନ୍ତିତ ହୋଇପଡୁଥିଲେ। ଆଉ ଥରେ ବୋହୂର କ'ଣ ଦେହ ଖରାପ ହୋଇଥାଏ। ସେତିକିବେଳେ ସେମାନେ ଥାଆନ୍ତି ଅନୁଗୁଳରେ। ରେଣୁବାଳାଠାରୁ ଏକଥା ଶୁଣିଲା ପରେ ସେ ପୂରାପୂରି ବିବ୍ରତ ହୋଇପଡିଥିଲେ। ବୋହୂର ଦେଖାଚାହାଁ କିଏ କରୁଛନ୍ତି କି ନାହିଁ? ରାଜୀବ ଠିକ୍‌ରେ ଅଫିସ୍ ଯାଉଛି କି ନାହିଁ ? ଏଣେ ବାପପୁଅ ଠିକ୍‌ରେ ଖାଇପାରୁଛନ୍ତି କି ନାହିଁ? ଏହିସବୁ ଟିକିନିଖି କଥା ଭାବି ସେ ଏତେ ବିଚଳିତ ହୋଇଯାଇଥିଲେ ଯେ ଗାଁ ଘରେ ତାଲା ପକାଇ ଅନୁଗୁଳ ଚାଲିଯିବାକୁ ବାହାରିଥିଲେ। ରେଣୁବାଳା ଧୈର୍ଯ୍ୟର ସହ ତାଙ୍କୁ ବୁଝାଇ କହିଥିଲେ, 'ରାଜୀବ କ'ଣ ଛୋଟପିଲା ହେଇଛି ଯେ ଏଇ ଟିକେ ଦାୟିତ୍ୱ ସମ୍ଭାଳି ପାରିବ ନାହିଁ। ସେ ପୁଣି ଏତେ ବର୍ଷ ହେଲାଣି ସ୍ତ୍ରୀ ପିଲାଙ୍କୁ ଧରି ବାହାରେ ରହୁଛି ନା ନାହିଁ। ଦେହପା' କ'ଣ କେତେବେଳେ ଭଲ ମନ୍ଦ ହେଲେ ସେ କ'ଣ ସେତିକି ଯତ୍ନ ନେଇପାରିବନି ! ତମେ ରୁହ .... ଥିର୍ ହୋଇ ବସ। ଆମର ଯିବା ଦରକାର ହେଲେ ସେ ଫୋନ୍ କରି ଜଣାଇବନି।' ତାପରେ ଯାଇଁ ସେ ଥୟ ଧରି ରହିଥିଲେ।

ରେଣୁବାଳା ଗଲାପରେ ଆଉ ସେହି ବିଚଳତା ତାଙ୍କ ଠାରେ ନାହିଁ। ସେ ଏବେ ସ୍ଥିତପ୍ରଜ୍ଞ। ସେ ଏବେ ପ୍ରଗଳଭ୍‌ହୀନ। ସଂସାରକୁ ନେଇ ଯାବତୀୟ ଆବେଗ, ମୋହମାୟା ଏସବୁ ତାଙ୍କୁ ଆଉ ବିବଶ କରିପାରୁନାହିଁ। ଯେଉଁଥି ପାଇଁ ସେ ଗାଁର ଶେଷମୁଣ୍ଡରେ ଥିବା ଫଗୁ ଦାସ ମଠରେ ବହୁ ସମୟ କାଟନ୍ତି। ସେଇଠି ଦୁଇଓଳା ଯାଇ ଶୁଣନ୍ତି ମହନ୍ତ ମହାରାଜଙ୍କ ପ୍ରବଚନ। ସାଂସାରିକ ଅସ୍ଥିରତା ଡେଇଁ ସ୍ଥିରତାର ମହାମନ୍ତ୍ର। ମୋକ୍ଷର ସ୍ୱର୍ଗଦ୍ୱାର। ସମର୍ପଣର ମହାଭାବ। ମହନ୍ତ ମହାରାଜ ଭାଗବତରୁ ପଦ ଉଦ୍ଧାର କରି କହନ୍ତି।

ପଥିକ ଯେହ୍ନେ ବୃକ୍ଷ ତଳେ
ଶ୍ରମେ ବସନ୍ତି ଏକ ମେଳେ
ଶ୍ରମ ସାରିଲେ ଯେଝା ମତେ
ଚଳନ୍ତି ବୃକ୍ଷଛାଡି ପଥେ॥

ମରଣଶୀଳ ମଣିଷର ଜୀବନରେ କେବଳ ଈଶ୍ୱରଙ୍କ ନାମ ହିଁ ମୁକ୍ତିର ମାର୍ଗ। ସେଥିପାଇଁ ସେ ଶଙ୍କରାଚାର୍ଯ୍ୟଙ୍କ ମୋହ ମୁଦ୍‌ଗରରୁ ପଂକ୍ତି ଉଦ୍ଧାର କରି କହନ୍ତି।

ପୁନରପି ଜନନଂ ପୁନରପି ମରଣଂ
ପୁନରପି ଜନନୀ ଜଠରେ ଶୟନମ୍
ଇହ ସଂସାରେ ବହୁ ଦୁସ୍ତାରେ
କୃପୟାଽପାରେ ପାହି ମୁରାରେ॥

ଏସବୁକୁ ଦୋରସ୍ତ କରି ମନ ଭିତରେ ହେଜିସାରିଛନ୍ତି ଦାଶରଥି ବାବୁ। ସଂସାରଟା ଅଳିକ ବୋଲି ବୁଝିଛନ୍ତି। ଏଠି ସ୍ତ୍ରୀ-ପୁତ୍ର-କନ୍ୟାର ସଂପର୍କ କ୍ଷଣସ୍ଥାୟୀ। ନିମିଷେକ ମାତ୍ର। ଆଉ ବୁଝିଛନ୍ତି ମଣିଷ ଜୀବନ ହେଉଛି ଜନ୍ମ ମୃତ୍ୟୁ ପୁଣି ଜନ୍ମ ମୃତ୍ୟୁର ଚକ୍ର ଭିତରେ ପେଶି ହେଉଥିବା ଏକ ଅବୁଝା ଗଣିତ। ସଂସାର କେବଳ ଏକ ମାୟାର ବନ୍ଧନ। ଆଉ କିଛି ନୁହେଁ। ଏହି ନିର୍ମୋହ ଉପଲବ୍ଧି ସବୁ କ୍ରମଶଃ ତାଙ୍କ ଭିତରେ ସଂଚରି ଆସୁଥିଲା। ଯେପରି ଗଛର ପାକଳପତ୍ରକୁ ପୀତରଙ୍ଗ ଆସ୍ତେ ଆସ୍ତେ ଆବୃତ କରିପକାଏ ସେହିପରି ତାଙ୍କ ଭିତରେ ଏକ ନିର୍ଲିପ୍ତ ଭାବ ଧିରେ ଧିରେ ସଂଚରି ଆସୁଥିଲା।

ଏବେ କୋଳାହଳ ଅପେକ୍ଷା ନିରବତା, ଗହଳଚହଳ ଅପେକ୍ଷା ନିର୍ଜନତାକୁ ସେ ଅଧିକ ଶ୍ରେୟ ମଣୁଥିଲେ। ଦିନର ଅନେକ ସମୟ ବିତୁଥିଲା ଫଗୁଦାସ ମଠରେ। ବାକି ସମୟତକ ବିତୁଥିଲା ତାଙ୍କ ଗୃହର ନିର୍ଜନ ପରିବେଶ ମଧ୍ୟରେ। ମୁରାରୀ ମୋହନଙ୍କ ନାମ ଜପ, ମହନ୍ତ ମହାରାଜଙ୍କଠାରୁ ଶ୍ରୀ ଭାଗବତ ପୁରାଣ ଓ ଅମୃତ ଉପଦେଶ ଶ୍ରବଣ ସହିତ ସାତ୍ତ୍ୱିକ ଆହାର ତାଙ୍କ ନୂତନ ଜୀବନ ମାର୍ଗର ଅଧାର ହୋଇଯାଇଥିଲା। ରାଜୀବ ଯେତେଥର ଆସି ପ୍ରଯତ୍ନ କରିଥିଲା ବୁଝାଇ ସୁଝାଇ ବାପାଙ୍କୁ ପାଖକୁ ନେଇଯିବା ପାଇଁ, ତା'ର ସବୁ ଉଦ୍ୟମ ବିଫଳ ହୋଇଥିଲା। ପ୍ରତି ବଦଳରେ ନିର୍ଭୟ ମୁଦ୍ରାରେ ହାତଟେକି ଦେଇ ଦାଶରଥି ବାବୁ କହନ୍ତି, 'ଯା ବାପା, ମୋ ଚିନ୍ତା କରନା। ମୁଁ ଏଠି ଭଲରେ ଅଛି। ଠିକ୍‌ରେ ଅଛି। ମୋ କଥା ବୁଝିବାକୁ ସ୍ୱୟଂ ମୁରାରୀ ମୋହନ ଅଛନ୍ତି। ତୁ ସେଥିପାଇଁ ଜମାରୁ ବ୍ୟସ୍ତ ହଅନା।' ସବୁଥର ତାଙ୍କଠାରୁ ଏପରି ଏହି ଏକ ପ୍ରକାର ଉତ୍ତର ଶୁଣି ମନ ଉଣା କରି ନିରାଶ ହୋଇ ଫେରିଯାଏ ରାଜୀବ। ତଥାପି ତାହା ତାଙ୍କୁ କୌଣସି ପ୍ରକାରେ ପ୍ରଭାବିତ କରିପାରିନାହିଁ। ତାଙ୍କ ବିଚାର ଓ ବିଶ୍ୱାସରେ ସେ ଥାଆନ୍ତି ଅଟଳ।

ମାତ୍ର ସବୁ କିଛି ଏବେ ବଦଳିଯାଇଥିବା ପରି ଲାଗୁଥିଲା ଦାଶରଥି ବାବୁଙ୍କୁ। ରାଜୀବ ଏଥର ଏକା ନ ଆସି ଖରାଛୁଟି ଥିବାରୁ ବୋହୂ ରୋଜାଲିନ ଆଉ ନାତି ରିତୁଲକୁ ମଧ୍ୟ ସାଙ୍ଗରେ ନେଇ ଆସି ଛାଡି ଯାଇଥିଲା କିଛି ଦିନ ପାଇଁ। କିଛି ଦିନ ପାଇଁ ତାଙ୍କର ପ୍ରିୟ ସାଙ୍ଗ ପାଲଟିଯାଇଥିଲା ଏଇ ରିତୁଲ। ତା'ର ସବୁବେଳେ ବକର ବକର ହେବା, ଏଣୁ ତେଣୁ ପ୍ରଶ୍ନ ପରେ ପ୍ରଶ୍ନ ପଚାରି ନୟାନ୍ତ କରିବା, ଖରାବେଳେ ସାରା ଚେଇଁ ରହି ଗପ ଶୁଣିବା, ଚାରିଟା ବାଜିଲା ମାତ୍ରେ ଅଝଟ କରି ବଗିଚାକୁ ଯାଇ ଗଛ ଚଢିବା, ଫଳ ତୋଳିବା ଭିତରେ ନିୟମିତ ମଠକୁ ଯିବାଟାକୁ ପୂରାପୂରି ଅବହେଳା କରିପକାଇଥିଲେ।

ଥରେ ତାକୁ ସାଙ୍ଗରେ ଧରି ନେଇଯାଇଥିଲେ ମଠବାଡି ବୁଲାଇବାକୁ। ସେ ଟୋକା ଏଡେ ବଦମାସ୍, ମହନ୍ତ ମହାରାଜଙ୍କୁ ପାଦ ଛୁଇଁ ନମସ୍କାର କରିବାକୁ କହିଲାରୁ ସିଧା ଯାଇ ତାଙ୍କ ପେଟରେ ହାତ ମାରି କହିଲା, 'ହେଇ ଜେଜେ, ଦେଖ ଅନ୍ତଲ ପେଟ।' ମହନ୍ତ ମହାରାଜ ଛୋଟ ଛୁଆଟେ ଭାବି କିଛି କହିଲେ ନାହିଁ ସତ, କିନ୍ତୁ କଡମଡ ଆଖିରେ କିଛି ସମୟ ଅନାଇ ରହିଲେ ତା' ଆଡକୁ। 'ପିଲାଟା ଭାରି ଦୁଷ୍ଟ' କହି କଥାଟା ଉପରୁ ସେଇଠି ଦୃଷ୍ଟି ଏଡାଇ ଦେଇଥିଲେ। ସେହି କଥାକୁ ମନେ ପକାଇ ଠୋ' ଠୋ' ହସି ଉଠିଲେ ଦାଶରଥି ବାବୁ। ଅନେକ ଦିନ ପରେ

ହସୁଥିଲେ। ଅନେକ ଦିନ ତ ନୁହେଁ ଏଇ କେଇ ବର୍ଷ ଭିତରେ ହସିବା ପୂରା ଭୁଲିଯାଇଥିଲେ ଯେପରି। ଯାହା ହସିଥିଲେ ସେହି ରେଣୁବାଳା ଥିଲାବେଳେ। ତାପରେ ତ ତାଙ୍କ ପାଇଁ ଜୀବନଟା ସଂପୂର୍ଣ୍ଣ ନିର୍ବାକ ଓ ନିସ୍ପନ୍ଦ ହୋଇଯାଇଥିଲା ଯେମିତି ବ୍ୟାଟେରିରେ ଚାଲୁଥିବା ଖେଳନା ପରି। ହାତଗୋଡ ସବୁ ଚାଲୁଥିଲା ହେଲେ ମନ କୋଉଠି ପଥର ପରି ଅଟକି ରହିଯାଇଥିଲା। ମୁରାରୀ ମୋହନଙ୍କ ଆଶ୍ରା ନେଲାପରେ ସେଥିରେ କିଛି ଉପଶମ ମିଳିଥିଲା ଯାହା। ବୁଝିଥିଲେ ମିଶାଣ ଆଉ ଫେଡାଣର ଖେଳ ପରି ଜନ୍ମ ଆଉ ମୃତ୍ୟୁର ମାୟା। ସଂସାରଟା ଆଉ କିଛି ନୁହେଁ ସେହି ମାୟାର କୁହେଳି।

ନାକପୁଡାରୁ ଲମ୍ବା ନିଶ୍ୱାସ ଦୁଇଟା ଛାଡି ଖଟ ଉପରେ ଡେକାମାରି ବସିପଡିଲେ ଦାଶରଥି ବାବୁ। କ'ଣ ଗୋଟେ ଚମକପ୍ରଦ ଉପଲବ୍ଧିକୁ ଅନୁଭବ କରୁଥିଲେ ନିଜ ଭିତରେ। ମନେ ମନେ କହିଉଠିଲେ, 'ଆରେ ହଁ ତ ଏଥର ରିତୁଲ କ'ଣ ଛୁଟିରେ ଆସିଲା ଯେ ସବୁକିଛି ବଦଳିଗଲା ପରି ଲାଗୁଛି। ଏଇ ନିରବତା କି ନିର୍ଜନତା ଆଉ ଆଗ ପରି ଭଲ ଲାଗୁନି। ଭଲ ଲାଗୁଛି ତ କୋଳାହଳ। ଚଢେଇଙ୍କ କିଚିରିମିଚିରି ପରି ସେ ଛୋଟ ଛୁଆଟାର ଅହରହ ଚବରଚବର। କିଏ ଯେମିତି କିମିଆ କଲାପରି ଲାଗୁଥିଲା ତାଙ୍କୁ ଭିତରେ ଭିତରେ। ସେଠି ସତେଜ ଫୁଲର ପାଖୁଡାପରି ଲାଗୁଥିଲା ସେହି ଆନନ୍ଦମୟ କୋଳାହଳ। ଚନ୍ଦନ ବନର ବାସ୍ନାପରି ମହକୁଥିଲା ସେହିସବୁ ଅନ୍ତରଂଗ ମୁହୂର୍ତ୍ତ।

ସେହି ରିତୁଲ ତାଙ୍କ ଆଖିକୁ ଏବେ ଦିଶୁଥିଲା ମୁରାରୀ ମୋହନ ରୂପରେ। ବୋହୂ ରୋଜାଲିନ୍ ସେଠି ପାଲଟି ଯାଇଥିଲା ଯଶୋଦା। ଗିନାରେ ଖାଇବା ଜିନିଷକୁ ଧରି ଧାଇଁ ଯାଉଛନ୍ତି ରିତୁଲର ପଛେ ପଛେ। ନା ସେ ମା' ହାତରେ ଧରାଦେଉଛି ନା ଖାଉଛି। ତା' ମୁହଁରେ ସେହି ଚପଳ ହସର ଚମକ। କିଛି ସମୟ ପାଇଁ ତାଙ୍କର ଛୋଟ ଘରଟି ତାଙ୍କୁ ଲାଗିଲା ନିତ୍ୟ ଗୋପପୁର। ଯେଉଁଠି ଫୁଲ ପରି ହସିଉଠୁଛି ଜୀବନ। ସବୁଠି ଦିଶୁଛି ଜୀବନ ହିଁ ଜୀବନ। ପାଖୁଡା ପରି ଫିଟି ଉଠୁଛି ଗୋଟିଏ ପରେ ଗୋଟିଏ ଜୀବନର ଐଶ୍ୱର୍ଯ୍ୟ। ସବୁଠି ଶୁଭୁଛି ଜୀବନର ଜୟକାର।

ଦାଶରଥି ବାବୁ କ'ଣ ଭାବି ଖଟରୁ ଓହ୍ଲାଇ ଛିଡା ହୋଇପଡିଲେ। ଛାଁ କୁ ଛାଁ କାହାକୁ ଶୁଣାଇଲା ପରି କହିଲେ, 'ତୁ ଆଉ ମନ ଦୁଃଖ କରନା ରାଜୀବ। ମୁଁ ଏଥର ଉଠିଯିବି ତୋ ପାଖକୁ। ରୋଜାଲିନ ପାଖକୁ। ଆଉ ନାତି ରିତୁଲ ପାଖକୁ।' ତାଙ୍କୁ ଯେପରି ମିଳିଯାଇଥିଲା ଗୋପପୁରର ଠିକଣା।

■

ତାରା ଭର୍ତ୍ତି ଆକାଶ

॥ ଏକ ॥

'ସେ ତ ଦୂର ଆକାଶର ତାରା
ସହଜେ ହାତକୁ ନ ଦିଏ ଧରା
ରୂପାଲି ଆମର ଗୁଣ୍ଡାଏ ଖାଇଲେ
ଆସି ମିତ ବସିବ ସେ ପରା..........।'

ଭାତ ତରକାରି ମିଶା ଚକଟାକୁ ନିଜର ଦୁଇ ବର୍ଷର ଅଝଟ ଝିଅକୁ ଦାଣ୍ଡରେ ବୁଲାଇ ବୁଲାଇ ଖୋଇ ଦେଉଥିଲା ଅଂଜନ। ସବୁଦିନ ସଂଜରେ ମୂଲରୁ ଫେରିଲେ ଏହି କାମଟି ଆଗ ବରାଦ ହେଇ ଥୁଆ ହୋଇଥାଏ ତା'ପାଇଁ। କୂଅରୁ ଦୁଇ ବାଲ୍‌ଟି ପାଣି କାଢି ହାତଗୋଡ ଭଲ କରି ପରଷ୍ଟେ ଧୋଇସାରିଲା ପରେ ନିଜର ଅବଶ ଦେହକୁ ଲଥ୍ କରି ଥୋଇଦିଏ ପିଣ୍ଡାଟା ଉପରେ। ଉଶ୍ୱାସ ନେଲା ପରି ମୁଣ୍ଡଟେକି ଦଣ୍ଡେ ଚାହେଁ ଉପର ଆକାଶ ଆଡକୁ। ସେଠି ପଢିବାକୁ ଚେଷ୍ଟା କରେ ତାରାମାନଙ୍କର ଆଖିର ଭାଷାକୁ। ଶୁଣିବାକୁ ଚେଷ୍ଟା କରେ ନୀରବିତ ରାତିର ସଂଳାପକୁ। ମନର କୁହାଟ ଖୋଲି ଛାଆଁକୁ ଛାଆଁ କିଛି ଗୁଣୁ ଗୁଣାଇ ଆସିଲା ବେଳକୁ

ସେପଟକୁ ସେବିର ଚିତ୍କାର ଶୁଭେ, 'ମୂର୍ତ୍ତିଟା ପରି ବସି ରହିଲ କ'ଣ ଯେ, ଯାଇ ଝିଅକୁ ଟିକେ ଖୋଇଦେଉନ କାହିଁକି ? ସେୟାକୁ କ'ଣ ସବୁଦିନ ମନେପକାଇ କହିବାକୁ ପଡିବ !' ଏତିକିରେ ଧ୍ୟାନ ଭାଙ୍ଗିଯାଏ ଅଂଜନର। ପିଣ୍ଡାରୁ ଉଠିଆସି ଝିଅକୁ କାଖେଇ ଧରେ। ହାତରେ ଭାତତାଟିଆ ଧରି ଘରଦାଣ୍ଡରେ ଏପଟ ସେପଟ ହୋଇ ବୁଲେ। ପଦମିଶାଇ ମନରୁ ଗୀତ ଫାନ୍ଦି ଶୁଣାଇ ଚାଲେ ଯେପର୍ଯ୍ୟନ୍ତ ତାଟିଆଟା ଖାଲି ନ ହୋଇଛି।

ଫି' ସକାଳୁ ଯନ୍ତ୍ରବତ୍ ପ୍ରାୟ ନିଜର ନିତ୍ୟକର୍ମ ସବୁ ସାରି ଧାଏଁ ତ' ପାଖ ଦଣ୍ଡାମୁଣ୍ଡ ଛକକୁ। ସେଠି ସଅଳ ଟିକେ ଯାଇ ହାଜିରା ନ ଦେଲେ ପୂରା ଦିନଟା ଯାକ ଅଚଳ। ଯୋଉଠି ଯେପରି କାମ ବରାଦ ଥାଏ ସେହି ଅନୁସାରେ ବାଣ୍ଟି ହୋଇ ଯିବାକୁ ପଡେ। ଟିକେ ଡେରି କଲେ, ସେହିଦିନ ପାଇଁ ହାତରୁ କାମ ଚାଲିଯିବାର ଆଶଙ୍କା ମଧ୍ୟ ରହିଥାଏ। ଯୋଉଟା କି ଆଦୌ ଦେହରେ ଯାଇନଥାଏ ସେବିର। ଅଂଜନ ସିନା ଖଟେ ବାହାରେ ମାତ୍ର ପେଟପାଟଣାର କଡା ଗଣ୍ଡା ହିସାବକୁ ବେଶି ବୁଝିଥାଏ ଅପାଠୁଆ ତା' ସ୍ତ୍ରୀ। ଦରକାର ଥାଏ ତା'ର ରୋଜ୍ ନଗଦ କମେଇ। ସେଥିରେ ଯଦି ଟିକିଏ ଏପଟସେପଟ ହୁଏ ତାହେଲେ ତାକୁ ସହ୍ୟ କରିବା ମୁସ୍କିଲ୍। ଏପରିକି ଯଦି ଦେହ ହାତ ବଥା ହେଉଛି କହି ଅଂଜନ କୌଣସି ଦିନ କାମକୁ ଯିବାକୁ ଅନିଚ୍ଛା ପ୍ରକାଶ କରେ ତେବେ ସେପଟୁ ଜିଙ୍ଘାସି ଉଠେ ସେବି, "ପେଖନା ଦେଖାଉଛ ନାଇଁ, ନିଶ୍ଚୟ ଆଜି କୋଉଠି ସାହିତ୍ୟ ଫାହିତ୍ୟ ସଭା କି କବିତା ଫବିତା ହଉଥିବ। ସେଇଥିପାଇଁ ତମର କାମକୁ ନ ଯିବା ବାହାନା, ଆରେ......।"

ସେଇଦିନ ସିଏ ନା ଘରେ ରହିପାରେ ନା କାମକୁ ଯାଇପାରେ। ଘରେ ରହିଲେ ତା'ପକ୍ଷରେ ସ୍ତ୍ରୀର କଟୁଭାଷାକୁ ସାମ୍ନା କରିବା ଏକରକମ ଅସମ୍ଭବ ହୋଇପଡେ। ଏଣେ ଦେହ ଠିକ୍ ଲାଗୁନଥିବାରୁ କାମକୁ ବି ଯାଇପାରେନା। କେମିତି କ'ଣ ସମୟ ଗଡେଇବା ପାଇଁ ପ୍ୟାଂଟ୍ ସାର୍ଟ ଗଳାଇ ଚାଲିଆସେ ପାଖ ବଡ ବଜାରକୁ। ଦେହର ବଥାକୁ ବେପରୁଆ କରି ଗରମ ଚ' ଗିଲାସେ ସୋଡକେଇ ସୋଡକେଇ ପିଏ। ଗୋପାଳ ମିଠା ଜର୍ଦାପାନ ଖଣ୍ଡେ ଭାଙ୍ଗି ପାଟିରେ ପୂରାଏ। ତା ପରେ ସିଧା ଆସି ପହଂଚେ ଅଙ୍କୁରା ନା' ଖବରକାଗଜ ଷ୍ଟଲ ଆଗରେ। ଥାକ ଥାକ କରି ଥୁଆ ହୋଇଥିବା ସକାଳର ଖବରଗୁଡିକୁ ଗୋଟା ଗୋଟା କରି ଟାଣେ। ଆମୂଳ ଚୂଳ ଆଖି ବୁଲାଇ ପୁଣି ଭାଙ୍ଗି ରଖିଦିଏ ଯେଝା ଜାଗାରେ।

ସକାଳୁ ସକାଳୁ ଷ୍ଟଲ୍ ଆଗରେ ଅଂଜନକୁ ଦେଖି ଅଙ୍କୁରା ନା' ଜାଣିପାରେ ଯା'ର ଆଜି କାମ ବନ୍ଦ ବୋଲି। ପଚାରେ, 'କ'ଣ ଆଜି ଦେହ ଭଲ ନାହିଁ କିରେ ଅଂଜିଆ ?' ଶୁଖିଲା ମୁହଁରେ ପାନକଷିଆ ଦାନ୍ତ ଟିକେ ମେଲାଇ ଅଂଜନ 'ହଁ' ଭରେ। ସାଙ୍ଗେ ସାଙ୍ଗେ ଯୋଡେ, ' ଆଉ ନନା ନୂଆ ପତ୍ରିକା କ'ଣ ଆସିଛି କି ଏହା ଭିତରେ ?' ପଚାରିବା ଭିତରେ ତା' ଅନିସନ୍ଧିତ୍ସୁ ଆଖି ପହଁରି ଆସେ ସାମ୍ନାରେ ଝୁଲୁଥିବା ପତ୍ରପତ୍ରିକା ସବୁ ଉପରେ। ଅଙ୍କୁରା ନା' ଭଲ କରି ଜାଣେ ଏଇଟା ତା'ର ଗ୍ରାହକ ନ ହେଲେ ବି ବହି କୀଟଟାଏ। ଖାଲି ପେଟପାଟଣା ପାଇଁ ମୂଲପାତି ଲାଗୁଛି, ନ ହେଲେ ନିଶା ତା'ର ବହି ପଢାରେ। ସେହି ଦୃଷ୍ଟିରୁ କେବେ ବାରଣ କରିନଥାଏ ତାକୁ। ଓଠ

ଅଗରେ ଖଂଜି ରଖିଲା ପରି ତତ୍‌କ୍ଷଣାତ୍ ପ୍ରତ୍ୟୁତ୍ତର ଦେଇ କହେ, 'ଏ ମାସର 'କାଦମ୍ବିନୀ' ଆସିଛି, 'ପୌରୁଷ' ଆସିଛି, 'କଥା' ଆସିଛି, 'ଝଙ୍କାର', 'ସମାରୋହ' ଆଉ 'ଅମୃତାୟନ' ମଧ୍ୟ ଆସିଛି। ଖଣ୍ଡେ ଲେଖାଏଁ ସବୁଥିରୁ ଟଙ୍ଗା ହୋଇଛି ଆଗରେ.........। ଦେଖି ନେ....।' ବାସ୍, ଆଉ କିଛି ଅଧିକ ପଚାରିବାକୁ ଦରକାର ପଡେନା ଅଂଜନକୁ। ସେଥିରୁ ହାତରେ ଖଣ୍ଡିଏ ଧରି ମୂର୍ତ୍ତିଟେ ପରି ଛିଡା ହୋଇଯାଏ ଗୋଟିଏ ସ୍ଥାନରେ। ପୃଷ୍ଠା ପରେ ପୃଷ୍ଠା ଲେଉଟାଇ ଚାଲେ ଯେ ପର୍ଯ୍ୟନ୍ତ ସବୁତକ ପଢି ନିଃଶେଷ ନ କରିଛି। ସକାଳ ଖରା ମୁଣ୍ଡ ଉପରକୁ ଉଠି ଟାଣ ହେବା ଯାଏଁ ସେମିତି ହାତରେ ପତ୍ରିକା ଖଣ୍ଡେ ଧରି ଛିଡା ହୋଇଥାଏ ଷ୍ଟଲ ଆଗରେ। ଭୁଲିଯାଏ ଦେହର ବଥା, ତା' ସହିତ ପେଟର ଭୋକ ଓ ତଣ୍ଟିର ଶୋଷ ବି।

କେବେ କେବେ ପକେଟ୍ ଉଣ୍ଡାଳି ମନକୁ ପାଇଥିବା ପତ୍ରିକାଟିକୁ କିଣି ନେଇଯିବାକୁ। ପୁଣି ପଛଘୁଞ୍ଚା ଦିଏ ପର ମୁହୂର୍ତ୍ତରେ। ଭୟ ଥାଏ ସେବିର। ଅରଣା ଷଣ୍ଢ ଯେମିତି ନାଲି କପଡା ଦେଖିଲେ ଫଁ ଫଁ ହୋଇ ମାଡିଆସେ ପାଖକୁ ସେମିତି ଘରେ କୋଉଠି ଖଣ୍ଡେ ପତ୍ରିକା ଦେଖିଲେ ପୂରା ପୂରି ରଣଚଣ୍ଡୀ ପାଲଟିଯାଏ ସେ। ଫୁତ୍‌କାର କରି ଛିଗୁଲେଇ ଉଠେ, 'କୋଉ ଦିହକରେ ପଢିଥିଲ, ନା ପାଠ ଦି ଅକ୍ଷର ପଢିଛ ବୋଲି ମୋ ଆଗରେ ଦେଖେଇ ହେଉଛ ବା!' ତମେ ତ ହେଲ ମୂଲିଆ ମଜୁରିଆ ଲୋକ, ମାଖୁନାଟାରେ କାହିଁକି ପାଠୁଆ ବାବୁ ପାଲଟିଯାଉ ମ! ନିର୍ଲଜ କୋଉଠିକାର........।' ଆତ୍ମରକ୍ଷା କରିବାକୁ ଯାଇ ଯଦି ଅଂଜନ କହେ, 'ନାଇଁ, ଏଇଟା ମୋତେ ମାଗଣା ମିଳିଛି......., ମୋ କବିତା ଏଥିରେ ବାହାରିଛି ... ତ...... ସେଇଥିପାଇଁ......।' 'ଆ..... ହା..... ମରିଯାଉଥାଏ ଲୋ, ଇଏ ଆମର କବି ହୋଇଗଲେଣି ପରା! ଯାଅ ସେୟାକୁ ବାଟି ଖାଇ ପି' ଶୋଇପଡ। ଆଉ ଖଟିବାକୁ ଯିବା ଦରକାର ନାହିଁ। ଛ୍ୟା.....' ଛିଗୁଲେଇ ଉଠେ ସେବି। ସେତେବେଳେ ତା'ର ମୁହଁଟା ଏତେ ବିକୃତ ଦେଖାଯାଏ ଯେ ଖୁବ୍ ଭୟଙ୍କର ଦିଶିଥାଏ ଆଖିକୁ।

ସେଇଥିପାଇଁ ହାତରେ ଖଣ୍ଡିଏ ବହି କିମ୍ବା ପତ୍ରିକା ଧରି ଘରକୁ ଆସିବାକୁ ଡରିଥାଏ ଅଂଜନ। ଆଗରୁ ଚାଳ ଘର ଥିଲା ବେଳେ ସେଥିରେ ଟିକେ ସୁବିଧା ମିଳୁଥିଲା ତାକୁ। ଆଣିଥିବା ବହିଟିକୁ ସେବିର ଦୃଷ୍ଟିରୁ ଦୂରରେ ରଖିବାକୁ ଯାଇ ସଂଗା କିମ୍ବା ମାଂଚୁର ଲୁଚାଇ ଦେଉଥିଲା। ଅପେକ୍ଷା କରି ରହୁଥିଲା ନିସ୍ତବ୍ଧ ହେବାଯାଏ ରାତି। ଯେତେବେଳେ ନିଘୋଡ ନିଦରେ ଶୋଇପଡୁଥିଲା ସେବି। ଅତି ସନ୍ତର୍ପଣରେ ଉଠି ଆସୁଥିଲା ଶୋଇବା ବିଛଣାରୁ। କାନ୍ଥ କଡରେ ମିଞ୍ଜି ମିଞ୍ଜି ଜଳୁଥିବା ଲଣ୍ଠନଟିକୁ ତେଜି ଦେଉଥିଲା ଆସ୍ତେ କରି। ତା' ଆଗରେ ଚେକା ମାରି ବହି ଧରି ବସିପଡୁଥିଲା ଆଗ୍ରହର ଆତିଶଯ୍ୟରେ। ଯେପର୍ଯ୍ୟନ୍ତ ନିଦଟା ଭଲ କରି ମୁଣ୍ଡକୁ ନ ଝାଙ୍କିଛି ସେ ପର୍ଯ୍ୟନ୍ତ ପୃଷ୍ଠା ପରେ ପୃଷ୍ଠାର ଧାଡିକୁ ଅତିକ୍ରମ କରିଯାଉଥିଲା ବିଭୋର ପାଠକଟିଏ ପାଲଟି। ହେଲେ, ଯେବେଠୁ ଇନ୍ଦିରା ଆବାସ ଖଣ୍ଡେ ପାଇ ବଖୁରିଆ ଛାତଘରଟିଏ ଚାଳ ଘରକୁ ଭାଙ୍ଗି ଉଠେଇ ସାରିଛି, ସେବେଠୁ ଏକପ୍ରକାର ଅସମ୍ଭବ ହୋଇଯାଇଛି ସେହି ପୁରୁଣା ଅଭ୍ୟାସକୁ ଦୋହରାଇବାରେ। ତା'ସାଙ୍ଗକୁ ଘର ଭିତରେ ଯେଡି ହୋଇଯାଇଛି ବିଜୁଳି ବତୀର ସଂଯୋଗ। ଆଲୁଅ ଜଳାଇବା

ମାତ୍ରକେ ସେପଟେ ଚାଉଁକିନା ନିଦ ଭାଙ୍ଗିଯାଏ ସେବିର। ଅଗତ୍ୟା, କିଛି ପଢିବାର ଉଜାଗରୀ ନିଶାରୁ କ୍ଷାନ୍ତ ରହିବାକୁ ପଡେ ଅଂଜନକୁ।

ଏଇ ବହିପଢା ନିଶାଟା ଅଂଜନକୁ ଖାଲି ଯେ କବଳିତ କରିଥିଲା ତାହା ନୁହେଁ, ତା' ସହିତ ସେ କବିତା ଲେଖୁଥିଲା ବି କିଛି କିଛି। ସମୟ ସୁବିଧା ଦେଖି ସେହି ଲେଖା କବିତାକୁ ଧରି ଆସରରେ ପଢି ବସୁଥିଲା, ନ ହେଲେ ଡାକରେ ପଠାଇ ଦେଉଥିଲା କୋଉ ପତ୍ରିକାର ଠିକଣାରେ। ପିଲାଦିନେ ବା' ଖଲିପାନ ଭାଙ୍ଗିବାକୁ କିଣୁଥିବା ରଦି କାଗଜ ଭିତରୁ ସାଉଁଟି ଆଣି ଦେଉଥିଲା ଖଣ୍ଡିଏ ଖଣ୍ଡିଏ ମନଲୋଭା ବହି। ସେଥିରୁ କୋଉଟା ଥାଏ ଉପନ୍ୟାସ, କୋଉଟା ଥାଏ କବିତା ଅବା ଗଳ୍ପ କିମ୍ବା ଆଉ କିଛି। ବହି ବିଷୟରେ ବା'ର ସେତେଟା ଧାରଣା ନଥାଏ। ଯଦିଓ ସେ କାବ୍ୟ କବିତା ସବୁ ପଢିବାକୁ ଭଲପାଏ ଓ କେବେ କେବେ ସ୍ୱର ଧରି ମୃଦଙ୍ଗ ବଜାଇ ଗାଏ। ହାତରେ ବହି ଖଣ୍ଡେ ପଡିଲେ, ସେଇଟାକୁ ତା' ଆଡକୁ ବଢେଇ ଦେଇ କହେ, "ଅଂଜିଆ, ଏଇଟାକୁ କାଗଜବିଡାରୁ ବାଛି ତୋ ପାଇଁ ଆଣିଛି। ଦେଖିଲୁ.....।" ବା' ହାତରୁ ଖୁସିରେ ବହିଟା ଟାଣି ନେଇ ସେ ଲେଉଟାଇ ଚାଲେ ପୃଷ୍ଠା। ଯଦି ବହିଟା ଟିକେ ନୂଆଳିଆ ଥିବ ତେବେ ପୃଷ୍ଠା ମଝିରେ ନାକ ପୂରାଇ ପ୍ରଥମେ ଶୁଙ୍ଘି ପକାଏ ସେହି ବାସ୍ନା। ତା' ପରେ ଖୋଜେ ଚିତ୍ର। ଶେଷକୁ ଧାଡି ଧାଡି ଅକ୍ଷର ଉପରେ ତା'ର ଲାଖିଯାଏ ଆଖି। ଦୁଇ ଆଖି ଏପରି ଲାଖିଯାଏ ଯେ କେଇ ଘଂଟା ମଧ୍ୟରେ ପୂରା ବହିଟିକୁ ପଢି ନିଃଶେଷ କରିଦିଏ। ସେହି ଅଭ୍ୟାସଟା ଏବେ ବି ତା'ର ରହିଛି। ଷ୍ଟଲରୁ ନୂଆ ବହି କି ପତ୍ରିକାଟେ ହାତରେ ଧରିଲା ମାତ୍ରକେ ସେୟା ହିଁ କରିଥାଏ।

ଆଉ ଯାହା ତା'ର ପ୍ରିୟ ଥାଉ କି ନଥାଉ, ଛାତି ପକେଟରେ ଟିପା ଖାତାଟାକୁ ସବୁବେଳେ ସାଙ୍ଗରେ ଧରି ବୁଲୁଥାଏ। ଯୁଆଡେ ଯାଏ ସାଙ୍ଗରେ ନିଏ। ଏମିତି କି ମୂଲ କାମଟକୁ ଗଲା ବେଳେ ବି ତାକୁ ନେବାକୁ ଭୁଲିନଥାଏ। ତା' ସାଙ୍ଗକୁ ଉପର ପକେଟରେ ଖୋସିଥାଏ ଖଣ୍ଡେ ଡଟ୍‌ପେନ। ଯୋଉଠି ଯାହା ଯେତେବେଳେ କିଛି ମନକୁ ଆସିଲେ ତାକୁ ଲୁଚାଇ ଲୁଚାଇ ଗାରେଇ ପକାଏ ସେହି ଟିପାଖାତାରେ। ଯୋଉଟାକୁ ସେ କାହାକୁ ସୁଦ୍ଧା ଦେଖାଏ ନାହିଁ। ସମସ୍ତେ ଭାବନ୍ତି, କ'ଣ କିଛି ହିସାବପତ୍ର ଅବା ଘର ଖର୍ଚ୍ଚର ଚିଠାକୁ ଟିପି ରଖୁଛି ତା' ଭିତରେ। ମାତ୍ର ଅନ୍ୟ ମାନଙ୍କୁ ଲୁଚାଇ ସେଥିରେ ସେ ଯାହା ଟିପେ ତାହା ଥାଏ କବିତାର କିଛି ବିକ୍ଷିପ୍ତ ଧାଡି। ଯାହାକୁ ସେ କଦବା କେମିତି ପୂରା କରେ ନ ହେଲେ ଛାଡିଦିଏ ସେହି ରୂପରେ। ଗୋଟିଏ ଟିପା ଖାତା ସରେ, ତା' ବଦଳରେ ଆଉ ଗୋଟିଏ ଟିପା ଖାତା ତିଆରି ହୋଇ ଭର୍ତ୍ତି ହୁଏ ଆସି ଛାତି ପକେଟରେ।

ଅଂଜନର ଭାଗ୍ୟ ମଧ୍ୟ ଅବିକଳ ତା ବିକ୍ଷିପ୍ତ କବିତାର ଧାଡି ପରି ଖଣ୍ଡିତ। ଯେପରି ଗଣିତ ଏକ ଭଗ୍ନାଂଶ। ଯେପରି ଏକ ଅସମାପିକା କ୍ରିୟା। ଯାହାକୁ ନେଇ ପୂର୍ଣ୍ଣାଙ୍ଗ ବାକ୍ୟଟିଏ ଗଢିବା ଅସମ୍ଭବ। ତଥାପି ସେ କବିତା ଲେଖେ। ତଥାପି ସେ ବହି ପଢେ। ସେଥିପାଇଁ କୌଣସି ପ୍ରତିକୂଳତାକୁ ଖାତିର ନ ଥାଏ ତା'ର। ଯାହା ଯେତିକି ପଢେ ସେହି ଅଙ୍କୁରା ନା'ର ସୌଜନ୍ୟରୁ। ଯେଉଁଦିନ କାମରୁ ସଅଳ ଫେରିଆସେ ଘରମୁହାଁ ନ ହୋଇ ସିଧା ପହଂଚିଯାଏ ସେଇଠି। ଆଉ ଯୋଉଦିନ କାମ ନ ପାଇ ଦଣ୍ଡାମୁଣ୍ଡ ଛକରୁ ଖାଲି ହାତରେ ଫେରେ ସେଦିନ ମଧ୍ୟ ସେୟା କରେ। ଫରକ

ଥାଏ ଖାଲି ସ୍ଥାନର ପରିବର୍ତ୍ତନ। ହାତରେ ଗୋଟିଏ କି ଯୋଡ଼ିଏ ପତ୍ରିକା ତା ପାଖରୁ ମାଗି ଆଣି ଚାଲି ଆସେ ଗାଁ ମୁଣ୍ଡ ନଈକୂଳ ପାଖ ବରଗଛ ନିକଟକୁ। ଗଛ ଚାରିପଟେ ପ୍ରଶସ୍ତ ସିମେଣ୍ଟର ଚଉତରା। ତାରି ଉପରେ ଗାମୁଛାକୁ ପାରିଦେଇ ମୁହଁ ଉପରକୁ କରି ଲମ୍ବ ହୋଇ ଗଡ଼ିପଡ଼େ। ଗୋଟିଏ ପଟ ହାତକୁ ଭାଙ୍ଗିରଖେ ଛାତି ଉପରେ। ଆଉ ଆର ହାତରେ ଆଣିଥିବା ପତ୍ରିକାଟିକୁ ମେଲାଇ ଟେକି ଧରେ ଆଖି ଆଗରେ। ମଝିରେ ମଝିରେ ପଢ଼ାରୁ ବିରାମ ନେଇ କଡ଼ ଲେଉଟାଏ। ଏକ ଲୟରେ ଚାହିଁ ରହେ ନଈ ଆଡ଼କୁ। ଦେଖେ, ନଈଧାରର ନିଃଶବ୍ଦ ଛନ୍ଦାୟିତ ରୂପକୁ। ଦେଖେ, ତା' କାଚକେନ୍ଦୁ ପାଣିରେ ବିମ୍ବିତ ନିଳାଭ ଆକାଶର ରଙ୍ଗକୁ। ଦେଖୁ ଦେଖୁ କେତେବେଳେ ସଂପୂର୍ଣ୍ଣ ନଈମନସ୍କ ହୋଇଯାଏ ସେ। ନଈ ପରି ତା'ର ଛଳଛଳ ଆଖିର ପରଦା ଉପରେ ପହଁରିଯାଏ ପିଲାଦିନର ଦୃଶ୍ୟପଟ। ନଈ, ନଈତୁଠ ଓ ବା'।

॥ ଦୁଇ ॥

ସବୁଦିନ ସକାଳୁ ବା' ସହିତ ଗାଧୋଇବାକୁ ଆସେ ଏହି ନଈକୂଳକୁ। ସେ ପାଣିକୁ ଡରି ତୁଠ ପାଖରେ ଛିଡ଼ା ହୋଇ ରୁହେ। କହେ, 'ତୁ ଆଗ ଗାଧୋଇସାରେ। ତା' ପରେ ଯାଇଁ ମତେ ଗାଧେଇ ଦେବୁ। 'ହଉ' କହି ସବୁଥର ବା' ଆଗ ଗାଧେଇ ପଡ଼େ। ତା'ପରେ ଅଣ୍ଟାଯାଏ ପାଣି ଭିତରେ ତାକୁ ନେଇ ଠିଆ କରାଇଦିଏ। ଦେହହାତ ଭଲ କରି ଘଷି ସାରିଲା ପରେ କହେ, ଦେ, ଏଥର ମୁଣ୍ଡକୁ ବୁଡ଼ା। ସେ କୁନ୍ଥୁ କୁନ୍ଥୁ ହେଲେ, ବା' ଭରସା ଦେଇ କହେ, 'କିଛି ହବନିରେ, ମୁଁ ତୋ ପାଖରେ ଅଛି। ଦେ, ଏଥର ମୁଣ୍ଡକୁ ବୁଡ଼ା। ତା' ପରେ ପୋଛିପାଛି ଦେବି, ଘରକୁ ଯିବା।' ରହି ରହି ବହୁ କଷ୍ଟରେ ସେ ଗୋଟିଏ ହାତରେ ନାକର ଦୁଇପୁଡ଼ାକୁ ଚିପି ଚଢ଼େଇ ଖୁମ୍ପିଲା ପରି ଚଟ୍ କରି ମୁଣ୍ଡକୁ ପାଣିରେ ବୁଡ଼ାଇ ଉଠିପଡ଼େ। ଏଭଳି ରୋଜ୍ ବା' ସହିତ ନଈକୁ ଆସି ଧିରେ ଧିରେ ଗାଧୁଆ ଶିଖିଥିଲା ସେ। ତା'ପରେ ନଈ ପହଁରା।

ବଡ଼ ବଜାର ପାଖ ଚଟିପୋଲ ଛକରେ ପାନ ଦୋକାନ ଖଣ୍ଡେ ପକାଇଥିଲା ବା'। ସେଇଥିପାଇଁ ବେଲୁଷ୍ଟୁ ଉଠି ଘର ଓଳାଓଳିଠାରୁ ବାସି ପାଇଟି ଓ ରୋଷେଇ ବାସ କାମ ସାରିଲା ପରେ ଯାଇଁ ତାକୁ ନିଦରୁ ଉଠାଏ। ସ୍କୁଲ ଯିବା ପାଇଁ ବସ୍ତାନିରେ ବହିପତ୍ର ସଜ କରିଦିଏ। ଦୁହେଁ ଗୋଟିଏ କଂସାରେ ପଖାଳ ଖାଇ ବାହାରିପଡ଼ନ୍ତି। ଯୋଉଦିନ ସେ ସ୍କୁଲ୍ ନ ଯିବା ପାଇଁ ଫନ୍ଦିଫିକର କାଢ଼େ, ବା' ବୁଝାଇ କହେ, 'ମୋ ଧନଟା ପରା, ପାଠ ପଢ଼ିଲେ ଯାଇଁ ସିନ ମଣିଷ ହେବୁ। ଆଉ କ'ଣ ମୋ ଭଳିଆ ତୃତୀୟ ଶ୍ରେଣୀରେ ଡୋରି ବାନ୍ଧି ବେଛପରିଆ ହୋଇ ବୁଲିବୁ। ମଲାପରେ, ତୋ ବୋଉକୁ ପୁଣି ମୁଁ କି ଜବାବ ଦେବି? ଭଲ କରି ତୋତେ ଦି' ଅକ୍ଷର ପଢ଼େଇ ପାରିଲିନି ବୋଲି ତାକୁ ମୁହଁ ଦେଖାଇପାରିବି ତ!' ବୋଉ ନାଁ ଟା ଶୁଣିଲା ମାତ୍ରକେ ମନ କେମିତି କେମିତି ହୋଇଯାଏ ତା'ର। ବା' ମୁହଁକୁ ବିକଳ ହୋଇ ଚାହିଁ ରହେ କିଛି କ୍ଷଣ। ତା'ପରେ ଯିବାକୁ ରାଜି ହୋଇଯାଏ। ବା' ତାକୁ ସ୍କୁଲ ଗେଟ୍ ପାଖରେ ଛାଡ଼ି ଚାଲିଯାଏ ପାନ ଦୋକାନ ଖୋଲିବାକୁ।

ବେଳେ ବେଳେ ବୋଉକଥା ମନକୁ ଆସିଲେ ଖାଲି ହାଇଁ ପାଇଁ ହୁଏ ସିନା ବା'କୁ ମୁହଁ

ଖୋଲି କିଛି ପଚାରିପାରେନା। ସବୁଦିନ ଦେଖେ, ବା' ତା'ର ଘର କଥା ବୁଝେ, ତା' କଥା ବୁଝେ, ଦୋକାନ ଯାଏ, ଦୋକାନ ଖୋଲେ ପୁଣି ବନ୍ଦ କରି ଆସେ। ଅଧିକାଂଶ ସମୟ ବେଶି କଥା ନ କହି ଚୁପ୍ ରୁହେ ଅବା ଯାହା ପଚାରିଲେ ହଁ, ନାଇଁରେ ଉତ୍ତର ସାରିଦିଏ। ଠାକୁର ପୂଜା କଲା ବେଳେ କାନ୍ଥରେ ଟଙ୍ଗା ବୋଉର କାଚବନ୍ଧେଇ କଳାଧଳା ଫଟୋକୁ ପାଣି ହାତ ମାରି ପୋଛେ। ଢେର ସମୟ କାଳ ସେହି ଫଟୋକୁ ଚାହିଁ ରହି ଛାଁ କୁ ଛାଁ କ'ଣ ସବୁ ଗୁଣୁ ଗୁଣୁ ହୁଏ। ସେ ବୋଉ ବିଷୟରେ ଯାହା ସବୁ ଶୁଣିଛି, ଯାହା ସବୁ ଜାଣିଛି, ସବୁ ନେତ ବଡ ବୋଉ ଠାରୁ। ବଡବୋଉ କହେ, 'ସବୁ କରିବୁ, ହେଲେ, ତୋ ବା'କୁ କେବେ ବୋଉ ବିଷୟରେ ପଚାରିବୁ ନାହିଁ। ବୋଉ ତୋର ତ ମରିସାରିଛି, ସେ କ'ଣ ଆଉ ଫେରିବ? ପଚାରିଲେ, ବା' ତୋର ଖାଲି କଷ୍ଟ ପାଇବ ସିନା, ସେଥିରେ କିଛି ଉପଶମ ହେବ ନାହିଁ। ବିଚରା ଦୁଃଖି ମଣିଷଟା! କେବଳ ତୋରି ମୁହଁକୁ ଚାହିଁ ଅଛି। ତୋ ବୋଉ ଗଲା ପରେ ଯିଏ ଯେତେ କହିଲା ପରେ ବି କାହାକୁ ଦ୍ୱିତୀୟା କଲା ନାହିଁ।' ଆହୁରି ପୁଣି ବଡବୋଉ ଠାରୁ ଶୁଣିଛି ଯେ ଯେତେବେଳେ ସିଏ ଜନ୍ମ ହୋଇଥିଲା, ଧାଇ ପ୍ରଥମେ ଖବର ଦେଇଥିଲା 'ପୁଅଟିଏ ହୋଇଛି' ବୋଲି। ତାକୁ ଶୁଣି ବା' ତା'ର ଖୁସିରେ ଏତେ ଉଲ୍ଲସିତ ହୋଇଯାଇଥିଲା ଯେ ସଙ୍ଗେ ସଙ୍ଗେ ଗାଁଟା ସାରା ବୁଲି ବୁଲି ମିଠା ବାଂଟି ଦେଇଥିଲା। ଏଣେ ଘରଟା ଭିତରେ ଜନ୍ମ ଦେଇସାରି ରକ୍ତସ୍ରାବ ହେତୁ କିଛି ସମୟ ପରେ ଆଖି ବୁଜି ଦେଇଥିଲା ବୋଉ। ଘଡିକ ଭିତରେ ପ୍ରାପ୍ତି ଓ ବିୟୋଗର ଯୁଗପତ୍ ଲୀଳାଖେଳାକୁ ସହଜରେ ଗ୍ରହଣ କରିପାରିନଥିଲା ତା ବା'। ସେ ହୋଇଯାଇଥିଲା ସଂପୂର୍ଣ୍ଣ ମୂହ୍ୟମାନ, ନିର୍ବାକ୍ ଓ ଭୟଙ୍କର ଭାବେ ତଟସ୍ଥ। ସରିଯାଇଥିଲା ତା' ଭିତରୁ ସଂସାର ପ୍ରତି ସରାଗ। ଖାଲି ବଂଚିଥିଲା ତ ବାପ ହେବାର ଦାୟରେ।

ନେତ ବଡ ବୋଉ କହେ, ଆଗରୁ କୁଆଡେ ବା ତା'ର ଥିଲା ପୂରା ଅଲଗା ପ୍ରକାର ମଣିଷ। ହସ ଖୁସିଆ ଥିଲା, ମେଳାପି ଥିଲା ଆଉ ଥିଲା ମଧ୍ୟ ଖୁବ୍ ପରିଶ୍ରମୀ। ତା' ଯୁଆନ ବୟସରେ ଘରେ ତନ୍ତ ପକାଇ ନିଜେ ଲୁଙ୍ଗି ଗାମୁଛା ସବୁ ବୁଣୁଥିଲା। ସେଗୁଡିକୁ କଟକ ଷ୍ଟେସନ ଯାକେ ବୋହି ନେଇ ଫି' ମାସକୁ ମାସ କଲିକତା ଖିଦିରିପୁରକୁ ଯାଉଥିଲା ବିକ୍ରି କରିବାକୁ। ଭଲ ଦି'ପଇସା ବି କମାଉଥିଲା ସେଥିରେ। ହେଲେ କଳଲୁଗା ଆସିଲା ପରେ ତା'ର ତନ୍ତ ଲୁଗା ସେତେ ଆଉ ବିକ୍ରିବଟା ହେଲା ନାହିଁ। ବାଧ ହୋଇ ତନ୍ତବୁଣା କାମଟାକୁ ପୂରାପୂରି ଛାଡିଦେଇଥିଲା ବା'। ତନ୍ତୀ ଘର ପିଲାର ଜମିବାଡି ଅବା କେତେ ଯେ ଯାଇ କାମ କରିଥାନ୍ତା ବିଲବାଡିରେ! ଆଉ ସେଥିରେ ମେଣ୍ଟାଇଥାନ୍ତା ତା'ର ଗୁଜୁରାଣ। ସେତେବେଳକୁ ବୋଉର ହାତଧରି ବାହା ମଧ୍ୟ ହୋଇସାରିଥିଲା। ପେଟପାଟଣା ପାଇଁ ଶେଷକୁ ଚଟିପୋଲ ଛକରେ ପାନ ଦୋକାନ ଖଣ୍ଡେ ଯାଇଁ ପକାଇଲା। ସେଇଟାକୁ ଚଳେଇ ରଖିଥିଲା। କୌଣସି ମତେ ବାପ ପୁଅ ଦି' ପ୍ରାଣୀ ପୋଷି ହୋଇଯାଉଥିଲେ ସେଥିରେ। ତଥାପି କେମିତି ଏକ ଅଭାବ ବୋଧ ଆଚ୍ଛନ୍ନ କରି ରଖିଥିଲା ସେ ଦୁହିଁଙ୍କୁ। ବା' ତା'ର ଘାରି ହେଉଥିଲା ଯେଉଁ ଅବ୍ୟକ୍ତ ଶୂନ୍ୟତାରେ, ସେ ମଧ୍ୟ ସେହିପରି ମାତୃ ପଣତର ସାନିଧ୍ଧ ଠାରୁ ବଂଚିତ ହୋଇ ରହିଥିଲା ଶୈଶବରେ।

ବେଳେବେଳେ ତାକୁ ଭାରି ଅଦ୍‌ଭୁତ ଲାଗିଥାଏ ବା'ର ଆଚରଣ। ଲାଗେ, ଯେମିତି ପୂରା ଏକ ଅଲଗା ମଣିଷ ପାଲଟି ଯାଇଛି ତା' ବା'। ଅନ୍ୟଦିନ ସବୁ ଅପେକ୍ଷା ପୂରା ଲାଗେ ଖାପଛଡ଼ା। ଦୋକାନରୁ ଫେରିବ, ରାତିଟାରେ ଖିଆ ନାହିଁ ପିଆ ନାହିଁ ମୃଦଙ୍ଗଟାକୁ ଧରି ବସି ପଡ଼ିବ ପିଣ୍ଡାରେ। ଥର ଥର କରି ଡାକିଲେ ସୁଦ୍ଧା ଶୁଣିବ ନାହିଁ କି କାହା କଥାକୁ ଆଦୌ କାନ ଦେବ ନାହିଁ। ରାତିର ଅନ୍ଧାର ଭିତରେ ନିର୍ବାକ୍ ଛାୟାଟେ ପରି ଏକ ଲୟରେ ତାଳ ସାଧି ଚାଲିଥିବ- 'ଧା ତେରେକେଟେ ତାକ୍.... ତାକ୍ ତେରେକେଟେ ତାକ୍..... ତା ତେରେକେଟ୍ ତାକ୍' ଏପରି ବଜାଇ ଚାଲିଥିବ ଯେ ଚାଲିଥିବ ରାତିଯାଏଁ। ରାତି ଯେତେ ଗଭୀର ହେଉଥିବ ତା' ମୃଦଙ୍ଗର ତାଳ ସେତେ ଗଭୀର ଶୁଭୁଥିବ କାନକୁ। ଏତେ ସମୟ ଧରି ବଜାଇଲା ପରେ ବି କେମିତି ଥକି ପଡ଼େନା କେଜାଣି! ଯୋଉ ଦିନ ବା'ର ଏପରି ଅଦ୍‌ଭୁତ ରୂପକୁ ଦେଖେ ସେହିଦିନ ଭାରି ଭୟ ଲାଗିଥାଏ ତାକୁ। ଏଣେ ଘରଟା ଭିତରେ ସେ ଏକୁଟିଆ, ତେଣେ ରାତିର ନିବୁଜ ଅନ୍ଧାରରେ ବାହାରପଟ ପିଣ୍ଡାରେ ମୃଦଙ୍ଗର ଅବିଶ୍ରାନ୍ତ ତାଳ। ଛାତି ଧଡ଼ପଡ଼ ହୋଇଯାଏ ସେଥିରେ। ଡରି ଡରି ଶେଷକୁ ଯାଇଁ ବା' ପାଖରେ ଛିଡ଼ା ହୋଇ ରୁହେ ଚୁପ୍‌ଚାପ୍। ବା'ଜାଣିପାରେ। ମୃଦଙ୍ଗ ବଜାକୁ ବନ୍ଦ କରି ତା' ଦୁଇହାତକୁ ମେଲି ଖୁବ୍ ଜୋର୍‌ରେ କୁଣ୍ଢାଇଧରେ ତାକୁ। ହାତରେ ମୁହଁକୁ ଉଣ୍ଡାଳି ବୋକ ପରେ ବୋକ ଦେଇଚାଲେ। ସେତେବେଳେ ତା' ମୁହଁଟା କେମିତି ଓଦା ଓଦା ଲାଗିଥାଏ ଗାଲକୁ। ଅନ୍ଧାର ଭିତରେ ମୁହଁଟା ଠିକ୍‌ରେ ଦିଶୁନଥିଲେ ବି ସେ ଜାଣିପାରେ ବା' କାନ୍ଦୁଥିଲା ବୋଲି।

ସେହିପରି ଦିନେ ଦିନେ ତା' ମିଜାଜ୍‌କୁ ବୁଝିବା ବଡ଼ ମୁସ୍କିଲ ହୋଇପଡ଼େ। ହଠାତ୍ ଥାଏ ଥାଏ ସବୁଦିନିଆ କାମକୁ ପଛ କରି ଆଉ କୁଆଡ଼େ ଯାଇ ମନ ଦିଏ। ସେହିଦିନ କ'ଣ ତା' ମନକୁ ଆସେ କେଜାଣି ଦୋକାନ ଖୋଲିବାକୁ ସୁଦ୍ଧା ଯାଏ ନାହିଁ। ସକାଳୁ ସକାଳୁ ଉଠିଥିବ କି ନାହିଁ, ଓଳି ତଳେ ଖୋସା ହୋଇଥିବା ବନିଶୀ ଛଡ଼ିକୁ ବାହାର କରି ସଜାଡ଼ି ରଖେ। ସେଥିରେ ଲାଗିଥିବା ଶିଶା, ତେରେଣ୍ଡା ଓ କଣ୍ଟାକୁ ଭଲ କରି ପରଖି ନିଏ। ବାସ୍, ତା'ପରେ ପୋଖତ କେଉଟଙ୍କ ପରି ଗୋଟିଏ ହାତରେ ଛଡ଼ି ଓ ଆର ହାତରେ ଖାଲେଇ ଧରି ମୁହାଁଇଯାଏ ନଈକୂଳ ଆଡ଼କୁ। ସ୍କୁଲ ଛୁଟି ପରେ ସିଏ ଘରକୁ ଫେରିଲା ବେଳକୁ ବା' ଶିଳରେ ବେସର ବାଟି ମାଛ ତରକାରି ରାନ୍ଧି ଅପେକ୍ଷା କରି ରହିଥିବ ତା'ରି ବାଟକୁ। ନଈରେ ଧରି ଆଣିଥିବା କେରାଣ୍ଡି, କଂଟିଆ, ବାଲୁଗୁଡ଼ି ସବୁକୁ ମିଶାଇ ତିଆରି କରିଥିବ ତରକାରି। ଏମିତି ତ ଅନ୍ୟ କୋଉ ଦିନ କିଛି ଆଇଁଷ ଘରକୁ ଆଣି ନଥାଏ ବା'। ଯୋଉ ଦିନ ଏପରି ଅଚାନକ ମାଛ ଧରିବା ପାଇଁ ବାହାରି ଯାଏ, ସେଇଦିନ ତା' ହାତରନ୍ଧା ମାଛ ତରକାରିଟା ଭାରି ସୁଆଦିଆ ଲାଗିଥାଏ ପାଟିକୁ। ଖୁବ୍ ପେଟ ପୂରାଇ ଖାଇଥାଏ ସିଏ ବା' ପାଖରେ ବସି। ଖାଇଲା ବେଳେ ବା' କହେ, 'ଏଥର ତୋ ସ୍କୁଲ୍ ଛୁଟି ହେଉ, ଦିନେ ନଈକୂଳକୁ ତୋତେ ସାଙ୍ଗରେ ନେଇ ମାଛଧରା ଶିଖେଇଦେବି। ଦେଖିବୁ, ତୁ ବି ମୋ ଭଳିଆ ବନିଶୀ ପକାଇ ମାଛ ଧରିପାରିବୁ।' ତା' କଥା ଶୁଣି ବନିଶୀ ଛଡ଼ି ଧରି ନଈକୂଳ ସାରା ବୁଲି ବୁଲି ମାଛ ଧରିବାର କଳ୍ପନାରେ ମନେ ମନେ ବିଭୋର ହୋଇ ଉଠିଥାଏ ସେ।

ସଦାବେଳେ ଗୁମ୍‌ସୁମ୍ ଓ ଅଳ୍ପ କଥା କହୁଥିବା ତା ବା' ସେଇଦିନ ଲାଗିଥାଏ କିଛିଟା ବ୍ୟତିକ୍ରମ। କିଛିଟା ପ୍ରଗଳଭ। ଭାରି ଖୁସି ଲାଗେ ତାକୁ ସେମିତି ଦେଖିବାରେ। ସବୁଦିନର ନିରସ ଗମ୍ଭୀର ଚେହେରା ବଦଳରେ କେମିତି ଏକ ସତେଜ ସରସତା ଖେଳି ବୁଲୁଥାଏ ତା' ମୁହଁରେ। ଏମିତି କି ସହଜରେ ବିଶ୍ୱାସ କରିହୁଏନି ଇଏ ତା'ର ସେଇ ବା' ବୋଲି। ଏକାବେଳେ ଗାୟକ ଓ ବାୟକ ସାଜି ଚକାମାରି ବସିପଡେ ପିଣ୍ଡା ଉପରେ। ଏଣେ କୋଳ ଉପରେ ଭିଡି ଧରିଥାଏ ମୃଦଙ୍ଗ ଓ ତେଣେ କଣ୍ଠ ଫିଟାଇ ଆରମ୍ଭ କରିଦିଏ 'ମଥୁରା ମଙ୍ଗଳ' ଚଉତିଶାରୁ ପଦ ପରେ ପଦ:-

"କଳା କଳେବର କହ୍ନାଇ
ସଙ୍ଗେ ରୋହିଣୀ ସୁତ,
କରନ୍ତି ମଥୁରା ବିଜୟ
ଦାଣ୍ଡେ ଦେଖ ସଙ୍ଗାତ।"

ଏଇ ମୃଦଙ୍ଗ ବଜାଇବାର କଳାଟା ବା' ତା'ର କୋଉଠି ଶିଖିଥିଲା ସେ କଥା ତାକୁ ଜଣାନଥିଲା। କିନ୍ତୁ ଏତିକି ଖାଲି ଜାଣିଥିଲା ଯେ ବା' ତା'ର ଯେବେ ବହୁତ ଦୁଃଖି ହୋଇପଡେ ଅବା ଖୁସି ହୋଇପଡେ, ସେତେବେଳେ ସେ ମୃଦଙ୍ଗ ଖୋଜେ ଆଉ ବଜାଏ। ଏମିତି ମଗ୍ନ ହୋଇଯାଏ ସେଥିରେ ଯେ ବିସ୍ମରି ପକାଇଥାଏ ସଂପୂର୍ଣ୍ଣ ଭାବରେ ନିଜକୁ।

ସେହି ମୃଦଙ୍ଗଟା ବା' ପାଇଁ କେତେ କ'ଣ ଥିଲା ନ ଥିଲା, କେତେ ଲୋଡା, କେତେ ଖୋଜା, କେତେ ଅବା ପ୍ରିୟ ବସ୍ତୁ ଥିଲା, ସେ କଥାକୁ ସେଦିନ ସେ ଆଦୌ ଭାବି ବସିନଥିଲା। ଖାଲି ଏତିକି ତା' ମୁଣ୍ଡରେ ପଶିଥିଲା ଯେ ଏଇଟା ତା' ବା' ପାଇଁ ଥିଲା ଅଶୁଭ। ସେଇଥିପାଇଁ ଶଶ୍ମାନ ଭୂଇଁରେ ଯୋଉଦିନ ବା'କୁ ଜୁଇରେ ଜାଳି ପୋଡି ଆସିଥିଲା, ସେଇଦିନ ନିସ୍ତବ୍ଧ ରାତିରେ ମୃଦଙ୍ଗଟାକୁ ନେଇ ଫୋପାଡି ଆସିଥିଲା ଜୁଆରି ନଈର ସୁଅରେ। ଆଉ ପଛକୁ ଫେରି ଚାହିଁ ନଥିଲା କି ବା' ବଜାଉଥିଲା ବୋଲି ସନ୍ତକ କରି ସାଇତି ରଖିବାକୁ ଚାହିଁନଥିଲା। ଛାତି ତଳେ କୁଣ୍ଡଳି କାଟି ଉଠୁଥିବା କୋହଭରା ଅଭିସଂପାତ ସହ ସବୁଦିନ ପାଇଁ ଅଲଗା କରିଦେଇଥିଲା ସେହି ଅଶୁଭ ମୃଦଙ୍ଗଟାକୁ ତା' ଜୀବନ ପରିଧିରୁ।

ସେଇ ଶେଷଥର ପାଇଁ ବା' ତା'ର ମୃଦଙ୍ଗ ବଜାଇଥିଲା ଓ ବଜାଇ ବଜାଇ ଟଳିପଡିଥିଲା ପିଣ୍ଡାଟା ଉପରେ। ଚାହୁଁ ଚାହୁଁ ଛୁ' କରି ପ୍ରାଣବାୟୁ ଉଡିଚାଲିଯାଇଥିଲା ତା' ଦେହରୁ। କେଇ ମୁହୂର୍ତ୍ତ ଆଗରୁ ଏତେ ଖୁସିରେ ଆତ୍ମହରା ହୋଇଯାଇଥିଲା ଯେ ମୁହୂର୍ତ୍ତକ ପରେ ସବୁକିଛି ସରିଯିବ ବୋଲି କିଏ ଅବା ଜାଣିଥିଲା? ଯାହା ଆଖି ପିଛୁଳାକେ ଛେଉଣ୍ଡ କରି ଦେଇଥିଲା ତାକୁ। ଯିଏ ଟିକିଏ ଆଗରୁ ଖୁସିରେ ଗଦ୍ ଗଦ୍ ହୋଇ ତାକୁ କୁଣ୍ଢାଇ ଧରି କହୁଥିଲା, 'ମୁଁ ଆଜି ଭାରି ଖୁସିରେ ଅଂଜିଆ........ ଭାରି ଖୁସି। ତୁ ଆମ ସାତପୁରୁଷକୁ ଧନ୍ୟ କରିଦେଲୁରେ। ତନ୍ତୀ ଘର ପୁଅ ହୋଇ ମେଟ୍ରିକ୍ ପାସ୍ କଲୁ, ଏଇଟା କ'ଣ କମ୍ କଥା କିରେ!' ସିଏ ପୁଣି ଟିକିଏ ପରେ ପ୍ରଜାପତିଟେ ପରି ତା' ଡେଣାରେ ପୁଳା ପୁଳା ଖୁସିର ଚିତ୍ରକୁ ଆଙ୍କି ଉଡିଯାଇଥିଲା ମହାଶୂନ୍ୟକୁ ସବୁଦିନ ପାଇଁ।

ଖାଲି ଥମ୍ ହୋଇ ପଡିରହିଥିଲା ତା'କୋଳରେ ନିର୍ଜୀବ ମୃଦଙ୍ଗଟା ଯାହାକୁ ସେ ସେହି ଅଶୁଭ ରାତିରେ ଫିଙ୍ଗିଦେଇଥିଲା ଭରାନଈର ଗର୍ଭକୁ ବିଷାଦିତ ଆହତ ହୃଦୟରେ।

॥ ତିନି ॥

କେତେବେଳେ କାନ୍ଧ ଉପରେ ମୁଣ୍ଡ ରଖି ଶୋଇପଡିଥିଲା ରୂପାଲି। ସେ ଆଉ ଶୁଣୁ ନଥିଲା ଅଂଜନର ପଦ ସହିତ ପଦ ମିଶା କବିତାର ଧାଡି। ତଥାପି ଅଂଜନ ମଝିରେ ମଝିରେ ରହି ଝିଅକୁ ଶୁଣାଇ ଲହରେଇ ଚାଲିଥିଲା ସେହି ନାନାବାୟା କବିତାର ଆରମ୍ଭରୁ କେଇ ପଦ। ସବୁଦିନ ଏମିତି କିଛି ନା କିଛି କବିତା ସେ ଶୁଣାଇଥାଏ ରୂପାଲିକୁ। ସବୁଦିନ ଥାଏ ଅଲଗା ଅଲଗା। କୋଉଦିନ ଜହ୍ନକୁ। କୋଉଦିନ ବାୟା ଚଢେଇକୁ ତ ଅନ୍ୟ କୋଉଦିନ ବାଘ ମାମୁଁଙ୍କୁ ନେଇ କବିତା ଶୁଣାଏ। ସିଲଟ୍‌ରେ ଲେଖି ଲିଭାଇ ପୁଣି ଆଉ ଥରେ ଲେଖିବା ପରି ତା'ର ସବୁ ଏହିପରି କବିତାର ସର୍ଜନା। ଖାସ୍ ଝିଅକୁ ଶୁଣାଇବା ପାଇଁ। ଯାହା ଗୁଣୁଗୁଣାଏ, ତାହା ଆର ଦିନକୁ ଭୁଲିଯାଇଥାଏ।

ଆଜି ସେମିତି ଝିଅକୁ ଶୁଣାଉଥିଲା ଦୂର ଆକାଶ ତାରାର କବିତା। ଏକାଗ୍ର ହୋଇ ଚାହିଁ ରହିଥିଲା ଦୂର ଆକାଶରେ ତାରାମାନଙ୍କ ଅଭିସାରକୁ। ଆଖିରେ ଗଣି ହେଲା ପର୍ଯ୍ୟନ୍ତ ସେମାନଙ୍କୁ ନିରେଖି ନିରେଖି ଦେଖୁଥିଲା। ସେୟାଡକୁ ଚାହିଁ ବିଭୋର ହୋଇ ଉଠୁଥିଲା ଅପ୍ରକାଶ୍ୟ ଆନନ୍ଦରେ। ଖୋଜୁଥିଲା, ସେହି ମାଳ ମାଳ ତାରାଙ୍କ ଭିତରେ କିଏ ତାର ବା'। ସବୁ ତ ମିଟି ମିଟି କରି ଚାହିଁ ରହିଛନ୍ତି ତାରି ଆଡକୁ। ସବୁ ଯେମିତି କୋମଳ ଆଶ୍ଳେଷରେ ମଣିଷକୁ ଫାଶ ବନ୍ଧ କରିବାକୁ ଉନ୍ମୁଖ। ଏକ ଅତିନ୍ଦ୍ରିୟ ଆହ୍ୱାନରେ ମନତଳର ସ୍ନିଗ୍ଧ ଶୀତଳ ସ୍ୱପ୍ନକୁ ପଲ୍ଲବିତ କରିବାର ମୃଦୁ ଉଦ୍ଘାଟନ। ସେ ଆହୁରି ଆହୁରି ବିମୁଗ୍ଧ ପାଲଟୁଥିଲା ଉତ୍ତୀର୍ଣ୍ଣ ସଂଧ୍ୟା ଆକାଶର ବର୍ଣ୍ଣ ବିଭାରେ। ଦେଖୁ ଦେଖୁ ନିମଜ୍ଜି ଯାଉଥିଲା ସେହି ପୁଲକିତ ଭାବାବେଗରେ।

କେହି ଯେପରି ତା' ଭିତରୁ ରହି ରହି କହୁଥିଲା, ଏଇ ସେଇ ଦିକି ଦିକି ଜଳୁଥିବା ତାରାଟି ନିଶ୍ଚୟ ହୋଇଥିବ ତୋ'ର ବା'। ତା' ବା' ଯେମିତ ସଦାବେଳେ ଗମ୍ଭୀର ଆଉ ଏକୁଟିଆ ଲାଗେ, ସେମିତି ସେଇ ତାରାଟି ପୁଞ୍ଜା ପୁଞ୍ଜା ଭିଡ ଭିତରୁ ଅଲଗା। ଚାରିପଟର ଅନ୍ଧାର ବଳୟ ମଝିରେ ଏକାକୀ। ଯେମିତି ତା' ବା' ବଂଚୁଥିଲା ଅକୁହା ଦୁଃଖର ବଳୟ ଭିତରେ। ନିଜ ଭିତରେ ତିଳ ତିଳ ଭୋଗୁଥିଲା ଅପ୍ରକାଶ୍ୟ ବେଦନାରେ କିନ୍ତୁ ବାହାରକୁ ତାର ଭଳି ମିଞ୍ଜି ମିଞ୍ଜି ଜଳୁଥିଲା ସଂସାରର ଦାୟରେ।

କ୍ରମଶଃ, ସେ ଆହୁରି ଆତ୍ମସ୍ଥ ହୋଇ ଚାଲିଥିଲା ନିଜ ଭିତରେ। ତା' ଅପଲକ ଆଖିର ପରଦାରେ ଝଲସି ଉଠୁଥିଲା ତାରା ରୂପି ବା'ର ଚିତ୍ରପଟ୍ଟ। ସେହି ଚିତ୍ରପଟ୍ଟର ମୁଖମଣ୍ଡଳ ଦିଶୁଥିଲା ମ୍ଳାନ ଓ ବିଷାଦିତ। ମର୍ମାହତ ପୁଣି ପରାହତ। ଯେପରି ଥର ଥର କଣ୍ଠରେ ପଚାରୁଥିଲା, 'ଅଂଜିଆରେ, କେତେ ଆଶା ରଖି ନଥିଲି ତୋ ଠେଇଁ। ଭାବିଥିଲି, ତୁ ପାଠସାଠ ପଢି ମଣିଷ ହେବୁ। ପାଂଚ ଲୋକରେ ଜଣେ ହେବୁ। କେତେ ଖୁସି ହୋଇନଥିଲି ସେଦିନ ମୁଁ, ଯୋଉଦିନ ତୁ ମେଟ୍ରିକ୍ ପାସ୍ କରିଛୁ ବୋଲି ଖବର ଶୁଣିଥିଲି। ଏମିତିକି ସେହି ସୀମାହୀନ ଖୁସିର ସମୁଦ୍ରରେ ପ୍ରାଣ ବାୟୁ ବିସର୍ଜ ଦେବାକୁ ପଛାଇନଥିଲି। ହେଲେ, ପ୍ରତିବଦଳରେ ତୁ ମୋତେ ଦେଲୁ ତ କ'ଣ ଦେଲୁ?'

ଆଉ ମୁହୂର୍ତ୍ତେ ପାଇଁ ଆଖି ଉଠାଇ ଚାହିଁ ରହିବାର ସାହାସ କୁଳାଇ ପାରୁନଥାଏ ସେ। ବା'କୁ ଉତ୍ତର ଦେବ ତ କ'ଣ ଦେବ? ସେ କ'ଣ କହିବ, 'ମାଟ୍ରିକ୍ ପାସ୍ କଲି ସତ, କଲେଜରେ ପାଠ ପଢିଲି ସତ, ହେଲେ ନିଜ ପାଇଁ ଚାକିରି ଖଣ୍ଡେ ଯୋଗାଡ କରିବାକୁ ଯାଇ ସବୁଆଡୁ ଫେଲ୍ ମାରିଲି। ସବୁଠି ନିରାଶା ଛଡା ଆଉ କିଛି ପାଇଲି ନାହିଁ। କହିଲେ, ବା' କ'ଣ ତା'ର ବୁଝିବ ଯେ ସେ କାହିଁକି ମୂଳପାତି ଲାଗୁଛି ବୋଲି? କିଛି ନ ହେଲେ ତ ସେ ବା'ର ପାନ ଦୋକାନଟାକୁ ଚଳାଇ ପାରିଥାନ୍ତା! ବା' କ'ଣ ଆଉ ଶୁଣିବ ଯେ ରାସ୍ତା ଚଉଡା ହେବା ବେଳେ ସରକାର ସେହି ଦୋକାନକୁ ଉଠାଇ ଦେଲେ ବୋଲି। ଶେଷକୁ ପେଟ ପୋଷିବା ପାଇଁ ତା' ପାଖରେ ଆଉ କିଛି ବାଟ ନଥିଲା। ଥିଲା ତ ଏହି ଗୋଟିଏ ମାତ୍ର ବାଟ। ଯାହାର ସାହାରାରେ ସେ ପେଟ ପୋଷି ପାରୁଛି।'

'ନା ସେ ଜାଣେ ବା' ସେ କଥା କିଛି ଶୁଣିବ ନାହିଁ..... କିଛି ବୁଝିବ ନାହିଁ। କିନ୍ତୁ ତାକୁ ଆଜି ଶୁଣିବାକୁ ହେବ। ସେ ତାକୁ ନିଶ୍ଚୟ ଶୁଣାଇବ......' କହି ଢେର ବେଳୁ କାନ୍ଧ ଉପରେ ଶୋଇପଡିଥିବା ଝିଅକୁ ନିଦରୁ ଉଠାଇ ପକାଇଲା ଅଂଜନ। କହିଲା, 'ହେଇ ରୂପାଲି ଦେଖ୍ ତୋ ଜେଜେ.......... ଦେଖ୍ କେମିତି ଦୂର ଆକାଶରୁ ତୋରି ଆଡକୁ ଚାହିଁ ରହିଛନ୍ତି। ତାଙ୍କୁ କହିଦେ ତୁ ବଡ ହେଲେ ବଡ ମଣିଷ ହେବୁ ବୋଲି। ପାଂଚ ଜଣରେ ଜଣେ ହେବୁ ବୋଲି। କହିଦେ..... ଆଜି କହିଦେ।'

ଲାଗୁଥିଲା ଯେମିତି ତାରାଭର୍ତ୍ତି ଆକାଶଟା ନଇଁ ଆସୁଥିଲା ଧରାପୃଷ୍ଠକୁ। ମଣିଷଙ୍କ ପରି ସେମାନେ ମଧ୍ୟ ଚୁପ୍‌ଚାପ କଥା କହିବା ଆରମ୍ଭ କରିଦେଇଥିଲେ।

ସମୁଦ୍ର

ଟେବୁଲ ଉପରେ ଗୋଟିଏ ଆସ୍‌ପିରିନ୍ ଟାବ୍‌ଲେଟ୍ ଓ ପାଣି ଅଧା ଗ୍ଲାସ ରଖି ଦେଇଗଲା ଗୁଡ୍ଡି। ତଥାପି ସେୟାଡକୁ ନଜର ନଥିଲା ଅନିନ୍ଦିତାର। ଦୁଇ ହାତରେ କପାଳର ଦୁଇପଟ ଶିରାକୁ ଜୋରରେ ଚିପି ଧରି ବସିରହିଥିଲା ଯେ ବସି ରହିଥିଲା। ତଳମୁହାଁ ହୋଇ ସେମିତି ବସିରହିଥିଲା ଅନ୍ଧାର କୋଠରି ମଧ୍ୟରେ। ସଂଧ୍ୟା ବେଳଠାରୁ ମୁଣ୍ଡଟା ଏତେ ଜୋର୍‌ରେ ବିନ୍ଧୁଥିଲା ଯେ ଥମିବାର ନାଁ ଧରୁ ନଥାଏ। କୌଣସି ଉପାୟ ନ ପାଇ ବାଧ୍ୟ ହୋଇ ଦୁଇହାତରେ ମୁଣ୍ଡର ଦୁଇପଟକୁ ଚିପି ଧରି ମୁଣ୍ଡବିନ୍ଧାଟାକୁ ଉପଶମ କାରିବାକୁ ଚେଷ୍ଟା କରୁଥିଲା। ବିନ୍ଧାଟା ଶେଷରେ ଅସହ୍ୟ ହେବାରୁ ଝିଅ ଗୁଡ୍ଡିର ସହାୟତା ନେବାକୁ ଚାହିଁଲା। ସେହି ଅନ୍ଧାର ଘର ଭିତରେ ଖଟ ଉପରେ ବସି ରହି ଡାକ ଛାଡିଲା, 'ଏ ଗୁଡ୍ଡି, ମା'ଙ୍କ ରୁମ୍ ଥାକରୁ ଆସ୍‌ପିରିନ୍ ଟାବଲେଟ୍ ଆଉ ଟିକେ ପାଣି ଆଣି ଦେ ତ।'

ଡ୍ରଇଁ ରୁମ୍‌କୁ ଫେରିଯାଇଥିଲା ଗୁଡ୍ଡି। ଛାଡିଆସିଥିବା ଗଣିତ ବହିର ପୃଷ୍ଠାକୁ ଚାହିଁ ପୁଣି କଷିବାକୁ ମନଦେଲା।

ସେ ଜାଣିଥିଲା ମାମାଙ୍କ ପାଖରେ ଏତିକିବେଳେ ରହିବାର କୌଣସି ଲାଭ ନାହିଁ। କିଛିଦିନ ହେଲା ଦେଖିଆସୁଛି ସେ ମାମାଙ୍କୁ। ମଝିରେ ମଝିରେ କ'ଣ ଗୁଡାଏ ବସି ଭାବିଦେଇଥିବେ ଯେ ମୁଣ୍ଡବିନ୍ଧାଟାକୁ ନିମନ୍ତ୍ରଣ କଲାପରି ଡାକି ଆଣନ୍ତି। ନିଜେ ଏକୁଟିଆ ସେହି ବିନ୍ଧା ଯନ୍ତ୍ରଣାରେ କଷ୍ଟ ପାଇବେ ଅଥଚ କାହାକୁ ତାଙ୍କ ମୁଣ୍ଡରେ ହାତ ମରାଇ ଦେବେ ନାହିଁ। ଓଲଟି କହିବେ, 'ମୋତେ ପ୍ଲିଜ୍ ଏକୁଟିଆ ଟିକେ ରହିବାକୁ ଛାଡିଦିଅ।' ଘରର ଲାଇଟ୍ ଟାକୁ ବନ୍ଦ କରିଦେଇ ସେମିତି କାଠ ପରି ଗୋଟିଏ ଜାଗାରେ ବସି ରହିବେ ଦୁଇ ହାତରେ ମୁଣ୍ଡଟାକୁ ଚିପିଧରି। କିଛି ସମୟ ମଧ୍ୟରେ ଯଦି ଯନ୍ତ୍ରଣା ନ ଥମେ ତା ହେଲେ ତାକୁ ଡାକ ଛାଡିବେ ପାଣି ଓ ଔଷଧ ଆଣି ଦେଇଯିବା ପାଇଁ।

ଏବେ ପ୍ରାୟ ସେ ମାମାଙ୍କ ଠାରେ ଏହିପରି ସବୁ ଅସ୍ୱାଭାବିକତାକୁ ପରିଲକ୍ଷିତ କରୁଥିଲା ଖୁବ୍ ନିକଟରୁ। ଯାହା ତା'ର କୋମଳ ମସ୍ତିଷ୍କକୁ ଅତିଶୟ ଭାବେ ବିଚଳିତ କରୁଥିଲେ ସୁଦ୍ଧା ନିରବ ରହିବା ଛଡା ଆପାତତଃ ଅନ୍ୟ କିଛି ଉପାୟ ନଥିଲା ତା' ପାଖରେ। ଆଗରୁ ତା' ମାମା ବିଲ୍‌କୁଲ୍ ଏପରି ନଥିଲା ଯେପରି ଏବେ ତାଙ୍କୁ ଦେଖୁଛି। କଥାକଥାକେ ବିରକ୍ତି ହେବା ଆଦୌ ତାଙ୍କର ସ୍ୱଭାବ ନଥିଲା। ବରଂ ସେ ଆଗରୁ ସବୁ କଥାକୁ ଧୈର୍ଯ୍ୟର ସହ ଶୁଣୁଥିଲେ। ସ୍କୁଲରୁ ଫେରିଲେ ସଂଧ୍ୟା ପ୍ରାର୍ଥନା ପରେ ଘଣ୍ଟା ଘଣ୍ଟା ଧରି ପାଖରେ ବସି ପାଠ ବୁଝାଇ ଦେଉଥିଲେ। ଏବେ ତ ପୂରା ଯେପରି ଅଲଗା ପ୍ରକାରର 'ମାମା' ପାଲଟି ଯାଇଛନ୍ତି ସେ। ଆଉ ଆଗପରି ଡ୍ରଇଁ ରୁମ୍‌କୁ ଆସି ତା' ପାଠପଢ଼ାକୁ ତଦାରଖ କରୁନାହାନ୍ତି କ କିଛି ବୁଝାଇ ଦେଉ ନାହାନ୍ତି। ଯାହା ସେ ପଢୁଛି ଏବେ ଏକା ଏକା। ଯେତିକି ଯାହା କ୍ଲାସ୍‌ରେ ପଢ଼ା ହୋଇଥାଏ ସେତିକି। ପାଠ ବିଷୟରେ ମାମାଙ୍କୁ କିଛି ପଚାରି ବସିଲେ, କହିବେ, 'ଯା ମତେ ଏବେ ବିରକ୍ତି କରାନା, ତୁ ଯାଇ ନିଜେ ନିଜେ ପଢ଼। ମୁଁ କ'ଣ ତତେ ସବୁବେଳେ ପଢ଼ାଇ ଦେଉଥିବି ?' ସେମିତି ବେଡ୍‌ରୁମଟାକୁ ଅନ୍ଧାର କରି ବସିଥିବେ ଯେ ବସିଥିବେ ନା ଆଉ କିଛି କରିବାକୁ ତାଙ୍କର ସ୍ପୃହା ଥାଏ ନା ଇଛା। ଯେତେବେଳେ ଦେଖିବ କ'ଣ ଗୁଡ଼ାଏ ଭାବି ହେଲା ଭଳିଆ ଅନ୍ୟମନସ୍କ ହୋଇ ଚାହିଁରହିଥିବେ ଝରକା ଆରପଟକୁ। ସେଇ ଇଷତ୍ ଅନ୍ଧାର ମିଶା କୋଠରି ମଧ୍ୟରେ ମାମାର ଚେହେରାଟା ଏତେ ଗମ୍ଭୀର ଲାଗେ ଯେ ଦ୍ୱିତୀୟ ଥର ତାଙ୍କୁ ଡ଼ାକିବାକୁ କିମ୍ବା କିଛି ପଚାରି ବସିବାକୁ ସୁଧା ଭୟ ଲାଗେ। ତେଣୁ ତାକୁ ନିରାଶ ହୋଇ ଡ୍ରଇଁରୁମ୍‌କୁ ଫେରିଯିବାକୁ ହୁଏ। ପୁଣି ଥରେ ଧ୍ୟାନ ଦେବାକୁ ହୁଏ ଅଧା ଛାଡ଼ି ଆସିଥିବା ପାଠ ପାଖରେ। ମାମା'ର ବିନା ସାହାଯ୍ୟରେ 'ଯେତିକି ବୁଝି ହେଲା ତ ହେଲା, ନ ହେଲା ନାହିଁ,' ମନେ ମନେ ନିଜକୁ ବୁଝାଇ ବହିର ପୃଷ୍ଠାକୁ ଲେଉଟାଇ ଦେଇଥାଏ ସେ।

କେବଳ ସେତିକି ନୁହେଁ, ଏହାଭିତରେ ଅନେକ ବ୍ୟତିକ୍ରମ ସେ ଲକ୍ଷ୍ୟ କରୁଥିଲା 'ମାମା'ଙ୍କ ଠାରେ। ଲାଗୁଥିଲା ଯେମିତି ତାଙ୍କ ପୂର୍ବର ଧାରାବାହିକ ଜୀବନ ଆମୂଳଚୂଳ ବଦଳିଯାଇଛି ଏହା ମଧ୍ୟରେ। ସବୁଦିନ ସ୍କୁଲକୁ ଯାଉଛନ୍ତି ସତ, ମାତ୍ର ତାହା ଯେମିତି ଏକ ପ୍ରକାର ବାଧ୍ୟ ବାଧକତାରେ। ଆଗରୁ ସବା ପ୍ରଥମେ ସିଏ ହିଁ ଘରର ଅନ୍ୟମାନେ ନିଦରୁ ଉଠିବା ପୂର୍ବରୁ ବିଛଣା ଛାଡୁଥିଲେ। ଉଠି ମା'ଙ୍କ ପାଇଁ ଓ ନିଜ ପାଇଁ ଚା' ତିଆରି କରୁଥିଲେ। ମାମା ଓ ମା' ଦୁଇଜଣଙ୍କର ସକାଳୁ ଚା' ପିଆ ସାରିଲା ପରେ ଯାଇଁ ଦିନ ଆରମ୍ଭ ହୋଇଥାଏ।

ମା' ତ ସେପର୍ଯ୍ୟନ୍ତ ବିଛଣା ଛାଡ଼ି ନ ଥାନ୍ତି ଯେପର୍ଯ୍ୟନ୍ତ ତାଙ୍କ ରୁମ୍‌କୁ ମାମା ଚା' କପ୍ ନେଇ ନ ଯାଇଛି। ମାମା ବି ସେହିପରି ଚା' ପିଇ ସାରିଲା ପରେ ହିଁ ଯାଇଁ ତାଙ୍କ ନିତ୍ୟକର୍ମ କରିଥାନ୍ତି। ଏବେ ସେହି କାମଟା ତାଙ୍କ ଘରକୁ କାମ କରିବାକୁ ଆସୁଥିବା ସଂଜୁକୁ ତୁଲାଇବାକୁ ପଡୁଛି। ରାତିରେ ଠିକ୍‌ରେ ଶୋଇପାରୁ ନଥିବାରୁ ସକାଳୁ ଖୁବ୍ ଡ଼େରିରେ ନିଦ ଭାଙ୍ଗୁଛି ମାମାଙ୍କର। ଆଗରୁ ଘର ଭିତରେ ସବୁଠାରୁ ଡ଼େରିରେ ଉଠୁଥିଲା ତ ସେ। ତାହା ପୁଣି ଥରକୁ ଥର କରି ମାମା ଡ଼ାକିଲେ ସେ ଉଠିଥାଏ ନ ହେଲେ ସେମିତି ଶୋଇରହିଥାଏ ଖଟଟା ଉପରେ। ସେହିପରି ଏବେ ମାମଙ୍କୁ ଥରକୁ ଥର ଡ଼ାକିଲେ ଯାଇଁ ତାଙ୍କ ନିଦ ଭାଙ୍ଗୁଛି। ଡ଼ାକିବାକୁ ପଡୁଛି, 'ମାମା ଉଠ....ଉଠ, ନ ହେଲେ ତୁମର ସ୍କୁଲକୁ ଯିବା ଡ଼େରି ହୋଇଯିବ।' ଯେପରି ମାମା ତାକୁ ସକାଳୁ ନିଦରୁ ଉଠାଇବାକୁ ଯାଇ କହୁଥିଲେ, ଅବିକଳ ସେହିପରି ତାଙ୍କୁ ନିଦରୁ ଉଠାଇବାକୁ ପଡୁଛି।

ବେଳେବେଳେ ମଝି ରାତିରେ ନିଦ ଭାଙ୍ଗିଯାଇଥାଏ ଗୁଡ୍ଡିର। ଆଚମ୍ବିତ ହେବାପରି ସେ ଦେଖେ, ମାମା ନ ଶୋଇ ଚେଇଁ ବସିଥାନ୍ତି ଖଟ ଉପରେ। ଖଟ କଡ଼ରେ ବେଡ୍ ଲାଇଟ୍‌ଟି ଜଳୁଥାଏ ନଷ୍ଟପ୍ରଭ ଆଭାରେ। ତା'ତଳେ ରଖାଯାଇଥିବା ଫ୍ରେମ୍ କରା ଫଟୋ ଆଡ଼କୁ ଚାହିଁ ମାମା ସେମିତି ବସି ରହିଥାଏ ଗୋଟିଏ ଜାଗାରେ ଛାୟା ମୂର୍ତ୍ତିଟେ ପରି। କେମିତି କେମିତି ଡ଼ର ଲାଗିଥାଏ ତାକୁ ସେହି ଦୃଶ୍ୟରେ। ଭିତରେ ଭୟଭୀତ ହେଲେ ବି ସାହାସ କରି 'ମାମା...ମାମା' ଡ଼ାକେ। 'ତୁ ଶୋଇପଡ଼ ଗୁଡ୍ଡି। ମୋତେ ନିଦ ଆସୁନି ତ ସେଥିପାଇଁ ବସିଥିଲି। ଚାଲ ଶୋଇପଡ଼ ଏଥର।' କହି ମାମା ବେଡ୍ ଲାଇଟ୍‌ଟା ଅଫ୍ କରିଦିଏ। ସେ ତା'ପରେ ଶୋଇଯାଏ ସିନା ସେହି କଥାକୁ ଭାବି ହୋଇ କିଛି ସମୟ ଛଟପଟ ହୋଇଥାଏ ନିଦ୍ରାହୀନତାରେ। ମନ ଭିତରେ ଅବୁଝା ଗଣିତ ପରି ମାମାଙ୍କୁ ନେଇ ଗୋଟିକ ପରେ ଗୋଟିଏ ପ୍ରଶ୍ନ ସବୁ ଖେଳିବୁଲେ। ଯେମିତି, ମାମା କ'ଣ ଶୋଇଲା ବେଳେ ନିଦ ବଟିକା ଠିକ୍‌ରେ ଖାଉ ନାହାଁନ୍ତି କି? ଗଲା କେଇଦିନ ତଳେ ମା'ଙ୍କୁ ଏହି ବିଷୟରେ ଜଣାଇଥିବାରୁ ସେ ତାଙ୍କୁ ପାଟିକରି କହିଥିଲେ, 'ଏ କ'ଣ ହେଉଛି ଅନି, ଦେହଟାକୁ ଜାଣି ଜାଣି କାହିଁକି ଖରାପ କରୁଛୁ କହିଲୁ? ତୁ କ'ଣ ଏମିତି ରାତି ରାତି ଅନିଦ୍ରା ହେଲେ ଭାବିଛୁ ଗଲା ଜିନିଷ ପୁଣି ଲେଉଟି ଆସିବ? ମତେ ଦେଖ୍, ମୁଁ ପୁଣି ମା' ହୋଇ ଛାତିକୁ ପଥର କରି ବଞ୍ଚିଛି ନା ନାହିଁ!' ସେବେଠୁ ମା'ଙ୍କ ପରାମର୍ଶରେ ମାମା ଡ଼ାକ୍ତର ଙ୍କୁ ପଚାରି ରାତିରେ ନିଦ ହେବା ପାଇଁ ଔଷଧ ଖାଇବା କଥା ସେ ଜାଣିଥିଲା। ବୋଧହୁଏ ମାମା ସେହି ଔଷଧକୁ ଆଜି ଖାଇନାହାନ୍ତି କି କ'ଣ? ଯଦି ଖାଇଛନ୍ତି ତେବେ ତାଙ୍କୁ ନିଦ ଆସୁନାହିଁ କାହିଁକି? ଏମିତି ସବୁ ଅସମାହିତ ପ୍ରଶ୍ନକୁ ଧରି କିଛି ସମୟ ଗୁରେଇ ତୁରେଇ ହୁଏ, ତା'ପରେ ପୁଣି ନିଦରେ ଶୋଇପଡ଼େ ଗୁଡ୍ଡି।

ନିଦରେ ଶୋଇଲେ ମଧ ମାମାଙ୍କୁ ନେଇ କିଛି ନା କିଛି ଅଦ୍‌ଭୁତ ସ୍ୱପ୍ନ ସବୁ ଏଇ କିଛିଦିନ ହେଲା ଦେଖି ଆସୁଛି ସେ। ଯୋଉଟା କି କେବଳ ତାକୁ ଭୀତଃତ୍ରସ୍ତ କରାଏନି ବରଂ ମାମାଙ୍କ ବିଷୟରେ ଅଧିକରୁ ଅଧିକ ଚିନ୍ତା କରିବାକୁ ଏକ ପ୍ରକାର ବାଧ୍ୟ କରିଥାଏ। କେବେ କେବେ ସ୍ୱପ୍ନରେ ଦେଖେ, ଚାରିଆଡେ ନିଛାଟିଆ ଜହ୍ନରାତି। ଆଖପାଖରେ ଜଣେ ବି କେହି ମଣିଷର ଉପସ୍ଥିତି ନାହିଁ। ସେହି ନିସ୍ତବ୍ଧ ଓ ନିଛାଟିଆ ଜହ୍ନ ରାତିରେ ମାମା ଏକୁଟିଆ ଛାତ ଉପରେ ଆକାଶ

ଆଡକୁ ଚାହିଁ ବସି ରହିଛନ୍ତି ସ୍ଥିର ମୌନ ମୁଦ୍ରାରେ। ଯେମିତି ଏକ ପଥର ଖୋଦେଇ ମୂର୍ତ୍ତି। ସେ ପଛଆଡୁ ଯେତେ ଡାକ ଛାଡିଲେ ସୁଦ୍ଧା ତା' ଡାକର କୌଣସି ଜବାବ ମାମା' ଦେଉ ନାହାନ୍ତି। ସେହିପରି ଦିନେ ଦିନେ ଦେଖେ, ମାମା ତାଙ୍କ ସ୍କୁଲ ପିନ୍ଧା ଶାଢୀ ପିନ୍ଧି ମୁଣ୍ଡରେ ହେଲ୍‌ମେଟ୍ ଦେଇ ସ୍କୁଟି ଚଲାଇ କୁଆଡେ ବାହାରି ଯାଉଛନ୍ତି। ରାସ୍ତାଘାଟ ସବୁ ଶୂନ୍‌ଶାନ୍। ସେଠି ତାଙ୍କ ସ୍କୁଟି ଛଡା ଅନ୍ୟ କୌଣସି ଗାଡ଼ି ମଟର ସେଇ ରାସ୍ତାରେ ଚାଲୁଥିବାର ଦେଖାଯାଉନାହାନ୍ତି। ସେହି ଏକାନ୍ତ ରାସ୍ତାରେ ମାମା ଏକ ମୁହାଁ ହୋଇ ଗାଡ଼ି ଚଳାଉଥାନ୍ତି ଯେ ଚଳାଉଥାନ୍ତି। ନା ଥାଏ ଷ୍ଟପେଜ୍ ନା ଥାଏ କୌଣସି ରହଣି। ନା ସେହି ରାସ୍ତାରେ ପଡ଼େ ତାଙ୍କ ସ୍କୁଲ୍। ତଥାପି ଅନିର୍ଦ୍ଦିଷ୍ଟ ଭାବରେ ବିରାମହୀନ ଗତିରେ ସେ ଗାଡ଼ି ଚାଳାଉଥାନ୍ତି ସେହି ଶୂନ୍‌ଶାନ୍ ରାସ୍ତାରେ। ତାଙ୍କୁ ଅଟକାଇବାକୁ ଯାଇ ସେ 'ମାମା....ମାମା' ଚିତ୍କାର କରି ଉଠେ ତ ହଠାତ୍ ସହସା ନିଦ ଭାଙ୍ଗିଯାଏ ତା'ର। ଏହିପରି ସ୍ୱପ୍ନ ସବୁ ତାକୁ ଯେତିକି ମାତ୍ରାରେ ବିଚଳିତ କରିଦିଏ ସେତିକି ମାତ୍ରାରେ ଭୟଭୀତ କରିଦେଇଥାଏ ମଧ୍ୟ। ତାକୁ ସବୁଠାରୁ ଅଧିକ ଦୁଃଖି କରିଥାଏ ମାମାଙ୍କର ଏହି ଉଦାସୀନତା ଓ ବୀତସ୍ପୃହତା। ନିଜ ସହିତ ନିଜେ ଯୁଝି ହେଉଥିବା ଏକାକୀପଣ। ତାଙ୍କ ଭିତରେ ଜମାଟ ବାନ୍ଧି ରହିଥିବା ଅବ୍ୟକ୍ତ କୋହର ସମୁଦ୍ର। ଯାହା ବାହାରକୁ ପ୍ରକାଶ୍ୟ ନ ହେଲେ ବି ସବୁବେଳେ ଅଶାନ୍ତ ଓ ବିକ୍ଷୁବ୍ଧ। ସେହି ନିର୍ଜନ ବିକ୍ଷୁବ୍ଧତାରେ ପ୍ରତ୍ୟହ ସେ ଯେମିତି ତାଙ୍କ ଠାରୁ ଦୂରେଇ ଦୂରେଇ ଯାଉଥାଏ। ବଞ୍ଚିତ ହେଉଥାଏ ସ୍ନେହ ପ୍ରେମର ସାନିଧ୍ୟରୁ। ଏଥର ସ୍କୁଲର ବାର୍ଷିକ 'ପ୍ୟାରେଣ୍ଟସ୍ ଡ଼େ' ରେ ସାଙ୍ଗରେ ଯିବା ପାଇଁ କେତେଥର ସେ ମାମାଙ୍କୁ ଅନୁରୋଧ ନ କରିଥିଲା। ବାରମ୍ବାର ଅନୁରୋଧ କରି କହିଥିଲା, 'ମାମା, ପ୍ଲିଜ୍ ମୋ ସହିତ ଚାଲ। ସବୁ ପିଲାଙ୍କ ପ୍ୟାରେଣ୍ଟସ୍ ଯାଉଛନ୍ତି, ତମେ ନଗଲେ କେମିତି ହେବ ?' କୋଉ ଶୁଣିଲେ ! ତାଙ୍କ ପାଟିରୁ ସେହି ଗୋଟିଏ ଉତ୍ତର, 'ମୋତେ ଯିବାକୁ ଜମା ବାଧ୍ୟ କରନା। ମୋର କୁଆଡେ ଯିବାକୁ ଇଚ୍ଛାନାହିଁ। ତୁ ମା'ଙ୍କୁ ସାଙ୍ଗରେ ଧରିକି ଚାଲିଯା।'

ସେ ଯଦିଓ ମା'ଙ୍କୁ ସାଙ୍ଗରେ ଧରି ଏହିଥର 'ପ୍ୟାରେଣ୍ଟସ୍ ଡ଼େ' କୁ ଯାଇଥିଲା।, ତଥାପି କେମିତି ଏକ ଖାପଛଡ଼ା ଲାଗିଥିଲା ତାକୁ ସ୍କୁଲର ପରିବେଶଟା। ସବୁ ପିଲାଙ୍କ ସାଙ୍ଗରେ ସେମାନଙ୍କ ପ୍ୟାରେଣ୍ଟସ୍ ଆସିଥାନ୍ତି। ସେମାନଙ୍କୁ ଦେଖିଲା ପରେ ଯେମିତି ଏକ ଅସହାୟ ବୋଧ ମାଡ଼ି ପଡୁଥାଏ ଭିତରେ। ପାଖରେ ମା' ବସିଥାନ୍ତି ସତ କିନ୍ତୁ ତାଙ୍କର ଉପସ୍ଥିତି ସେ ଚାହୁଁଥିବା ଶୂନ୍ୟସ୍ଥାନକୁ ନିଅଣ୍ଟ ଲାଗୁଥାଏ। ଏତେ ଭିଡ଼ ଭିତରେ ମଧ୍ୟ ଖାଁ ଖାଁ ଲାଗୁଥାଏ। ମନ ଛାଟିପିଟି ହେଉଥାଏ କେମିତି ଶୀଘ୍ର ଘରକୁ ଚାଲିଆସିବା ପାଇଁ। ଆଗରୁ ଯେତେଥର 'ପ୍ୟାରେଣ୍ଟସ୍ ଡ଼େ'କୁ ଆସିଛି ସବୁଥରେ ତା' ସାଙ୍ଗରେ ଥାନ୍ତି ବାବା ଆଉ ମାମା। ସେମାନରେ ସାଙ୍ଗରେ ଥିଲେ କେତେ ଖୁସି ଲାଗିଥାଏ ! କେତେ ଖୁସିରେ ସେ ଅନ୍ୟ ସାଙ୍ଗମାନଙ୍କୁ ଚିହ୍ନାଇ ଦେଇଥାଏ ବାବା ମାମାଙ୍କ ସହିତ ! କ୍ଲାସ୍‌ର ଟିଚର ମାନଙ୍କୁ ଦୂରରୁ ଚିହ୍ନାଇ ଦେଇ କହିଥାଏ, 'ବାବା, ଇଏ ଅମ୍ବୁଜ ସାର୍, ଆମ ଓଡ଼ିଆ ଟିଚର। ଇଏ ପ୍ରଫୁଲ୍ଲ ସାର୍, ଆମ ଇଂଲିଶ୍ ଟିଚର...।' ଏଥର ସେପରି କିଛି କରିବାର ଉତ୍ସାହ ବିଲ୍‌କୁଲ୍ ତା'ର ନ ଥିଲା। ଯଦିଓ ମା' କୌତୁହଳ ବଶତଃ ଜାଣିବା ନିମନ୍ତେ ତାକୁ ଥରେ ଦୁଇଥର ପଚାରିଥିଲେ। ସେ ଶୁଣି ଚୁପ୍ ରହିଥିଲା।

ବାବାଙ୍କ ସହିତ ବାହାରକୁ କୁଆଡେ ବୁଲିଯିବାରେ ତା'ର ଥିଲା ପ୍ରଥମ ପସନ୍ଦ। ସିଏ ସବୁବେଳେ ରହୁ ନ ଥିଲେ ପାଖରେ। ଘରଠାରୁ ଅଶୀ କିଲୋମିଟର ଦୂରରେ ଥିଲା ତାଙ୍କ ଚାକିରି। ସେଥିପାଇଁ ସପ୍ତାହକୁ ସପ୍ତାହ ଯା' ଆସ କରୁଥିଲେ ଘରକୁ। ଯେଉଁଥିପାଇଁ ଶନିବାର ହେବା ମାତ୍ରକେ ତା'ଭିତରେ ବାବାଙ୍କ ଆସିବା ନେଇ ଉତ୍ସାହ ଭରିଯାଉଥିଲା। କାରଣ ପରଦିନକୁ ପଡୁଥିଲା ରବିବାର। ଏହି ଦିନଟିରେ ବାବା ଯେମିତି ହେଲେ ତାକୁ କୁଆଡ଼େ ନା କୁଆଡ଼େ ବୁଲାଇବାକୁ ନେଇଥାନ୍ତି। ସେପରି ବିଶେଷ କିଛି ଘରକାମ ନଥିଲେ ମାମା ବି ସେମାନଙ୍କ ସାଙ୍ଗରେ ବୁଲି ବାହାରେ। କେବେ ଡିଅର ପାର୍କକୁ ଯାଇଥାନ୍ତି ନ ହେଲେ ମନ୍ଦିର। ପ୍ରାୟ ଅଧିକାଂଶ ଥର ପ୍ରଥମେ ପାର୍କରେ ବୁଲାବୁଲି କରି ଫେରିଲା ବେଳେ ମନ୍ଦିରରେ ଠାକୁରଙ୍କ ଦର୍ଶନ ସାରି ଫେରିଥାନ୍ତି। ଯଦି ସିନେମା ହଲ୍‌ରେ ନୂଆ ଭଲ ସିନେମା କିଛି ପଡ଼ିଥାଏ ତେବେ ରବିବାର ସଂଧ୍ୟା ସୋ'କୁ ସମସ୍ତେ ଏକାଠି ମିଶି ଦେଖିଯିବାଟା ଏକପ୍ରକାର ନିଶ୍ଚିତ। କହିବାକୁ ଗଲେ ବାବା ଓ ମାମା ଦି'ଜଣ ଯାକ ପୁରୁଣା ହିନ୍ଦୀ ସିନେମା ଓ ଗୀତର ବିମୁଗ୍ଧ ପ୍ରଶଂସକ। କେଉଁ ସବୁ ଗୀତକୁ କିଏ କିଏ ଗାଇଛନ୍ତି, ଏହାର ସଙ୍ଗୀତ ନିର୍ଦ୍ଦେଶକ କିଏ,ଗୀତଟି କେଉଁ ଫିଲିମ୍‌ର, ତାହାର ହିରୋ ଆଉ ହିରୋଇନ କିଏ ଏସବୁ ଯେମିତି ମୁଖସ୍ଥ ଥାଏ ସେମାନଙ୍କ ମୁହଁରେ। ବାବା ଘରେ ଥିଲେ ରବିବାର ସକାଳୁ ଅନ୍ୟ କେଉଁ ଚ୍ୟାନେଲ୍ ଲାଗୁ କି ନ ଲାଗୁ ଆଠଟା ବାଜିଲା ମାତ୍ରେ ନ୍ୟାସ୍‌ନାଲ୍ ଚ୍ୟାନେଲ୍ ସବା ଆଗ ଚାଲିବ। ବାବା ମାମା ଦୁଇଜଣଙ୍କର ଚା'ପିଆ ସହିତ ଆରମ୍ଭ ହୋଇଯିବ 'ରଙ୍ଗୋଲି' ଦେଖିବା। ଗୀତଟି ଆରମ୍ଭ ହେଉ ହେଉ ଦି'ଜଣଙ୍କ ମଧ୍ୟରେ ପ୍ରତିଯୋଗିତା ଚାଲିବ। କିଏ ଫିଲିମ୍‌ଟିର ନାଁ, ସଙ୍ଗୀତ ନିର୍ଦ୍ଦେଶକ ଓ ଗାୟକ ଗାୟିକା ଇତ୍ୟାଦିଙ୍କ ସଂପର୍କରେ ପ୍ରଥମେ କହିବ? କାହାର ଉତ୍ତର ଠିକ୍ କି ଭୁଲ୍ ସେକଥା ଟିଭିର ସ୍କ୍ରିନ୍‌ରୁ ପଢ଼ି ସେ ହିଁ ଦେଇଥାଏ ଉତ୍ତର। ଭାରି ମଜା ଲାଗିଥାଏ ସେତେବେଳେ ତାକୁ ଦୁଇ ଜଣଙ୍କୁ ପିଲାଙ୍କ ଭଳି କଥା କଟାକଟି ହେଉଥିବାର ଦେଖି।

ମାମା କହନ୍ତି, ବାବା କଲେଜରେ ପଢ଼ିଲା ବେଳେ ଖୁବ୍ ସୁନ୍ଦର ଚିତ୍ର ଆଙ୍କୁଥିଲେ। ସେହି ଗୋଟିଏ କଲେଜରେ ତାଙ୍କ ସହିତ ଏକା କ୍ଲାସ୍‌ରେ ପଢୁଥିଲେ ବାବା। ବସୁଥିଲେ ସବା ପଛ ଧାଡ଼ିରେ। କ୍ଲାସ୍‌ରେ କ'ଣ ପାଠପଢ଼ା ହୁଏ ନହୁଏ ସେଥିରେ ତାଙ୍କର ବିଶେଷ ଧ୍ୟାନ ନଥାଏ। ପଛ ବେଂଚରେ ବସି ଖାତାରେ ପଢ଼ାଯାଉଥିବା ପାଠ ବିଷୟରେ ନ ଲେଖି ଆଙ୍କିଚାଲିଥିବେ ଗୋଟିଏ ପରେ ଗୋଟିଏ ସ୍କେଚ୍। ସାର୍ ମାନଙ୍କର ପାଠପଢାଉଥିବାର ସ୍କେଚ୍। ପାଖରେ ବସିଥିବା ସହପାଠୀ ମାନଙ୍କର ସ୍କେଚ୍। ଏମିତି ଯେତେ ଯାହା ଅପାଠ ଜିନିଷ ସବୁ ତାଙ୍କ ନୋଟ୍ ଖାତାରେ ଭର୍ତ୍ତି ହୋଇଥାଏ। ଦିନେ ପିରିୟଡ଼ ସରିଲା ପରେ ହଠାତ୍ ତାଙ୍କ ପାଖରେ ଆସି ପହଞ୍ଚିଯାଇଥିଲେ ବାବା। ହାତରେ ଧରିଥିଲେ ନୋଟ୍ ଖାତାରୁ ଚିରାଯାଇଥିବା ଖଣ୍ଡିଏ କାଗଜ। ସେଇଟାକୁ ସଙ୍କୋଚର ସହ ତାଙ୍କରି ଆଡକୁ ବଢ଼ାଇ କହିଲେ, 'ଅନିନ୍ଦିତା, ଏଇଟା ତମରି ପାଇଁ।' ସେ କାଗଜ ଖଣ୍ଡିକୁ ହାତରେ ଆଣି ଦେଖିଲା ବେଳକୁ, ସେଇଟା ଥିଲା ତାଙ୍କର ଡଟ୍‌ପେନ୍‌ରେ ଗାର କଟା ଏକ ସାଇଡ଼୍ ସ୍କେଚ୍। ଯାହାକୁ ସେ କ୍ଲାସ୍ ଚାଲୁଥିବା ସମୟରେ ଆଙ୍କିଥିଲେ ପଛରେ ବସିରହି। ସେହି ଅଙ୍କିତ ଚିତ୍ରଟି ତାଙ୍କ ସହିତ ଏତେ ମିଶି ଯାଉଥିଲା ଯେ ତତ୍‌କ୍ଷଣାତ୍ ମୋହିତ ହୋଇଯାଇଥିଲେ ବାବାଙ୍କର

ଏହି ଅନନ୍ୟ ପ୍ରତିଭାରେ। ସେହିଦିନଠାରୁ ଦୁହିଁଙ୍କ ମଧ୍ୟରେ ଗଢ଼ିଉଠିଥିଲା ସଂପର୍କ। କ୍ରମଶଃ ସେହି ସଂପର୍କ ନିବିଡ଼ରୁ ନିବିଡ଼ତର ହୋଇ ବିବାହର ରୂପ ନେଇଥିଲା ପରବର୍ତ୍ତୀ ସମୟରେ।

ବାବାଙ୍କ ପରି ଗୁଡ୍ଡି ମଧ୍ୟ ଚିତ୍ର ଆଙ୍କିବାକୁ ଭାରି ଭଲପାଏ। ସବୁ ରବିବାର ଚିତ୍ର ଶିଖିବାକୁ ସଣ୍ଡେ ଆର୍ଟ ସ୍କୁଲକୁ ଯାଏ। ତାକୁ ସାଙ୍ଗରେ ନେଇଯାନ୍ତି ବାବା। ସିଏ ବି ଖୁସିରେ ସେଇଦିନ ତିଆରି କରିଥିବା ପେଣ୍ଟିଂକୁ ଆଣି ବାବାଙ୍କୁ ଦେଖାଏ। ତା' ହାତ ତିଆରି ପେଣ୍ଟିଂକୁ ଦେଖି ଭାରି ଖୁସି ହୋଇଯାଆନ୍ତି ଆଉ କହନ୍ତି, 'ବାଃ ବଢ଼ିଆ କରିଛୁ ତ! ତୋ ବୟସରେ ମୁଁ ବି ଏମିତିକା କରିପାରୁ ନ ଥିଲି।' ଅବିଶ୍ୱାସ ଆଖିରେ ସେ ବାବାଙ୍କ ଆଡ଼କୁ ଚାହେଁ ତ ବାବା ତା' ମୁଣ୍ଡକୁ ସାଉଁଳାଇ ଦେଇ କହନ୍ତି, 'ଆରେ ସତ କହୁଛି ଗୁଡ୍ଡି। କରିପାରିଥାନ୍ତି ନିଶ୍ଚୟ କିନ୍ତୁ ତୋ ଭଳିଆ ଏତେ ସୁନ୍ଦର ନୁହେଁ।' ଗୁଡ଼ି ଜାଣିପାରେ ବାବା ତା ମନକୁ ଖୁସି କରିବାକୁ ଏପରି କହୁଛନ୍ତି। ସେ ଆହୁରି ଆହୁରି ଭଲ କରି ପେଣ୍ଟିଂ କରୁ ବୋଲି ଚାହୁଁଛନ୍ତି। ସିଏ ତ ଆଉ ଛୋଟ ପିଲା ହୋଇ ରହି ନାହିଁ ଯେ ବୁଝିପାରିବ ନାହିଁ। ନହେଲେ, ସେ ଭଲକରି ଜାଣେ ବାବା ସିନା ଏବେ ଆଉ ଚିତ୍ର କରୁନାହାନ୍ତି ମାତ୍ର ଯାହାବି ଆଗରୁ କରିଛନ୍ତି ସେଗୁଡିକ ଦେଖିଲେ ତାଙ୍କ ହାତକୁ ମାନିବାକୁ ପଡ଼ିବ। ଏବେ ବି ଡ୍ରଇଁ ରୁମ୍‌ରେ ଫ୍ରେମ୍‌ରେ ଟଙ୍ଗା ହୋଇ ରହିଛି ବାବାଙ୍କ ହାତରେ ତିଆରି ତାଙ୍କ ଫ୍ୟାମିଲିର ଏକ ପେନ୍‌ସିଲ୍ ସ୍କେଚ୍। ଦୁଇପଟରେ ବାବା ଓ ମାମା। ମଝିରେ ଦୁଇଜଣଙ୍କ ହାତର ଆଙ୍ଗୁଠିକୁ ଧତି ଛିଡ଼ା ହୋଇରହିଛି ସେ। ତାକୁ ଯେତେବେଳେ ତିନି ବର୍ଷ ହୋଇଥିଲା ଷ୍ଟୁଡିଓରେ ଉଠାଯାଇଥିବା ଏକ ଫଟୋକୁ ନେଇ ବାବା ଆଙ୍କିଥିଲେ ସେହି ଚିତ୍ର। ଯାହାର ତଳେ ଲେଖାଯାଇଛି, 'ହାପି ଫ୍ୟାମିଲି'।

ଡ୍ରଇଁ ରୁମ୍‌ର କାନ୍ଥରେ ଟଙ୍ଗାଯାଇଥିବା ପୁରୁଣା ଦିନର ସେହି ଫ୍ରେମ୍ କରା ଫ୍ୟାମିଲି ଚିତ୍ରକୁ ମଝିରେ ମଝିରେ ଚାହିଁରହେ ଗୁଡ଼ି। ଯେତେବେଳେ ସେଆଡ଼କୁ ଚାହେଁ ମନଟା ତା'ର ଛାଆଁକୁ ଛାଆଁ ବିଷାଦିତ ହୋଇଉଠେ। ସହସା ଗୋଟିଏ ଅଣାୟତ୍ତ କୋହ ଛାତିର ପିଞ୍ଜରା ଫଟାଇ ବାହାରକୁ ଆସିବାକୁ ଉଦ୍ୟତ ହୁଏ। ତା'ର ଇଚ୍ଛା ହୁଏ ଖୁବ୍ ଜୋର୍‌ରେ ବଡ଼ ପାଟି କରି ରାହା ଧରି କାନ୍ଦିବାକୁ। ପୁଣି କ'ଣ ଭାବି ନିଜକୁ ସେଥିରୁ ନିବୃତ୍ତ କରେ। ଛାତି ଭିତରେ ମାଥା ପିଟୁଥିବା କୋହକୁ କୌଣସି ମତେ ଚପାଇଦିଏ ନିଜ ଭିତରେ। ମାମାଙ୍କୁ ସବୁଦିନ ତିଳତିଳ କରି ଝୁରି ହେଉଥିବାର ସେ ଦେଖୁଛି। ଏକେ ତ ମାମାଙ୍କ ଭିତରର ସେହି ସୀମାହୀନ ଅବ୍ୟକ୍ତ ଯନ୍ତ୍ରଣା ଆକାଶରେ କଳା ବାଦଲ ଘୋଟିବା ପରି ତାଙ୍କ ଘରକୁ ଗୋଟା ସୁଦ୍ଧା ଢ଼ାଙ୍କି ରଖିଛି। ସେଥିରେ ତା'ର ଏହି ଆର୍ତ୍ତି ଆହୁରି ଅସହ୍ୟ କରିଦେବ ଘରର ପରିବେଶକୁ ଭାବି ଲୁହକୁ ଫେରାଇଦିଏ ନିଜ ଭିତରକୁ। ଖାଲି ଚୁପ୍‌ଚାପ୍ ଉଦାସ ଆଖିରେ ଚାହିଁରହେ ସେହି ଫ୍ରେମ୍ କରା ଚିତ୍ର ଆଡ଼କୁ। ଯେଉଁଠି ସେ ଦେଖେ ଏକ ଅପୂରଣୀୟ ଶୂନ୍ୟସ୍ଥାନ। ଯାହାକୁ ଚାହିଁଲା ମାତ୍ରକେ ବୁକୁତଳେ ପହଁରିଯାଏ ଏକ ମର୍ମଭେଦୀ ହା' ହା' କାର। ତା' ନିରିହ ସ୍ୱର୍ଶାତୁର ମନରେ ଇଶ୍ୱରଙ୍କ ଅବିଚାର ପ୍ରତି ତୁହାକୁ ତୁହା ପ୍ରଶ୍ନ ସବୁ ଖେଳି ଉଠେ ଅନ୍ଧ ଆକାଶରେ ବିଜୁଳି ପରି।

କାର୍ତ୍ତିକ ପୂର୍ଣ୍ଣିମା ଠିକ୍ ଥାଏ ଆଉ ଗୋଟିଏ ଦିନ। ସବୁଥର ଏହି ନିର୍ଦ୍ଦିଷ୍ଟ ଦିନ ପାଇଁ ଥାଏ

ତା'ର ପ୍ରତୀକ୍ଷା। କୁଆଡ଼ୁ ଆସି ଅସୁମାରୀ ଉତ୍ସାହ ସବୁ ଜମାଟ ବାନ୍ଧିଥାଏ ତା'ଭିତରେ। ମନ ଯେତେ ଉତ୍‌ଫୁଲ୍ଲିତ ନ ହୁଏ ଡ଼ଙ୍ଗା ଭାସାକୁ ନେଇ ତା' ଠାରୁ ଅଧିକ ଉନ୍ମାଦିତ ହୋଇଉଠେ ଭୋର୍‌ରୁ ଭୋର୍‌ରୁ ମହାନଦୀରେ ସ୍ନାନ ଆଉ ତା'ପଛକୁ ସାତଦିନ ବ୍ୟାପି ପସରା ମେଲାଇଥିବା ବାଲି ଯାତ୍ରାର ମଜା। ପୂର୍ଣ୍ଣିମାର ଗୋଟିଏ ଦିନ ଆଗରୁ ବାବା ଆସି ପହଞ୍ଚିଥାନ୍ତି ଘରେ। ସେହିଦିନ ସଂଧ୍ୟାରେ ବାବାଙ୍କ ସହିତ ବଜାର ଯାଇ କିଣି ଆଣେ ସୋଲ ତିଆରି ଗୋଟିଏ ରଙ୍ଗିନ୍ ଡ଼ଙ୍ଗା। ତା' ପରଦିନ ବଡ଼ି ଭୋର୍‌ରୁ ଉଠି ବାବା ଓ ମାମାଙ୍କ ସହିତ ଗଡ଼ଗଡ଼ିଆ ଘାଟକୁ ଯାଇଥାଏ ଡ଼ଙ୍ଗା ଭସାଇବାକୁ। ବର୍ଷକରେ ସେହି ଗୋଟିଏ ଦିନ ତାକୁ ସ୍ୱାଧିନତା ମିଳିଥାଏ ନଦୀରେ ଗାଧୋଇବା ପାଇଁ। ତାହା ପୁଣି ବହୁ କଟକଣା ଭିତରେ। ଗୋଟିଏ ପଟେ ମାମା କୂଳରେ ରହି ପାଟି କରି କହୁଥିବେ, 'ଏ ଗୁଡ୍ଡି ବେଶି ଭିତରକୁ ଯା' ନାହିଁ।' ଆରପଟେ ବାବା ତାକୁ ଗୋଟିଏ ହାତରେ ଧରି ପାଣି ଭିତରେ ପଶୁଥିବେ। ତା'ର ଇଚ୍ଛା ଥିବ ଆଉ ଟିକେ ଅଧିକ ଭିତରକୁ ଯିବା ପାଇଁ। ହେଲେ, ଯେଉଁଠି ପାଣି ଅଣ୍ଟା ଧରିଥିବ କି ନାହିଁ ସେଇଠି ବାବା କହିବେ, 'ଆଉ ଆଗକୁ ଯାଆନା ଗୁଡ଼ି। ଏଇଠି ବୁଡ଼ ମାରି ଦେ।' ତା' ଭିତରେ ଛଳଛଳ ତରଙ୍ଗ ପରି ଉଡ଼ି ବୁଲୁଥିବା ନଈ ଛୁଆଁର ପୁଲକ ସେହି ମୁହୂର୍ତ୍ତରେ ଯାହା ଚରିତାର୍ଥ ହୋଇଥାଏ। ଅନ୍ୟଥା ସେଇ କଟକ ସହରରେ ରହି ମଧ୍ୟ ନଦୀର ସାନିଧ୍ୟଠାରୁ ସେ ଥାଏ ଖୁବ୍ ଦୂରରେ। କେବଳ ରିଙ୍ଗରୋଡ଼୍ ଦେଇ ଯା' ଆସ କଲାବେଳେ କିଛି ଦୂରରୁ ଯାହା ଦେଖିଥାଏ ନଦୀର ପ୍ରବହ ମାନ ଅସ୍ତିତ୍ୱକୁ। ବାସ୍ ସେତିକିରେ ତାକୁ ସନ୍ତୁଷ୍ଟ ହେବାକୁ ପଡ଼ିଥାଏ। ମାମାଙ୍କୁ ଯେତେଥର ନଈକୂଳ ଆଡ଼କୁ ବୁଲି ଆସିବାକୁ ଅନୁରୋଧ କଲେ ମଧ୍ୟ ସେ ଶୁଣନ୍ତି ନାହିଁ। ତାଙ୍କର ନଈ ପାଣିକୁ ପ୍ରବଳ ଡ଼ର। ନିଜେ ତ ଯାଆନ୍ତି ନାହିଁ, ଓଲଟି ବାବାଙ୍କୁ ମଧ୍ୟ ବାରଣ କରିଥାନ୍ତି ତାକୁ ନଈକୂଳକୁ ନ ନେଇ ଯିବା ପାଇଁ।

ଅଧିକାଂଶତଃ ପ୍ରତି ଶନିବାର ବାବାଙ୍କର ଆସିବା ହୋଇଥାଏ ଘରକୁ। ପ୍ରାୟ ସବୁଥର ସଂଧ୍ୟା ସାତଟା ସୁଦ୍ଧା ଆସି ପହଂଚି ଯାଇଥାନ୍ତି ଘରେ। ରବିବାରଟା ରହି ପୁଣି ସୋମବାର ବଡ଼ି ସକାଳୁ ବାହୁଡ଼ି ଯାଆନ୍ତି ପାରାଦୀପକୁ। ସେଇଠି ଥିବା ପିପିଏଲ୍‌ରେ ତାଙ୍କର ଚାକିରି। ଶନିବାରକୁ ଛାଡ଼ି ଯଦି ମଝିରେ କିଛି ବିଶେଷ ପର୍ବପର୍ବାଣି ପଡ଼େ ତେବେ, ତାଙ୍କର ଆସିବାଟା ଥାଏ ସୁନିଶ୍ଚିତ। ମାମା ପୂର୍ବରୁ ପ୍ରସ୍ତୁତ ହୋଇ ଘରେ ତାଙ୍କ ପାଇଁ ପକୁଡି ନ ହେଲେ ଆଉ କିଛି ଛଣାଛଣି କରିଥାନ୍ତି। ଗରମ ଗରମ ପକୁଡି ଖାଇବାକୁ ବାବାଙ୍କର ଭାରି ପସନ୍ଦ। ତା'ପଛକୁ ଅଦା, ଗୋଲମରିଚ ମିଶା କପେ ସ୍ପେଶାଲ ଚା'। ସେଦିନ ସଂଧ୍ୟାରେ ମଧ ବାବାଙ୍କ ମନ ପସନ୍ଦ ମୁତାବକ ରୋଷେଇ ଘରେ ଗରମ ପକୁଡି ଛାଣିବାକୁ ପ୍ରସ୍ତୁତି କରୁଥାନ୍ତି ମାମା। ସେ ଡ୍ରଇଁ ରୁମ୍‌ରେ ବସି ସେହିଦିନ ସ୍କୁଲରେ ଦିଆଯାଇଯାଇଥିବା ହୋମ୍‌ୱାର୍କ କରୁଥାଏ। ପାଖରେ ବସିଥାନ୍ତି ମା'। ତାକୁ କାଳେ ପଢାରେ ବାଧା ହେବ ବୋଲି ଖୁବ୍ କମ୍ ସାଉଣ୍ଡ ଦେଇ ଟିଭିରେ ଓଡିଆ ନ୍ୟୁଜ୍ ଚ୍ୟାନେଲ୍ ଲଗାଇ ଦେଖୁଥାନ୍ତି। ଯିଏ ଯାହା ବ୍ୟସ୍ତ ଥିଲେ ବି ବାବାଙ୍କ ଆସିବା ନେଇ ଘରର ସମସ୍ତଙ୍କ ଭିତରେ ଥାଏ ଉତ୍ସୁକତା।

ଏହି ସମୟରେ ହଠାତ୍ ଛାତିରେ ଛନକା ପଶିଲା ପରି ମା' ଚିତ୍କାର କରି ଉଠିଲେ, 'ଏ ଅନି, ଶୀଘ୍ର ଧାଇଁ ଆସେ...... ସବୁ ଅନର୍ଥ ହୋଇଗଲାରେ। ନ୍ୟୁଜ୍‌ରେ କ'ଣ ସବୁ ଦେଖାଉଛି

ଆସି ଦେଖିଲୁ ତ .....। ମୋ ମୁଣ୍ଡ କିଛି କାମ କରୁନି, ଜଲଦି ଆସେ......।' ତାଙ୍କର ଏପରି ଭୟାର୍ତ୍ତ ଚିତ୍କାର ଶୁଣି ମାମା ଅବିଳମ୍ବେ ଆସି ପହଂଚିଯାଇଥିଲେ ଡ୍ରଇଂ ରୁମ୍‌ରେ। ସେ ମଧ୍ୟ ହୋମୱାର୍କ ଛାଡି ମା'ଙ୍କର କ'ଣ କିଛି ଅସୁବିଧା ହେଲା ଭାବି ଛିଡା ହୋଇଯାଇଥିଲା ତଟସ୍ଥ ଭାବରେ। ସମସ୍ତଙ୍କ ନଜର କେନ୍ଦ୍ରିଭୂତ ହୋଇଥାଏ ଟିଭିର ପରଦା ଉପରେ। ଟିଭିରେ ପଛକୁ ପଛ ଚାଲିଥାଏ ବ୍ରେକିଂ ନ୍ୟୁଜ୍। ଦୁର୍ଘଟଣା ଗ୍ରସ୍ତ ହୋଇ ରାସ୍ତା ତଳକୁ ଓଲଟି ପଡିଥିବା ଗୋଟିଏ ବସ୍‌ର ଦୃଶ୍ୟକୁ ବାରମ୍ବାର ଦେଖାଇ ଚାଲିଥାଏ। ବସ୍‌ଟିର ନାଁ 'ରୂପ ନାରାୟଣ' ଯାହା କିଛି ସମୟ ପୂର୍ବରୁ ଦୁର୍ଘଟଣା ଗ୍ରସ୍ତ ହୋଇଥାଏ। ପାରାଦ୍ୱୀପରୁ କଟକ ରାସ୍ତାରେ କନ୍ଦରପୁର ଛକ ନିକଟରେ। ଟିଭି ସାମ୍ବାଦିକ ଜଣକ ଯାହା କହୁଥିଲେ, ସେଥିରୁ ବୁଝାପଡୁଥାଏ ଯେ ସାମ୍ନା ପଟୁ ଆସୁଥିବା ଗୋଟିଏ ମାଲ୍ ବୋଝେଇ ଟ୍ରକ୍ ସହ ବସ୍‌ଟି ମୁହାଁ ମୁହିଁ ଧକ୍କା ହୋଇ ଭାରସାମ୍ୟ ହରାଇ ରାସ୍ତା ତଳକୁ ଓଲଟି ପଡିଥିଲା। ଯାତ୍ରୀ-ବାହୀ ବସ୍‌ଟିରେ ଥିଲେ ପାଖାପାଖି ଷାଠିଏରୁ ଉର୍ଦ୍ଧ୍ୱ ଯାତ୍ରୀ। ଏହି ମର୍ମନ୍ତୁଦ ଦୁର୍ଘଟଣାରେ ଅଧିକାଂଶଙ୍କ ଅବସ୍ଥା ଥିଲା ସଂକଟାପନ୍ନ। ସମସ୍ତଙ୍କୁ ଉଦ୍ଧାର କରାଯାଇ କଟକ ବଡ ଡାକ୍ତରଖାନାକୁ ପଠାଇ ଦିଆଯାଇଥିବା କଥା ଉକ୍ତ ସାମ୍ବାଦିକ ଜଣକ କହୁଥିଲେ।

ନ୍ୟୁଜ୍‌ଟିକୁ ବାରମ୍ବାର ଟିଭିର ପରଦାରେ ଦେଖିଲା ପରେ ସମସ୍ତଙ୍କ ଦେହ ବରଡା ପତ୍ର ପରି ଥରି ଚାଲିଥାଏ। କାହା ମୁହଁରେ ନ ଥାଏ ଭାଷା। ସମସ୍ତେ ନିର୍ବାକ୍। କାରଣ ଏହି ବସ୍‌ରେ ସବୁଥର ବାବା ଘରକୁ ଫେରିଥାନ୍ତି। ସେହିଦିନ ମଧ୍ୟ ସେ ଘରକୁ ଆସୁଥିବା କଥା ଫୋନ୍ କରି ଜଣାଇଥିଲେ ସକାଳୁ। ଏପଟେ ଟିଭିରେ ପ୍ରସାରିତ ହେଉଥିବା ଦୁର୍ଘଟଣାର ଦୃଶ୍ୟକୁ ଦେଖି ସମସ୍ତେ ହୋଇଯାଇଥିଲେ ସ୍ତମ୍ଭୀଭୂତ। ମା'ଙ୍କର ସେତବେଳକୁ ଚେତାଶୂନ୍ୟ ହେବା ପରି ଅବସ୍ଥା। ମାମା ଘଟଣାଟିରେ ଏତେ ବିଚଳିତ ହୋଇପଡିଥିଲେ ଯେ ସେଇ ମୂହୂର୍ତ୍ତରେ କ'ଣ କରିବାକୁ ହେବ ସୁଦ୍ଧା ଠିକ୍‌ରେ ଜାଣିପାରୁନଥିଲେ। ସାହାସ ସଂଚୟ କରି ଗୁଡ୍ଡି ହିଁ ପ୍ରଥମେ ବାବାଙ୍କ ମୋବାଇଲକୁ ଚାରି ପାଂଚଥର ରିଂ କରିଥିଲା। ହେଲେ, ସବୁଥର ତାଙ୍କ ମୋବାଇଲ୍‌ଟି ଅପହଂଚ ଦୂରତାରେ ରହିଥିବା ସୂଚାଉଥିଲା। ଶେଷକୁ ବାବାଙ୍କୁ ଖୋଜିବାକୁ ବଡ ଡାକ୍ତରଖାନା ଯିବା ଛଡା ଅନ୍ୟ କିଛି ଉପାୟ ନଥିଲା ସେମାନଙ୍କ ପାଖରେ।

ବଡ ଡାକ୍ତରଖାନାର ଟ୍ରମା କେୟାର ୱାର୍ଡରେ ପ୍ରବଳ ଗହଳି ଲାଗିଥାଏ। ୱାର୍ଡର ସବୁ ବେଡ୍‌ରେ ପେସେଣ୍ଟ୍ ଭର୍ତ୍ତି। ସମସ୍ତେ ସେହି ବସ୍ ଦୁର୍ଘଟଣାରୁ ଉଦ୍ଧାର ହୋଇ ଆସିଥିବା ଜଣେ ଜଣେ। ସେମାନଙ୍କ ମଧ୍ୟରୁ ଆହତ ଓ ମୃତାହତଙ୍କ ସଂଖ୍ୟା ଏତେ ଅଧିକ ଥାଏ ଯେ କାହାକୁ ବେଡ୍ ଉପରେ ତ ଆଉ କାହାକୁ ସେହିପରି ଚଟାଣରେ ଶୁଆଇ ଦିଆଯାଇଥାଏ ନିର୍ଦ୍ଦୟ ଭାବରେ। ସମସ୍ତଙ୍କ ଦେହରେ ରକ୍ତ ଜୁଡୁବୁଡୁ ପୋଷାକ ଓ ପାଖରେ ଝୁଲୁଥାଏ ସାଲାଇନ୍। ଯେଉଁମାନଙ୍କର ଚେତା ଥାଏ ସେମାନେ ଖାଲି ଅସହ୍ୟ ଯନ୍ତ୍ରଣାରେ ଚିତ୍କାର କରି ଚାଲିଥାନ୍ତି। ସେହି ୱାର୍ଡର ଗୋଟିଏ ପଟେ ମାମା ଓ ଆରପଟେ ସେ ବିକଳ ହୋଇ ବାବାଙ୍କୁ ଖୋଜିବୁଲୁଥାନ୍ତି। ସେଠି ଆପାଦକାଳୀନ ଚିକିତ୍ସା ପାଇଁ ଭର୍ତ୍ତି ହୋଇଥିବା ଲୋକମାନଙ୍କ ମୁହଁ ଓ ସେମାନଙ୍କ ପିନ୍ଧା ପୋଷାକପତ୍ର ଖଣ୍ଡିଆ ଖାବରା ହୋଇ ଏତେ ରକ୍ତାକ୍ତ ଦେଖାଯାଉଥାଏ ଯେ ସେ ଭୟରେ ଚାହିଁପାରୁନଥାଏ କାହାର

ମୁହଁକୁ। ତା' ଜୀବନରେ ମଣିଷର ଏପରି ଭୟଙ୍କର ଅବସ୍ଥାକୁ ସାମ୍ନା କରିବା ଥିଲା ପ୍ରଥମ। ବହୁତ କଷ୍ଟରେ ଦୁଇହାତରେ ମୁହଁକୁ ଘୋଡାଇ ରଖି ବଡ ଅସହାୟ ଭାବରେ ସେ 'ବାବା..... ବାବା' ଡାକି ଚାଲିଥାଏ ସେହି ୱାର୍ଡ ମଧ୍ୟରେ। ହଠାତ୍ ତଳେ ଶୁଆଇ ଦିଆଯାଇଥିବା କାହାର ହାତ ସହ ଝୁଂଟି ହୋଇ ପଡିଯାଇଥିଲା ସେ। ଭୟରେ ଚିତ୍କାର କରି ତଳୁ ମୁହଁ ଉଠାଇ ଦେଖେ ତ ସେହି ଚଟାଣରେ ଶୁଆଇ ଦିଆଯାଇଥିବା ଲୋକଟି ଆଉ କେହି ନଥିଲେ, ଥିଲେ ତା'ର ବାବା। ସେଇଠି ଶେଷଥର ପାଇଁ ତା' ଭିତରେ ଯେତେ ଲୁହ ଥିଲା ସବୁତକ ସାରିଦେଇଥିଲା ବାବାଙ୍କୁ ହରାଇ।

ତା' ପରଠୁ ଆଉ କେବେ କାନ୍ଦି ନଥିଲା ଗୁଡ୍ଡି ଯଦିଓ ସେ ବାବାଙ୍କୁ ବହୁତ୍ ମିସ୍ କରୁଥିଲା। କାରଣ, ସେ ଯେବେ କାନ୍ଦୁଥିଲା, ତାକୁ ହସାଇବାକୁ ଚାହୁଁଥିଲେ ବାବା। କହୁଥିଲେ, 'ଛି ମା', ଏହି ଲୁଣି ପାଣି ଗୁଡା ଅଯଥାରେ କାହିଁକି ବୁହାଉଛୁ କହିଲୁ? ସରିଗଲେ, ତୋ ଭିତରର ସମୁଦ୍ର ଶୁଖିଯିବ ଯେ! ନିଜ ଭିତରେ ସମୁଦ୍ର ରହିଲେ ଯାହାକୁ ଯେତେ ଭଲ ପାଇବୁ, ତାହାକୁ ସେତେ ବେଶି ମନେ ପକାଇବୁ। ତା ହେଲେ ଯାଇ ତା' ଶୂନ୍ୟତାର ପ୍ରଗାଢତାକୁ ଅନୁଭବ କରିପାରିବୁ ନିଜ ମଧ୍ୟରେ।'

ସେଥିପାଇଁ ସେ ନିଜ ଭିତରର ସମୁଦ୍ରକୁ ଶୁଖାଇଦେବାକୁ ଚାହୁଁନଥିଲା।

■

ସମ୍ପର୍କର ରଙ୍ଗ

ଏୟାରପୋର୍ଟରୁ ସିଧା ଟ୍ୟାକ୍‌ସି ଯୋଗେ ଗାଁ ଅଭିମୁଖେ ବାହାରିଥିଲା ସନ୍ଦିପନ। ଏଇ ମାତ୍ର ବାଙ୍ଗାଲୋରରୁ ଇଣ୍ଡିଗୋ ଫ୍ଲାଇଟ୍‌ରେ ଆସି ପହଞ୍ଚିଥିଲା ଭୁବନେଶ୍ୱରରେ। ଅନ୍ୟ କୌଣସି ଦିନ ହୋଇଥିଲେ ସାମୟିକ ରହଣି ପାଇଁ ସେ ପ୍ରଥମେ ଶୈଳଶ୍ରୀ ବିହାରକୁ ଯାଇଥାନ୍ତା। ସବୁଥର ସେଠାରେ ଅନ୍ତତଃ ଦିନଟିଏ ଅବା କେଇ ଘଣ୍ଟା ରହି ବିଶ୍ରାମ ନେବା ପରେ ଯାଇ ସେ ଗାଁ ଆଡ଼େ ବାହାରିଥାଏ। ଏହା ପୂର୍ବରୁ ଯେତେ ଥର ଏକୁଟିଆ ଆସିଛି ଅବା ସ୍ତ୍ରୀ, ପିଲାଙ୍କୁ ସାଙ୍ଗରେ ଧରି ଆସିଛି ସେୟାହିଁ କରିଥାଏ। ତାଛଡ଼ା ଏତେଗୁଡ଼ା ବାଟରୁ ଫ୍ଲାଇଟ୍‌ରେ ଯାତ୍ରା କରି ଆସିଲା ପରେ ରିଫ୍ରେସ୍‌ମେଣ୍ଟ୍ ସହ କିଛିଟା ଆରାମ ତ ଦରକାର। ସେଥିପାଇଁ ବାଙ୍ଗାଲୋରରୁ ଗାଁକୁ ଆସିଲା ବେଳେ ପୁଣି ଗାଁରୁ ବାଙ୍ଗାଲୋରକୁ ବାହାରି ଗଲାବେଳେ ଶ୍ୱଶୁର ଘର ଶୈଳଶ୍ରୀ ବିହାର ଦେଇ ହିଁ ଯିବା ଆସିବା କରିଥାଏ।

ମାତ୍ର ତା'ର ଆଜିର ଗନ୍ତବ୍ୟସ୍ଥଳ ସିଧା ଥିଲା ଗାଁକୁ। ଯେତେ ଶୀଘ୍ର ସମ୍ଭବ ସେ ଚାହୁଁଥିଲା ସେଠାରେ ପହଞ୍ଚିବାକୁ। ସକାଳୁ ଅଫିସକୁ ବାହାରିବା ପୂର୍ବରୁ ଅପ୍ରତ୍ୟାଶିତ ଭାବେ ବାପାଙ୍କ ଫୋନ୍ କଲ୍ ଆସିଥିଲା। ମୋବାଇଲର ସ୍କ୍ରିନ୍‌ରୁ

ବାପାଙ୍କ ନମ୍ବରଟିକୁ ପଢି ହଠାତ୍ ଅପ୍ରସ୍ତୁତ ହୋଇ ପଡିଥିଲା ସେ। ଏମିତିରେ ଘରଠାରୁ ଖୁବ୍ ଦୂରରେ ରହୁଥିବାରୁ ମଝିରେ ମଝିରେ ଭଲ ମନ୍ଦ ଖବର ବୁଝିବା ପାଇଁ ବାପାଙ୍କ ଫୋନ୍ ଆସିଥାଏ। ସିଏ ବି ସମୟ ପାଇଲେ ନିଜ ଆଡୁ ଲଗାଇ କଥା ହୁଏ। ଯେମିତି, ଓଷାବ୍ରତ ଛାଡି ବୋଉକୁ ଉପବାସ ନ କରିବାକୁ କହିଥିଲା, ସେ ମାନୁଛି ନା ନାହିଁ। ଜେଜେ ମା'ର ଆଜ୍‌ମା କମିଛି କି ନାହିଁ। ଆର୍ଥ୍ରାଇଟିସ୍ ବାହାରିଲା ପରେ ବାପା ଠିକ୍‌ରେ ଔଷଧ ଖାଉଛନ୍ତି କି ନାହିଁ ଆଦି ପଚାରି ବୁଝେ। ଏସବୁ ପ୍ରାୟ ଛୁଟି ଦିନ ମାନଙ୍କରେ ହିଁ ହୋଇଥାଏ। ଯଦି କୌଣସି ପୂଜା ପାର୍ବଣର ତିଥିବାର ପଡ଼େ ଦିନ କେତେଟା ଆଗରୁ ବୋଉ ସେପଟୁ ଫୋନ୍ କରି ମାନିକୁ ସୂଚାଇ ଦେଇଥାଏ। ନିଜର ସବୁଦିନର କର୍ମବ୍ୟସ୍ତତା ଓ ବୃତ୍ତିଗତ ଜୀବନର ଧାଁ ଦୌଡ ଭିତରେ ମାନିକୁ ବା ଫୁରୁସତ୍ କେତେ ଯେ ସେ ସବୁ ମନେ ରଖିବ ? ତଥାପି ବୋଉ ଫୋନ୍‌ରେ କହିବାକୁ ପଛାଏନି, 'ବାହାରେ ରହିଲ ବୋଲି କ'ଣ ନିଜ ପରମ୍ପରାକୁ ଭୁଲିଯିବ ? ତମେ କଲେ ସିନା ତମ ପିଲାମାନେ ତମଠୁ ଶିଖିବେ... ଜାଣିବେ ?"

ଘରର ଦୁଇଜଣ ଯାକ କର୍ମଜୀବୀ ହେଲେ ଅବସ୍ଥା ଯାହା ହୋଇଥାଏ, ସେମାନଙ୍କ ଜୀବନରେ ସେୟା ହୁଏ। ମେଟ୍ରୋ ସହରରେ ବଦଳିଯାଏ ସେମାନଙ୍କ ପାଇଁ ସଂସ୍କୃତିର ସଂଜ୍ଞା। ସକାଳୁ ଉଠୁ ଉଠୁ ପିଲାଙ୍କୁ ସ୍କୁଲ ପାଇଁ ପ୍ରସ୍ତୁତ କରିବା, ଦୁହେଁ ଅଫିସକୁ ଏକା ସଙ୍ଗେ ବାହାରିବା, ମଝିରେ ସମୟ କାଢି ପିଲାଙ୍କୁ ସ୍କୁଲରୁ ଆଣି ଘରେ ଛାଡିବା ଓ ସନ୍ଧ୍ୟା ପରେ ଅଫିସ୍‌ରୁ ଘରକୁ ଫେରିବା। ଏ ଯେମିତି ଏକ ରୁଟିନ୍ ବନ୍ଧା ଅଭ୍ୟାସ ପାଲଟି ଯାଇଥିଲା ସନ୍ଦିପନ ଓ ମାନିଙ୍କ ବାସ୍ତତାମୟ ଜୀବନରେ। ମନ ହାଲ୍‌କା କରିବାକୁ ଛୁଟି ଦିନ ମାନଙ୍କରେ ମଲ୍‌ରେ ସପିଙ୍ଗ୍, ସିନେମା ନ ହେଲେ ଆଖପାଖ କେଉଁଠିକି ଛୋଟ ଟ୍ରିପ୍। ବାସ୍ ଏତିକି। ହଁ, ପିଲାଙ୍କ ଖରାଦିନ ସ୍କୁଲ ଛୁଟିରେ ଓ ଫି'ସାଲ ଦଶହରାରେ ଗାଁକୁ ଆସିବା ସୁନିଶ୍ଚିତ। ବର୍ଷକୁ ଏହି ଦୁଇଥର ସେ ସପରିବାର ଓଡ଼ିଶାକୁ ଆସିଥାଏ। ଅନ୍ୟଥା କେବେ କେମିତି ନିହାତି ଆସିବା ଦରକାର ପଡିଲେ ଏକୁଟିଆ ଆସିଥାଏ। ଦଶହରାକୁ ଗାଁରେ ଘରେ ପୂଜା ହୁଏ। ଯିଏ ଯୁଆଡେ ଥିଲେ ସଭିଏଁ ଆସି ଏକାଠି ହୁଅନ୍ତି। ପିଢି ପରେ ପିଢି ଧରି ଏହି ପୂଜା ପାଳିତ ହୋଇଆସୁଛି ବୋଲି କହିଥାନ୍ତି ବାପା। ସେଥିପାଇଁ ଦିନ କେଇଟା ଆଗରୁ, 'କେବେ ଆସୁଛୁ ଲିପୁନ୍.....ଆଗରୁ ଆସି ପହଞ୍ଚିବୁ ତ...' ପଚାରି ବସି ଅଥୟ କରିପକାନ୍ତି। ଥରେ ଯଥେଷ୍ଟ ପୂର୍ବରୁ ସନ୍ଦିପନକୁ ଛୁଟି ମିଳି ନ ଥିବାରୁ ବାଙ୍ଗାଲୋରରୁ ଆସିବାରେ ବିଳମ୍ବ ହୋଇଥିଲା। ଏପରିକି ଦଶହରାର ଠିକ୍ ଗୋଟିଏ ଦିନ ପୂର୍ବରୁ ଆସି ପହଞ୍ଚିଥିଲା ଗାଁରେ। ବାପାଙ୍କ ବ୍ୟସ୍ତତା କୁଆଡେ କ'ଣ ବଢିଯାଇଥିଲା ସେହି ବର୍ଷ। ମନର ଆଶଙ୍କାକୁ ବ୍ୟକ୍ତ କରିବାକୁ ଯାଇ ସେ କହିପକାଇଥିଲେ, 'ମୁଁ ଥିବା ଯାଏ ତ ଏସବୁ ଚାଲୁଥିବ। ତମେ ସବୁ ରହିଲ ଯାଇ ବାହାରେ। ମୋ ପରେ କ'ଣ ହେବ କେଜାଣି ?' ନିରୁତ୍ତର ଭାବେ କେବଳ ଚାହିଁ ରହିଥିଲା ସେ ବାପାଙ୍କ ମୁହଁକୁ। ଭିତରେ ଭିତରେ ତାକୁ ଆନ୍ଦୋଳିତ କରିପକାଉଥିଲା ଅଛିଣ୍ଡା ଗଣିତର ପରିଣାମ ପରି ବାପାଙ୍କ ମୁହଁର ସେହି ପ୍ରଶ୍ନ। ସେ ଅନୁଭବ କରୁଥିଲା ଯେପରି ପାଖାପାଖି ଲାଗି ଛିଡା ହୋଇଥିବା ତାର ଦୁଇ ପାଦ ଦୁଇ ପରସ୍ପର ବିପରୀତ ଭୂଖଣ୍ଡ ମଧ୍ୟରେ ମେଲି ହୋଇଯାଉଛି। ଜୀବନ ଓ ଜୀବିକାର ଦାୟରେ କ୍ରମଶଃ ତାଠାରୁ କୋଶ କୋଶ ଦୂରକୁ ଘୁଞ୍ଚିଯାଉଛି ପିତୃ ପୁରୁଷର ଭିଟାମାଟି, ପରମ୍ପରା ଓ ସଂସ୍କୃତି।

ଗୋଟିଏ ପାଖରୁ ଟ୍ୟାକ୍ସିର କାଚ ବାଟେ ଅପରାହ୍ନର ତେରଛା ସୂର୍ଯ୍ୟକିରଣ ଆସି ପଡୁଥିଲା ସନ୍ଦିପନର ମୁହଁରେ । ସେହି କିରଣରେ ତା' ଭାବମନସ୍କ ମୁହଁଟା ଦିଶୁଥିଲା ଅଧିକ ଗମ୍ଭୀର । ଜଣାପଡୁଥିଲା ଅନେକାଂଶରେ ବିଚଳିତ ଓ ଯେପରି କୌଣସି ଏକ ସମ୍ଭାବ୍ୟ ପରିଣାମକୁ ନେଇ ଆଶଙ୍କିତ । ଏକ ଲୟରେ ସେ ଗାଡିର ସାମ୍ନା କାଚ ଦେଇ ଚାହିଁ ରହିଥିଲା ଅସମାପ୍ତ ରାସ୍ତାର ବଦଳି ଚାଲିଥିଲା ସୀମାନ୍ତକୁ । ସକାଳୁ ଗୋଟିଏ ଜିନିଷ ତାକୁ ଉଦ୍‌ବେଳିତ କରାଇ ଦେଇଥିଲା । ତାହା ଥିଲା ବାପାଙ୍କର ମୋବାଇଲ କଲ୍ । ଅତି ଆତୁର ଭାବରେ ସେପଟୁ ବାପା ଜଣାଇଥିଲେ, 'ଲିପୁନ୍‌ରେ, ତୋ ଜେଜେ ମା'ର ଅବସ୍ଥା ଭାରି ଖରାପ । ଗଲା ଦୁଇ ଦିନ ହେଲାଣି ଅନ୍ନ ଜଳ କିଛି ଛୁଇଁ ନାହିଁ । ଖାଲି ବିଛଣାରେ ପଡି ବାଉଳି ଚାଉଳି ହେଉଛି । ତୋତେ ଦେଖିବ ବୋଲି ବହୁତ ଖୋଜି ହେଉଛି । କାଳେ କ'ଣ ହୋଇଯିବ, ତୁ ପାରୁଛୁ ଯଦି ଶୀଘ୍ର ଚାଲିଆସେ ।'

ଯେଉଁଥିପାଇଁ ଭୁବନେଶ୍ୱର ଏୟାରପୋର୍ଟରୁ ଓହ୍ଲାଇ ଟ୍ୟାକ୍ସିରେ ବସିବା ଭିତରେ ନିଜର ବ୍ୟଗ୍ରତାକୁ ନ ସମ୍ଭାଳି ପାରି ସେ କଲ୍ କରିଥିଲା ଜିତୁ ଭାଇଙ୍କ ପାଖକୁ । ଚଢେଇଗୁଆଁ କଲେଜରେ ଅଧ୍ୟାପନା କରୁଥିବା ଜିତୁ ଭାଇ ସଂପର୍କରେ ତା'ର ବଡ଼ବାପାଙ୍କ ପୁଅ ବଡ ଭାଇ । ସେପଟରୁ ଭାସି ଆସିଥିଲା ସେଇ ସମାନ ଆଶଙ୍କା ମିଶ୍ରିତ ସ୍ୱର, 'ଜେଜେ ମା'ର ଅବସ୍ଥା ସେତେଟା ଭଲ ନାହିଁରେ ଲିପୁନ୍ । ତୁ ଚାଲି ଆସିଛୁ, ଭଲ କରିଛୁ । ଆମେ ସବୁ ତୋ ବାଟ ଚାହିଁ ବସିଛୁ । ମଞ୍ଜୁ ଅପା ମଧ୍ୟ ଆଜି ଆସି ପହଞ୍ଚି ସାରିଛି ।' ଶୁଣିଲା ପରେ ଆହୁରି ବଢିଯାଇଥିଲା ତା ଭିତରର ଅସ୍ଥିରତା । ପୂର୍ବାପେକ୍ଷା ଗାଁ ଅଭିମୁଖେ ଯାଇଥିବା ରାସ୍ତା ତାକୁ ଜଣାପଡୁଥିଲା ଖୁବ୍ ଦୀର୍ଘ ଓ ଲମ୍ବା । ଆଗରୁ ଯେତେଥର ଏହି ରାସ୍ତାରେ ଆସିଛି ସବୁଥର ଅଲଗା ଆଖି ନେଇ ଆସିଥାଏ । ଉପଭୋଗ କରେ ରାସ୍ତା ଦୁଇପଟର ସବୁଜିମା, ବିଲବାଡି, ଗଛଲତା, ଘରଦ୍ୱାର ଓ ଗୋଟିଏ ପରେ ଗୋଟିଏ ଅତିକ୍ରମ କରୁଥିବା ପ୍ରଶସ୍ତ ନଈର ପାଣି ଧାରକୁ । ଯେଉଁ ଦୃଶ୍ୟ ସବୁ ସେ ବାଙ୍ଗାଲୋର ମହାନଗରୀର ତାସ୍ ପରି ସଜା ହୋଇଥିବା ଥାକ ଥାକ କୋଠାଗୁଡିକ ମଧ୍ୟରେ ରହି ପାଇନଥାଏ । ଛବି ବହିର ଚିତ୍ର ପରି ଯେଉଁ ଦୃଶ୍ୟ ଗୁଡିକ ସ୍ମୃତି ହୋଇ ସାଇତି ରହିଥାଏ ତା' ଆଖିର କୋଣରେ । ପୁଣି ସେଗୁଡିକ ଜୀବନ୍ତ ହୋଇ ପୃଷ୍ଠା ମେଲେ ଯେବେ ଯେବେ ସେ ଗାଁକୁ ଆସିଥାଏ ଏହି ରାସ୍ତାରେ ।

କିନ୍ତୁ, ଆଜି ବିଲକୁଲ୍ ତାର ସେହି ମୁଡ୍ ନଥିଲା ଯେ ରାସ୍ତାର ଦୁଇପଟକୁ ଚାହିଁ କିଛି ଗୋଟାଏ ଉପଭୋଗ କରିବ । ବରଂ ସେ ଏତେ ଅସ୍ଥିର ହୋଇ ଉଠିଥିଲା ଯେ ଡ୍ରାଇଭରକୁ ସୁଦ୍ଧା, 'ଟିକେ ଶୀଘ୍ର ଚଲାଅ' ବୋଲି ଥରୁଟିଏ କହିସାରି ଥିଲା ନିଜ ଆଡୁ । ଅନେକ ବାଟ ଯିବାକୁ ପଡିବ ତାକୁ । ପ୍ରାୟ ପାଖାପାଖି ଶହେ କିଲୋମିଟର ହେବ ଭୁବନେଶ୍ୱରରୁ ତା ଗାଁ ବଡ଼କୂଳ । କଟକ-ଚାନ୍ଦବାଲି ରାସ୍ତା ଦେଇ ଆସିଲେ ଦୁହୁରିଆ ଛକରୁ ଜାତୀୟ ରାଜପଥ ଉପରକୁ ଉଠି ପାରାଦ୍ୱୀପ ଆଡକୁ ମୁହାଁଇଲେ ବାଟରେ ମଙ୍ଗଳାଛକ । ସେଠାରୁ ବାଁ ପଟରେ ଗଲେ ଆଶ୍ରମ ବାଲିକୁଦା ଠାରେ ଲୁଣା ନଦୀ ପୋଲ । ସେହି ପୋଲକୁ ଅତିକ୍ରମ କଲା ପରେ ପଡେ ତାଙ୍କ ଗାଁ । ପୋଲ ହେବା ପୂର୍ବରୁ କେନାଲ ବ୍ରିଜ୍ ଠାରେ ତଳକୁ ଓହ୍ଲାଇ ଗୋପାଳଗଡ଼ା ଠାରେ ନଦୀ ପାର ହେବାକୁ ପଡୁଥିଲା । କଟକ କିମ୍ବା ଭୁବନେଶ୍ୱର କୌଣସି କାମରେ ବାହାରକୁ ଆସିଲେ ସେହି ଗୋଟିଏ ଦିନରେ ଫେରିବା ସମ୍ଭବ ହେଉନଥିଲା ।

ଏବେ ସିଧାସଳଖ ଗାଡି ଧରି ଗାଁକୁ ଯିବା ଆସିବା କରି ହେଉଛି। ସେହି ରାସ୍ତା ଧରି ପହଞ୍ଚିବାକୁ ସନ୍ଦିପନର ଟ୍ୟାକ୍‌ସି ଛୁଟିଥିଲା ଅବିରାମ ଗତିରେ।

ଆଲବମ୍‌ରେ ସାଇତା ପ୍ରିୟଜନର ଫଟୋ ପରି ବାଟସାରା ତା' ଦୃଷ୍ଟିପଥରେ ନାଚି ଉଠୁଥିଲା ଜେଜେ ମା'ର ଚେହେରା। ସଜୀବ ସ୍ମୃତିର ଚିତ୍ର ସବୁ ଆଖିର ପରଦାରେ ଝଲସି ଉଠୁଥିଲା ଅନାୟାସରେ। ପିଲା ଦିନରୁ ଆଜିଯାଏଁ ତାଙ୍କ ସହ ଗଢିଉଠିଥିବା ନିବିଡ଼ ସଂପର୍କର ଡୋର। ଜହ୍ନ ରାତିରେ ତାଙ୍କ କୋଳରେ ଶୋଇରହି ଗପ ଶୁଣିବା ଠାରୁ ଅସରନ୍ତି ଅନ୍ତରଙ୍ଗ ମୁହୂର୍ତ୍ତର ଛୋଟ ଛୋଟ ଦୃଶ୍ୟ। ଗାଁ ସ୍କୁଲ୍‌ରୁ ମାଇନର ପାସ୍ କଲା ପରେ ତା'ର ନାମ ଲେଖା ହୋଇଥିଲା କଟକରେ। ସେଇଠି ସେ ପିଉସୀଙ୍କ ଘରେ ରହି ପଢିଥିଲା। ମାଟ୍ରିକ୍ ପାସ୍ କଲାପରେ ରେଭେନ୍ସା କଲେଜ। ତା'ପରେ ଇଞ୍ଜିନିୟରିଂ। ପରେ ପରେ ବାଙ୍ଗାଲୋର୍‌ରେ ଚାକିରି। ପାଠପଢା ଓ ଅର୍ଥ ଉପାର୍ଜନର ଦ୍ୱାହିରେ ଅନେକ ବର୍ଷରୁ ଗାଁଠାରୁ ଦୂରେଇ ଯାଇଥିଲେ ବି ଏକଦମ୍ ଦୂରେଇ ଯାଇନଥିଲା ଜେଜେ ମା'ର ସାନିଧ୍ୟ ଠାରୁ।

ସେଥିପାଇଁ ବର୍ଷକୁ ଯେଉଁ ଥରେ ଅଧେ ଗାଁକୁ ଆସେ ମନ ଭରି ସମୟ କାଟେ ତାଙ୍କ ପାଖରେ ବସି। ସବୁଥର କିଛି ନା କିଛି ତାଙ୍କ ପାଇଁ କିଣିକି ଆଣେ। କେବେ ଶାଢୀ ତ କେବେ ଶାଲ୍, ନ ହେଲେ ଆଉ କିଛି। ସେ ସବୁକୁ କୁଣ୍ଠିତ ହୋଇ ଗ୍ରହଣ କରନ୍ତି ସତ, ତା' ସହିତ ମନ କଥାକୁ ବି ମୁହଁରେ ଉତାରି ପକାଇବାକୁ ପଛାନ୍ତି ନାହିଁ। କହନ୍ତି, 'କାହିଁକି ମୋ ପାଇଁ ଏସବୁ ବୋହିକି ଆଣୁଛୁ କହିଲୁ? ମୋର ଆଉ ଏ ବୁଢୀ ବୟସରେ କ'ଣ ଅବା ହବ। ତୁ ଆସୁଛୁ, ତୋତେ ଆଖି ପୂରାଇ ଟିକେ ଦେଖୁଛି, ସେତିକି ଯଥେଷ୍ଟ।'

ଜଗତପୁର ଛକରୁ ଡାହାଣ ପଟକୁ ଭାଙ୍ଗି ଟ୍ୟାକ୍‌ସିଟି କଟକ-ଚାନ୍ଦବାଲି ରାସ୍ତା ଧରି ସାରିଥିଲା ଏହା ଭିତରେ। ଗନ୍ତବ୍ୟ ସ୍ଥଳର ଦୂରତା ଥାଏ ଆହୁରି ଅନେକ ଗୁଡିଏ ବାଟ। ଜେଜେ ମା' କଥା ଭାବି ବସି ତା' ଭିତରୁ ଧୈର୍ଯ୍ୟର ପ୍ରାଚୀର ଭାଙ୍ଗି ପଡୁଥାଏ। ସେ ଯଥା ସମ୍ଭବ ଚେଷ୍ଟା କରୁଥାଏ ନିଜକୁ ନିୟନ୍ତ୍ରଣ କରିବା ପାଇଁ। ନିୟତିର ନିଷ୍ଠୁର ପରିଣାମକୁ ସାମ୍ନା କରିବା ପାଇଁ ସାହାସ ଜୁଟାଇ ଚାଲିଥାଏ ନିଜ ଭିତରେ। 'ହେ ଭଗବାନ! ମୁଁ ପହଞ୍ଚିବା ଯାଏ ତାକୁ ଟିକେ ବଞ୍ଚାଇ ରଖ। ଏଇ ଶେଷ ସମୟରେ ସେ ମତେ ଟିକେ ଦେଖି ପାରୁ ଅନ୍ତତଃ..।' କୋହଭରା ପ୍ରାର୍ଥନାଟିଏ ଅନୁରଣିତ ହୋଇ ଉଠୁଥିଲା ସନ୍ଦିପନର ଭିତରେ।

ଛାଏଁ ଛାଏଁ ତା' ମନରେ ନାଚି ଉଠୁଥାଏ ପିଲାଦିନର ସେହି ଘଟଣା। ଯେଉଁଦିନ ସେ ସ୍ୱଚକ୍ଷୁରେ ଦେଖିଥିଲା ଜେଜେ ମା' ଭିତରେ ଥିବା ଅସୁମାରି ଧୈର୍ଯ୍ୟ, ପୁଣି ଉଚ୍ଛୁଳା ନଦୀ କୂଳ ଲଙ୍ଘିଲା ପରି ସେହି ଧୈର୍ଯ୍ୟର ଅନ୍ତ! ସେଦିନ ସକାଳୁ ଦାନ୍ତ ଘଷିଲା ବେଳେ ଦମା କାଶ ସହ ଖୁବ୍ ଜୋର୍‌ରେ ବାନ୍ତି ହୋଇଥିଲା ଜେଜେ ବାପାଙ୍କର। ତାପରେ କେମିତି ଅସ୍ୱାଭାବିକ ଭାବେ ନିସ୍ତେଜ ହୋଇ ପଡିଥିଲେ ସେ। ଦାଣ୍ଡ ପିଣ୍ଡାରେ ସପ ପାରି ତାଙ୍କୁ ଶୁଆଇ ଦିଆଯାଇଥିଲା ସଙ୍ଗେ ସଙ୍ଗେ। ଜେଜେ ମା' ଠାକୁର ଘର ଲିପାପୋଛା ଅଧାରୁ ଛାଡି ଆସି ବସି ପଡିଥିଲେ ତାଙ୍କ ମୁଣ୍ଡ ପାଖରେ। ଗୋଟିଏ ହାତରେ ବିଞ୍ଚଣା ବୁଲାଇ ଆର ହାତରେ ମଝିରେ ମଝିରେ ଆଉଁସି ପକାଉଥିଲେ ଜେଜେ ବାପାଙ୍କ

କପାଳକୁ। ଅବସ୍ଥାରେ ସେପରି କୌଣସି ସୁଧାର ଆସୁନଥାଏ। କାଳେ କ'ଣ ତାଙ୍କ ଦେହ ଅଧିକ ବିଗିଡି ଯିବ ଭାବି ବାପା ଦାଦା ଦୁହେଁ ଅଣ୍ଟା ଭିଡି ଡାକ୍ତରଖାନା ନେବାକୁ ବାହାରିଲେ। ଜେଜେ ବାପାଙ୍କୁ ସେମିତି ଲମ୍ବ କରି ଶୁଆଇ ଦିଆଗଲା ଦଉଡିଆ ଖଟ ଉପରେ। ସାହିର ଆଉ ଦୁଇଜଣ ଲୋକଙ୍କ ସହ ମିଶି ତାଙ୍କୁ ବୋହି ନେଇ ଯାଇଥିଲେ ଘାଟ କୂଳକୁ। ସେଠାରୁ ନଈ ପାର କରାଇ ନେଇଥିଲେ ମାର୍ଶାଘାଇ ଡାକ୍ତରଖାନାକୁ।

ଲୁଣାନଦୀ ଆରପଟେ ଧୋଇଆ ପାରିର ଯେତେକ ଗାଁ, ଦେହ ମୁଣ୍ଡ କିଛି ଖରାପ ହେଲେ ସଭିଏଁ ଧାଇଁଥାନ୍ତି ଏହି ଗୋଟିଏ ମାତ୍ର ଡାକ୍ତରଖାନାକୁ। ରୋଗୀର ଅବସ୍ଥା ଯଦି ଅଧିକ ଖରାପ ହୁଏ, ତାହେଲେ ସେଠାରୁ କେନ୍ଦ୍ରାପଡ଼ାକୁ ପଠାଇ ଦିଆଯାଏ। ସେଥିରେ ଯଦି ଉନ୍ନତି ନ ହେଲା, ତାହେଲେ କଟକ ବଡ଼ ଡାକ୍ତରଖାନା ଭରସା।

ଏଣେ ଡାକ୍ତରଖାନାରୁ କ'ଣ ଖବର ଆସିବ ସେଇ କଥାକୁ ନେଇ ଘର ଲୋକଙ୍କ ଅପେକ୍ଷା। ସେପର୍ଯ୍ୟନ୍ତ ଅଖିଆ ଅପିଆ ହୋଇ ଠାକୁର ଘର ଦୁଆର ମୁହଁରେ ଅଧିଆ ପଡି ରହିଥିଲେ ଜେଜେ ମା'। ଘର ଲୋକେ ଯିଏ ଯାହା ବୁଝାଇଲେ, ଯେତେ ଉଠାଇବାକୁ ଚେଷ୍ଟା କଲେ ମଧ୍ୟ ସବୁ ହୋଇଥିଲା ନିରର୍ଥକ। କାହାର କୌଣସି କଥା ଅବା ଆଶ୍ୱସନା ତାକୁ ପ୍ରଭାବିତ ସୁଦ୍ଧା କରିପାରୁ ନଥାଏ। ଜେଜେ ବାପାଙ୍କ ଏପରି ଦଶା ଦେଖି ଯେପରି ସେ ପାଲଟିଯାଇଥିଲେ ଏକ ମୌନ ସନ୍ୟାସିନୀ। ବାହାର ଦୁନିଆ ଠାରୁ ସଂପୂର୍ଣ୍ଣ ଅଲଗା ହୋଇ ଅନ୍ତରର ଆକୁଳ ପ୍ରାର୍ଥନାକୁ ସମର୍ପି ଦେଇଥିଲେ ନିଜ ଇଷ୍ଟ ଦେବତାଙ୍କ ଆଗରେ।

ଜେଜେ ମା'ଙ୍କର ସେ ଥିଲା ଅତି ଅଲିଅଳ। ଘରର ସବା ସାନ ହୋଇଥିବାରୁ ସବୁଠାରୁ ଅଧିକ ଭଲ ପାଉଥିଲେ ତାକୁ। ଟିକେ ଟିକେ କଥାରେ ଖୋଜୁଥିଲେ, ଲୋଡୁଥିଲେ ଏପରିକି ସକାଳ ହେବାକ୍ଷଣି ଆଗ ଡାକ ପକାଉଥିଲେ, 'ଲିପୁନ୍, ଆସେ ଶାଗ ତୋଳିଯିବା।' ସୁନାପିଲା ପରି ସିଏ ବି ତାଙ୍କ ପଛେ ପଛେ ବାଡି ଆଡକୁ ଧାଏଁ। ପୋଖରୀ ହୁଡା ତଳୁ ଶାଗ ତୋଳି ପାଚିଆରେ ପୂରାଏ। କେବେ କଳମ ଶାଗ ତ କେବେ ମଦରଙ୍ଗା। ଏମିତି କେତେ କଣ ଶାଗ ବୋହି ଆଣିଥାଏ ତାଙ୍କ ସହିତ ମିଶି। ତାଙ୍କ ପାଇଁ ପଖାଳ କଂସା ବଢା ହେବ ତ ସାଙ୍ଗ ହୋଇ ଖାଇ ବସିବାକୁ ଡକରା ହେବ ତାକୁ। ସବୁଦିନ ସ୍କୁଲକୁ ଗଲାବେଳେ ଆଗେ ଆଗେ ଖେପା ପକାଇ ଚାଲିଥିବ ସେ। ପଛରେ ବହି ବସ୍ତାନି ଧରି ଚାଲିଥିବ ଜେଜେ ମା'। ସ୍କୁଲ ଛୁଟି ବେଳେ ବି ସେମିତି ଆଖି ପାରି ଅପେକ୍ଷା କରିଥିବେ ଗେଟ୍ ପାଖରେ। ଯଦି ବୋଉ କଥା ନ ମାନି ପାଠପଢା ଛାଡି ଖେଳକୁଦରେ ମାତେ ତା ହେଲେ ବୋଉ ପ୍ରଥମେ ଫେରାଦ ଦେଉଥିଲା ଆସି ଜେଜେ ମା'ଙ୍କ ପାଖରେ। ସେ ବାପଲୋ, ଧନଲୋ କହି ବୁଝାଇଲେ ଯାଇ ଶୁଣେ। ସୁନା ପିଲା ପରି ଆସି ପାଠ ବହି ପାଖରେ ବସେ। କେମିତି ଏକ ଆକର୍ଷଣ ତାଙ୍କ କଥାରେ ଥାଏ ଯାହାକୁ ସେ ଚାହିଁ ମଧ୍ୟ ଏଡ଼ାଇ ଯାଇପାରେନା।

ସେଦିନ ଯେତେଥର ତାଙ୍କ ପାଖରେ ବସି 'ଜେଜେ ମା' ଉଠ..... ଜେଜେ ମା' ଉଠ'.... ଡାକି ଚାଲିଥିବା ସତ୍ତ୍ୱେ ବି କୌଣସି ପ୍ରତିକ୍ରିୟା ଆସୁନଥିଲା ତାଙ୍କ ପାଖରୁ। ବରଂ ସେ ଆହୁରି ଅଧିକ ଜଡ଼ ପାଲଟିଯାଉଥିଲେ। ଗୋଟାପଣ ନିଷ୍କ୍ରିୟ ହୋଇ ପଡି ରହିଥିଲେ ସେହି ଠାକୁର ଘର ଦୁଆର

ମୁହଁରେ । ତାଙ୍କୁ ସେଥିରୁ ଉଠାଇବାକୁ କାହାର ସାହାସ ଜୁଟୁ ନ ଥାଏ । ବଡ଼ ବୋଉ ଆଉ ବୋଉ ଦୁଇ ଜଣ ଯାକ ତାଙ୍କର ଏପରି ଅବସ୍ଥା ଦେଖି କିଂକର୍ତ୍ତବ୍ୟ ବିମୂଢ଼ ପ୍ରାୟ ବସି ରହିଥିଲେ ଘରଟା ଭିତରେ । ସେପର୍ଯ୍ୟନ୍ତ ଘରେ ଚୂଲି ଲାଗି ନଥିଲା କି ରୋଷେଇ ବାସର କୌଣସି ସ୍ୱର ଶବ୍ଦ ନଥିଲା । ମଞ୍ଜୁ ଅପାର ସେହି ବର୍ଷ ଥାଏ ହାଇସ୍କୁଲ ପରୀକ୍ଷା ବର୍ଷ । ସ୍କୁଲକୁ ଯିବ କି ଯିବନି ଏପରି ଦୋ' ଦୋ' ପାଞ୍ଚ ହୋଇ ଶେଷକୁ ବଡ଼ବୋଉ କହିଲା ପରେ ଯାଇ ଛତୁଆ ଟିକେ ଖାଇ ସ୍କୁଲକୁ ବାହାରିଯାଇଥିଲା । ତା ଦେଖାଦେଖି ଜିତୁ ଭାଇ ମଧ୍ୟ ହାତରେ ବହି ବ୍ୟାଗ ଧରି ବାହାରି ପଡିଥିଲା ଅପା ସାଙ୍ଗରେ । ଏକମାତ୍ର ଘରେ ରହିଯାଇଥିଲା ସେ । ଜେଜେ ମା'ଙ୍କ ବିନା ସ୍କୁଲ ଯିବା ଯେପରି ଅସମ୍ଭବ ଥିଲା ତା ପାଇଁ । 'ସେ ଦିଜଣ ଯାକ ଗଲେଣି । ତୁ ଆଜି ଏକୁଟିଆ ଚାଲି ଯା ।' ବୋଉ ଥରେ ଦିଥର କହିବା ସତ୍ତ୍ୱେ ବି ସେ ଜମାରୁ ସ୍କୁଲ ଯିବାକୁ ସେଦିନ ମଙ୍ଗି ନଥିଲା । ଅଧୈର୍ଯ୍ୟ ହୋଇ ମଝିରେ ମଝିରେ ଠାକୁର ଘର ଦୁଆର ମୁହଁ ପାଖକୁ ଦୌଡି ଆସୁଥିଲା । ଜେଜେ ମା'ଙ୍କ ପିଠି ଆଡୁ ହାତ ମାରି 'ଜେଜେ ମା ଉଠ'......ଉଠ' ବୋଲି ଡାକ ଛାଡୁଥିଲା । ତଥାପି କିଛି ଫରକ୍ ଆସୁନଥିଲା ସେଥିରେ । ଏହା ଭିତରେ ସକାଳ ପ୍ରହର ଡେଇଁ ମଧ୍ୟାହ୍ନ ଅତିକ୍ରାନ୍ତ ହେବାକୁ ବସିଥାଏ । ପରିଡ଼ା ସାହିର ଏହି ଖଞ୍ଜା ଘରର ଅଗଣା ମଝିରେ ଯେପରି ଏକ ଦୀର୍ଘ ନିରବତା ଠୁଳ ହୋଇ ରହିଥିଲା ମେଞ୍ଚାଏ ଉତ୍କଣ୍ଠା ପାଲଟି । କ'ଣ ସେପଟୁ ଖବର ଆସିବ ତାକୁ ଥାଏ ସମସ୍ତଙ୍କର ଅପେକ୍ଷା । ଏତିକି ବେଳେ ହଠାତ୍ ସେହି ପୂରାପୂରି ସ୍ତବଧ୍ ଘରଟା ଭିତରେ ମୃଦୁ ତରଙ୍ଗ ପହଁରିଗଲା ପରି ଖବର ଆସିଲା ଘାଟକୂଳରୁ, 'ଇଞ୍ଜେକସନ୍ ନେଲା ପରେ ଅବସ୍ଥା ଟିକେ ସୁଧୁରୁଛି । ସନ୍ଧ୍ୟା ସୁଦ୍ଧା ପୂରା ଠିକ୍ ହୋଇଯିବେ ବୋଲି ଡାକ୍ତର କହୁଛନ୍ତି ।' ଖବରଟା ଶୁଣିଲା ପରେ ହାବୁକାଏ ଦକ୍ଷିଣା ପବନ ବାଜିଲା ପରି ଲାଗିଲା ଯେମିତି । ଥିଲା ଥିଲା ନିସ୍ତରଙ୍ଗ ପରିବେଶଟା ଚଳଚଞ୍ଚଳ ହୋଇ ଉଠିଲା ସେହି ଖବରର ପରଶରେ ।

ସେତିକି ଶୁଣି ଯେମିତି ତପ ପ୍ରାପ୍ତି ହୋଇଥିଲା ଜେଜେ ମା'ଙ୍କର । ଗଲା ଆଠ ଘଣ୍ଟା ଧରି ଅଖିଆ ଅପିଆ ରହି ଅଧିଆ ପଡି ରହିଥିବା ମଣିଷଟି ଥିଲା ଥିଲା ପୁଣି ସ୍ୱାଭାବିକ ହୋଇ ଉଠିଥିଲା ସେଇ ଖବର ଟିକକରେ । ପ୍ରଥମ କରି ସେ ଦେଖିଥିଲା ଜେଜେ ମା'ଙ୍କ ଭିତରେ ଲୁଚିଥିବା ଭଲ ପାଇବାର ସୀମାହୀନ ପରାକାଷ୍ଠାକୁ । ଠାକୁର ଘର ଦୁଆର ମୁହଁରୁ ତାଙ୍କୁ ଯାଇ କେହି ଉଠାଇବାକୁ ପଡିଲା ନାହିଁ । ଛାଏଁ ଛାଏଁ ସେ ଉଠି ବସିଲେ । ମୁଣ୍ଡର ବିକ୍ଷିପ୍ତ କେଶରେ ତେଲ ଲଗାଇ କିଛି ସମୟ ବସି ପାନିଆରେ କୁଣ୍ଡାଇ ଚାଲିଲେ । ତାପରେ ଚାଲିଗଲେ ଗାଧୋଇବାକୁ । ବୋଉ ଓ ବଡ଼ ବୋଉ ଦୁହେଁ ଆଶ୍ୱସ୍ତ ହେଲେ ଯେ ଯାହା ହେଉ ସବୁ ପୁଣି ଠିକ୍ ଠାକ୍ ଚାଲିଲା ବୋଲି । ତା'ର ଯେତିକି ମନେ ପଡୁଥିଲା ସେ ପୂର୍ବରୁ କେବେ ଦେଖିନ ଥିଲା ଏପରି ଜେଜେ ମା'ଙ୍କୁ । ଗାଧୋଇ ସାରି ଜେଜେ ମା' ସଫା ଲୁଗା ଖଣ୍ଡେ ପିନ୍ଧି ହାତରେ ଅଇନା ଧରି ବସିପଡିଲେ ପିଣ୍ଡା ଧାରରେ । ଥରକୁ ଥର ଅଇନା କାଚରେ ନିଜର ମୁହଁକୁ ଚାହିଁ ଭରି ଚାଲିଥିଲେ ସିନ୍ଥିରେ ଲାଲ ସିନ୍ଦୁର । କ'ଣ ଭାବି ଆହୁରି ବହଳ କରି ଚାଲିଥିଲେ ତାଙ୍କ ସିନ୍ଥି ସିନ୍ଦୁରର ରଙ୍ଗକୁ । ଏମିତି ତ ସେ ତାଙ୍କୁ ଆଗରୁ ବହୁଥର ସିନ୍ଦୁର ଲଗାଇବା ଦେଖିଛି । କିନ୍ତୁ ସେଦିନ ଢେର ସମୟ କାଳ ସେ ସଜେଇ ହୋଇ ଚାଲିଥିଲେ ଯେ ଚାଲିଥିଲେ । ଦିଶୁଥିଲେ ପୂର୍ବ ଅପେକ୍ଷା ଖୁବ୍ ସତେଜ ଆଉ ଉଜ୍ଜ୍ୱଳ । ଏକ ଅବଦମିତ ଖୁସି ଯେପରି

ତାଙ୍କ ଚେହେରାରେ ବିଛୁରିତ ହୋଇ ଲହଡ଼ି ଭାଙ୍ଗୁଥାଏ। ଅତି ପାଖରେ ବସି ସେ ନିରୀକ୍ଷଣ କରି ଚାଲିଥାଏ ଜେଜେ ମା'ଙ୍କ ଭିତରର ଏହି ଅବିଶ୍ୱସନୀୟ ଉତ୍ସାହ ଓ ଉଦ୍ଦୀପନାକୁ। ତାକୁ ଏପରି ବୋକାଙ୍କ ପରି ଚାହିଁ ରହିଥିବାର ଦେଖି ଜେଜେମା' କହିଥିଲେ, 'କ'ଣ ଦେଖୁଛୁ କିରେ ଲିପୁନ୍....। ଶୁଣିଲୁ ପରା ତୋ ଜେଜେ ବାପା ଭଲ ହୋଇଗଲେଣି ବୋଲି। ଆଉ କିଛି ସମୟ ପରେ ଘରକୁ ଫେରିବେ। ଠାକୁରେ ମୋ ଗୁହାରି ଶୁଣିଲେ। ମୋ ହାତର କାଚକୁ ବଜର କଲେ। ଖାଲି ତାଙ୍କ ଫେରିବା ବାଟକୁ, ଏ ଆଖି ଚାହିଁ ରହିଛି। ଖୁସିରେ ମନ ମୋର ଅସମ୍ଭାଳ ବୋଲି ଜାଣେରେ ଲିପୁନ୍।' ସେ କେବଳ ଅପଲକ ନୟନରେ ଚାହିଁ ରହିଥିଲା ଜେଜେ ମା'ଙ୍କ ଆଡେ। ନିରୀହ ଆଖିରେ ଆକଳନ କରି ଚାଲିଥିଲା ସେଠି ଉକୁଟି ଉଠୁଥିବା ଜେଜେ ବାପାଙ୍କ ପ୍ରତି ଅମାପ ପ୍ରେମର ପ୍ରତିଛବିକୁ।

ବାଟସାରା ସେହି ଅକ୍ଷତ ଅତୀତର ସ୍ମୃତିକୁ ରୋମନ୍ଥନ କରି ଚାଲିଥାଏ ସନ୍ଦିପନ। ସେ ନିଜ ଆଖିରେ ଦେଖି ଆସିଛି ଜେଜେ ମା' ଭିତରେ ଥିବା ପାହାଡ ସଦୃଶ୍ୟ ଅତୁଟ ଆସ୍ଥା ଓ ବିଶ୍ୱାସର ପ୍ରାଚୁର୍ଯ୍ୟ ପୁଣି ମୁହୂର୍ତ୍ତକ ମଧ୍ୟରେ ମିଳାଇଯିବାର ନିଃସ୍ୱତା। ଜେଜେଙ୍କ ଠିକ୍ ହେବାରେ ଖବର ଶୁଣି କେତେ ଘଣ୍ଟା ଯାଏଁ ସବୁ ପୂର୍ବବତ୍ ସୁଧୁରି ଯିବାପରି ଜଣାପଡୁଥିଲା।

ସନ୍ଧ୍ୟା ଆସିବା କ୍ଷଣି ଚଉରା ମୂଳେ ଜଳିଲା ସଞ୍ଜବତୀ। ତା'ପରେ ଠାକୁର ଘରେ ସାମୂହିକ ପ୍ରାର୍ଥନା। ପରେ ପରେ ମଞ୍ଜୁ ଅପା, ଜିତୁ ଭାଇ ଓ ସେ ସବୁଦିନର ଅଭ୍ୟାସ ପରି ଲଣ୍ଠନ ଚାରିପଟେ ଯେଝା ଯେଝା ଖାତା ବହି ମେଲାଇ ଆରମ୍ଭ କରିଦେଇଥିଲେ ସନ୍ଧ୍ୟାକାଳୀନ ପାଠପଢା। ବୋଉ, ବଡ଼ବୋଉ ଦୁହେଁ ଦୁଆର ଚୂଲିରେ କାଠ ଜାଳି ରାତି ପାଇଁ ରୋଷେଇ ପ୍ରସ୍ତୁତିରେ ଲାଗି ପଡିଥିଲେ। ଏକମାତ୍ର ଜେଜେ ମା' କୋଉଠି ହେଲେ ଥୟ ଧରି ବସିପାରୁ ନଥାନ୍ତି। ହାତରେ ଲଣ୍ଠନ ଝୁଲାଇ ଅସ୍ଥିର ହୋଇ ମଝିରେ ମଝିରେ ଉଠିଯାଉଥାନ୍ତି ବାଟ ଘର କବାଟଯାଏଁ ଓ ପୁଣି ଫେରିଆସୁଥାନ୍ତି ଭିତରକୁ। ତାଙ୍କୁ ଛାଡି ସମସ୍ତେ ମନ ଦେଇଥାନ୍ତି ନିଜ ନିଜ କାମରେ। ଏତିକିବେଳେ ବାହାର ପଟୁ କବାଟ ବାଡା ହେବାରୁ ଶବ୍ଦ ଆସିବାରୁ ହାତରେ ଲଣ୍ଠନ ଧରି ଜେଜେ ମା' ଆଗ ଉଠି ଚାଲିଗଲେ ଖୋଲିବାକୁ। ଆମେ ଭାଇଭଉଣୀ ତିନିଜଣ ଯାକ ପାଠ ବହିକୁ ଛାଡି ବାଟଘର ଆଡ଼େ ମୁହାଁଇଲୁ। ଆମ ପଛେ ପଛେ ବୋଉ, ବଡ଼ବୋଉ। ସମସ୍ତେ ଥିଲୁ ପୂରାପୂରି ଉତ୍ସାହୀ ଓ ସ୍ଥିର ନିଶ୍ଚିତ ଯେ ଜେଜେ ବାପା ଭଲ ହୋଇ ଡାକ୍ତରଖାନାରୁ ଫେରିଛନ୍ତି ବୋଲି। ଆଉ ଥରେ ଘାଟକୂଳରୁ ଆସିଥିଲା ଖବର। ଥିଲା ସଂପୂର୍ଣ୍ଣ ଅପ୍ରତ୍ୟାଶିତ ଏକ ଦାରୁଣ ଦୁଃସମ୍ବାଦ। 'ଅଚାନକ ଅବସ୍ଥା ଅଧିକ ବିଗିଡି ଯିବାରୁ ତାଙ୍କୁ ମାର୍ଶାଘାଇରୁ କେନ୍ଦ୍ରାପଡ଼ା ଡାକ୍ତରଖାନାକୁ ନିଆଯାଉଥିଲା। ସେହି ବାଟରେ ସେ ଚାଲିଗଲେ। ଏବେ ଘାଟ ଆରପଟେ ଶବକୁ ଧରି ସମସ୍ତେ ପହଞ୍ଚିଛନ୍ତି। ନଦୀ ପାର ପୂର୍ବରୁ ଖବରଟା ଘରେ ପହଞ୍ଚେଇ ଦେବାପାଇଁ ଜଣେଇଥିଲେ।' ଏତକ କହି ଖବର ନେଇ ଆସିଥିବା ଲୋକଟି କୁଆଡେ ମିଳାଇ ଯାଇଥିଲା ଅନ୍ଧାରରେ। ମୁହୂର୍ତ୍ତକ ଭିତରେ ପୂରା ସ୍ତବ୍ଧ ପଡିଯାଇଥିଲା ପରିବେଶଟା। ଏକ କରାଳ ବାତ୍ୟା ନିମିଷେକ ମଧ୍ୟରେ ତା'ର ବିଭୀଷିକା ରଚି ସବୁକିଛି ଓଲଟ ପାଲଟ କରି କୁଆଡେ ଅଦୃଶ୍ୟ ହୋଇଯାଇଥିଲା ଯେପରି। ହଠାତ୍ ଜେଜେ ମା'ଙ୍କ ହାତରୁ ଲଣ୍ଠନଟା ଖସି ଠଣ୍ କରି କାଚ

ଭାଙ୍ଗିବାର ଶବ୍ଦ ହେଲା। ଆଖି ପିଛୁଳାକେ ବାଟ ଘରଟା ସାରା ଘୋଟିଯାଇଥିଲା ଅନ୍ଧକାର। କେହି କିଛି ପୂର୍ବାନୁମାନ କରିବା ପୂର୍ବରୁ ଛାୟା ମୂର୍ତ୍ତିଟେ ପରି ଭୁସ୍ କିନା ତଳେ ଲୋଟି ପଡିଥିଲେ ସେ।

ଏକ ଅଭୁଲା ଦୁଃସ୍ୱପ୍ନ ପରି ସନ୍ଦିପନର ମନେ ପଡିଯାଉଥିଲା ସେହି ଲୋମହର୍ଷକ ବିଗତ ଅତୀତର ସ୍ମୃତି। ଭାଗ୍ୟ ଓ ଭଗବାନଙ୍କ ନିକଟରେ ସମୟେ ସମୟେ ନିଜ ଆସ୍ଥା ଓ ବିଶ୍ୱାସର ପରୀକ୍ଷା ଦେଇ ଚାଲିଥିବା ଜେଜେ ମା'। ଆଜି ପୁଣି ଥରେ ସେ ଜୀବନ ଓ ମୃତ୍ୟୁର ଦୋ'ଛକିରେ ଉପନୀତ। ଆଉ ମାତ୍ର କେତେଟା ମୁହୂର୍ତ୍ତ ଖଣ୍ଡେ ହୋଇଥିବ ତା'ର ଆୟୁଷ। କେତେଟା ବା ନିଃଶ୍ୱାସ ପ୍ରଶ୍ୱାସ ପରେ ସବୁଦିନ ପାଇଁ ଥମିଯିବ ତା' ନାଡ଼ିରେ ପ୍ରାଣର ସ୍ପନ୍ଦନ। ବ୍ୟକ୍ତିଗତ ଭାବେ ସେ ହରାଇ ବସିବ ତା'ର ଜଣେ ପରମ ଶୁଭକାଂକ୍ଷୀ ଓ ପ୍ରିୟଜନଙ୍କୁ। ଭାବି ଖୁବ୍ ବ୍ୟାକୁଳ ହୋଇ ଉଠୁଥାଏ ସେ। ନିଜ ଅନ୍ତରର ଗଭୀର ପ୍ରଦେଶରୁ ଈଶ୍ୱରଙ୍କୁ ତୁହାକୁ ତୁହା ଜଣାଇ ଚାଲିଥାଏ, 'ହେ ଭଗବାନ, ମୁଁ ପହଞ୍ଚିବା ଯାଏଁ ଜେଜେ ମା' ଯେପରି ବଞ୍ଚିଥାନ୍ତୁ। ଅନ୍ତିମ କ୍ଷଣରେ ମୁଁ ଯେପରି ତାଙ୍କ ପାଖରେ ଥାଏ। ପାଟିରେ ନିର୍ମାଲ୍ୟ ଆଉ ପାଣି ଟୋପେ ଦେଇପାରେ।' ମୁହଁରୁ ଚଷମା କାଢି ଦୁଇ ଆଖିକୁ ପୋଛି ପକାଇଲା ରୁମାଲରେ ସନ୍ଦିପନ। ନିଜକୁ ଯଥାସମ୍ଭବ ପ୍ରକୃତସ୍ଥ କରିବାକୁ ଚେଷ୍ଟା କଲା। ଟ୍ୟାକ୍‌ସିଟି ସେତେବେଳକୁ ଆଶ୍ରମ ବାଲିକୁଦାର ଲୁଣାନଦୀ ପୋଲ ଟପି ଗାଁ ଅଭିମୁଖେ ଅଗ୍ରସର ହେଉଥାଏ। ସମ୍ମୁଖକୁ ଆଙ୍ଗୁଠି ଦେଖାଇ ସେ ଡ୍ରାଇଭରକୁ ବାଟ କଢାଇ ଚାଲିଥାଏ। ଆଗରେ ଦିଶୁଥାଏ ବଡ଼କୂଳ ଗାଁର ପରିଡ଼ା ସାହି। ସାହିର ଆରମ୍ଭରେ ଠିକ୍ ତାଙ୍କ ଘର।

ଗାଡି ଅଟକିବା ଶବ୍ଦ ଶୁଣି ଘର ଭିତରୁ ପ୍ରଥମେ ବାହାରିଆସିଲେ ଜିତୁ ଭାଇ। ତାଙ୍କ ପଛକୁ ପଛ ବାପା। 'ଭଲ ହେଲା, ତୁ ଆସି ପହଞ୍ଚିଗଲୁ ଲିପୁନ୍। ବୋଉ ତତେ ଖୋଜି ହେଉଥିଲା ଦେଖିବା ପାଇଁ। ଏବେ ତା ଅବସ୍ଥା ଟିକେ ଭଲ ଅଛି। ଚାଲ୍ ଚାଲ୍...... ଭିତରକୁ ଚାଲ।' କହି ବାପା ତରତର ହୋଇ ଘର ଭିତରକୁ ଆଗେ ଚାଲିଗଲେ। ସେ ଭାବିଥିଲା ଜେଜେ ମା'ର ଶେଷ ସମୟରେ ତା' ଆସିବା ଆଗରୁ ହୁଏତ କଥା ସରିଯାଇଥିବ ନତୁବା ସେହିପରି ତାଙ୍କର ଗମ୍ଭୀର ଅବସ୍ଥା ରହିଥିବ। କିନ୍ତୁ ବାପାଙ୍କ କଥାସବୁ ତାକୁ ଅଧାବୁଝା ଅଧା ଅବୁଝା ପରି ଲାଗୁଥାଏ।

ତା' ମନକଥାକୁ ବୋଧେ ଠିକ୍‌ରେ ପଢିପାରିଲେ ଜିତୁ ଭାଇ। 'ଆରେ ଲିପୁନ୍, ସେମିତି ଆଉ କିଛି ବ୍ୟସ୍ତ ହେବାର ନାହିଁ। ଜେଜେ ମା' ଏଇ କିଛି ସମୟ ହେଲା ବିଛଣାରୁ ଉଠି ବସିଲେଣି। ତାଙ୍କର ଆୟୁଷ ଢେର ଲମ୍ବା। ଆମେ ଯେମିତି ଭାବୁଥିଲୁ ସେମିତି କିଛି ଆଉ ହେବାର ନାହିଁ। ତୁ ସେମିତି ବୋକାଙ୍କ ପରି ଛିଡା ହୋଇ ରହିଲୁ କ'ଣ ? ଆ... ଭିତରକୁ ଆ...।'

ସନ୍ଦିପନର ମେଘଢଙ୍କା ବିରସ ମୁହଁରେ ସତେ ଯେପରି ଚେନାଏ ସୂର୍ଯ୍ୟାଲୋକ ସହସା ପହଁରିଗଲା। ଜିତୁଭାଇଙ୍କ ପଛେ ପଛେ ଉତ୍ସାହର ସହ ସେ ମାଡ଼ିଗଲା ଘର ଭିତରକୁ। ସେପଟୁ ଶୁଭୁଥାଏ ଜେଜେ ମା'ର କ୍ଷୀଣ ସ୍ୱର, 'ଲିପୁନ୍ ରେ, ତୁ ଆସିଛୁ.... ମୋ ଧନ...।' ବାହାରପଟେ ସୂର୍ଯ୍ୟାସ୍ତ ସହ ଧିରେ ଧିରେ ଜମି ଆସୁଥାଏ ଅନ୍ଧାର। ଭିତରପଟେ ଗାଢ ପାଲଟୁଥାଏ ସଂପର୍କର ଅନାବିଳ ରଙ୍ଗ।

■

ଜହ୍ନରାତି

ଯଦିଓ କୋଳରେ ଥୋଇଥିବା ଲ୍ୟାପ୍‌ଟପ୍ ସ୍କ୍ରିନ୍ ଉପରେ ତା'ର ନଜର ଥାଏ ତଥାପି ସେଥିରେ ସେ ସଂପୂର୍ଣ୍ଣ ଧ୍ୟାନସ୍ଥ ହୋଇପାରୁ ନଥିଲା। କିବୋର୍ଡ ଉପରେ ଅଙ୍ଗୁଠିର ଶିଥିଳ ଗତି ସୂଚାଇ ଦେଉଥିଲା ତା'ର ଆଗ୍ରହହୀନ ଇଛାକୁ। କେବଳ ଟାଇମ୍‌ପାସ୍ କରିବାପାଇଁ ସେ ସାମୟିକ ଭାବରେ ମନୋନିବେଶ କରିଥିଲା। ଲ୍ୟାପ୍‌ଟପ୍‌ର ପରଦା ଉପରେ। ଶୋଇବା ଘରର ଝରକାଟା ସେମିତି ଖୋଲା ପଡିଥାଏ। ମଝିରେ ମଝିରେ ସେହିପଟୁ ଧାପେ ଧାପେ ପବନ ଆସି ବାଜୁଥାଏ ଦେହରେ। ନା ସେ ଉଠିଯାଇ ଝରକାକୁ ବନ୍ଦ କରିପାରୁଥିଲା ନା ସେ ଶୀତୁଆ ପବନକୁ ସହିପାରୁଥିଲା।

ଆନିର ଗାଡି ଆସି ପହଞ୍ଚିଲେ କାଳେ ହର୍ଣ୍ଣଟା ଶୁଭିବ ନାହିଁ ବୋଲି ଝରକାଟାକୁ ସେପର୍ଯ୍ୟନ୍ତ ବନ୍ଦ କରି ନଥିଲା ଶ୍ରେୟସ୍। ପିଠି ପଛରେ ତକିଆଟାକୁ ଦେଇ ଖଟ ଉପରେ ଗୋଡ ଲମ୍ବାଇ ବସି ରହିଥିଲା ନିଶ୍ଚଳ ପ୍ରାୟ ହୋଇ। ମଝିରେ ମଝିରେ ଆଖି ବୁଲାଇ ଚାହୁଁଥିଲା ଝରକା ଆଡକୁ। ପୁଣି ଫେରାଇ ଆଣୁଥିଲା ଲ୍ୟାପ୍‌ଟପ୍‌ର ପରଦା ଉପରକୁ। ଏପରି

ଦୋଛକି ଅବସ୍ଥାରେ ବସିବା ଆଉ ସମ୍ଭବ ନଥିଲା ତା ପକ୍ଷରେ। ହୁଏତ କମ୍ପ୍ୟୁଟରରେ ବସିରହି ଗେମ୍ ଖେଳିବ ନହେଲେ ବନ୍ଦ କରି ଶୋଇବାକୁ ଯିବ। ଇଚ୍ଛା ଥିଲେ ମଧ୍ୟ ଶେଷ ବାଟଟାକୁ ସେ ବାଛିପାରିଲା ନାହିଁ। ଆପାତତଃ ତାକୁ ଆନି ଆସିବା ପର୍ଯ୍ୟନ୍ତ ଚେଇଁ ରହିବାକୁ ପଡିବ। ନିଦକୁ ଦୂରେଇଦେବା ଲାଗି ଉଠିପଡିଲା ମୁକୁଳା ଝରକାକୁ ବନ୍ଦ କରିବା ପାଇଁ। ଅନ୍ତତଃ ସେହିପଟେ ଆସୁଥିବା ଥଣ୍ଡା ପବନର ପ୍ରାର୍ଦୁଭାବକୁ ଅଟକାଇପାରିବ। ନିଜକୁ ଆଉ କିଛି ସମୟ ପାଇଁ ନିଦମୁକ୍ତ ରଖିପାରିବ।

ପରଦା ଟେକି ଝରକା ବନ୍ଦ କରିବାକୁ ଗଲାବେଳକୁ ହଠାତ୍ ତାର ଦୃଷ୍ଟି ଅଟକିଗଲା ଅସତର୍କ ଭାବରେ। ଅପଲକ ନୟନରେ ସେ ଚାହିଁ ରହିଥିଲା ସାମ୍ନା ଆକାଶ ଆଡକୁ ଯେଉଁଠି ଝଟକୁଥିଲା ପୂର୍ଣ୍ଣମୀର ଗୋଲ ଅକ୍ଷତ ଜହ୍ନ। ପୂର୍ଣ୍ଣ ଆଭାରେ। ପୂର୍ଣ୍ଣ ସୌନ୍ଦର୍ଯ୍ୟରେ। ସେୟାଡକୁ ଚାହିଁ ରହି ପୂରାପୂରି ବିହ୍ୱଳିତ ହୋଇଉଠିଲା ଶ୍ରେୟସ୍। ତା ସ୍ନାୟୁରେ ତଡିତ୍ ବେଗରେ ଖେଳିଗଲା ଏକ ଅପୂର୍ବ ଉନ୍ମାଦନା। ଏକ ଅଫୁରନ୍ତ ଆନନ୍ଦର ଆବେଗରେ ତା' ଭିତରେ ଚେଇଁ ଉଠିଲା ସୁପ୍ତ ଅତୀତର ଐଶ୍ୱର୍ଯ୍ୟ। ଆଖି ଆଗରେ ନାଚି ଉଠିଲା ସେହି ଅଭୁଲା ଜହ୍ନରାତିର ଚିତ୍ର। ଯାହା ଅବିକଳ ଥିଲା ଏହିପରି ଏକ ଜ୍ୟୋତ୍ସ୍ନାବିଧୌତ ରାତି। ଏହିପରି ଏକ ସମ୍ମୋହନ ଭରା ରାତି ସେଦିନ ପକ୍ଷ ବିସ୍ତାର କରିଥିଲା ତା'ର ଅନୁପମ ଲାବଣ୍ୟରେ।

ମ୍ୟାନେଜମେଣ୍ଟ୍ ଇନଷ୍ଟିଚ୍ୟୁଟ୍ ପରିସରରେ ଚାଲିଥାଏ ବାର୍ଷିକ ଉତ୍ସବ 'ୟୁଫୋରିଆ'। ସବୁ ଛାତ୍ରଛାତ୍ରୀମାନେ ଥାଆନ୍ତି ନାଚଗୀତରେ ମସ୍‌ଗୁଲ। ଖୋଲା ପଡିଆ ମଝିରେ ଖାଲି ଖୁସି ଆଉ ଆନନ୍ଦର କୋଳାହଳ। ଉପରେ ଉନ୍ମୁକ୍ତ ଆକାଶ। ମୁଣ୍ଡ ଉପରେ ରୁପେଲି ଆଲୁଅ ଢାଳି ପୂର୍ଣ୍ଣମୀ ଜହ୍ନ ଶୋଭାପାଉଥାଏ। ତଳେ ମଞ୍ଚ ଉପରୁ ଭାସି ଆସୁଥିବା ସଂଗୀତର ତାଳ ସହିତ ଝୁମିଉଠୁଥାଏ ସାରା ପରିବେଶ। ଠିକ୍ ଏତିକିବେଳେ ସେ ଆସି ପହଞ୍ଚିଥିଲା ଆନି ଆଗରେ। ତା'ର ସହପାଠିନୀ। କହିଥିଲା, 'ମୋ ସହିତ ପ୍ଲିଜ୍ ଟିକେ ବାହାରକୁ ଆସିବ। ଗୋଟେ ଗୁରୁତ୍ୱପୂର୍ଣ୍ଣ କଥା ତମକୁ କହିବାର ଅଛି।' ଆନି ପ୍ରଥମେ ଆଶ୍ଚର୍ଯ୍ୟ ହୋଇ ଚାହିଁଲା। ଶ୍ରେୟସ୍ ତା'ର ଜଣେ ଭଲ ସାଙ୍ଗ ହୋଇଥିବାରୁ ଯିବା ପାଇଁ ଆଗଭର ହୋଇଥିଲା। ତା'ପରେ ଦୁହେଁ ଚାଲିଥିବା ଫଙ୍କ୍‌ସନ୍‌ର ଭିଡ କାଟି ବାହାରି ଆସିଥିଲେ ପଦାକୁ।

ଖୁବ୍ ଜୋରରେ ନହେଲେ ବି କାନକୁ ଶୁଭୁଥାଏ ମତୁଆଲା ସଂଗୀତର ଧ୍ୱନ୍। ତାଉପଟେ ଜହ୍ନରାତିର ମାୟାଛନ୍ନ ଆବେଶ। ଏହାଠୁ ଆଉ କ'ଣ ଭଲ ସଂଯୋଗ ତାକୁ ମିଳିଥାନ୍ତା। ସେ ମୁହଁ ଖୋଲିଥିଲା। 'ଆନି, ତମେ ମୋ ପାଇଁ କେବଳ ସହପାଠୀ ନୁହଁ, ଆହୁରି ଅଧିକ କିଛି। ସତ କହିବାକୁ ଗଲେ, ମୁଁ ତମକୁ ଭଲପାଏ। ଆଉ ଯଦି ତମର ଆପତ୍ତି ନଥାଏ, ମୁଁ ତମକୁ ମୋର ଜୀବନସାଥୀ ରୂପେ ପାଇବାକୁ ଚାହେଁ।' କେମିତି ଏକା ନିଶ୍ୱାସକେ ନିଜର ମନକଥାକୁ ପ୍ରକାଶ କରିଦେଇଥିଲା ସେଦିନ ଆନି ଆଗରେ। ମନକଥା ମନ ଭିତରେ ରଖି ମାରିଦେବା ଅପେକ୍ଷା ତାହାକୁ ପ୍ରକାଶ କରିବାଟାକୁ ସେ ଅଧିକ ଉଚିତ୍ ମଣିଥିଲା। କାହିଁକି ନା ସେ ଭଲ କରି ଜାଣିଥିଲା ଏହାପରେ ଶେଷ ସେମିଷ୍ଟାର ପରୀକ୍ଷା, ତାପରେ ଡିଗ୍ରୀ। ଏପରି ଅପୂର୍ବ ସୁଯୋଗ ଆଉ କେବେ ଆଗକୁ ଆସିବ ନା ସେ ପାଇବ। ସେଥିପାଇଁ ସବୁତକ ଆବେଗକୁ ଠୁଳ କରି ସେଦିନ ପ୍ରପୋଜ୍ କରିଥିଲା ଆନିକୁ ଯାହାର ସାକ୍ଷୀଥିଲା ଏହି ପୂର୍ଣ୍ଣ ମୟୁଖ ଜହ୍ନରାତି।

କିଛି ସମୟ ଆକାଶ ଆଡକୁ ଚାହିଁ ରହିଲା ପରେ ମୁହଁ ଫେରାଇ ଆଣିଲା ଶ୍ରେୟସ। ଖୁବ୍ ହାଲ୍କା ଲାଗୁଥିଲା ତାକୁ। ଅନେକ ଦିନ ପରେ ଆଖିରେ ଚେନାଏ ଜ୍ୟୋସ୍ନାର ରଙ୍ଗ ବୋଳି ହେଲାପରି ଲାଗୁଥିଲା। ସେ ଏକଲୟରେ ସେହି କୋମଳ ପ୍ରେମର ରଙ୍ଗରେ ଭରା ସତେଜ ସ୍ମୃତି ସବୁକୁ ସାଉଁଟି ଚାଲିଥିଲା ନିଜ ଭିତରେ। ବାହାଘର ପରେ ପରେ ସେ ଆନିକୁ ଧରି ଚାଲିଆସିଥିଲା ଦିଲ୍ଲୀକୁ। କିଛି ଦିନ ପୂର୍ବରୁ ଦିଲ୍ଲୀର ଏକ କଂପାନୀରେ ସେ ଆସିଷ୍ଟାଣ୍ଟ ମ୍ୟାନେଜର ଭାବେ ଯୋଗ ଦେଇଥିଲା। ସେପର୍ଯ୍ୟନ୍ତ ଆନି ଚାକିରି ପାଇଁ କୌଣସି ପ୍ରୟାସ କରି ନଥାଏ। ସ୍ଥିର ହୋଇଥିଲା ରେଜଲଟ୍ ଆସିଲା ପରେ ଶ୍ରେୟସ୍‌ର ଯେଉଁ ଜାଗାରେ ଚାକିରି ହେବ ପରେ ଆନି ସେହି ଜାଗାରେ ଚାକିରି ପାଇଁ ଆବେଦନ କରିବ। ଏମିତି ହେଲେ ଦୁହେଁ ଗୋଟିଏ ଜାଗାରେ ରହିପାରିବେ ଓ କାମ କରିପାରିବେ। ସେଇଆ ମଧ୍ୟ ହୋଇଥିଲା। ସକାଳୁ ସଂଜଯାଏ କାମ। ସଂଜରୁ ସକାଳ ଯାଏ ପ୍ରେମ। ଛୁଟି ଦିନରେ ଧୁମ୍ ବୁଲିବା। କେବେ ପାର୍କ ତ କେବେ ସିନେମା। ପୁରୁଣା ଲାଲକିଲ୍ଲାରୁ କୁତବ୍‌ମିନାର, ଇଣ୍ଡିଆଗେଟ୍‌ରୁ ଲୋଟସ୍ ଟେମ୍ପଲ। ଏହିପରି ସୀମାହୀନ ଖୁସିର ଏକ ବର୍ଣ୍ଣାଢ୍ୟ ଫୁଲତୋଡା ପାଲଟି ଯାଇଥିଲା ସେମାନଙ୍କ ଜୀବନ। ଯେଉଁଠି ସମୟ ସରୁଥିଲା ଅଥଚ ସରୁନଥିଲା ପରସ୍ପର ପ୍ରତି ଭଲପାଇବା। ଯେଉଁଠି ପେନ୍ଥାଏ ଫୁଲ ପରି ମହକୁଥିଲା ଦାମ୍ପତ୍ୟର ଖୁସି।

ଥରେ ଉଭୟଙ୍କ ମଧ୍ୟରେ ଏକ ଅନ୍ତରଙ୍ଗ ଆଳାପ ବେଳେ ଆନି ପଚାରିଥିଲା, 'ଯଦି ତମେ ସେଦିନ ମୋତେ ପ୍ରପୋଜ୍ କରି ନଥାନ୍ତ ତାହେଲେ କ'ଣ ହୋଇଥାନ୍ତା ? ଆମେ କ'ଣ ଏମିତି ସବୁଦିନ ଖାଲି ସାଙ୍ଗ ହୋଇ ରହିଥାନ୍ତେ ? ନିଜ ନିଜ ବାଟରେ କିଏ କୋଉଠି ଚାକିରି କରି ଘରସଂସାର କରିଥାଆନ୍ତେ ନା ଆଉ ଅଧିକ କ'ଣ ? ମଝିରେ ମଝିରେ ମନେପଡିଲେ ମୋବାଇଲରେ କଥା ହେଉଥାନ୍ତେ। ପୁରୁଣା ଦିନର ସାଙ୍ଗ ପରିକା ନା ଆଉ କେମିତି ? କ'ଣ କିଛି ଗୋଟାଏ ତ ମିସ୍ କରିଥାନ୍ତେ ନିଜ ନିଜ ଭିତରେ ନା କ'ଣ କହୁଛ ?' ସେ ସେଦିନ ବହୁତ ସମୟ ଭାବିଥିଲା କ'ଣ କହିବ। ଶେଷକୁ ଭାବି ଭାବି କହିଥିଲା। 'ତମେ ଯେମିତି କହୁଛ ହୁଏତ ସେହିପରି କିଛି ହୋଇଥାନ୍ତା। କିନ୍ତୁ ତମ ବିନା ମୋ ଜୀବନଟା ଗୋଟେ ଲମ୍ବା ଶୂନ୍ୟସ୍ଥାନ ପରି ଲାଗିଥାନ୍ତା ନିଶ୍ଚୟ। ତମକୁ ଛାଡି ଆଉ କାହାକୁ ବାହା ହୋଇଥିଲେ ଏକ ପ୍ରକାର କମ୍ପ୍ରମାଇଜ୍ କଲାପରି ଲାଗିଥାନ୍ତା। ଏବେ ତମ ସହିତ ଯେମିତି, ସେମିତି ତ ଆଦୌ ହୋଇନଥାନ୍ତା।'

ଲାଗୁଥିଲା କେଉଁଠି ଯେମିତି ଅଟକିଯାଇଛି ସେହି ଖୁସିର କଣ୍ଟା। ଅବା ଯାହା ଯେପରି ଚାଲୁଛି ତାହା ନ ଚାଲିଲା ପରି। ଆପା ଜନ୍ମ ହେବା ପୂର୍ବରୁ ସବୁ ଠିକ୍‌ଠାକ୍ ଥିଲା। ସବୁ ଚାଲୁଥିଲା ସୁରୁଖୁରୁରେ। ଏବେ ଯାହା ଚାଲିଛି, ଖାଲି ଆଡ୍ ଜଷ୍ଟ୍ ଛଡା କିଛି ନୁହେଁ। ମନେ ପକାଉଥିଲା ଯେଉଁଦିନ ସେ ଆନିକୁ କହିଥିଲା, 'ଆନି ,ଏବେ ତମେ ପ୍ରେଗ୍‌ନେଣ୍ଟ୍ ଅଛ। ତମକୁ ଟିକେ ଜଗିରଖି ରହିବାକୁ ପଡିବ। ମୁଁ ଭାବୁଛି, ଏପରି ଅବସ୍ଥାରେ କିଛିଦିନ ପାଇଁ ତମେ ଚାକିରିରୁ ଅବ୍ୟାହତ ନେଲେ ଭଲ ହୁଅନ୍ତା। ତା ଛଡା ମୋ ଦରମାରେ ଯଦି ସବୁକିଛି ମ୍ୟାନେଜ୍ ହୋଇପାରିବ ତମେ ଏବେ ଚାକିରିକୁ ଯିବା ଆବଶ୍ୟକତା ବି କ'ଣ ? ପଚାରି ପ୍ରତିକ୍ରିୟା ଜାଣିବାକୁ ଚାହିଁଥିଲା ଆନିକୁ। ଭୟଙ୍କର ସାପ ଯେପରି ସାମାନ୍ୟ ଆଘାତ ପାଇଲେ ଫଣାଟେକି ଉଠେ ଠିକ୍ ସେମିତି

ଥିଲା ତା'ର ପ୍ରତିକ୍ରିୟା। ସ୍ପଷ୍ଟ ସ୍ୱରରେ ଶୁଣାଇ କହିଥିଲା, 'ପିଲାଛୁଆ ପାଇଁ ମୁଁ କେବେ ମୋ କ୍ୟାରିଅର ସହିତ କମ୍ପ୍ରମାଇଜ୍ କରିପାରିବି ନାହିଁ। କୋଉ ସାହାସରେ ତମେ ଚାକିରି ଛାଡିବା କଥା କହୁଛ ? ହଁ, ପ୍ରେଗ୍‌ନେଣ୍ଟ୍ ଅଛି ତ ଆଗକୁ ଦେଖାଯିବ। ଦରକାର ସମୟରେ ଯେତିକି ଆବଶ୍ୟକ, ସେତିକି ଦିନ ଛୁଟି ନେଇଯିବି। ଆଉ ତମେ ଏବେଠୁ ଶୁଣିଥାଅ, ଏଇଟା ହେଉଛି ମୋର ପ୍ରଥମ ଓ ଶେଷ ପ୍ରେଗ୍‌ନେନ୍‌ସି। ଏହାପରେ ମୋତେ ଆଉ ପିଲାଛୁଆ ବିଷୟରେ କିଛି କହିବ ନାହିଁ।' ତା'ଠାରୁ ଏପରି ଉତ୍ତର ଶୁଣି ସ୍ତବ୍ଧ ହୋଇଯାଇଥିଲା ଶ୍ରେୟସ୍।

ଯାହାକୁ ସେ ନିଜ ଶୂନ୍ୟ ହୃଦୟର ପୂର୍ଣ୍ଣସ୍ଥାନ। ପୁଣି ଯାହାର ବିକଳ୍ପ କେହି ହୋଇ ନପାରେ ବୋଲି ଭାବୁଥିଲା, ସେହି ଆନି କିଛି ଦିନ ଅନ୍ତରରେ ଏପରି ବଦଳିପାରେ ବୋଲି ସେ କେବେ କଳ୍ପନା କରିପାରି ନଥିଲା। ଯେମିତି ଏକ ମିଠା ସ୍ୱପ୍ନ ଦେଖି ଚାଲିଥିବା ବେଳେ ହଠାତ୍ ନିଦ ଭାଙ୍ଗିଲେ ନିଷ୍ଠୁର ବାସ୍ତବତାର ସାମ୍ନାସାମ୍ନି ହୁଏ, ସେମିତି ଥିଲା ତା' ଚେହେରାର ଏହି ରୂପ। ଖୁବ୍ ଅଲଗା, ଖୁବ୍ ଅବିଶ୍ୱସନୀୟ।

ଯେତେ ଦୂର ସେ ପୂର୍ବରୁ ଆନିକୁ ଜାଣିଥିଲା, ସେ ଥିଲା ତା ସହିତ ଗୋଟିଏ ମ୍ୟାନେଜ୍‌ମେଣ୍ଟ କଲେଜରେ ପାଠ ପଢୁଥିବା ସହପାଠିନୀ। ସେହି ଦୃଷ୍ଟିରୁ ମହତ୍ୱାକାଂକ୍ଷୀ ତ ନିଶ୍ଚୟ ଥିଲା। ସବୁ ମ୍ୟାନେଜ୍‌ମେଣ୍ଟ୍ ପାଠ ପଢୁଥିବା ପିଲାଙ୍କ ଭିତରେ ସେହି ଗୁଣ ରହିବା ସ୍ୱାଭାବିକ। ମାତ୍ର ସେହି ମହତ୍ୱାକାଂକ୍ଷ୍ୟା ଏତେ ତୀବ୍ର ଓ ବ୍ୟକ୍ତିଗତ ସ୍ତରକୁ ଆସିଯାଇପାରେ ସେ କେବେ କଳ୍ପନା କରି ନଥିଲା। ସମସ୍ତେ ପାଠ ପଢୁଥିଲେ। ସମସ୍ତଙ୍କର କିଛି ନା କିଛି ଲକ୍ଷ୍ୟ ଥିଲା। କିଛି ଉଚ୍ଚତାକୁ ଛୁଇଁବାର ଅଭିଳାଷ ଥିଲା। ତା ବୋଲି କ'ଣ ଜଣେ ନାରୀସୁଲଭ ଆବେଗ, ଦାୟିତ୍ୱବୋଧକୁ ପୂରାପୂରି ତୁଚ୍ଛ କରିଦେଇପାରେ ! ଦାମ୍ପତ୍ୟକୁ ସ୍ୱୀକାର କରି ଘରସଂସାରକୁ ଅସ୍ୱୀକାର କରିଦେଇପାରେ ! ଗୋଟିଏ ପଟେ ନିଜର କ୍ୟାରିଅର ଓ ଆରପଟେ ନିଜର ସଂସାରକୁ ନେଇ କ'ଣ ସମନ୍ୱୟ ସମ୍ଭବ ନୁହେଁ। ଆନି ତ କେବଳ ଦୁନିଆର ପ୍ରଥମ କର୍ମଜୀବୀ ମହିଳା ନୁହେଁ, ଅସଂଖ୍ୟ ତା'ପରି ଅଛନ୍ତି। ସେମାନେ ପୁଣି ବାହାହେଉଛନ୍ତି, ଘର ସଂସାର କରୁଛନ୍ତି ଆଉ ନିଜର କ୍ୟାରିଅର ବି ଦେଖୁଛନ୍ତି। ତା ପ୍ରସ୍ତାବରେ ଆନିର ଏପରି ପ୍ରତିକ୍ରିୟାଶୀଳତାକୁ ସେ ଆଦୌ ଗ୍ରହଣ କରିପାରି ନଥିଲା।

ଏଇ ଆନି ପାଠ ପଢିଲାବେଳେ ଥିଲା କେତେ ଅଲଗା ସତରେ ! ଏମିତି ତ ବିଭିନ୍ନ ବିଷୟରେ ଅନେକ କଥା ହେଉଥିଲା ତା ସାଙ୍ଗରେ।ଥରେ କଥା ପ୍ରସଙ୍ଗରେ ଛୋଟ ଛୁଆଙ୍କ ବିଷୟ ଉଠିଥିଲା। ସେ କେତେ ଆଗ୍ରହ ଦେଖାଇ କହିଥିଲା, 'ଜାଣିଛ ନା ମୋତେ ଛୋଟ ଛୁଆ ଭାରି କ୍ୟୁଉଟ୍ ଲାଗନ୍ତି। ସେମାନଙ୍କୁ କୋଳରେ ଧରିବାକୁ ମୋତେ ଭାରି ଭଲ ଲାଗେ।' ସେ ପୁଣି କେତେ ବଦଳିଯାଇଥିଲା ବାହାଘର ପରେ। ନିଜେ ଏଡେ ସୁନ୍ଦର ଝିଅଟେ ଜନ୍ମ କରିମଧ୍ୟ ବେଶୀ ଭଲ ପାଉଥିଲା ତା ପ୍ରଫେସନ୍‌କୁ। ତା କ୍ୟାରିଅରକୁ। ନିଜର ଜନ୍ମିତ ସନ୍ତାନ ତା ପାଇଁ ଯେତିକି ଆକର୍ଷଣୀୟ ନଥିଲା, ତାଠାରୁ ଅଧିକ ମୂଲ୍ୟବାନ ଥିଲା ତା'ର ବୃତ୍ତିଗତ ଜୀବନ।

ଖୁବ୍ ବିସ୍ମିତ ହୋଇଥିଲା ସେହିଦିନ ସେ ଯୋଉଦିନ ଆନି ମୁମ୍ବାଇ ଚାଲିଯିବାକୁ ତା'ର ନିଷ୍ପତ୍ତି ଜଣାଇଥିଲା। କାରଣ ସେଠାରେ ସେ ଏକ ଭଲ ପ୍ୟାକେଜରେ ଚାକିରିର ସୁଯୋଗ

ପାଇଥିଲା। ସେଥିପାଇଁ ନିଜଆଡ୍ରୁ ଠିକ୍‌କରି ନେଇଥିଲା ଏହି ସୁଯୋଗକୁ ହାତଛଡା କରିବନାହିଁ ବୋଲି। ସେତେବେଳକୁ ଆପା ଜନ୍ମ ହେବାର କେଇଦିନ ପରର ଘଟଣା। କୌଣସି ଆଗପଛ ବିଚାର ନକରି ଅଚାନକ ତା'ର ଏପରି ନିଷ୍ପତ୍ତି ନେବାରେ ଏକ ପ୍ରକାର ବିଚଳିତ ହୋଇଯାଇଥିଲା ସେ। ଆନି ମଧ୍ୟ ଥିଲା ନିଜ ଜିଦ୍‌ରେ ଅବିଚଳିତ। ପରିଶେଷରେ ମୁଣ୍ଡ ନୁଆଁଇବାକୁ ପଡିଥିଲା ଶ୍ରେୟସ୍‌କୁ। ସେମାନେ ଦିଲ୍ଲୀରୁ ସିଫ୍ଟ ହୋଇ ଆସିଥିଲେ ମୁମ୍ବାଇକୁ।

ମୁମ୍ବାଇ ଆସିବା ପରେ ଶ୍ରେୟସ୍‌କୁ ହିଁ କିଛିଦିନ ପ୍ରଥମରୁ ଆପା କଥା ବୁଝିବାକୁ ପଡିଥିଲା। ତା'ନୂଆ ଚାକିରରେ ଜଏନ୍ କରିଥିଲ ଆନି। ଦିଲ୍ଲୀ ଚାକିରିରୁ ଇସ୍ତଫା ଦେଇଥିବାରୁ ଆପାତତଃ ସେ କିଛି ଦିନ ପାଇଁ ବେକାର ହୋଇ ବସିରହିଥିଲା ଘରେ। ନିଜ ପାଇଁ ଆଉ ଗୋଟେ ଚାକିରି ଖୋଜିବା ଆଉ ପାଇବାରେ କିଛି ସମୟ ଲାଗିଯାଇଥିଲା। ଘରେ ବସି ରହିଥିଲା ବୋଲି ଆନିର ଅନୁପସ୍ଥିତିରେ ଝିଅର ସବୁତକ କାମ ତୁଲାଇ ନେଉଥିଲା ସେହି କିଛିଦିନ ପାଇଁ। ପୁଣି ସେଥିରେ ଦେଖାଦେଇଥିଲା ସମସ୍ୟା। ଯେତେବେଳେ ସେ ଚାକିରିରେ ଯୋଗ ଦେବାକୁ ବାହାରିଲା। ଯଦି ବାପା ମା' ଦୁଇ ଜଣଯାକ ଚାକିରି କରିବେ ତାହେଲେ ଝିଅ କଥା ବୁଝିବ ବା କିଏ ? ସେ ପ୍ରସ୍ତାବ ଦେଇଥିଲା ଆନିକୁ 'ତମ ମାମାକୁ ଏ ବିଷୟରେ ଟିକେ କୁହ, ମୁଁ ଯାଇଁ ତାଙ୍କୁ ଭୁବନେଶ୍ୱରରୁ ନେଇ ଆସିବି। ତା'ଛଡା ତମେ ତ ଜାଣ ମୋ ମାମା କେବେ ଏଠାକୁ ଆସିପାରିବ ନାହିଁ। ତା' ଦେହ ତ ସବୁବେଳେ ଖରାପ।' 'ମାମାଙ୍କର ତ ସେଠି କ୍ଲବ୍, ସୋସାଇଟି କାମରୁ ଫୁରସତ୍ ନାହିଁ। ସେସବୁ ଛାଡି ସେ କୋଉଠି ଏଠି ଆସିପାରିବେ ? ତାଙ୍କୁ ଯା' ଭିତରେ ପୁରାଅ ନାହିଁ। ପାରୁଛ ଯଦି ଅନ୍ୟ କିଛି ବ୍ୟବସ୍ଥା କର।' ଆନି ସ୍ପଷ୍ଟ ଶୁଣାଇଦେଇଥିଲା ତା' ମତ।

ଶେଷରେ ଠିକ୍ ହୋଇଥିଲା ଜଣେ କାମବାଲି ବାଇ। ଯିଏ ଦୁଇଜଣଙ୍କ ଅନୁପସ୍ଥିତିରେ ଯତ୍ନ ନେଉଥିଲା ଝିଅର। ଘରୁ ଅଫିସ୍‌କୁ ଯିବା, ପୁଣି ଅଫିସ୍‌ରୁ ଘରକୁ ଫେରିବା ଏଇ ମଧ୍ୟବର୍ତ୍ତୀ ଲମ୍ବା ସମୟରେ ତା'ରି ହାତରେ ଟେକିଦେଇଥିଲେ ଝିଅକୁ। ଏହା ଭିତରେ ଆପାକୁ ତିନିବର୍ଷ ଚାଲିଲାଣି। ସେହି ତାଳିପକା ବ୍ୟବସ୍ଥା ଚାଲିଛି ଆଜିଯାଏଁ। ବାଇ ବୁଝୁଛି ଝିଅର ଖାଇବା, ଶୋଇବା, ଖେଳିବା ଆଦି ଦିନ ତମାମର ସବୁତକ କାର୍ଯ୍ୟ। ଯୋଉଟାକୁ ସେ ବିଲ୍‌କୁଲ୍ ପସନ୍ଦ କରେ ନାହିଁ। ସେ ଚାହେଁ, ଯେତେଦୂର ସମ୍ଭବ ପିଲାଟି ତାର ମା' କିମ୍ବା ବାପା କିମ୍ବା ଆତ୍ମୀୟସ୍ୱଜନଙ୍କ ଗହଣରେ ବଢୁ। ପର ଲୋକଙ୍କ ଅପେକ୍ଷା ନିଜ ଲୋକଙ୍କ ଦ୍ୱାରା ଲାଳିତପାଳିତ ହେଉ। ସେକଥା ଆନି ବୁଝୁ କି ନବୁଝୁ ସେ କିନ୍ତୁ ବୁଝେ। ତାହାର ଗୁରୁତ୍ୱକୁ ଅନୁଭବ କରେ। ଯଥାସମ୍ଭବ ଚେଷ୍ଟା କରେ ଅଫିସ୍‌ରୁ ଶୀଘ୍ର ଆସି ଝିଅ ସହିତ ସମୟ କାଟିବାକୁ। ଆଉ ଚାହେଁ ଆନି ବି ଟିକେ ଏ ବାବଦରେ ସିରିୟସ ହେଉ। ପିଲାଟି ଦିନସାରା ବାପାମା'ଙ୍କ ବିନା ରହୁଛି। ସେ ବି ଟିକେ ସମୟ କାଢି ତା ପାଇଁ ଦେଉ। ସେହି କଥା ବ୍ୟଥିତ କରିଥାଏ ତାକୁ।

ଖୁବ୍ ଜୋର୍‌ରେ ଦୀର୍ଘଶ୍ୱାସ ଛାଡି ସେ ଚାହିଁଲା ଆପା ଆଡକୁ। ଖଟ ଉପରେ ନିଦରେ ଶୋଇପଡିଥିଲା ଆପା। ଏଇ କିଛି ସମୟ ଆଗରୁ ତାଙ୍କ ସହିତ ବସି ଲ୍ୟାପ୍‌ଟପ୍‌ରେ ଗେମ୍ ଖେଳୁଥିଲା। ଏଣୁ ତେଣୁ କଥା କହୁଥିଲା। ଥିଲା ଥିଲା ତା'ର ମମି କଥା ମନେ ପଡିଗଲା ବୋଧେ।

'ମମି ଆସିନି କାଇଁ....ମମି ଆସିନି କାଇଁ?' ପଚାରି ବ୍ୟସ୍ତ କରିପକାଉଥିଲା। 'ହେଇ ମମି ଆସୁଛି.... ହେଇ ମମି ବାଟରେ ଅଛି....ମମି ଆପା ପାଇଁ ବାଟରେ ଚକ୍‌ଲେଟ୍ କିଣୁଛି' କହି ବହୁତ ବୁଝାଇବା ପରେ ସେ ତୁନି ପଡିଥିଲା। ତା'ପରେ ତାକୁ ଯାଇ କୌଣସି ପ୍ରକାରେ ଖୁଆଇ ପାରିଥିଲେ ଓ ପରେ ଶୁଆଇ ପାରିଥିଲେ।

ଆନି ମୁମ୍ବାଇ ଆସି ନୂଆ ଫାର୍ମରେ ଜଏନ୍ କରିବା ପରଠାରୁ ସେ ହିଁ ଆପାର ଦାୟିତ୍ୱ ତୁଲାଇଥାଏ ଏହି ସମୟରେ। ଯଥା ସମ୍ଭବ ଚେଷ୍ଟା କରେ ଅଫିସ୍‌ରୁ ଶୀଘ୍ର ଘରକୁ ଆସିବାକୁ। 'ସିଏ ବି ତ ଏକ କଂପାନୀରେ ଚାକିରି କରୁଛି। ସିଏ ଯଦି ଚେଷ୍ଟା କରି ଝିଅ ପାଇଁ ଶୀଘ୍ର ଆସିପାରୁଛି, ଆନି କାହିଁକି ନୁହେଁ?' ତାକୁ ଆନ୍ଦୋଳିତ କରିଥାଏ ଏହି ପ୍ରଶ୍ନ। ଥରେ ସେକଥା ପଚାରିଥିଲା ବୋଲି ଆନି ଶୁଣାଇ କହିଥିଲା, 'ମୁଁ ତ ଏତେ ଶୀଘ୍ର ପିଲା ଚାହିଁ ନଥିଲି, ସେ କଥା ତମେ ଚାହିଁଥିଲ। ଏବେ ତମେ ବୁଝ। ମୋ ପାଇଁ ମୋ କ୍ୟାରିଅର ଆଗ। ତା ଛଡା ତମେ ଜାଣିଛ ମୁଁ କେଉଁ ଦାୟିତ୍ୱପୂର୍ଣ୍ଣ ପଦବୀରେ ଅଛି। ଚାହିଁଲେ ସୁଦ୍ଧା ଶୀଘ୍ର ଆସିପାରିବି ନାହିଁ। ଯାହା ହେଲେ ବି ତମକୁ ଟିକେ ଦେଖିବାକୁ ପଡିବ। ତାଛଡା ଦିନସାରା ଝିଅକୁ ସମ୍ଭାଳିବାକୁ ବାଈ ତ ଅଛି।' କଥା ବଢିଲେ ଆହୁରି ମୋଟା ହେବ ସିନା ଏହାର କିଛି ସମାଧାନ ହେବ ନାହିଁ ଜାଣି ଚୁପ୍ ରହିଥିଲା ସିଏ।

ସ୍ୱାମୀ ହିସାବରେ ତା ଭିତରେ ପ୍ରତିବାଦର ସ୍ୱର ଯେତିକି ଗୁଞ୍ଜରିତ ହୋଇଉଠୁଥିଲା ସେତିକି ମଧ୍ୟ ଗୁଞ୍ଜରିତ ହୋଇଉଠୁଥିଲା ଜଣେ ବାପାର। ଯେ କି ଅସହାୟ, କିଂକର୍ତ୍ତବ୍ୟବିମୂଢ ପୁଣି ନାଚାର। ଦୋଷ ଦେବ ତ କାହାକୁ? ସେ ତ ନିଜେ ଏଥିପାଇଁ ସମ ପରିମାଣରେ ଦାୟୀ। ଯଦିଓ ସେତକ ତା'ର ହୃଦବୋଧ ହେଉଥିଲା ଯେ ଝିଅଟି ବାପା ମା ଉଭୟଙ୍କର ଅପତ୍ୟ ସ୍ନେହ ପାଇବାରୁ ବଞ୍ଚିତ। ବୃତ୍ତି ଆଉ ଅର୍ଥ ରୋଜଗାରର ଧାଁ ଦୌଡ ଭିତରେ କେହି ତା ପାଇଁ ଯଥେଷ୍ଟ ସମୟ ଦେବାକୁ ଅସମର୍ଥ। ସେହି ଦୋଷୀ ଭାବଟା ଅନେକ ସମୟରେ ଘାରିଥାଏ ତାକୁ। କିନ୍ତୁ ଆଶ୍ଚର୍ଯ୍ୟ, ଆନିଠାରେ ସେପରି କୌଣସି ଲକ୍ଷଣ ଦେଖିବାକୁ ପାଏ ନାହିଁ। ବରଂ ସେ ଦେଖେ ମମି ହେବାଟା ତା ପାଇଁ ଯେତେ ଗୁରୁତ୍ୱ ବହନ କରେ ନାହିଁ ତାଠାରୁ ଅଧିକ ଗୁରୁତ୍ୱ ହୋଇପଡେ ତା'ର ବୃତ୍ତି। କେବେ ଏଥିପାଇଁ ଅନୁତପ୍ତ କଲାପରି ଲାଗେନାହିଁ ତାକୁ। ବରଂ ତା'ର ମମତ୍ୱ ଓ ହୃଦୟବତ୍ତା ସବୁକିଛି ଯାନ୍ତ୍ରିକ ପରି ଲାଗେ। ବାଈ ହାତରେ ଛୁଆକୁ ଛାଡି ଅଫିସ ବାହାରିଯାଏ ସକାଳୁ। ଫେରେ ସଂଧ୍ୟାରେ ତ କେବେକେବେ ରାତିରେ। ଅଧିକାଂଶ ଦିନ ସେ ଆସିଲା ବେଳକୁ ଆପା ଶୋଇପଡିଥାଏ ନିଦରେ। 'ବାସ୍, ଆପାକୁ ଖାଇବାକୁ ଦେଇଛ ନା ନାହିଁ।' ଏତକ ଜାଣିଲା ପରେ ସେ ଯେପରି ତା କର୍ତ୍ତବ୍ୟ ସଂପାଦନରେ ନିଶ୍ଚିନ୍ତ ହୋଇଯାଏ।

ବାହାରକୁ ସୁନ୍ଦର ଆଉ ପରିପୂର୍ଣ୍ଣ ଲାଗୁଥିବା ନିଜର ଏହି ଛୋଟ ପରିବାର ଭିତରର ଶୁନ୍ୟତା ସହ ଯୁଝିହେବା ଛଡା କୌଣସି ଆଉ ଉପାୟ ନଥାଏ। କିଛି ଦିନ ହେଲା ସେହି ବିଲକ୍ଷଣକୁ ପ୍ରାଞ୍ଜଳ ଭାବେ ନିରୀକ୍ଷଣ କରୁଥିଲା ଆପାଠାରେ। ନିଜକୁ ପଚାରି ବିସ୍ମିତ ହେଉଥିଲା, ଆରେ ସତେ ତ! କେଡେ ଛୋଟ ଛୁଆଟି ତାଙ୍କର। ଥୁକୁଲ ଥୁକୁଲ ଚାଲି, ଦରୋଟି କଥା, ସବୁ ଜିନିଷ ପ୍ରତି ଅସୀମ କୌତୁହଳତା, ଯାହାସବୁ ଦେଖାଯାଏ ପିଲାଙ୍କଠାରେ, ସବୁ କିଛି ଦେଖାଯାଉଛି ତାଙ୍କ

ଝିଅଠାରେ ଅଥଚ ଏସବୁ ଶିଶୁସୁଲଭ ଲକ୍ଷଣ ଥାଇ ମଧ୍ୟ ଆଉ କିଛି ନଥିବା ପରି ଲାଗୁଛି। ଲାଗୁଛି ସେ ଯେପରି ତା ବୟସ ଅପେକ୍ଷା ଅଧିକ ସାବଧାନ। ଅଧିକ ସ୍ଥିର। ଛୋଟ ପିଲା ଯେପରି ଦୁଷ୍ଟାମୀ କରିବା କଥା, ଯେପରି ଅଳି ଅଝଟ କରିବା କଥା,ଯେପରି ଚଳଚଞ୍ଚଳ ହେବା କଥା ସେପରି କିଛି ଘଟୁନାହିଁ ଆପାଠାରେ। ସେହିସବୁ ଶୈଶବର ଐଶ୍ୱର୍ଯ୍ୟଠାରୁ କ୍ରମଶଃ ଦୂରେଇଯାଉଛି ତାଙ୍କ ଛୋଟ ଝିଅ। ବଦଳରେ କେମିତି ଏକ ଅସ୍ୱାଭାବିକ ଜିଦିପଣ,ଅଶୋଭନୀୟ ଉଦାସୀନତା ଆସି କାୟାବିସ୍ତାର କରୁଛି ତା'ଠାରେ।

ଏସବୁ ପାଇଁ ସିଏ ଆଉ ଆନି ଦାୟୀ ନୁହେଁ ତ ଆଉ କିଏ? ବାପାମା' ଦି'ଜଣ ଯେଝା ଯେଝା ଚାକିରିକୁ ନେଇ ବ୍ୟସ୍ତ ରହିଲେ ଛୁଆଟା ଏପରି ହେବନି ତ କିପରି ହେବ! ଦିନସାରା ଛୁଆଟା ରହିବ ପୁଣି ବାଇ ହାତରେ। ଯେତେ ତାକୁ ଭୁଲାଇଲେ ବି ନିଶ୍ଚୟ ଝୁରିହେଉଥିବ ବାପାମା'ଙ୍କ ଅନୁପସ୍ଥିତିକୁ....। ବାପାମା'ଙ୍କ ସହଚର୍ଯ୍ୟକୁ....। ସମ ପରିମାଣରେ ଏଥିପାଇଁ ନିଜକୁ ଦୋଷୀ ମନେ କରୁଥିଲା ସେ। ଭାବି ବସିଲେ, ଅପରାଧି ପରି ମୁଣ୍ଡ ନଇଁଯାଉଥିଲା ତା'ର।

ଅପେକ୍ଷାର ବି ଗୋଟେ ସୀମା ଥାଏ। ଆଉ ଗୋଟିଏ ଦୀର୍ଘଶ୍ୱାସ ଛାଡି ପୁଣି ଥରେ ବୁଲି ଚାହିଁଲା ଝର୍କା ବାହାରକୁ। ଆନି ଫେରି ନଥାଏ ସେପର୍ଯ୍ୟନ୍ତ। 'ନିଶ୍ଚୟ କୌଣସି ମିଟିଙ୍ଗ୍ ଫିଟିଙ୍ଗ୍‌ରେ ବ୍ୟସ୍ତ ରହିଯାଇଥିବ ନହେଲେ ଏତେ ଡେରି ହେବ କାହିଁକି?' ନିଜକୁ ଶୁଣାଇ ଉତ୍ତର ଦେଉଥିଲା ସେ। ମୁହଁ ଟେକି ଆଉ ଥରେ ଚାହିଁଲା ଆକାଶ ଆଡକୁ। ଚକ୍ ଚକ୍ ସୁବର୍ଣ୍ଣ ଜହ୍ନ ଝଟକୁଥାଏ ଉପରେ। ଯେମିତି ଆଜି ଗୋଟା ଆକାଶଟା ଥିଲା ତା'ର। ମନ୍ତ୍ରମୁଗ୍ଧ ରୂପଲାବଣ୍ୟରେ ଶୋଭା ପାଉଥିଲା ଆକାଶ ବୁକୁରେ। ଏସବୁ ଆଜି ଫିକା ଲାଗୁଥିଲା ଶ୍ରେୟସ୍‌କୁ। ଲାଗୁଥିଲା, ମୂଲ୍ୟହୀନ ପୁଣି ଔଜ୍ଜଲ୍ୟହୀନ। ଏହି ଜହ୍ନରାତିକୁ ସାକ୍ଷୀରଖି ଆନି ସହ ଯେଉଁ ସ୍ୱପ୍ନମୟ ନୀଡ ରଚିବାକୁ ଚାହିଁଥିଲା, ଏବେ ସବୁ ଲାଗୁଥିଲା ଅସାର। ସବୁ ଲାଗୁଥିଲା ଅର୍ଥହୀନ। ସେମାନଙ୍କ ଆକାଶରେ ଆପା ରୂପକ କୁନି ଜହ୍ନଟି ଖେଳିବୁଲିଥିଲା ସତ, ଲାଗୁଥିଲା ପ୍ରଭାହୀନ....। କର୍କଶ ଆଉ କଠୋର। ତା'ର ସବୁ ସୁକୁମାର କୋମଳତାରୁ ବିବର୍ଜିତ। ତା'ର ସବୁ ସ୍ୱାଭାବିକ ଚଞ୍ଚଳତାରୁ ଉପେକ୍ଷିତ ଏକ ଗୋଲ କଣ୍ଢେଇ ପରି।

ଆକାଶର ଉନ୍ମୁକ୍ତ ଜହ୍ନକୁ ଚାହିଁ ହଠାତ୍ ଏକ ଅଦ୍ଭୁତ ଖିଆଲଟିଏ ଶ୍ରେୟସ୍‌ର ମନକୁ ଆସିଲା। ସେ ଯଦି ମା' ପାଲଟି ଆପାକୁ ଜହ୍ନମାମୁଁର ଗୀତ ଶୁଣାଇପାରନ୍ତା, କେମିତି ହଅନ୍ତା! ସେ ଯଦି ଆପାକୁ କୋଳରେ ଧରି ଜହ୍ନରାତିର ସଞ୍ଜରେ ବୁଲାଇ ଏଣୁ ତେଣୁ ପରୀରାଇଜର ଗପ ଶୁଣାନ୍ତା, କେମିତି ହଅନ୍ତା! ହଁ.....ହଁ ସେ ଠିକ୍ କଲା, ସେଇଆ ହିଁ କରିବ। ଆପା ପାଇଁ ବାପା ମା' ସବୁ ହୋଇପାରିବ। ମନେ ମନେ ଠିକ୍ କଲା ଆନି ଆସୁ,ସେ ତାକୁ ତା' ନିଷ୍ପତ୍ତି ଶୁଣାଇ କହିବ, 'ମୁଁ ଏବେ ଆଉ ଚାକିରି କରିବି ନାହିଁ। ତମେ ତ ଆପାର ମା' ହୋଇପାରିଲ ନାହିଁ। ଏଥର ମୁଁ ଘରେ ରହି ତା'ର ମା' ହେବି, ଆଉ ବାପା ବି ହେବି।'

ସେତେବେଳକୁ ଗେଟ୍ ପାଖରେ ଆନିର ଗାଡି ଆସିବାର ହର୍ଣ୍ଣ ଶୁଭୁଥାଏ।

■

ମରମ କଥା

ଆଖିକୁ ସାମାନ୍ୟ ଛାଇ ନିଦ ଟିକେ ଆସିଯାଇଥିଲା ମାତ୍ର। ଏହି ସମୟରେ ପୁଅର ଉଚ୍ଚ କଣ୍ଠ ସ୍ୱରରେ ନିଦ ଭାଙ୍ଗି ଯାଇଥିଲା ସୁଲୋଚନାର। 'ଏ ବୋଉ ଜଲ୍‌ଦି ଜଲ୍‌ଦି ବାଢି ଦେଲୁ, ମୁଁ ଖାଇ ଖେଳିବାକୁ ଯିବି। ତୁ ଶୀଘ୍ର ମୋତେ ବାଢି ଦେ ଆଗ, ସେୟାଡେ ମୋର ଖେଳ ଡେରି ହୋଇଗଲାଣି।' ଘରଟା ଭିତରକୁ ପଶୁ ପଶୁ ଚିତ୍କାର କରି ଉଠିଲା ବିଟୁ। ତା' କଣ୍ଠ ସ୍ୱରରେ ଭରି ରହିଥିଲା ଅତିଶୟ କର୍କଶତା ପୁଣି ଅଧୈର୍ଯ୍ୟପଣ ଯେପରି ଗୋଟିଏ ମିନିଟ୍ ସୁଦ୍ଧା ଅପେକ୍ଷା କରିବାକୁ ବେଳ ନଥିଲା ତା'ର। କେମିତି କେମିତି ଖାଇବା କାମଟାକୁ ସାରି ଦେଇ ପୁଣି ବାହାରି ଯିବ ଘରୁ। ସବୁବେଳେ ତ ସେ ସେୟା ହିଁ କରେ। ଦିନ ସାରା ଏଣେ ତେଣେ ବାହାରେ ବୁଲେ। ପେଟକୁ ଭୋକ ଲାଗିଲେ ଯାଇଁ ଘର ମୁହାଁ ହୁଏ। ତାହା ବି ପାଞ୍ଚ କି ଦଶ ମିନିଟ୍ ପାଇଁ। ନ ହେଲେ ସବୁଦିନ କୁଆଡେ ସାଙ୍ଗ ମେଳରେ ବସାଉଠା କରି ଢେର ରାତିରେ ଯାଇଁ ଘରକୁ ଫେରେ।

ବାହାର କବାଟଟାକୁ ଦର ଆଉଜା କରି ସପ ଉପରେ

ଅବଶ ଦେହଟାକୁ ପାରି ଦେଇ ଏପଟ ସେପଟ ହେଉଥାଏ ସୁଲୋଚନା। ଆଖିକୁ କେତେବେଳେ ଛାଇ ନିଦ ମାଡି ଆସୁଥାଏ। ସେଥିରୁ ନିଜକୁ ନିବୃତ୍ତ ରଖିବାକୁ ଯାଇ ସେ ଆରପଟକୁ କଡଲେଉଟାଇଲା। ମୁଣ୍ଡକୁ ସପ ଉପରକୁ ସାମାନ୍ୟ ଟେକି ରଖି ଦରଆଉଜା କବାଟ ଆଡକୁ ଚାହିଁଲା। ମନକୁ ମନ ଗୁଣୁଗୁଣୁ ହୋଇ କହିପକାଇଲା, 'କୁଆଡେ ଗଲା ସେ ଟୋକାଟା ଏ ଯାଏ? ଦି'ପ୍ରହରଟା ଆସି ସରିବାକୁ ବସିଲାଣି ଅଥଚ ତା'ର ଦେଖାନାହିଁ। ସେଣେ ବଢା ଭାତ ଥାଳିଟା ପୂରାପୂରି ଥଣ୍ଡା ହୋଇସାରିଲାଣି। କ'ଣ ଅବା କହିବ ଏ ପିଲାଟାକୁ? କେବେ ଆଉ ସେ ଚେତିବ? ମୁଁ ତ ପରଘର ପାଇଟି କରି କରି ଆସି ବୁଢୀ ହେବାକୁ ବସିଲିଣି। ଭେଣ୍ଡିଆ ଟୋକାଟା ହେଲାଣି ତଥାପି ସୁଧୁରିବାର ନାଁ ଗନ୍ଧ ଧରୁନାହିଁ।' ମନର ବିରକ୍ତି ଭାବଟା ଏପରି ସବୁଥର ଛାଁ କୁ ଛାଁ ଉଛୁରି ଆସିଥାଏ ତା' ପାଟିରେ। ସେହି ବିରକ୍ତି ଭାବ ସହିତ ମିଶି ରହିଥାଏ କ୍ଷୋଭ ପୁଣି ମାତୃସୁଲଭ ଅଭିମାନ। ନିସ୍ତବ୍ଧ ଖରାବେଳର ଝାଞ୍ଜିପରି ତାହା ଖାଲି ମନକୁ କଷ୍ଟ ଦେଉଥାଏ ସିନା ସେଥିରେ କୌଣସି ଲାଘବ ତାକୁ ମିଳିନଥାଏ। ନିଦରୁ ଉଠି ବିଳି ବିଳି ହେବା ପରି ଏହି ଶଙ୍କା ଆଶଙ୍କାର ସ୍ୱଗୋତକ୍ତି କେବଳ ତା'ର ଦୁଇ କାନକୁ ଶୁଭିବା ବ୍ୟତୀତ ଘରର ଚାରି କାନ୍ଥ ବାହାରକୁ ଡେଇଁ ପାରେ ନାହିଁ କି କା ପାଖରେ ପହଁଚି ପାରେ ନାହିଁ। ପୁଣି ସପ ଉପରେ କଡଲେଉଟାଇଲା ସୁଲୋଚନା। ବାହାର ପଟେ ଉଦାସୀ ଦ୍ୱିପ୍ରହର ଖରାରେ ବୁଲା କୁକୁରଟିଏ ପରି ଚେନାଏ ଛାଇର ଆଶ୍ରା ତଳେ ଧକେଇ ପଡି ରହିଥାଏ ରଙ୍ଗେଇମୁଣ୍ଡା ବସ୍ତି।

ରାତି ପାହିଲେ ସୂର୍ଯ୍ୟୋଦୟର ପ୍ରଥମ କିରଣ ସହ ଚେଇଁ ଉଠିଥାଏ ଏହି ବସ୍ତି। ଠିକ୍ ସହର ଯେଉଁଠି ଆରମ୍ଭ ହୋଇଛି ତା' ପୂର୍ବରୁ ପଡେ ଏହି ବସ୍ତିଟା। ଖୁନ୍ଦାଖୁନ୍ଦି ଚାଳି ଆଉ ଆଜ୍‌ବେଷ୍ଟ ଘର ସବୁର ଏକ କିମ୍ଭୁତ କିମ୍ଭାକାର ସମାହାର। ସହରର ଧୋବ ଧଉଳା ପରିଚ୍ଛନ୍ନ ଆଭିଜାତ୍ୟ ପ୍ରତି ଯେପରି ଏହି ବସ୍ତିର ଉପସ୍ଥିତି ସୃଷ୍ଟି କରେ ଏକ ଧୂଷର କଟାକ୍ଷ। ଏକ ତୀବ୍ର ବିରୋଧାଭାସ। ତଥାପି ତା'ର ଅସ୍ତିତ୍ୱର ଆସ୍ଫାର୍ଦ୍ଧାକୁ ସହିନିଏ ସହର। କାରଣ ରାତି ପାହିଲେ ଏଇଠୁ କାମବାଲି ଆସେ ପାଇଟି କରିବାକୁ। କ୍ଷୀର ବାଲା ଘରକୁ ଘର ଆସି କ୍ଷୀର ଯୋଗାଇ ଦିଏ। ଅବ୍ୟର୍ଥ ଲକ୍ଷରେ ଘରର ମୁଖ୍ୟ ଫାଟକ ଡିଆଁଇ ପେପରବାଲା ସକାଳର ତାଜା ଖବରସବୁ ପହୁଂଚାଇ ଥାଏ। ସେହିପରି ଆସିଥାଏ ପରିବାବାଲାର ଠେଲା ଗାଡି, ସାଇକେଲ ପଛରେ ବନ୍ଧା ମାଛବାଲାର ମାଛ ଟୋକେଇ। ଫେରି ବାଲାର ହରେକ୍‌ମାଲ୍ ଗାଡି ଇତ୍ୟାଦି.... ଇତ୍ୟାଦି। ସଭିଁଏ ଜଣେ ଜଣେ ସେବାକାରୀ. କିଏ ପ୍ରତ୍ୟକ୍ଷରେ ବା କିଏ ପରୋକ୍ଷରେ।

ଏହି ଅର୍ବାଚୀନ ବସ୍ତିର ନାଁଆଟାକୁ ରଙ୍ଗେଇମୁଣ୍ଡା କିଏ ଦେଲା ଆଉ କେବେଠୁ ହେଲା, ଏହାର ସଠିକ୍ ତଥ୍ୟ କାହା ପାଖରେ ନ ଥିଲେ ସୁଦ୍ଧା 'ରଙ୍ଗେଇ ମୁଣ୍ଡା' କହିଲେ ସମସ୍ତେ ଏହି ବସ୍ତିଟାକୁ ହିଁ ବୁଝିଥାନ୍ତି। ଏଠି ଟିଣ ଛପର ତଳେ ଆଶ୍ରା କରି ପଡିରହିଥିବା ମଣିଷଗୁଡାକ ଜୀବନକୁ ନେଇ ଯେତିକି ସ୍ୱପ୍ନ ଦେଖନ୍ତି, ତା'ଠାରୁ ଢେର ଅଧିକ ସଂଘର୍ଷ କରନ୍ତି ଜୀବନ ଜିଇଁବା ପାଇଁ। ସଂଘର୍ଷ ସହଜେ ସେମାନଙ୍କ ପିଛା ଛାଡେ ନାହିଁ କି ସେମାନଙ୍କ ଆଖିରେ ବିରତି ଦିଏ ନାହିଁ ସ୍ୱପ୍ନ ଦେଖିବାକୁ।

କେବେଠୁ ଏଇଠି ଭାଗ୍ୟକୁ ଆଦରି ପଡିରହିଥିବା ସୁଲୋଚନାର ସ୍ୱପ୍ନ ସବୁ ଅବିକଳ ସେହିଭଳି। ଏଇନେ ଆଖିକୁ ନିଦ ଚଢିଆସୁଥିବ ପୁଣି ସହସା ଭାଙ୍ଗିଯାଉଥିବା ପରି ତା'ଜୀବନରେ ଦାରୁଣ ସଂଘର୍ଷ ଓ ସ୍ୱପ୍ନର ଯେତେସବୁ ଲୁଚକାଳି ଖେଳ। ନିଷ୍ଠୁର ସମୟ ହାତରେ କ୍ରୀଡନକଟିଏ ପରି ସେ ଗୋଟିଏ ପଟେ ପେଟଚାଖଣ୍ଡକ ପାଇଁ ଅଣନିଶ୍ୱାସୀ ହୋଇ ଧାଏଁ ତ ଆର ପଟେ ସାମାନ୍ୟ ଅବସର ଟିକେ ପାଇଲେ କେଇ ମୂହୂର୍ତ୍ତରେ ସ୍ୱପ୍ନ ଟିକିଏ ସୁଦ୍ଧା ଦେଖିବାକୁ ପଛାଏ ନାହିଁ। କାରଣ ଯେତେସବୁ ଦାରିଦ୍ର୍ୟ ଓ କଷଣର ଚକ୍ରବ୍ୟୁହ ମଧ୍ୟରେ ପେସି ହୋଇ ଯାଉଥିଲେ ବି ତା'ପାଖରେ ଥାଏ ଏକ ଅବ୍ୟର୍ଥ ପୁଞ୍ଜି। ତା' ଅଣ୍ଟିର ଧନ। ତା' ଏକୋଇରବାଳା। ତା' ଏକମାତ୍ର ଗେହ୍ଲା ପୁଅ ବିଟୁ।

ଗଲାକାଲି ପରି ଜଣାପଡୁଥିବା ତା' ଦୁର୍ଦ୍ଦିନମୟ ଅତୀତ ସହ ସେ ବେଶ୍ ଯୁଝି ହେଉଥିଲା। ସମୟର କଷାଘାତକୁ ସହି ଚାଲିଥିଲା ନିର୍ବାକ୍ ଭାବରେ। ଆଜି ମଧ୍ୟ ସେହି ଫଟା କପାଳ ତା'ର ପିଛା ଛାଡି ନାହିଁ କି ତା' ଜୀବନରୁ ଅମାବାସ୍ୟାର ଅନ୍ଧକାର ଦୂର ହୋଇନାହିଁ। ଅତୀତକୁ ଚାହିଁଲେ ଖାଲି ମେଞ୍ଚା ମେଞ୍ଚା ଦୁଃଖ। ଆଉ ଯେଉଁ ଧାପେ ବୋଲି ସୁଖ ସିଏ ପାଇଛି, ତା'ର ଆରମ୍ଭ ଓ ଅନ୍ତ ମଧ୍ୟ ସେହି ଅତୀତ ମଧ୍ୟରେ ହଜିଯାଇଛି। ତାସ୍‌ର ଘର ପରି ସୁଲୋଚନାର ସୁନେଲି ଇଚ୍ଛା ସବୁ ଗୋଟା ଗୋଟା ହୋଇ ଭୂଇଁରେ ଲୋଟି ପଡିଥିଲା ଖୁବ୍ ଅସହାୟ ଭାବରେ। ସେ କେବଳ ପାଷାଣୀ ଅହଲ୍ୟା ପରି ନିର୍ବିଚାରରେ ସହି ଚାଲିଥିଲା ତା' ପ୍ରତି ଭାଗ୍ୟ ଓ ଭଗବାନଙ୍କର ଅଟ୍ଟହାସ୍ୟକୁ। ଆକୁଳ ଚିତ୍ତରେ ଅପେକ୍ଷା କରି ରହିଥିଲା ଭାଗ୍ୟ ରବିର ଉଦୟ ଲଗ୍ନକୁ।

ଯେଉଁ ଦିନ ତୋଳାକନିଆ ସାଜି ହାତଧରି ଥିଲା ଅଲେଖର, ଭାବିଥିଲା ଏଥର ଜୀବନର ଲମ୍ବା ଚଲାପଥରେ ସାହାରାଟିଏ ପାଇଲା ବୋଲି। ବାପା ମା'ଙ୍କର ପାଞ୍ଚ ଭଉଣୀ ଭିତରେ ସେ ଥିଲା ସବା ସାନ। ଉପରକୁ ଥାକ ଥାକ ହୋଇ ଥିଲେ ଆଉ ଚାରି ଭଉଣୀ। ଜଣ ଜଣଙ୍କୁ ବିଭା ଦେବାକୁ ଯାଇଁ ବାପା ବିକି ସାରିଥିଲା ପୂରା ମାଣେ ସରିକି ଜମି। ସବୁତକ ଦୋ'ଫସଲୀ। ଯେଉଁଠି ଫଳୁଥିଲା ଧାନ ବେଳେ ଧାନ, ତା'ପଛକୁ ମୁଗ। ଖଣ୍ଡେ ଖଣ୍ଡେ ହୋଇ ସେଥିରୁ ବିକ୍ରି ବଟା ହୋଇ ପରେ ଶେଷକୁ ତା' ବେଳକୁ ରହିଯାଇଥିଲା ମାତ୍ର ଆଠଗୁଣ୍ଠ। ଦାଣ୍ଡ ବାହାଘର ପାଇଁ ବାପାର ଅଣ୍ଟାରେ ନା ବଳ ଥିଲା ନା ହାତରେ ଥିଲା ସମ୍ବଳ। କନିଆ ବିଦା ବେଳେ ବାପା ତା'ର ଦୁଇ ହାତ ଉପରକୁ ଟେକି ଦେଇ ଖାଲି କହିଥିଲା, 'କିଛି ଦେଇପାରିଲିନିରେ ତୋତେ ଝିଅ। ନା ତୋତେ ମନପସନ୍ଦର ବର ଦେଲି ନା ଘର ଦେଲି। ଯେତିକି ଯାହା ତୋ ଗରିବ ବୁଢା ବାପାଟା ଯୋଗାଡି ପାରିଲା ସେତିକି ଦେଲି। ବାକି, ତୋ ଭାଗ୍ୟରେ ତୁ ବଅଂଚ। ଯା... ଜଗନ୍ନାଥେ ତୋତେ ସାହା ହୁଅନ୍ତୁ ଲୋ ଝିଅ।' ବାପାର କଣ୍ଠ ବାଷ୍ପରୁଦ୍ଧ ହୋଇ ଯାଇଥିଲା ସେତିକିରେ। ଦୁହିଁଙ୍କ ଆଖିରେ ଭରାଶ୍ରାବଣ ପରି ଛୁଟି ଚାଲିଥିଲା ଧାର ଧାର ଅବାରିତ ଅଶ୍ରୁ ବିଦାୟର ସେହି ଅନ୍ତିମକ୍ଷଣରେ।

ସେତେବେଳେ ଭରସା ଦେଇଥିଲା ଅଲେଖ। କହିଥିଲା, 'ଆଲୋ, କାଲି ଯାଏଁ ମୁଁ ସିନା ବେଛପରିଆ ପରି ଜୀବନ କାଟି ଆସିଥିଲି, ହେଲେ ଦେଖିବୁ ତୋତେ ସବୁ ସୁଖ ଆଣି ଓଜାଡି ଦେବି। ରକ୍ତକୁ ନିଗାଡିଦେବି ଝାଳ କରି ଖାସ୍ ତୋତେ ରାଣୀ କରି ରଖିବା ପାଇଁ।' ଚତୁର୍ଥୀ ବାସିକୁ ଚାରିଦିନ ପୂରିଛି କି ନାହିଁ ତାକୁ ଧରି ଚାଲିଆସିଥିଲା ସହରକୁ। ସୁଦୂର ନୟାଗଡର ଏକ ଅଖ୍ୟାତ

ପେଣ୍ଡୁପାଟ ଗାଁରୁ ଏହି ରଙ୍ଗେଇମୁଣ୍ଡା ବସ୍ତିକୁ। ଦିନସାରା ହାଡଭାଙ୍ଗି ଖଟେ। ସଂଧ୍ୟାକୁ ଫେରେ ତ ନଗଦ କମେଇକୁ ଧରି। କେଉଁ ଦିନ ହାତରେ ବୋହି ଆଣିଥାଏ ତଟକା ପରିବାପତ୍ର ଆଉ କେଉଁଦିନ ସଜମାଛ। ଅତିସରାଗରେ ସେ ଚୁଲିରେ ରାନ୍ଧି ସେ ସବୁକୁ ପରଶିଦିଏ ଥାଳିରେ। ତା'ପରେ ପାଖରେ ବସି ହାତରେ ବିଞ୍ଚଣା ବୁଲାଇ ଲାଘବ କରିବାକୁ ଚେଷ୍ଟା କରେ ଅଲେଖର ଥକା ଦେହର କ୍ଳାନ୍ତି। ଦିକି ଦିକି ଜଳୁଥିବା ଲଣ୍ଠନ ଆଲୁଅରେ ସେହି ବଖୁରିକିଆ ଘରଟା ଭିତରେ ଯେପରି ସଂସାରର ସବୁତକ ଖୁସି ପହଁରି ବୁଲୁଥାଏ ନିର୍ଭୟରେ। ସେହି ମୁହୂର୍ତ୍ତରେ ନା ଥାଏ ଭବିଷ୍ୟତକୁ ନେଇ ଚିନ୍ତା ନା ପିଛିଲା ଅତୀତର ଉତ୍ପିଡୀତ ଆଶ୍ଳେଷ। କେବଳ ବର୍ତ୍ତମାନର ମହକରେ ବାସ୍ନାମୟ ପାଲଟେ ସବୁକିଛି। ନିସର୍ଗ ଆବେଗରେ ଏକାକାର ହୁଏ ଦୁଇ ଆତ୍ମା, ଦୁଇ ପ୍ରାଣ।

ଦଇବ ବୋଧେ ସେତିକି ସୁଖ ଲେଖିଥିଲା ତା'କପାଳରେ। ସେତେବେଳକୁ ବିଟୁ ଜନ୍ମ ହୋଇ ଠୁକୁଠୁକୁ ଚାଲିବା ଆରମ୍ଭ କରିଥାଏ। ତା'ର ସେହି ଚାଲିକୁ ଦେଖି ଅନ୍ତରର ଖୁସିତକ ପ୍ରଜାପତିର ଫୁଲପକା ଡେଣାପରି ଏମୁଣ୍ଡରୁ ସେମୁଣ୍ଡକୁ ଲମ୍ଫ ଡିଆଁ ମାରୁଥାଏ। ତା'ର ସୀମିତ ସଂସାରର ବଳୟ ମଧ୍ୟରେ ବିଟୁ ଯେପରି ଥିଲା ପୁନେଇଁ ଜହ୍ନର ବହୁ ଅଭିଳକ୍ଷିତ ପ୍ରକଟିତ ସ୍ୱପ୍ନ। ଯେଉଁଠି ସେ ଦେଖୁଥିଲା ନିଜ ସାକାର ମାତୃତ୍ୱର ଏକ ପୂର୍ଣ୍ଣାବୟବ ଚିତ୍ର। ନିଜ ପରିପୂର୍ଣ୍ଣ ସଂସାରର କୋମଳ ଅସ୍ତିତ୍ୱ। ଯାହାକୁ ସହସା ରାହୁଗ୍ରାସ କଲା ପରି ଅମା ଅନ୍ଧକାର ମଧ୍ୟକୁ ଠେଲିଦେଇଥିଲା ନିର୍ଦ୍ଦୟ ନିୟତି। ଆକାଶର ତାରାପରି ହାତ ପାଆନ୍ତାରେ ଝୁଲୁଥିବା ସବୁ ସୁଖ ଚାହୁଁ ଚାହୁଁ ଅନ୍ତର୍ଧାନ ହୋଇଗଲା ନିମିଷେକରେ। ପ୍ରତି ବଦଳରେ ରଡ ନିଆଁର ଝୁଲ ପରି ସେଗୁଡିକ ସବୁ ଦଂଶିବା ଆରମ୍ଭ କରିଦେଲେ। ସଂସାର ସିଲଟରୁ ମୁହୂର୍ତ୍ତକ ମଧ୍ୟରେ ଉଭାନ ହୋଇଗଲା ତା' ସକଳ ସୁଖର ପଞ୍ଚାକ୍ଷର।

ପ୍ରଥମେ ପ୍ରଥମେ ଅଲେଖର ସେହି ଲହରା କାଶଟାକୁ ସେତେଟା ଗୁରୁତ୍ୱ ଦେଇନଥିଲା ସୁଲୋଚନା। ଭାବୁଥିଲା, 'ମୂଲିଆ ମଜୁରିଆ ଲୋକ, ଏଇ ବିଡି ଫିଡି ବୋଧେ ଟାଣୁଥିବାରୁ କାଶ ଫାଶ ହେଉଛି। ଛାଏଁ ଭଲ ହୋଇଯିବନି।' ମାତ୍ର କଥାଟା ଯେ ଗୋଟିଏ ସଂଘାତିକ ସ୍ତରକୁ ଚାଲିଯିବ, ସେ କଥା କିଏ ଅବା ଜାଣିଥିଲା। ଦିନକୁ ଦିନ କାଶ ଭଲ ହେବାର ନାଁ ଗନ୍ଧ ଧରିଲା ନାହିଁ ବରଂ ବେଶି ବେଶି କରି ବଢି ଚାଲିଲା। ଚିକିତ୍ସା ପାଇଁ ଶେଷକୁ ଡାକ୍ତରଙ୍କ ପାଖରେ ପହଞ୍ଚିଲା ବେଳକୁ ନେଡିଗୁଡ କହୁଣୀକୁ ବୋହି ସାରିଥାଏ। ଛାତିର ଏକ୍ସରେ ଫଟୋ ଦେଖି ଡାକ୍ତର ସିଧା ସିଧା ଜଣାଇ ଦେଲେ, 'ଅବସ୍ଥା ଗୁରୁତର। ଏୟାକୁ ଫୁସ୍‌ଫୁସ୍ କର୍କଟ ହୋଇଯାଇଛି। କିଛି କହି ହେବନି ? ଔଷଧ ଲେଖିଦେଉଛି, ନେଇ କି ଖାଅ। ବାକି ଭଗବାନ ଭରସା।' ଏତକ ଶୁଣିଲା ପରେ ଯେପରି ଛାତିରୁ ହଂସା ଉଡିଯାଇଥିଲା ତା'ର। ପାଦ ବଧିରା ପାଲଟି ଅଟକି ଯାଇଥିଲା ଭୂଇଁ ଉପରେ। ଆଖିର ପରଦାକୁ ଜଳକାକରି ଘୋଟି ଆସିଥିଲା କିଟିମିଟି ଅନ୍ଧାର। ଯେମିତି ମଝି ନଈର ଅଥଳ ସୁଅରେ ବିନା ନାଉରୀରେ ଭାସିଯାଉଥିଲା ତା ଅର୍ଦ୍ଧିତ ଭାଗ୍ୟର ନଉକା। ନା କେଉଁଠି ଆଶ୍ରୟ ପାଇଁ ଥିଲା କିଛି କୂଳ ନା କିନାରା।

ଦିନ କେଇଟା ଭିତରେ ତାକୁ ସବୁଦିନ ପାଇଁ ଉଚ୍ଛନ୍ନ କରି ଚାଲିଗଲା ଅଲେଖ। ମୁଣ୍ଡ ଉପରେ ଦାଉଦାଉ ନିଦାଘର ଖରାକୁ ସହିବା ପରି ସୁଲୋଚନା ପାଇଁ ଜୀବନ ହୋଇଉଠିଥିଲା ଖୁବ୍ ଅସହ୍ୟ। କର୍କଶ ଆଉ ନିଦାରୁଣ। କାଲି ପର୍ଯ୍ୟନ୍ତ ପେଟପାଟଣା ପାଇଁ ଝାଳ ନିଗାଡୁ ଥିଲା ଅଲେଖ। ସବୁ

ମଣିଷଙ୍କ ପରି ତା'ସଂସାରରେ ସୁନା ଫଳାଇବାର ସ୍ୱପ୍ନ ଦେଖୁଥିଲା। ସେଥି ନିମନ୍ତେ ମେହେନତି ବି କିଛି କମ୍ କରୁନଥିଲା। ଏମିତିକି ବିଟୁର ଜନ୍ମ ପରେ ଆହୁରି ଦୁଇ ଗୁଣା ଉତ୍ସାହୀ ହୋଇପଡିଥିଲା ସେ। କହୁଥିଲା, "ଖଟିବା ପାଇଁ ମୋର ଡର ନାହିଁ ଲୋ ସୁଲୋଚନା। ଦରକାର ପଡିଲେ ଦିନରାତିକୁ ଏକାଠି କରିଦେବି, ଯାହାବି ହେଇଯାଉ ମୋ ବିଟୁକୁ ବଡ ହେଲେ ବାବୁ ନିଶ୍ଚୟ କରାଇବି। ସେ ଆମ ପରିକା ଅଣ ନିଶ୍ୱାସୀ ହୋଇ ଏହି ବସ୍ତିଟା ଭିତରେ ବଂଚିବ ନାହିଁ। ସହରର ବାବୁ ଭାୟାଙ୍କ ପରି ଧୋବ ଧଉଳିଆ କୋଠାରେ ଯାଇ ରହିବ।" ଆଖି କୋଣରେ ଶୁଖିଲା ଲୁହର ଦାଗ ପରି ସ୍ୱପ୍ନ ସେମିତି ରହିଗଲା ସ୍ୱପ୍ନ ହୋଇ ସବୁଦିନ ପାଇଁ। ସେହି ଅବଶୋଷ ଗୁଡାକ ଯେମିତି ମଲା ବେଳକୁ ଗାଢ ମେଘଖଣ୍ଡ ପାଲଟି ଅଟକି ଯାଇଥିଲା ଅଲେଖର ନିସ୍ତେଜ ଦୁଇ ଆଖିର ଡୋଳାରେ।

ଅଲେଖ ଯିବାର କିଛିଦିନ ପରେ ମନକୁ ଟାଣ କରିଥିଲା ସୁଲୋଚନା। ତା'ର ଅବର୍ତ୍ତମାନକୁ ସେ ସହି ନେଇଥିଲା ମଥାପାତି। ଯଦିଓ ସମ୍ମୁଖର ଚଲାପଥ ତା' ପାଇଁ ପାଲଟି ଯାଇଥିଲା ଏକ ଅନିଶ୍ଚିତ କକ୍ଷପଥ ପରି ଅନ୍ଧକାରାଚ୍ଛନ୍ନ। ତଥାପି ତାକୁ ସେହି ପଥରେ ଦୁଇ ପାଦ ଆଗକୁ ବଢାଇବାର ହିଁ ଥିଲା। କାନ୍ଧ ଉପରକୁ ଟେକି ନେବାର ଥିଲା ନିଜ ବିପର୍ଯ୍ୟସ୍ତ ସଂସାରର ଭାର। ଏହା ଛଡା ଆଉ କିଏ ଯେ ଥିଲେ ତା' ପାଇଁ ସାହାରାର ହାତ ଟିକେ ବଢାଇ ଦେବାକୁ? ଶ୍ୱଶୁର ଘର କହିଲେ ସୁଦୂର ପେଣ୍ଠପାଟ ଗାଁରେ ପଡିରହିଥିବା ଚାଖଣ୍ଡେ ପରିତ୍ୟକ୍ତ ଘର ଡିହ ଯାହାକୁ ସେ ଛାଡି ଆସି ଥିଲା କେବେଠୁ ଦୁଇ ଓଳି ଗୁଜୁରାଣର ଅନ୍ୱେଷଣରେ। ଆଉ ବାକି ରହିଲା ଯାହା ବାପ ଘର, ସେଠି ଆଶ୍ରା ଲୋଡିବା ଅର୍ଥ ବୋଝ ଉପରେ ନଳିତା ବିଡା ସହ ସମାନ। କିଏ ଥାଉ ବା ନ ଥାଉ ଏଇ ରଙ୍ଗେଇମୁଣ୍ଡା ବସ୍ତି ହିଁ ଥିଲା ତା'ର ବର୍ତ୍ତମାନ ଓ ଅବଶିଷ୍ଟ ସବୁକିଛି। ଯାହାରି ଉପରେ ଦୁଇ ପାଦ ରଖି ବାକି ପଡିଥିବା ଜୀବନ ଜିଇଁବାକୁ ପଣ କରିନେଇଥିଲା ସୁଲୋଚନା।

କେବେ କେବେ ମଝି ରାତିରେ ଦୁଃସ୍ୱପ୍ନ ଦେଖିଲା ପରି ଧଡ୍‌କିନା ନିଦ ଭାଙ୍ଗିଯାଏ ତା'ର। ଛାତିର ହୃଦ୍‌ସ୍ପନ୍ଦନ କାହିଁ କେତେ ଗୁଣା ବଢିଯାଏ। ଗମ୍ ଗମ୍ ଝାଳ ଜକେଇ ଆସେ କପାଳରୁ। ଦେହଟା ଯାକ ଗୋଟାସୁଦ୍ଧା ତିନ୍ତି ଯାଏ ସେହି ଆଶଙ୍କିତ ଭୟାର୍ତ୍ତ ବେଳାରେ। ଲାଗେ ଯେପରି ନିଶୂନ୍ ଆକାଶ ମଝିରେ ସେ ଏକାକୀ ଗୋଟିଏ ନିଃସଙ୍ଗ ତାରା। ଯାହାର ମନର ବେଦନା ବାଣ୍ଟିବା ପାଇଁ, ଆହାଃ ବୋଲି କେହି ପଦେ କହିବା ପାଇଁ ପାଖରେ ସାଥୀଟିଏ ନାହିଁ। ଅଛି ତ ଚାରିପାଖରେ ଖାଲି ଖାଁ ଖାଁ ଶୂନ୍ୟତା। ନିଜର ବର୍ତ୍ତମାନ ଓ ଭବିଷ୍ୟତକୁ ନେଇ ଅନିଶ୍ଚିତତା ଭରା କୁହୁଡିଭର୍ତ୍ତି ନିରୁଦ୍ଦିଷ୍ଟ ପଥ। ପାଦ ଥାପିବ ତ କେଉଁ ସାହାସରେ? ପୁଣି କାହା ଭରସାରେ? ମନ ତଳର ଆଶଙ୍କା ଯେତେ ବିକ୍ଷୁବ୍ଧ ସମୁଦ୍ରର ଉତ୍ତାଳ ଲହଡି ପରି ଛାତି ଭିତରେ ପିଟି ହୁଏ। ତୁହାକୁ ତୁହା ବୁଡାଇ ଦିଏ ଆତଙ୍କର ସେହି ଅଜଣା ଜଳ ଭଉଁରି ଭିତରେ। ମଝି ରାତିର ସେହି ଛନକାକୁ ପୁଣି ଛାତି ଭିତରେ ଧରି ଶୋଇବାକୁ ଚେଷ୍ଟା କରେ ସୁଲୋଚନା। ତା' ଆଖିକୁ ଆଉ ନିଦ ନଥାଏ। ଅଶରୀରୀ ପାଲଟି ସେଠି ନାଚୁଥାଏ ଖାଲି ସେହି ଛନକାର ଲମ୍ବା ଲମ୍ବା ଛାଇ।

ଯେପରି ଏକ ତୀବ୍ର ଉଦ୍‌ବିଗ୍ନତା ଆଚ୍ଛନ୍ନକରି ରଖିଥିଲା ତା'ର ସମଗ୍ର ସତ୍ତାକୁ। ନିମିଷେକ ପାଇଁ ସୁଦ୍ଧା ନିସ୍ତାର ନ ଥିଲା ସେହି ଭୟାର୍ତ୍ତ ବଳୟରୁ। ଆଖି ବୁଜିଲେ ଅଜଣା କୀଟର ଦଂଶନ ପରି ଭିତରେ

ଭିତରେ କଟ୍ କଟ୍ କରି କୋରି ଖାଉଥିଲା ଦୁଃଶ୍ଚିନ୍ତା । ଆଖି ଖୋଲିଲେ ସାମ୍ନାରେ ଭୟଙ୍କର ବାସ୍ତବତା । ତା' ଭିତରେ ସେ ପାରୁ ପର୍ଯ୍ୟନ୍ତ ଚେଷ୍ଟା କରୁଥିଲା ନିଜକୁ ଟାଣ କରିବାକୁ । ଭରସା ରଖିବାକୁ ଚେଷ୍ଟା କରୁଥିଲା ନିଜ ଭିତରର ଆତ୍ମପ୍ରତ୍ୟୟ ଉପରେ । ହାତ ବଢାଇ ଛୁଇଁବାକୁ ଚାହୁଁଥିଲା ନିଜ ଅଭ୍ୟନ୍ତରରେ କଅଁଳି ଆସୁଥିବା ବିଶ୍ୱାସର ମଞ୍ଜିକୁ । କହିବାକୁ ଗଲେ ସେତିକି ହିଁ ଥିଲା ତା'ର ପୁଞ୍ଜି । ସେତିକି ହିଁ ଥିଲା ତା'ର ନିଜ ଭିତରେ ବଳି ପଡିଥିବା ଆସ୍ଥା । ଯାହାରି ବଳରେ ସେ ଦୁଇ ଗୋଡକୁ ସଳଖି କରି ପାଦ ଥାପିବାକୁ ଚାହୁଁଥିଲା ସଂସାରର ବଡଦାଣ୍ଡରେ ।

ଅଲେଖ ଖାଲି ଚାଲିଗଲା ନାହିଁ ତ ତାକୁ ଆଣି ଠିଆ କରାଇଦେଲା ବେସାହାରା ଚଲାପଥରେ । ବାପ ଛେଉଣ୍ଡ ଛୁଆଟାକୁ ଧରି କେତେ କେତେ ପରୀକ୍ଷା ଅବା ସେ ଦେଇଥାନ୍ତା ? ପେଟର ଭୋକ ମେଣ୍ଟାଇବା ପାଇଁ ପରଘରେ ସିନା ପାଇଟି କରିବା ଆରମ୍ଭ କରିଦେଲା ହେଲେ, ଦେହଟାକୁ କାହା କାହା ନଜରରୁ ଲୁଚାଇ ରଖିଥାନ୍ତା ଅବା ! ସ୍ୱାମୀ ଚାଲିଗଲା ପରେ ଯିଏ ବି ଜଣେ ଅଧେ ଆସି ଆହାଃ ପଦୁଟିଏ କହି ପାଖରେ ଠିଆ ହେଲା, ତା'ର ନିୟତିରେ ଭରି ରହିଥିଲା ହଳାହଳ କାମନାର ବିଷ । ସେଠି ନାମକୁ ମାତ୍ର ଥିଲା ସମ୍ବେଦନା । ଅସଲରେ ଭିତିରି ଉଦ୍ଦେଶ୍ୟ ଥିଲା ଆଉକିଛି । ଅଦୃଶ୍ୟ କୀଟ ପରି ମନ ତଳେ ଲୁଚାଇ ରଖିଥିଲା ଯେତେକ ଲୋଲୁପ ଅଭିସନ୍ଧି ଛଳନାର ଆପଣାପଣରେ ।

କେତେ ଭରସା ନ କରିଥିଲା ଅର୍ଜୁନି ଉପରେ ! ଶେଷକୁ ସେ ଯାହା କଲା, ତା'ହା ଥିଲା ତାର ସଂପୂର୍ଣ୍ଣ କଳ୍ପନା ବାହାରେ । ଅରକ୍ଷିତକୁ ଦଇବ ସାହା ହେଲା ପରି ତା'ର ଚରମ ଦୁର୍ଦ୍ଦିନ ବେଳାରେ ଆସି ଛିଡା ହୋଇଥିଲା ପାଖରେ । ସେତେବେଳେ ସେ ଥିଲା ନିହାତି ଅସହାୟ । ନଈବଢିରେ ଭାସିଯାଉଥିବା ଲୋକଟି ଯେପରି କୁଟାଖିଅକୁ ଆଶ୍ରା କରିଥାଏ ସେହିପରି ସେ ସାହାରା ଲୋଡିଥିଲା ଅର୍ଜୁନି ଠାରେ । ନିରାଶା କରିନଥିଲା ଅର୍ଜୁନି । ଭରସା ଦେଇ କହିଥିଲା, "ତମେ ଆଦୌ ବ୍ୟସ୍ତ ହୁଅନି ଭାଉଜ । ମୁଁ ଅଛି ପାଖରେ, ଆଉ ଥିବି ମଧ ସବୁବେଳେ । ଦଇବ ସିନା ଅବେଳରେ ମୋର ଅଲେଖ ଭାଇଟାକୁ ଡାକି ପାଖକୁ ନେଇଗଲା, ହେଲେ ତମର ଏ ଭାଇଟା ଯେ ପର୍ଯ୍ୟନ୍ତ ଅଛି ସେପର୍ଯ୍ୟନ୍ତ ନିଶ୍ଚିତ ରହିଥାଅ ଜାଣ । ଅଲେଖ ଭାଇ ମେହନତି କରୁଥିଲା, ତା'ସଂସାରକୁ ଦେଖୁଥିଲା । ଏବେ ତୁମ ସଂସାର ଚଳାଇବା ଦାୟିତ୍ୱ ମୋ ଉପରେ ଛାଡିଦିଅ । ମୁଁ ତ ଅଭିଆଡା, ମୋର ଗୋଟିଏ ପେଟ ସାଙ୍ଗରେ ଆଉ ଦୁଇଟା ପେଟ ପୋଷିବାରେ ଅସୁବିଧା କେଉଁଠି ?" ତା'ର ସେହି ସାନ୍ତ୍ୱନାଭରା କଥାରେ କେମିତି ଏକ ବିଶ୍ୱାସର ପାହାଡ ଦାନା ବାନ୍ଧି ନେଇଥିଲା ସୁଲୋଚନାର ମନରେ ।

କେତେଦିନ ଅର୍ଜୁନି ଉପରେ ନିର୍ଭର କରି ରହିଥାନ୍ତା ଭଲା ! ନିଜ ଗୋଡରେ ଛିଡାହୋଇ ବଞ୍ଚିବାକୁ ଚାହୁଁଥିଲା ସେ । ସମୟ ଦେଖି ତାକୁ କହିଥିଲା, "ମୋ ପାଇଁ ଚାରି ଘର ପାଇଟି ବୁଝି ଦେଲେ ଯଥେଷ୍ଟ । ଆମେ ମା ପୁଅ ଦୁଇ ପ୍ରାଣୀ, ପୋଷି ହୋଇଯିବୁ ସେଥିରେ । ତମେ ଆମ ପାଇଁ ଯେତିକି କଲଣି, ବହୁତ କିଛି କରିସାରିଲଣି । ନିଜ ରକ୍ତର ବି କିଏ ସେତିକି ସୁଦ୍ଧା କରିନଥାନ୍ତା ?" ତା'ର ଏହି ସ୍ୱୀକାରୋକ୍ତି ଭିତରେ ଅର୍ଜୁନି ପ୍ରତି ଭରିରହିଥିଲା ଅନାବିଳ କୃତଜ୍ଞତା । " ମୋତେ ତା ହେଲେ ପର ଭାବିଲ ଭାଉଜ । ହଉ, ଯେପରି ତମେ ଚାହୁଁଛ ସେପରି ବ୍ୟବସ୍ଥା ମୁଁ କରାଦେବି ।" ନାକ ଭିତରୁ ଲମ୍ବା ନିଶ୍ୱାସଟିଏ ପଦାକୁ ଛାଡି ଏକ ଲୟରେ ଚାହିଁ ରହିଲା ସୁଲୋଚନା ଆଡକୁ

ଅର୍ଜ୍ଜୁନି। ତା'ମନର ଅଳନ୍ଧି ମଧ୍ୟରେ ଖେଳି ବୁଲୁଥିଲା ଆଉ କିଛି ଅକୁହା କଥା। ଯେପରି କିଛି ଅପରିତୃପ୍ତ ଅବଶୋଷ।

ସଂନ୍ଧ୍ୟା ଆସିବା ଆଗରୁ ସେଦିନ ଅସରାଏ କାଳବୈଶାଖୀ ବର୍ଷାର ଆଚ୍ଛନ୍ନ ଅନ୍ଧକାର ମଧ୍ୟରେ ଘୋଡେଇ ହୋଇପଡିଥିଲା ରଙ୍ଗେଇମୁଣ୍ଡା ବସ୍ତି। ବର୍ଷା ଛାଡିଲା ପରେ ବି ଦଲକାଏ ଦଲକାଏ ବିଜୁଳିର ଚମକ ଖେଳି ବୁଲୁଥିଲା ଆକାଶର ଘନକୃଷ୍ଣ ଛାତିରେ। ମଝିରେ ମଝିରେ ହାବୁକାଏ ପବନର ଅନ୍ଧାରୀ ଶିହରଣରେ କ୍ରମଶଃ ଆହୁରି ସଂତ୍ରସ୍ତ ହୋଇପଡୁଥିଲା ପୂରା ବସ୍ତିଟା। ମାଙ୍କଡା ପଥରର ଆବଡା ଖାବଡା ନାଳ ଦେଇ ତଳମୁଣ୍ଡ ଆଡକୁ ମାଡି ଯାଉଥିବା ପାଣିସୁଅର ଗର୍ଜନ ସହିତ ଟିଣ ଛାତରୁ ଟପ୍‌ଟପ୍ ଗଳି ପଡୁଥିବା ବର୍ଷାପାଣିର ଶବ୍ଦ ମିଶି କେମିତି ଏକ ଗମ୍ଭୀର କରିଦେଇଥିଲା ସାରା ବସ୍ତିର ପରିବେଶଟାକୁ। ଉତ୍ତୀର୍ଣ୍ଣ ସନ୍ଧ୍ୟାଟା ଜଣାପଡୁଥିଲା ଯେମିତି ନିସ୍ତବ୍ଧ ରାତ୍ରିର ପ୍ରହର ପରି। ସମସ୍ତେ ନିଜର ନିଜର ବାହାର କବାଟ କିଳି ଚାରିକାନ୍ଥର କୋଠରି ମଧ୍ୟରେ ଆତ୍ମଗୋପନ କରିସାରିଥିଲେ। ବାହାର ପଟେ ଯେମିତି ବିରାଜୁଥାଏ ନିର୍ଜନତା ଭିତର ପଟେ ମଧ୍ୟ ସେମିତି ଜମାଟ ବାନ୍ଧିଥାଏ ଏକ ପ୍ରକାର ଶୂନ୍‌ଶାନ୍‌ର ବାତାବରଣ।

ଏତିକି ବେଳେ ବାହାରପଟୁ କାହାର କବାଟ ଠକ୍ ଠକ୍ ଶବ୍ଦରେ ଚମକି ପଡିଲା ସୁଲୋଚନା। ଏପରି ବେଳାରେ ହଠାତ୍ କାହାରି ଆସିବାଟା ଯେପରି ତା' ପାଇଁ ଥିଲା ସଂପୂର୍ଣ୍ଣ ଅପ୍ରତ୍ୟାଶିତ। ଅଜଣା ଭୟରେ କେଇ ବୁନ୍ଦା ଝାଳ ଜକେଇ ଆସିଲା ତା କପାଳରେ। କେଇ ମୁହୂର୍ତ୍ତ ଯାଏଁ ସ୍ଥାଣୁ ମୂର୍ତ୍ତିଟେ ପରି ଚାହିଁ ରହିଲା କବାଟ ଆଡକୁ। ମନେ ମନେ ସମୟଟାକୁ କଳି ନେଲା, 'ନା ରାତି ସେତେ ବେଶି ହୋଇ ନାହିଁ ତ, ତେବେ ଏ ଅସମୟରେ ପୁଣି କିଏ?' ଉତ୍କଣ୍ଠିତ ଚିତ୍ତରେ ନିଜ ଭିତରେ ସାହାସ ସାଉଁଟି କବାଟ ଆଡକୁ ମୁହାଁଇଲା ସୁଲୋଚନା।

"ଆଲୋ, କବାଟ ଖୋଲିବାକୁ ଏତେ ଡେରି କ'ଣ କଲୁ ଲୋ ସୁଲୋଚନା! ମୁଁ କ'ଣ ବାଘ ନା ଭାଲୁ ହେଇଛି ଯେ, ତୋତେ ଖାଇଯାଉଛି?" ଆଖିକୁ ତରାଟିଲା ଭଳି ପ୍ରଶ୍ନିଳ ବାକ୍ୟଟିକୁ ଛାଡି ଭିତରକୁ ଧପାଲି ଆସିଲା ଅର୍ଜୁନି। ତା ମୁହଁରୁ ଭଣ ଭଣ ବାରି ହୋଇପଡୁଥିଲା ହାଣ୍ଡିଆ ମଦର ଗନ୍ଧ। ଚମକିଲା ପରି ତା ମୁହଁକୁ ଦଣ୍ଡେ ଚାହିଁ ରହିଲା ସୁଲୋଚନା। ସେ ବିଶ୍ୱାସ କରିପାରୁନଥିଲା 'ଭାଉଜ' ଡାକ ବଦଳରେ ତା ମୁହଁରୁ 'ସୁଲୋଚନା' ନାଁଟାକୁ ଶୁଣି। ଘର ଭିତରେ ମିଞ୍ଜି ମିଞ୍ଜି ଜଳୁଥିବା ଲଣ୍ଠନ ଆଲୁଅଟାକୁ ଆଉ ଟିକେ ତେଜି ଦେଲା। ଅବିଶ୍ୱାସ ଆଖିରେ ପୁଣି ଚାହିଁଲା ଅର୍ଜ୍ଜୁନି ଆଡକୁ। ଗହ ଗହ ହାଣ୍ଡିଆ ଗନ୍ଧରେ ଫାଟି ପଡୁଥିଲା କୋଠରିଟା। 'ଆଲୋ, ସେମିତି ବୋକିଟା ପରି କ'ଣ ଚାହିଁ ରହିଛୁ ବା? କ'ଣ କହୁଛି ଆଗ ଶୁଣ? ମୋ କଥା ମାନ୍ ତୋ ଛୁଆଟାକୁ ନେଇ ଅନାଥାଶ୍ରମରେ ଛାଡିଆ। ମୁଁ ତୋତେ ବାହା ହେବି, ରାଣୀ କରି ରଖିବି ଲୋ ଜା...ଆ...ଣେ...।' ଅର୍ଜ୍ଜୁନି କଣ୍ଠର ଏହି ମଦମତ୍ତ ସଂଳାପରେ ଆହୁରି ଉତ୍କଟ ହୋଇପଡିଥିଲା ତା'ର ସେହି କ୍ଷୁଦ୍ର କୋଠରିର ଆବହାଓ୍ୱା। ସେ ଯେତିକି ଚକିତ ହୋଇଥିଲା ଅର୍ଜ୍ଜୁନିର ଏହି ଅସଲ ରୂପକୁ ଦେଖି ସେତିକି ଶ୍ୱାସରୁଦ୍ଧ ଲାଗୁଥିଲା ତାକୁ ସେହି ମାତାଲ୍ ମଣିଷଟାର ପ୍ରଳାପରେ। ସେ ତିଳେ ମାତ୍ର ସହ୍ୟ କରିବାକୁ ପ୍ରସ୍ତୁତ ନଥିଲା ତା'ର ସେହି ଅସୌଜନ୍ୟ ଉପସ୍ଥିତିକୁ। ଅବିଳମ୍ବେ ଚୁଲି ମୁଣ୍ଡରୁ ଦରପୋଡା କାଠ ଖଣ୍ଡେ ଧରି, 'ଭାଗ୍ ଶଳା...

ହାରମ୍‌ଜାଦା କୋଉଠିକାର...' କହି ହିଂସ୍ର ବାଘୁଣୀ ପରି ମାଡି ଆସିଥିଲା ଅର୍ଜୁନି ଆଡକୁ।

ସେହିଦିନ ଠାରୁ ସଂଘର୍ଷ କ'ଣ ଶିଖିଯାଇଥିଲା ସୁଲୋଚନା। ପେଟ ପାଟଣା ଯୁଦ୍ଧରେ କେବେ କେବେ ଥକି ଯାଉଥିଲା ସତ କିନ୍ତୁ ହାରିବାର ନାଁ ଧରିନଥିଲା। ପଣ କରିଥିଲା ରକ୍ତମାଂସକୁ ପଛେ ଝାଳ କରି ନିଗାଡି ଦେବ ହେଲେ, ବିଟୁକୁ ମଣିଷ କରିବ। ଅଲ୍‌ବତ୍ କରିବ। ତାକୁ ନିଜ ଶିଙ୍ଗରେ ମାଟି ଖୋଳାଇବା ଶିଖାଇବ। ଚାରିଜଣରେ ଜଣେ କରି ଠିଆ କରାଇବ। ସେଇ ଦିନକୁ ଦେଖିବାକୁ ବାପା ସିନା ରହିଲା ନାହିଁ, ହେଲେ, ମା' ତା'ର ତ ରହିଥିବ। ସେତବେଳେ ସଭିଏଁ ଜାଣିବେ ଯେ ଇଏ ସେହି ନିରିମାଖି ସୁଲୋଚନାର ପୁଅ। ଯିଏ ଚାରିଘର ପାଇଟି ପଛେ କଲା ହେଲେ କାହାର ଦ୍ୱିତୀୟା ହେଲା ନାହିଁ। ଜନ୍ମ କଲା ସନ୍ତାନକୁ ଆବର୍ଜନା ଭାବି ଫିଙ୍ଗି ଦେଲା ନାହିଁ କୋଉ ଅନାଥାଶ୍ରମର ପିଣ୍ଡାରେ। କି ଆଉ ଥରେ ସଂସାର ଗଢିବାକୁ କାହା ସାଥେ ଚାଲିଗଲା ନାହିଁ। ହଲପ କରି ମାଟି କାମୁଡି ପଡିରହିଲା ଖାସ୍ ପୁଅ ମୁହଁକୁ ଚାହିଁ, ତାକୁ ମଣିଷ କରି ଗଢି ତୋଳିବା ପାଇଁ।

ହେଲେ ତା'ର ସେହି ପଣ ରହିଲା କି ? ତା'ର ସେହି ସ୍ୱପ୍ନିଳ ଆକାଶରେ ଉଦିତ ସୂରୁଜ ପରି ବିଟୁ ଉଇଁଲା କି ? ଦୂର ହେଲା କି ତା'ର ଅମା ଅନ୍ଧାର ଭରା ଜୀବନର କରୁଣ ଅବସାଦ ? ଜରଜର ସଂଘର୍ଷରେ ଭରା ପ୍ରାଣର ଅକୁହା ଆର୍ତ୍ତନାଦ ? ସିଏ କ'ଣ ବୁଝିଛି ତା' କପାଳ ତଳର ନିଦାରୁଣ ଭାଗ୍ୟ ଲେଖାକୁ ? ସିଏ କ'ଣ କେବେ ଚାହିଁଛି ତା ଆଖିତଳର ଅଶୁଖା ଲୁହର ଧାରକୁ ? ଟିକେ ସୁଦ୍ଧା ବୁଝିଥିଲେ ଆଜି ଏପରି ପୂରା ବେପରୁଆ ପାଲଟି ବାଁ ବାଁ ହୋଇ ବୁଲୁନଥାନ୍ତା। ତା' ମା'କୁ ପର ଘରେ ପାଇଟି କରିବାକୁ ଛାଡି ନିଜେ ସାଙ୍ଗ ମେଳରେ ଫୁରୁସତ୍ କାଟୁନଥାନ୍ତା। ଭାବିଲା ବେଳକୁ କୋହ ଉକୁଟି ଆସୁଥାଏ ଭିତରୁ ତା'ର। ଝାଇଁ ଖରାରେ ମୁହଁ ହାତ ପୋଡିଗଲା ପରି ଉଚ୍ଛନ୍ନ ସ୍ୱପ୍ନ ସବୁ ତାକୁ ଦଂଶି ପକାନ୍ତି କଣ୍ଟାର ମୁନ ପାଲଟି। ମରୁ ପଥର କ୍ଲାନ୍ତ ବାଟୋଇ ପରି ଟୋପାଏ ଜଳ ପାଇଁ ଉହଲ ବିକଳ ହୁଏ ସିନା କିନ୍ତୁ ନିସ୍ତାର ମିଳେନା ତାକୁ ସେହି ଅତୃପ୍ତ ତୃଷ୍ଣାରୁ। ତା'ର ବର୍ତ୍ତମାନର ନାଚାରପଣରୁ। ଦହଗଞ୍ଜଭରା ବାସ୍ତବତାରୁ। ନିଜ ଭିତରେ କୋରି ଖାଉଥିବା ଅସଫଳ ମାତୃତ୍ୱର ଦହନରୁ। କୋଉ ମା' ଅବା ଚାହେଁ ପୁଅ ତା'ର ଅମଣିଷ ହେଉ ବୋଲି ? ବିଟୁ ତ ଖାଲି ଅମଣିଷ ହୋଇନଥିଲା, ହୋଇଯାଇଥିଲା ମଧ୍ୟ ଅମାନିଆ। କେମିତି ଏକ ଜିଦ୍‌ଖୋର ସ୍ୱଭାବ ବଢି ଯାଇଥିଲା ତା' ଭିତରେ। ଦେଖୁ ଦେଖୁ ଷୋହଳ ବର୍ଷର ଭେଣ୍ଡା ପୁଅ ପାଲଟି ଯାଇଥିଲା ସତ କିନ୍ତୁ ସେଇ ଅନୁସାରେ ସେ ଆଦୌ ନଥିଲା ସଚେତନ।

କେତେ ଆଶା ରଖିଥିଲା ତାକୁ ବଡ ହେଲେ ପାଠୁଆ ବାବୁ କରାଇବ ବୋଲି। ହେଲେ, ଧ୍ୟାତ୍.... ସବୁ ପାଣି ଫୋଟକାରେ ଗଲା। ଯେତେ ବାପଲୋ ଧନଲୋ କରି ବୁଝାଇଲା ପରେ ବି ସ୍କୁଲ ପିଣ୍ଡା ମାଡିଲା ନାହିଁ। ପାଠପଢା ବୟସତକ ଯା' ସାଙ୍ଗରେ ତା' ସାଙ୍ଗରେ ଡିଆଁ ମାରି ସାରିଲା। ଯାହା ହେଲା ତ ହେଲା, ଏବେ ବଡ ହେଲୁଣୁ, ଏଣିକି କାମ ଧନ୍ଦା ପ୍ରତି ଟିକେ ମନ ବଳା ! ସେତିକି ସୁଦ୍ଧା ତା' ଦ୍ୱାରା ହେଲା ନାହିଁ। କେବେ ଭଲା ଆଉ ଚେତିବ ସେ ପିଲାଟା ? ସୁଲୋଚନାର ମନ ତଳର ସଂଶୟ ସବୁ ଦୀର୍ଘଶ୍ୱାସ ପାଲଟି ଉତ୍ତୀର୍ଣ୍ଣ ଦ୍ୱିପ୍ରହରର ପରିବେଶଟାକୁ ଆହୁରି ଉଷ୍ମ କରିଦେଉଥିଲା। ସେ ନିଶ୍ଚଳ ପ୍ରାୟ ପଡିରହିଥିଲା ସପଟା ଉପରେ ସିନା ପ୍ରକୃତରେ ପୁଅକୁ ନେଇ ଅସମାହିତ ଯେତେ

ଚିନ୍ତାତକ କୋରି ଖାଉଥିଲା ତା'ର ଅନ୍ତଃପ୍ରଦେଶକୁ। ସେ ଆତଙ୍କିତ ହୋଇପଡୁଥିଲା ଅଜଣା ଭୟରେ। କ'ଣ ହେବ କାଲି ତା'ର ଏକମାତ୍ର ପୁତ୍ରର ଭବିଷ୍ୟତ? ଯେଉଁ ବାଟରେ ସେ ଯାଉଛି ଜଳ ଜଳ ଦିଶିଯାଉଛି ସେହିବାଟର ପରିଣାମ। ତାକୁ ବା ବୁଝାଇବ ଆଉ କିଏ? ସଂପୂର୍ଣ୍ଣ ନିରସ୍ତ୍ର ହେବା ପରି ସେ ନିଜ ଭିତରେ ଭାଙ୍ଗିପଡୁଥିଲା ଅଧିରପଣରେ।

ଏଇ ସାମାନ୍ୟ ଟିକେ ଛାଇ ନିଦ ଘାରି ଦେଇଥିଲା ତା'ର ଦୁଇ ଆଖିକୁ। ଯାହା ତତ୍‌କ୍ଷଣାତ ଭାଙ୍ଗିଯାଇଥିଲା ବିଟୁର କର୍କଶ ଡାକରେ। କଡ ଲେଉଟାଇ ଚାହିଁଲା ବେଳକୁ ଘୋଡା ହୋଇ ଥୁଆ ହୋଇଥିବା ଭାତଥାଳି ଆଗରେ ବସିସାରିଥାଏ ବିଟୁ। ସବୁଦିନ ପରି ତା' ଭିତରେ ବାରି ହୋଇ ପଡୁଥାଏ ଅଥୟପଣର ମିଜାଜ୍। କେମିତି ଜଲ୍‌ଦି ଜଲ୍‌ଦି ଖାଇବା କାମଟା ତୁଟାଇ ପୁଣି ପଦାକୁ ବାହାରିଯିବ। ଅନୁଶୋଚନାହୀନ ବେହିସାବ୍ ସ୍ଫୁର୍ତ୍ତିରେ। ତାକୁ ନେଇ ଏଣେ ମା' ଟା ଭିତରେ କ'ଣ କେତେ ଦହନ ଚାଲିଛି ସେଥିରେ ତା'ର ଯାଏ କେତେ ଆସେ କେତେ? ବିଲ୍‌କୁଲ୍ ନିଦା ବିଷ୍ଟୁ! ରାତି ପାହିଲେ ମା'ଟା ଏଣେ କେତେ ଦହଗଞ୍ଜ ହେଉଛି, ସେଥିରେ ତା'ର କିଛି ପରବାଏ ନାହିଁ। ହଁ, ମା'ଟା ଅଛି, ନିଲଠା କେଉଁଠିକାର...। ସମୁଦ୍ରର ଉତ୍ତାଳ ଢେଉ ପରି ସୁଲୋଚନା ଭିତରେ ଛାଟିପିଟି ହେଉଥିବା କୋହସବୁ ମଥାପିଟିବା ଆରମ୍ଭ କରିଦେଇଥିଲେ। କିପରି ଏକ ଚାପା ବିଷ୍ଣୁତ୍ତା ଦାନା ବାନ୍ଧୁଥିଲା ତା' ଛାତି କୋରଡରେ।

ସେପଟେ ବିଟୁର ଅଥୟପଣ। ଭାତ ଥାଳି ପାଖରେ ବସି ଡାକଛାଡୁଥାଏ, 'ଏ ବୋଉ, ଶୀଘ୍ର ଆସି ମୋତେ ଖୁଆଇ ଦେଲୁ। ମୁଁ ଖେଳିବାକୁ ଯିବି।' ସୁଲୋଚନା ଜାଣେ ସେ ହାତରେ କେବେ ଖାଇବ ନାହିଁ। ଏ ପର୍ଯ୍ୟନ୍ତ ସିଏ ହିଁ ପୁଅଟାକୁ ମାତ୍ରାଧିକ ଗେହ୍ଲା କରି ନିଜ ହାତରେ ଖୁଆଇ ଦେଇ ଆସୁଛି। ଆଜି କିନ୍ତୁ ତା'ମନ ପୂରାପୂରି ବାରଣ କରୁଥାଏ ସେପରି କରିବାକୁ। କେମିତି ଏକ ଅପ୍ରଶମିତ ଉତ୍ତେଜନା ଘାରିଥାଏ ତାକୁ। ଧିକ୍କାରୁ ଥାଏ ତା'ର ମାତୃତ୍ୱକୁ। ବହୁ କଷ୍ଟରେ ଭାତଡାଲି ଗୋଳାଇ ଗୁଣ୍ଡାଏ ବିଟୁର ମୁହଁ ପାଖକୁ ନେଲା ଯେ, ନିଜ ମାତୃତ୍ୱର ଆବେଗକୁ କାନିରେ ଗଣ୍ଠି ପକାଇ ରଖିଦେଇଥିଲା ଯେମିତି। ସହସା କଠୋର ସ୍ୱରରେ ଚିତ୍କାର କରି ଉଠିଲା, 'ମୁଁ ଅଛି ବୋଲି ସିନା ତୋତେ ଖୋଇଦେଉଛି! କାଲି ଯଦି ମରିଯାଏ...... ?'

ବିଟୁର ଚାହାଣିରେ ଭରି ଉଠିଥିଲା ସ୍ତବ୍ଧତା। ବେଦନାର କଳାଘୁମର ବାଦଲ। ସେ କାନ୍ଦିବା ଆରମ୍ଭ କରିଦେଇଥିଲା। କାନ୍ଦୁଥିଲା କଇଁ କଇଁ ହୋଇ। ଆଖିରେ ଅବାରିତ ଅଶ୍ରୁର ଧାରା। ତା' କାନ୍ଦରେ ଅବାଧପଣ ନ ଥିଲା କି ନ ଥିଲା ଅଝଟପଣ। ଥିଲା ତ ଖାଲି ଅନାବିଳ ଲୋଡିବାପଣ। ମା'ର ମୂଲ୍ୟକୁ ସାଉଁଟିବାର କାତରପଣ।

ଅବିଶ୍ୱାସଭରା ଆଖିରେ ତା' ଆଡକୁ ଚାହିଁ ରହିଥିଲା ସୁଲୋଚନା। ଏହି ମରମ କଥା ପଦକରେ ବିଟୁ ଯେ ତରଳିପାରେ... ସୁନା ପୁଅ ପାଲଟିପାରେ... ସେଇ ଭରସାଟିକକ କଅଁଳି ଆସୁଥିଲା ତା' ଭିତରେ। ପ୍ରଥମ ଥର ପାଇଁ ସେଠି ସେ ଦେଖୁଥିଲା ଏକ ଉନ୍ମୁକ୍ତ ସମ୍ବେଦନାର ଉତ୍ସକୁ।

■

ଖରା

ସକାଳର ଖରାଟା ଆଖିକୁ ଦିଶୁଥିଲା ଖୁବ୍ ମନୋହର । ଅପଲକ ନୟନରେ ଚାରିପଟକୁ ନଜର ବୁଲାଇ ଦେଖୁଥିଲା ସେହି ବିମୁଗ୍ଧ ଖରାକୁ । ଏହା ଭିତରେ କ'ଣ ପାଇଁ ସେ ଛାତ ଉପରକୁ ଆସିଛି ପୂରାପୂରି ଯେପରି ଭୂଲିଯାଇଥିଲା । ପ୍ରଥମତଃ , ଏତେ ଶୀଘ୍ର କେବେ ତା'ର ନିଦ ଭାଙ୍ଗେ ନାହିଁ କି ସେ ଶୋଇକି ଉଠେ ନାହିଁ । ସହଜେ ଅଫିସ୍‌ରୁ ଫେରିଲାବେଳକୁ ରାତି ଆଠେ ନ' ବାଜିଯାଏ । ସବୁକାମ ସାରି ରାତି ଖାଇବା ପରେ ବି ବାରଟା ନ୍ୟୁଜ୍ ଉପରେ ଆଖି ବୁଲାଇ ଶୋଉ ଶୋଉ ଆହୁରି ଅଧଘଣ୍ଟା ଡେରି । ଏଥିରେ ବଡି ସକାଳୁ ନିଦଟା ଭାଙ୍ଗିବ ବା କେମିତି ? ଯଦି ପ୍ରଭାର ପାଦ ମକଚି ହୋଇଯାଇ ନଥାନ୍ତା ନା ତାକୁ ସକାଳୁ ଉଠିବାକୁ ପଡିଥାନ୍ତା କି ନା ତାକୁ ଫୁଲ ଆଣିବାକୁ ଛାତ ଉପରକୁ ଆସିବାକୁ ପଡିଥାନ୍ତା !

ବହୁତ ଦିନ ପରେ ସକାଳକୁ ଦେଖୁଥିଲା ରୂପକାନ୍ତ । ପ୍ରମୋଶନ ପାଇ ବ୍ରହ୍ମପୁରକୁ ବଦଳି ହୋଇ ଆସିବା ପରଠୁ ଅଫିସ୍‌ରେ ତା ଦାୟିତ୍ୱ ଯଥେଷ୍ଟ ବଢିଯାଇଥିଲା । ଡେରିରେ

ଫେରିବା, ଡେରିରେ ଖାଇବା, ଡେରିରେ ଶୋଇବା, ଡେରିରେ ଉଠିବା ଏସବୁ ଯେମିତି ପରିଣତ ହୋଇଯାଇଥିଲା ସବୁଦିନିଆ ଅଭ୍ୟାସରେ। ଯେଉଁଥିପାଇଁ ସେ ବଞ୍ଚିତ ହେଉଥିଲା ସକାଳର ସୂର୍ଯ୍ୟୋଲୋକ ଦେଖିବାକୁ। ଆବିଷ୍ଟ ହୋଇ ସେ ଦେଖୁଥିଲା କାକରଭିଜା କଅଁଳ ସବୁଜପତ୍ର ଉପରେ ନରମ ଖରାର ଚମକ। ସତେଜ ଫୁଲର ପାଖୁଡା ଉପରେ ସୁରଭିତ ସକାଳର ଶୁଭ୍ର ଅଭିସାର। ଛାତ ଉପରେ କିଚିରିମିଚିରି କରୁଥିବା ଟିକି ଚଢେଇଙ୍କ ଅବୁଝା ସଂଗୀତ। ଏସବୁ ମିଶି ସମ୍ମୋହିତ କରୁଥିଲା ତା' ଭିତରର ଆବେଗକୁ। ପ୍ରଶସ୍ତ ହୋଇଯାଉଥିଲା ସେଥିରେ ହୃଦୟର ବାତାୟନ। ମୁକୁଳା ହୋଇଯାଉଥିଲା ମନର ଛୋଟ ଛୋଟ ଅର୍ଗଳି।

ମନେପଡୁଥିଲା ଏହି ସକାଳ ଖରାକୁ ନେଇ ପିଲାଦିନର କଥା। ଗାଁରେ ତାଙ୍କ ଘରଟା ପୂର୍ବମୁହାଁ ହୋଇଥିବାରୁ ଉଦିତ ସୂର୍ଯ୍ୟର କିରଣ ସିଧା ଆସି ପଡୁଥିଲା ସାମନା ପଟରେ। ଗୋଟିଏ ହାତରେ କୋଲ୍‌ଗେଟ୍ ପାଉଡର, ଆର ହାତରେ ବ୍ରଶ୍ ଧରି ଚାରି ଭାଇଭଉଣୀଯାକ ଧାଡି ବାନ୍ଧି ବସିଯାଉଥିଲେ ଦାଣ୍ଡପଟ ପିଣ୍ଡାରେ। ବୋଉ ବାସିରୁଟିକୁ ଧରି ଟୁକୁରା ଟୁକୁରା କରି ପକାଉଥିଲା କାଉପଲଙ୍କ ଆଗରେ।

ଆଜି ବହୁଦିନ ପରେ ସେହି କଅଁଳ ଖରାପୁଆଁର ପୁଲକକୁ ଅନୁଭବ କରୁଥିଲା ନିଜ ଦେହରେ। ସ୍ନାୟୁକୋଷରେ ତଡିତ୍ ବେଗରେ ସଂଚରି ଯାଉଥିଲା ଅଦୃଶ୍ୟ ଶିହରଣ। ଛବିଳ ଅକ୍ଷର ପାଲଟି ଚେଇଁ ଉଠୁଥିଲା ସୁଦୂର ଶୈଶବର ଚହଲା ସ୍ମୃତି। କ୍ଲାସ୍‌ରୁମ୍‌ର ଝରକା ଦେଇ ସକାଳର ସୂର୍ଯ୍ୟକିରଣରୁ ପୁଳାଏ ଆସି ପଡୁଥିଲା ପ୍ରଥମ ଡେସ୍କ ଉପରେ। ଶୀତଦିନ ହେଲେ ସେହି ପ୍ରଥମ ଧାଡିରେ ଆସି ବସିବା ପାଇଁ ଛକାପଂଝା ଲାଗିଯାଏ ପିଲାଙ୍କ ଭିତରେ। କେବେକେବେ ଦୈବାତ୍ ଟିକେ ଆଗରୁ ଆସିଥିଲେ ସେଠି ବସିବାର ସୁଯୋଗ ମିଳିଥାଏ ତାକୁ। ଦିନେ ଟିକିଏ ଅନ୍ୟମନସ୍କ ହୋଇ ସେହି କଅଁଳ ଖରାରେ ଦୁଇ ହାତର ପାପୁଲିକୁ ଖୋଲି ସେକି ହେଉଥିବା ବେଳେ ଚାଉଁକିନା କରୁଣି ସାର୍‌ଙ୍କ ବେତ ପାହାରଟା ଖରାପୁଆଁର ମଜାକୁ ଭାଙ୍ଗି ଦେଇଥିଲା। ସେହି କଥାକୁ ଭାବି ଟିକେ ଚମକି ପଡିଲା ରୂପକାନ୍ତ।

ସକାଳ ଖରାକୁ ନେଇ ଏମିତି କିଛି ସ୍ମୃତି ସବୁ ଉଙ୍କିମାରି ଆସୁଥିଲା ମନର ପରଦାରେ। ସକାଳର ଖରା ଏବେ ତା ପାଇଁ ଅଭୁଲା ଶୈଶବର କୋମଳ ସମ୍ମୋହନ। ଆଉ ସେହି ଖରାର ପୁଣି କେତେ ଅଲଗା ଅଲଗା ରୂପ। ସକାଳରେ ପୁରା ନରମ। ଆଙ୍ଗୁଠିର ସନ୍ଧିରେ ଧରାଦେଉଥିବା ମୁଲାୟମ ଆଲୁଅର ଫୁଲ। ମଧ୍ୟାହ୍ନରେ ବହ୍ନିମାନ୍। ଅସହ୍ୟ ତେଜର ତାତି। ଦି'ଟାଯାକ ଏକଦମ୍ କଣ୍ଟ୍ରାଷ୍ଟ୍.....। ଖରାର ଦୁଇଟି ରୂପକୁ ମନେ ମନେ ତୁଳନା କରୁଥିଲା ସେ।

ଥରେ ଟି.ଭି.ରେ କ୍ରିକେଟ୍‌ମ୍ୟାଚ୍ ଦେଖିବା ପାଇଁ ଶୀଘ୍ର ଚାଲି ଆସିଥିଲା କଲେଜରୁ। ସେଥି ପାଇଁ ପରବର୍ତ୍ତୀ ଦୁଇଟି କ୍ଲାସରେ ଉପସ୍ଥିତ ରହି ନଥିଲା। ବାପା ଅଫିସ୍‌ରୁ ଖରାବେଳେ ଖାଇବାକୁ ଆସି ପହଞ୍ଚିଲା ବେଳକୁ ସେ ଏକେଲୟରେ ବସି ଟି.ଭି. ଦେଖୁଥାଏ। କ୍ଲାସ୍ ଛାଡି ଆସିଛି ବୋଲି ଜାଣିଲା ପରେ ଅସ୍ୱାଭାବିକ ଭାବେ ଚିତ୍କାର କରିଉଠି କହିଲେ 'ଉଠ୍.... ତୋ ପାଇଁ ପନିସ୍‌ମେଣ୍ଟ ହେଉଛି ଦୁଆର ଖରାରେ ଯାଇଁ ଘଣ୍ଟାଏ ଛିଡା ହଅ। ସେତେବେଳକୁ ଠିକ୍ କ୍ଲାସ୍ ସରିଥିବ।

ତା'ପରେ ଆସିବୁ ଘରକୁ।' ସେହିଦିନ ପ୍ରଥମ କରି ସେ ଅଙ୍ଗେ ଲିଭେଇଥିଲା ମଧ୍ୟାହ୍ନ ଖରାର ନିଷ୍ଠୁର ତାତିକୁ।

ଆଉ ସେମିତି ୟୁନିଭରସିଟିରେ ପଢିଲାବେଳେ କିଛି ଦିନ କାଳ ଭଲ ପାଇଥିଲା ତା'ର ଜଣେ ସହପାଠୀକୁ। ନାଁ ତା'ର ସିନା ଥିଲା ହିମାଳୟା। କିନ୍ତୁ ସେ ପ୍ରକୃତରେ ଥିଲା ଖରାଳୟା। ବିଲ୍‌କୁଲ୍ ଅଦ୍ଭୁତ ଖିଆଲର ଝିଅ। ଛୁଟିଦିନମାନଙ୍କରେ ତା ସହିତ ଟିକେ ଗପ କରିବାକୁ ମନ ହେଲେ ଚାଲିଯାଇଥାଏ ସେ ରହୁଥିବା ଲେଡିଜ୍ ହଷ୍ଟେଲ ପାଖକୁ। ପାଖଗଛ ଛାଇରେ କି ପାଚେରି କଡ ଛାଇରେ ଯିଏ ଯେଉଁଠି ଛିଡା ହୋଇ ଯୋଡି ହୋଇ ଗପ କରୁଥିବେ। ହେଲେ, ଇଏ ଗେଟ୍ ଡେଇଁକି ବାହାରକୁ ଆସିବ ତ କହିବ, 'ଚାଲ, ଖରାରେ ଟିକେ ଛିଡା ହୋଇ କଥା ହେବା। ମୋତେ କାଲିଠୁ ଭାରି ଥଣ୍ଡା।' ଆଶ୍ଚର୍ଯ୍ୟ ! ନା ତାକୁ ଖରା କାଟେ, ନା ସେକଥା ସେ କିଛି କହେ। ଗପ ଟିକେ କରିବା ଲୋଭରେ କେତେ ରବିବାର ଏମିତି ତା ସହ ମିଶି ଖରାଖାଇବାରେ ବିତିଛି ଭାବି ଖୁବ୍ ଜୋର୍‌ରେ ହସି ଉଠିଲା ରୂପକାନ୍ତ।

ସାମ୍ନାରେ ପ୍ରଭାକୁ ଦେଖି ପୁଣି ଥରେ ସଂଭ୍ରମ ହୋଇଉଠିଲା ରୂପକାନ୍ତ। ଆସିବାରେ ଡେରି ହୋଇଯିବାର ଦେଖି ପାଦ ଘୋଷରି ଘୋଷାରି ଚାଲିଆସିଥିଲା ଛାତ ଉପରକୁ ସେ। ପ୍ରଭା ପ୍ରଶ୍ନ କଲା ଭଳି ପଚାରି ଉଠିଲା, 'ତମେ ଫୁଲ ଆଣିବାକୁ ଛାତ ଉପରକୁ ଆସିଛ ଯେ ଆସିଛ..... ?

ରୂପକାନ୍ତ ପାଟିରୁ ସହସା ବାହାରିଆସିଲା, ନାଇଁ... ବହୁଦିନ ପରେ ଟିକେ ଖରାଖାଉଥିଲି ଯେ... ମାନେ... ଆଶ୍ଚର୍ଯ୍ୟ ହୋଇ ତା' ମୁହଁକୁ ଚାହିଁଲା ପ୍ରଭା।

ସେତେବେଳକୁ ଚାରିପଟେ ନିଦାଘ ମାସର ପ୍ରୌଢ ସକାଳର ଖରା ଚକ୍‌ଚକ୍ କରି ଆକାଶରୁ ତଳକୁ ଓହ୍ଲାଉଥାଏ।

■

ଛାତ ଉପରେ

'ଏ ଜଲି....... ଶୀଘ୍ର ଆସେ...।'

ତଳ ଘରୁ ଶାଶୁଙ୍କର ଏ ଦୋହରା ଡାକଟା କାନରେ ପଡୁ ପଡୁ ଜାଗ୍ରତ ହୋଇଉଠେ ଜଲି। ପ୍ରତିଥର କିଛି ସମୟ ଧରି ଉପର ଘର ଦାସବାବୁଙ୍କ ସ୍ତ୍ରୀ ଶେଫାଳି ସହ ଗପ ଲମ୍ବେଇବା ଆରମ୍ଭ କରିଥାଏ ମାତ୍ର। ରୁନ୍ଧା ମନଟାକୁ ଟିକେ ପାଣି ଛିଞ୍ଚିଲା ପରି ମୁକୁଳା କରିଦେବାକୁ ଆତୁର ଥାଏ ଗପର ପସରା ବସେଇ। ସବୁବେଳେ ଯାହା ହୁଏ ପୁଣି ସେଇଆ ହିଁ ଘଟେ। ଡାକ ଶୁଭେ ତଳ ଘରୁ ଶାଶୁଙ୍କର ଆସିବା ପାଇଁ। 'ହଁ ଯାଉଛି ବୋଉ' କହିଦେଇ ଆଉ ଟିକେ ସମୟ ଗୋଡ଼ ଲାଖି ଛିଡା ହୋଇଯାଏ ଯେପର୍ଯ୍ୟନ୍ତ ଗପଟା କୋଉଠି ନ ଛିଣ୍ଡିଛି। ତା ପରେ ବାଧ ହୋଇ ତୋଳି ଆଣିଥିବା ଶୁଖିଲା ଲୁଗାତକ ଧରି ପାହାଚ ତଳକୁ ପାଦ ଖସାଏ କୁଣ୍ଠିତ ମନରେ। ମନେ ମନେ ଗରଗର ହୋଇ କୁହେ, 'ଓଃ, ଟିକେ ବି ଖୋଲା ଛାଡ଼ିବେନି ମଣିଷକୁ।'

କିଛି ନ ହେଲେ ଓଦା ଲୁଗାତକ ଆଣି ଶୁଖାଇବା ପୁଣି ଶୁଖିଗଲା ପରେ ତୋଳି ଆଣିବା ପାଇଁ ଦୁଇ ଥର ଛାତ

ଉପରକୁ ଯିବାକୁ ସୁଯୋଗ ମିଳିଥାଏ ଜଲିକୁ। ଯଦି ଏହି ସକାଳ ଆଉ ଅପରାହ୍ନ ମଝିରେ ବର୍ଷା ପୁଳାଏ ଟୁପୁରୁ ଟାପୁରୁ ଶବ୍ଦ କଲା ତ ତାହେଲେ ଆଉଥରେ ବୋନସ୍ ମିଳିଲା ପରି ଛାତ ଉପରକୁ ଆସିପାରିଥାଏ। ନ ହେଲେ ଦିନ ଯାକ ତଳ ଘରଟା ଭିତରେ। ଚାରିପଟରେ କାନ୍ଥ। ନିଃଶ୍ୱାସ ଟିକେ ନେବା ପାଇଁ ମଝିରେ ବଡ଼ ଝରକା ଖଣ୍ଡେ ଯାହା। ତା ଉପରେ ପୁଣି ପରଦା ସବୁବେଳେ ଟଣା ହୋଇଥିବ। ସ୍ୱାମୀଙ୍କ ନିର୍ଦ୍ଦେଶ, 'ପରଦା କେବେ ଉଠାଇବନି। ସେପଟେ ରାସ୍ତା। ବାହାର ଲୋକଙ୍କ ନଜରଟା ଆସିଯିବ ଭିତରକୁ।' ନୂଆ ବାହା ହୋଇ ଆସିଥିବାରୁ ଅବାଧ୍ୟ ଶିଶୁ ପରି ଏ ସବୁକୁ ମାନିବା ଛଡ଼ା ଆଉ କୌଣସି ବାଟ ନଥିଲା। ପାରୁ ପର୍ଯ୍ୟନ୍ତ ଚେଷ୍ଟା କରୁଥିଲା ଯେତେ ସନ୍ତର୍ପଣ ହୋଇ ବୋହୂ ଭାବରେ ଚଳିବାକୁ। ସେଇଠୁ ରୋଷେଇ ଘର ଦଶ ହାତର ବାଟ। ସେପଟକୁ ଶାଶୁଙ୍କ ଶୋଇବା ଘର। ଏତିକି ଭିତରେ ଯାହା ଏପଟ ସେପଟ।

ଏଇ ଛାତ ଉପରକୁ ଆସିଲେ ଯାଇ ତାକୁ ଟିକେ ଆଶ୍ୱସ୍ତ ଲାଗେ। କିଛି ସମୟ ପାଇଁ ହେଲେ ବି ଖୁବ୍ ହାଲ୍କା ଅନୁଭବ କରିଥାଏ ନିଜ ଭିତରେ। ମୁଣ୍ଡ ଉପରେ ନିର୍ମଳ ଆକଶକୁ କିଛି ସମୟ ଚାହିଁ ସତେଜ ହୁଏ। ତା ସହିତ ନିବୁଜ ମନଟା ଆହୁରି ପୁଲକିତ ହୋଇଉଠେ ତାଜା ପବନର ସଂସ୍ପର୍ଶରେ। ସେପଟୁ ଛାତ ଉପରେ ତାର ପ୍ରତିଥର ଆସିବା ବାଟକୁ ଚାହିଁ ରହିଥାନ୍ତି ଦାସ ବାବୁଙ୍କ ସ୍ତ୍ରୀ ଶେଫାଳି। ଦେଖୁ ଦେଖୁ ଆରମ୍ଭ ହୋଇଯାଏ ମନଖୋଲା ଆଳାପ। ବ୍ୟକ୍ତ ଅବ୍ୟକ୍ତ, ସୁଖ ଦୁଃଖ, ବାପ ଘର କଥାରୁ ଶାଢ଼ି କିଣାଯାଏଁ ଗପର ପସରା ମାଡ଼ିଚାଲେ। ଲୁଗା ଶୁଖା ଆଉ ଲୁଗା ତୋଳା ବାହାନାରେ ଦିନକୁ ଯେଉଁ ଦୁଇଥର ଦଶ ପନ୍ଦର ମିନିଟ୍ ପାଇଁ ଛାତ ଉପରକୁ ଆସିଥାଏ, ଏଇ ଶେଫାଳିଙ୍କ ସହ ଟିକେ ଗପସପ ପାଇଁ ହିଁ ଥାଏ ମନରେ ପ୍ରଚଣ୍ଡ ଅଭୀପ୍ସା। ସତ କହିବାକୁ ଗଲେ ସେଥିରୁ ସେ ପାଏ ନିଜର ମାନସିକ ଭାରସାମ୍ୟତା। ନହେଲେ ଦିନଯାକ ଗମ୍ବୁଜ ପରି ଘର ଭିତରେ ଆଉଟୁ ପାଉଟୁ। ସକାଳୁ ବିଛଣା ଛାଡ଼ିବ କି ନାହିଁ ଗାଧୁଆ ଘରେ ପଶ। ତାପରେ ରୋଷେଇ ଘର। ପୁଷ୍କରାଜ ଖାଇ ଅଫିସ ବାହାରିଗଲା ପରେ ରୁମ୍ ଭିତରେ ବିଲ୍‌କୁଲ୍ ଏକୁଟିଆ। ମଝିରେ ମଝିରେ କେତେବେଳେ ଶାଶୁଙ୍କର ଡକା ହକା ଶୁଭେ। ସେତିକି। ଉପରେ ଭଡ଼ା ରହୁଥିବା ଦାସ ବାବୁ ବୃତ୍ତିରେ ମେଡ଼ିସିନ୍ ରିପ୍ରେଜେଣ୍ଟେଟିଭ୍। ସକାଳୁ ଆଠ ନ ହେଉଣୁ ସିଏ ବ୍ୟାଗ୍ ଖଣ୍ଡେ ଧରି କୁଆଡେ ବାହାରି ଯାଆନ୍ତି। ଶେଫାଳି ବି ଉପରେ ଥାଆନ୍ତି ଏକୁଟିଆ। ନିରୋଳା ଦେଖିଲେ ଟିକେ ଗପସପ କରିବାକୁ ମନ ଚାହୁଁଥିଲେ ବି ସେଥିପାଇଁ ଶାଶୁଙ୍କ ଅନୁମତି ଦରକାର। ଏକରେ ତ ବର୍ଷେ ପୂରି ନଥିବା ଘରର ନବ ବିବାହିତା ବୋହୂ। ଏତେ ଶୀଘ୍ର ସାହାସ ଜୁଟାଇ ପାରିନଥିଲେ ମୁହଁ ଖୋଲି ଇଚ୍ଛା ପ୍ରକାଶ କରିବାକୁ। ଦୁଇରେ ଶାଶୁ ବି ପ୍ରକୃତିରେ ଟିକେ ଗମ୍ଭୀର ସ୍ୱଭାବର। ତାଙ୍କୁ ଖୋଲି କରି ମନ କଥା କହିବାରେ ସଙ୍କୋଚ ରହିବା ସ୍ୱାଭାବିକ।

ଏହି ଆପାତତଃ ରୁଦ୍ଧ ସୀମିତ ପରିସରରୁ ତାକୁ କିଛି କ୍ଷଣ ପାଇଁ ହେଲେ ବି ମୁକ୍ତିର ଅନୁଭବ ମିଳିଥାଏ ଛାତ ଉପରେ। ଯେଉଁଠି ସେ ପାଏ କିଛିଟା ତାଜାପଣ। କିଛିଟା ଚଞ୍ଚଳତା। ଦେଖି ଦେଖି ବିରୁକ୍ତି ହୋଇ ପଡୁଥିବା ଚାରିକାନ୍ଥର ଘରଠାରୁ ଏକ ବଡ଼ ଲ୍ୟାଣ୍ଡସ୍କେପ୍। ମୁଣ୍ଡ ଉପରେ ଚେନାଏ ଉନ୍ମୁକ୍ତ ନୀଳ ଆକାଶ। ଯେଉଁଠିକି ଚାଲି ଆସିଲେ ଟିକେ ପ୍ରଶସ୍ତ ଲାଗିବ ହିଁ ଲାଗିବ। ତା ସହିତ

ଶେଫାଳିଙ୍କ ସ୍ୱତଃସ୍ଫୂର୍ତ୍ତ ସଖିପଣ। ତାଙ୍କ ଆସିବା ବାଟକୁ ଚାହିଁଲା ପରି ପାଉଁଜି ଶବ୍ଦ ଶୁଣୁଶୁଣୁ କବାଟ ଖୋଲି ବାହାରି ଆସନ୍ତି ପଦାକୁ। ଦୁଇ ଅନ୍ତରଙ୍ଗ ବନ୍ଧୁ ପରି ମନର ଭାବନାକୁ ବ୍ୟକ୍ତ କରି ବସନ୍ତି ପରସ୍ପରର ନିକଟରେ। ପରୀକ୍ଷା ହଲ୍‌ର ସୀମିତ ସମୟ ଭିତରେ ଗୁଡ଼ାଏ ଉତ୍ତର ଦେଇଯିବା ପରି କଥାର ପ୍ରସଙ୍ଗ ବି କେବେକେବେ ବଦଳିଥାଏ ତ କେବେ ଗୋଟିଏ କଥା ନଥା ହୋଇ ଲମ୍ୱିଚାଲେ ଢେର ସମୟ ଯାଏଁ। ସେପର୍ଯ୍ୟନ୍ତ ଧ୍ୟାନ ଭାଙ୍ଗିନ ଥାଏ ଯେପର୍ଯ୍ୟନ୍ତ ତଳ ଘରୁ ଶାଶୁଙ୍କ ଡ଼ାକ ନ ଶୁଭିଛି।

ଏଇ କିଛି ଦିନ ହେଲା ତା'ର ଛାତ ଉପରେ ଗପ ପର୍ବରେ ଯେମିତି ଟିକେ ଅନୁଶାସନର ମୋହର ବାଜିଯାଇଛି। ରାସ୍ତା ଦୁର୍ଘଟଣାରେ ଗୋଡ଼ ଭାଙ୍ଗି ପୁଷ୍ପରାଜ ଘରେ ଛୁଟିରେ ରହିବା ଦିନ ଠାରୁ ସେ ଅଧିକ ସତର୍କ ହୋଇପଡିଛି ଏହି ଗପସପର ସମୟସୀମାକୁ ନେଇ। ଉପରକୁ ଆଗଭଳି ଆସିଲେ ଖାଲି ଶାଶୁଙ୍କ ଡ଼ାକ ତ ଶୁଭୁ ନଥାଏ, ପୁଷ୍ପରାଜ ମଧ୍ୟ ମଝିରେ ମଝିରେ ଡ଼ାକ ଛାଡ଼ିଥାନ୍ତି। ଏକାଧିକ କାଳ ଗୋଟିଏ ଖଟ ଉପରେ ବନ୍ଦୀ ହୋଇ ରହିବା ଦିନଠାରୁ ସେ ଏବେ ଟିକେ ଟିକେ କଥାରେ ଚିଡ଼୍‌ଚିଡ଼୍ ହୋଇ ଉଠୁଛନ୍ତି। କେତେବେଳେ ଫେସ୍‌ବୁକ୍‌ରେ ରହି ସମୟ କାଟୁଛନ୍ତି ତ ଆଉ କେତେବେଳେ ଟି.ଭି. ନ୍ୟୁଜ୍‌ର ହେଡ୍‌ଲାଇନ୍‌କୁ ଚାହିଁ ଚାହିଁ। କେତେବେଳେ ପରିସ୍ରା ଲାଗିଲେ ନହେଲେ ବ୍ୟାଣ୍ଡେଜ୍ ଗୋଡ଼ର ପାଦ କେଉଁଠି କୁଣ୍ଡେଇ ହେଲେ ସିଏ ମଧ୍ୟ ଛୋଟ ପିଲାଙ୍କ ପରି ଘର ଭିତରେ ରହି 'ଜଲି.... ଜଲି....' ଡ଼ାକ ଛାଡ଼ନ୍ତି। ସେଥିପାଇଁ ଆଗପରି ଅଧିକ ସମୟ ଛାତ ଉପରେ ନରହି ପାରିଲେ ସୁଦ୍ଧା ଗପର ମୋହରୁ ସେ ତଥାପି ମୁକୁଳି ପାରୁନଥାଏ।

ସେଦିନ ସେମିତି ଲୁଗା ତୋଳି ଆଣିବାକୁ ଛାତ ଉପରକୁ ଯାଇଥିବା ବେଳେ ପୁଷ୍ପରାଜଙ୍କ ଡ଼ାକ ଶୁଭିଲା। ସେତେବେଳେ ସେ ଶେଫାଳିଙ୍କ ସହ କଥା ହେବାରେ ସଂପୂର୍ଣ୍ଣ ମଗ୍ନ। ତେଣୁ ଆସିବାରେ ସାମାନ୍ୟ ଡ଼େରି ହେଲା। କିଛି ସମୟ ପରେ ତଳକୁ ଆସିବାରୁ ପୁଷ୍ପରାଜ ରାଗିକି ଖଇବାଣ। ତାପରେ ପଛକୁ ପଛ ଗାଳି ବର୍ଷି ଚାଲେ ଜଲି ଉପରେ। ପାଟି ଶୁଣି ଏତିକିବେଳେ ଶାଶୁ ସୁପ୍ରଭା ଦେବୀ ଆସି ପହଞ୍ଚନ୍ତି। ସେ ଆତଙ୍କିତ ହୋଇ ପଡ଼େ, ଏଥର ମା' ପୁଅ ମିଶି ଗାଳି ଚଢେଇବେ ନିଶ୍ଚୟ। ଆଶ୍ଚର୍ଯ୍ୟ କଲାପରି ସୁପ୍ରଭାଦେବୀ କହନ୍ତି, 'ତାର କ'ଣ ଆଉ ମନ ନାହିଁ, ଘରଟା ଭିତରେ ପଶି ଖାଲି ରୁନ୍ଧି ହେଉଥିବ। ରୋଷେଇ ଘରୁ ତୋ ପାଖକୁ ଆଉ ମୋ ପାଖକୁ ହେଉଥିବ। ମନ ଟିକେ ହାଲ୍‌କା କରିବାକୁ ଯାଇ ଗପିଦେଲା। କ'ଣ ଏମିତି ଭାସିଗଲା ଯେ ତା' ଉପରେ ପାଟି କରୁଛୁ ?'

ଆଶ୍ଚର୍ଯ୍ୟ ହୋଇ ଚାହିଁ ରହିଥିଲା ଜଲି ଶାଶୁ ସୁପ୍ରଭାଦେବୀଙ୍କ ମୁହଁକୁ।

■

ଅଫେରା ନଈ

ବାହାରପଟ ବାରଣ୍ଡାରେ ବସି ସେହି ଦିନର ଖବରକାଗଜକୁ ତନ୍ନ ତନ୍ନ କରି ପଢି ଚାଲିଥିଲେ କଳ୍ପଲତା ଦେବୀ। ତାଙ୍କ ରୁଚିକୁ ସୁହାଇଲା ଭଳିଆ ଖବରର ସଂଖ୍ୟା ଯଦିଓ ଖୁବ୍ ନିର୍ଦ୍ଦିଷ୍ଟ ସଂଖ୍ୟା ଭିତରେ ସୀମିତ ଥାଏ ତଥାପି ଗୋଟି ଗୋଟି କରି ସବୁତକ ଖବର ଉପରେ ନଜର ପକାଇବାକୁ ସେ ପଛାନ୍ତି ନାହିଁ। ସମୟ କାଟିବାକୁ ଯାଇ ଏଇ କ୍ଲାନ୍ତ ଦ୍ୱିପ୍ରହରରେ କ'ଣ ଅଧିକ ବା କରିପାରିବେ ? ଟି.ଭି. ଖୋଲିଲେ ସେଇ ଗତାନୁଗତିକ ସିରିୟାଲ୍। ଯାହାକୁ ଦେଖି ଦେଖି ଏକପ୍ରକାର ବିରକ୍ତିଭାବ ଆସିଯାଇଥିଲା ତାଙ୍କର। ସେଥିପାଇଁ ଅପ୍ରୀତିକର ହେଲେ ସୁଦ୍ଧା ଏହି ସମୟରେ ଖବରକାଗଜ ଧରି ପଢିବାକୁ ଅଧିକ ପସନ୍ଦ କରିଥାନ୍ତି। କିଛି ନହେଲେ ନୂଆ କଥା କିଛି ତ ବାହାରିଥାଏ। ସେ ଘଟଣା ହେଉ ଅବା ଦୁର୍ଘଟଣା ହେଉ, ରାଜନୀତିର ଗୋଳିଆଘଣ୍ଟା ବିବରଣୀ ହେଉ ନହେଲେ ସେପରି ଆଉ କିଛି ହେଉ, ଅନ୍ତତଃ ନିତିଦିନିଆ ଘଟଣା ପ୍ରବାହ ସଂପର୍କରେ ଜାଣି ହୋଇଥାଏ। ବାଇଶ ପୃଷ୍ଠାର କାଗଜ ଖଣ୍ଡ ଧରି ମୂଳରୁ

ଶେଷ ଯାଏଁ ଏପଟ ସେପଟ ଦେଖିଲା ଭିତରେ କେତେବେଳେ ଅତିକ୍ରାନ୍ତ ହୋଇଯାଇଥାଏ ପ୍ରଲମ୍ବିତ ଦ୍ୱିପ୍ରହର ଜଣାପଡେନା।

ସେପଟ ଶୋଇବା ଘରୁ ଖୁବ୍ ଜୋର୍‌ରେ ଭାସିଆସୁଥାଏ ପୁରୁଷୋତ୍ତମ ବାବୁଙ୍କର ଗଭୀର ନିଦ୍ରା ସଂଜାତ ଘୁଙ୍ଗୁଡିର ଶବ୍ଦ। ସେ ଶବ୍ଦ ଅବିରାମ ଭାବରେ ଛୁଟି ଚାଲିଥାଏ ଦ୍ୱିପ୍ରହରର ନିରବତାକୁ ଭାଙ୍ଗି। ସେଆଡ଼କୁ ଚାହିଁ ଖବରକାଗଜ ପଢାରୁ ମଝିରେ ମଝିରେ ଧ୍ୟାନ ବ୍ୟାହତ ହେଉଥାଏ କଳ୍ପଲତା ଦେବୀଙ୍କର। ଅତିଷ୍ଠ ହୋଇ ଛାଆଁକୁ ଛାଆଁ ତାଙ୍କ ପାଟିରୁ ବାହାରିଆସେ, 'କେଡ଼େ ଅଚିନ୍ତାରେ ଶୋଇପଡିଛନ୍ତି ଦେଖ! ରିଟାୟାଡ଼୍ କଲାପରେ ଯାଙ୍କ ପାଖରେ କାମ ଯେମିତି ଆଉ କିଛି ନାହିଁ। ଖାଇବା ଆଉ ତାପରେ ନିଶ୍ଚିନ୍ତରେ ଶୋଇବା। ଏହା ବାଦ୍ ଆଉ ଯଦି କିଛି କାମ ଥାଏ, ତାହା ହେଉଛି ଗୋଟିଏ ପରେ ଗୋଟିଏ ଚ୍ୟାନେଲ୍ ବଦଳାଇ ଟି.ଭି. ଦେଖି ସମୟ କାଟିବା। କ'ଣ କିଛି ପରିବାପତ୍ର କି ସଉଦା ବଜାର ଯାଇ ଆଣିବାକୁ କହିଲେ ସହଜରେ ହୁଏନା। ସେଥିପାଇଁ ଥରକୁ ଥର କହିବାକୁ ପଡ଼େ। ଥରକୁ ଥର ମନେ ପକାଇବାକୁ ପଡ଼େ'। ଅତିଷ୍ଠ ହୋଇ ଛାଆଁକୁ ଛାଆଁ କେଇ ପଦ ପ୍ରତିକ୍ରିୟା ବାହାରି ଆସିଲା ତାଙ୍କ ପାଟିରୁ। ସେଆଡୁ ଧ୍ୟାନ ହଟାଇ ପୁଣି ଥରେ ଚେଷ୍ଟା କଲେ ଖବରକାଗଜ ପଢିବାରେ ମନୋନିବେଶ କରିବାକୁ। ପୃଷ୍ଠା ପରେ ପୃଷ୍ଠା ଖେଳାଉ ଖେଳାଉ ଶେଷରେ ଆସି ଅଟକିଲେ ସଂପାଦକୀୟ ପୃଷ୍ଠା ନିକଟରେ। ଏହି ପୃଷ୍ଠାଟି ତାଙ୍କର ସବୁଠାରୁ ପ୍ରିୟ। ସେଥିପାଇଁ ସବା ଶେଷକୁ ରଖିଥାନ୍ତି ପଢିବାକୁ। ଅନ୍ୟ ସବୁ ପୃଷ୍ଠା ଉପରେ ଆଖି ବୁଲାଇ ଆଣିଲା ପରେ ଟିକେ ଅଧିକ ମନ ଦେଇ ପଢିଥାନ୍ତି ଏହି ପୃଷ୍ଠାକୁ। କାରଣ ସେ ନିଜେ ଜଣେ ସାମୟିକ ସ୍ତମ୍ଭକାର। ଶିଶୁ ମନସ୍ତତ୍ତ୍ୱ ଓ ନାରୀ ମନସ୍ତତ୍ତ୍ୱକୁ ନେଇ ତାଙ୍କର ଆଲେଖ୍ୟମାନ ମଝିରେ ମଝିରେ ଖବରକାଗଜ ପୃଷ୍ଠାରେ ପ୍ରକାଶ ପାଇଥାଏ। ମନୋବିଜ୍ଞାନ ବିଷୟରେ କୃତିତ୍ୱର ସହ ଭଞ୍ଜବିହାରରୁ ସ୍ନାତକୋତ୍ତର ଉତ୍ତୀର୍ଣ୍ଣ ହୋଇଛନ୍ତି ସେ। ଯଦିଓ ପରବର୍ତ୍ତୀ ସାଂସାରିକ ଜୀବନରେ ଏହି ଉପାଧି ତାଙ୍କର କୌଣସି କାମରେ ଲାଗି ନଥିଲା କି ତାକୁ ବୃତ୍ତି କରି ସେ ଆଗକୁ ଅଗ୍ରସର ହୋଇପାରିନଥିଲେ। କେବଳ ଏପରି ମଝିରେ ମଝିରେ ଲେଖାଲେଖି କରି କିଛି ଆତ୍ମସନ୍ତୋଷ ପାଉଛନ୍ତି ଯାହା। ସେତିକିରେ ଭରଣା କରୁଛନ୍ତି ନିଜ ଅଚରିତାର୍ଥ ଇଚ୍ଛାକୁ। ସମୟର ଚକ ତଳେ କବର ପାଇଯାଇଥିବା ସୁଦୂର ଅତୀତର ଈପ୍‌ସିତ ଅଭିଳାଷାକୁ।

ସଫଳତାର ସହ ଏମ.ଏ ପାସ୍ କଲା ପରେ ସେ ମଧ୍ୟ ଚାହିଁଥିଲେ ଜଣେ ଅଧ୍ୟାପିକା ଭାବରେ ଜୀବନ ଆରମ୍ଭ କରିବାକୁ। ଏପରିକି ଗୋଟିଏ ପ୍ରାଇଭେଟ୍ କଲେଜରେ ଯୋଗଦେଇ କିଛି ସମୟକାଳ ଅଧ୍ୟାପନା ବୃତ୍ତିରେ ରହିଥିଲେ। ମାତ୍ର ପରିବାରର ନିଷ୍ପତ୍ତି ଥିଲା ଭିନ୍ନ। ପ୍ରଥମେ ବାହାଘର, ତାପରେ ଆଉ ଯାହା କିଛି। ଆଶା କରିଥିଲେ, ବାହାଘର ପରେ ମଧ୍ୟ ତାଙ୍କୁ ସ୍ୱାମୀ ଓ ଶ୍ୱଶୁର ଘର ଲୋକଙ୍କ ତରଫରୁ ଏଥିପାଇଁ ସ୍ୱୀକୃତି ମିଳିବ। ଯଦିଓ ସେପଟୁ କିଛି ଅସହଯୋଗ ନଥିଲା ମାତ୍ର ପରିସ୍ଥିତିର ଆହ୍ୱାନ ଥିଲା ଭିନ୍ନ। ପାଣିଫୋଟକା ପରି ମିଳାଇ ଯାଇଥିଲା ସେହି ସ୍ୱପ୍ନ ଅଚିରରେ। ସ୍ୱାମୀଙ୍କ ଚାକିରିରେ ବଦଳିଥିଲା ଅନିବାର୍ଯ୍ୟ। ଏଣେ ତାଙ୍କ ପାଖରେ ରହିବାର ଆବଶ୍ୟକତା ଥିଲା ଢେର ଅଧିକ। ଏପରି ପ୍ରତିକୂଳତା ଭିତରେ ଅଧ୍ୟାପନା ବୃତ୍ତିରେ ତିଷ୍ଠି ରହିବା କୌଣସି ପ୍ରକାର

ସମ୍ଭବପର ନଥିଲା ତାଙ୍କ ପକ୍ଷରେ। ସମୟ ଓ ପରିସ୍ଥିତିର ଚାପ ଆଗରେ ମୁଣ୍ଡ ନୁଆଁଇ ତାଙ୍କୁ ପରିଶେଷରେ ସନ୍ତୁଷ୍ଟ ହେବାକୁ ପଡ଼ିଥିଲା ଗୃହିଣୀର ଭୂମିକାରେ। ପଛକୁ ପୁଅ ଜନ୍ମ ହେଲା ପରେ ପରେ ଘରସଂସାର ଦାୟିତ୍ୱ ଏତେ ବଢିଯାଇଥିଲା ଯେ ତାଙ୍କ ଭିତରର ସେହି ସଂଗୋପିତ ଆଶାଟି କୁଆଡ଼େ ମଉଳିଯାଇଥିଲା ଆପଣା ଛାଏଁ ଛାଏଁ।

ଅବଶ୍ୟ ବହୁତ ପରେ ସେହି କ୍ଷତିର କିଛି ପରିମାଣରେ ଭରଣା ହୋଇଥିଲା କହିଲେ ଠିକ୍ ହେବ। ଯେଉଁଦିନ ତାଙ୍କ ଝିଅ ଓଡ଼ିଶା ଲୋକସେବା ଆୟୋଗ ଦ୍ୱାରା କନିଷ୍ଠ ଅଧ୍ୟାପନା ବୃତ୍ତି ପାଇଁ ଯୋଗ୍ୟ ବିବେଚିତ ହୋଇଥିଲା। ବୋଧହୁଏ ସେହି ସମ୍ବାଦଟି ଥିଲା ତାଙ୍କ ଜୀବନର ସବୁଠାରୁ ପୁଲକପ୍ରଦ ଖବର। ସବୁଠାରୁ ଶ୍ରେଷ୍ଠ ଏକ ବହୁ ଆକାଂକ୍ଷିତ ଉପଲବ୍ଧି। ସେଥିପାଇଁ କମ୍ ପ୍ରୟାସ କରିନଥିଲେ ସେ। ଏପରିକି ଝିଅର ଭବିଷ୍ୟତ ପାଠପଢାକୁ ନେଇ ଅନେକ ଥର ପୁରୁଷୋତ୍ତମ ବାବୁଙ୍କ ସହିତ ତାଙ୍କର ଝଗଡ଼ା ମଧ୍ୟ ହୋଇଛି। ବାପା ହିସାବରେ ସେ ଚାହୁଁଥିଲେ, ଝିଅ ତାଙ୍କର ପ୍ଲସ୍‌ଟୁ ପରେ ଡାକ୍ତରୀ ପଢୁ। ଏଥିପାଇଁ ପ୍ରସ୍ତୁତି ନିମନ୍ତେ ଆବଶ୍ୟକୀୟ କୋଚିଂ ନେଉ ଏବଂ ସଫଳ ହେଉ। ସେତିକିବେଳେ ଝିଅକୁ ଡାକ୍ତରୀ ପାଠ ନ ପଢେଇବା ପାଇଁ ସେ ହିଁ ଆଗକୁ ବାହାରି ପଡ଼ିଥିଲେ। କହିଥିଲେ, 'ଝିଅପିଲା ଯଦି ଡାକ୍ତର ହୁଏ, କୁଆଡେ କୁଆଡେ ଯାଇଁ ବାହାରେ ବୁଲିବାକୁ ପଡିବ। କେବେ କେବିକେ ତ କେବେ କେଉଁ ବଣ ମୂଳକରେ ଯାଇଁ ପୋଷ୍ଟିଂ ହେବ। ତା ପାଇଁ ଭବିଷ୍ୟତରେ ଅଧ୍ୟାପିକା ହେବା ହିଁ ସବୁଠାରୁ ଭଲ।" ଏପରି ବାରମ୍ବାର ନିଜର ପକ୍ଷ ରଖି କୌଣସି ପ୍ରକାରେ ବୁଝାଇ ପାରିଥିଲେ ପୁରୁଷୋତ୍ତମ ବାବୁଙ୍କୁ।

ଏବେ ଝିଅ ବାହା ହୋଇ ତା' ବାଟରେ। ପୁଅ ମଧ୍ୟ ସେହିପରି ଚାକିରି କରି ତା' ପରିବାର ଧରି ବାହାରେ। ଘରେ ରହିଯାଇଛନ୍ତି ତ କେବଳ ସେ ଓ ପୁରୁଷୋତ୍ତମ ବାବୁ। କେତେବେଳ କେମିତି ସମୟ ସୁବିଧା ଦେଖି ପୁଅ ଝିଅ ଆସି ବୁଲିଯାଆନ୍ତି। ତାହା ପୁଣି ସେମାନଙ୍କ ନିଜ ନିଜ ଚାକିରିରୁ ଛୁଟି ଅବା ଫୁରୁସତ୍ ମିଳିଲେ। ସେହି ଦିନ କେଇଟା ଭରପୂର ଲାଗିଥାଏ ଘରଟା। ହଠାତ୍ ଥାଏ ଥାଏ ନିରବୀତ ଘରଟା କୋଳାହଳରେ ପରିପୂର୍ଣ୍ଣ ହୋଇଯାଏ। ମୃଦୁଶୀତଳ ସମୀରଣ ଯେମିତି ନିଷ୍କ୍ରିୟ ଶରୀରକୁ କିଛି ସମୟ ପାଇଁ ସତେଜତାର କାଉଁରି ପରଶ ଦେଇଥାଏ, ସେହିପରି ପିଲାମାନଙ୍କର ସ୍ୱଳ୍ପ ସମୟର ରହଣୀ ଦୁଇ ବୟସ୍କ ପ୍ରାଣୀଙ୍କ ଜୀବନରେ ଚଳଚଞ୍ଚଳତା ଭରିଦେଇଥାଏ। ମାତ୍ର ପିଲାମାନେ ତ ଦୁଇଦିନ କଟାଇ ତାଙ୍କ ବାଟରେ ଯିବେ। ସେଥିପାଇଁ କେବେ ମନ ଊଣା କରି ନଥାନ୍ତି କଳ୍ପଲତା ଦେବୀ। ଅନ୍ୟ ଦିନ ଗୁଡିକରେ ଯଥାସମ୍ଭବ ସ୍ୱାଭାବିକ ଭାବେ ସମୟ ଅତିବାହିତ କରିବାକୁ ଚେଷ୍ଟା କରିଥାନ୍ତି। କାରଣ ସେ ଭଲଭାବରେ ଜାଣିଥାନ୍ତି ବର୍ଷକର ତିନି ଶହ ପଞ୍ଚଷଠି ଦିନରୁ ହାତଗଣତି କେତୋଟି ଦିନକୁ ଛାଡ଼ିଦେଲେ ବାକି ଦିନ ଗୁଡ଼ିକରେ ତାଙ୍କୁ ଏମିତି ହିଁ ରହିବାକୁ ପଡ଼ିବ। ସେଥିରେ ଅନ୍ୟଥା ନାହିଁ।

ସବୁଦିନ ଘରର ଯାହା ଛୋଟ ବଡ଼ କାମ ଥାଏ ସେତକ ସରିଗଲା ପରେ ଖବରକାଗଜ ନ ହେଲେ ପତ୍ରପତ୍ରିକା ପଢାରେ ମନ ଦେଇଥାନ୍ତି। ଟି.ଭି. ଦେଖା ଅପେକ୍ଷା ସେଇଥିରେ ଥାଏ ତାଙ୍କର ଆଗ୍ରହ। ପ୍ରଚୁର ପଢିବା ଆଉ ଯଦି କିଛି ମନକୁ ଆସିଲା, ତାକୁ ନେଇ କିଛି ଲେଖିବସିବା।

ବିଶେଷ କରି ଏଇ ଦ୍ୱିପ୍ରହର ସମୟ ତାଙ୍କୁ ସବୁଦୃଷ୍ଟିରୁ ସୁହାଇଥାଏ। ମଧ୍ୟାହ୍ନ ଭୋଜନ ସରିଲା ପରେ ପୁରୁଷୋତ୍ତମ ବାବୁ ଅପରାହ୍ନ ଯାଏଁ ପାଖାପାଖି ଦୁଇ ଘଣ୍ଟା ଶୋଇବାଟା ଏକରକମ ସ୍ଥିର। ଖଟ ଧରିବେ ତ କୁଆଡୁ ତାଙ୍କୁ ଚାହୁଁ ଚାହୁଁ ଘୋଟି ଆସିଥାଏ ନିଦ। ହେଲେ ସେହି ଅଭ୍ୟାସ ଠାରୁ ବହୁତ ଦୂରରେ ଥାଆନ୍ତି କଳ୍ପଲତା ଦେବୀ। ଦିନରେ ଯଦି କେବେ ଶୋଇ ପଡନ୍ତି, ତା'ହେଲେ ଅଧରାତିଯାକ ବିଛଣାରେ ଛଟ୍‌ପଟ୍ ହୋଇ କାଟନ୍ତି। ଆଦୌ ନିଦ ଆସେନା ଆଖିକୁ।

ଯେଉଁଥିପାଇଁ ଖରାବେଳ ସାରା ଖାଲିଟାରେ ଶୋଇବା ଅପେକ୍ଷା ଏଣୁତେଣୁ ପଢାପଢି କରି ନ ହେଲେ ଲେଖାଲେଖି କରି ସମୟ କଟାଇଥାନ୍ତି। ସେଥିପାଇଁ ଘରର ଆଗପଟ ବାରଣ୍ଡା ଥାଏ ତାଙ୍କ ପାଇଁ ପ୍ରକୃଷ୍ଟ ସ୍ଥାନ। ସେଠି ବସିଲେ ଘରର ଭିତରକୁ ବି ଚାହିଁ ହୁଏ ପୁଣି ସାମ୍ନା ଗେଟ୍ ଯାଏଁ ମଧ୍ୟ ଆଖି ପାଏ। ମୁଣ୍ଡ ଉପରେ ସିଲିଂ ଫ୍ୟାନ୍ ବୁଲୁଥିଲେ ବି ବାହାର ପବନ ଟିକେ ଆସି ଦେହରେ ବାଜେ। ବାହାରୁ କିଏ ଆସି ଗେଟ୍ ପାଖରେ ଛିଡ଼ାହେଲେ ସେଆଡ଼କୁ ଦୃଷ୍ଟିଦେଇ ହୁଏ। ଏସବୁ କାରଣ ହେତୁ ସେ ଖରା ହେଉ କି ବର୍ଷା ହେଉ ପ୍ରତିଦିନ ଦ୍ୱିପ୍ରହାର ବେଳାରେ ତାଙ୍କୁ ଦେଖିବାକୁ ମିଳିଥାଏ ଏହି ନିର୍ଦ୍ଦିଷ୍ଟ ସ୍ଥାନରେ। ସେଦିନ ସେମିତି ଥିଲା ଏକ ନିର୍ଜନ ଦ୍ୱିପ୍ରହରର ସମୟ। ବାରଣ୍ଡା ବେତ ଚେୟାର ଉପରେ ବସି ମୁହଁ ଆଗରେ ଖବରକାଗଜକୁ ଟେକି ଧରି ମନୋନିବେଶ କରିଥିଲେ ପଢାରେ। ଆଗରେ ଥୁଆ ହୋଇଥିବା ଟିପୟ ଉପରେ ଇତସ୍ତତଃ ଖେଳା ହୋଇ ପଡ଼ିଥିଲା କିଛି ପତ୍ରିକା। ଲେଖିବା ପାଇଁ ଖଣ୍ଡେ ସାଧା କାଗଜର ପ୍ୟାଡ୍ ଓ ବଲ୍‌ପେନ୍। ମୁଣ୍ଡ ଉପରେ ଧିର ଗତିରେ ଅବିରତ ଘୂରି ଚାଲିଥିଲା ସିଲିଂ ଫ୍ୟାନ୍। ତା'ର ମନ୍ଦ ପବନ ବାଜି ଟି ପୟର କାଗଜ ପ୍ୟାଡ୍ ସମେତ ପତ୍ରିକାଗୁଡିକ ଯେମିତି ଅଳ୍ପମୁଣ୍ଡ ଉଠାଇ ପୁଣି ଶୋଇପଡୁଥିଲେ ପୂର୍ବ ଅବସ୍ଥାରେ। ବାହାରେ ଲାଗିଥିବା ଗଛଗୁଡିକ ନବପଲ୍ଲବରେ ସୁଶୋଭିତ ହୋଇ ଦିଶୁଥିଲେ ଖୁବ୍ ସୁନ୍ଦର ଆଉ ମନୋରମ। ସେହି ଆକର୍ଷଣରେ ସମୟେ ସମୟେ ପଢାରୁ ନିବୃତ ରହି ଏକ ଲୟରେ ଚାହିଁ ରହୁଥିଲେ ସମ୍ମୁଖ ହତା ଆଡ଼କୁ। କିଛି କ୍ଷଣ ଏହି ଭିନ୍ନ ଜଗତରେ ନିମଜ୍ଜି ପୁଣି ଥରେ ମନୋନିବେଶ କରୁଥିଲେ ପଢାରେ। ଦ୍ୱିପ୍ରହରର ରଙ୍ଗ ଧିରେ ଧିରେ ଗାଢ ପାଲଟି ଚାଲିଥିଲା ତାଙ୍କ ଚାରିପଟେ।

ଏହି ସମୟରେ ହଠାତ୍ ତାଙ୍କ ଦୃଷ୍ଟି ଆସି ନିବଦ୍ଧ ହେଲା ସାମ୍ନାଗେଟ୍ ନିକଟରେ। ଗେଟ୍ ବାହାରେ ଛିଡ଼ାହୋଇଥିଲେ କେହି ଜଣେ ଅପରିଚିତ ଜଣାପଡୁଥିବା ପ୍ରୌଢ ବ୍ୟକ୍ତି। ବୋଧହୁଏ, କାହାର ଠିକଣା ଖୋଜି ହେଉଥିଲେ ଅବା ବୁଝିବାକୁ ଚାହୁଁଥିଲେ। ସେହି ଅଜଣା ବ୍ୟକ୍ତିଙ୍କ ଚାହାଁଣିରେ ଭରି ରହିଥିଲା ଅନୁସନ୍ଧିତ୍ସା। ବାରମ୍ବାର ସେ ଗେଟ୍‌ରେ ଝୁଲିଥିବା ନାମଫଳକ ଆଡ଼କୁ ଚାହୁଁଥିଲେ ଓ ସେହିପରି ସ୍ଥିର ମୁଦ୍ରାରେ ଛିଡ଼ା ହୋଇ ରହିଥିଲେ ଗେଟ୍ ବାହାରେ। କିଏ ବୋଲି ଜାଣିବାକୁ ହାତରେ ଗେଟ୍ ଚାବିଟି ଧରି ଉଠିପଡିଲେ କଳ୍ପଲତା ଦେବୀ। ତାଙ୍କ ମନରେ ମଧ୍ୟ ଜମାଟ ବାନ୍ଧି ସାରିଥାଏ କୌତୁହଳତା। ତାଙ୍କୁ ଦେଖୁ ଦେଖୁ ଉତ୍ସୁକତାର ସହ ଭଦ୍ରବ୍ୟକ୍ତି ଜଣଙ୍କ ପଚାରିବସିଲେ,

'ଏଇଟା କ'ଣ କଳ୍ପଲତା ପଟ୍ଟନାୟକଙ୍କ ଘର'

'ହଁ, ଆପଣ............... ?'

'ମୋ ନାଁ ଅରୂପାନନ୍ଦ ମିଶ୍ର। ଏଥର ମୋତେ ଜାଣିପାରିଲେ ?' ନାମଟିକୁ ଶୁଣୁ ଶୁଣୁ ଏକ ମୃଦୁ

ଶିହରଣ ଯେପରି ତଡିତ୍ ବେଗରେ ଖେଳିଗଲା କଜ୍ଜଳତା ଦେବୀଙ୍କ ଶରୀରରେ। ସେ ଏକ ପ୍ରକାର ଅପ୍ରସ୍ତୁତ ଓ ହତବାକ୍ ହୋଇ ଚାହିଁ ରହିଥିଲେ ସେହି ଆଗନ୍ତୁକଙ୍କ ଆଡ଼କୁ। କେଇ ମୁହୂର୍ତ୍ତ ଆଗରୁ ନିହାତି ଅପରିଚିତ ଲାଗୁଥିବା ଆଗନ୍ତୁକ ଜଣକର ଚେହେରା ଏବେ ତାଙ୍କୁ ଲାଗୁଥିଲା ଅତି ପରିଚିତ ଆଉ ଅତି ଆପଣାର। ବିସ୍ମୃତ ଅତୀତର ରଙ୍ଗ ମଞ୍ଚରୁ ସହସା ଯେପରି ଉଠିଯାଇଥିଲା ପରଦା। ତାହା ପୁଣି ଅନେକ ବର୍ଷର ଅନ୍ତରାଳ ପରେ। ନିମିଷେକରେ ବଦଳିଯାଇଥିଲା ସେହି ରଙ୍ଗମଞ୍ଚର ସାଜସଜ୍ଜା ଏବଂ ଚିତ୍ର ଓ ଚରିତ୍ର। ପୃଷ୍ଠପଟରେ ଥିଲା ପ୍ରାୟ ପାଖାପାଖି ଚାଳିଶ ବର୍ଷ ତଳର ଭଞ୍ଜ ବିହାରର ପରିବେଶ। ସେହି ପରିବେଶରେ ଆତଯାତ ହେଉଥିଲେ ଅନେକ ଚିହ୍ନା ଅଚିହ୍ନା ଛାତ୍ରଛାତ୍ରୀ। ସେମାନଙ୍କ ଭିତରୁ ପଞ୍ଚମ ବର୍ଷ ମନସ୍ତତ୍ତ୍ୱବିଭାଗର ଛାତ୍ରୀ ଥିଲେ କଜ୍ଜଳତା ପଟ୍ଟନାୟକ। ସେହିପରି ପଞ୍ଚମ ବର୍ଷ ଦର୍ଶନ ବିଭାଗର ଛାତ୍ର ଥିଲେ ଅରୂପାନନ୍ଦ ମିଶ୍ର। ୟୁନିଭର୍‌ସିଟିର ଇଣ୍ଟର ଡିପାର୍ଟମେଣ୍ଟ୍ ମଧ୍ୟରେ ଲିଟେରାରୀ କମ୍ପିଟେସନ୍ ଚାଲିଥାଏ। ପ୍ରତିଯୋଗୀ ଭାବରେ ଯୋଗ ଦେଇଥାନ୍ତି ଦୁଇଜଣ। ଗୋଟିଏ ହଲ୍‌ରେ ଆଗପଛ ବସି ପ୍ରବନ୍ଧ ଲେଖିଲାବେଳେ ଯାହା ଯେତିକି ଚିହ୍ନିଥାନ୍ତି ପରସ୍ପରକୁ। ତାହା ଥାଏ ସେମାନଙ୍କ ମଧ୍ୟରେ ପ୍ରଥମ ଦେଖା। ଯେହେତୁ ଦୁଇ ଜଣଙ୍କର ବିଭାଗ ଅଲଗା ଅଲଗା ସେଥିପାଇଁ ପରସ୍ପର ସହ ଚିହ୍ନା ପରିଚୟ ହେବାର ସୁଯୋଗ ନଥାଏ। ମାତ୍ର ସେହି ସୁଯୋଗଟି ପୁଣି ଆପଣାଛାଏଁ ଆସି ପହଞ୍ଚିଥିଲା, ଯେଉଁଦିନ ୟୁନିଭର୍‌ସିଟିର ବାର୍ଷିକ ଉତ୍ସବରେ ପ୍ରବନ୍ଧ ବିଷୟରେ ପ୍ରଥମ ସ୍ଥାନ ଅଧିକାର କରିଥିବା ଛାତ୍ର ଭାବେ ଅରୂପାନନ୍ଦଙ୍କ ନାମ ଘୋଷିତ ହେଲା। ପୁରସ୍କାର ପ୍ରଦାନ ଉତ୍ସବର ସମାପନ ପରେ ମଞ୍ଚତଳେ ଏକୁଟିଆ ଛିଡ଼ା ହୋଇଥାନ୍ତି ଅରୂପାନନ୍ଦ। ତାଙ୍କୁ ଅଭିନନ୍ଦନ ଜଣାଇବାକୁ ଆସି ପାଖରେ ପହଞ୍ଚନ୍ତି କଜ୍ଜଳତା। ହେଲେ, ସେପରି କୌଣସି ବନ୍ଧୁତ୍ୱପୂର୍ଣ୍ଣ ପ୍ରତିକ୍ରିୟା ନଥାଏ ତାଙ୍କ ପାଖରେ। ସଂପୂର୍ଣ୍ଣ ଅଣରୋମାଣ୍ଟିକ ସୁଲଭ ଉତ୍ତର ଦେଇ କୁହନ୍ତି, "କ'ଣ ପାଇଁ ଏ ଅଭିନନ୍ଦନ? ମୁଁ ନ ହୋଇଥିଲେ ତ ଆଉ କେହି ହୋଇପାରିଥାନ୍ତା ପ୍ରଥମ। ଏଇଟା କେବଳ ଏକ ସ୍ଥାନର ଖେଳମାତ୍ର। ଯାହା ଆପେକ୍ଷିକ ଓ ତତ୍‌କାଳିକ। ଶାଶ୍ୱତ ତ କେବେ ନୁହେଁ।" ତାଙ୍କ ଠାରୁ ଏପରି ଉଦ୍‌ଭଟ ଉତ୍ତରଟିଏ ଶୁଣିବେ ବୋଲି କେବେ ଆଶା କରି ନଥିଲେ ସେ। ଏ ଥିଲା ସେହି ଆଦ୍ୟ ସାକ୍ଷାତରେ କେତୋଟି ସଂଳାପ ଯାହା ଆଜି ସୁଦ୍ଧା ସ୍ମୃତିକୋଷରେ ଜୀବିତ ଥିଲା କଜ୍ଜଳତା ଦେବୀଙ୍କର। କେଜାଣି କେମିତି ସମୁଦ୍ରଗର୍ଭରେ ଦରିଆମେଲାଇ ଆଗକୁ ଆଗକୁ ଯିବା ପରି ସେହି ପ୍ରଥମ ସାକ୍ଷାତ ପରବର୍ତ୍ତୀ ସମୟରେ ତାଙ୍କ ପାଇଁ ପାଲଟିଯାଇଥିଲା ଏକ ଅନାହତ ଆକର୍ଷଣ ରୂପରେ। ଯଦିଓ ସେଠି ଈପ୍‌ସିତ ପ୍ରତିକ୍ରିୟା ବଦଳରେ ଥିଲା ବିରୋଧାଭାସ, ଆଶା ବଦଳରେ ଥିଲା ନୈରାଶ୍ୟ ତଥାପି ସେସବୁ ଦୁର୍ବଳତା ଅରୂପାନନ୍ଦଙ୍କ ପ୍ରଜ୍ଞା ଆଗରେ ଥିଲା ଖୁବ୍ କମ୍। ସାରା ୟୁନିଭର୍‌ସିଟିରେ ପ୍ରବନ୍ଧ ରଚନାରେ ଭାଗ ନେଇ ପ୍ରଥମ ସ୍ଥାନ ପାଇବା କମ୍ ଗୌରବର କଥା ନଥିଲା ତାଙ୍କ ପାଇଁ। ବରଂ ସଫଳତା ସତ୍ତ୍ୱେ ସେ ଥିଲେ ଦାର୍ଶନିକ ସୁଲଭ ନିର୍ବିକାର। ତାଙ୍କର ଏହି ଅଦ୍ଭୁତ ଦୃଷ୍ଟିଭଙ୍ଗୀ ଅଶୋଭନୀୟ ଓ ଆଶାନୁରୂପକ ହୋଇନଥିବା ସତ୍ତ୍ୱେ କୌଣସି ଫରକ୍ ପକାଇ ନଥିଲା କଜ୍ଜଳତାଙ୍କ ଠାରେ। ଉନ୍‌ମନା ହୋଇ ସେ ତାଙ୍କ ସହ ସଂପର୍କର ସେତୁ ଯୋଡିବାକୁ ବାହାରିଥିଲେ ନିଜ ଆଡୁ। ଏଥିପାଇଁ ସେ ଥିଲେ ମଧ୍ୟ ଖୁବ୍ ଆଶାବାଦୀ। ଭାବିଥିଲେ, ସମୟକ୍ରମେ ପରସ୍ପରର ସଂପର୍କରେ ଯେତେ ନିବିଡ଼ତା ଆସିବ

ସେତେ ଅଧିକ ଜୀବନବାଦୀ ହୋଇଉଠିବେ ଅରୂପାନନ୍ଦ। ଧିରେ ଧିରେ ବୁଝିପାରିବେ ଯେ ଦର୍ଶନ ବଡ଼ ନୁହେଁ, ଜୀବନ ହେଉଛି ବଡ଼। ଆଗ ଦର୍ଶନ ନୁହେଁ, ଆଗ ଜୀବନ। ଏକଥା କେବଳ ସେତିକି ବେଳେ ସମ୍ଭବ ହୋଇପାରିବ ଯେତେବେଳେ ଜଣେ ନାରୀକୁ ଯେପରି ନିଜ ଜୀବନରେ ସକଳ ଉନ୍ମୁକ୍ତତା ଦେଇ ଗ୍ରହଣ କରିଥାଏ ପୁରୁଷ, ସେତିକିବେଳେ। ତାଙ୍କ ନିବୁଜ ହୃଦୟର ଗବାକ୍ଷ ଦେଇ ପ୍ରବେଶ କରିବାକୁ ହେବ ହୃଦୟେଶ୍ୱରୀ ରୂପରେ।

ୟୁନିଭର୍‌ସିଟିର ଦୁଇବର୍ଷର ରହଣୀକାଳ ମଧ୍ୟରେ ସେ ସବୁମତେ ପ୍ରୟାସ କରିଥିଲେ କିପରି ଅରୂପାନନ୍ଦଙ୍କ ନିକଟରୁ ନିକଟତର ହେବେ। କିପରି ତାଙ୍କର ଜଡ଼ତ୍ୱକୁ ତରଳାଇ ସେଠାରେ ସୃଷ୍ଟି କରିବେ ପ୍ରେମର ଚିରନ୍ତନ ନିର୍ଝର। ସେହି ଦୃଷ୍ଟିରୁ ବୋଧହୁଏ ସେ ଥିଲେ ତାଙ୍କ ସମୟର ଅନ୍ୟ ସମସ୍ତ ଝିଅମାନଙ୍କ ଠାରୁ ଅଲଗା। ଯଦି ସେ ଝିଅ ବଦଳରେ ପୁଅଟିଏ ହୋଇଥାନ୍ତେ ଆଉ ଅରୂପାନନ୍ଦ ପୁଅ ବଦଳରେ ଝିଅ, ତେବେ ସେତେଟା ଅସ୍ୱାଭାବିକ ହୋଇନଥାନ୍ତା ସେହି ସଂପର୍କର ଆବେଦନରେ। ହେଲେ, ଝିଅଟିଏ ହୋଇ କୌଣସି ପୁଅଠାରେ ମନଦେବା ତାହା ପୁଣି ସଂପୂର୍ଣ୍ଣ ଏକତରଫା ଭାବରେ, କେବଳ ସିଏ ହିଁ ଥିଲେ ଏହି ବିଲକ୍ଷଣର ଅଧିକାରୀ। ଭଞ୍ଜ ବିହାରରେ ରହି ମନସ୍ତତ୍ତ୍ୱ ଅଧ୍ୟୟନ କରିବା ଭିତରେ ନିଜର ମନଗହନକୁ ନିବୁଜ ରଖିବାରେ ବିଫଳ ହୋଇଥିଲେ ସେ। ସେଠି ଅଲକ୍ଷ୍ୟରେ ପ୍ରବେଶ କରିସାରିଥିଲେ ଅରୂପାନନ୍ଦଙ୍କ ପରି ଜଣେ ସୌମ୍ୟଦର୍ଶୀ ପ୍ରତିଭାଦୀପ୍ତ ଯୁବକ। ଯିଏ କସ୍ତୁରୀମୃଗ ପରି ପ୍ରତିନିୟତ ମହକିତ କରୁଥିଲେ ତାଙ୍କ ନିଷିଦ୍ଧ ମନର ଉପବନକୁ। ବିଭୋର ମୃଗୁଣୀ ପାଲଟି ସେ କେବଳ ଅନୁଧାବନ କରିଚାଲିଥିଲେ ସେହି ମହକର ପଛେ ପଛେ।

ଅରୂପାନନ୍ଦଙ୍କ ସହ ସେହି ଅନ୍ତିମ ସାକ୍ଷାତର ଦିନଟି ବେଶ୍ ମନେ ଥିଲା କଳ୍ପଲତା ଦେବୀଙ୍କର। ସେତେବେଳ ୟୁନିଭର୍‌ସିଟିର ଶେଷ ବର୍ଷର ପରୀକ୍ଷା ସରିଯାଇଥାଏ। କ୍ୟାମ୍ପସ୍‌ର ପରିବେଶ ଲାଗୁଥାଏ ଏକପ୍ରକାର ଖାଁ ଖାଁ ଆଉ ଉଦାସ। ଷଷ୍ଠ ବର୍ଷର ପରୀକ୍ଷା ଦେଇସାରିଥିବା ଜଣେ ପରେ ଜଣେ ଛାତ୍ରଛାତ୍ରୀ ମାନେ ହଷ୍ଟେଲ ଛାଡ଼ି ଘର ଅଭିମୁଖେ ବାହାରୁଥାନ୍ତି। ଭଞ୍ଜ ବିହାରରୁ ସବୁଦିନ ପାଇଁ ବିଦାୟ ନେବା ପୂର୍ବରୁ ଶେଷଥର ପାଇଁ ସେ ଚେଷ୍ଟା କରିଥିଲେ ଅରୂପାନନ୍ଦଙ୍କ ହୃଦୟ ଜୟ କରିବାକୁ। ଅନ୍ତତଃ ନିଜ ନିଭୃତ ହୃଦୟର ଭାଷାକୁ ମୁକ୍ତ ଭାବେ ଅଭିବ୍ୟକ୍ତି କରିବା ନିମନ୍ତେ ଏହା ଥିଲା ଯେପରି ତାଙ୍କ ପାଇଁ ଶେଷ ସୁଯୋଗ। ସବୁମତେ ସାହାସ ଜୁଟାଇ ଆସି ପହଞ୍ଚିଯାଇଥିଲେ ଅରୂପାନନ୍ଦ ରହୁଥିବା ହଷ୍ଟେଲ ରୁମ୍ ସମ୍ମୁଖରେ। ସମୟ ଥାଏ କ୍ଲାନ୍ତ ଅପରାହ୍ନର ଏକ ଉଷ୍ଣ ପ୍ରହର। କବାଟକୁ ଦୁଇ ଥର ଠକ୍ ଠକ୍ କଲାପରେ ସେପଟୁ ଖୋଲିଲେ ଅରୂପାନନ୍ଦ। ଆଶ୍ଚର୍ଯ୍ୟ, ତାଙ୍କୁ ଏପରି ଅକସ୍ମାତ ଦେଖିଲା ପରେ ବି କୌଣସି ବିସ୍ମୟ କିମ୍ବା ପ୍ରତିକ୍ରିୟା ନଥିଲା ଯେମିତି। ସେହିପରି ନିରୁଦ୍‌ବିଗ୍ନ ଭାବରେ ଛିଡା ହୋଇ ରହିଥିଲେ ମୌନ ତପସ୍ୱୀ ପାଲଟି। ନା ଥାଏ କୌଣସି ଉଦ୍‌ଗ୍ରୀବତା ନା ଥାଏ ତାଙ୍କଠାରେ ଆତ୍ମୀୟତାର ନିବିଡପଣ। ଆସିଥିଲେ, ଏପର୍ଯ୍ୟନ୍ତ ଅପ୍ରକାଶ୍ୟ ରହିଯାଇଥିବା ଛାତି ତଳର ଭାଷାକୁ ପ୍ରକାଶ କରିବାକୁ। ତାହା ପୁଣି ସେହି ଶେଷ ସନ୍ଧିକ୍ଷଣରେ। ଘୋର ନିରାଶ ହେବା ଛଡା ସେହି ସ୍ଥିତିରେ ଆଉ କୌଣସି ଗତ୍ୟାନ୍ତର ନଥିଲା ତାଙ୍କ ପକ୍ଷରେ। ନିଥର ଓଠ ସଂକୋଚ କଲା ହୃଦୟ ତଳର ଅଣଆଉଟା ଭାଷାକୁ ଉତ୍ତାରି ଆଣିବା ପାଇଁ ସେହି ନିର୍ଦ୍ଦୟ ବେଳାରେ।

ଛାୟା ମୂର୍ତ୍ତିଟେ ପରି ନିଃଶବ୍ଦରେ ଫେରି ଆସୁଥିଲେ । ଏତିକି ବେଳେ ପଛରୁ ଡାକିଥିଲେ ଅରୂପାନନ୍ଦ । ପ୍ରଥମ ଥର ପାଇଁ ବୋଧେ ସେଦିନ ପଢିପାରିଥିଲେ କୌଣସି ନାରୀମନର ସଂଗୁପ୍ତ ଭାଷାକୁ । ତଥାପି ଥାଆନ୍ତି ସେହିପରି ପ୍ରତିକ୍ରିୟା ଶୂନ୍ୟ । "ଟିକେ ରୁହ" କହି ନିଜର ପଢା ଟେବୁଲ ଉପରୁ ବାଛି ଆଣିଲେ ଖଣ୍ଡେ ବହି ।

ସେଥିରୁ ପୃଷ୍ଠା ଲେଉଟାଇ ଗୋଟିଏ ଜାଗାରେ ଅଟକିଯାଇ କହିଲେ, 'ଏ ବହିଟି ବୈଷ୍ଣବ ଦର୍ଶନ ସମ୍ବଳିତ ଏକ ପୁସ୍ତକ । ପ୍ରେମର ପରିଭାଷାକୁ 'ଚୈତନ୍ୟ ଚରିତାମୃତ' ରେ କିପରି କୁହାଯାଇଛି ଦେଖ - କହି ଆବୃତ୍ତି କଲେ -

ଆତ୍ମେନ୍ଦ୍ରିୟ ପ୍ରୀତି ବାଂଛା ତାରେ ବଲି କାମ
କୃଷ୍ଣେନ୍ଦ୍ରିୟ ପ୍ରୀତି ଇଚ୍ଛା ଧରେ ପ୍ରେମ ନାମ ।।'

ମୁହୂର୍ତ୍ତକର ବିରାମ ପରେ ନିଜ ଆଡୁ ସ୍ପଷ୍ଟ କରିବାକୁ ଯାଇ କହିଲେ, 'ମୋର ସେହିପରି ମାନବୀୟ ପ୍ରେମରେ ଆଦୌ ଆସ୍ଥା ନାହିଁ । ସେଠି ଛଳନା ଅଛି, ପ୍ରତାରଣା ଅଛି । ପୁଣି ତାହା କ୍ଷଣ ଭଙ୍ଗୁର । ମୁଁ ଆସ୍ଥା ରଖେ ତ କେବଳ ଭଗବତ ପ୍ରେମରେ, ଯାହା ଚିରନ୍ତନ ଆଉ ଶାଶ୍ୱତ ।' ଏହାପର ଠାରୁ ଯେପରି ପୂର୍ଣ୍ଣଚ୍ଛେଦ ପଡିଯାଇଥିଲା ସେହି ସୁଦୂର ଅତୀତର କାହାଣୀ ଉପରେ । ସମୟର ପ୍ରଖର ସ୍ରୋତ କେବେଠାରୁ ଅତିକ୍ରମ କରିଯାଇଥିଲା ବୟସର ବସନ୍ତ ଋତୁକୁ । ସେହି ସ୍ରୋତ ସହ କୁଆଡେ ପାଶୋରି ହୋଇଯାଇଥିଲା ପୁରୁଣା ଦିନର ସ୍ମୃତି । ଅଚାନକ ପୁଣି ଆଜି ଅରୂପାନନ୍ଦଙ୍କୁ ଏତେଗୁଡାଏ ବର୍ଷର ବ୍ୟବଧାନ ପରେ ଦେଖି ଚେଇଁ ଉଠିଥିଲା ସେହି ପିଛିଲା ଜୀବନର ବିସ୍ମୃତ ସ୍ମୃତି । କେବେ କଳ୍ପନା ସୁଦ୍ଧା କରି ନଥିଲେ କଳ୍ପଲତା ଦେବୀ ଏପରି ଏକ ସାକ୍ଷାତର ଆଉଥରେ ପୁନରାବୃତ୍ତି ହେବ ବୋଲି । ତାହା ପୁଣି ବୟସର ଉତ୍ତରାର୍ଦ୍ଧରେ । ଢେର ସମୟ ବିସ୍ମୟମିଶା ଚାହାଣିରେ ଚାହିଁ ରହି ପରିଶେଷରେ ଗେଟ୍ ଫିଟାଇ ସ୍ୱାଗତ କଲେ ଅରୂପାନନ୍ଦଙ୍କୁ ।

- କ'ଣ ମୋତେ ଚିହ୍ନିବାରେ ଏତେ ସମୟ ଲାଗିଲା । ?

- ନାଇଁ, ସେପରି କିଛି ନୁହେଁ । ବହୁତ ବର୍ଷ ପରେ ତ ! ସେଥିପାଇଁ ।

- ପ୍ଲଟ୍ ନମ୍ବର - ୧୮୮୨, ବ୍ରହ୍ମେଶ୍ୱର ପାଟଣା, ପୁରୁଣା ଭୁବନେଶ୍ୱର । ଏହି ଠିକଣାଟିକୁ ତମ ଲେଖାରୁ ପଢିଥିଲି । ସେଥିପାଇଁ ଘର ଖୋଜି ପାଇବାରେ କିଛି ଅସୁବିଧା ହେଲାନାହିଁ ।

ଦୁହେଁ ଆସି ବସି ସାରିଥିଲେ ବାହାର ପଟ ବାରଣ୍ଡାର ଚେୟାର ଉପରେ । ସେମାନଙ୍କ ଚାରିପଟେ ବେଢି ରହିଥିଲା ଗୁମ୍‌ସୁମ୍ ଦ୍ୱିପ୍ରହରର ନିରବତା ସହ ଚାପା ଚାପା ଉତ୍ସୁକତା । ସେପଟୁ ଭିତର ଘରୁ ଭାସି ଆସୁଥାଏ ପୁରଷୋତ୍ତମ ବାବୁଙ୍କ ଗଭୀର ନିଦ୍ରାଜନିତ ଘୁଙ୍ଗୁଡିର ଶବ୍ଦ ।

ସ୍ୱଳ୍ପ ସମୟର ନିରବତାକୁ ଭାଙ୍ଗି ଅରୂପାନନ୍ଦ ଆରମ୍ଭ କଲେ, 'ଗତମାସ ମୁଁ ବିଜେବି କଲେଜରୁ ଅଧ୍ୟାପକ ଭାବେ ଅବସର ନେଇଛି । ଏହାପରେ ସବୁଦିନ ପାଇଁ ଫୁଲବାଣୀକୁ ଚାଲିଯିବି । ତେବେ ଯିବା ପୂର୍ବରୁ ମୋର ଏଠାକୁ ଆସିବାର ଅଭିପ୍ରାୟ କିଛି ରହିଛି ।' ପ୍ରଶ୍ନିଳ ଆଖିରେ ଚାହିଁ ରହିଲେ କଳ୍ପଲତା ଦେବୀ । ତାଙ୍କ ଭାବନା ଭିତରେ ଉଙ୍କି ମାରୁଥାଏ ଏକ ପରେ ଏକ ଅନେକ ପ୍ରଶ୍ନ । ଯେପରି, ଏତେ ବର୍ଷ ପରେ ଅରୂପାନନ୍ଦଙ୍କ ହଠାତ୍ ଏପରି ତାଙ୍କ ପାଖକୁ ଆସିବାର କାରଣ କ'ଣ

ଥାଇପାରେ ? କେଉଁ ଅଭିପ୍ରାୟ ନେଇ ସେ ତାଙ୍କ ପାଖକୁ ଆସିଛନ୍ତି ତାହେଲେ ? ପୁଣି କ'ଣ ପାଇଁ ସେ ପୁରୁଣା ସ୍ମୃତିକୁ ଆଉ ଥରେ ଉଜ୍ଜିବୀତ କରିବାକୁ ଚାହୁଁଛନ୍ତି ? ଏପରି ଏକାଧିକ ଅସମାହିତ ପ୍ରଶ୍ନ ଖେଳିବୁଲୁଥାନ୍ତି ତାଙ୍କ ଭିତରେ। ଆପାତତଃ, ତାଙ୍କ ମନର ଅର୍ଗଳିରେ ଆନ୍ଦୋଳିତ କରୁଥିବା ସେହି ସବୁ ଜଟିଳ ପ୍ରଶ୍ନଗୁଡ଼ିକୁ ଏଡ଼ାଇ ଜିଜ୍ଞାସା ପୂର୍ବକ ପଚାରିବସିଲେ:-

– ଆଉ ତୁମ ପରିବାର ଏବେ କେଉଁଠି ?

– ସେ ଗୋଟିଏ ଲମ୍ବା କଥା। ତଥାପି ତମ ଜାଣିବା ନିମନ୍ତେ ସଂକ୍ଷେପରେ କହିଦେଉଛି।

ଦୀର୍ଘଶ୍ୱାସଟିଏ ଛାଡି ଅରୂପାନନ୍ଦ କହିଚାଲିଲେ – ଭଞ୍ଜ ବିହାରରୁ ଏମ୍.ଏ ପାସ୍ କଲାପରେ ମୁଁ ପ୍ରଥମେ କେଇବର୍ଷ ଏକ ପ୍ରାଇଭେଟ୍ କଲେଜରେ ଅଧ୍ୟାପନା କଲି। ତାପରେ ଓଡ଼ିଶା ଲୋକସେବା ଆୟୋଗ ପରୀକ୍ଷାରେ କୃତକାର୍ଯ୍ୟ ହୋଇ ସରକାରୀ କଲେଜରେ ଅଧ୍ୟାପକର ଜୀବନ ଆରମ୍ଭ କଲି। ତମେ ତ ୟୁନିଭରସିଟି ବେଳରୁ ମୋତେ ଜାଣିଛ। ନା ମୋର ବିବାହ ବନ୍ଧନରେ ଆଗ୍ରହ ଥିଲା, ନା ମୋର ସଂସାର ଗଢିବାରେ ରହିଥିଲା କୌଣସି ଲାଳସା। ହେଲେ, ମୋ ବାପା ମା'ଙ୍କର ଇଛା ଥିଲା ଭିନ୍ନ। ସକଳ ଅରାଜି ସତ୍ତ୍ୱେ କୌଣସି ପ୍ରକାରେ ମତେ ସେମାନେ ଅନ୍ୟମାନଙ୍କ ପରି ଦେଖିବାକୁ ଚାହୁଁଥିଲେ। ସ୍ତ୍ରୀ ପିଲା ପରିବାରକୁ ନେଇ ମୁଁ ମଧ୍ୟ ବାକି ସମସ୍ତଙ୍କ ପରି ବଞ୍ଚେ, ଏହା ସେମାନେ ଅଧିକ ପସନ୍ଦ କରୁଥିଲେ। ମୋର ବ୍ୟକ୍ତିଗତ ମତ ଓ ଭାବନାର କୌଣସି ମୂଲ୍ୟ ନଥିଲା ସେମାନଙ୍କ ଇଛା ଆଗରେ। 'ତା'ପରେ ତମେ ରାଜି ହେଇଥିଲ ବାହାଘର ପାଇଁ। ଏକଥା ମୁଁ ତମ ବିଭାଗର ଜଣେ ଅଧ୍ୟାପିକାଙ୍କ ଠାରୁ ପରେ ଜାଣିବାକୁ ପାଇଥିଲି।' ସବୁକିଛି ଅବଗତ ଥିବା ପରି କଥା ମଝିରେ ଅନୁପ୍ରବେଶ କରି କଞ୍ଚଲତା ଦେବୀ କହି ଉଠିଲେ –

'ହଁ, ତମେ ଠିକ୍ ଶୁଣିଥିଲ।'

କିନ୍ତୁ ତା'ପରେ ....ଆଉ ଏକ ଦୀର୍ଘଶ୍ୱାସ ପକାଇ ଅରୂପାନନ୍ଦ ପୁଣି କହିଚାଲିଲେ – ଏହାପରେ ପୁଷ୍ପାଶ୍ରୀ ମୋ ଜୀବନରେ ପ୍ରବେଶ କରିଥିଲେ ନବବଧୂ ସାଜି ପତ୍ନୀ ରୂପରେ। କେନ୍ଦୁଝର ସରକାରୀ କଲେଜରେ ମୋର ସେହି ସମୟରେ ପୋଷ୍ଟିଂ ହୋଇଥାଏ। ପରିବାର ପାଖକୁ ନ ଆଣି ମୁଁ ଏକୁଟିଆ ରହିବାକୁ ପସନ୍ଦ କରୁଥାଏ ବାରାକ୍‌ରେ। ପୁଷ୍ପାଶ୍ରୀ ରହୁଥାଏ ଗାଁରେ ବାପାମା'ଙ୍କ ସହିତ। ସେମାନେ ଥରକୁ ଥର ବାଧ୍ୟ କରିବାରୁ ମୁଁ ପରିଶେଷରେ ନିଜ ପାଇଁ କ୍ୱାଟରଟିଏ ନେଲି ଏବଂ ସ୍ତ୍ରୀକୁ ଆଣି ପାଖରେ ରଖିଲି। ଦୁହେଁ ଏକାଠି ମିଶି ରହିବା ସତ୍ତ୍ୱେ ମୋର ସଂସାର ପ୍ରତି ଉଦାସୀନତାରେ ସେପରି କିଛି ପରିବର୍ତ୍ତନ ହେଉ ନଥାଏ। ବିବାହର ଦୀର୍ଘ ମାସ ପରେ ସୁଦ୍ଧା ସ୍ୱାମୀସ୍ତ୍ରୀଙ୍କ ମଧ୍ୟରେ ଯେପରି ସାନିଧ୍ୟ ଓ ସଂପର୍କ ରହିବା କଥା ସେପରି କିଛି ସଂଭବ ହୋଇ ପାରିନଥିଲା ଆମ ଜୀବନରେ। ଏଥିପାଇଁ ନିଶ୍ଚିତ ଭାବେ ଦାୟୀ ଥିଲି ମୁଁ। ବଦଳାଇ ପାରିନଥିଲି ଜୀବନ ପ୍ରତି ଥିବା ମୋର ଆଭିମୁଖ୍ୟକୁ। ପୁଷ୍ପାଶ୍ରୀକୁ ସ୍ତ୍ରୀ ଭାବରେ ଯେତେ ନୁହେଁ, ଗ୍ରହଣ କରି ନେଇଥିଲି ଜଣେ ଅନୁଗତା ଭାବରେ। ଯିଏ କେବଳ ଆଖିବୁଜି ଅନୁସରଣ କରିପାରୁଥିବ ତଥାକଥିତ ସ୍ୱାମୀର ନୀତି ଓ ଆଦର୍ଶକୁ। ପରସ୍ପର ମଧ୍ୟରେ ଭଲ ପାଇବାର ସେତୁ ନଥିବ। ନଥିବ ମଧ୍ୟ ପରସ୍ପରକୁ ଲୋଡିବାର ଆପଣାପଣ। ଆଉ ଯାହାର ଚରମ ପରିଣାମ ମୋତେ ଭୋଗିବାକୁ ପଡିଥିଲା ଅଳ୍ପଦିନର ବ୍ୟବଧାନରେ।

– "କ'ଣ ପରିଣାମ ହେଲା ? ପୁଷ୍ପଶ୍ରୀ କ'ଣ ତମକୁ ଛାଡି ଚାଲିଗଲେ ? ନା ଦୁହିଁଙ୍କ ଭିତରେ ଡିଭୋର୍ସ ହେଲା ?' କଳ୍ପଲତା ଦେବୀଙ୍କ ଆଖିରେ ଅନୁକମ୍ପା ମିଶା ଉତ୍କଣ୍ଠା ସହସା ପହଁରିଗଲା।

'ସେପରି କିଛି ହୋଇଥିଲେ ତ ମତେ ଆଜି ଏପରି ଅନୁତାପ କରିବାକୁ ପଡୁ ନଥାନ୍ତା।' ବାଷ୍ପରୁଦ୍ଧ ହୋଇ ଆସୁଥିଲା ଅରୂପାନନ୍ଦଙ୍କ କଣ୍ଠସ୍ୱର। ପୂର୍ବାପେକ୍ଷା ଅଧିକ ଗମ୍ଭୀର ଦିଶୁଥିଲା ତାଙ୍କ ମୁହଁ। ଭିତରର କୋହକୁ ନିଜ ଭିତରେ ଚାପି ରଖି ପ୍ରକାଶ କଲେ, "ଦିନେ କଲେଜରୁ କ୍ୱାଟରକୁ ଫେରି ଦେଖେ ତ ପୁଷ୍ପାଶ୍ରୀ ତାଙ୍କ ପିନ୍ଧା ଲୁଗାକୁ ଫାଶ କରି ସିଲିଂ ଫ୍ୟାନ୍‌ରେ ଝୁଲି ପଡିଛନ୍ତି। ଆଉ କିଛି କରିବାର ଯୁ ନଥିଲା। ସବୁ ଶେଷ ହୋଇ ଯାଇଥିଲା ଅତି ଆକସ୍ମିକ ଭାବରେ। କହିବାକୁ ଗଲେ, ସେହି ଦାରୁଣ ଧକ୍କାକୁ ସମ୍ଭାଳିବାର ସତ୍ ସାହାସ ମୋର ନଥିଲା। ସେଥିପାଇଁ ଦୋଷୀ ମନେ କରିଥିଲି ନିଜକୁ। ଆଉ ସେହି ଦୋଷୀ ଭାବରୁ ଆଜି ସୁଦ୍ଧା ମୁକୁଳି ପାରିନାହିଁ ମୁଁ। ପୁଷ୍ପାଶ୍ରୀ ସବୁଦିନ ପାଇଁ ମୋ ପାଖରୁ ଚାଲିଗଲା ପରେ ମୁଁ ତାଙ୍କୁ ବୁଝିବାକୁ ଆରମ୍ଭ କରିଥିଲି ଓ ଏବେ ସୁଦ୍ଧା ତାଙ୍କୁ ମନେ ମନେ ଝୁରି ଚାଲିଛି। ଏ ଜୀବନ ଥିବା ପର୍ଯ୍ୟନ୍ତ ସେହି ସଂତାପର ନା ଶେଷ ଅଛି ନା ଭରଣା କିଛି ଅଛି।" କହୁ କହୁ ମ୍ରିୟମାଣ ହୋଇ ପଡୁଥିଲେ ଅରୂପାନନ୍ଦ। ନିଜକୁ ଯଥାସମ୍ଭବ ସମ୍ଭାଳି କଳ୍ପଲତା ଦେବୀଙ୍କ ଆଡକୁ ଚାହିଁ କହିଲେ, "ହଁ, ଯେଉଁ ଅଭିପ୍ରାୟ ନେଇ ତମ ପାଖକୁ ଆଜି ଆସିଛି, ତାକୁ ତୁମକୁ କହିଦିଏ। ଭଞ୍ଜ ବିହାରରେ ତମେ ସେଦିନ ମୋତେ ସ୍ନେହ ଓ ପ୍ରେମର ବନ୍ଧନରେ ବାନ୍ଧିଦେବାକୁ ଚାହୁଁଥିଲ, ସେତେବେଳେ ତମେ ଠିକ୍ ଥିଲ। ଭୁଲ୍ ଥିଲି ତ ମୁଁ। ଶୁଷ୍କ ଦର୍ଶନର ଫମ୍ପା ଆଧାରରେ ଜୀବନ ବଞ୍ଚିବାକୁ ଚାହୁଁଥିଲି। ବଞ୍ଚିବାର ସେହି ଛଳନା ଭିତରେ ଅନେକ ଦୂର ଚାଲିଯାଇଥିଲି ଜୀବନ ଠାରୁ। ଏମିତି କି ଭଲ ପାଇବା ଠାରୁ। ଯେତେବେଳେ ବୁଝି ପାରିଲି ସେତେବେଳକୁ ବହୁତ ଦୂରକୁ ଚାଲିଯାଇଥିଲା ସମୟ। ଏବେ ମୋ ରିକ୍ତ ପାପୁଲିରେ ଧରାଦେବାକୁ ନା ତମେ ଅଛ ନା ପୁଷ୍ପାଶ୍ରୀ ଅଛି। ତମେ ସେତେବେଳେ ଠିକ୍ ଥିଲ କଳ୍ପଲତା। କେବଳ ସେଇ କଥାକୁ କହିବାକୁ ଆସିଛି।"

ବସିଥିବା ଚେୟାର ଉପରୁ ଉଠି ଛିଡ଼ା ହୋଇପଡିଲେ ଅରୂପାନନ୍ଦ। ତାଙ୍କ ବିଷର୍ଣ୍ଣ ମୁଖମଣ୍ଡଳରେ ବାରି ହୋଇ ପଡୁଥିଲା ଅନୁତାପ ଦଗ୍ଧ ଅବ୍ୟକ୍ତ ବେଦନାର ଚିତ୍ର। କଣ୍ଠ ସ୍ୱରରେ ଭରି ରହିଥିଲା ଶିଥିଳତା। ସମ୍ମୁଖ ଗେଟ୍ ଆଡ଼କୁ ନିସ୍ତେଜ ଆଖିରେ ଚାହିଁ ରହି ଧିରେ ଧିରେ ଅଗ୍ରସର ହେଲେ ଆଗକୁ। କିଛି କ୍ଷଣ ଭିତରେ ଅଦୃଶ୍ୟ ହୋଇଗଲେ ଦୃଷ୍ଟିର ସୀମାନ୍ତରୁ। ନିର୍ବାକ୍ ହୋଇ ସେଆଡକୁ ଚାହିଁ ରହିଥିଲେ କଳ୍ପଲତା ଦେବୀ। ଏକ ଅବିଶ୍ୱସନୀୟ ବାତାବରଣ ତାଙ୍କୁ ଯେପରି ଆର୍ଦ୍ର କରି ପକାଇଥିଲା ଭିତରେ ଭିତରେ। ଅପଲକ ଆଖିର ପରଦା ଉପରେ ନାଚି ଉଠୁଥିଲା ଗୋଟିଏ ଅଫେରା ନଈର ଦୃଶ୍ୟ। କେହି ମୁହୂର୍ତ୍ତ ପାଇଁ ଯାହା ଶୁଭୁଥିଲା ସେହି ନଈର କୁଳୁକୁଳୁ ନାଦ। ଆଉ ଚାହୁଁ ଚାହୁଁ କୁଆଡ଼େ ମିଳାଇଯାଇଥିଲା ସେହି ନଈର ଧାର।

ଏହା ଭିତରେ କେତେବେଳେ ଦ୍ୱିପ୍ରହର ଡେଇଁ ଅପରାହ୍ନର ଛାଇ ଲମ୍ବି ଆସିଥିଲା ହତାକୁ। ତଥାପି ଭିତର ଘରୁ ରହି ରହି ଶୁଭୁଥିଲା ପୁରୁଷୋତ୍ତମ ବାବୁଙ୍କ ନିଦ୍ରାଜନିତ ଘୁଙ୍ଗୁଡିର ଶବ୍ଦ।

ସାହାରା

ଆଜି ରାଜକୁମାର ବାବୁଙ୍କ ଆଖିକୁ ସମୁଦ୍ର ଜଣାପଡୁଥିଲା ଟିକେ ଅଶାନ୍ତ ଆଉ ଅସ୍ଥିର । ସବୁଦିନ ସକାଳେ ସେଇ ଏକା ସମୁଦ୍ରକୁ ଦେଖି ଆସୁଛନ୍ତି ପ୍ରାୟ କୋଡିଏ ବର୍ଷ ଧରି । କେବଳ ବର୍ଷାଋତୁକୁ ଛାଡିଦେଲେ ଅନ୍ୟ କୌଣସି ଋତୁରେ ତାଙ୍କ ଆସିବାରେ କେବେ ଅନିୟମିତତା ନ ଥାଏ । ଯେଉଁଦିନ ଲଘୁଚାପ ବର୍ଷା କି ଝଡି ବର୍ଷା ଲାଗି ରହେ କେବଳ ସେହିଦିନ ସକାଳୁ ବାହାରି ପାରିନଥାନ୍ତି ଘର ଭିତରୁ । ଛତା ଧରି ଆସିବାର ଇଚ୍ଛା ଥିଲେ ବି ଓଦା ହୋଇ ଦେହ ଖରାପ ହୋଇଯିବାର ଭୟରେ ନିଜକୁ ନିବୃତ୍ତ ରଖିଥାନ୍ତି ସେହିସବୁ କାଁ ଭାଁ ଦିନ ଗୁଡିକରେ । ଅନ୍ୟଥା ବଡିସକାଳର ପ୍ରଶସ୍ତ ନିରୁପଦ୍ରବ ସମୁଦ୍ରର ବିସ୍ତୀର୍ଣ୍ଣ ବେଳାଭୂଇଁ ଏକ ଦୁର୍ବାର ଆକର୍ଷଣ ପାଲଟିଥାଏ ତାଙ୍କ ପାଇଁ । ପାଦରେ ପାଦ ମିଶାଇ ଚାଲିବା ପାଇଁ ସାଙ୍ଗରେ ଥାଆନ୍ତି ପତ୍ନୀ ହେମପୁଷ୍ପା । ଚାଲି ଚାଲି ଥକି ପଡିଲେ କିଛି ସମୟ ବେଳାଭୂଇଁ ଉପରେ ଗୋଡ ଲମ୍ବାଇ ବସିପଡି ବିଶ୍ରାମ ନିଅନ୍ତି ଦୁହେଁ । ସେତିକି ସମୟ ମଜ୍ଜି ଯାଆନ୍ତି ଦୃଶ୍ୟମାନ ସମୁଦ୍ରର ସୌନ୍ଦର୍ଯ୍ୟ ସାଉଁଟିବାରେ । ଦେଖନ୍ତି ଦୂର ଦିଗ୍‌ବଳୟରେ ଉଦିତ

ସୂର୍ଯ୍ୟର ଅପରୂପ ଆଭା। ରାତିର ରହଣି ସାରି କୂଳକୁ ଫେରୁଥିବା ଗୋଟା ଗୋଟା ମାଛଧରା ପାଲଟଣା ଡଙ୍ଗା। ବେଳାଭୂଇଁ ସାରା ଇତସ୍ତତଃ ଡେଇଁ ବୁଲି ଖାଦ୍ୟ ଟୁକୁରା ଖୋଜି ହେଉଥିବା କାଉପଲ ଓ ଆହୁରି ସେପରି କିଛି।

'ବାବୁ , ମା' କ'ଣ ଆଜି ଆସିନି ?' ନୋଳିଆ ପିଲାଟିର ପ୍ରଶ୍ନରେ ଧ୍ୟାନ ଭଗ୍ନହେଲା ରାଜକୁମାର ବାବୁଙ୍କର। କେତେବେଳେ ଆସି ପାଖରେ ଛିଡା ହୋଇଯାଇଥିଲା ପିଲାଟି, ଅନ୍ୟମନସ୍କତା ଭିତରେ ଆଦୌ ଜାଣି ପାରି ନଥିଲେ। ତା' ଛୋଟ ଛୋଟ ଆଖିରେ ଭରି ରହିଥିଲା ପ୍ରଶ୍ନିଳ ଜିଜ୍ଞାସା। ସବୁଦିନ ପରି କିଛି ପାଇବା ଆଶାରେ ତା' ଡାହାଣ ହାତର ପାପୁଲିକୁ ବଢାଇ ଦେଇ ନଥିଲା ଆଗକୁ। ତାଙ୍କଠାରୁ କିଛି ଉତ୍ତର ନ ପାଇ ପୁଣି ଦୋହରାଇଥିଲା ପୂର୍ବ ପଚାରିଥିବା ପ୍ରଶ୍ନକୁ, 'ବାବୁ, ମା' କ'ଣ ଆଜି ଆସିନି ?' କ'ଣ କହି ତାକୁ ଉତ୍ତର ଦେବେ ଭାବୁଥିଲେ ରାଜକୁମାର ବାବୁ। କେଉଁ ଭାଷାରେ ଏତେ ଛୋଟ ପିଲାଟିକୁ ବୁଝାଇ କହିବେ ଯେ ହଠାତ୍ ଦୁର୍ଯୋଗ କିପରି ଆସି ଗ୍ରାସ କରି ପକାଇଛି ସେମାନଙ୍କ ଜୀବନକୁ। କିପରି ସମୟର ଅଭିସଂପାତରେ ବିକ୍ଷିପ୍ତ ପାଲଟିଛି ସେମାନଙ୍କ ସାବଲୀଳ ପୃଥିବୀ। ବଦଳି ଯାଇଛି ଗତାନୁଗତିକ ଜୀବନର ଧାରା। ନିର୍ବାକ ପ୍ରାୟ ଦୀର୍ଘ ନିଶ୍ୱାସଟେ ପକାଇ ସେ କେବଳ ଚାହିଁ ରହିଥିଲେ ପିଲାଟି ଆଡକୁ। ନା ଓଠରେ ସ୍ଫୁରୁଥିଲା କୌଣସି ଉତ୍ତର ନା କୌଣସି ପ୍ରତିକ୍ରିୟା।

ସବୁଦିନ ପ୍ରାତଃ ଭ୍ରମଣରେ ଆସିଲେ ଭେଟିଥାନ୍ତି ଏହି ପିଲାଟିକୁ। ନାଁ ତା'ର ସନ୍ତୋଷ। ଏଇ ପାଖ ନୋଳିଆ ବସ୍ତିର ପିଲା। ତା'ର କାମ ହେଲା ବେଳାଭୂଇଁରେ ବୁଲୁଥିବା ପର୍ଯ୍ୟଟକମାନଙ୍କୁ ହାତ ପତେଇ ପଇସା ମାଗିବା। ଯିଏ ଦେଲା ତ ଦେଲା, ନଦେଲେ ସେମିତି ହାତ ବଢେଇ କିଛି ସମୟ ପାଇଁ ଛିଡା ହୁଏ, ତା'ପରେ ଚାଲିଯାଏ ନିଜ ବାଟରେ। ଯାଇ ପୁଣି ଅଟକିଯାଏ ଆଉ କାହା ପାଖରେ। ପ୍ରତିଦିନର ଏପରି ପୁନରାବୃତ୍ତି ହେମପୁଷ୍ପାଙ୍କ ସହିତ କିପରି ଏକ ପ୍ରକାର ସମ୍ପର୍କ ଯୋଡି ଦେଇଥିଲା କହିଲେ ଠିକ୍ ହେବ। ପ୍ରାତଃ ଭ୍ରମଣ ସାରି ଫେରିଲାବେଳେ ଯେତେବେଳେ ସମୁଦ୍ର ମୁହାଁ ହୋଇ ଦୁହେଁ କିଛି ସମୟ ବସିପଡନ୍ତି ବାଲୁକା ଶଯ୍ୟାରେ, କୋଉଠି ଥାଏ ଆସି ପହଞ୍ଚିଯାଏ ପାଖରେ। ଯେପରି ନିରାଶ ନ ହେବ, ଜାଣିକରି ହେମପୁଷ୍ପାଙ୍କ ଆଡକୁ ଲମ୍ବାଇଦିଏ ନିଜର ଡାହାଣ ହାତକୁ। ନିଶ୍ଚିତ ପ୍ରାପ୍ତିର ଆଶାରେ ଚାହିଁ ରହେ ଅପଲକ ନୟନରେ। ତା' ଆଡକୁ ଚାହିଁ ସେଇ ଏକ ପ୍ରକାର ତାଗିଦା ମିଶା ସ୍ୱରରେ ହେମପୁଷ୍ପା ପଚାରନ୍ତି, "

-ଆରେ , ତତେ କାଲି ସ୍କୁଲ୍ ଯିବାକୁ କହିଥିଲି, ଯାଇଥିଲୁ ?

-ନା, ମା', ଆଜିଠାରୁ ଯିବି।

-ସତ କହୁଛୁ, ଆଜିଠାରୁ ସ୍କୁଲ୍ ଯିବୁ ତ !

-ହଁ, ମା' ସତ କହୁଛି।

- ହେଇ ନେ" କହି ହେମପୁଷ୍ପା ସନ୍ତୋଷର ହାତକୁ ବଢାଇ ଦିଅନ୍ତି ଗୋଟିଏ ଟଙ୍କାକିଆ କଏନ୍। ପଇସା ପାଇଲା ମାତ୍ରକେ ଆଖି ପିଛୁଳାକେ କୁଆଡେ ଅଦୃଶ୍ୟ ହୋଇଯାଏ। ପୁଣି ତା ପରଦିନ ସକାଳୁ କୁଆଡୁ ଆସି ହାଜର ହୋଇଯାଏ ବେଳା ଭୂଇଁରେ। 'ସବୁଥର ସେ ତମଠୁ

ପଇସା ନେବାପାଇଁ ମିଛ କହୁଛି ଆଉ ତମେ ବି ସବୁଥର ଭରସି ଯାଉଛ ତା' କଥାରେ !' ଯେତେଥର ରାଜକୁମାର ବାବୁ ଏହା କହି ନିଜର ପତ୍ନୀକୁ ଚେତାଇ ଦେବାକୁ ପ୍ରୟାସ କଲେ ସୁଦ୍ଧା ହେମପୁଷ୍ପା ତାଙ୍କର ଅଭ୍ୟାସ ବଦଳାନ୍ତି ନାହିଁ। ଓଲଟି କହନ୍ତି, 'ବିଚରା ଅନାଥ ପିଲାଟା ! ନଉଚି ତ ନଉ। କିଏ ତା'ର ଅଛି ଯେ ସ୍କୁଲ ଗଲା କି ନାହିଁ ବୁଝିବ? ଟିକେ ବଡ ହେଲେ ଛାଏଁ ତା'ମନ ହେବନାହିଁ ସ୍କୁଲ୍ ଯିବାକୁ ! କେତେଦିନ ଏମିତି ଖୋଲା ଫାଙ୍କିଆ ହୋଇ ବୁଲୁଥିବ।' ପତ୍ନୀଙ୍କର ଏହି ସରଳ ବିଶ୍ୱାସ ଭରା ଉତ୍ତରକୁ ଆଉ ଅଧିକ ଅଙ୍କୁଶ ନ ଲଗାଇ ନିରବ ରହିଯିବାକୁ ପସନ୍ଦ କରିଥାନ୍ତି ସେ।

ପ୍ରଶ୍ନିଳ ଚାହାଣିରେ ତାଙ୍କ ଆଡକୁ ଚାହିଁ ସେହିପରି ସମ୍ମୁଖରେ ଛିଡା ହୋଇ ରହିଥିଲା ସନ୍ତୋଷ। ପଇସାଟିଏ ପାଇବାକୁ ଅନ୍ୟ ଦିନ ଗୁଡିକ ପରି ହାତ ବଢେଇ ନଥିଲା ଆଗକୁ। ସାଙ୍ଗରେ ଆଜି ହେମପୁଷ୍ପାଙ୍କ ଅନୁପସ୍ଥିତିର ଶୂନ୍ୟସ୍ଥାନକୁ ସ୍ପଷ୍ଟ ବାରିପାରୁଥିଲା ତା'ର ନିରୀହ କୌତୁହଳୀ ଆଖିରେ। ଯେଉଁଥିପାଇଁ ପ୍ରଶ୍ନ କରିଚାଲିଥିଲା ଥରକୁ ଥର। ଅସ୍ଥିର ହୋଇ ବାରମ୍ବାର ପାଦର ସ୍ଥାନ ବଦଳାଉଥିଲା ଶୁଖିଲା ବାଲିର ପିଠିରେ। ତା' ଆଡକୁ ଚାହିଁ ଶେଷରେ କ'ଣ ବୋଲି କହିବେ ଭାବି, 'ମା'ର ଦେହ ଭଲ ନାହିଁ। ସେଥିପାଇଁ ଆସିନି।' କହି ସଂକ୍ଷେପରେ ଉତ୍ତର ରଖିଲେ ରାଜକୁମାର ବାବୁ। ଭାବିଲେ ଏତିକିରେ ବୁଝାଇହେବ ପିଲାଟିକୁ। ଶୁଣି ତା ବାଟରେ ଚାଲିଯିବ।

'କ'ଣ ହୋଇଛି ମା'ର ? ' ପୁଣି ପ୍ରଶ୍ନ କଲା ପିଲାଟି।

'କହିଲି ପରା ତା ଦେହ ଖରାପ ଅଛି। ଭଲ ହେଲେ ଯାଇଁ ସେ ଆସିବ। ନେ ଏଇ ଟଙ୍କା ନେ ଆଉ ଏଠୁ ଚାଲି ଯା।' ବିରକ୍ତିର ସହ ପାଟିକରି ଉଠିଲେ ରାଜକୁମାର ବାବୁ। ପିଲାଟି ତାଙ୍କ ହାତରୁ ପଇସା ନ ନେଇ ଚାଲିଗଲା ଆଗକୁ। ତା'ର ଯିବା ବାଟକୁ କିଛି ସମୟ ଚାହିଁ ରହିଲେ ସେ ବିସ୍ମିତ ଆଖିରେ।

ପିଲାଟିକୁ ଯାହା ତାହା ଧାଡିକିଆ ଉତ୍ତରଟିଏ ଦେଇ ଦୂରେଇ ଦେଇଥିଲେ ସିନା ଏଣେ କିନ୍ତୁ ନିଜର ଅଧୈର୍ଯ୍ୟ ମନକୁ କୌଣସି ପ୍ରକାର ସାନ୍ତ୍ୱନା ଦେବାରେ ଥିଲେ ସଂମ୍ପୂର୍ଣ୍ଣ ଅସମର୍ଥ। ଯେଉଁଥିପାଇଁ ପ୍ରାତଃକାଳର ସାମୁଦ୍ରିକ ସୌନ୍ଦର୍ଯ୍ୟ ତାଙ୍କୁ ଜଣା ପଡୁଥିଲା ଅଶାନ୍ତ ଆଉ ବିକ୍ଷିପ୍ତ। ଅନ୍ୟ ଦିନମାନଙ୍କ ପରି ସେ ଉପଭୋଗ କରିପାରୁ ନଥିଲେ ପୂର୍ବ ଦିଗ୍‌ବଳୟର ଉଦିତ ସୂର୍ଯ୍ୟର ଆଭାକୁ। ସୁନେଲି ରଙ୍ଗରେ ଢେଉ ଖେଳୁଥିବା ଗଭୀର ସମୁଦ୍ରର ବକ୍ଷକୁ। ସବୁ ଦିଶୁଥିଲା ତାଙ୍କୁ ଅସ୍ୱସ୍ତିକର ଓ କିପରି ଖାପଛଡା। କେଉଁଠି କିଛି ଅଭାବ ରହିଥିବା ପରି ଲାଗୁଥିଲା। ସେୟାଡକୁ ଚାହିଁ ନା ସେ ବିମୋହିତ ହୋଇପାରୁଥିଲେ ନା ସବୁଦିନ ପରି ପ୍ରସନ୍ନତା ଝଲସି ଉଠୁଥିଲା ତାଙ୍କ ମୁଖ ମଣ୍ଡଳରେ। ଏଇ ମାତ୍ର ଗତକାଲି ଏତିକିବେଳେ ସେ ହେମପୁଷ୍ପାଙ୍କ ସହ ବୁଲୁଥିଲେ ବେଳାଭୂମିରେ। 'ସେଇ ଗଲାକାଲି ଓ ଆଜି ଭିତରେ କେତେ ଯେ ଫରକ, କେତେ ଯେ ଭୀଷଣ ବ୍ୟବଧାନ !' ଭାବି ବିମୂଢ଼ ପାଲଟୁଥିଲେ ରାଜକୁମାର ବାବୁ। ଗଲାକାଲି ପର୍ଯ୍ୟନ୍ତ ତାଙ୍କ ଛୋଟିଆ ପୃଥିବୀ ଥିଲା ଖୁବ୍ ସ୍ୱାଭାବିକ। ସବୁକିଛି ଚାଲୁଥିଲା ଠିକ୍ ଠାକ୍ ତା ବାଟରେ। ଧିର ସୁସ୍ଥରେ ଆଗଉଥିଲା ସମୟର ଚକ। ଜଣାପଡୁନଥିଲା, କେମିତି କଟିଯାଉଥିଲା ଦୁଇ ବୟସ୍କ ଦମ୍ପତିଙ୍କ ଜୀବନର ଚଲାବାଟ ପରସ୍ପରର ହାତ ଧରି। କାଲିଠାରୁ

ଯେମିତି ଭୁଷୁଡ଼ି ଯାଇଥିଲା ସେହି ଚଲାବାଟର ମାଟି। ଅଟକି ଯାଇଥିଲା ସେମାନଙ୍କ ଛୋଟିଆ ପୃଥିବୀର ଗତି। ହଠାତ୍ ଦୁହିଁଙ୍କ ଜୀବନ ପରିଧିକୁ ଢାଙ୍କି ପକାଇଥିଲା ଦୁର୍ଯୋଗର କଳା ବାଦଲ। ମୁହୂର୍ତ୍ତକ ମଧ୍ୟରେ ବଦଳି ଯାଇଥିଲା ସେମାନଙ୍କ ଦୃଶ୍ୟମାନ ସଂସାରର ଚିତ୍ର।

ପ୍ରାତଃ ଭ୍ରମଣରୁ ଫେରିଲା ପରେ ଗତକାଲି ଅଭ୍ୟାସ ମତେ ସେ ଡ୍ରଇଁ ରୁମ୍‌ରେ ବସି ଖବର କାଗଜ ଉପରେ ଆଖି ବୁଲାଉଥିଲେ। କପେ ଚା' ଧରାଇ ଦେଇ ସେପଟେ ହେମପୁଷ୍ପା ଥିଲେ ତାଙ୍କ ନିତ୍ୟକର୍ମରେ ବ୍ୟସ୍ତ। ଉତ୍ତୀର୍ଣ୍ଣ ଷାଠିଏ ବୟସ ଭାରରେ ସାମାନ୍ୟ ଶିଥିଳ ହୋଇଯାଇଥିଲେ ସୁଦ୍ଧା ସକାଳୁ ଗାଧେଇବା, ଠାକୁର ପୂଜା କରିବା ପ୍ରଭୃତି କାର୍ଯ୍ୟକୁ ନିୟମିତ ସମ୍ପାଦନା କରିବାରେ କେବେ ପଛାଇଯାଆନ୍ତି ନାହିଁ। ସେତକ ସରିଲେ ଯାଇଁ ବିସ୍କୁଟ୍, ଚା', ଟିକେ ପାଟିରେ ଦେବେ ନ ହେଲେ ନାହିଁ। 'ଆଉ କ'ଣ ସେ ତମର ଆଗ ବଳ ବୟସ ଅଛି ଯେ ଖାଲି ପେଟରେ ଏତେ ସମୟ ଯାଏଁ ରହୁଛ ? କ'ଣ ଟିକେ ପାଟିରେ ପକାଇ ପରେ ଏସବୁ କଲେ ହଅନ୍ତାନି ?' ଯେତେ ଆକଟ କଲେ ବି କୌଣସି ପ୍ରଭାବ ପଡ଼ି ନଥାଏ ହେମପୁଷ୍ପାଙ୍କ ଉପରେ। ରୁଟିନ୍ ବନ୍ଧା ଜୀବନର କୌଣସି ବ୍ୟତିକ୍ରମକୁ ସହଜରେ ଗ୍ରହଣ କରିପାରନ୍ତି ନାହିଁ ସେ। ବରଂ ପାଲଟା ପ୍ରଶ୍ନ କରନ୍ତି, ' ଏସବୁ କାମ ବୁଝିବାକୁ କିଏ ଆଉ ଅଛି ଯେ ପାଖରେ ?' ଯାହାର ଉତ୍ତର ନ ଥାଏ ତାଙ୍କ ନିକଟରେ।

ଏକମାତ୍ର ପୁଅ ଆଦିତ୍ୟ ଗଲା ଦଶବର୍ଷ ଧରି ରହୁଛି ଆମେରିକାର ସାନ୍‌ଫ୍ରାନ୍‌ସିସ୍‌କୋ ସହରରେ। ଦଶବର୍ଷ ତଳେ ପ୍ରଥମେ ଯେତେବେଳେ ସେ ସଫ୍ଟୱେଆର୍ ଇଞ୍ଜିନିଅର୍ ଭାବେ ନିଯୁକ୍ତି ପାଇ ଆମେରିକା ଗଲା ଛାତି ଫାଟି ଉଠିଥିଲା ଖୁସିରେ। ପିତା ହିସାବରେ ପୁତ୍ରର ସଫଳତାରେ ଗର୍ବିତ ହେବାର ସୁଯୋଗ ମିଳିଥିଲା ତାଙ୍କୁ। ନିଜ ଜୀବନରେ କେବେ ବିଦେଶ ଯିବାର ସୁଯୋଗ ପାଇନଥିବା ରାଜକୁମାର ବାବୁଙ୍କ ପାଇଁ ଏହା ଯେପରି ଥିଲା ଏକ ସାର୍ଥକ ପିତୃତ୍ୱର ଉପଲବ୍ଧି। ଆନନ୍ଦରେ ଅଧିର ହୋଇ ନିଜର ସବୁ ସହକର୍ମୀ ଅଧ୍ୟାପିକା ଅଧ୍ୟାପକ ମାନଙ୍କୁ କମନ୍ ରୁମ୍ ସାରା ବୁଲି ବୁଲି ଏହି ସମ୍ବାଦ ଜଣାଇଥିଲେ ସେତେବେଳେ। ସହକର୍ମୀ ବନ୍ଧୁମାନେ ମଧ୍ୟ ଅଭିନନ୍ଦନ ଜଣାଇ କହିଥିଲେ, 'ଆଃ ....ଯୋଗ୍ୟ ସନ୍ତାନ ଖଣ୍ଡେ ପାଇଛନ୍ତି। ସବୁ ଆପଣ ଦୁହିଁଙ୍କର ସୁକୃତ ଓ ଅଧ୍ୟବସାୟର ଫଳ ବୋଲି ଜାଣନ୍ତୁ।' ତାଙ୍କ ଉଲ୍ଲସିତ ପିତୃ ପ୍ରାଣ କୃତ କୃତ ହୋଇଯାଇଥିଲା ସେଥିରେ।

ଏଣେ ବର୍ଷେ କେତେଟା ଯାଇଛି କି ନାହିଁ ପୁଅର ବାହାଘର ପାଇଁ ବ୍ୟସ୍ତ ହୋଇ ପଡ଼ିଲେ ହେମପୁଷ୍ପା। ତାଙ୍କର ସେହି ବ୍ୟଗ୍ରତା ପଛରେ ଯୁକ୍ତି ଯାହା ଥାଉ ନା କାହିଁକି ମାତୃ ସୁଲଭ ଭାବ ପ୍ରବଣତା ଥିଲା ଅଧିକ। 'ଏକୁଟିଆ ପୁଅଟା ଯାଇଁ ରହୁଛି ବିଦେଶରେ। ତା'ର କ'ଣ ଏମିତି ଆଉ ବାହାଘର ବୟସ ହୋଇନି ଯେ ସିଏ ମୁହଁ ଖୋଲି କହିବା ଯାଏ କଥା ଯିବ।' ଆପାତତଃ ତାଙ୍କର ଏହି ଭାବନାକୁ ଗୁରୁତ୍ୱ ନ ଦେବାର କୌଣସି ଯଥାର୍ଥତା ନଥିଲା। ଅବିଳମ୍ବେ ଗୋଟିଏ ପରେ ଗୋଟିଏ ଭଲ ପ୍ରସ୍ତାବ ଆସି ପହଞ୍ଚିଲା ପୁଅ ନିମନ୍ତେ। ଯେତେବେଳେ ପୁଅଠାରୁ ତା'ର ମତାମତ ନିଆଗଲା , କିଛି ନା କିଛି କାରଣ ଦର୍ଶାଇ ଏଡାଇ ଦେଉଥିଲା ଏହି ପ୍ରସଙ୍ଗକୁ। ଏମିତି ଅସମାହିତ ହୋଇ କଥାଟା ଗଡ଼ି ଚାଲିଲା ଗୋଟିଏ ପରେ ଗୋଟିଏ ବର୍ଷ। 'ପିଲାଟା ଯଥେଷ୍ଟ ବଡ଼ ହେଲାଣି। ସେ ନିଜ ବାହାଘର ବିଷୟରେ କିଛି ନିଷ୍ପତ୍ତି ନେଲେ ନିଶ୍ଚିତ ଆମକୁ ଜଣାଇବ। ତମେ ତା'

ବାହାଘରକୁ ନେଇ ଏତେଟା ବିବ୍ରତ ହେବା ଠିକ୍ ନୁହେଁ,' କହି ହେମପୁଷ୍ପାଙ୍କୁ ବୁଝାଇଲେ ସୁଦ୍ଧା ତାଙ୍କ ମା' ମନ ସେଥିରେ ଥୟ ଧରୁନଥାଏ।

ଥୟ ଧରିବ ବା କେମିତି ! ଗୋଟିଏ ବୋଲି ପୁଅକୁ ଏତେ ଦୂରରେ ଏକୁଟିଆ ଛାଡି ତାଙ୍କ ମନ ନିଶ୍ଚିନ୍ତ ନ ରହିବା ସ୍ୱାଭାବିକ। ତେବେ, ଦିନେ ସେମାନଙ୍କର ଏହି ଉଦ୍‌ବେଗ ଓ ଉତ୍କଣ୍ଠାରେ ପୂର୍ଣ୍ଣଚ୍ଛେଦ ପକାଇ ଆଦିତ୍ୟ ନିଜର ବିବାହକୁ ନେଇ ଯାହା ସୂଚାଇଥିଲା , ସେଥିରେ ଆଚମ୍ବିତ ହେବାର ହିଁ ଥିଲା। ହେମପୁଷ୍ପା ତ ବିଲ୍‌କୁଲ୍ ଅରାଜି ଥିଲେ। ଆଦୌ ଗ୍ରହଣ କରିବାକୁ ପ୍ରସ୍ତୁତ ନଥିଲେ ଜଣେ ବିଦେଶିନୀକୁ ନିଜର ପୁତ୍ରବଧୂ ଭାବରେ। ମାତ୍ର ସେତେବେଳେ ବାସ୍ତବତାକୁ ଗ୍ରହଣ କରିନେବାରେ ସମସ୍ତଙ୍କର ମଙ୍ଗଳ ବୋଲି ବିଚାରିଥିଲେ ରାଜକୁମାର ବାବୁ। କୌଣସି ମତେ ନିଜର ପତ୍ନୀଙ୍କୁ ପ୍ରବର୍ତ୍ତାଇ ପାରିଥିଲେ ଏହି ବିଭାଘର ନିମନ୍ତେ ସ୍ୱୀକୃତି ଦେବାକୁ। ତାଙ୍କରି ସର୍ତ୍ତମତେ ବାହାଘର ଅନୁଷ୍ଠିତ ହେଲା ଭୁବନେଶ୍ୱର ଆର୍ଯ୍ୟ ସମାଜରେ। ତାହାପୁଣି ସମ୍ପୂର୍ଣ୍ଣ ହିନ୍ଦୁ ରୀତିନୀତି ଅନୁସାରେ। ଭାବିଥିଲେ ଅନ୍ତତଃ ଏଥିରେ ବିଦେଶିନୀ ବୋହୂଟି ମନରେ ହିନ୍ଦୁ ଧର୍ମର ପ୍ରଥା, ପରମ୍ପରା ଓ ଦାୟିତ୍ୱବୋଧ ଆଦି ବିଷୟରେ କିଛି ଆକର୍ଷଣ ସଂଜାତ କରାଇପାରିବେ। ଯେତେ ଦୂରରେ ରହିଲେ ବି ତା ହୃଦୟ ଯୋଡିହୋଇ ରହିବ ଏକ ଅତୁଟ ବନ୍ଧନରେ ସେମାନଙ୍କ ସହ।

ବାହାଘର ପରେ ବର୍ଷେ ଦୁଇବର୍ଷ କାଳ ଆଦିତ୍ୟ ତା' ସ୍ତ୍ରୀକୁ ଧରି ପ୍ରଥମେ ପ୍ରଥମେ ଆସୁଥିଲା ଓଡିଶାକୁ। ବାପା ମା'ଙ୍କ ପାଖରେ ରହୁଥିଲା କେଇଦିନ ପାଇଁ। ତା ପରେ ଫେରିଯାଉଥିଲା ପୁଣି ଆମେରିକା। ସାନ୍‌ଫ୍ରାନ୍‌ସିସ୍‌କୋର ଗୋଟିଏ ଆଇ.ଟି କମ୍ପାନିରେ ଦୁହେଁ ଥିଲେ ବୃତ୍ତିଧାରୀ। ସେଥିପାଇଁ ସେ ଦୁହିଁଙ୍କୁ ଫେରିଯିବାର ହିଁ ଥିଲା। ମାତ୍ର ବର୍ଷକରେ ଥରେ ଘରକୁ ଆସିବାରେ ନା' ଥିଲା କିଛି ଅସୁବିଧା ନା' କଟକଣା। ସମୟ ହେଉନଥିବାର କାରଣ ଦେଖାଇ ତା ପରଠାରୁ ଆଦିତ୍ୟ ଓଡିଶା ଆସିବାକୁ ପୂରାପୂରି ବନ୍ଦ କରିଦେଇଥିଲା ଯେପରି। ଯେଉଁଟାକି ସହ୍ୟନୀୟ ନଥିଲା ହେମପୁଷ୍ପାଙ୍କ ପକ୍ଷରେ। କେବେକେବେ ତାଙ୍କ ସଂଗୁପ୍ତ ମନର ଶଂକାକୁ ପ୍ରକାଶ କରିବାକୁ ଯାଇ କହିଦିଅନ୍ତି, 'ଯିଏ ଆମ ଜୀବଦ୍ଦଶାରେ ଆସିବାକୁ ବେଳ ପାଉନି, ମଲାପରେ ସେ କ'ଣ ଆମ ପିଣ୍ଡରେ ପାଣି ଦେବ ?' ସେତେବେଳେ ପତ୍ନୀଙ୍କର ଏହି ଆଶଙ୍କାକୁ ଅମୂଳକ ବୋଲି ଦର୍ଶାଇ ପୁଅର ପକ୍ଷ ରଖି ସେ କହନ୍ତି, ' ଆମ ଆଦିତ୍ୟ ସେପରି ପିଲା ନୁହେଁ। ସହଜେ ତ ଦୂର ବିଦେଶରେ ଚାକିରି। ସ୍ୱାମୀ , ସ୍ତ୍ରୀ ଦୁଇଜଣ ଯାକ ଏକାଠି ବାହାରେ ରହି କାମ କଲେ ସମୟ କୋଉଠି ବାହରୁଥିବ ! ତା'ଛଡା ଆମ ଦି'ଜଣଙ୍କୁ ତା ପାଖକୁ ଯାଇ ବୁଲି ଆସିବାକୁ କେତେଥର ନ ଡାକୁଛି ସେ ! ଖାଲି ତମେ ଯିବାକୁ ରାଜି ହେଉନ ବୋଲି ....।' ଏହା କହି ପତ୍ନୀଙ୍କର ଉଦ୍‌ବେଗକୁ କୌଣସି ପ୍ରକାର ପ୍ରଶମିତ କରିଦେବାକୁ ଚେଷ୍ଟା କରିଥାନ୍ତି ସିନା, ନିଜେ କିନ୍ତୁ ଗମ୍ଭୀର ହୋଇ ଉଠନ୍ତି ଭିତରେ ଭିତରେ। ଯେଉଁଠି ସେ ସାମ୍ନା କରନ୍ତି ଏକ ଅନିଶ୍ଚିତତାର ବଳୟ। ଏକ ଶୂନ୍ୟତା ଭର୍ତ୍ତି ଦିଗନ୍ତ ଯାହା ସେମାନଙ୍କ ବର୍ତ୍ତମାନକୁ ଛୁଇଁ ଲମ୍ବିଯାଇଛି ଅଦୃଶ୍ୟ ଭବିଷ୍ୟତ ଆଡକୁ। ମନ ତଳର ଭାବନାକୁ ଅପ୍ରକାଶ୍ୟ ରଖି ସବୁ ଠିକ୍ ଅଛିର ଅଭିନୟ କରିଚାଲନ୍ତି ହେମପୁଷ୍ପାଙ୍କ ସହ।

ଆଦିତ୍ୟ ବିଷୟରେ ଅନେକ କଥାକୁ ସେ ଲୁଚାଇଛନ୍ତି ହେମପୁଷ୍ପାଙ୍କ ପାଖରେ। ତାଙ୍କର ଡର

ଥାଏ , କାଳେ ଏହି ସବୁ କଥାଗୁଡ଼ିକ ଜାଣିଲା ପରେ ମା' ହିସାବରେ ସେ ବେଶି ଦୁଃଖି ହୋଇପଡିବେ। ଭାଙ୍ଗି ପଡିବେ ଏକ ମାତ୍ର ପୁଅକୁ ନେଇ ଦେଖିଥିବା ସ୍ୱପ୍ନ ପାଇଁ। ତାଙ୍କର ସେହି ପୁତ୍ର ବିରହର ଅଧିର ପଣକୁ ବେଶ୍ ହୃଦୟଙ୍ଗମ କରିପାରନ୍ତି ସେ। କେଉଁ ମା' ନ ଚାହେଁ ତା ଚାରିପଟେ ଏକ ପରିପୂର୍ଣ୍ଣ ସଂସାରର ଉପସ୍ଥିତି। ପୁଅ,ବୋହୁ, ନାତିନାତୁଣି ପରିବେଷ୍ଟିତ ଏକ ଭରପୂର ସଂସାର। ସେଥିରେ ହେମପୁଷ୍ପାର ଦୋଷ ବା କେଉଁଠି ? ସେଠି ବର୍ଷ ପରେ ବର୍ଷପୁଅର ଅନୁପସ୍ଥିତି ତାଙ୍କ ପାଇଁ ଅସହ୍ୟ ହେବା ସ୍ୱାଭାବିକ। ପୁରୁଷ ଭାବରେ ସେ ସିନା ହେମପୁଷ୍ପାଙ୍କ ପରି ଅଧିର ହୋଇପାରନ୍ତି ନାହିଁ ମାତ୍ର ଅପେକ୍ଷାର ଏହି ନିଦାରୁଣ ମୁହୂର୍ତ୍ତ ସବୁ ତାଙ୍କୁ ବେଶ୍ କଲବଲ କରିଥାଏ ଏକାନ୍ତରେ।

ଯଦିଓ ମଝିରେ ମଝିରେ ଆଦିତ୍ୟ ସେପଟୁ ଫୋନ୍ କରେ। ସେମାନଙ୍କ ଭଲ ମନ୍ଦ ଖବର ପଚାରି ବୁଝିଥାଏ। ତଥାପି ଏସବୁ ପୂର୍ଣ୍ଣତଃ ସନ୍ତୁଷ୍ଟ କରିପାରେନା ରାଜକୁମାର ବାବୁଙ୍କୁ। ଯେତେ କଥା ହେଲେ ମଧ୍ୟ କେଉଁଠି ନା କେଉଁଠି ସଂଯୋଗ ଛିନ୍ନ ହେବା ପରି ଲାଗେ। କାହାକୁ ଆଖିରେ ଦେଖିବା ଓ ତାକୁ ପାଖରେ ପାଇ ଅନ୍ତରଙ୍ଗ ଉଷ୍ମତା ଅନୁଭବ କରିବା ଏବଂ ଦୂରରେ ରହି ଯେତେ ନିୟମିତ ବାର୍ତ୍ତାଳାପ କଲେ ସୁଦ୍ଧା ଦୁଇଟା ଏକାକଥା ଲାଗି ନଥାଏ ତାଙ୍କୁ। ସେହି ଅଭିମାନରେ ତ ବର୍ଷାଧିକ ହୋଇଯିବଣି ହେମପୁଷ୍ପା ଆଦିତ୍ୟ ସହ ଫୋନ୍‌ରେ କଥା ହେବା ଏକଦମ୍ ବନ୍ଦ କରିଦେଇଛନ୍ତି। ଆଉ ଯଦି ସେ ଜାଣିବେ ଏହା ଭିତରେ ଆଦିତ୍ୟ ସେହି ଦେଶର ନାଗରିକତ୍ୱ ପାଇଁ ଆବେଦନ କରିସାରିଛି ତେବେ କଥାଟା ଅସହ୍ୟ ହୋଇଉଠିବ ତାଙ୍କ ପକ୍ଷରେ। ସମୁଦ୍ରର ଉତ୍ତାଳ ଲହଡି ବେଳାଭୂମିର କୂଳ ଲଂଘିବା ପରି ତାଙ୍କ ପୁତ୍ର ବିରହ ଜନିତ କୋହ ଅଣାୟତ୍ତ ହୋଇଉଠିବା ସୁନିଶ୍ଚିତ। ଯେଉଁଥିପାଇଁ ସେ ଆଦିତ୍ୟର ଅନେକ କଥାକୁ ଅପ୍ରକାଶ୍ୟ ରଖିଥାନ୍ତି ପତ୍ନୀଙ୍କ ପାଖରେ।

ହେମପୁଷ୍ପାଙ୍କ ସହ ବିବାହର ସାତ ବର୍ଷର ସୁଦୀର୍ଘ ପ୍ରତୀକ୍ଷା ପରେ ସଂଚାର ହୋଇଥିଲା ଏକ ଆଶା। ଆଶା ନୁହେଁତ ଏକ ପ୍ରଲମ୍ବିତ ସ୍ୱପ୍ନର ପ୍ରସ୍ଫୁଟିତ ଲଗ୍ନ। ସନ୍ତାନ ପ୍ରାପ୍ତିର ଘୋର ନୈରାଶ୍ୟ ମଧ୍ୟରେ ଅଫୁରନ୍ତ ଆନନ୍ଦର ଉଦିତ ସୂର୍ଯ୍ୟ ପାଲଟି ଜନ୍ମ ହୋଇଥିବାରୁ ତା'ର ନାମ ଦେଇଥିଲେ ଆଦିତ୍ୟ। ଯେପରି ଦୁହିଁଙ୍କ ଜୀବନରେ କୋଟି ରତ୍ନ ପାଇବାର ଅନନ୍ୟ ପୁଲକ ପାଲଟି ଥିଲା ସେହି ସନ୍ତାନ। ଦୁହେଁ ଥିଲେ ପୁତ୍ର ଲାଭର ଉଲ୍ଲାସରେ ଆତ୍ମହରା। ନୟନ ପିତୁଳା ପରି ବଢିଚାଲିଥିଲା ଆଦିତ୍ୟ। ତାର ସବୁ ଅଳି ଅର୍ଦ୍ଦଳିକୁ ପୂରଣ କରୁ କରୁ କେତେ ବେଳେ ଛୋଟରୁ ବଡ ହୋଇଯାଇଥିଲା ଆଦୌ ଜଣା ପଡିନଥିଲା। ପାଠ ପଢାରେ ଥିଲା ଖୁବ୍ ଭଲ। ଆଶାନୁରୂପକଭାବରେ ଗୋଟିଏ ପରେ ଗୋଟିଏ କକ୍ଷକୁ ଉତ୍ତୀର୍ଣ୍ଣ ହୋଇଚାଲିଲା ବେଶ୍ ସଫଳତାର ସହ। ପୁତ୍ରକୁ ନେଇ ଗର୍ବ ବୋଧର ସୀମା ନଥିଲା ସେ ଦୁହିଁଙ୍କର। ତା ମୁହଁକୁ ଚାହିଁ ସେହିପରି ଜୀବନର ଅବଶିଷ୍ଟ ପରମାୟୁ ପରମ ଆଶ୍ୱସ୍ତିର ସହ କାଟିପାରିବେ ବୋଲି ଆଶା ପୋଷଣ କରିଥିଲେ ଦୁହେଁ। ଯାହା ଏବେ ତାଙ୍କୁ ଲାଗୁଥିଲା ଦୂରନ୍ତ ମରୀଚିକାର ସ୍ୱପ୍ନ ପରି ଆଶାହୀନ।

ପୁଅଟିଏ ଜନ୍ମ ପରେ ପରେ କେତେ ଆଗ୍ରହରେ ସେ ଘରଟିଏ ତୋଳିଥିଲେ ତାଳବଣିଆ ଠାରେ। ସେଥିପାଇଁ ହେମପୁଷ୍ପାଙ୍କ ତାଗିଦା ବି କିଛି କମ୍ ନଥିଲା। ତାଙ୍କୁ ଚେତାଇ ଦେବାକୁ ଯାଇ କହିଥିଲେ, "ବହୁତ ହୋଇଗଲା ତମ ସହିତ ଭଡାଘରେ ବୁଲି ବୁଲି। ଏଥର ଆମ ପାଇଁ ନହେଲା

ନାହିଁ , ପୁଅ ପାଇଁ ତା' ନିଜର ଘରଟିଏ ତ ଦରକାର ! ନହେଲେ ସେ କ'ଣ ଏଘର ସେଘର ହୋଇ ବୁଲିଚାଲିଥିବ ଆମ ପରିକା।' ତା ପରେ ନିଜ ପାଇଁ ଖଣ୍ଡେ ଘର ଖୋଜିବାରେ ଲାଗିପଡିଥିଲେ ରାଜକୁମାର ବାବୁ। ସୌଭାଗ୍ୟକୁ ପୁରୀ ସହର ଉପକୂଳ ଠାରୁ ସାମାନ୍ୟ ଦୂର ବେଳା ଭୂଇଁ ସନ୍ନିକଟରେ ଭଲ ଯାଗା ଖଣ୍ଡେ ଯୋଗାଡ କରିପାରିଥିଲେ। ତାହାରି ଉପରେ ତିଆରି କରିଥିଲେ ସେମାନଙ୍କର ଇପ୍‌ସିତ ନୀଡ। ଯାହାର ନାମ ରଖିଥିଲେ " ହେମରାଜ "। ପତ୍ନୀ ହେମପୁଷ୍ପା ଓ ତାଙ୍କ ନାମକୁ ମିଶାଇ ରଚିଥିଲେ ସେମାନଙ୍କ ମର୍ତ୍ତ୍ୟର ଭୂବନ।

ଏବେ ସେହି ଘରଟିକୁ ଚାହିଁଲେ କିପରି ଖାଁ ଖାଁ ଲାଗିଥାଏ ଆଖିକୁ। ଲାଗେ, ଯେପରି କୌଣସି ପ୍ରକାର ଯନ୍ତ୍ରବତ୍ ଚାଲିଛି ଘରଟା। କୋଳାହଳହୀନ ନିସ୍ପନ୍ଦ ଗତିରେ। ଭିତରେ ଚଳ ପ୍ରଚଳ କରିବାକୁ ଅଛନ୍ତି ତ ବୟସର ସାୟାହ୍ନ ଛୁଇଁ ସାରିଥିବା ଏକ ବୃଦ୍ଧ ଦମ୍ପତି। ଯେଉଁ ମାନଙ୍କ କିଛି ଫରକ ନଥାଏ, ପ୍ରତ୍ୟହ ସକାଳ ଓ ସଂଜର ଯିବା ଆସିବାରେ। କିଛି ଫରକ ନଥାଏ, ବାହାରର ଗହଳି ଚହଳିରେ। କାରଣ ଏକ ନିର୍ଦ୍ଦୟ ନିର୍ଜନତା ଆସି ବସା ବାନ୍ଧିସାରିଥାଏ ସେମାନଙ୍କ ନୀଡରେ। ସେହି କ୍ରୁର ସମୟକୁ ଗ୍ରହଣ କରିବା ଛଡା ତାକୁ ପ୍ରତିହତ କରିବାର ଯୁ' ନଥାଏ ତାଙ୍କ ପାଖରେ।

ଯାହା ଯେମିତି ଚାଲିଥିଲା ତ ଚାଲିଥିଲା। ଶୂନ୍ୟତାର ଆବର୍ତ୍ତ ମଧ୍ୟରେ କୌଣସି ମତେ ଲେଉଟି ଚାଲିଥିଲା ସେମାନଙ୍କ ଜୀବନର ପୃଷ୍ଠାଙ୍କ। ହେଉ ବରଂ ଘଟଣାହୀନ, ହେଉ ବରଂ ସ୍ପନ୍ଦନ ହୀନ ଏକ ରୁଟିନ୍ ବନ୍ଧା ଜୀବନ ଯାତ୍ରା। ଗତ କାଲିଠାରୁ ତାହାବି ଅଟକି ଯାଇଛି ନିଷ୍ଠୁର ନିୟତିର ଆକ୍ରୋଶରେ। ସକାଳର ଚା' କପ୍ ସହ ଖବର କାଗଜ ପଢା ହଠାତ୍ ଠପ୍ ହୋଇଯାଇଥିଲା ହେମପୁଷ୍ପାଙ୍କ ଭୟାର୍ତ୍ତ ଚିତ୍କାରରେ। ସେତେବେଳକୁ ସେ ଥିଲେ ଡ୍ରଇଁରୁମରେ। ଧାଇଁ ପହଞ୍ଚିଲା ବେଳକୁ ଗାଧୁଆ ଘର ଆଗ ଚଟାଣ ଉପରେ ସଂଜ୍ଞାହୀନ ଅବସ୍ଥାରେ ମୁହଁ ମାଡି ପଡିଛନ୍ତି ହେମପୁଷ୍ପା। ବେଶୀ କିଛି ଅନୁମାନ ଲଗାଇବାକୁ ପଡିଲା ନାହିଁ ଯେ ଗାଧୁଆ ସାରି ଫେରୁଥିବା ବେଳେ ଗୋଡ ଖସି ଏପରି ଅବସ୍ଥା ହୋଇଛି ବୋଲି। ସେ ଏଭଳି ହତବାକ୍ ହୋଇଯାଇଥିଲେ ଯେ ବୁଦ୍ଧି ବିଚାର କିଛି କାମ କରୁନଥିଲା ସଙ୍ଗେ ସଙ୍ଗେ। ଯୋଗକୁ ସବୁଦିନ ସକାଳେ ପାଇଟି କରୁଥିବା ସ୍ତ୍ରୀ ଲୋକଟି ଆସି ଠିକ୍ ସମୟରେ ପହଞ୍ଚି ଯାଇଥିବାରୁ ପତ୍ନୀଙ୍କୁ ହସ୍ପିଟାଲ ଯାଏ ଆଣିବାକୁ ସାହାସ କୁଳାଇ ପାରିଥିଲେ।

ବିପଦ ଆହୁରି ଘନେଇ ଥିଲା ତାଙ୍କ ପାଇଁ ଯେତେବେଳେ ଏକ୍ସରେ ପରେ ଜଣାପଡିଥିଲା ହେମପୁଷ୍ପାଙ୍କ ଡାହାଣ ଗୋଡ ଜଙ୍ଘର ହାଡ ଭାଙ୍ଗିଛି ଏବଂ ସେଥିପାଇଁ ଏକ ବଡ ଅସ୍ତ୍ରୋପ୍ରଚାର ଆବଶ୍ୟକ ବୋଲି। ସେହି ମୁହୂର୍ତ୍ତ ଠାରୁ ପୂରାପୂରି ଭାଙ୍ଗି ପଡିଥିଲେ ସେ। କାତର ହୋଇ ଫୋନ୍ କରିଥିଲେ ପୁଅ ଆଦିତ୍ୟ ପାଖକୁ। ଜଣାଇଥିଲେ ସବୁତକ କଥା। ଆଶା କରିଥିଲେ ପୁଅ ଯଥା ଶୀଘ୍ର ଆସି ପାଖରେ

ପହଞ୍ଚିଲେ ତାଙ୍କ ମନ ବଳ ବଢିବ ଓ ସେ ଯେନ ତେନ ପ୍ରକାରେ ଏହି ବିପଦକୁ ସାମ୍ନା କରିପାରିବେ। ମାତ୍ର ଆଦିତ୍ୟ ସ୍ପଷ୍ଟ ଜଣାଇଦେଲା ଯେ, ତା' ପକ୍ଷରେ ସହସା ଆମେରିକାରୁ ଆସିବା ସମ୍ଭବପର ନୁହେଁ। ପ୍ରତିବଦଳରେ ଆଶ୍ୱାସନା ଦେଇ କହିଥିଲା "ଆପଣ ଟଙ୍କା କଥା ଚିନ୍ତା କରନ୍ତୁ ନାହିଁ। ମାମାକୁ ଭୁବନେଶ୍ୱର ନେଇ ଏକ କର୍ପୋରେଟ୍ ହସପିଟାଲକୁ ଚାଲି ଆସନ୍ତୁ। ମୁଁ ଅଫିସରୁ

ଛୁଟି ମଞ୍ଜୁର କରାଇ ସେଠାରେ ପହଞ୍ଚିବାକୁ ଚେଷ୍ଟା କରୁଛି।' ଆପାତତଃ, ସୁଦୂରରେ ରହୁଥିବା ପୁଅ ପାଖରୁ ଏପରି ଭରସା ଟିକେ ପାଇବା ଛଡା ବର୍ତ୍ତମାନର ସଂକଟରୁ ମୁକୁଳିବାର ଆଉ କୈାଣସି ଚାରା ନଥିଲା ତାଙ୍କ ପାଖରେ।

'ଯଦି ଏହି ବୟସରେ ପୁଅଟି ଥାଇ ବିପଦ ଆପଦରେ ପାଖରେ ଆସି ଠିଆ ନହେଲା, ତେବେ ସେହି ପୁଅ ଯେତେ ସୁଯୋଗ୍ୟ ହେଲେ ଲାଭ ଅବା କ'ଣ ?' ରାଜକୁମାର ବାବୁଙ୍କ ଉଦ୍‌ବେଳିତ ପିତୃପ୍ରାଣ ଆହୁରି ଅଶାନ୍ତ ହୋଇଉଠେ ଏହି ଅବଦମିତ ପ୍ରଶ୍ନରେ। ପୁଣି ଯଥା ସମ୍ଭବ ନିଜକୁ ନିରାସକ୍ତ ରଖି ଭାବି ବସନ୍ତି। ଏଥିରେ ଅବା ଦୋଷ କ'ଣ ଆଦିତ୍ୟର ? ଦୋଷ କ'ଣ ତାକୁ ସୁଯୋଗ୍ୟ କରି ଆମେରିକା ପଠାଇବାରେ ? ଏହାକୁ ନେଇ ଅନେକ ଥର ପତ୍ନୀଙ୍କ ସହିତ ତାଙ୍କର ଯୁକ୍ତି ତର୍କ ହୋଇଛି। ସବୁଥର ମାତୃ ଅଭିମାନରେ ଅନ୍ଧ ହେମପୁଷ୍ପା ଆଦିତ୍ୟକୁ ହିଁ ଏଥିପାଇଁ ଦାୟୀ କରିଥାନ୍ତି। ଦାୟୀ କରିଥାନ୍ତି ବିଦେଶର ମାଟି , ପାଣି , ସଂସ୍କୃତିକୁ। ମାତ୍ର ପ୍ରତିଥର ସେ ବୁଝାଇ କହିଥାନ୍ତି , " ଦେଖ ଆଜିକାଲି ତ ଅନେକ ପିଲା ପାଠ ପଢା ସାରି ବିଦେଶରେ ଯାଇ ଚାକିରି କରୁଛନ୍ତି। ସ୍ତ୍ରୀ ପିଲା ଧରି ସେଠାରେ ରହୁଛନ୍ତି। ସେମାନଙ୍କର ପୁଣି ବାପା ମା' ଅଛନ୍ତି। ଯେଉଁମାନେ ରହୁଛନ୍ତି ଗାଁରେ କି ଆମ୍ଭମାନଙ୍କ ପରି ସହରରେ। ସନ୍ତାନ ସନ୍ତତିଙ୍କ ବିନା ଆଶ୍ରାରେ ସେମାନେ ଯେପରି ରହୁଛନ୍ତି , ଆମେ ସେପରି ରହିବା। ଏଥି ପାଇଁ କାହାକୁ ଦୋଷ ଦେବାରେ ମାନେ କିଛି ନାହିଁ।' ଯାହା ଯେପରି ବୁଝାଇଲେ ବି ହେମପୁଷ୍ପାଙ୍କ ଅଭିମାନ ପ୍ରଶମିତ ହୋଇନଥାଏ ସେଥିରେ। ପୁଅକୁ ନେଇ ଆଶା ଓ ଆଶା ଭଙ୍ଗର ଅଦୃଶ୍ୟ ପୀଡାକୁ ସିଏ ହିଁ ଭୋଗିଥାନ୍ତି ବେଶୀ। ତାଙ୍କ ମାତୃ ହୃଦୟର ଶୂନ୍ୟତାକୁ ସେତେବେଳେ ବେଶ୍ ଅନୁଭବ କରିପାରିଥାନ୍ତି ରାଜକୁମାର ବାବୁ। ଗତ କାଲିଠାରୁ ହସ୍ପିଟାଲରେ ପତ୍ନୀଙ୍କ ପାଖେ ପାଖେ ରହି ଏଇ ସକାଳ ସକାଳୁ ଫେରିଛନ୍ତି ସିଏ। ତାହା ପୁଣି ବହୁ ବାଧ୍ୟବାଧକତାରେ। ଆଜି ଚାରିଟା ବେଳେ ତାଙ୍କ ଭଙ୍ଗା ଜଂଘ ହାଡର ସଂଯୋଗ ପାଇଁ ଅସ୍ତ୍ରୋପଚାର ହେବ ବୋଲି ଡାକ୍ତର ଜଣାଇ ସାରିଛନ୍ତି। ସେଥିପାଇଁ ସକାଳ ନହେଉଣୁ ହେମପୁଷ୍ପା ଅନୁରୋଧ କରି କହିଥିଲେ " ତୁମେ ଯାହା ବି ହେଲେ ଘର ଆଡେ ଟିକେ ଯାଅ, ନ ହେଲେ ଠାକୁର ଅପୂଜା ରହିଯିବେ। ତା' ଛଡା କାଲି ଠାରୁ ଏହି ହସ୍‌ପିଟାଲଟା ଭିତରେ ରହି ଏପଟ ସେପଟ ହେଉଛ। ବାହାରକୁ ଯାଇ ଟିକେ ବୁଲି ଆସିଲେ ଭଲ ଲାଗିବ।' ତାଙ୍କ କଥା ରଖି ବାହାରକୁ କିଛି ସମୟ ପାଇଁ ଚାଲି ଆସିଥିଲେ ରାଜକୁମାର ବାବୁ। ବିସ୍ତୀର୍ଣ୍ଣ ବେଳାଭୂମି ପିଠିରେ ବସି ନିଜ ଭିତରେ ଉତ୍‌ଥିତ ବିକ୍ଷୁବ୍ଧ ଭାବନାର ଢେଉ ସହ ଯୁଝିହେଉଥିଲେ ଏକାକୀ। ଯେଉଁଥି ପାଇଁ ସକାଳର ସମୁଦ୍ର ତାଙ୍କୁ ଦିଶୁଥିଲା ଅଶାନ୍ତ ଓ ଉଦ୍‌ବେଳିତ।

କାଲି ହସ୍‌ପିଟାଲରେ ଚେତା ଆସିବା ପର ଠାରୁ ଅତି କାତର ହୋଇ ହେମପୁଷ୍ପା ଥରକୁ ଥର ପଚାରିଚାଲିଥିଲେ। " ଆଦିତ୍ୟକୁ ଏକଥା ଜଣାଇଛ ନା ନାହିଁ , ସେ ସେଠାରୁ ଆସୁଛି ନା ନାହିଁ .... ?' ଯାହାର କୈାଣସି ଆଶ୍ୱାସନାଭରା ଉତ୍ତର ନଥିଲା ତାଙ୍କ ପାଖରେ। ତଥାପି ସାନ୍ତ୍ୱନା ଦେଇ କହିଥିଲେ, " ତମେ ଆଦୈ ବ୍ୟସ୍ତ ହୁଅନି ସେଥିପାଇଁ। ସେ କହିଛି ଛୁଟି ମଞ୍ଜୁର ହେଲେ ଶୀଘ୍ର ଆସି ପହଞ୍ଚିବ ବୋଲି।' ସେହି ଉତ୍ତରରେ ନିଶ୍ଚିତ ହୋଇପାରିନଥିଲେ ହେମପୁଷ୍ପା। ବରଂ

କେମିତି ଏକ ବିଷର୍ଣ୍ଣତାର ରଙ୍ଗ ଛାଇଯାଇଥିଲା ତାଙ୍କ ମୁଖ ମଣ୍ଡଳରେ। ଶୂନ୍ୟ ଆଖିର ନୀଡରେ ଭରିଯାଇଥିଲା ଦୁଇବୁନ୍ଦା ସଜଳ ଲୁହ। ମନ ତଳର କୋହକୁ ଚାପା କ୍ଷୋଭଭରା କଣ୍ଠରେ କହିଥିଲେ, 'ଆମେ କ'ଣ ଏତେ ଅସହାୟ। ଯାହାର ପାଖରେ ସାହାରା ବୋଲି କେହି ଜଣେ ନାହିଁ?' ଯେଉଁ ପ୍ରଶ୍ନରେ ରାଜ କୁମାର ବାବୁ ଥିଲେ ସଂପୂର୍ଣ୍ଣ ନିରୁତ୍ତର।

ବେଳାଭୂଇଁରେ ବସି ସେହି ଅସମାହିତ ପ୍ରଶ୍ନର ଉତ୍ତର ଖୋଜି ଚାଲିଥିଲେ ସେ। କେତେବେଳେ ଅନ୍ୟମନସ୍କ ମୁଦ୍ରାରେ ଚାହୁଁଥିଲେ ସମୁଦ୍ର ଢେଉକୁ , କେତେବେଳେ ଦୂର ଅସ୍ପଷ୍ଟ ଆକାଶର ସୀମାରେଖାକୁ। ପୁଣି ଅଧୈର୍ଯ୍ୟ ହୋଇ ଆଖି ଫେରାଇ ଆଣୁଥିଲେ ପାଖକୁ। ଏହା ଭିତରେ କେତେବେଳେ ଆଉଥରେ ଆସି ପାଖରେ ପହଞ୍ଚିଯାଇଥିଲା ସନ୍ତୋଷ। ବେଳାଭୂଇଁରେ ବୁଲି ବୁଲି ପଇସା ମାଗୁଥିବା ସେଇ ଅନାଥ ପିଲାଟି। ପାଖରେ ଛିଡା ହୋଇ ପୁଣି ଥରେ ପ୍ରଶ୍ନକଲା, 'ବାବୁ, ମା'ର ଦେହ କଣ ହୋଇଛି?' ତା'ର ଛୋଟ ଛୋଟ ଆଖିରେ ଖେଳି ବୁଲୁଥିଲା ଢେଉ ପରି କୋମଳ ଅନୁସନ୍ଧିତ୍ସା। ତା' କଣ୍ଠ ସ୍ୱରରେ ବାରି ହୋଇପଡୁଥିଲା ଅନାବିଲ ଅନ୍ତରଙ୍ଗତାର ଆଭାସ। କେଇ ମୁହୂର୍ତ୍ତ ଯାଏଁ ରାଜକୁମାର ବାବୁ ଏକ ଲୟରେ ଚାହିଁ ରହିଲେ ସେହି ପିଲାଟିର ମୁହଁକୁ। ଅପ୍ରତ୍ୟାଶିତ ଭାବରେ ହଠାତ୍ ଛିଡା ହୋଇପଡିଲେ ବସିଥିବା ସ୍ଥାନରୁ। ପିଲାଟିର ହାତ ଧରି କହିଲେ , 'ଚାଲ, ସନ୍ତୋଷ ତୋ ମା' ପାଖକୁ ଯିବା।' ତା ପରେ ମନକୁ ମନ ସ୍ୱଗତୋକ୍ତି କଲାପରି କହିଲେ, " ସାହାରା ଖୋଜୁଥିଲା ହେମପୁଷ୍ପା.......!ତାକୁ କହିବି, ଏଇ ଦେଖ ତମର ସେଇ ସାହାରା। ତାକୁ ପାଠ ପଢେଇବା............ ମଣିଷ କରେଇବା ....ସେଇ ହେବ ଆମର ଭବିଷ୍ୟତ। ଆଜିଠାରୁ ଆମେ ହେବା ତା'ର ବାପା ଆଉ ମା।'

ତାଙ୍କ ଭାବନାକୁ ସମର୍ଥନ ଦେବାପରି ସକାଳର ସତେଜ ସୂର୍ଯ୍ୟୋଲୋକରେ ସମୁଦ୍ର ବକ୍ଷର ଢେଉ ସବୁ ନାଚି ଉଠୁଥିଲେ ଉର୍ଦ୍ଧ୍ୱ ଉଲମ୍ଫନରେ।

■

ପାଲଟା ଛାଇ

ସ୍ତମିତ ଆଲୁଅର ମିଞ୍ଜିମିଞ୍ଜି ଦୀପଶିଖାର ରଙ୍ଗରେ ସଂଧ୍ୟା ଓହ୍ଲାଇ ଆସୁଥିଲା ଆକାଶରୁ। ପଶ୍ଚିମ ଆକାଶରେ ଅସ୍ତମିତ ସୂର୍ଯ୍ୟର ଶେଷ ଲୋହିତ ଆଭା। ଦିନ ଆଉ ରାତିର ଯୁଗପତ୍ ମିଳନରେ ପୃଥିବୀ ଦିଶୁଥିଲା ମସିଆ କାଗଜ ଖଣ୍ଡେ ପରି ଔଜ୍ଜଲ୍ୟହୀନ। ସେପରି କିଛି ଅଲୋଡା ମଣିଷ ମାନଙ୍କ ମିଳିତ କଣ୍ଠ ସଂଗୀତ ଭାସି ଆସୁଥିଲା 'ଶାନ୍ତିବନ ଜରାନିବାସ'ରୁ:-

ରଘୁପତି ରାଘବ ରାଜାରାମ, ପତିତ ପାବନ ସୀତାରାମ

ଈଶ୍ୱର ଆଲ୍ଲା ତେରେ ନାମ୍,ସବ୍‌କୋ ସନମତି ଦେ ଭଗବାନ।

ଜୀବନର ସାୟାହ୍ନରେ ଉପନୀତ ଏହିସବୁ ଏକଲା ମଣିଷମାନେ ଶାନ୍ତି ଆଉ ସ୍ନେହରୁ ବଞ୍ଚିତ ହୋଇ ଏହାକୁ ଶେଷ ଠିକଣା ଭାବି ଆଶ୍ରୟ ନେଇଛନ୍ତି। ଆଉ କିଛି ଆତ୍ମୀୟ ସ୍ୱଜନଙ୍କ ଦ୍ୱାରା ବର୍ଜ୍ୟବସ୍ତୁ ପାଲଟିବା ଆଗରୁ ସ୍ୱଇଚ୍ଛାରେ ବରଣ କରି ନେଇଛନ୍ତି ଅନ୍ତିମ ବିକଳ୍ପ ଭାବରେ। ଅଲୋଡା ଅଖୋଜା ହୋଇ ବଞ୍ଚିବା ଠାରୁ ଉତ୍କର୍ଷ ମଣିଛନ୍ତି ଜରାନିବାସର ଉନ୍ମୁକ୍ତ ଆଶ୍ଲେଷକୁ। ହେଉ ପଛେ ରକ୍ତସମ୍ପର୍କ ହୀନ , ହେଉ

ପଛେ ସୋଦର ହୀନ,ହେଉ ପଛେ ନିର୍ବାସନ, ଏଠି ମୁଣ୍ଡ ଟେକି ଅବଶିଷ୍ଟ ଆୟୁଷ କାଟିବା ପାଇଁ ଛୋଟ ହେଲେ ବି ଖୋଲା ଆକାଶଟିଏ ଅଛି।

ନିଜର ଅନୁଚ୍ଚ ସ୍ୱରକୁ ସେହି ସଂଗୀତର ଧାଡି ସହ ତାଳ ମିଳାଇ ଉଚ୍ଚାରିବାକୁ ଚେଷ୍ଟା କରୁଥିଲେ ମନ୍ମଥ ସସାମଲ। ବୟସ ସତୁରି ପ୍ରାୟ। ମଧ୍ୟମ ସ୍ୱାସ୍ଥ୍ୟ। ଗୌର ବର୍ଣ୍ଣର ସୁଉଚ୍ଚ ଶରୀର। ଦେହରେ ବୟସର ମଳିନ ଆଭା। ବିଷାଦଗ୍ରସ୍ତ ମୁଖ ମଣ୍ଡଳ। ଲୋତକାପ୍ଳୁତ ଚକ୍ଷୁ ଦୁଇଟି ଯେପରିକି ଅନୁଶୋଚନାର ପୀଡାରେ ଜର୍ଜରିତ। ଜରାନିବାସରେ ତାଙ୍କର ପ୍ରଥମ ଦିନ ହୋଇଥିବାରୁ ଜଣାପଡୁଥିଲେ ଟିକେ ଅପ୍ରସ୍ତୁତ ଓ ଶଙ୍କିତ। ସେଥିପାଇଁ ମଝିରେ ମଝିରେ ଝୁଣ୍ଟି ପଡୁଥିଲେ ଅନଭ୍ୟସ୍ତଙ୍କ ପରି। ପ୍ରୟାସ କରୁଥିଲେ ସମବେତ ସ୍ୱର ସହ ମିଳାଇବାକୁ ନିଜର ସ୍ୱର।

କିଛି ଦୂରରେ ଛିଡା ହୋଇଥିଲେ ଜରାନିବାସର ତତ୍ତ୍ୱାବଧାରିକା ଶିବାନୀ ଦିଦି। ସ୍ଥିର ଅଚଞ୍ଚଳ ମୂର୍ତ୍ତିଟେ ପରି ବାକ୍‌ହୀନ ହୋଇ। ଅନ୍ୟ ଦିନ ହୋଇଥିଲେ ସେ ସମସ୍ତଙ୍କ ସହ ସ୍ୱର ମିଳାଇ ଗାଇଥାନ୍ତେ ସେହି ସଂଗୀତଟିକୁ। ଆଜି କିନ୍ତୁ ସେ ଥିଲେ ସମ୍ପୂର୍ଣ୍ଣ ନିର୍ବାକ୍। ଜଣାପଡୁଥିଲେ ସମ୍ପୂର୍ଣ୍ଣ ଅନ୍ୟମନସ୍କା। କ'ଣ କିଛି ଭାବିହେଉଥିଲେ ଭିତରେ ଭିତରେ। ସେହି ଭାବନା ଭିତରେ ଗୁରେଇ ତୁରେଇ ହୋଇ ଅଲକ୍ଷ୍ୟରେ ହଜିଯାଉଥିଲେ ନିଜ ଭିତରେ। ଏପରି ଅନ୍ୟମନସ୍କ ହେବା, ଏପରି ଭାବପ୍ରବଣ ହେବାଟା କେବେ ଘଟି ନଥିଲା ତାଙ୍କର ପଇଁତିରିଶ ବର୍ଷର ତତ୍ତ୍ୱାବଧାରିକା ଜୀବନରେ। ଯାହା ଆଜି ଘଟିଛି, ଖାଲିତ ଘଟି ନାହିଁ, ତାଙ୍କୁ ନେଇ ଛିଡା କରାଇ ଦେଇଛି ଯେପରି ଏକ ଦୋଛକି ରାସ୍ତାରେ। ଯେଉଁଠି ପହଞ୍ଚି ପଥିକଟିଏ ବାଟବଣା ହେବ ହିଁ ହେବ। ଯାହାର ଗୋଟିଏ ପଟ ଲମ୍ବିଯାଇଛି ସୁଦୂର ଅତୀତ ଆଡକୁ। ଆଉ ଗୋଟିଏ ପଟ ଛିଡା ହୋଇଛି ଏକ ବିସ୍ମୟଭରା ବର୍ତ୍ତମାନ ଉପରେ।

ସବୁଦିନ ପରି ସକାଳ କାମ ସାରି ଆଜି ଆସି ବସିଥିଲେ ଅଫିସ୍ ରୁମ୍‌ରେ। ତା ପୂର୍ବରୁ ଗୋଟାଏଥର ବୁଲି ଆସିଥିଲେ ଯାଇ ଜରାନିବାସର ଚାରିପଟେ। ସକାଳୁ ନଳା ସଫା ଠିକ୍‌ରେ ହୋଇଛି କି ନାହିଁ , ଝାଡୁ ମରା ଠିକ୍‌ରେ ହୋଇଛି କି ନାହିଁ , ଗାଧୁଆ ଘର ଟାଙ୍କିକୁ ମଟର ଚଲାହୋଇ ପାଣି ଉଠିଛି କି ନାହିଁ , ଏ ସବୁ ତଦାରଖ କରିବା ସହିତ ଅନ୍ତେବାସୀମାନେ ରହୁଥିବା କୋଠରୀଗୁଡିକ ଆଡକୁ ମଧ୍ୟ ମୁହାଁଇ ଯାଇଥାନ୍ତି। ସମସ୍ତଙ୍କୁ ବୁଲି ବୁଲି ଗୁଡ୍‌ମର୍ଣ୍ଣିଂ ଜଣାଇ ଆରମ୍ଭ କରିଥାନ୍ତି ନିଜର ଦିନକୁ। ଆଜି ମଧ୍ୟ ଅବିକଳ ସେଇଆ ହିଁ କରିଥିଲେ। ଟେବୁଲ୍ ଉପରେ ଖବର କାଗଜ ଖେଳାଇ ସେଥିରେ ମନୋନିବେଶ କରିବା ବେଳକୁ ଆଟେଣ୍ଡାଣ୍ଟ୍ ବୁଢିଆ ଆସି କହିଲା, 'ଦିଦି ଦୁଇ ଜଣ କେହି ଆସିଛନ୍ତି। ଜଣେ ବୟସ୍କ ଲୋକ, ଆଉ ତାଙ୍କ ସାଙ୍ଗରେ କେହି ଜଣେ। ମୁଁ ସେମାନଙ୍କୁ ବେଞ୍ଚରେ ବସାଇ ଦେଇ ଆସିଛି। କହିବେ ତ ଆପଣଙ୍କ ପାଖକୁ ଆଣିବି ?'

'ହଁ , ଡାକିଆଣ।' ସଂକ୍ଷିପ୍ତରେ ଉତ୍ତର ଦେଇଥିଲେ ସେ। କିଛି ସମୟ ପରେ ତାଙ୍କ ଅଫିସ୍ ରୁମ୍‌କୁ ପ୍ରବେଶ କରିଥିଲେ ଜଣେ ବୃଦ୍ଧ ବ୍ୟକ୍ତି। ଆଖିକୁ ଭଲଭାବରେ ଦିଶୁ ନଥିବାରୁ ଜଣେ ସହଯୋଗୀର ସାହାଯ୍ୟ ନେଇ ଆସିଥିଲେ। ଆସିବାର ଅଭିପ୍ରାୟ ଜାଣିଲା ପରେ ସେ ରେଜିଷ୍ଟର

ବାହାର କରି ଆବଶ୍ୟକୀୟ ତଥ୍ୟ ସବୁ ଜାଣିବାକୁ ଚାହିଁଲେ। ଜରାନିବାସର ଅନ୍ତେବାସୀ ହେବାକୁ ହେଲେ ଏପରି କିଛି କାଗଜ କଲମ କାମ ପ୍ରଥମେ କରିବାକୁ ପଡିଥାଏ। ସେହି ଅନୁସାରେ ପ୍ରଥମେ ପଚାରିଥିଲେ, 'ଆପଣଙ୍କ ନାମ କ'ଣ କୁହନ୍ତୁ।' ସେପଟୁ ଆସିଥିଲା, 'ମନ୍ମଥ ସସାମଲ'।

ନାଁ ଟିକୁ ରେଜିଷ୍ଟରରେ ଲେଖିବା ଆଗରୁ ସେଇଠି ଝୁଣ୍ଟି ପଡିଲା ପରି ଚମକି ଉଠିଥିଲେ ସେ। ରହିଯାଇ, ସାମ୍ନାରେ ବସିଥିବା ବୃଦ୍ଧଙ୍କୁ ନିରୀକ୍ଷଣ କରି ଚାହିଁଲେ। ପିନ୍ଧିଥିବା ଚଷମାଟିକୁ ଆଙ୍ଗୁଠି ଟିପରେ ଭିତରକୁ ମାଡି ଭଲ କରି ଆଖି ପୂରାଇ ଚାହିଁଲେ। ଗୋଟାଏ ବିସ୍ଫୋରଣ ଯେମିତି ଘଟିଗଲା ତାଙ୍କ ଭିତରେ। ତା'ର ପ୍ରତିକ୍ରିୟାରେ କପାଳ ସାରା ବିନ୍ଦୁ ବିନ୍ଦୁ ହୋଇ ଜମାଟ ବାନ୍ଧି ଉଠିଲା ଝାଳ। ଅଦ୍ଭୁତ ଏକ କମ୍ପନରେ ସମଗ୍ର ଶରୀର ଥରି ଉଠିଲା କିଛି କ୍ଷଣ ପାଇଁ। ସମୟ ସ୍ତବଧ୍ ହେଲାପରି ଲାଗିଲା। କାନ୍ଥ ଘଣ୍ଟାର କଣ୍ଟା ସବୁ ଖୁବ୍ ଜୋର୍‌ରେ ଓଲଟା ବୁଲିବାକୁ ଆରମ୍ଭ କରିଦେଇଥିଲେ। ଅବିଶ୍ୱସନୀୟ ଆଖିରେ ସେ ଚାହିଁ ରହିଥିଲେ ଆଗରେ ବସିଥିବା ମଣିଷଟିକୁ। ଯେମିତି ସମ୍ପୂର୍ଣ୍ଣ ବିସ୍ମୟାଭିଭୂତ ହୋଇଯାଇଥିଲେ ସେ। ଅସ୍ପଷ୍ଟ ହୋଇ ପାଟିରୁ ବାହାରି ଆସିଥିଲା, 'ମ....ନ୍ମ....ଥ ....ସ....ସା....ମ....ଲ'। ନିରେଖି ଦେଖିଲେ ଜଣା ପଡୁଥିଲା, ହଁ , ସେହି ଚେହେରା ତ! ସେଇ ଆଖି..... ସେଇ ନାକ....ସେହି ମୁଖ ମଣ୍ଡଳ। ଖାଲି ବୟସର ଭାରାରେ ଭାରାକ୍ରାନ୍ତ ଶିଥିଳ ଚର୍ମ। ମୁହଁ ଚାରିପଟେ ବେଢି ଆସିଥିବା ଦାଢି। ସମ୍ପୂର୍ଣ୍ଣ ଚମକାଇଲା ପରି ଚଳଚ୍ଚିତ୍ରର ଏକ ଦୃଶ୍ୟ ପରି ଲାଗୁଥିଲା ତାଙ୍କୁ। ଯେଉଁ ଦୃଶ୍ୟକୁ ସେ ଆଖିରେ ଦେଖିସାରି ବି ବିଶ୍ୱାସ କରିବାକୁ କୁଣ୍ଠିତ ହେଉଥିଲେ।

ଅସମ୍ଭବ ପ୍ରକାର ଉଦ୍‌ଗ୍ରୀବତାରେ ତାଙ୍କ ମନ ଆନ୍ଦୋଳିତ ହୋଇ ଉଠୁଥିଲା। ସମ୍ମୁଖରେ ବସିଥିବା ଲୋକଟି ହେଉଛନ୍ତି ମନ୍ମଥ ସସାମାଲ୍! ସେ ପୁଣି ଜରାନିବାସରେ ? ପ୍ରଶ୍ନ ପରେ ପ୍ରଶ୍ନର ଘୂର୍ଣ୍ଣି ଉଠି ଅସ୍ଥିର କରିପକାଉଥିଲା ତାଙ୍କୁ। କାହିଁକି, କ'ଣ ପାଇଁ , କେମିତି, ଏସବୁ ଜାଣିବା ପାଇଁ ଅଧୈର୍ଯ୍ୟ ହୋଇ ପଡୁଥିଲେ ନିଜ ଭିତରେ। ସବୁଠୁ ବ୍ୟାକୁଳିତ କରୁଥିଲା ତାଙ୍କ ଅତୀତ ଜୀବନ ସହ ଯୋଡି ହୋଇଥିବା ତିକ୍ତ-ମଧୁର ସମ୍ପର୍କକୁ ନେଇ।ହାବୁକାଏ ପବନରେ ବହିର ପୃଷ୍ଠା ପଛକୁ ଲେଉଟି ଯିବାପରି ଥିଲା ସେହି ସବୁ ଦୃଶ୍ୟର ଧାଡି। ସ୍ମୃତିର ଅଭୁଲା ଗଳି, ଉପଗଳି।

ସେହିବର୍ଷ ଗାଁର ପ୍ରଥମ ଝିଅଭାବେ ସେ କୃତିତ୍ୱର ସହ ମାଟ୍ରିକ୍ ପାସ୍ କରିଥାନ୍ତି। ବାଟିପଡା ଗାଁରେ ପୂର୍ବରୁ କୌଣସି ଝିଅ ଫାଷ୍ଟ୍‌କ୍ଲାସ୍ ପାଇ ନଥିଲେ। ଫାଷ୍ଟ୍‌କ୍ଲାସ୍ ପାଇଥିବାରୁ ତାଙ୍କର ନାମ ଲେଖା ହୋଇଥିଲା ବ୍ରହ୍ମପୁର ସହରର ଖଲିକୋଟ୍ କଲେଜ୍‌ରେ। ନୂଆ କରି କଲେଜରେ ପାଠ ପଢିବା ପାଇଁ ମନରେ ଥାଏ ଅସରନ୍ତି ଉତ୍ସାହ ଓ ଉଦ୍ଦୀପନା। ଯେଉଁ ଦିନ ଗାଁରୁ ସହରକୁ ବାହାରି କଲେଜକୁ ପାଠ ପଢିବା ପାଇଁ ଗଲେ, ବୋଉ ବେକରେ ବନଦୂର୍ଗାଙ୍କ ଲକେଟ୍‌ଟିଏ ଲମ୍ବେଇ ଦେଇ କହିଥିଲା 'ମାଲୋ, ସହର ଜାଗା , ଜଗି ରଖି ଚଳିବୁ। ହଷ୍ଟେଲ୍ ଛାଡି ଇୟାଡେ ସିୟାଡେ କୁଆଡେ ଯିବୁନି। ଅଚିହ୍ନା ଅପରିଚିତ ଲୋକଙ୍କ ସହ ଜମାରୁ ମିଶିବୁ ନାହିଁ। ହପ୍ତାକୁ ହପ୍ତା ଦେହର ଭଲମନ୍ଦ କଥା ଚିଠି ଲେଖି ଜଣାଉଥିବୁ। ମା'ବନଦୂର୍ଗା ତତେ ସାହା ହେବେ। ଯାହା ଭଲମନ୍ଦ ହେବ ତାଙ୍କୁ ଆଗ ଜଣାଉଥିବୁ।' ସମ୍ପୂର୍ଣ୍ଣ ଏକ ଗ୍ରାମୀଣ ପରିବେଶରୁ ଅଚିହ୍ନା ସହରକୁ ପାଠ ପଢିବାକୁ ଯାଉଥିବା ଯୌବନ ପ୍ରାପ୍ତ ଝିଅଟିକୁ ଆଉ କ'ଣ ଅବା କହି ମୂଳରୁ ସାବଧାନ କରିଥାନ୍ତା ?

ମନ୍ମଥଙ୍କ ସହ ପ୍ରଥମ ସାକ୍ଷାତର ଦିନ ମନେ ପଡୁଥିଲା । ସେହି ଏକା କଲେଜରେ ପଢୁଥିଲେ । ସେ ଆଇଏ ପ୍ରଥମ ବର୍ଷରେ ନାମ ଲେଖାଇଥିବା ବେଳେ ମନ୍ମଥ ଥିଲେ ଦ୍ୱିତୀୟ ବର୍ଷର ଛାତ୍ର । ତାଙ୍କ ସହିତ ପ୍ରଥମ ସାକ୍ଷାତ ହୋଇଥିଲା କଲେଜ ଲାଇବ୍ରେରିରେ । ଭୂଲବଶତଃ ତାଙ୍କୁ ଇସ୍ୟୁ ହୋଇଥିବା ବହିଖଣ୍ଡକ ମନ୍ମଥଙ୍କ ହାତକୁ ଚାଲିଯାଇଥିଲା । ତାହାକୁ ସେ ଦେଖିଲା ପରେ ବହିଟିକୁ ଫେରାଇବା ସମୟରେ ଆରମ୍ଭ ହୋଇଥିଲା ପରସ୍ପର ସହ ଚିହ୍ନା ପରିଚୟ । ଗୋଟିଏ ପଟେ ଲାଇବ୍ରେରିରୁ ବହି ଆଣିବା ପାଇଁ ପିଲାଙ୍କର ଧାଡି, ଆରପଟେ ଅଦଳ ବଦଳ ହୋଇଥିବା ସେମାନଙ୍କର ବହି । ଏମିତି ଏକ ପରିବେଶର ସଂଯୋଗ କ୍ରମେ ବଦଳିଯାଇଥିଲା ସମ୍ପର୍କର ସୁଦୃଢ ସେତୁରେ । ଘରୁ ଆସିଲା ବେଳେ ମା'କହିଥିବା କଥା ସବୁ ବିସ୍ମରଣ ହୋଇଯାଇଥିଲା କୁଆଡେ । ପାଶୋରି ହୋଇଯାଇଥିଲା ସବୁତକ ପ୍ରାବଧାନ ଓ ଆକଟବାଣୀ । ଦେଖୁ ଦେଖୁ ଅଚିହ୍ନା ମଣିଷ ସହ ମିତ ବସି ହୃଦୟର ଗୀତ ଗାଇବା ଆରମ୍ଭ କରିଦେଇଥିଲେ ସେ ।

କେବେଠୁ ତାଙ୍କ ଭିତରେ ମନ୍ମଥଙ୍କୁ ନେଇ କୁନି କୁନି ଭାବନା ସବୁ ଉଙ୍କି ଉଠିଥିଲା, କୁନି କୁନି କବିତାର ସ୍ଫୁରଣ ଘଟିଲା, କଲେଜର ସେହି ସବୁ ଦିନ ଗୁଡ଼ିକ ଛଳଛଳ ଦୃଶ୍ୟ ଚିତ୍ର ପରି ଭାସି ଉଠୁଥିଲେ ଆଖି ଆଗରେ । ଶରତ ଆକାଶର ଖଣ୍ଡ ଖଣ୍ଡ ଭସା ବାଦଲ ପରି ତାଙ୍କ ମନର ଆକାଶରେ ସେହି ସ୍ମୃତିର ବାଦଲ ସବୁ ଭାସି ବୁଲିବା ଆରମ୍ଭ କରିଦେଲେ । ସେଥିରେ ସେ ଧିରେ ଧିରେ ହୋଇ ଉଠୁଥିଲେ ଭାବପ୍ରବଣ । ଆଜି ଆଗରେ ବସିଥିବା ଏହି ମନ୍ମଥ ତାଙ୍କୁ ଦିନେ କରି ଦେଇଥିଲେ ପ୍ରଗଲ୍ଭା । ଯେଉଁଦିନ ସେ ମାଗିଥିବା ପ୍ରଥମ ବର୍ଷର ନୋଟ୍ ଖାତା ଭିତରୁ ପାଇଥିଲେ ଏକ ଚାରିପରସ୍ତ ଭଙ୍ଗା ଚିଠି । କେଇଧାଡି ମନକଥା ଲେଖି ତଳକୁ ଲେଖିଥିଲେ ଏକ କବିତା:-

'ଛାତିର ଓଦା ଗାଲିଚାରେ
ଏବେ ତମ ପାଦ ଚିହ୍ନ
ତମେ ମୋ ଉଇଁଲା ଆକାଶର
ପୁନେଇ ଜହ୍ନ ।'

ଗୋଟା ନିଶ୍ୱାସକେ ସେତକ ପଢିଲା ପରେ ବସନ୍ତର କୁହୁତାନ ଶୁଭିଥିଲା ତାଙ୍କ ପ୍ରାଣତନ୍ତ୍ରୀରେ । ଚେଇଁ ଉଠିଥିଲା ଭିତରେ ଥିବା କବିତାର ନିର୍ଝର । ସେ ବି ଜଣାଇଥିଲେ ନିଜ ସମ୍ମତିର କବିତାରେ:-

'ଜହ୍ନ ରାଇଜର ପ୍ରିୟ ତାରା ତୁମେ
ତୁମେ ମୋର ପ୍ରିୟତମ
ହୃଦୟ ବକ୍ଷରେ ଝଟକୁଛି ତମ
ଜଳରେ ବିମ୍ବସମ ।'

ଏହାପରେ ଚାଲିଥିଲା ଚୂନା ଚୂନା କବିତାର ଲୁଚକାଳି । ଗୋଟିଏ ନୋଟ୍ ଖାତା ଫେରାହେଉଥିଲା ତ ଆସୁଥିଲା ଆଉ ଗୋଟିଏ ଖାତା । ଗୋଟିଏ ହୃଦୟର ଭାବନା ବଦଳରେ ଆଉ ଗୋଟିଏ ଭାବନାର ଆଦାନ ପ୍ରଦାନ ।

କଳାଧଳା ଆଲ୍‌ବମ୍‌ର ଛବି ପରି ସେହି ସବୁ ଦିନଗୁଡ଼ିକ ଗୋଟିକ ପରେ ଗୋଟିକ ହୋଇ

ଫିଟି ପଡୁଥିଲେ ଅନାୟାସରେ । ସେ ସ୍ତବଧ୍ ମୂକ ଦର୍ଶକଟିଏ ପରି ମନ୍ମଥଙ୍କ ମୁହଁକୁ ଏକ ଲୟରେ ଚାହିଁ ଦେଖି ଚାଲିଥିଲେ ସେହିସବୁ ଛବି । ହଜି ଯାଉଥିଲେ ସେହି ସ୍ଥିର ଚିତ୍ରର ସମ୍ମୋହନରେ । ବିମୂଢ଼ ଚକିତ ହୋଇ ଚାହିଁ ରହିଥିଲେ ସମୟର ବୟସ୍କ ଛାଇକୁ । ପାଞ୍ଚ କି ଦଶ ବର୍ଷ ନୁହେଁ ପାଖାପାଖି ପଚାଶ ବର୍ଷ ପରେ ଭେଟୁଥିଲେ ନିଜର ନିଷିଦ୍ଧ ଅତୀତକୁ ।

କେହି କେହି କୌତୂହଳବଶତଃ ପଚାରିଦିଅନ୍ତି, 'ଶିବାନୀ ଦିଦି, ଆପଣ ଅବିବାହିତ ରହିଲେ କାହିଁକି ? କ'ଣ ଏମିତି କାରଣ ଥିଲା ସାରା ଜୀବନ ଆପଣ ଏକୁଟିଆ ରହିବାକୁ ଚାହିଁଲେ ?' ପୁଣି ପ୍ରଶ୍ନ କରନ୍ତି, 'ଏବେ ଏପରି ଦେଖାଯାଉଛନ୍ତି, ସେତେବେଳେ ତ ଆହୁରି ସୁନ୍ଦରୀ ଦିଶୁଥିବେ ! ତେବେ ନିଜ ପାଇଁ ଜୀବନସାଥୀ ବାଛିଲେନି କାହିଁକି ?' ଏପରି ସବୁ ପ୍ରଶ୍ନ ଗୁଡିକ ତାଙ୍କୁ ଗଭୀର ଭାବେ ମର୍ମାହତ କରିଥାଏ । ତଥାପି ସେ ନିର୍ଲ୍ଲଜଙ୍କ ପରି ହସି ଉତ୍ତର ଦେଇଥାନ୍ତି, 'ଏବେ ତ ବୁଢ଼ୀ ଆସି ହେଲେଣି, ଆଉ ଏସବୁ ପ୍ରଶ୍ନର ଅବା ମାନେ ଆଉ କ'ଣ ?' କୌଣସି ପ୍ରକାରେ ଏହି ସବୁ ବିରକ୍ତକର ପ୍ରଶ୍ନକୁ ଏଡାଇ ଯାଆନ୍ତି ସତ ହେଲେ ଅଲକ୍ଷ୍ୟରେ ହୃଦୟର ଗଭୀର ପ୍ରଦେଶକୁ ଛୁଞ୍ଚିମୁନ ପରି ଫୁଟାଇ ଦିଅନ୍ତି ଏପରି ସବୁ ପ୍ରଶ୍ନ । ତାଙ୍କ ଭିତରୁ କିଏ ସ୍ୱର ମିଳାଏ । ନିର୍ଜନ ବିଳାପ କରେ । ଏହି ଅସମାହିତ ପ୍ରଶ୍ନକୁ ଧରି ହା....ହା....କାର କରେ । ପ୍ରଶ୍ନ ପଚାରିଥାନ୍ତେ ଯାହାକୁ ସେତ ଅଧା ବାଟରେ ବାଟ ଭାଙ୍ଗି ଚାଲିଗଲା ଆଉ କାହାର ହାତ ଧରି । ପୁଣି କ'ଣ ପାଇଁ ଏ ପ୍ରଶ୍ନ ?

କୋଉ ଦିନରୁ ତଣ୍ଟି ତଳେ ଚାପି ହୋଇଯାଇଥିବା ସେହି ପ୍ରଶ୍ନଟି ଆଜି ପୁଣି ଜୀବନ୍ୟାସ ପାଇଥିଲା । ଆଗରେ ମନ୍ମଥଙ୍କୁ ଦେଖି ପଚାରି ବସିବାକୁ ଚାହୁଁଥିଲା, 'ସେଇ କ'ଣ ପାଇଁ'ର । ଉତ୍ତର । ଜନ୍ମ ଜନ୍ମାନ୍ତର ପାଇଁ ଶପଥ ନେଇଥିଲେ ଏକାଠି ରହିବାକୁ । ଦୁଇଟି ହୃଦୟକୁ ଏକ କରି ଦେଇଥିଲେ ପରସ୍ପର ପ୍ରତି ଅସରନ୍ତି ଭଲ ପାଇବାରେ । କଥା ଦେଇଥିଲେ, ଜିଇଁବେ ତ ଜଣେ ଆର ଜଣକ ପାଇଁ । ଗୋଟିଏ ଜୀବନ ନୁହେଁ, କୋଟିଏ ଜୀବନରେ ମଧ୍ୟ ଏମିତି ବାଟ ଚାଲୁଥିବେ ହାତ ଧରାଧରି ହୋଇ । ପୁଣି କ'ଣ ପାଇଁ ଦୁଇଖଣ୍ଡ ହୋଇ ବିଭକ୍ତ ହୋଇଗଲା ସେହି ବାଟ । ଗୋଟିଏ ବାଟରେ ମନ୍ମଥ ଓ ତାଙ୍କର ସଂସାର । ଆର ବାଟରେ ସେ ଏକାନ୍ତ ଏକୁଟିଆ ପଥିକ ।

ଏତେ ଗୁଡାଏ ବର୍ଷ ବିତିଯାଇଥିଲେ ସୁଦ୍ଧା ସେ ଭୂଲି ପାରି ନଥିଲେ ସେହି ବର୍ଷଣମୁଖୀ ଅପରାହ୍ନର କଥା । କଲେଜର କ୍ୟାଣ୍ଟିନ୍ ଭିତରେ ବସିଥିଲେ ଦୁଇଜଣ । ଦୁହେଁ ଦୁଇଜଣଙ୍କୁ ମୁହାଁ କରି ଟେବୁଲର ଏପଟେ ସେପଟେ । ବାହାରେ ଗାଲୁଥିଲା ଢ଼ୁ ଢ଼ୁ ବର୍ଷା । ତା ସାଙ୍ଗକୁ କିଛି ହାବୁକା ହାବୁକା ପବନ । ହଠାତ୍ ତାଙ୍କ ହାତକୁ ଧରି ପକାଇ ମନ୍ମଥ କହିଥିଲେ,-'ଶିବାନୀ, ମୁଁ ହାତରେ ହାତ ରଖି କହୁଛି ଜୀବନ ଥିବା ପର୍ଯ୍ୟନ୍ତ ତମ ସାଙ୍ଗ ଛାଡିବି ନାହିଁ । ଖାଲି ଏ ଜୀବନ ନୁହେଁ, ଇହକାଳ ଓ ପରକାଳରେ ମଧ୍ୟ ମୁଁ ରହିଥିବି ତମର ଜୀବନ ସାଥୀ ହୋଇ । କଥା ଦିଅ ତମେ ଅପେକ୍ଷା କରିବ ମୋ ପାଇଁ । ଖୁବ୍ ଶୀଘ୍ର ଚାକିରିଟିଏ ପାଇଲେ ଆମ ଦୁଇଜଣଙ୍କର ବାହାଘର ହେବ ।' ସେହିବର୍ଷ ଶେଷ ବର୍ଷର ବି.ଏ. ପରୀକ୍ଷା ଦେଇସାରିଥାନ୍ତି ମନ୍ମଥ । ଭଲ ରେଜଲ୍ଟ ମଧ୍ୟ କରିଥାନ୍ତି । କଲେଜ କ୍ୟାମ୍ପସ୍‌ରୁ ବିଦାୟ ନେବା ପୂର୍ବରୁ ତାହା ଥିଲା ତାଙ୍କ ସହିତ ଅନ୍ତିମ ଆଳାପ । ପୁର୍ନମିଳନର ଦୃଢ ପ୍ରତିଶ୍ରୁତି ଦେଇ ବିଦାୟ ନେଇଥିଲେ ତାଙ୍କ ପାଖରୁ ।

ତା ପରେ କାହିଁକି, କ'ଣ ପାଇଁ ପୂରା ଅପହଞ୍ଚ ପାଲଟି ଯାଇଥିଲେ ଯେପରି ମନ୍ମଥ। ଅପେକ୍ଷା ଆଉ ଅପେକ୍ଷାର ସୀମାହୀନ ଯାତ୍ରାରେ ମିଳନର ଦିନ ଗଣୁଥିଲେ ଶିବାନୀ। ଗୋଟିଏ ପରେ ଗୋଟିଏ ମୁଦା ଲଫାପା ଭର୍ତ୍ତି କୋହଭରା ଚିଠି ପଠାଇ ଚାଲିଥିଲେ ମନ୍ମଥଙ୍କ ଠିକଣାରେ। ଚିଠି ଯାଉଥିଲା କେବଳ ଗୋଟିଏ ପଟରୁ। ନା ଉତ୍ତର ଫେରୁଥିଲା, ନା ତାଙ୍କ ଅପେକ୍ଷା ସରୁଥିଲା। ତହିଁ ପରବର୍ଷ ବି.ଏ ବାର୍ଷିକ ପରୀକ୍ଷା ଦେଇ ସେ ଚାଲି ଆସିଥିଲେ ଘରକୁ। ତଥାପି ମନ୍ମଥଙ୍କୁ ନେଇ ତାଙ୍କ ଭିତରେ ରହିଥିଲା ଅବିଚଳିତ ବିଶ୍ୱାସ। ଅଟଳ ଆସ୍ଥା। ଯାହାରି ବଳରେ ସେ ବୟସ ଗଡିବା ସତ୍ତ୍ୱେ ଅନ୍ୟ କୋଉଠି ବିବାହ କରିବାକୁ ସ୍ପଷ୍ଟ ମନା କରିଦେଇଥିଲେ ପରିବାର ଲୋକଙ୍କୁ। ଯେପରି ମରୁଝରର ସନ୍ଧାନରେ ଏକ ଅନ୍ତହୀନ ରାସ୍ତାର ପଥିକ ପାଲଟି ଯାଇଥିଲେ ସେ।

ହଠାତ୍ ଧ୍ୟାନ ଭାଙ୍ଗି ଆସିଲା ତାଙ୍କର ଭାବନାରୁ। ସମ୍ମୁଖରେ ବସିଥିବା ବୃଦ୍ଧ ମନ୍ମଥ ମୁହଁ ଖୋଲି କିଛି କହିବାକୁ ଚାହୁଁଥିଲେ। ମ୍ଳାନ ଗୋଧୂଳିର ନିଷ୍ପ୍ରଭତାରେ ଭରି ରହିଥିଲା ତାଙ୍କ ମୁଖ ମଣ୍ଡଳ। ପରଳଗ୍ରସ୍ତ ଦୁଇ ଅସ୍ୱଚ୍ଛ ଆଖିରେ ଅକୁହା ବେଦନାର ଲହଡ଼ି। ଅସମ୍ଭାଳ ବାଷ୍ପରୁଦ୍ଧ କଣ୍ଠରେ ମୁହଁ ଖୋଲିଲେ, 'ସବୁଥାଇ ମୁଁ ଆଜି ରାସ୍ତାର ଭିକାରୀ। ସ୍ତ୍ରୀ ଅଛି। ପିଲାମାନେ ଅଛନ୍ତି। ଅଥଚ କହିବାକୁ ଗଲେ ସଂସାରରେ ମୋର କେହି ନାହାନ୍ତି। ଭାବିଥିଲି ଅବସର ପରେ ପିଲାଛୁଆଙ୍କ ଗହଣରେ ଶାନ୍ତିରେ ସମୟ କାଟିଥାନ୍ତି। ସେହି ବିଶ୍ୱାସରେ ମୋର ସମସ୍ତ ପୁଞ୍ଜି ସ୍ତ୍ରୀ ଆଉ ପିଲାମାନଙ୍କ ନାମରେ କରିଦେଲି। ମୋର ସ୍ଥାବର, ଅସ୍ଥାବର ଯାହା ଥିଲା ସବୁକୁ ସମର୍ପି ଦେଲି ସେମାନଙ୍କ ହାତରେ। ଏବେ ତାହାର ଫଳ ଭୋଗୁଛି। ନା ସ୍ତ୍ରୀ ମୋର ହେଲା, ନା ପିଲାମାନେ କେହି ପାଖ ପୂରାଇଦେଲେ। ଦହଗଞ୍ଜାଭରା ଜୀବନକୁ ନେଇ ସେଠି ଆଉ ରହିବା ସମ୍ଭବ ନଥିଲା। ଏମିତିକି ମୋର ପେନ୍‌ସନ୍ ପଇସାରେ ସୁଦ୍ଧା ମୋର ଅଧିକାର ନଥିଲା। ପୋକ ମାଛି ପରି ଜୀବନ ଜୀଇଁବା ଅପେକ୍ଷା ଏହି ବୃଦ୍ଧାଶ୍ରମରେ ଅବଶିଷ୍ଟ ଜୀବନ କାଟିବାକୁ ଅଧିକ ଶ୍ରେୟ ମନେ କଲି।' ନିଜ ଚାପା କୋହକୁ ଅଟକାଇ ନ ପାରି ଭୋ' ଭୋ' ହୋଇ କାନ୍ଦି ଉଠିଥିଲେ ମନ୍ମଥ।

ଖୁବ୍ ଜୋର୍‌ରେ ଦୀର୍ଘଶ୍ୱାସଟେ ବାହାରି ଆସିଲା ଶିବାନୀ ଦିଦିଙ୍କ ଭିତରୁ। ନିଜର କ୍ରୋଧ ଓ ଉତ୍ତେଜନାକୁ କିଛି କ୍ଷଣ ଚାପି ରଖି ଚାହିଁଲେ ମନ୍ମଥଙ୍କ ଆଡକୁ। ମୁହୂର୍ତ୍ତକ ମଧ୍ୟରେ କୁଆଡେ ଉଭେଇ ଯାଇଥିଲା ସେହି କ୍ରୋଧ ଓ ଉତ୍ତେଜନା। ସେଠି କେବଳ ଅନୁକମ୍ପା ଛଡା ଆଉ କୌଣସି ଭାବ ସଂଜାତ ହେଉ ନଥାଏ। ସେଠି ଦେଖୁଥିଲେ ଏକ ବିଷର୍ଣ୍ଣ ମଳିନ ଚେହେରା। ଯାହାର ଦୃଷ୍ଟି ଶକ୍ତି କ୍ଷୀଣ, ମସ୍ତିଷ୍କ ବିଚଳିତ। ଯିଏ ପୁଣି ସବୁଥାଇ ମଧ୍ୟ ନିଃସ୍ୱ, ନିରାଶ୍ରୟ, ବାସ୍ତୁହୀନ, ଆତ୍ମୀୟ ସୋଦର ହୀନ। ଏପରି ଅସହାୟ ମଣିଷକୁ ଆଉ କ'ଣ ସେ ପଚାରି ବସିବେ ପ୍ରଶ୍ନ ?

ଆଜି ସେହି ଆକସ୍ମିକ ସଂଯୋଗକୁ ଦିନସାରା ଦୋହରାଇ ଦୋହରାଇ ଭାବି ଚାଲିଛନ୍ତି। ତାଙ୍କ ପାଇଁ ଗତିଶୀଳ ସମୟ ଯେପରି ଥମ୍ କରି ଅଟକି ଯାଇଛି ସେହି ନିର୍ଦ୍ଦିଷ୍ଟ ମୁହୂର୍ତ୍ତ ନିକଟରେ। ମନ୍ମଥଙ୍କୁ ଅନେକ ବର୍ଷ ପରେ ଅଚାନକ ଏପରି ଅବସ୍ଥାରେ ଦେଖିସାରିଲା ପରଠାରୁ ଅନେକ କିଛି ଭାବନା ତଳ ଉପର ହୋଇ ଆନ୍ଦୋଳିତ କରି ଚାଲିଛି। ନିଜର ଅତୃପ୍ତ ଭାଗ୍ୟକୁ ସେ ଶୁଣାଇ କହୁଥିଲେ, 'ଦେଖ୍ ଯାହାକୁ ତୁ ଖୋଜି ଖୋଜି, ଯାହାକୁ ଅପେକ୍ଷା କରି କରି ଯୌବନ, ଜୀବନ

ସବୁକିଛି ଦୀପର ସଳିତା ପରି ଜାଳି ସାରି ଦେଲୁ, ସେ ଆଜି ତତେ ମିଳିଛି ତ କେଉଁ ଅବସ୍ଥାରେ ! କ'ଣ ତାକୁ ତୁ ସେହି ପୁରୁଣା ପରିଚୟ ଦେଇ ହୃଦୟର ବରଣ ମାଳା ପିନ୍ଧାଇ ପାରିବୁ ତୋର ଯେତିକି ପୁଞ୍ଜିଭୂତ କୋହ ଆଉ କ୍ରୋଧର ବିନିମୟରେ ? କ'ଣ କ୍ଷମା ଦେଇ ପାରିବୁ ସର୍ବଂସହା ପରି ପ୍ରେମର ପ୍ରତାରଣା ପାଇଁ? ପୁଣି କ'ଣ ଜୀବନର ସାୟାହ୍ନରେ ଆଉ ଥରେ ଆରମ୍ଭ ହେବ ଜୀବନ ?'

'ନା.....ନା.....ନା। ଆଉ ସମ୍ଭବତଃ କଦାପି ନୁହେଁ।' ଏପରି ସ୍ପଷ୍ଟ ସ୍ୱରଟିଏ କ୍ରମଶଃ ଗୁଞ୍ଜରିତ ହୋଇ ଉଠୁଥିଲା ତାଙ୍କ ଭିତରେ। ସେ ଏବେ ସେଦିନର ଶିବାନୀ ନୁହଁନ୍ତି। ତାଙ୍କର ଏକମାତ୍ର ପରିଚୟ ଏବେ 'ଶାନ୍ତିବନ ଜରାଶ୍ରମ'ର ଶିବାନୀ ଦିଦି। ସେଠି ଅନ୍ୟ ସମସ୍ତଙ୍କ ପରି ମନ୍ମଥ ବି ଜଣେ ନିରାଶ୍ରୟ। ତାହା ତାଙ୍କର ପରିଚୟ। ଆଉ ସେ ତାଙ୍କର ତତ୍ତ୍ୱାବଧାରିକା। ହଁ... କେବଳ ତତ୍ତ୍ୱାବଧାରିକା।

ସେତେବେଳକୁ ସଂଧ୍ୟା ପ୍ରାର୍ଥନା ସରିଯାଇଥାଏ। ଆଟେଣ୍ଡାଣ୍ଟ୍ ବୁଢ଼ିଆ ହାତ ଧରି ବାଟ କଢ଼ାଇ ଆଣୁଥାନ୍ତି ବୃଦ୍ଧ ମନ୍ମଥଙ୍କୁ ଜରାଶ୍ରମ ଭିତରକୁ। ଚାରିପଟର ସଂଧ୍ୟାବତୀ ଜଳିବା ସହ ଶିବାନୀ ଦିଦିଙ୍କ ଦେହରୁ ଧିରେ ଧିରେ ଓହ୍ଲାଇ ଆସୁଥାଏ ସେହି ଅତୃପ୍ତ ପାଲଟା ଛାଇ। ଯାହା କିଛି ସମୟ ଆଗରୁ ତାଙ୍କୁ ସଂପୂର୍ଣ୍ଣ ଆକ୍ରାନ୍ତ କରି କବଳିତ କରିପକାଇଥିଲା ନିଜ ବିସ୍ମୃତ ଅତୀତର ଦ୍ୱାହିରେ।

■

ଆଖିର ଅକ୍ଷର

ହାତରେ ଧରିଥିବା ଖଣ୍ଡେ ଦର୍ପଣକୁ ଚାହିଁ ମୁଣ୍ଡରେ ସିନ୍ଥି ଟାଣୁଥିଲା ଜୟନ୍ତୀ। ତା ଗହନ କଳା ଆଖିରେ ଘେରା ବାଦଲ ଉଙ୍କି ମାରିଲା ପରି ଚହଟି ଉଠୁଥିଲା କଜ୍ଜ୍ୱଳ ମିଶ୍ରିତ ଲାଜ। ଢେର ସମୟ କାଳ ମୁହଁକୁ ବିଭିନ୍ନ ଆଡକୁ ବୁଲାଇ ଚାହିଁ ରହୁଥିଲା ସେହି ଦର୍ପଣ ଆଡକୁ। ମଝିରେ ମଝିରେ କ'ଣ କିଛି ଭାବି ପକାଇଲା ପରି ଛାଁକୁ ଛାଁ ଟିକେ ଗମ୍ଭୀର ହୋଇଉଠୁଥିଲା। ସେତେବେଳେ ତା'ର ପଡୁ ନଥିବା ଆଖିପତା ଦୁଇଟି ପ୍ରତିଛବି ପାଲଟି କିଛି ମୁହୂର୍ତ୍ତ ପାଇଁ ସ୍ଥିର ରହିଯାଉଥିଲା କାଚ ଉପରେ। ଧାଡି ଧାଡି ଅସ୍ପଷ୍ଟ ଅକ୍ଷର ସବୁ ଭାସିବୁଲିବା ପରି ଇତସ୍ତତଃ ଖେଳି ବୁଲୁଥିଲେ ସେଥିରେ। ଖରା ଆଉ ଛାଇର ଲୁଚକାଳି ଖେଳ ଯେପରି ଚାଲିଥିଲା ତା ମୁହଁରେ। କେତେବେଳେ ଧାରେ ହସ ତା ଓଠକୁ ପ୍ରଶସ୍ତ କରିଦେଉଥିଲା ତ ଆଉ କେତେବେଳେ ହାବୁକାଏ ଶୂନ୍ୟତା ପହଁରିଯାଉଥିଲା ଆଖିର ପରଦା ଉପରେ।

ମଝିରେ ମଝିରେ ଦର୍ପଣ ଉପରୁ ଦୃଷ୍ଟି ହଟାଇ ଏକ

ଲୟରେ ଋହିଁ ରହୁଥିଲା ଘରର ସାମ୍ନା ହତା ଆଡକୁ। କୁହୁଡିଭରା ଶୀତସକାଳର ଖରାରେ ପୂରା ହତାଟା ଦିଶୁଥିଲା ହାଲ୍କା ସଫେଦ ମିଶା ପରିଛନ୍ନ। ଠିକ୍ ତା'ର ମଝିଆ ମଝି ଯେଉଁଠି ବସିଥିଲା ସନ୍ତୋଷ, ସେୟାଡକୁ ଋହିଁ ରହୁଥିଲା କିଛି କ୍ଷଣ। କେତେ କ'ଣ ଭାବନାସବୁ ଖେଳିଯାଉଥିଲା ତା'ର ସେହି ଋହାଣିରେ। ଉଦାସ ଆକାଶର ରଙ୍ଗ ପରି ଭରିରହୁଥିଲା ସେଥିରେ ଦୂରନ୍ତ ଆକାଂକ୍ଷାର ଛାଇ। ତା'ର ଗୋଟାପଣ ସଜକରା ମୁହଁଟା ପାଣ୍ଡୁର ପଡି ଆସୁଥିଲା ସେଥିରେ। ଟିକେ ରହି ପୁଣି ନଜରକୁ ଫେରାଇ ଆଣୁଥିଲା ଦର୍ପଣ ଆଡକୁ। ଘୁମନ୍ତ ଦୁଇ ଆଖିଡୋଳାକୁ ଆଣି ସ୍ଥିର କରୁଥିଲା ସିନ୍ଥିର ସିନ୍ଦୁର ଉପରେ।

ହତା ମଝିରେ ବସି ସକାଳର ଖରାରେ ସେକି ହେଉଥିଲା ସନ୍ତୋଷ। ରାତିର ଜାଡ ଶୀତ ପରେ ଏହି ଉଷୁମ ଖରା ଟିକେକୁ ଯେପରି ଅପେକ୍ଷା ଥିଲା ତା'ର। ସକାଳର ନିତ୍ୟକର୍ମଟା ସାରି କ'ଣ ଟିକେ ଖାଇନେଲା ପରେ ତାକୁ ହୁଇଲ୍‌ଚେୟାରରେ ଆଣି ବାହାର ପଟରେ ବସାଇ ଦେଇଥିଲା ଜୟନ୍ତୀ। ନିଜର ଦୁଇ ସରୁ ପଡିଆସୁଥିବା ହାତ ଓ ଦୁଇ ନଳି ଗୋଡକୁ ତଳମୁହାଁ ହୋଇ ନିରେଖି ଋହୁଁଥିଲା। ଅଚଳ ହୋଇ ପଡିରହିବା ଦିନଠାରୁ ମାଂସପେଶୀ ସବୁ କ୍ଷୟ ହୋଇଋଲିଥିଲା ସେଥିରୁ। ଫଳରେ ଗୋଡହାତ ଦି'ଟା ଯାକ ଲଣ୍ଡା ହେବା ପରି ଆଖିକୁ ଦିଶୁଥିଲେ ପତଳା। ନିରାଶ ହୋଇ ସେଥିରୁ ଆଖି ଫେରାଇ ସାମ୍ନା ଆକାଶ ଆଡକୁ ଦେଖୁଥିଲା ଏକ ଭାବମନସ୍କ ମୁଦ୍ରାରେ। ସଂପୂର୍ଣ୍ଣ ଆତ୍ମବିସ୍ମୃତ ହୋଇଯାଉଥିଲା ଯେପରି ସେହି ଭାବନା ରାଜ୍ୟରେ।

ଅପ୍ରତ୍ୟାଶିତ ଭାବେ ସେଦିନ ଅପରାହ୍ନରେ ତା ବାରାକ୍‌ରେ ଆସି ପହଞ୍ଚିଯାଇଥିଲା ନିଲମ। ଭାରି ଅନ୍ୟମନସ୍କ ଜଣାପଡୁଥିଲା। ଆଗରୁ କେବେ ସେ ଏମିତି ତା ବାରାକ୍‌କୁ ଆସି ନଥିଲା। ଯଦିଓ ସେତେବେଳକୁ ଦୁଇବର୍ଷ ପାଖାପାଖି ହୋଇଯାଇଥିଲା ସେମାନଙ୍କର ସଂପର୍କ। ଫୋନ୍ ଓ ଏସ୍‌ଏମ୍‌ଏସ୍‌ରେ ନିୟମିତ ଭାବର ଆଦାନ ପ୍ରଦାନ ଛଡା ପ୍ରାୟ ପ୍ରତ୍ୟେକ ଛୁଟିଦିନରେ ଦୁହିଁଙ୍କ ମଧ୍ୟରେ ଭେଟ ହେବାର ପ୍ରୋଗ୍ରାମ ରହୁଥିଲା। କେବେ ପାର୍କରେ ତ କେବେ ସିନେମାହଲରେ। ନହେଲେ ସେପରି କିଛି ଜାଗା ଆଗରୁ ଚୟନ କରି ପହଞ୍ଚିଯାଉଥିଲେ। ଦିଲ୍ଲୀର ଏପରି କୌଣସି ପାର୍କ ନଥିଲା ଯେଉଁଠି ଦୁହେଁ ଘଣ୍ଟା ଘଣ୍ଟା ହାତ ଧରାଧରି ହୋଇ ସମୟ କାଟି ନଥିଲେ। ଏମିତି କୌଣସି ଛୁଟିଦିନ ନଥିଲା ଯେଉଁଦିନ ପରସ୍ପରକୁ ନଭେଟି ରହିପାରିଥିଲେ।

ଏପରି ହଠାତ୍ ଆସିବାର କୌଣସି ଉପକ୍ରମ ନ ରଖି କହିଲା, 'ତମ ସହିତ ମୋର ଖୁବ୍ ଗୁରୁତ୍ୱପୂର୍ଣ୍ଣ କଥା ଅଛି। କିଛି ସମୟ ପାଇଁ ଟିକେ ବାହାରକୁ ଆସିପାରିବ।' ପୂରା ସିରିଅସ୍ ଲାଗୁଥିଲା ତା'ର ମୁଖମଣ୍ଡଳ। ଏତେ ଅଲଗା ଜଣାପଡୁଥିଲା ଯେ ସିଏ ବିଶ୍ୱାସ କରିପାରୁନଥିଲା ଇଏ ସେଇ ନିଲମ ବୋଲି। କିଛି ନକହି ତା ସହିତ ଋଲି ଆସିଥିଲା ବାରାକ୍ ବାହାରକୁ। ସେହିପରି ସେ ଗମ୍ଭୀର ହୋଇ ଆରମ୍ଭ କଲା, 'ବାପା ଆସନ୍ତା ମାସ ଋକିରିରୁ ରିଟାୟାର କରିବେ। ସେଥିପାଇଁ ଖୁବ୍ ଜୋରସୋର୍‌ରେ ମୋ ବାହାଘର ଖୋଜା ଋଲିଛି। ହୁଏତ ଏହି ମାସ ମଧ୍ୟରେ ବି ହୋଇଯାଇପାରେ।' ଏତେ ପ୍ରଗଳଭ୍ ହୋଇପଡୁଥିଲା ଯେ ଅଣନିଶ୍ୱାସୀ ହୋଇପଡୁଥିଲା ସେ କଥା କହିବାବେଳେ।

ଭାବପ୍ରକାଶ କରିବାକୁ ଯାଇ ଅଥୟ ହୋଇପଡୁଥିଲା ଯେପରି। ସମାନ୍ୟ ବିରାମ ନେଇ ପୁଣି କହିଲା, 'ଯଦି ମୋତେ ଦିଲ୍ଲୀରେ ଦେଖିବାକୁ ଚାହୁଁଛ ତାହେଲେ ଏଇ ମାସରେ ବାହାହୋଇପଡ। ଏହାଛଡା ଆଉ କିଛି ବାଟ ନାହିଁ।' ବାହାଘର ବିଷୟରେ ଏତେ ଶୀଘ୍ର ଯେ ନିଷ୍ପତ୍ତି ନେବାକୁ ପଡିବ ସନ୍ତୋଷ କେବେ ଭାବି ନଥିଲା। ଏପର୍ଯ୍ୟନ୍ତ ହାଲ୍‌କା ଫୁଲ୍‌କା ହୋଇ ଉପଭୋଗ କରିଚାଲିଥିଲା ଜୀବନକୁ। ଅକସ୍ମାତ୍ ସେଥିରେ ପୂର୍ଣ୍ଣଛେଦ ପଡିବା ପରି ଆଗକୁ ଯେ ସବୁ ଘଟିବାକୁ ଯାଉଛି ତାହା ଆଉ ବୁଝିବାକୁ ବାକି ନଥିଲା।

ନିଲମର ବାପା ଥିଲେ ଜଣେ ଓଡିଆ ଆର୍ମି ଅଫିସର। ଯେଉଁଠାରେ କି ସନ୍ତୋଷ ଥିଲା ଜଣେ ସାଧାରଣ ଆର୍ମିମ୍ୟାନ୍। ସେଠି ସମ୍ମତି ମିଳିବାର କୌଣସି ଆଶା ନଥିବାରୁ ଶେଷରେ ତିସ୍‌ହଜାରି କୋର୍ଟରେ ଉଭୟଙ୍କର ବିବାହ ସଂପନ୍ନ ହୋଇଥିଲା। ତା'ପରେ ବର୍ଷେ ପ୍ରାୟ ସେମାନଙ୍କର ନବବୈବାହିକ ଜୀବନ କଟିଯାଇଥିଲା ସୁରୁଖୁରୁରେ। ବିବାହ ପରେ ଯେଉଁ କଥାକୁ ଡର ଥିଲା ସନ୍ତୋଷର, ଠିକ୍ ସେହି କଥା ସବୁ ଘଟିବାକୁ ଆରମ୍ଭ କଲା ସେମାନଙ୍କ ସୁଖର ସଂସାରରେ। ପ୍ରଥମରୁ ସେମାନଙ୍କ ବାହାଘରକୁ ସ୍ୱୀକୃତି ଦେଇନଥିବା ନିଲମର ପରିବାର ଲୋକମାନେ ହିଁ ଛଦ୍ମ ବନ୍ଧୁ ସାଜି କ୍ଷତି କରିବା ଆରମ୍ଭ କରିଦେଲେ। ନାନାଦି ଛୋଟମୋଟ ବିଷୟରେ ମୁଣ୍ଡ ପୂରାଇବା ଠାରୁ ସବୁଥିରେ ହସ୍ତକ୍ଷେପ କରିବାକୁ ଆଗଭର ହୋଇପଡୁଥିଲେ। ସ୍ୱାମୀ ଓ ସ୍ତ୍ରୀ ମଧ୍ୟରେ ଥିବା ମଧୁର ବୁଝାମଣା ଦେଖୁଦେଖୁ ଅନେକାଂଶରେ ଉଭେଇ ଯାଇଥିଲା କୁଆଡେ। ଦୁଇଜଣଙ୍କ ଭିତରେ ଠିଆହୋଇଥିଲା ଅନାସ୍ଥା ଓ ଅସୂୟାର ପ୍ରାଚୀର। ଛୋଟ ଛୋଟ କଥାକୁ ନେଇ ଉଭୟଙ୍କ ଭିତରେ ଅସହମତି ଏବଂ ମନୋମାଳିନ୍ୟ ଚରମ ପର୍ଯ୍ୟାୟରେ ପହଞ୍ଚିଯାଇଥିଲା।

ଏହି ସମୟରେ ଦିଲ୍ଲୀରୁ ମଧ୍ୟପ୍ରଦେଶକୁ ବଦଳି ହୋଇଥିଲା ସନ୍ତୋଷର। କୌଣସି ପ୍ରକାରେ ଦିଲ୍ଲୀ ଛାଡି ସେଠାକୁ ଯିବା ପାଇଁ ନିଜର ଅସମ୍ମତି ପ୍ରକାଶ କଲା ନିଲମ। ତାର ଗୋଟାଏ ଜିଦ୍, ସେ ରହିବ ଯାଇ ତା ବାପାମା'ଙ୍କ ପାଖରେ। ତାକୁ ଆଉ ବୁଝାଇ ସାଂଗରେ ମଧ୍ୟପ୍ରଦେଶ ନେବା ସମ୍ଭବପର ନଥିଲା। ତାହା ଛଡା ସେହି ସମୟରେ ସେ ବି ଥିଲା ଗର୍ଭବତୀ। ସେଥିପାଇଁ ଅଧିକ ଆଉ ବାଧ୍ୟ କରି ନଥିଲା ନିଜ ଆଡୁ। କିନ୍ତୁ ସେ ସବୁପ୍ରକାରେ ଚାହୁଁଥିଲା ପିଲାଟି ତାରି ପାଖରେ ଜନ୍ମ ହେଉ ବୋଲି। ନିଲମର ବାପଘରର ଛାଇ ପିଲାଟା ଉପରେ ପଡୁ, ତାହା ସେ ଆଦୌ ଇଚ୍ଛା କରୁନଥିଲା। ମାତ୍ର ସ୍ତ୍ରୀର ଏହି ଏକତରଫା ନିଷ୍ପତ୍ତି ଆଗରେ ହାର ମାନିବାକୁ ପଡିଥିଲା ତାକୁ। ଖାଲି ଚାକିରିରେ ବଦଳି ହୋଇ ଦିଲ୍ଲୀ ଛାଡି ଦୂରକୁ ତ ଆସିଲାନି ବରଂ ତା ସହିତ ଦୁଇଜଣଙ୍କ ଭିତରେ ସୃଷ୍ଟି ହୋଇଥିବା ଦୂରତା ମଧ୍ୟ ଆହୁରି ବଢିଯାଇଥିଲା।

ପୁଅ ହେବାର ଖବର ପାଇବା ମାତ୍ରେ ଛୁଟି ନେଇ ଧାଇଁ ଆସିଥିଲା ଦିଲ୍ଲୀ। ବାସ୍, ସେଇଥରକ ଯାହା ଆସିବା। ତାହାପରେ ଆଉ ମୁହଁ ବୁଲାଇ କେବେ ଫେରି ନଥିଲା ସେଠାକୁ। ଖୁବ୍ ଆଘାତ ପାଇଥିଲା, ଯେତେବେଳେ ନିଲମ ସିଧାସଳଖ ତା ପ୍ରସ୍ତାବକୁ ପ୍ରତ୍ୟାଖ୍ୟାନ କରିଦେଇଥିଲା। ପୁଅ ଜନ୍ମ ହୋଇଛି ଖୁସିରେ କେବଳ ସେ କହିଥିଲା, 'ଚାଲ, ଯା'ର ଏକୋଇଶିଆ ଆମେ ଗାଁରେ ଯାଇଁ କରିବା। ମୁଁ ଆମ ଘରର ବଡ ପୁଅ। ପ୍ରଥମ କରି ପୁଅ ହୋଇଛି ଯେତେବେଳେ, ଦେଖିବ

ବାପା ବୋଉ ଭାରି ଖୁସି ହେବେ!' ସଙ୍ଗେ ସଙ୍ଗେ ରୋକ୍‌ଠୋକ୍ ମୁହଁ ଉପରେ ମନା କରିଦେଇଥିଲା ଓଡିଶା ଯିବାକୁ। ବାହାଘର ପରଠାରୁ ଦିନେ କେବେ ଗାଁ ଆଡେ ଯାଇ ନଥିଲା। ତା'ର ଏପରି ହଠାତ୍ କୋର୍ଟରେ ବାହାହେବା ଖବର ଜାଣିବା ପରେ ବାପା ବୋଉ ଚାଲିଆସିଥିଲେ ଦିଲ୍ଲୀ। ସ୍ୱୀକୃତି ଦେଇଥିଲେ, ଆଶୀର୍ବାଦ କରିଥିଲେ ଆଉ ସବୁକିଛି କରିଥିଲେ ସତ, ମନ ଭିତରେ ଗାଁକୁ ଧରି ଫେରିଥିଲେ ଅଭିମାନ। ଭାବିଥିଲା,ପୁଅର ଏକୋଇଶିଆ ପୂଜା ଯାଇ ଗାଁରେ କରି ବାପାବୋଉଙ୍କ ମନ ଜିଣିଥାନ୍ତା। ସେମାନଙ୍କ ଅଭିମାନ ଭାଙ୍ଗିଥାନ୍ତା ହେଲେ, ନିଲମର ନାସ୍ତିବାଣୀ ତାକୁ ନିରାଶ କରିଥିଲା। ଯୋଉଥିପାଇଁ ଫେରିଆସିବା ବେଳେ ସେ ରାଗିକି କହିଥିଲା, 'ତମର ଇଚ୍ଛା ଯେଉଁଠି ରହୁଛ ରହ, ଯାହା କରୁଛ କର, ମୁଁ କିନ୍ତୁ ଚାଲିଲି। ଆଉ ଏଠିକି ଫେରିବି ନାହିଁ।' ସେହି ଶେଷଥର ପାଇଁ ଦିଲ୍ଲୀ ଯାଇଥିଲା ସନ୍ତୋଷ। ତା ପରେ ଆଉ ଯାଇନଥିଲ ସେଠାକୁ।

ବର୍ଷେ ବିତିଯାଇଥିଲା ଏହା ଭିତରେ। ନା କୌଣସି ଯୋଗାଯୋଗ ଥିଲା ଉଭୟଙ୍କ ମଧ୍ୟରେ ନା କାହା ପାଖକୁ କାହାର ଯିବା ଆସିବା। ସନ୍ତୋଷ ଭାବିଥିଲା, ହୁଏତ ତାର ଏହି ନ ଯିବାରେ ନିଲମର ମନ ପରିବର୍ତ୍ତନ ହୋଇଥିବ। ସେ ବୁଝିପାରିବ ତା ସ୍ୱାମୀ ମନର ଅପ୍ରକାଶ୍ୟ କ୍ଷୋଭକୁ। ବୁଝି ଆହୁରି ନିକଟତର ହେବ। ଆହୁରି ଆପଣାର ହେବ। ଅନ୍ତତଃ ଆଶା କରୁଥିଲା ରାଜି ହୋଇଯିବ ଦିଲ୍ଲୀ ଛାଡି ତା ପାଖକୁ ଚାଲିଆସିବା ପାଇଁ। ନିଜ ଆଡୁ ପୁଅକୁ ଧରି ଏକାଠି ମିଶି ଗାଁକୁ ଯିବାପାଇଁ କହିବ। ଏଥର ନିଜର ସବୁଠାରୁ ପ୍ରିୟ ମଣିଷର ମନ ଜାଣି କାମ କରିବାକୁ ଚାହିଁବ। ପୁଣି ହସି ଖେଳି ଉଠିବ ସେମାନଙ୍କ ପାରସ୍ପରିକ ପ୍ରେମର ସଂପର୍କ।

ସେପରି ଆଦୌ ଘଟିଲା ନାହିଁ ଯେପରି ସେ ଆଶା କରୁଥିଲା। ବରଂ ଆଉ ଏକ ଚରମ ଦୁର୍ଯୋଗ ଆସି ଦେଖାଦେଇଥିଲା ସନ୍ତୋଷର ଜୀବନରେ। ମଟରସାଇକଲ ଯୋଗେ ନିଜର ମୁଖ୍ୟ ଦପ୍ତରକୁ ଆସୁଥିବା ବେଳେ ସାମ୍‌ନାପଟୁ ଆସୁଥିବା ଏକ ଟ୍ରକ ସହ ଅସତର୍କତା ବଶତଃ ଧକ୍‌କା ଘଟିଥିଲା। ଯୋଗକୁ ହେଲ୍‌ମେଟ୍ ପିନ୍ଧିଥିବାରୁ ଦୂରକୁ ଛିଟ୍‌କି ପଡିବା ସତ୍ତ୍ୱେ ପ୍ରାଣଟି ବଞ୍ଚିଯାଇଥିଲା କୌଣସି ମତେ। ମେରୁଦଣ୍ଡରେ ଆଘାତ ହେତୁ ବେକରୁ ପାଦ ପର୍ଯ୍ୟନ୍ତ ସମଗ୍ର ଶରୀର ଅଚଳ ହୋଇଯାଇଥିଲା ସେହି ଦୁର୍ଘଟଣାରେ। ମରଣକୁ ଜିତିଯାଇଥିଲା ସତ କିନ୍ତୁ ଜୀବନ ପାଲଟି ଯାଇଥିଲା ମରଣଠାରୁ ଆହୁରି ଭୟଙ୍କର। ଭୋପାଳ ସହରର ମୁଖ୍ୟ ଚିକିତ୍ସାଳୟରେ ଆଡ୍‌ମିସନ୍ ହୋଇଥିଲା ତା'ର। ଖବର ପାଇ ବାପାବୋଉ ଦୁହେଁ ଚାଲିଆସିଥିଲେ ସେଠାକୁ। ନିଲମ ପାଖକୁ ଫୋନ୍ କରାଯାଇଥିଲା। ଫୋନ୍ ପାଇବାର ସପ୍ତାହକ ପରେ ଆସିଥିଲା ଭୋପାଳକୁ। ଚାରି ପାଞ୍ଚ ଦିନ ଖଣ୍ଡେ ରହିଥିଲା ପାଖରେ। କହିଥିଲା, 'ମୋ ସହିତ ଦିଲ୍ଲୀ ଚାଲ। ସେଠାରେ ରହି ଟ୍ରିଟ୍‌ମେଣ୍ଟ୍ ହେବ। ମୁଁ ଏଠି ତମ ପାଖରେ ଆଉ ବେଶୀ ଦିନ ରହିପାରିବି ନାହିଁ।' ତା ମୁହଁରୁ ଏହି ଅଦ୍‌ଭୁତ ପ୍ରସ୍ତାବ ଶୁଣି ଖାଲି ଆଖି ବଲବଲ କରି ଚାହିଁ ରହିଥିଲା ସେ। ନିଜର ଅଚଳ ଦେହଟା ଧରି ଲୋଟିରହିଥିଲା ମେଡିକାଲର ବେଡ୍ ଉପରେ। ଘୋର ଅନିଶ୍ଚିତତା ଓ ସୀମାହୀନ ନୈରାଶ୍ୟ ମଧ୍ୟରେ ପେଷି ହୋଇଯାଉଥିଲା ପ୍ରତିଟି ମୁହୂର୍ତ୍ତ। ସମୟ ସବୁ ବିଦୀର୍ଣ୍ଣ ହୋଇଯାଉଥିଲା ଅନ୍ତରର କାକୁସ୍ଥ ଆର୍ତ୍ତିରେ। ଏହି ସମୟରେ ସେ ନିଲମଠୁ ଆଶା କରିନଥିଲା ଏପରି ହୃଦୟହୀନ ପ୍ରତିକ୍ରିୟା। ଚାହୁଁଥିଲା,

ଅତି କେହି ନିଜର ପରି ପାଖରେ ଛିଡା ହୋଇଥିବା ମଣିଷ ପାଲଟୁ। ତାକୁ ଦମ୍ଭ ଦେଉ। ପୂର୍ଣ୍ଣ ପ୍ରାଣରେ ଭରସା ଦେଉ ଆସନ୍ତାକାଲିର ଆରୋଗ୍ୟମୟ ସକାଳ ପାଇଁ। ମାତ୍ର ଦିବାସ୍ୱପ୍ନ ଭାଙ୍ଗିବା ପରି ତା ପାଖରେ କେଇଟା ଦିନ ମାତ୍ର କାଟି ନିଳମ ଫେରି ଯାଇଥିଲା ପୁଣି ଦିଲ୍ଲୀ।

ଭଲ ହେବାର ସାମାନ୍ୟତମ ଆଶ୍ୱସନା ସୁଦ୍ଧା ଖୋଜିପାଉ ନଥିଲା କାହା ପାଖରୁ। ପଚାରିଲେ, ଡାକ୍ତରଙ୍କ ମୁହଁରେ ଉତ୍ତର ନଥିଲା। ମେଡିକାଲ ବେଡ୍‌ରେ ନିର୍ଜିବ ପ୍ରାୟ ଗୋଟାସୁଦ୍ଧା ପଡିରହିବା ଛଡା ଗତି ନଥିଲା ଆଉ କିଛି। ଯେପରି ସମୟ, ଭାଗ୍ୟ ଓ ଭଗବାନ ଏହି ତିନିଜଣଙ୍କ ହାତରେ ଛାଡି ଦେଇଥିଲା ନିଜର ସଂକଟାପନ୍ନ ବର୍ତ୍ତମାନକୁ। ଚାହିଁ ମଧ୍ୟ ଆଉ ଅନ୍ଧକାରମୟ ଭବିଷ୍ୟତ ଆଡକୁ ଗୋଟେ ପାହୁଣ୍ଡେ ସୁଦ୍ଧା ଭାବିପାରୁ ନଥିଲା। କୁଆଡେ ଗଲା ତା ସୈନିକର ଦୁର୍ଜୟୀ ଶରୀର ? କୁଆଡେ ଗଲା ତା ପବନ ପରି ଚଳଚଞ୍ଚଳତା ? କୁଆଡେ ଗଲା ତା ଯୌବନର ଉଦ୍ଦାମତା ? ଭାବି ଅଧିର ହୋଇପଡୁଥିଲା ପ୍ରତିନିୟତ। ଆତୁର ହୋଇ ଝୁରିହେଉଥିଲା ମହାର୍ଘ ପାଲଟିଥିବା ଅତୀତକୁ। ଝୁରିହେଉଥିଲା ବିଗତ ଦିନର ସ୍ମୃତି ସବୁକୁ। ଦେହର ଛାଇ ପରି ପାଖରେ ଅନୁଭବ କରୁଥିଲା ନିଳମର ଅନୁପସ୍ଥିତିକୁ।

ସେହିପରି ଭାବରେ ଛଅ'ମାସ କାଳ ପଡିରହିବା ପରେ ଡାକ୍ତରଖାନାରୁ ଡିସ୍‌ଚାର୍ଜ ହୋଇଥିଲା। ତା ପୂର୍ବରୁ ଆଉ ଥରେ ଡକାଇଥିଲା ନିଳମକୁ। ସେ ଆସିଥିଲା ଏବଂ ପୂର୍ବଥର ପରି କହିଥିବା କଥାକୁ ଦୋହରାଇଥିଲା, 'ମୋ ସହିତ ଦିଲ୍ଲୀ ଚାଲ। ଏହାପରେ ଯାହା ଆବଶ୍ୟକ ଟ୍ରିଟ୍‌ମେଣ୍ଟ୍ ସେଠି କରାଯିବ।' ଏହି ଅବସ୍ଥାରେ ତା ସହିତ ଯିବା ପାଇଁ କୌଣସି ପ୍ରକାର ଭରସା ଆସୁ ନଥାଏ। କିପରି ବା ଆସିଥାନ୍ତା ? ଯିଏ କେବଳ ନିଜ ଜିଦିରେ ଏ ପର୍ଯ୍ୟନ୍ତ ଦୂରଛଡା ହୋଇ ରହିଛି ସିଏ ଯେ ତାକୁ ପାଖରେ ରଖି ସମସ୍ତ ପ୍ରକାର ସେବାଶୁଶ୍ରୁଷା କରିବ ଏଥିରେ ନିଃସନ୍ଦେହ ହୋଇପାରୁ ନଥିଲା। ବରଂ ସନ୍ତୋଷର ମତ ଥିଲା, ସେ ତା ସହିତ ଗାଁକୁ ଚାଲୁ। ସେଠାରେ ରହୁ। ଯାହାକୁ ସେ ଶୁଣି ତତ୍‌କ୍ଷଣାତ୍ ମନା କରିଦେଇଥିଲା। ଆଉ କିଛି ବାଟ ନଥିଲା ତାକୁ ସାଙ୍ଗରେ ଆଣିବାକୁ କି ତା ସାଙ୍ଗରେ ଯିବା ମଧ୍ଯ ସମ୍ଭବ ନଥିଲା। ଶେଷରେ ବାପାବୋଉଙ୍କ ଆଶ୍ରାରେ ଫେରିବାକୁ ହୋଇଥିଲା ଗାଁକୁ।

ଭଲ ସମୟ ବୋଲି ଆଉ କିଛି ନଥିଲା। ଅକାଳରେ ଗଛରୁ ଝରିପଡିଥିବା ଝଡାପତ୍ର ଯେପରି ଇତସ୍ତତଃ ଘୂରି ବୁଲୁଥାଏ ହାବୁକା ହାବୁକା ପବନରେ ସେହିପରି ବିତୁଥିଲା ସମୟ। ଖଟରୁ ହୁଇଲ୍‌ଚେୟାର,ପୁଣି ହୁଇଲ୍‌ଚେୟାରରୁ ଖଟ, ଶୋଇବା ଘରର ଝରକାଟିରୁ ଯାଇ ଯାଇ ଦାଣ୍ଡପଟ ବଗିଚା ଯାଏ ସଙ୍କୁଚିତ ହୋଇଯାଇଥିଲା ତା'ର ପୃଥିବୀ। ସ୍ଥିର, ସ୍ଥବିର ଆଉ ଗତାନୁଗତିକ। ଯୁଆଡେ ଚାହୁଁଥିଲା ଶୂନ୍ୟତା, କୋଶ କୋଶ ବ୍ୟାପୀ ଘେରି ରହିଥିବା ଶୂନ୍ୟତା। ନା ସେଠୁ ଦେଖିପାରୁଥିଲା ଆଶାର ସମାନ୍ୟ ଟିକେ କିରଣ। ନା ଖୋଜିପାଉଥିଲା ଏମିତି ବଞ୍ଚିରହିବା ପାଇଁ ଠୋସ୍ କାରଣ। ଭେଣ୍ଡିଆ ପୁଅର ଏପରି ଅବସ୍ଥା ଦେଖି ସେପଟେ ମୁହଁ ଲୁଚାଇ କାନ୍ଦୁଥିଲେ ବାପା ବୋଉ। ଏପଟେ ଅନବରତ ଧାର ଧାର ଅଦୃଶ୍ୟ ଲୁହ ସହ ବୁଝାମଣା କରିଚାଲିଥିଲା ସିଏ।

ଏହି ସମୟରେ ଭେଟ ହୋଇଥିଲା ଜୟନ୍ତୀ। ଯେତେବେଳେ ସବୁଆଡୁ ବନ୍ଧବାଟା ଲାଗୁଥିଲା

ଧୁ ଧୁ ଖରାବେଳ ପରି ଯନ୍ତ୍ରଣାଦାୟକ ସେତେବେଳେ ଶୀତଳ ଛାଇ ପରି ସେ ଆସିଥିଲା ତା ଜୀବନକୁ। ଏହା ଭିତରେ ସେ ଭୁଲିଯାଇଥିଲା ଯେ ସେ ଜଣେ ଆର୍ମିମ୍ୟାନ୍ ବୋଲି। ଅଚଳ ହୋଇ ପଡିରହିବା ପରେ କୁଆଡେ ଉଭେଇଯାଇଥିଲା ତା ଅଦମ୍ୟ ଦୃଢ ମନୋବଳ, ଅସୁମାରି ଇଚ୍ଛା ଶକ୍ତି ଓ ପ୍ରାଣର ସ୍ଫୁର୍ତ୍ତି। ଅସମୟରେ ବାର୍ଦ୍ଧକ୍ୟ ଘୋଟି ଆସିବା ପରି ସବୁ ହୋଇଯାଇଥିଲା ନିସ୍ତେଜ, ଶୁଷ୍କ ଓ ପ୍ରାଣହୀନ। ବଞ୍ଚିବାଟା ବୋଝ ପରି ହୋଇପଡିଥିଲା ଅସହନୀୟ। ସେତେବେଳେ କେବଳ ମୃତ୍ୟୁ ହିଁ ଥିଲା ତା'ର ଏକମାତ୍ର କାମ୍ୟ। ଇପ୍‌ସିତ ମୁକ୍ତିର ଦ୍ୱାର। ଯାହାକୁ ଲଭିବାକୁ ଆକୁଳ ପ୍ରାର୍ଥନା କରୁଥିଲା ଅବଶିଷ୍ଟ ଆସ୍ଥା ଥିବା ଈଶ୍ୱରଙ୍କ ଠାରେ।

ଯେଉଁଦିନ ଜୟନ୍ତୀ ତାକୁ ପ୍ରଥମେ ଏପରି ଅବସ୍ଥାରେ ଦେଖିଥିଲା ଜିଭ କାମୁଡି ପକାଇଥିଲା ଯନ୍ତ୍ରଣାରେ। କାତର ହୋଇପଡି କହିଥିଲା, 'କି ଦଣ୍ଡ ମିଳିଲା ତୋତେ ଆହା! ଏମିତି ତୋତେ ପୁଣି ଦେଖିବାର ଥିଲା ଏଇ ଦୁଇ ଆଖିରେ !' ଭୋ ଭୋ ହୋଇ କାନ୍ଦି ପକେଇଥିଲା ଅସମ୍ଭାଳ ଭାବରେ। ଗୋଟିଏ ଗାଁରେ ଗୋଟିଏ ସ୍କୁଲରେ ଏକାଠି ପାଠ ଆରମ୍ଭ କରିଥିଲେ ଦୁହେଁ। ପରେ ଏକାଠି ପଢି ମାଟ୍ରିକ ପାସ୍ କରିଥିଲେ ପାଖ ଗାଁ ସ୍କୁଲରୁ। ଝିଅ ପିଲା ବୋଲି ପାଠରେ ସେଇଠି ଡୋର ବନ୍ଧା ହୋଇଥିଲା ତା'ର। ସିଏ ଯାଇ ନାମ ଲେଖାଇଥିଲା ଚୌଦ୍ୱାର କଲେଜରେ। ତାପରେ ଇଣ୍ଟରଭ୍ୟୁ ଦେଇ ଭର୍ତ୍ତି ହୋଇଥିଲା ମିଲଟାରିରେ। ଏହାପରେ ଜୟନ୍ତୀ ବିଷୟରେ ନା ସେ କିଛି ଜାଣିଥିଲା ନା ଖବର ରଖିଥିଲା।

ଦେଖିବାକୁ କାଳୀ ଆଉ ଅସୁନ୍ଦରୀ ଥିବାରୁ ବାହା ହୋଇପାରି ନଥିଲା ଜୟନ୍ତୀ। ଘରେ ବସି ବସି ଶେଷରେ କାମ କରୁଥିଲା ଯାଇ ଏକ ସ୍ୱେଚ୍ଛାସେବୀ ଅନୁଷ୍ଠାନରେ। କାମ ଥିଲା ତା'ର ଅନାଥ ପିଲାମାନଙ୍କର ଯତ୍ନ ନେଇ ଲାଳନପାଳନ କରିବା ଓ ସେମାନଙ୍କୁ ପାଠ ଦି'ଅକ୍ଷର ପଢାଇବା। ଗାଁରେ ଥାଇ ସନ୍ତୋଷର ଦୁର୍ଘଟଣା ବିଷୟରେ ଯୋଉଦିନ ଶୁଣିଥିଲା ଦୁଃଖରେ ଛାତି କୋରିହୋଇଯାଇଥିଲା ତାର। ଠାକୁରଙ୍କୁ ଥରକୁ ଥର ଗୁହାରି ଶୁଣାଇଥିଲା ଆଶୁ ଆରୋଗ୍ୟ କାମନା କରି। ତା'ପରେ ସନ୍ତୋଷ ମେଡିକାଲରୁ ଫେରିଆସିବା ଶୁଣି ଧାଇଁ ଆସିଥିଲା ଦେଖିବାକୁ। ଆଉ କୋହ ଅଟକାଇପାରି ନଥିଲା ଦେଖି। ପିଲାବେଳୁ ସାଙ୍ଗ ହୋଇ ପାଠ ପଢୁଥିଲେ ଦୁଇଜଣ। ସାଙ୍ଗ ସାଙ୍ଗର ଭାବବିନିମୟ ଭିତରେ କେତେବେଳେ ଅଲକ୍ଷ୍ୟରେ ହୃଦୟ ଦେଇ ବସିଥିଲା ସନ୍ତୋଷକୁ। ଗୋରା ତକତକ ରଜାପୁଅ ପରି ଚେହେରା ସନ୍ତୋଷର। ଆଉ ସହଜେ ତ ଇଏ...। ମନ କଥାକୁ ଚାପି ଦେଇଥିଲା ବୁକୁ ତଳେ।

ସେଇ ସନ୍ତୋଷକୁ ଏପରି ଭାବରେ ଦେଖି ଆଉ ଚାପି ରଖିପାରି ନଥିଲା ନିଜକୁ। ସହିପାରିଲାନି ତା'ର ଏହି ହନ୍ତସନ୍ତଭରା କରୁଣ ଅବସ୍ଥାକୁ ଦେଖି। ତା ଭୋଗରେ ଭାଗୀ ହେବା ପାଇଁ ଆଗେଇ ଆସିଥିଲା ଆପଣାଛାଏଁ। ସେଥିପାଇଁ ଶତବାରଣକୁ ସୁଦ୍ଧା ଏଡେଇଯିବାକୁ ପଛାଇ ଯାଇନଥିଲା। ପ୍ରଥମେ ପ୍ରଥମେ ଅଟକାଇଲେ ବାପା ମା'ଙ୍କ ସମେତ ପରିବାରର ଲୋକେ। 'କହିଲେ, 'ସେ ଅଥର୍ବ ଅକର୍ମଣ୍ୟଟା ପାଇଁ କାଇଁବେଳ ସାରୁଛୁ ? ତା ସ୍ତ୍ରୀ ତ ଏଇ ଅବସ୍ଥାରେ ପାଖ ମାଡିଲାନି? କୋଉ ଦରଦରେ ତୁ ତା ପାଇଁ ଏତେ ମରିହେଉଛୁ?' ଗାଁ ଲୋକେ ପଛରେ ଚୁପୁରୁଚାପୁରୁ ହେଲେ।

'କହିଲେ, କ'ଣ ମିଳିବ ତା ପାଖରୁ ଆଉ ଯେ ଇଏ ଦ୍ୱିତୀୟା ହେବାକୁ ବାହାରିଛି !' କାହାକୁ କିଛି ଜବାବ ନ ଦେଇ ସବୁ ଶୁଣୁ ଥିଲା ମୁହଁ ପାତି। ସବୁକିଛି ଦୁଇ କାନରେ ସହିଯାଉଥିଲା ବିନା ପ୍ରତିବାଦରେ। ଦିନେ ଥିଲା ଥିଲା ଗାଁ ଠାକୁରାଣୀଙ୍କ ପାଖରୁ ସିନ୍ଦୁରକାଚ ପୂଜା କରି ଆଣି ମଥାରେ ନାଇ ହାତରେ ପିନ୍ଧିଲା। ସନ୍ତୋଷର ସ୍ତ୍ରୀ ହୋଇ ତା'ଘରେ ଆସିରହିଲା। ଏକାଥରକେ ଚୁପ୍ କରାଇଦେଲା ସବୁ ପାଟିଖୋଲୁଥିବା ମୁହଁକୁ।

ଦେଖିବାକୁ ଗଲେ ସନ୍ତୋଷ ସଂପୂର୍ଣ୍ଣ ଅଭିଭୂତ ହୋଇଯାଇଥିଲା ଜୟନ୍ତୀର ଏହି ନିଷ୍ପତ୍ତିରେ। ଗୋଟିଏ ପଟେ ସେ ଦେଖୁଥିଲା ନିଲମକୁ, ଯାହାକୁ ସେ ପ୍ରାଣଠାରୁ ଅଧିକ ଭଲ ପାଇ ବାହା ହୋଇଥିଲା। ଯିଏ ତା'ର ଏହି ଆପଦ କାଳରେ ପାଖରେ ଛିଡା ହେବା ବଦଳରେ ଚାଲିଯାଇଥିଲା ଦୂରକୁ। ମରେ ଅବା ବଞ୍ଚେ କିଛି ବୋଲି କିଛି ଫରକ୍ ପଡି ନଥିଲା ତା ଜିଦ୍ ଆଗରେ। ଆରପଟରେ ଜୟନ୍ତୀ, ଯିଏ କେବଳ ତା ସହିତ ସାଙ୍ଗ ହୋଇ ପାଠ ପଢୁଥିଲା। ଯାହାକୁ କଳ୍ପନାରେ ସୁଦ୍ଧା କେବେ ସେ ଦିନେ ତାକୁ ଭଲ ପାଇ ନଥିଲା। ସିଏ ଆଜି ସବୁ କିଛିକୁ ପଛ କରି ତା ପାଖରେ ସାହା ହୋଇ ଛିଡା ହୋଇଛି। କିଛି ମିଳିବ ନାହିଁ ବୋଲି ଭଲ କରି ଜାଣିସୁଦ୍ଧା ସ୍ୱାମୀ ବୋଲି ଗ୍ରହଣ କରିଛି। ଏମିତି ତ୍ୟାଗ ଯୋଉଠି ନିଜର ବୋଲି ଯିଏ ଥିଲା ସିଏ କଲା ନାହିଁ ଆଉ ଯିଏ କାଲି ପର ଥିଲା ସେ ଆଜି ନିଜର ପାଲଟିଲା। ତା ପ୍ରତି କୃତଜ୍ଞତାରେ ଭରି ଆସୁଥିଲା ହୃଦୟ।

କେବଳ ଗୋଟିଏ ବାଟ ଥିଲା ଜୟନ୍ତୀକୁ ସ୍ତ୍ରୀର ମାନ୍ୟତା ଦେବା ପାଇଁ। ତାହା ଥିଲା କୋର୍ଟର ବାଟ। ନିଲମ ସହ ଛାଡପତ୍ର ଲାଗି ଫ୍ୟାମିଲି କୋର୍ଟରେ ଦାଏର କରିଥିଲା କେସ୍। ଶୁଣାଣି ହୋଇ ଏକାଧିକ ଥର ନୋଟିସ୍ ଯାଇ ଫେରି ଆସୁଥିଲା ଠିକଣାରୁ। ନିଲମ ନା ନୋଟିସ୍ ଗ୍ରହଣ କରୁଥିଲା ନା କୋର୍ଟକୁ ଆସି ହାଜିର ହେଉଥିଲା ତାରିଖରେ। ଏମିତି ହୋଇ ଗଡି ଯାଇଥିଲା ଦୁଇବର୍ଷ। ଅଛିଣ୍ଡା ଗଣିତ ପରି ମାମଲାଟା ପଡି ରହିଥିଲା କୋର୍ଟରେ। ଏହା ଭିତରେ ଆଉ ଥରେ ପୁଣି ନୋଟିସ୍ ଜାରି ହୋଇଥିଲା। ତଥାପି କିଛି ଗୋଟେ ହବ କିମ୍ବା ଉତ୍ତର ଆସିବ ଭରସା ଆସୁ ନଥିଲା ସନ୍ତୋଷର। ଯୋଉଟା ଖାଲି ତାକୁ ବିବ୍ରତ କରୁ ନଥିଲା ଅଧିକନ୍ତୁ ଜୟନ୍ତୀ ମୁହଁରେ ହସକୁ ବି ଶୁଖାଇ ରଖିଥିଲା। ପ୍ରଥମ ସ୍ତ୍ରୀ ଥାଉ ଥାଉ ଦ୍ୱିତୀୟକୁ ଅବା ଗ୍ରହଣ କରିବ କିଏ ? ଯେପର୍ଯ୍ୟନ୍ତ ନିଲମ ଛାଡପତ୍ର ପାଇଁ ରାଜି ନ ହୋଇଛି ସେପର୍ଯ୍ୟନ୍ତ ସେ ପିନ୍ଧୁଥିବା ସିନ୍ଦୁର ଆଉ କାଚ କେବଳ ନାମକୁ ମାତ୍ର।

ନିଲମର ଏପରି ଅହେତୁକ ନିରବତାଟା ଆଦୌ ବୋଧଗମ୍ୟ ହେଉ ନଥିଲା ଜୟନ୍ତୀ ପାଇଁ। ବହୁତ ଭାବିଚିନ୍ତି କେଇ ଧାଡିର ଚିଠି ଖଣ୍ଡେ ଲେଖି ପଠାଇଥିଲା ତା ପାଖକୁ। ଲେଖିଥିଲା, 'ନିଲମ ଭଉଣୀ, ମୋର ଶୁଭେଚ୍ଛା ଜାଣିବ। ସନ୍ତୋଷଙ୍କ ଜୀବନକୁ ଆସିଲା ପରେ କେବଳ ଏତିକି ବୁଝିଛି, ଦୂରେଇଯିବା ଆଉ ଗ୍ରହଣ କରିବା ଦୁଇଟି ଅଲଗା ଅଲଗା ସରଳରେଖା। ସେହିପରି ଆମ ଜୀବନର ଏହି ଅଲଗା ଅଲଗା ଅବସ୍ଥିତିରେ ଆମେ ଦୁହେଁ କେବେ ମିଳିତ ହୋଇପାରିବା ନାହିଁ। ଏହି ସତ୍ୟକୁ ଏବେ ସାମ୍ନା କରିବାର ବେଳ ଆସିଛି। କିଛି ନହେଲେ ତମ ପାଖରେ ଆଗକୁ ଚାହିଁ ବଞ୍ଚିବା ପାଇଁ ପୁଅଟିଏ ଅଛି। ଯାହାକୁ ନେଇ ତୁମେ ମୃତ୍ୟୁ ଯାଏଁ ସୁଦ୍ଧା ସ୍ୱପ୍ନ ଦେଖିପାରୁଥିବ।

ହେଲେ ମୋ କପାଳର ଭାଗ୍ୟକୁ ଦେଖ, ସେଠି ସିନ୍ଦୁର ପିନ୍ଧିଛି ସତ ହେଲେ ତାହା ରଙ୍ଗହୀନ। ବାକି ବୁଝିବା ନ ବୁଝିବା ତମ ଉପରେ ଛାଡି ରହୁଛି।।ଇତି।। ତୁମର ଭଉଣୀ ଜୟନ୍ତୀ।' ଏଥିରୁ ଯେ କିଛି ଗୋଟାଏ ହବ ବିଶ୍ୱାସ ଆସୁ ନଥିଲା ଜୟନ୍ତୀର। ସେହି କଥାକୁ ଭାବି ସକାଳୁ ମନଟା ଗୁରେଇ ତୁରେଇ ହୋଇ ଗଲିଥିଲା। ଠିକ୍‌ରେ ନା ନିଜକୁ ସଜ କରିପାରୁଥିଲା ନା ଦର୍ପଣ ଛାଡି ଘରକାମକୁ ଯାଇପାରୁଥିଲା।

ନିରବ ଦର୍ଶକଟିଏ ପରି ତା ହୁଇଲଚେୟାର ଉପରେ ବସିରହିଥିଲା ସନ୍ତୋଷ। କେତେବେଳୁ ଚାହିଁ ରହିଥିଲା କୁହୁଡି ଭରା ତେଜହୀନ ଆକାଶ ଆଡକୁ ନିର୍ଲିପ୍ତ ମୁଦ୍ରାର ଚାହାଣିରେ। ସକାଳର ପାଣିଚିଆ ଖରା ପଡି ତା ଦେହଟା ଦିଶୁଥିଲା ବିଭୁତି ରଙ୍ଗ ପରି ମସିଆ ଧଳା। ନିଲମକୁ ନେଇ ତା ମନ ଭିତରେ ଉଠିଥିବା ଚିନ୍ତାର ଝଡ ଥମିବାର ନାଁ ଧରୁ ନଥାଏ। ଆରପଟେ ଦେଖେ ଅସହାୟ ମୂର୍ତ୍ତିଟେ ପରି ଛିଡାହୋଇଛି ଜୟନ୍ତୀ। ତା ନିଃସ୍ୱାର୍ଥପର ସେବା ଓ ଅପରିମେୟ ତ୍ୟାଗ ବଦଳରେ ପାଇଛି ବା କ'ଣ ? ସ୍ତ୍ରୀ ହେବାର ଅଧିକାରରୁ ବଞ୍ଚିତ ! ଆଇନ ଆଉ ସମାଜ ଆଖିରେ ଅସ୍ୱୀକୃତ ! ଭଗବାନ ଜାଣନ୍ତି ଆଗକୁ ଏହାର ପରିଣାମ କ'ଣ ହେବ? ଦୀର୍ଘ ନିଃଶ୍ୱାସ ପକାଇ ସାମ୍ନା ଆକାଶକୁ ଚାହିଁ ରହିଲା ପୂର୍ବପରି।

ଏତିକିବେଳେ ଘର ଭିତରୁ ମୋବାଇଲ ରିଙ୍ଗ୍ ହେବାର ଶବ୍ଦ ଶୁଭିଲା। ଜୟନ୍ତୀ ଉଠିଗଲା ଭିତରକୁ ମୋବାଇଲ ଆଣିବା ପାଇଁ। କଟକରୁ ଓକିଲ ବାବୁଙ୍କର ଫୋନ୍ ଥିଲା। ଅନ୍ କରି କାନ ପାଖରେ ଆଣି ଲଗାଇଲା ସନ୍ତୋଷର। ସେପଟୁ ଓକିଲ ବାବୁ କହୁଥିଲେ, 'ସନ୍ତୋଷ ବାବୁ, ଆପଣଙ୍କ ପାଇଁ ଗୋଟେ ଭଲ ଖବର। ଏଥର ଯୋଉ ନୋଟିସ୍‌ଟା ପଠା ଯାଇଥିଲା ତାହା ଠିକ୍‌ରେ ଜାରି ହୋଇ ଫେରିଆସିଛି। ସେଥିରେ ପ୍ରତିବାଦୀ ଦସ୍ତଖତ କରିବା ସହ ପଠା ହୋଇଥିବା ଡିଭୋର୍ସ ପେପରରେ ମଧ୍ୟ ନିଜର ସମ୍ମତି ଜଣାଇଛନ୍ତି। ଆଶା କରୁଛି, ଆସନ୍ତା ଶୁଣାଣିରେ କୋର୍ଟ ନିଶ୍ଚୟ ଏହାର ଚୂଡାନ୍ତ ଫଇସଲା କରିଦେବ।' ପାଖରେ ଛିଡା ହୋଇ ସବୁ ଶୁଣୁଥିଲା ଜୟନ୍ତୀ। ତା ଓଠରେ ଫିଟି ଆସୁଥିଲା ଧାରେ ହସର ଗାର। ଚାହିଁଲା ସନ୍ତୋଷ ଆଡକୁ। ଅବିକଳ ସେଠି ବି ଧାରେ ହସ ଉଙ୍କିମାରୁଥିଲା। ଦୁହେଁ ଚାହିଁ ଥିଲେ ଦୁଇଜଣଙ୍କ ଆଖିକୁ। କୁନି କୁନି ଖୁସିର ଢେଉ ପରି ଖେଳିବୁଲୁଥିବା ଆଖିର ଅକ୍ଷରକୁ ପଢୁଥିଲେ ଦୁହେଁ। କାହା ପାଟିରୁ ବାହାରୁ ନଥିଲା କଥା। କିଛି ମୁହୂର୍ତ୍ତ ପାଇଁ ସ୍ତବଧ୍ ହୋଇଯାଇଥିଲା ଯେପରି ସମୟ।

ଆଉଥରେ ଦର୍ପଣକୁ ହାତରେ ଧରି ନିଜର ସିନ୍ଥି ସଜାଇବାରେ ଲାଗିଲା ଜୟନ୍ତୀ। ତା ଆଖିକୁ ଏଥର ଖୁବ୍ ଗାଢ ଦିଶୁଥିଲା ମଥା ସିନ୍ଦୁରର ରଙ୍ଗ।

■

ପୂର୍ଣ୍ଣ ଓ ଶୂନ୍ୟ

ଷ୍ଟେସନର ଭିଡ ଭିତରେ ହଠାତ୍ ପଛରୁ କାହାର ଡାକ ଶୁଣି ଅଟକିଗଲା ନଭେଶ। ରାଉରକେଲାକୁ ତା'ର ଆସିବା ଏଇଟା ପ୍ରଥମ ନହେଲେ ସୁଦ୍ଧା ଅନେକ ବର୍ଷର ବ୍ୟବଧାନ ପରେ ଆସୁଥିଲା। ସୁତରାଂ, ଏଠି ସେପରି କେହି ଚିହ୍ନା ଜଣା ଥିବା ତା ପାଇଁ ଥିଲା ସଂପୂର୍ଣ୍ଣ ଅପ୍ରତ୍ୟାଶିତ। କୌତୁହଳବଶତଃ ସମାନ୍ୟ ପଛକୁ ବୁଲି ଦୁଇପଟକୁ ନଜର ବୁଲାଇଆଣିଲା। ଯାତ୍ରୀମାନଙ୍କ ଗହଳ ଚହଳ ଠାରୁ ଟିକିଏ ଦୂରରେ ଛିଡା ହୋଇଥିବା ମହିଳା ଜଣକ ଚିହ୍ନାପରିଚିତ ପରି ଜଣାପଡୁଥିଲେ। ଏଥର ଆଉ ଟିକେ ଭଲ କରି ଚାହିଁଲା ସେହି ମହିଳା ଜଣକ ଆଡକୁ। ଅତି ସହଜରେ ତା'ର ମନେପଡିଲା। ଆଉ ଚିହ୍ନିବାକୁ ବାକି ନଥିଲା, ସେ ଥିଲା ସୋମ୍ୟା ସାମାନ୍ତରାୟ।

ଯା' ଆସ କରୁଥିବା ଯାତ୍ରୀମାନଙ୍କର ଭିଡ କାଟି ସେତେବେଳକୁ ସୋମ୍ୟା ପାଖକୁ ଆସିସାରିଥିଲା। ତା' ଆଡୁ କହିଲା, 'କ'ଣ ଚିହ୍ନିପାରିଲ ନା ନାହିଁ, ସେମିତି ବଲବଲ କରି ଚାହିଁଛ ଯେ.....?' 'ନାଇଁ......ଏତେ ବର୍ଷ ପରେ

ଦେଖୁଛି ଯେତେବେଳେ.....!' ଉତ୍ତର ଦେଲା ନଭେଶ। ବହୁ ବର୍ଷର ବ୍ୟବଧାନ ପରେ ସେ ତାକୁ ଦେଖୁ ଥିଲା। ପ୍ରାୟ ଦଶବର୍ଷ ପାଖାପାଖି ହୋଇଯିବଣି। ଅପଲକ ନୟନରେ ସେ ଚାହିଁରହିଥିଲା ତାରି ଆଡକୁ। ଦେଖୁଥିଲା ସେଇ ଆଖି, ସେଇ ନାକ, ସେଇ ଓଠ, ସେଇ ପରିଚିତ ମୁଖମଣ୍ଡଳକୁ। ଯାହା ଉପରେ ଖାଲି ବସିଯାଇଥିଲା ସମୟର ଧୂଳି। ସମାନ୍ୟ ବୟସ୍କ ଲାଗୁଥିଲେ ମଧ୍ଧ ତା ଚେହେରାର ଆକର୍ଷଣରେ କିଛି କମ୍ ଜଣାପଡୁ ନଥିଲା। ପରିପାଟୀରେ ବେଶ୍ ସମ୍ଭ୍ରାନ୍ତ ଓ ରୁଚିସଂପନ୍ନା ଲାଗୁଥିଲା ସେ। ଏକ ବିସ୍ମୟକର ମୁହୂର୍ତ୍ତ ପାଲଟି ଦୁହିଁଙ୍କ ଆଗରେ ଯେପରି ଉଭା ହୋଇଥିଲା ସମୟ। ଅନେକ ଦିନ ପରେ ସେମାନେ ଭେଟୁଥିଲେ ପରସ୍ପରକୁ, ତାହା ପୁଣି ପ୍ଲାଟ୍‌ଫର୍ମର ଏହି ବ୍ୟସ୍ତବହୁଳ କୋଳାହଳମୟ ପରିବେଶରେ।

କେଇ ମୁହୂର୍ତ୍ତର ନିରବତା ଭାଙ୍ଗି ନଭେଶ କହିଲା, 'ମୋର ରାଉରକେଲା ବଦଳି ହୋଇଛି। ଏଇ ସଙ୍ଗେ ସଙ୍ଗେ ଟ୍ରେନ୍‌ରୁ ଓହ୍ଲାଇ ମୁଁ ବାହାରିଥିଲି ବ୍ୟାଙ୍କ୍ ଅଭିମୁଖେ । ଭଲ ହେଲା, ତମ ସହିତ ଅଚାନକ ଏମିତି ଦେଖାହୋଇଗଲା। ତାହା ପୁଣି କେତେ ଗୁଡାଏ ବର୍ଷ ପରେ! ତମ ଖବର ତ ବିଲ୍‌କୁଲ୍ ମୋ ପାଖରେ ନଥିଲା!' ଅନିସନ୍ଧିତ୍ସୁ ଆଖିରେ ଚାହିଁରହିଲା ସୋମ୍ୟା ଆଡକୁ। ' ମୋର ଜଣେ ବାନ୍ଧବୀଙ୍କୁ ନେବାକୁ ଆସିଥିଲି। ଏଇଠି ଅପେକ୍ଷା କରିଥିଲି ଟ୍ରେନ୍‌ର ଆସିବାକୁ। ମୋର ତମ ଉପରେ କେମିତି କ'ଣ ନଜର ପଡିଗଲା। ଏତେବର୍ଷ ପରେ ହେଲେ ବି ତମକୁ ଚିହ୍ନିବାରେ ବେଶୀ କିଛି ଅସୁବିଧା ନଥିଲା। ପୂରାପୂରି କାଲି ଯାହା ଥିଲ ଆଜି ସେଇଆ ଅଛ ତମେ।' କହି ନଭେଶ ଆଡକୁ ହସି ହସି ଚାହିଁଲା ସୋମ୍ୟା।

ରେଳଷ୍ଟେସନର ହୋହାଲ୍ଲା ମଧ୍ୟରେ କିଛି ସମୟ ପାଇଁ ଆତ୍ମବିସ୍ମୃତ ହୋଇଯାଇଥିଲେ ଦୁହେଁ। ସେମାନଙ୍କ ଭିତରେ ଟେଇଁ ଉଠୁଥିଲା ଛାଡିଆସିଥିବା ସୁନ୍ଦର ଅତୀତର ରଙ୍ଗିନ ପ୍ରତିଛବି। ଦୁଇଟି ଭାବବିହ୍ୱଳ ହୃଦୟ ପରସ୍ପରର ସମ୍ମୁଖୀନ ହେଲେ ଯେପରି ଅବସ୍ଥା ହୁଏ ସେପରି ଅବସ୍ଥା ଥିଲା ସେମାନଙ୍କର। ଏକ ସମୟରେ ଅନେକ କଥା ପଚାରିବସିବାକୁ ପୁଣି ଶୁଣିବାକୁ ଇଛା ଥିଲା ଦୁଇପଟରୁ। ସୋମ୍ୟା ପୁଣି ଆରମ୍ଭ କଲା, 'ତମେ ଚାଲ ମୋ ସହିତ ଆମ ଘରକୁ। ସେଇଠି ଚା'ପିଇ ବହୁତ କଥା ହେବା।' ସେହି ପ୍ରସ୍ତାବରେ ଟିକେ ଅପ୍ରସ୍ତୁତ ଜଣାପଡିଲା ନଭେଶ। କହିଲା, 'ମୋର ଆଜି ବ୍ୟାଙ୍କରେ ଜଏନିଙ୍ଗ୍ ଅଛି। ଚା' ପ୍ରୋଗ୍ରାମ୍‌ଟା ଅନ୍ୟ କେଉଁଦିନକୁ ଥାଉ। ତମ ଠିକଣାଟା ମୋତେ ଦେଇଥାଅ। ମୁଁ କୌଣସି ରବିବାର ଦେଖି ନିଶ୍ଚୟ ଯାଇ ପହଞ୍ଚିବି।' ଭ୍ୟାନିଟିରୁ ଖଣ୍ଡିଏ ଭିଜିଟିଙ୍ଗ୍ କାର୍ଡ କାଢି ସୋମ୍ୟା ବଢାଇଦେଲା ନଭେଶ ଆଡକୁ। ବିଦାୟ ଜଣାଇ ନଭେଶ ଚାଲିଆସିଥିଲା ଷ୍ଟେସନ ବାହାରକୁ।

ଅଟୋରିକ୍ସାରେ ବସି ନିଜର ଗନ୍ତବ୍ୟ ସ୍ଥଳ ବିଷୟରେ ସୂଚାଇସାରିଥିଲା ଚାଳକଙ୍କୁ। ହାତରେ ଧରିଥିବା ଭିଜିଟିଙ୍ଗ୍ କାର୍ଡ ଉପରେ ଥରେ ଆଖି ବୁଲାଇ ଆଣିଲା। ପଢି ଉଲ୍ଲସିତ ହୋଇଉଠିଲା। ଲେଖା ଥିଲା, ସୋମ୍ୟା ସାମନ୍ତରାୟ, ତଳକୁ ପ୍ରେସିଡେଣ୍ଟ-ରାଉରକେଲା ଲେଡିଜ୍ କ୍ଲବ, ତଳକୁ ମାର୍ଫତ୍-ମହେଶ ଅଗ୍ରୱାଲ, ଇଣ୍ଡଷ୍ଟ୍ରିଆଲିଷ୍ଟ, ତା ତଳକୁ ଘର ଠିକଣା। କାର୍ଡର ଆରପଟ ଉପରମୁଣ୍ଡରେ ଦୁଇଟି ମୋବାଇଲ ନମ୍ବର। ଖୁସି ଲାଗୁଥିଲା ଦେଖି ସୋମ୍ୟା ନିଜକୁ ଯଥେଷ୍ଟ ସକ୍ରିୟ ରଖିପାରିଛି।

ଲେଡିଜ୍ କ୍ଲବର ପ୍ରେସିଡେଣ୍ଟ ହୋଇପାରିଛି । ହେଲେ ତା' ପାଇଁ ସବୁଠାରୁ ଚମକପ୍ରଦ ଥିଲା ସେହି ଭିଜିଟିଙ୍ଗ୍ କାର୍ଡରେ ଉଲ୍ଲେଖ ଥିବା ମହେଶ ଅଗ୍ରୱାଲ, ଇଣ୍ଡଷ୍ଟ୍ରିଆଲିଷ୍ଟ ଧାଡିଟି । ଯାହା ଛାଡି ଆସିଥିବା ଅନେକବର୍ଷ ତଳର ଏକ ଘଟଣାକୁ ମନେ ପକାଇଦେଉଥିଲା । ଘଟଣା ତ ନୁହେଁ, ତା ପାଇଁ ଥିଲା ଏକ ଅଭୁଲା ସ୍ମୃତି ।

ସେଦିନ ଥିଲା ଜ୍ୟେଷ୍ଠ ମାସର ଏକ ଉତ୍ତପ୍ତ ଅପରାହ୍ନ । ପି.ଜି ଶେଷ ବର୍ଷର ପରୀକ୍ଷା ସରିଥାଏ । ରେଜଲଟ୍ ବାହାରିବାକୁ ଥାଏ ଅପେକ୍ଷା । ଗରମ ଲାଗୁଥିବାରୁ ପବନ ଟିକେ ବାଜିବା ଆଶାରେ ନିଜ କୋଠରିର ଝରକା ଓ କବାଟତକ ମୁକୁଳା କରି ବସିରହିଥିଲା ସେ । ଗରମରୁ ବର୍ତ୍ତିବା ପାଇଁ ଆଉ କିଛି ଉପାୟ ନଥିଲା ତା'ର ସେହି ଛୋଟ ଭଡା ଘରେ । ଏହି ସମୟରେ ଦେଖିଲା କିଛି ଦୂରରେ ଏକ ହୁଡ୍‌ଖୋଲା ରିକ୍‌ସାରୁ ଓହ୍ଲାଇ ପାଖ ଲୋକଙ୍କ ଠାରୁ କାହାର ଠିକଣା ପଚାରି ବୁଝୁଥିଲା ଝିଅଟିଏ । କିଛି ସମୟ ପରେ ସେହି ରିକ୍‌ସାଟି ଆସି ତାରି ଘରର ଗେଟ୍ ସାମନାରେ ଅଟକିଲା ।ତାକୁ ଆଶ୍ଚର୍ଯ୍ୟ କଲାପରି ସେଥିରୁ ଓହ୍ଲାଇ ପଡିଥିଲା ସୋମ୍ୟା ସାମନ୍ତରାୟ । ତା' ପି.ଜି କ୍ଲାସର ସହପାଠିନୀ ।

ବିସ୍ମିତ ଓ ଆଗ୍ରହର ସହିତ ସେ ତାକୁ ପାଛୋଟି ଆଣିବାକୁ ଉଠିଯାଇଥିଲା ଗେଟ୍ ପାଖକୁ। ସୋମ୍ୟା ସେଦିନ ଦିଶୁଥିଲା ବିକ୍ଷୁବ୍ଧ ଆଉ ବିଚଳିତ । ଏପରି ସେ କେବେ ତାକୁ ଆଗରୁ ଦେଖି ନ ଥିଲା । ଅନ୍ତତଃ ଏହି ଦୁଇ ବର୍ଷର ପାଠପଢା ଭିତରେ । ତାଙ୍କ କ୍ଲାସର ହାତଗଣତି ରୂପସୀ ଝିଅମାନଙ୍କ ଭିତରେ ସେ ଥିଲା ଅନ୍ୟତମା । ସ୍ୱଭାବରେ କଥାକୁହା ଆଉ ହସଖୁସି ମିଜାଜର ଝିଅ। ପାଠପଢାରେ ଆଗୁଆ ତା ସହିତ ଭଲ ବକ୍ତୃତା ବି ଦେଇପାରେ । ବିଶ୍ୱବିଦ୍ୟାଳୟରେ ଯେତେ ବକୃତା ପ୍ରତିଯୋଗିତା ହୁଏ ସବୁଥିରେ ଭାଗ ନେଇ ପୁରସ୍କାର ଜିତେ । ଦେଖିବାକୁ ଗଲେ ପାଠ ଓ ସାଠ ଯୋଡାଏ ଜିନିଷରେ ତା'ର ଭଲ । କ୍ଲାସ୍ ବାହାରେ ସାଙ୍ଗମାନଙ୍କ ସହିତ ନାନାଦି ବିଷୟରେ ଆଲୋଚନା କରେ । ଏସବୁ ଭିତରେ ତା'ର ସବୁଠାରୁ ଅଧିକ ଦକ୍ଷତା ଥାଏ ଚିତ୍ରକଳା ସମୀକ୍ଷା କରିବାରେ । ଆଧୁନିକ ଚିତ୍ର ସବୁରେ ଥିବା ରଙ୍ଗ ଓ ବିଷୟ ବିନ୍ୟାସର ପ୍ରତୀକାତ୍ମକ ପରିଭାଷାକୁ ସେ ଖୁବ୍ ସୁନ୍ଦର ଭାବରେ ବ୍ୟାଖ୍ୟା କରିପାରେ । ବିଶେଷ କରି ତା ଦ୍ୱାରା ଅଙ୍କିତ ସବୁ ସ୍କେଚ୍,ଲ୍ୟାଣ୍ଡସ୍କେପ୍ କିମ୍ବା ପୋଟ୍ରେଟ୍ ପେଣ୍ଟିଙ୍ଗ୍ ଗୁଡିକୁ ଖୁବ୍ ପ୍ରଶଂସା କରିଥାଏ ସୋମ୍ୟା । ଏକ ଭଲ କ୍ରିଟିକ୍ ପରି ନିଜର ମତାମତ ରଖିଥାଏ । ସେହି ଦୃଷ୍ଟିରୁ ସୋମ୍ୟା ସହିତ ତା'ର ବନ୍ଧୁତ୍ୱ ଯଥେଷ୍ଟ ଆନ୍ତରିକତା ପୂର୍ଣ୍ଣ ଥିଲା ।

ତା ପଛେ ପଛେ ଅଧୈର୍ଯ୍ୟ ହୋଇ ରୁମ୍ ଭିତରକୁ ପଶି ଆସିଥିଲା ସୋମ୍ୟା । ସାମାନ୍ୟ କାଳ ବିଳମ୍ବ ନ କରି କହିଲା, 'ଅନେକ ଆଶା ନେଇ ତମ ପାଖକୁ ଆସିଛି ନଭେଶ । ମୋ ପାଇଁ କାମଟିଏ କରିଦେବ ପ୍ଲିଜ୍ ।' କିଛି ବୁଝି ନ ପାରି କେବଳ ଅବୁଝା ଆଖିରେ ଚାହିଁ ରହିଥିଲା ସେ । ତାପରେ ସୋମ୍ୟା ଆରମ୍ଭ କଲା, 'ମୋ ଜୀବନର ଆଜି ଚରମ ବିପର୍ଯ୍ୟୟର ଦିନ । ମୋର ସବୁକିଛି ଆଶା ଆଜି ତାସ୍‌ର ଘର ପରି ଧୂଳିସାତ୍ ହୋଇଯାଇଛି । ପାଣି ଫୋଟକା ପରି କୁଆଡେ ମିଳାଇଯାଇଛି ସବୁତକ ସ୍ୱପ୍ନ । ଯୋଉଠି ଭରସା କରିଥିଲି ସେଇଠି ଶେଷରେ ମିଳିଲା ଧୋକା !ମୋତେ ସେ ପ୍ରତାରଣା କରିଛି, ହଁ ନଚିକେତା ମୋ ସବୁ ବିଶ୍ୱାସକୁ ଭାଙ୍ଗିଦେଇଛି !'କହି କଇଁ କଇଁ କଣ୍ଠରେ କାନ୍ଦି ଉଠିଲା ସୋମ୍ୟା । ଢେର ସମୟ ଅନୁରୋଧ କଲାପରେ ଯାଇ ସେ ଚୁପ୍ ରହିଥିଲା ।

କିଛି ସମୟ ଧରି ଦୁଇ ଜଣଙ୍କ ମଝିରେ ଛିଡା ହୋଇ ରହିଥିଲା ଏକ ଅବର୍ଣ୍ଣନୀୟ ନିରବତା। ଚାରିପଟେ ବିରାଜମାନ ଅପରାହ୍ନରେ ସେହି ନିରବ ଉଷ୍ମତା ଭରି ହୋଇଯାଇଥିଲା । ନିଜର ଭାବାବେଗକୁ ସମ୍ଭାଳି ସୋମ୍ୟା ପୁଣି କହିଲା, 'ମୁଁ ଚାହୁଁଛି ସେହି ପ୍ରତାରକକୁ ତା'ର ବାହାଘରରେ ଏକ ମନେରଖିଲା ଭଳି ପେଣ୍ଟିଂ ଉପହାର ଦେବି। ଯେଉଁ ପେଣ୍ଟିଂରେ ଥିବ ପ୍ରେମ ଆଉ ପ୍ରତ୍ୟାଖାନର, ପ୍ରାପ୍ତି ଓ ନୈରାଶ୍ୟର ଫେଣ୍ଟାଫେଣ୍ଟି ମିଶ୍ରିତ ଛବି। ଯାହା ଏକ ସମୟରେ ମନେ ପକାଇ ଦେଉଥିବ ପୂର୍ଣ୍ଣତା କ'ଣ ଓ ପୁଣି ଶୂନ୍ୟତା କ'ଣ ? ଯାହାକୁ କେବଳ ତୁମେ ହିଁ କରିପାରିବ ନଭେଶ।' ଏତକ କହି ଅପଲକ ନୟନରେ ଖୁବ୍ ଆଶାପୂର୍ଣ୍ଣ ଭାବରେ ଚାହିଁ ରହିଲା ତା' ଆଡକୁ। କେବଳ ସମବେଦନାର ପ୍ରତିସ୍ୱର ଆଶା କରୁନଥିଲା ବରଂ ଏଥିନେଇ ଏକ ଉତ୍ତରଦାୟିତ୍ୱ ବି ଚାହୁଁଥିଲା ତା'ଠାରୁ।

ଅଳ୍ପ ସମୟ ପାଇଁ ଗୋଟିଏ ଜଟିଳ ଗଣିତ ପରି ଲାଗୁଥିଲା ସୋମ୍ୟାର କଥାବାର୍ତ୍ତା। ସେ ଯେ ପ୍ରେମରେ ବିଫଳ ହୋଇଛି ଏବଂ ତାର ପ୍ରେମିକ ତାକୁ ପ୍ରତ୍ୟାଖ୍ୟାନ କରି ଆଉ ଜଣକୁ ଯେ ବାହା ହେବାକୁ ଯାଉଛି, ଏକଥା ବୁଝିବାକୁ ଆଉ ବାକି ନ ଥିଲା। ମନେ ପକାଇଲା,କେଉଁଠି ପଢିଥିଲା ପ୍ରେମର ବିଫଳତା ମଣିଷକୁ ଦାର୍ଶନିକ କରିଦିଏ। ତା' ସମ୍ମୁଖରେ ବିଫଳ ମନୋରଥରେ ଅଧିର ହୋଇ ଛିଡା ହୋଇଥିବା ଝିଅଟି ଯେ ସେହିଭଳି ଭାଙ୍ଗିପଡି ଦାର୍ଶନିକ ହେବାକୁ ବସିଛି ଏଥିରେ ସେ ନିଶ୍ଚିତ ହେବାକୁ ଯାଉଥିଲା। ସୋମ୍ୟା ଯେହେତୁ ତା'ର ଜଣେ ଭଲ ସାଙ୍ଗ ଏଥିପାଇଁ ଯେ କେବଳ ତା ସହିତ ଏକା କ୍ଲାସରେ ପଢେ ବୋଲି ନୁହେଁ, ଅଧିକନ୍ତୁ କ୍ଲାସ୍ ବାହାରେ କଳାତ୍ମକ ବିଷୟରେ ହେଉ କି ଆଉ ସେମିତି କିଛି ବିଷୟରେ ହେଉ ଘନିଷ୍ଠ ସମ୍ପର୍କ ଥିଲା। ସବୁବେଳେ ତାକୁ ଆଗରୁ ଖୁସି ଓ ସତେଜ ଦେଖିଆସିଛି। ଏଣୁ ତେଣୁ ଅନେକ ବିଷୟରେ କଥା ହୋଇଛି। ହେଲେ, କେବେ ତାକୁ ସେ ତା'ର ବ୍ୟକ୍ତିଗତ ପ୍ରେମ ସମ୍ପର୍କରେ ଜଣାଇ ନଥିଲା। ଯଦିଓ ଏକଥା ମନକୁ ଆସିଛି ତାହା ବନ୍ଧୁତାର ସୀମା ଲଙ୍ଘନ କରିବ ଭାବି କେବେ ଖୋଲି ପଚାରିବାର ସାହାସ କରିନଥିଲା।

ସୋମ୍ୟାକୁ ଏପରି ବ୍ୟତିବ୍ୟସ୍ତ ଓ କରୁଣ ଅବସ୍ଥାରେ ଦେଖି ସହିପାରୁନଥିଲା।ସେ ବୁଝିବାକୁ ଚେଷ୍ଟା କଲା ତା'ର ଏହି ବେଦନାର ଗଭୀରତାକୁ। ସାଙ୍ଗ ହିସାବରେ ସମବେଦନା ଜଣାଇବାକୁ ଚାହୁଁ ଥିଲା ତା ଦୁଃଖରେ। ସେଥିପାଇଁ ନିଜ ଆଡୁ କ୍ଷୋଭ ପ୍ରକାଶ କରି କହିଲା, 'ତମ ପରି ଝିଅ ସହିତ ଯିଏ ପ୍ରତାରଣା କରିଛି, ସେ କେବେହେଲେ ଠିକ୍ କରି ନାହିଁ। ଏଥିପାଇଁ ସେ ନିଶ୍ଚୟ ଭବିଷ୍ୟତରେ ପଶ୍ଚାତାପ କରିବ। ଇଶ୍ୱର ତାକୁ କେବେ ହେଲେ କ୍ଷମା କରିବେ ନାହିଁ। ଯିଏ ତମ ପରି ଝିଅର କୋମଳ ହୃଦୟ ସହ ଖେଳିଛି, ବିଶ୍ୱାସଘାତକତା କରିଛି ?' ସେ ଅସ୍ଥିର ହୋଇପଡୁଥିଲା ତା'ର ଏହି ଅବସ୍ଥା ଦେଖି। ନିଜଆଡୁ ସବୁମତେ କିପରି ସାନ୍ତ୍ୱନା ଦେଇ ତା' ଦୁଃଖରେ ସମଦୁଃଖୀ ହେବ ତାହା ଥିଲା ତା'ର ପ୍ରୟାସ।

ଆଶ୍ୱାସନା ଦେଇ କହିଲା, 'ତମେ ଯେପରି ପେଣ୍ଟିଂ ଚାହୁଁଛ, ସେହିପରି ପେଣ୍ଟିଂ ମୁଁ ତିଆରି କରିବାକୁ ଚେଷ୍ଟା କରିବି। ହେଲେ ପ୍ରଥମେ ନିଜକୁ ଟିକେ ସମ୍ଭାଳି ନିଅ। ମୁଁ ଅନୁଭବ କରିପାରୁଛି ,

ତମ ଭିତରେ ଘଟି ଚାଲିଥିବା ଦାରୁଣ ଯନ୍ତ୍ରଣାର ମର୍ମଦାହକୁ। ତମେ ନିଜ ତ ପୂର୍ଣ୍ଣତାକୁ ହରାଇ ଶୂନ୍ୟତାରେ ଆସି ପହଁଞ୍ଚିଛ ! ଘନ ସବୁଜିମାରୁ ଉତ୍ତପ୍ତ ମରୀଚିକାରେ ଅବତରଣ କରିଛି ! ରଙ୍ଗତୂଳୀରେ ତା'ର ଗଭୀରତାକୁ ମୁଁ କେତେ ଦୂର ପ୍ରତିବିମ୍ବିତ କରିପାରିବି ତାହା ତ ଏକ ଭିନ୍ନକଥା, ତଥାପି ମୁଁ ଚେଷ୍ଟା କରିବି।' ତା ସ୍ୱରରେ ଭରି ରହିଥିଲା ଆତ୍ମପ୍ରତ୍ୟୟ।

ଏମିତି ଚିତ୍ରକଳାରେ କୌଣସି ପେଶାଦାର ଶିକ୍ଷାଗତ ତାଲିମ ନଥିଲା ନଭେଶର। ପିଲାଟି ଦିନରୁ ଅଭ୍ୟାସ କରି କରି ଯାହା ଶିଖି ଆସିଛି। ପରେ ପାଠପଢ଼ା ସହିତ ଏ ଦିଗରେ ବିଶେଷ ରୁଚି ତାର ଦକ୍ଷତାକୁ ବଢ଼ାଇଦେଇଥିଲା। ସାଙ୍ଗସାଥୀ ମହଲରେ ସ୍ୱତନ୍ତ୍ର ପରିଚୟଟିଏ ତିଆରି କରି ପାରିଥିଲା ନିଜ ପାଇଁ। ବହିପଢ଼ା କିମ୍ବା ନୋଟ୍ ଖାତା ଲେଖାରୁ ଫୁରସତ୍ ମିଳିଲେ ସେ ଛବି ତିଆରି କରିବାରେ ହଜିଯାଏ। ଖୁବ୍ ମଜା ପାଇଥାଏ ସେଥିରୁ। ଯୋଉଥି ପାଇଁ ଅନ୍ୟମାନେ ତାକୁ 'ଭାବୁକ ଚିତ୍ରକର' ବୋଲି ଡାକନ୍ତି। ଏହି ଉପାଧିଟା ମିଳିଥିଲା ତାକୁ ୟୁନିଭରସିଟି ସହପାଠୀମାନଙ୍କ ପାଖରୁ। କ୍ୟାମ୍ପସ୍‌ରେ ଏକାଧିକ ଥର ଏକକ ଚିତ୍ରକଳା ପ୍ରଦର୍ଶନୀ କରିଛି। ୱାଲ୍ ମ୍ୟାଗାଜିନ୍‌ରେ ଚିତ୍ର ଆଙ୍କିଛି। ସାଙ୍ଗସାଥୀଙ୍କୁ ବସାଇ ସ୍କେଚ୍ ଆଙ୍କିଛି। ଶିକ୍ଷକମାନଙ୍କର ପ୍ରୋଟ୍ରେଟ୍ ଆଙ୍କିଛି । ନିଜର ପି.ଜି ପାଠକୁ ଛାଡ଼ି ଏପରି ସଂପୃକ୍ତି ଓ ଅଭିଜ୍ଞତା ରହିଥିଲା ତା'ର ଚିତ୍ରକାରିତାରେ। ସେହି ଆତ୍ମବିଶ୍ୱାସରେ ସୋମ୍ୟାର ଅନୁରୋଧକୁ ଏଡ଼ାଇ ନପାରି ପେଣ୍ଟିଂଟି କରିବା ପାଇଁ ହଁ ଭରି ଦେଇଥିଲା।

'ଆଚ୍ଛା, ପେଣ୍ଟିଂଟି ତମେ କେମିତି ହେବାକୁ ଚାହୁଁଛ ?' ମାନେ କ'ଣ ସବୁ ସବ୍‌ଜେକ୍ଟସ୍‌ର ସିମ୍ବଲସ୍‌କୁ ନେଇ ତିଆରି କରିବାକୁ ଚାହୁଁଛ ?' କିଛି ସମୟ ଚିନ୍ତା କରି ସେ ପଚାରି ବସିଲା। ସ୍ଥିର ମୂର୍ତ୍ତିଟେ ପରି ଖଟ ଉପରେ ବସିଥିଲା ସୋମ୍ୟା। ଲୁହଭରା ଆଖିରେ ଚାହିଁ ରହିଥିଲା ଝର୍କା ସେପଟ କ୍ଳାନ୍ତ ଉତ୍ତୀର୍ଣ୍ଣ ଅପରାହ୍ଣର ମଳିନ ଆକାଶ ଆଡକୁ। ସେପରି ସେଆଡକୁ ଚାହିଁରହି କହିଲା, 'ସେଥିରେ ପୂର୍ଣ୍ଣମୀର ଗୋଲ ଅକ୍ଷତ ସୁନା ରଙ୍ଗର ଜହ୍ନଟିଏ ରହିଥିବ ଯାହା ପୂର୍ଣ୍ଣତାକୁ ସୂଚାଉଥିବ। ତଳେ ପାହାଡଟିଏ ଥିବ। ଯାହାର ଶିଖର ଜହ୍ନର ନିକଟଯାଏଁ ହୋଇଥିବ। ଆଉ ସେହି ଶିଖର ଦେଶରୁ ବିଭିନ୍ନ ମଣିଷ ଆକୃତିର ଖଣ୍ଡ ଖଣ୍ଡ ପଥର ସବୁ ତଳକୁ ଖସିପଡୁଥିବେ। ଆକାଶର ଏକ ଅନ୍ଧକାର କୋଣରେ ଗୋଟିଏ ନାରୀର ଦୁଇଟି ଆଖି ସଦୃଶ ଦୁଇଖଣ୍ଡ ଟୁକୁରା ବାଦଲ ଭାସିଯାଉଥିବ। ଯେଉଁଥିରୁ ଦୁଇବୁନ୍ଦା ହୋଇ ଓହଳିଆସିଥିବ ବର୍ଷାରୂପକ ଲୁହ। ପୂର୍ଣ୍ଣିମାର ପୂର୍ଣ୍ଣତା ଦିନେ ଭଗ୍ନ ପାହାଡ ଶିଖରର ପଥରଖଣ୍ଡ ପରି ହଜିଯିବ ଅମାବାସ୍ୟାର ଅନ୍ଧକାର ଭିତରେ। ମୁଁ ଭାବୁଛି ଏଇଟା ଠିକ୍ ହେବ ନଚିକେତାକୁ ଚେତାଇ ଦେବା ପାଇଁ।' ଦୀର୍ଘନିଶ୍ୱାସଟେ ଛାଡି ଚୁପ୍ ହୋଇ ବସିରହିଲା ସୋମ୍ୟା।

ତା କଥା ଶୁଣି ଟିକେ ଗମ୍ଭୀର ହୋଇଉଠିଲା ସେ। କେଇ ମୁହୂର୍ତ୍ତ ସେଇ ଭାବନାରେ ନିମଗ୍ନ ରହି ହଠାତ୍ କିଛି ଗୋଟେ ମୁଣ୍ଡକୁ ଆସିଗଲା ପରି କହିପକାଇଲା, 'ତାହେଲେ ସେହି ଚିତ୍ରର ନାମ 'ପୂର୍ଣ୍ଣ ଓ ଶୂନ୍ୟ' ବୋଲି ରଖାଯାଉ। କ'ଣ କହୁଛ..... ? ଏହି ଟାଇଟେଲ ତମକୁ ଠିକ୍ ଲାଗୁଛି ତ.... ?' ପଚାରି ଚାହିଁଲା ତା ଆଡକୁ। ସୋମ୍ୟାର ସଫେଦ୍ ମୁହଁଟା ଆହୁରି ଝାଉଁଳା ଦିଶୁଥିଲା ଶେଷ ଅପରାହ୍ଣର ଆଲୋକରେ। ଏତେ ସିରିୟସ୍ ହେବାର ତାକୁ ସେ କେବେ ଆଗରୁ ଦେଖି ନଥିଲା। ତା ଚେହେରା ଦିଶୁଥିଲା ବିଲ୍‌କୁଲ୍ ମେଘଗ୍ରସ୍ତ ଆକାଶ ପରି ଅନ୍ଧାରିଆ। ପରିବେଶକୁ ଟିକେ ହାଲ୍‌କା କରିବାକୁ ଯାଇ ସେ କହିଲା, 'ଏବେ

ସେହି ପୂର୍ଣ୍ଣତା ଓ ଶୂନ୍ୟତାକୁ ଟିକେ ବିରାମ ଦିଅ। ଆଗେ କହିଲ, ତମର ସେହି ନଚିକେତା ନାମଧାରୀ ପ୍ରତାରକ ପ୍ରେମିକ କରନ୍ତି କ'ଣ ?' 'ସେ ଜଣେ ଇଣ୍ଡଷ୍ଟ୍ରିଆଲିଷ୍ଟ।' ତତ୍‌କ୍ଷଣାତ ଉତ୍ତର ଦେଲା ସୋମ୍ୟା। ପୁଣି କହିଲା 'ସେଇଥିପାଇଁ ସେ ମୋତେ ବାହାହେବାକୁ ମନା କଲା। ଷ୍ଟାଟସ୍‌ରେ ମୁଁ ତା'ର ସମକକ୍ଷ ନୁହେଁ। ମୁଁ ଜଣେ ୟୁନିଭରସିଟି କିରାଣିର ଝିଅ। ଆଉ ସେ....।'

ଏଇ କାଲି ପରି ଲାଗୁଥିଲା ନଭେଶକୁ ସେହି ବର୍ଷପୁରୁଣା ଘଟଣା। ତେବେ ଯାହା ହେଉ ସେ ଭାରି ଆନନ୍ଦିତ ହୋଇଥିଲା ସୋମ୍ୟାକୁ ଏକ ସଫଳ ଓ ସମ୍ଭ୍ରାନ୍ତ ଜୀବନ ଜୀଉଁଥିବାର ଦେଖି। ତା ପାଇଁ ସବୁଠାରୁ ଅଧିକ ଚମକପ୍ରଦ ପୁଲକ ଥିଲା ଯେ ସୋମ୍ୟାର ସ୍ୱାମୀ ଜଣେ ଇଣ୍ଡଷ୍ଟ୍ରିଆଲିଷ୍ଟ। ଯେଉଁ ମାପକାଠିରେ ଦିନେ ସେ ପ୍ରେମରେ ପ୍ରବଞ୍ଚନା ପାଇଥିଲା, ଆଜି ସେହି ମାପକାଠି ତା'ର ପରିଚୟ। ଅର୍ଥାତ୍ ଜଣେ କିରାଣିର ଝିଅ ବୋଲି ସେଦିନ ସୋମ୍ୟାକୁ ତା'ର ଶିଳ୍ପପତି ପ୍ରେମିକ ବିବାହ ପାଇଁ ଯୋଗ୍ୟ ମନେ କରି ନଥିଲା। ଏବେ ସେହି ଝିଅର ସ୍ୱାମୀ ଜଣେ ଶିଳ୍ପପତି। ମନେ ମନେ ତା'ର ଭାଗ୍ୟକୁ ପ୍ରଶଂସା ନକରି ରହିପାରି ନଥିଲା। 'ଯାହା ହେଉ, ଭଗବାନ ତାକୁ ବହୁତ ଭଲରେ ରଖିଛନ୍ତି।'ଏକ ପ୍ରକାର ଆଶ୍ୱସ୍ତ ହେବା ପରି ଈଶ୍ୱରଙ୍କୁ ଧନ୍ୟବାଦ ଜଣାଇଥିଲା ସେ। କାରଣ ଅନେକ ଗୁଡିଏ ବର୍ଷପରେ ଭେଟୁଥିଲା ତାକୁ। ଯାହା ମନେ ପଡୁଥିଲା ଯେଉଁଦିନ ସେ ଆସି ତା'ଠାରୁ ପେଣ୍ଟିଂଟି ନେଇ ଯାଇଥିଲା, ସେବେଠୁ କାହା ସହିତ କାହାର ଦେଖାସାକ୍ଷାତ ନଥିଲା।

ବ୍ୟାଙ୍କ୍‌ରେ ଚାକିରି କଲା ପରେ ପେଣ୍ଟିଂ ଅଭ୍ୟାସଟା ପୁରା କମି ଯାଇଥିଲା ନଭେଶର। ଖୁବ୍ କମ୍ ସମୟ ପାଉଥିଲା ସେଥିପାଇଁ। ତଥାପି ମଝିରେ ମଝିରେ ଛୁଟିଦିନ ଅବା ରବିବାରଟିଏ ପଡିଲେ ତା'ର ରଙ୍ଗତୂଳୀ କଥା ମନେ ପଡେ। ତାହା ପୁଣି ପାରିବାରିକ ଜଞ୍ଜାଳରୁ ଯଦି ଫୁରସତ୍ ମିଳିଲେ। ଆଗରୁ ସେ ବିଭିନ୍ନ ଚିତ୍ର ପ୍ରଦର୍ଶନୀରେ ଭାଗ ନେଉଥିଲା। ନିଜର ନୂତନ କଳାକୃତିକୁ ସେଥିରେ ସ୍ଥାନ ଦେଇ ଦର୍ଶକମାନଙ୍କର ପ୍ରଶଂସା ପାଉଥିଲା। ମଝିରେ ମଝିରେ ନିଜ ଚିତ୍ରକଳାର ଏକକ ପ୍ରଦର୍ଶନୀର ଆୟୋଜନ କରି କଳାସମୀକ୍ଷକ ମାନଙ୍କ ଦୃଷ୍ଟି ମଧ୍ୟ ଆକର୍ଷଣ କରୁଥିଲା। ଏହି ବ୍ୟାଙ୍କ୍‌ଚାକିରି, ତା ପଛକୁ ବାହାଘର ଓ ପିଲାସଂସାର ପରେ ପେଣ୍ଟିଂରେ ଆଉ ପୂର୍ବ ପରି ମନୋନିବେଶ କରିବା ସମ୍ଭବପର ନଥିଲା।

ଆଜି ରବିବାର ଥିଲା। ଫୁରସତ୍ ମିଳିଥିଲା ଟିକେ ନିତିଦିନର କାର୍ଯ୍ୟ ଦିବସରୁ। ରାଉରକେଲାକୁ ବଦଳି ହୋଇ ଆସିବାପରଠାରୁ ନିଜର ପରିବାରକୁ ଆଣିପାରିନଥିଲା ସାଙ୍ଗରେ। ସେଥିପାଇଁ ଭଲ ଭଡାଘର ଖଣ୍ଡେ ଯୋଗାଡ କରିପାରି ନଥିଲା ଏ ଯାଏଁ। ନୂଆ ଜାଗାରେ ଏସବୁ ସଙ୍ଗେ ସଙ୍ଗେ ଠିକ୍ ଠାକ୍ କରିବା ସହଜ କଥା ନୁହେଁ। ଚିହ୍ନାଜଣା ଲୋକ କିଏ ମିଳିଲେ ଏସବୁ ବୁଝାବୁଝି କରିବାରେ ଟିକେ ସୁବିଧା ହୋଇଥାଏ। ତା'ର ମନେପଡିଗଲା ସୋମ୍ୟାର କଥା। ଏଠିକି ଆସିବା ପରଠାରୁ ତା ସହିତ ଆଉ ଦେଖାଚାହାଁ ହୋଇ ନଥିଲା। ଭାବିଲା, ଏହି ବାବଦରେ ସେ ନିଶ୍ଚୟ କିଛି ସାହାଯ୍ୟ କରିପାରିବ। ତା ଛଡା ଦେଖାହେବା ସହିତ ଭଲ କରି ଟିକେ କଥାବାର୍ତ୍ତା ହୋଇପାରିବ। ସେଦିନ ବ୍ୟାଙ୍କ୍‌ରେ ଜଏନିଙ୍ଗ୍ ଥିଲା ବୋଲି ତରତର ହୋଇ ଚାଲି ଆସିଥିଲା। ଦି' ଚାରିପଦ କଥା ସୁଦ୍ଧା ହୋଇପାରିଲା ନଥିଲା ତା ସହିତ।

ଭିଜିଟିଙ୍ଗ୍ କାର୍ଡ ଉପରେ ଆଖି ଘୂରାଇ ସୋମ୍ୟାର ଘର ଖୋଜି ପାଇବାକୁ ବିଶେଷ କିଛି ଅସୁବିଧା ହେଲା ନାହିଁ । ଭବ୍ୟ ଅଟ୍ଟାଳିକା ସଦୃଶ ଘର। ସାମ୍ନା ଗେଟ୍‌ରେ ସିକ୍ୟୁରିଟି ଗାର୍ଡ। ନାଁ କହିବାରୁ ଫୋନ୍‌ରେ ବୁଝି ଭିତରକୁ ଯିବା ପାଇଁ ଛାଡ଼ିଲା। ଖୋଲା ଥିବା ଘରର ମୁଖ୍ୟ ଦୁଆର ମୁହଁ ପାଖରେ ପହଞ୍ଚିଛି କି ନାହିଁ ସେପଟୁ, 'ଆସନ୍ତୁ ନଭେଶ ବାବୁ, ଭିତରକୁ ଆସନ୍ତୁ।' କାହାର କଣ୍ଠସ୍ୱର ଆମନ୍ତ୍ରଣ କରୁଥିଲା ତାକୁ। ଉତ୍ସାହିତ ହୋଇପଡ଼ି ଭିତର ଆଡ଼କୁ ଚାହିଁବାରୁ ଦେଖିଲା ଡ୍ରଇଁ ରୁମ୍‌ରେ ଛିଡ଼ା ହୋଇଛନ୍ତି ଜଣେ ଉର୍ଦ୍ଧ୍ୱବୟସ୍କ ବ୍ୟକ୍ତି। ହସି ହସି ସ୍ୱାଗତ ଜଣାଉଥାନ୍ତି। 'ଏତେଦିନ ପରେ କେମିତି ମନେ ପକାଇଲେ? ଆମ ସହରକୁ ଆସି ବ୍ୟାଙ୍କ୍‌ରେ କାମ କଲେଣି ଅଥଚ ଆମ ଆଡ଼େ ପାଦ ପକେଇ ନାହାଁନ୍ତି!' ମୃଦୁ ସମ୍ଭାଷଣଭରା ଅଭିଯୋଗ ଭିତରେ ବସିବା ନିମନ୍ତେ ଇଙ୍ଗିତ ଦେଉଥିଲେ ସେ। କିଞ୍ଚିତ ଅପରିଚିତ ଓ କୌତୁହଳ ମିଶ୍ରିତ ଚାହାଣିରେ ସେ ଚାହିଁ ରହିଥିଲା ତାଙ୍କ ଆଡ଼କୁ।

ତା'ର ଏହି ପ୍ରଶ୍ନିଳ ମୁଖ ମଣ୍ଡଳକୁ ଠିକ୍ ଭାବରେ ପଢ଼ି ପାରିଥିଲେ ବୃଦ୍ଧ ବ୍ୟକ୍ତି ଜଣକ। ଭିତରେ ଆନ୍ଦୋଳିତ ହେଉଥିବା ଉତ୍କଣ୍ଠାକୁ ପ୍ରଶମିତ କରିବାକୁ ଯାଇ କହିଲେ, 'ମୁଁ ହେଉଛି ମହେଶ ଅଗ୍ରୱାଲ, ସୋମ୍ୟାର ସ୍ୱାମୀ।' ହତଚକିତ ହୋଇ ଚାହିଁଲା ପରି ସେ ଚାହିଁ ରହିଥିଲା ସେହି ବୃଦ୍ଧଙ୍କ ଆଡ଼କୁ। ତା କଳ୍ପନାରେ ଯେପରି ସୃଷ୍ଟି ହୋଇଥିଲା ଏକ ବିସ୍ଫୋରଣ। ଯେପରି ଭାବିଥିଲା, ତାକୁ ହତବାକ୍ କଲାପରି ଦେଖୁଥିଲା ଆଉ କିଛି। ସୋମ୍ୟାର ବର ଯେ ଜଣେ ବୃଦ୍ଧ ହୋଇଥିବ ଏକଥା ସେ କେବେ ଚିନ୍ତା ସୁଦ୍ଧା କରିନଥିଲା। ଅପ୍ରସ୍ତୁତ ହୋଇପଡୁଥିଲା ନିଜ ଭିତରେ କେମିତି କ'ଣ କହି ନିଜ ଆଡ଼ୁ କଥା ଆରମ୍ଭ କରିବ!

'କ'ଣ ଚା' ପିଇବ ନା କଫି?' ତାଙ୍କ ଆଡ଼ୁ ପ୍ରସ୍ତାବ ଦେଲେ ଏବଂ କହିଲେ, 'ସୋମ୍ୟା ବାହାରକୁ ଯାଇଛି। ଆଜି ତା ଲେଡିଜ୍ କ୍ଲବ୍‌ର ଫଙ୍କ୍‌ସନ୍ ଅଛି। ଆପଣ ଅପେକ୍ଷା କରନ୍ତୁ, ମୁଁ ତାକୁ ଫୋନ୍ କରି ଜଣାଇଦେଉଛି। ଆପଣଙ୍କ ନାଁ ଶୁଣିଲେ ସେ ଶୀଘ୍ର ଚାଲିଆସିବ।' ସେପରି ନିରୁତ୍ତର ଅବସ୍ଥାରେ ମୁଣ୍ଡ ହଲାଇ ହଁ ଭରି ଖାଲି ଚାହିଁ ରହିଥିଲା ତାଙ୍କ ଆଡ଼କୁ। ଧିରେ ଧିରେ କୁହୁଡ଼ି ଜମାଟ ବାନ୍ଧିଲା ପରି ଦୁଇ ଆଖିରେ ଠୁଳ ହେଉଥିଲା ଯେତିକି ପ୍ରଶ୍ନ ସେତିକି ଅବିଶ୍ୱାସ। ବୋଧେ, ଏସବୁ କଥା ଅନୁମାନ କରି ପାରିଥିଲେ ବୃଦ୍ଧବ୍ୟକ୍ତି ଜଣକ। ସବୁ ରହସ୍ୟ ଉନ୍ମୋଚନ କରିବାକୁ ଯାଇ କହିଲେ, 'ଆପଣ ନିଶ୍ଚୟ ମୋତେ ଦେଖି ଆଶ୍ଚର୍ଯ୍ୟ ହୋଇଥିବେ! ସୋମ୍ୟାର ସ୍ୱାମୀ ବୋଲି ଅବିଶ୍ୱାସ କରୁଥିବେ! ଏଇଟା ଆପଣଙ୍କ ପକ୍ଷରେ ସ୍ୱାଭାବିକ। ଯେହେତୁ ଆପଣ ସୋମ୍ୟାର ଜଣେ ପୁରୁଣା ସାଙ୍ଗ, ପ୍ରକୃତ କଥାଟା ଜାଣିବା ଆବଶ୍ୟକ। ତାହା ହେଉଛି, ସୋମ୍ୟା ମୋତେ ନିଜ ଆଡ଼ୁ ବିବାହ କରିବା ନିମନ୍ତେ ରାଜି ହୋଇଥିଲା। ଏହା ହିଁ ସତ୍ୟ। ମୋର ପ୍ରଥମ ପତ୍ନୀର ମୃତ୍ୟୁ ଘଟିଥିଲା ବହୁ ବର୍ଷ ଆଗରୁ। ପିଲାମାନେ ବଡ଼ ହୋଇ ଅନ୍ୟ ଆଡ଼େ ଶିଳ୍ପ ବ୍ୟବସାୟ କରି ସେଠାରେ ରହୁଛନ୍ତି। ଏହି ବୟସରେ ନିଃସଙ୍ଗ ଜୀବନ କାଟିବା ମୋ ପକ୍ଷରେ ସମ୍ଭବ ନଥିଲା। ସେଥିପାଇଁ ଦ୍ୱିତୀୟ ବିବାହ ନିମନ୍ତେ ବିଭିନ୍ନ ମ୍ୟାଟ୍ରିମୋନିଆଲରେ ବିଜ୍ଞାପନ ଦେଇଥିଲି।' ନିସଙ୍କୋଚ ଭାବରେ ସବୁକଥା ଖୋଲି ରଖିଥିଲେ।

ଏକ ସମାଧାନହୀନ ଗଣିତକୁ ଯେମିତି ଖାତାରେ ଧରି କଷି ହେଉଥଲା ସେମିତି ଲାଗୁଥିଲା

ନଭେଶଙ୍କୁ। ଯେତିକି ବୁଝୁଥିଲା ତାଠାରୁ ଅଧିକ ଅବୁଝା ଲାଗୁଥିଲା ସେହି ଗଣିତ। ଏକ ଅସମାହିତ ପ୍ରଶ୍ନ ପାଲଟି ଯାଇଥିଲା ସୋମ୍ୟା ତା ପାଇଁ। କ'ଣ ପାଇଁ ସେ ଏପରି ନିଷ୍ପତ୍ତି ନେଲା.... ? କ'ଣ ପାଇଁ ସେ ଏପରି ନିଜ ଜୀବନ ସହ ଖେଳିଲା.... ? କ'ଣ ସେ ପାଇଲା ଏଥିରୁ .... ? ଏହିପରି ଅନେକ ଥାକ ଥାକ ପ୍ରଶ୍ନ ଖେଳି ବୁଲୁଥିଲା ତା ମୁଣ୍ଡରେ। ହଠାତ୍ ଦୃଷ୍ଟି ପଡିଲା ଡ୍ରଇଁରୁମର କାନ୍ଥରେ ଝୁଲୁଥିବା ଗୋଟିଏ ପେଣ୍ଟିଂ ଉପରେ। ସେହି ପେଣ୍ଟିଂଟି ତା'ର ଅତି ପରିଚିତ ଥିଲା। କାରଣ ତାକୁ ସିଏ ହିଁ ତିଆରି କରିଥିଲା। ମନେ ପଡିଥିଲା ବହୁବର୍ଷ ତଳେ ସୋମ୍ୟା ଏହି ପେଣ୍ଟିଂଟିକୁ ତା ପାଖରେ କରାଇଥିଲା। ଯାହାର ନାମ ସେ ରଖିଥିଲା 'ପୂର୍ଣ୍ଣ ଓ ଶୂନ୍ୟ'। ଯୋଉଟାକୁ ସେ ତିଆରି କରାଇଥିଲା ତା ପ୍ରତାରକ ପ୍ରେମିକ ପାଇଁ। ତେବେ କ'ଣ ପାଇ ସେ ତାକୁ ନଦେଇ ନିଜ ପାଖରେ ରଖିଛି ? ଅଡୁଆ ସୂତା ପରି ଆଉ ଗୋଟିଏ ପ୍ରଶ୍ନ ପୁଣି ତା ମୁଣ୍ଡରେ ଖେଳି ଉଠିଲା। ଡ୍ରଇଁରୁମ୍‌ର ସେହି ସୁଶୋଭିତ ଘରିକାନ୍ଥ ଭିତରେ ସେ ଯୁଝିହେଉଥିଲା ଗୋଟିଏ ପରେ ଗୋଟିଏ ପ୍ରଶ୍ନ ସହିତ।

ସେସବୁର ଉତ୍ତର ଖୋଜିବାକୁ ଯାଇ ଏକ ଲୟରେ ଚାହିଁ ରହିଲା କାନ୍ଥରେ ଝୁଲୁଥିବା ପେଣ୍ଟିଂ ଆଡକୁ। ନିଜେ ଆଙ୍କିଥିବା ସେହି କାନ୍‌ଭାସ ଉପରେ ପୂର୍ଣ୍ଣମୀର ଗୋଟା ଜହ୍ନ, ଅତିକାୟ ଏକ ପାହାଡର ଶିଖରରୁ ଧସିପଡୁଥିବା ମଣିଷର ସ୍ୱପ୍ନ, ଆଉ ସେହି ସ୍ୱପ୍ନଭଙ୍ଗର ଲୁହଭିଜା ସ୍ୱାକ୍ଷର ସଦୃଶ ଅଶ୍ରୁ ଝରାଉଥିବା ବାଦଲଖଣ୍ଡ। ସେଥିରେ ପୂର୍ଣ୍ଣତା ଓ ଶୂନ୍ୟତାର ଖେଳକୁ ପୁଣି ଥରେ ଦେଖୁଥିଲା ସେ। ଅନୁଭବ କରୁଥିଲା ଯେପରି ସେହି କାନଭାସ୍‌ରେ ଦିଶୁଛି ଆଉ ଗୋଟିଏ ମୁହଁ। ଯାହାର ବାହାରର ରଙ୍ଗ ଚିକ୍‌ମିକ୍ ଆଲୁଅରେ ଭରା ଆଉ ଭିତରପଟ ଅସ୍ପଷ୍ଟ ଗାଢ ଅନ୍ଧାରରେ ପରିପୂର୍ଣ୍ଣ। ସେହି ମୁହଁଟି ଲାଗୁଥିଲା ଅବିକଳ ସୋମ୍ୟାର ମୁହଁ ପରି। ଭାବି ବିସ୍ମିତ ହେଉଥିଲା, କିପରି ସେ ନିଜ ଭିତରେ ଏତେ ଶୂନ୍ୟତାକୁ ଲୁଚାଇ ରଖିପାରିଛି ! କିପରି ପୂର୍ଣ୍ଣତାର ଛଦ୍ମବେଶରେ ବଞ୍ଚି ପ୍ରତିଶୋଧ ନେଇଚାଲିଛି ନିଜ ଉପରେ ! ସେଦିନ କିରାଣିର ଝିଅ ବୋଲି ବାହାହେବାକୁ ମନା କରିଦେଇଥିଲା ନଚିକେତା। ସେ ପୁଣି ବୃଦ୍ଧ ଶିଳ୍ପପତି ମହେଶ ଅଗ୍ରୱାଲକୁ ବରଣ କରି କେଉଁ କ୍ଷତିର ଭରଣା କରିଚାଲିଛି ? ଏସବୁ ଚିନ୍ତା କରି ଅଧିକରୁ ଅଧିକ ଗୋଳିଆ ହୋଇଯାଉଥିଲା ତା'ର ମସ୍ତିଷ୍କ।

ଆଉ ବେଶୀ ସମୟ ସେଠାରେ ରହିବା ଯେପରି ଅସହ୍ୟ ହୋଇପଡିଥିଲା ନଭେଶ ପାଇଁ। ସୋମ୍ୟାକୁ ଦେଖା କରିବାକୁ ଆଗ୍ରହ ଆସୁନଥିଲା ଭିତରେ। ସାମ୍ନାରେ ଥୁଆ ହୋଇଥିବା କଫି କପ୍‌କୁ ଏକାଥରକେ ନିଃଶେଷ କରିଦେଇ ଚାଲି ଆସିଲା ବାହାରକୁ। ଏଥର ଟିକେ ଖୋଲାରେ ନିଃଶ୍ୱାସ ନେବାକୁ ଆରମ୍ଭ କଲା। ଘରଟା ଭିତରେ ପଶି ଯେପରି ପୂର୍ଣ୍ଣ ଓ ଶୂନ୍ୟର ଗୋଲକଧନ୍ଦା ଭିତରେ ଛନ୍ଦିହୋଇ ଯାଇଥିଲା ସେ।

ଘର ଭିତରୁ ଆଚମ୍ବିତ ହୋଇ ଚାହିଁ ରହିଥିଲେ ବୃଦ୍ଧ ଅଗ୍ରୱାଲ ମହାଶୟ।

କମ୍ବିଂ

ଗହନ ରାତି ଡେଣା ମେଲାଇ ସାରିଥିଲା ମାଲକାନ୍‌ଗିରି ସହର ଉପରେ। ସଂଧ୍ୟା ଆସିବା କ୍ଷଣି ଛୋଟିଆ ସହରକୁ ଚାରିପଟେ ମେଘ ଢାଙ୍କିଲା ପରି ଘୋଡାଇ ପକାଇଥିଲା ପାହାଡୀ ରାତିର ଅନ୍ଧାର। ଲମ୍ବା ଡେଙ୍ଗା ଡେଙ୍ଗା ଗହୀରିଆ ଛାଇ ସବୁ ମିଶି ଗଛର ପତ୍ରକୁ ଆହୁରି ଗାଢ଼ କରି ଦେଇଥିଲା। ସବୁଆଡେ ଶୁନ୍‌ଶାନ୍ ନିର୍ଜନତାର ଧୀର ପଦପାତ ବାରି ହୋଇପଡୁଥିଲା ସ୍ପଷ୍ଟ ଭାବରେ। ତା ସହିତ ତାଳ ଦେଇ ଫେଣ୍ଟି ହୋଇଯାଇଥିଲା ଏକ ଅପ୍ରକାଶ୍ୟ ଆତଙ୍କ। ଅଜଣା ଭୟର ନିଃଶବ୍ଦ କୁହାଟ। ରକ୍ତ ଆଉ ବାରୁଦର ଭୁରୁଭୁରୁ ଗନ୍ଧ।

ଜଙ୍ଗଲର ଚୋରା ବାଟ ଦେଇ ରଘୁ ହନ୍ତାଳ ଧୀରେ ଧୀରେ ପ୍ରବେଶ କରୁଥିଲା ସହରଆଡକୁ। ଲକ୍ଷ୍ୟସ୍ଥଳ ଯେତିକି ପାଖେଇ ଆସୁଥିଲା ତା' ଗତିର ତୀବ୍ରତା ସେତିକି ବେଗରେ ଧିମେଇ ଯାଉଥିଲା। କିଏ ଯେପରି ଭିତରେ ରୁନ୍ଧା ରୁନ୍ଧା କରିଦେଉଥିଲା ଛାତିର ନାଡିକୁ ଚିପି। ଝରଣାର ସୁଅ ଆଗରେ ଆଣି ରଖିଦେଉଥିଲା ଉଁଚା ଉଁଚା ପାହାଡୀ ପଥର। ଥରକୁ

ଥର ବାଟ ଓଗାଳୁଥିଲା। ଫେରିଯିବାକୁ କହୁଥିଲା ପୁଣି ତା'ର ଉତ୍ସକୁ। 'ହେଲେ ସେ ତ ଡଙ୍ଗରୀ ଆକଟ କାଟି ବହିଯିବାକୁ ବାହାରିଛି। ମିଶିଯିବାକୁ ବାହାରିଛି ମୁଖ୍ୟ ସ୍ରୋତରେ। ସେହି ସୁଅର ବେଗଟା ଶିଥିଳ ହୋଇଯିବ ସିନା କିନ୍ତୁ ପାଦରେ ଶିକୁଳି ବାନ୍ଧି ଅଟକି ଯିବ ନାହିଁ ଆଉ ବାଟରେ। ଏହି ମର୍ମରେ ରଘୁର ହାତରେ ହାତଛନ୍ଦି ବାଟସାରା ମନବଳ ବଢାଇଚାଲିଥିଲା କାନ୍‌ସୀ ପାଇଁ। ରଘୁର ହୁଗୁଳା ହାତମୁଠା ସେହି କଥା ଦି'ପଦରେ ବଳ ପାଇଲା ପରି ମଝିରେ ମଝିରେ ଖୁବ୍ ଜୋର୍‌ରେ ଜାବୁଡ଼ି ଧରିପକାଉଥିଲା କାନ୍‌ସୀର ବଢ଼ିଲା ହାତକୁ।

ଉତ୍ସାହିତ କଲାପରି ସେ ଶୁଣାଉଥିଲା, 'ଦେଖ୍, ତୁ ଆତ୍ମସମର୍ପଣ କରିଦେଲେ ସରକାର ତୋ କଥା ବୁଝିବ। ତତେ ଥଇଥାନ କରିବ। କାମଧନ୍ଦା କରିବାକୁ ପଇସା ଯୋଗାଇବ। ଆଉ ତୁ ଥରେ ରୋଜଗାର କଲେ ମୋ ଦୁଃଖ ସଇଲା। ପଛେ ପଛେ ତୋ ବାଟ ଧରିବି। ପାହାଡ଼ୀ ଖୋଲରେ ଏଠି ସେଠି ଡେରାପକାଇ ଲୁଚିବା ଛାଡ଼ି ଏଇ ସମତଳ ଭୂଇଁରେ ଆମେ ଦୁହେଁ ଏକାଠି ବସା ବାନ୍ଧିବା। ଅନ୍ୟ ସମସ୍ତମାନଙ୍କ ପରି ରହିବା, ଚଳିବା।' ଉତ୍ତାଳ ଭାବନାରେ ଗଦ୍‌ଗଦ୍ ହୋଇଯାଉଥିଲା କାନ୍‌ସୀ। ରାତିର ନରମ ପବନ ଆହୁରି ଖିଲ୍‌ଖିଲ୍ ହୋଇଉଠୁଥିଲା ତା'ର ସେହି ଆଗତ ଉଲ୍ଲାସରେ। ନୂଆ ସବୁଜ ପତ୍ରର ସ୍ୱପ୍ନ ସଂଚରିଯାଉଥିଲା ବାଟସାରା। ଯେମିତି ସେହି ନିଘଞ୍ଚ ପଥର ଧାରେ ଧାରେ ଛିଡ଼ା ହୋଇଥିବା ଗଛଗୁଡ଼ା ଆଗ୍ରହର ସହ ଶୁଣି ଚାଲିଥିଲେ ସେମାନଙ୍କ କଥା। ମିଟିମିଟି ନିବୁଜ ରାତିରେ ତାରା ପରି ଫୁଟି ଚାଲିଥିଲା ପେନ୍ଥା ପେନ୍ଥା ସ୍ୱପ୍ନର ଫୁଲ। ତା'ର ଅଦୃଶ୍ୟ ମହକରେ ପୁଲକିତ ହୋଇଉଠୁଥିଲା ରଘୁ ହନ୍ତାଳ। ଆହୁରି ଜୋର୍‌ରେ ଜୋର୍‌ରେ କାନ୍‌ସୀର ହାତକୁ ଭିଡ଼ି ପକାଉଥିଲା ଆବେଗସିକ୍ତ ପ୍ରଗଳ୍‌ଭତାରେ।

ପୋଲିସ୍ ମୁଖ୍ୟ ଦପ୍ତର ପାଖେଇ ଆସୁଥାଏ। ରାତିର ନିସ୍ତବ୍‌ଧତା ଭିତରେ ସବୁଥିଲା ଶୁନ୍‌ଶାନ୍। ସବୁ ଥିଲା ଗଭୀର ମୌନତାରେ ଆଚ୍ଛନ୍ନ। ପଛେ ପଛେ ସହଯାତ୍ରୀ ହୋଇ ଆସୁଥିବା ପାଦ ଦୁଇଟି ଠାଏଁ ଅଟକିଗଲା। ଏଇଠୁ କାନ୍‌ସୀକୁ ଫେରିଯିବାକୁ ପଡ଼ିବ। ସେ ପୁଣି ଲେଉଟିଯିବ ତା'ର ଅସ୍ଥାୟୀ ଠିକଣା ଆଡ଼େ। ବିଚ୍ଛେଦର ବହଳ ଅଶ୍ରୁ ଆଖିର ଦୁଇକୂଳକୁ ଲଘି ଝରିଆସୁଥିଲା ଧାର ଧାର ହୋଇ। ଗାଢ଼ ଅସରାଏ ଅମାନିଆ ଶ୍ରାବଣର ବର୍ଷା। ତାକୁ ଆକଟ କରିବ କିଏ ? ସେ ଜାଣିଥିଲା କମ୍ରେଡ୍‌ର ଆଖିରେ ଲୁହ ହେଉଛି ଦୁର୍ବଳତା। ପ୍ରଜାମୁକ୍ତିର ମହାଯଜ୍ଞରେ ସଶସ୍ତ୍ର ସିପାହୀ ଭାବେ ସାମିଲ ହେବା ଦିନଠୁ ସେହି ଯଜ୍ଞ କୁଣ୍ଡରେ ଆହୁତି ଦେଇଥିଲା ତା'ର ଯେତକ କୋମଳ ଭାବପ୍ରବଣତା। ପୁଣି କାହିଁ ଏ ଅଶ୍ରୁ ? ସେ ତ ଏବେ କମ୍ରେଡ୍ ନୁହେଁ ! ରଘୁର ପ୍ରେମିକା କାନ୍‌ସୀ। ତା'ର କାନ୍ଦିବାର ଅଧିକାର ଅଛି। ସେହି ଅଧିକାରରେ ଲୁହର ବନ୍ୟା ଛୁଟିଚାଲିଥିଲା ତା' ଆଖିରୁ। ନିକାଞ୍ଚନ ଜଙ୍ଗଲର ପାଦଦେଶରେ ଦୁଇ ବିଚ୍ଛେଦିତ ହୃଦୟର ବିଳାପ ଖୁବ୍ କରୁଣ କରିଦେଉଥିଲା ସମଗ୍ର ପରିବେଶକୁ।

ଆଖିର ଲୁହ ପୋଛି ଆଗକୁ ଯିବା ପାଇଁ ପ୍ରସ୍ତୁତ ହେଲା ରଘୁ ହନ୍ତାଳ। ସଜାଡ଼ି ନେଲା କାନ୍ଧରେ ପକାଇଥିବା ରାଇଫଲ୍। ପାହାନ୍ତି ଆକାଶ ଫିଟି ଆସୁଥାଏ କଢ଼ି ଫୁଟିଲା ପରି। ଝାପ୍‌ସା ଅନ୍ଧାରରେ ଥରଟେ ଚାହିଁଲା କାନ୍‌ସୀ ଆଡ଼କୁ। ସବୁ ଚାପା କୋହର ବଳ ଲଗାଇ ଛାତିର ସନ୍ଧିରେ

ଜାବୁଡ଼ି ଧରିଲା କାନ୍ସୀକୁ। ଶେଷଥର ପାଇଁ ନିବିଡ ଅଶ୍ଳେଷର ବନ୍ଧନରେ ଏକାତ୍ମ ହେଉଥିଲା ଦୁଇଟି ଶରୀର। ଏହାପରେ ଦୁହିଁଙ୍କ ପାଇଁ ଉନ୍ମୁଖ ଥିଲା ଦୁଇଟି ପୃଥିକ୍ ପଥ। ଗୋଟିଏ ଅଙ୍କାବଙ୍କା ହୋଇ ଲମ୍ବିଯାଇଥିଲା ବଣ ପାହାଡର ଦୂର ଉପତ୍ୟକା ଆଡକୁ। ଆରଟି ବିସ୍ତୃତ ହୋଇ ମାଡିଯାଇଥିଲା ଜନପଦର ମୁଖ୍ୟ ସ୍ରୋତକୁ। ଏବେ ଥିଲା ପରସ୍ପରଠୁ ବିଦାୟ ନେବାର ବେଳ। ସ୍ୱପ୍ନିଳ ଆଶାରେ ଭରା ଉନ୍ମୁକ୍ତ ଭବିଷ୍ୟତ ପରି ପୂର୍ବ ଆକାଶରେ ଫିଟି ଆସୁଥିଲା ସିନ୍ଦୁରା। ଉଦୟର ପ୍ରତିଶ୍ରୁତି। ଦୁହେଁ ଭରା ଆବେଗରେ ଚାହିଁ ରହିଥିଲେ ଆଶ୍ୱାସନାର ସେହି ନୂଆ ଦିଗ୍‌ବଳୟ ଆଡକୁ। ଏଇଠୁ ଅପେକ୍ଷା ରହିବ ଆସନ୍ତାକାଲି ପାଇଁ। ବାଷ୍ପରୁଦ୍ଧ କଣ୍ଠକୁ ଫିଟାଇ ପଦୁଟିଏ ମାତ୍ର ଶବ୍ଦ ଉଚ୍ଚାରିଲା ରଘୁ- ବିଦାୟ। ଜାଣି ଜାଣି ଯୋଉ ଫାଶରେ ଦିନେ ଗୋଡ ଭରିଥିଲା ଏବେ ସେଇ ଫାଶର କବଳରୁ ଚାହୁଁଥିଲା ମୁକ୍ତି। ସେଇ ଫାଶର ବନ୍ଧନଟା ଦିନକୁ ଦିନ ତା'ପାଇଁ ଜେଲ୍‌ଖାନାର ଲୁହା ଶିକୁଳି ପରି ମନେ ହେଉଥିଲା। ସବୁବେଳେ ଅନୁଭବ କରୁଥିଲା ସେହି ନିର୍ମମ ବ୍ୟାଧର ଜାଲରେ ଛନ୍ଦା ତା'ର ଦୁଇପାଦ। ଯେତେ ଛାଟିପିଟି ହେଲେ ବି ସେଥିରୁ ନିସ୍ତାର ନାହିଁ। ଛିନ୍ନ ହେବାର ଅବକାଶ ନାହିଁ। ଅତିଷ୍ଠ ହୋଇଯାଇଥିଲା ଏଇ ବଣ ପାହାଡର ଲୁଚା ଚୋରା ଜୀବନ ଜୀଇଁ ଜୀଇଁ। ଅନ୍ତରରୁ କିଏ ଚିତ୍କାର କରୁଥିଲା, 'ବେଶ୍ ହୋଇଗଲା। ଆଉ ନୁହେଁ ଆଉ ନୁହେଁ......।' ଏବେ ଲୋଡା ତ ଏକ ନିର୍ମଳ ଆକାଶ। ଲୋଡା ତ ଏକ ସାଧାରଣ ମଣିଷର ଜୀବନ। ଯେଉଁଠି ଯବାନ ମାନଙ୍କର କମ୍ବିଂ ଅପରେସନ୍‌ର ଭୟ ନଥିବ। ଯେଉଁଠି ଆତ୍ମରକ୍ଷା ପାଇଁ କ୍ୟାମ୍ପ୍ ଉଠାଇ ଆତ୍ମଗୋପନ କରିବାକୁ ପଡୁନଥିବ ଗହଳ ଜଙ୍ଗଲର କୋରଡରେ। ସବୁଥିବ ସାଧାରଣ। ସବୁ ଥିବ ସ୍ୱାଭାବିକ। ଦିନର ଆଲୁଅ ପରି ଆତଯାତ ହେଉଥିବ ମୁକୁଳା ଜୀବନ।

ଯେଉଁଦିନ ପ୍ରଥମ କରି ଦେହରେ ଗଳାଇଥିଲା ମାଓବାଦୀର ପୋଷାକ, ଆଖିରେ ଗୋଟା ସୂର୍ଯ୍ୟଚନ୍ଦ୍ର ପରି ଚମକୁଥିଲା କିରଣ। ଅଲଗା ଦୁନିଆର କଳ୍ପନାରେ ଥିଲା ବିଭୋର। ଶୋଉଥିଲା ସେହି ଦୁନିଆର ଚିତ୍ର ନେଇ। ଉଠୁଥିଲା ସେହି ପୃଥିବୀର ସଂକଳ୍ପରେ। ଶୋଷଣହୀନ ଦୁର୍ନୀତି ମୁକ୍ତ ସମତୁଲ ପୃଥିବୀ। ସାହୁକାରର ଜୁଲମ ନଥିବ। ଜମିଦାରର ଉତ୍ପୀଡନ ନଥିବ। ଅତ୍ୟାଚାର କରିବାକୁ ସାହେବୀ ପୋଲିସ୍ ଫଉଜ ନଥିବ। ଥିବ ସେଠି ସାଧାରଣ ପ୍ରଜାର ଶାସନ। ଝଡର ବେଗ ସଦୃଶ ତା' ଦେହରେ ପିଟି ହେଉଥିଲା କ୍ଷୁଧାର୍ତ୍ତ ପବନ। ନୂଆ ସୃଷ୍ଟି ପାଇଁ ଯିଏ ରଚିବାକୁ ଚାହୁଁଥିଲା ଧ୍ୱଂସର ତାଣ୍ଡବ। ହାତରେ ଉଠାଇଥିଲା ବନ୍ଧୁକ। ଗଗନ ପବନକୁ ପ୍ରକମ୍ପିତ କରି ଶୁଭୁଥିଲା ପ୍ରତିଧ୍ୱନି। ଇନ୍‌କିଲାବ୍ ଜିନ୍ଦାବାଦ୍... ମାଓବାଦ ଜିନ୍ଦାବାଦ୍।

ଇତିହାସର ତାରିଖ ପରି ସେହିଦିନ ଏବେ ବି ମନ ଭିତରେ ରହିଥିଲା ଅପାସୋରା। ତାହା ଥିଲା କୋଡିଏ ବର୍ଷ ତଳର ଅତୀତ। ସେହି ଅତୀତର ପୃଷ୍ଠାରେ ନାଚିଯାଉଥିଲା ବିସ୍ମୃତ ଶୈଶବର ଛବି। ପେଟର ଭୋକକୁ ମେଣ୍ଟାଇବାକୁ ଯାଇ ରାଜଧାନୀର ରାଜରାସ୍ତାରେ ଆସି ଶରଣ ନେଇଥିଲା ସୁଦୂର ମାଲ୍‌କାନଗିରିର ଗୋଟିଏ ଆଦିବାସୀ ପିଲା। ହୁଏତ ସେଦିନଟି ଥିଲା ଇତିହାସର କଡ ଲେଉଟାଇବାର ଦିନ। ପିଲାଟି ମାଷ୍ଟର କ୍ୟାଣ୍ଟିନ୍ ଛକରେ ଏକ ଚା' ଦୋକାନରେ ଅଇଁଠା କାଚ ଗ୍ଲାସ୍‌କୁ ପାଣିରେ ଧୋଇ ରଖୁଥାଏ ଗୋଟା ଗୋଟା କରି। ଏହି ସମୟରେ ବିରାଟ ଶବ

ଶୋଭାଯାତ୍ରାଟିଏ ବାହାରି ଆସୁଥିଲା । ମୁହାଁଉଥିଲା ସତ୍ୟନଗର ମଶାଣି ଆଡକୁ । ଆଗପଛ ଲୋକଙ୍କ ଜମାଟ ମଝିରେ କାନକୁ ଖାଲି ଶୁଭୁଥିଲା – 'ଲାଲ୍ ସଲାମ୍ ।' ବିସ୍ଫାରିତ ଆଖିରେ ପାଖରେ ଛିଡା ହୋଇଥିବା ଜଣେ ଭଦ୍ରଲୋକଙ୍କୁ ପଚାରିଦେଲା 'ଏତେ ବଡ ଶବ ଯାତ୍ରା କାହାର !' ଭଦ୍ରଲୋକ ଉତ୍ତର ଦେଲେ 'ନକ୍ସଲ ନେତା ନାଗଭୂଷଣ ପଟ୍ଟନାୟକଙ୍କର ।' 'ସେ କିଏ ?' ପୁଣି ଲେଉଟାଇ ପଚାରିଲା । 'ବହୁତ ବଡ ସାଧାରଣ ଜନତାଙ୍କର ପ୍ରିୟ ନକ୍ସଲ ନେତା ।' 'ନକ୍ସଲନେତା......ମାନେ ?' ଭଦ୍ରଲୋକ ଜଣକ ବୁଝାଇଥିଲେ, 'ସେ ଆଦିବାସୀ ଆଉ ସାଧାରଣ ଦରିଦ୍ର ଜନତାଙ୍କ ଶୋଷଣ ବିରୁଦ୍ଧରେ ଲଢିଥିବା ଜଣେ ମହାନ ବ୍ୟକ୍ତି । ହିଂସାର ମାର୍ଗରେ ସମାଜର ପରିବର୍ତ୍ତନ, ଧନୀ ଗରିବ ଭେଦଭାବର ଅନ୍ତ ଥିଲା ତାଙ୍କ ଦୃଷ୍ଟି ଓ ଦର୍ଶନ । ଲକ୍ଷ୍ୟ ଓ ଅଭିଳାଷ ।' ଏତକ ଶୁଣିଲା ପରେ ପିଲାଟି କେତେବେଳେ ସେହି ଯାତ୍ରାରେ ସାମିଲ ହୋଇଯାଇଥିଲା । ପାଟିରେ ବିଦାୟୀ ସଲାମ୍‌ର ନାରା । ହାତ ଟେକି ହୋଇଯାଉଥିଲା ଉପରକୁ ଆପଣାଛାଏଁ । ସେହିଦିନଠୁ ବାଛିନେଇଥିବା ଏହି ଦୁର୍ଦ୍ଧର୍ଶ ବନ୍ଧୁର ପଥରେ ରଘୁହନ୍ତାଳର ନିରବଚ୍ଛିନ୍ନ ଯାତ୍ରା । ସମତୁଲ ସମାଜ ପାଇଁ ସ୍ୱପ୍ନର ଅନ୍ୱେଷଣ । ଶୋଷଣ ଅନ୍ୟାୟର ବିଲୋପ ପାଇଁ ଶ୍ରେଣୀ ସଂଗ୍ରାମ ।

ଅତୀତର କବରତଳୁ ଚେଇଁ ଉଠୁଥିଲା କେତେକେତେ ଘଟଣା । ନାଚିଯାଉଥିଲା ତା'ର ରୋମହ୍ଷନକାରୀ ଚିତ୍ର । ଅଗଣିତ....ସଂଖ୍ୟାହୀନ ସେହିସବୁ ଅଲିଖିତ ଘଟଣାର କ୍ରମ । ସବୁଠି, ସବୁଠାରେ ବିଶ୍ୱସ୍ତ ଶୃଙ୍ଖଳିତ ସୈନିକ ପରି ସେ ପ୍ରମାଣିତ କରିଛି ନିଜର ଆଦର୍ଶ-ବଦ୍ଧତା ଓ ଲଢୁଆ ସାହସିକତା । ସମୟକ୍ରମେ ଶ୍ରୀକାକୁଲମ୍-କୋରାପୁଟମଣ୍ଡଳର ସକ୍ରିୟ ସଦସ୍ୟରୁ ଉନ୍ନୀତ ହୋଇଛି ଏରିଆ କମାଣ୍ଡର ଭାବରେ । ତାରି ନେତୃତ୍ୱରେ ସଂରଚିତ ହୋଇଛି ଏକାଧିକ ଲ୍ୟାଣ୍ଡମାଇନ୍ ବିସ୍ଫୋରଣର ଷଡଯନ୍ତ୍ର । ଅପର ପକ୍ଷର ଦନ୍ତାହାତୀ ପରି ବଡ ବଡ ଶତ୍ରୁ ସୈନ୍ୟବାହୀ ଭ୍ୟାନ୍‌କୁ ରାସ୍ତାରେ ଲେଉଟାଇ ଧରାଶାୟୀ କରାଇ ମାଟି ଚଟାଇଛି । ସମ୍ମୁଖ ଯୁଦ୍ଧରେ ରହି ସଫଳ କରାଇଛି ଅସ୍ତ୍ରାଗାର ଲୁଟ୍‌ର ଯୋଜନା । ଗୋଟା ଗୋଟା କରି ଏକାଧିକ ଟେଲିଫୋନ୍ ଟାୱାରକୁ ମୁଣ୍ଡ କାଟିଲା ପରି ବିସ୍ଫୋରଣରେ ଖଣ୍ଡ ଖଣ୍ଡ କରି ଉଡାଇ ଦେଇଛି । କେବଳ ଏତିକି ନୁହେଁ, ପ୍ରଜାକୋର୍ଟରେ ଦଣ୍ଡିତ ଆସାମୀର ହାତ ବାନ୍ଧି ଗଳା କାଟିବା ବେଳେ କେବେ ସୁଦ୍ଧା ତା'ର ହାତ ପଶ୍ଚାତାପରେ ଥରି ଉଠି ନାହିଁ । ଏକ ପରେ ଆରେକ କଠୋର ପରୀକ୍ଷାରେ ଅବତୀର୍ଣ୍ଣ ହୋଇଛି । ଧ୍ୱଂସ ଓ ରକ୍ତପାତର ଏସବୁ ପରୀକ୍ଷାରେ ନିର୍ଭୟରେ ଆପଣାକୁ ସାବ୍ୟସ୍ତ କରିଛି । ପ୍ରତିଥର ବିଜୟର ଉଲ୍ଲାସରେ ସ୍ଲୋଗାନ୍ ଦେଇଛି, ଇନ୍‌କିଲାବ୍ ଜିନ୍ଦାବାଦ୍.......ମାଓବାଦ ଜିନ୍ଦାବାଦ ।'

ଆଜି ଲାଗୁଥିଲା ଯେପରି ଏକ ଅପହଞ୍ଚ ଦିଗ୍‌ବଳୟ ଆଡକୁ ଥିଲା ତାର ସେହି ଯାତ୍ରା । ନିରୁର୍ଦ୍ଧିଷ୍ଟ ପଥିକ ହୋଇ ହଜିଯାଇଥିଲା ସେହି ସୀମା ସରହଦ ନଥିବା ଇଲାକାରେ । ସେଠି ସବୁ ରକ୍ତର ରଙ୍ଗ ପରି ଲାଲ୍ । ମନ, ଭାବନା, ଦର୍ଶନ ସବୁକିଛି.... । ଶ୍ରେଣୀ ଶତ୍ରୁର ରୁଧୀରରେ ଅଭିଷିକ୍ତ । ଅନିର୍ଦ୍ଦିଷ୍ଟ ଲକ୍ଷ୍ୟ ଦିଗରେ ସମ୍ମୁଖରେ ଅଗ୍ରସର ଲାଲ୍ ପଥ । କଦମ୍‌ତାଲ କରୁଥିବା ଲାଲ୍ ସିପାହୀ । ଯେଉଁମାନଙ୍କ ଆଖିରେ ଶତ୍ରୁର ରକ୍ତକୁ ଅଞ୍ଜନ ପରି ଭରିଦିଆଯାଏ ପ୍ରତିଶୋଧର ବିନିଦ୍ର ସ୍ୱପ୍ନରେ । ପ୍ରତି ସକାଳୁ ମାଓବାଦୀ ଦେଖେ ସେହି ସଂଘର୍ଷର ରକ୍ତିମ ରଙ୍ଗ ଉଦିତ ସୂର୍ଯ୍ୟ ଠାରେ ।

ପଛକୁ ଚାହିଁ ଆଶ୍ଚର୍ଯ୍ୟ ହେଉଥିଲା, 'କେମିତି ଚାଲିପାରିଥିଲା ଏତେଗୁଡା ବାଟ ! ଗତାନୁଗତିକ...କ୍ଲାନ୍ତିକର.....ନିର୍ଦ୍ଦୟତାରେ ଭରା। ଆଃ.........କାନ୍‌ସୀ ଯଦି ନଥାନ୍ତା, ସେ କ'ଣ ଅତିକ୍ରମ କରିପାରିଥାନ୍ତା ଏହି ସୁଦୀର୍ଘ, ବିପଦ ଶଂକୁଳ ପଥ ?' ଟିକେ ଆଶ୍ୱସ୍ତ ଲାଗୁଥିଲା ଭାବି।

ଜଙ୍ଗଲର ନିଶୁନ୍ ଇଲାକା ମଝିରେ ଟ୍ରେନିଂ କ୍ୟାମ୍ପ୍ ଚାଲିଥାଏ। ନୂଆକରି ସାମିଲ୍ ହୋଇଥିବା କିଛି ମହିଳା କ୍ୟାଡର୍ ମାନଙ୍କୁ ବନ୍ଧୁକ ଚଳାଇବାର ପ୍ରଶିକ୍ଷଣ ଦେଉଥାଏ ସେ। ହାତର ବନ୍ଧୁକକୁ କାନ୍ଧକୁ ଛୁଆଇଁ ସାମ୍ନା ନଳୀବାଟେ କିପରି ନିଶାନା କରାଯାଏ ଆଉ କିପରି ଲକ୍ଷ୍ୟଭ୍ରଷ୍ଟ ନ ହୋଇ ଶତ୍ରୁର ବକ୍ଷକୁ ଗୁଳିର ତୀରରେ ଭେଦ କରାଯାଏ ସେହି କୌଶଳ ଶିଖାଉଥିଲା ସେମାନଙ୍କୁ। ତାଙ୍କ ଭିତରେ ଜଣେ ଯୁବତୀ ଥିଲା କାନ୍‌ସୀ ପାଙ୍ଗି। ପଟାଙ୍ଗି ମାଟିର ଝିଅ । ବାପା ସାହୁକାରର ମୂଳ ସହ କଳନ୍ତର ସୁଝିଲା ପରେ ବି ତା' ଖାତାରୁ ସୁଧଖୋର୍ ଜୁଲୁମ୍‌ଟା କଟିନଥିଲା। ଯୋଉଥର ମୁହେଁ ମୁହେଁ ଆଗକୁ ସୁଧ ପଇସା ଦବାକୁ ବାପା ମନା କଲା, ପୋଲିସ୍‌କୁ ଲାଞ୍ଚ ଖୁଆଇ ମିଛ କେସ୍‌ରେ ବାନ୍ଧିନେଇଗଲା ଥାନାକୁ। କାନ୍‌ସୀ ପଟାଙ୍ଗି କଲେଜ୍‌ରେ ସେହି ବର୍ଷ ନାଁ ଲେଖାଇଥିଲା। ସାହୁକାର ବିରୁଦ୍ଧରେ ପ୍ରତିଶୋଧର ନିଆଁରେ ଭର୍ତ୍ତି ହୋଇଗଲା ଆସି ମାଓ କ୍ୟାମ୍ପ୍‌ରେ। ପଢୁଆ କଲେଜ ଛାତ୍ରୀରୁ ପରିବର୍ତ୍ତିତ ହୋଇଗଲା ମହିଳା ମାଓବାଦୀ।

ଏହା ଭିତରେ ଦଶ ବର୍ଷର ଲମ୍ବା ରାସ୍ତାକୁ ଡେଇଁ ସାରିଥିଲା ସମୟ। ପାହାଡର ଗଡାଣି ଉଠାଣି, ଘଞ୍ଚ ବଣର ଅନ୍ଧାର ମିଶା ଝାପି ଝାପି ଆଲୁଅ, ଦୁର୍ଗମ ଇଲାକାର ଆବୁଡା ଖାବୁଡା ପଥ ଏସବୁ ଦେଇ ଝରଣାର ମନ୍ଦ ସ୍ରୋତ ପରି ନିରବରେ ବହିଯାଇଥିଲା ସମୟ। ତା ଭିତରେ ସକାଳର କାକର ଦିନ ଆଲୁଅରେ ଅଦୃଶ୍ୟ ହେବାପରି ଲେଖି ହୋଇଯାଇଥିଲା ଅନେକ କାହାଣୀ। ରଘୁ ଓ କାନ୍‌ସୀ ରାତିର ସେହି ଅଦୃଶ୍ୟ ଅନ୍ଧାର ଭିତରେ ପାଖେଇ ଆସିଥିଲେ କେତେବେଳେ। ପରସ୍ପରକୁ ଛୁଇଁସାରିଥିଲେ ଛାତିର ଗହନ ବନରେ। ନିର୍ଜନ ରାତିର ଉଦିଆ ଜହ୍ନ ଥିଲା ଦୁହିଁଙ୍କ ମିଳନର ସାକ୍ଷୀ। ପ୍ରେମ ବନ୍ଧନର ପାହାଡୀ ଡୋର। ସମସ୍ତଙ୍କ ଅଲକ୍ଷ୍ୟରେ ଲଟା ପରି ଛନ୍ଦି ହୋଇଯାଇଥିଲା ଦୁଇଟି ହୃଦୟ। ମାଓବାଦୀର ଗରିଲା ପୋଷାକ ତଳେ ନେଥା ନେଥା ଫୁଲର ବାସ୍ନା ଖୋଜି ଉଡିବୁଲୁଥିଲା ପ୍ରଜାପତି। ଆନମନା ପ୍ରଜାପତି। ବାହାରର ନୂଆ ରଙ୍ଗରେ ବିସ୍ମିତ ହେଉଥିଲା। ଉଲ୍ଲସି ଉଠୁଥିଲା ସେହି ରଙ୍ଗର ଟିକେ ପରଶ ପାଇଁ। ଆ'...ଆ' କରି ପାଖକୁ ଡାକୁଥିଲା ସେହି ଦୁନିଆ ତାର ନୂତନ ରଙ୍ଗଭରା କିମିଆରେ।

ଚାରିପାଖରେ ପୋଲିସ୍ ଫଉଜର କମ୍ବିଂ ଅପରେସନ୍ ଜୋର୍ ଧରିଥାଏ। କଳା ଘୁମର ମେଘ ଯେମିତି ଢାଙ୍କିଲା ଛାଇରେ ଆହୁରି ଅନ୍ଧାର କରିପକାଏ ପାହାଡୀ ଜଙ୍ଗଲର ନିଘଞ୍ଚ ଭୂଇଁକୁ, ସେମିତି ଆତଙ୍କ ଘେନେଇ ଆସୁଥାଏ ପାଖକୁ। ଦୂରରୁ ରହି ରହି ଶୁଭୁଥାଏ ବନ୍ଧୁକର ଗୁଡୁମ୍.... ଗୁଡୁମ୍। ଦିନେ ରାତିର ନିସ୍ତବ୍ଧ ପ୍ରହରରେ କାନ୍‌ସୀ ପଚାରିଲା, 'ଆମେ କ'ଣ ଏଇ ବଣ ଜଙ୍ଗଲର ମୁଲକରେ ଯୁଝି ହେଉଥିବା ସାରା ଜୀବନ ? ଏ ଖୋଲରୁ ଯାଇ ସେ ଖୋଲରେ ଡେରା ତଳେ ଆତ୍ମଗୋପନ କରୁଥିବା ! କେବେ ଶେଷ ହେବ ଏ ଲୁଚାଛପାର ଲଢେଇ ? ତା'ର କ'ଣ ବା ଠିକ୍ ଠିକଣା ? ମୁକ୍ତିର ବାଟ ଖୋଜିବା ଭିତରେ ଆମକୁ ସେଥିରୁ ନିସ୍ତାର ମିଳିବ ତ ?' ତା ପ୍ରଶ୍ନାକୁଳ କଣ୍ଠରେ

ଭରିରହିଥିଲା ତୀବ୍ର ନୈରାଶ୍ୟର ସ୍ୱର। କିଛି ମୁହୂର୍ତ୍ତର ଗମ୍ଭୀରତା ପରେ ଚକିତ କଲାପରି ପ୍ରସ୍ତାବ ବାଢ଼ିଥିଲା, 'ତମେ ଆତ୍ମସମର୍ପଣ କରିଗଲେ କେମିତି ହୁଅନ୍ତା ! ତମର ଆଗେ ଥଇଥାନ ହୋଇଗଲେ, ପଛେ ପଛେ ମୁଁ ଚାଲିଯାନ୍ତି ସେହି ବାଟରେ। ସବୁଦିନ ପାଇଁ ଛାଡିଦିଅନ୍ତେ ଏ ଅଣନିଶ୍ୱାସ ଭରା ଦୁନିଆ। ଆଉ ଯାହା ରହିଲା ଜୀବନ, ଦଣ୍ଡେ ଖୋଲା ନିଃଶ୍ୱାସ ନେଇ ଜିଅନ୍ତେ ଏକାଠି।'

ଚାଉଁକିନା ଲାଗିଥିଲା ତା' କଥାଟା କାନକୁ। ମାଓବାଦରେ ଅତୁଟ ଆସ୍ଥା ରଖୁଥିବା ଜଣେ ମୁକ୍ତିକାମୀ ସିପାହୀ ପାଇଁ ଏହା ଯେପରି ଥିଲା ଏକ ଘଡିସନ୍ଧି ବେଳ। ଯିଏ ବର୍ଷ ବର୍ଷ କାଳ ବଣ ପାହାଡର ମୂଳକରେ ଘୁରି ବୁଲି ତା'ର ଯୁଆନ୍ ବୟସ ସବୁକୁ ନିଃଶେଷ କରିଛି, ସିଏ ପୁଣି ମୋଡ ଭାଙ୍ଗିବ ଅଧା ବାଟରୁ ? ମୁକ୍ତିର ସୁରୁଜ ଯେ ଦେଖିବା ବାକି ଅଛି ? ପ୍ରଜାର ଶାସନ ଫେରିବା ଯେ ବାକି ଅଛି ? ହେଲେ କେବେ....?' ଦ୍ୱନ୍ଦ ଆଉ ଅନିଶ୍ଚିତତାର ଉଦ୍‌ବେଳନରେ ଶିହରି ଯାଉଥାଏ ଶରୀର। ତା' ପାଇଁ ଯେପରି ସେହି ଗୋପନ ରାତିର ଅଭିସାର ବିରାଟ ଦୋ'ଛକି ପାଲଟି ଛିଡା ହୋଇଥିଲା ସମ୍ମୁଖରେ। ଯିବ ତ କୁଆଡେ ଯିବ ? ଗୋଟିଏ ପଟେ ଦୂରନ୍ତ ଲାଲ୍ ସୂର୍ଯ୍ୟର ଉପତ୍ୟକା। ନିରନ୍ତର ବନବାସ। ଆରପଟେ ଉଦୟର ଚେନାଏ କିରଣ। ନିରବତାର ଗଭୀର ଲଗ୍ନ ବରଫ ପରି ଜମାଟ ବାନ୍ଧୁଥାଏ ଦୁହିଁଙ୍କ ଚାରିପଟରେ। କାନ୍‌ସୀର ହାତରେ ହାତ ରଖିଲା ରଘୁ। ଅନ୍ଧାର ଆକାଶକୁ ଦୁଇ ଫାଳ କରି ଯେମିତି ଧାରେ ବିଜୁଳି ଖେଳିଉଠିଲା ଉପରେ। ଏକ ଲୟରେ ସେମାନେ ଚାହିଁ ରହିଥିଲେ ତମସାଚ୍ଛନ୍ନ ରାତିର ଆସନ୍ନ ବିଲୟକୁ । ଦେଖୁ ଦେଖୁ ସେହି ଦିଗରେ ମୁହାଁଇଚାଲିଲା ଦୁଇ ଯୋଡା ପାଦ। ଏକ ନୂଆ କଦମ୍‌ତାଲ୍‌ର କୋମଳ ଜୀବନ ସଂଗୀତ ଲହରେଇ ଯାଉଥିଲା ବାଟସାରା।

ପୋଲିସ୍ ମୁଖ୍ୟାଳୟ ମାଲ୍‌କାନ୍‌ଗିରିରେ ସାମ୍ବାଦିକ ସମ୍ମିଳନୀ ଆରମ୍ଭ ହେବାକୁ ଥାଏ। ମଝି ଚୌକିରେ ଆସୀନ ହୋଇସାରିଥାନ୍ତି ମୁଖ୍ୟ ପଦାଧିକାରୀ ଜଣକ। ସଫଳତାର ସ୍ପଷ୍ଟ ଚିହ୍ନ ବେଶ୍ ବାରି ହୋଇ ପଡୁଥାଏ ତାଙ୍କ ମୁହଁରେ। ହଲ୍ ସାରା ଚାପା ଚାପା ଗୁଂଜରଣ। ସବୁ ଗଣମାଧ୍ୟମ ପ୍ରତିନିଧିଙ୍କ ମଧ୍ୟରେ ସମାନ ଧରଣର ଉତ୍ସୁକତା, 'ଏମିତି କେଉଁ ବିଶେଷ କାରଣ ନିମନ୍ତେ ସକାଳୁ ସକାଳୁ ପୋଲିସ ସାହେବ ପ୍ରେସ୍ ମିଟିଙ୍ଗ୍ ଡକାଇଲେ !'

ଆରମ୍ଭ ହେଲା ସମ୍ମିଳନୀ। ସମୟ ଅତିକ୍ରାନ୍ତ ନକରି ସାହେବ୍ ଘୋଷଣା କଲେ, 'ଦୁର୍ଦ୍ଦାନ୍ତ ମାଓବାଦୀ ରଘୁ ହନ୍ତାଳ କମ୍ବିଂ ଅପରେସନ୍‌ରେ ନିହତ। ତା' ପାଖରୁ ଗୋଟିଏ ରାଇଫଲ, ଦଶଗୋଟି ଅଫୁଟା ଗୁଳି, ଆଠଟି ଡିଟୋନେଟୋର୍, କିଛି ଜିଲୋଟିନ୍‌ଷ୍ଟିକ୍ ଆଦି ବିସ୍ଫୋରକ ସାମଗ୍ରୀ ଉଦ୍ଧାର କରାଯାଇଛି।' ସାମାନ୍ୟ ବିରାମ ପରେ ପୁଣି ତା' ସମ୍ପର୍କରେ ସବିଶେଷ ସୂଚନା ଦେଇ କହିଲେ, 'ଏହି ମୃତ ହାଡ୍‌କୋର୍ ମାଓବାଦୀ ସଂଖ୍ୟାଧିକ ଲ୍ୟାଣ୍ଡମାଇନ୍ ବିସ୍ଫୋରଣ, ଟାୱାର୍ ପୋଡି, ଅସ୍ତ୍ରାଗାର ଲୁଟ୍ ଓ କୋଡିଏରୁ ଊର୍ଦ୍ଧ୍ୱ ଜଘନ୍ୟ ହତ୍ୟାକାଣ୍ଡରେ ସମ୍ପୃକ୍ତ। ସରକାର ଏହି ମୋଷ୍ଟ ୱାଣ୍ଟେଡ୍ ମାଓବାଦୀକୁ ଧରିବା ପାଇଁ ଦଶଲକ୍ଷ ଟଙ୍କାର ପୁରସ୍କାର ରଖିଥିଲେ।' କହିବା ବେଳେ ଅଧିକାରୀ ଜଣଙ୍କ ଉତ୍‌ଫୁଲ୍ଲିତ ଚେହେରା କ୍ୟାମେରାରେ ବାନ୍ଧି ହୋଇଯାଉଥାଏ। ଦୀର୍ଘ ଦିନର ବ୍ୟବଧାନ ପରେ ଏହା ଯେପରି ଆଣି ଦେଇଥିଲା ଜିଲ୍ଲା ପୋଲିସ୍ ପାଇଁ ବିଜୟର ସ୍ୱାଦ।

ଘଟଣାର ପ୍ରତିବାଦରେ ବନ୍ଦ ଘୋଷଣା କରିଥିଲା ମାଓ ସଂଗଠନ। ପୂରା ସପ୍ତାହବ୍ୟାପୀ ବନ୍ଦ। ଲାଲ୍ କରିଡର୍‌ରେ ସବୁଠି ବିଛାଡି ହୋଇଯାଇଥିଲା ଆତଙ୍କର ଭୟ। ବଡ ବଡ କଟା ଗଛ ସବୁ ଅବରୋଧ କରି ପଡି ରହିଥିଲା ରାସ୍ତା ଉପରେ। ସବୁଠି ଛାଇ ରହିଥିଲା ଭୟାର୍ତ୍ତ ନିର୍ଜନତା। ସ୍ଥାନେ ସ୍ଥାନେ ଝୁଲୁଥିଲା ହାତ ଲେଖା ପୋଷ୍ଟର୍ ଓ ବ୍ୟାନର୍। ସିଲାକୋଟାର ଅଗମ୍ୟ ଜଙ୍ଗଲ ମଝିରେ ପାଳନ ଚାଲିଥାଏ ରଘୁ ହନ୍ତାଳ ପାଇଁ ଶହୀଦ୍ ସପ୍ତାହ। ସମ୍ମୁଖକୁ ଚାହିଁ ଧାଡି ଧାଡି କରି ଛିଡା ହୋଇଥାନ୍ତି ମାଓକ୍ୟାଡର୍‌ର ସଦସ୍ୟମାନେ। ସବା ଆଗରେ ଛିଡା ହୋଇଥିଲା କାନ୍‌ସୀ ଓରଫ୍ କାନ୍‌ସୀ ପାଙ୍ଗି। ରଘୁ ପରେ ନୂଆ ଏରିଆ କମାଣ୍ଡର। ତା' ଦୃପ୍ତ କଣ୍ଠରୁ ଶୁଭୁଥିଲା, 'ଲାଲ୍ ସଲାମ୍... ଲାଲ ସଲାମ୍ ....ଶହୀଦ୍ ରଘୁ ହନ୍ତାଳ......ଲାଲ୍ ସଲାମ୍।'

ସେପଟେ ଆଉ ଗୋଟିଏ ମିଥ୍ୟା କମ୍ବିଂ ଅପରେସନ୍‌ର ଶୀକାର ଖୋଜୁଥିଲା ମିଳିତ ପୋଲିସ୍‌ର ଫଉଜ। ନିଛାଟିଆ ପାହାଡି ଉପତ୍ୟକାରେ ରହି ରହି ଶୁଭୁଥିଲା ଗୁଡୁମ୍ ....ଗୁଡୁମ୍।

■

ଅପହଞ୍ଚ

ଆଗରୁ କେବେ ଖାଲିପାଦରେ ଏତେ ବାଟ ଆସି ନଥିଲେ ସୁଧା। ଯାଇ ଯାଇ କେବେ ସାମ୍ନା ବଗିଚା ଯାଏଁ ଭୁଲ୍‌ରେ ପାଦ ପକେଇ ଦେଇଥାନ୍ତି, ତାହା ପୁଣି ବ୍ୟତିକ୍ରମ ପରିସ୍ଥିତିର ଉପରେ। ଦୈବାତ୍ ଘାସ ଲନ୍ ମଝିରେ ଥିବା ପାଇପ୍‌ଟା ଯଦି ଖୋଲାରହିଥିବାର ଆଖିରେ ପଡେ, ଆଉ ସେଥିରୁ ବାହାରି ଉଚ୍ଛୁଳା ପାଣି ପୂରା ବଗିଚାକୁ ଓଦା ସର୍‌ସର୍ କରିଦେଇଥାଏ। ନଚେତ୍ ବୁଲା ଗୋରୁ କିମ୍ବା ଛେଳିଟାଏ ଯଦି ଦରମେଲା ଗେଟ୍‌କୁ ଟପି ତାଙ୍କ ସଯତ୍ନ ଫୁଲଗଛର ପତ୍ରଗୁଡିକୁ ଖେବାଉଥିବାର ଦୃଶ୍ୟ ଆଖିରେ ପଡେ। ଏହିଭଳି କିଛି ଜରୁରିକାଳୀନ ବେଳାରେ ତାଙ୍କ ସତର୍କ ପାଦ ଦୁଇଟା ଏତେ ତତ୍‌ପର ହୋଇପଡେ ଯେ ପିଣ୍ଡାତଳକୁ ଓହ୍ଲାଇଲାବେଳକୁ ଚପଲ ପିନ୍ଧିବାକୁ ସୁଦ୍ଧା ଭୁଲିଯାଆନ୍ତି।

ଆଜି ଖୁବ୍ ଅନ୍ୟମନସ୍କ ଜଣାପଡୁଥିଲେ ସୁଧା। ଚୂଲିର ଉତୁରା କ୍ଷୀର ପରି ବହିଯାଉଥିଲେ ଘରିପଟ ସୀମାକୁ ଡେଇଁ। ନା ତାଙ୍କର ଜଳନ୍ତା ନିଆଁ ପରି ସାମାଜିକ ଲକ୍ଷ୍ମଣରେଖାରେ ପୋଡି ହୋଇଯିବାର ଡରଥିଲା ନା ଭୟ।

ପରିଣାମର ସବୁ ଶୃଙ୍ଖଳକୁ ଭାଙ୍ଗି ଦେବାକୁ ତୟାର ଥିଲା ତାଙ୍କର ଦୁଇ ପାଦ। ସେ ବାଟ ହେଉ କି ଅବାଟ, ଅମାନିଆ ସ୍ରୋତ ପରି ବହିଯିବାକୁ ଚାହୁଁଥିଲେ ଅନ୍ତରର ଉଦ୍‌ବେଳନରେ।

ସବୁକିଛି ଆଜି କ୍ଷଣିକ ଭିତରେ ଆକସ୍ମିକ ସମ୍ମୋହନରେ ବଦଳିଯାଉଥିଲା। ବଦଳିଯାଉଥିଲା ଚାରିପଟ ପୃଥିବୀର ରଙ୍ଗ। ଘରର ଚାରିକାନ୍ଥର ଚଉସୀମା,ସାମାଜିକ ପରିଚିତି, ଆଭିଜାତ୍ୟର ଅହଂକାର। କାହାର ସ୍ତ୍ରୀ, କାହାର ମା'ର ପରିଚୟ। ଏସବୁ ବାଧାବନ୍ଧନ ଅର୍ଥହୀନ ହୋଇପଡିଥିଲା ତାଙ୍କ ପାଇଁ। ଏକ ଅନାହତ ଆକର୍ଷଣୀୟ ତାଡନା ତାଙ୍କ ଭିତରେ ଉତ୍ତାଳ ଢେଉ ପରି ମଥା ପିଟୁଥିଲା। ସୁଅ ମୁହଁରେ ପତ୍ର ପରି ସେ ଭାସିଯାଉଥିଲେ ସେହି ଅଦୃଶ୍ୟ ପ୍ରଗଲ୍‌ଭତାରେ।

ଏହି କିଛି ସମୟ ଆଗରୁ ସବୁ ଠିକ୍‌ଠାକ୍ ଚାଲିଥିଲା। ସକାଳୁ ନିଜର ନିତ୍ୟକର୍ମ ସାରି ଠାକୁରପୂଜା ଆଉ ଯାହା ନିୟମିତ କାର୍ଯ୍ୟ ଯେପରି ଆଦିତ୍ୟଙ୍କ ପାଇଁ ଦଶଟା ପୂର୍ବରୁ ରୋଷେଇ ପ୍ରସ୍ତୁତ କରିବା ସହ ଦ୍ୱିପ୍ରହର ପାଇଁ ଟିଫିନ୍ ତିଆରି କରିଥିଲେ। ଆଦିତ୍ୟ ମଧ୍ୟ ତାଙ୍କର ରୁଟିନ୍ ଅଭ୍ୟାସ ପରି ଯଥା ସମୟରେ ଗାଧୁଆ କାମ ସାରି ଭାତଖାଇ ଅଫିସ୍ ବାହାରିଯାଇଥିଲେ। ଖାଲି ରହିଯାଇଥିଲେ ଘରେ ଏକା ସୁଧା। କ'ଣ ଟିକେ ଜଳଖିଆ ଖାଇନେଇ ଖବରକାଗଜ ପଢିବା ନହେଲେ ସାମ୍ନା ଲନ୍‌ରେ ଧାଡି କରି ଲଗାହୋଇଥିବା ଗଛଗୁଡିକୁ ବୁଲି ବୁଲି ନଜର ପକେଇ ଆସିବାରେ ତାଙ୍କର ସମୟ କଟେ। ଏଇ ମଧ୍ୟାହ୍ନ ସମୟଟା ପୂରା ଫାଙ୍କାରେ କଟିଥାଏ ତାଙ୍କର। ସକାଳୁ ଦ୍ୱିପହର ପାଇଁ ରୋଷେଇ ସରିଯାଇଥାଏ, ସେଥିପାଇଁ ଆଉ ଚିନ୍ତା ନଥାଏ। ଯଦି ଇଚ୍ଛା ହୁଏ ତ ବନ୍ଧୁବାନ୍ଧବ ବା ସାଙ୍ଗମାନଙ୍କ ପାଖକୁ ମୋବାଇଲରେ ନମ୍ବର ଚିପି କଥା ହୁଅନ୍ତି। କିଛି ନ ହେଲେ ଅଳସ କାଟିବାକୁ ଯାଇ ଘଣ୍ଟାଏ ଅଧେ ଶୋଇପଡନ୍ତି ଖଟଟା ଉପରେ।

ମୂହୁର୍ତ୍ତକ ଭିତରେ ସବୁକିଛି ହଠାତ୍ ବଦଳିଗଲା। ହଷ୍ଟେଲରୁ ଫୋନ୍ ଆସିଥିଲା ପୁଅର। ସେମାନଙ୍କର ଏକମାତ୍ର ପୁଅ ପଲ୍ଲବ। ଏଇ କିଛିଦିନ ହେବ ସହରର ପ୍ରତିଷ୍ଠିତ ରେସିଡେନ୍‌ସିଆଲ୍ ସ୍କୁଲରେ ତା'ର ନାମ ଲେଖାଇଛନ୍ତି। ପ୍ରଥମ ଥର କରି ସେମାନଙ୍କ ପାଖ ଛାଡି ହଷ୍ଟେଲରେ ରହୁଛି। ନୂଆ ଜାଗା, କେମିତି ରହିବ, ପୂର୍ବରୁ ସେହି ଚିନ୍ତା ଘାରୁଥିଲା ତାଙ୍କୁ। ସେଥିପାଇଁ ଆରମ୍ଭରୁ ରେସିଡେନ୍‌ସିଆଲ ସ୍କୁଲରେ ଛାଡିବାକୁ ଆଦୌ ରାଜି ନଥିଲେ। ହେଲେ ଆଦିତ୍ୟଙ୍କର ଏକାଜିଦ୍ ଆଗରେ ତାଙ୍କୁ ନରମିଯିବାକୁ ପଡିଥିଲା। ମଣିଷ ହିସାବରେ ଆଦିତ୍ୟ ଯେତିକି କୋମଳ ପୁଣି ସେତିକି କଠୋର। ଗାଁ ମାଟି ପାଣି ପବନରେ ବଢିଆସିଛନ୍ତି। ସଂଘର୍ଷ କରି ହଷ୍ଟେଲରେ ରହି ପାଠ ପଢିଛନ୍ତି। ସେଥିପାଇଁ ଗୋଟାଏ ବୋଲି ପୁଅ ହେଲେ ସୁଦ୍ଧା ପଲ୍ଲବକୁ ସ୍ୱାବଲମ୍ବୀ କରି ବଞ୍ଚିଶିଖାଇବା ତାଙ୍କର ଇଚ୍ଛା। ତେଣୁ ସପ୍ତମ ପାସ୍ କଲାପରେ ପୁଅର ନାଁ ସେହି ସ୍କୁଲରେ ଲେଖାଇଦେଇଥିଲେ। ଅନ୍ତତଃ ପିତାମାତାଙ୍କ ସାହାଯ୍ୟ ଛାଡି ଅନେକ କିଛି କାମରେ ନିଜ ଉପରେ ନିର୍ଭରଶୀଳ ହୋଇପାରିବ। ଯଥା ଘଣ୍ଟାରେ ଆଲାରାମ୍ ଦେଇ ନିଜେ ଶୋଇକି ଉଠିବ, ନିଜେ ଠିକ୍ ସମୟରେ ଦାନ୍ତ ଘଷିବ, ଗାଧେଇବ, ଖାଇ ବାସନ ଧୋଇବ, ନିଜ ପ୍ୟାଣ୍ଟସାର୍ଟ ବହିପତ୍ରର ଯତ୍ନ ନେବ ପ୍ରଭୃତି।

ପ୍ରଥମରୁ ପିଲାଟା ନିଜେ ଏସବୁ କରିପାରିବ କି ନାହିଁ ଭାବିଥିଲେ ସୁଧା। ଯାହାକୁ ଚାରି ପାଞ୍ଚଥର ହଲେଇ ହାଲେଇ ନ ଡାକିଲେ ସକାଳୁ ନିଦ ଭାଙ୍ଗେନା, ପୁଣି ବ୍ରଶ୍‌ରେ ପେଷ୍ଟ ଲଗାଇ

ହାତରେ ଧରାଇଲେ ଯାଇ ଦାନ୍ତ ଘଷିବ ନ ହେଲେ ସେମିତି ଖଟଟାରେ ବସି ଢୋଳାଉଥିବ। ତାହା ପୁଣି ଦୁଇ ଚାରି ଥର ବଡ ପାଟିରେ ଡାକ ମାରିବାକୁ ପଡିବ, 'ଏ ପଲ୍ଲବ, ଦାନ୍ତ ଘଷିବୁ ଆସେ, ଉଠିକି ଆସିଲୁ ନା ନାହିଁ...।' ଯୋଗକୁ ଏ ସବୁକୁ ଦେଖିବାକୁ ସକାଳଓଳି ଆଦିତ୍ୟ ଘରେ ନଥାନ୍ତି। ତାଙ୍କ କାମ ସାରି ପ୍ରତିଦିନ ଯୋଗକ୍ଲାସ୍ କରିବାକୁ ଯାଇଥାନ୍ତି। ସେ ଫେରିଲାବେଳକୁ ଯା'ର ସ୍କୁଲ ଯିବା ସମୟ ହୋଇଯାଇଥାଏ। ଅନ୍ୟ ଛୁଟିଦିନମାନଙ୍କରେ ଯଦିଓ ଏହି ବ୍ୟତିକ୍ରମ ତାଙ୍କ ଆଖିରେ ପଡିଥାଏ ଏବଂ ସେ ବିରକ୍ତ ହୋଇ ଉଠନ୍ତି। 'ସବୁଦିନ ସ୍କୁଲ ଯିବାକୁ ବଡି ସକାଳୁ ଉଠୁଛି। ଆଜି ଟିକେ ଶୋଇପଡିଛି....ଥାଉ।' କହି କଥାଟାକୁ ହାଲ୍କା କରଦିଅନ୍ତି ସୁଧା।

ରେସିଡେନ୍ସିଆଲ ସ୍କୁଲରେ ନାମ ଲେଖାପରେ ଯେତେବେଳେ ତା'ର ହଷ୍ଟେଲକୁ ଯିବାର ସମୟ ଆସିଲା, ସେତେବେଳେ ସେ ତାକୁ କେତେ ଶିଖେଇ ବୁଝେଇ ନଥିଲେ।କେମିତି ଘଣ୍ଟାରେ ଆଲାରାମ୍ ଦେଇ ସକାଳୁ ଉଠିବ, ଦାନ୍ତ ଘଷିବ, ଠିକ୍‌ରେ ପ୍ୟାଣ୍ଟସାର୍ଟ ପିନ୍ଧିବ। ସବୁକଥା ଗୋଟା ଗୋଟା କରି ବତେଇ ଦେଇଥିଲେ। କେଇଦିନ ଆଗରୁ ସବୁକୁ ଅଭ୍ୟାସ କରି ଶିଖାଇଦେଇଥିଲେ। ଏମିତିକି ହଷ୍ଟେଲରେ ରହିବା ଦିନରୁ ଫୋନ୍ କରି ମନେ ପକାଇ ଦେଉଥିଲେ, 'ତୋତେ ଯେମିତି ସବୁ କହିଛି ତୁ ସେମିତି ସବୁ କରିବୁ। ମୋ ବାବାଟା ପରା....।' ତଥାପି ସେ ଠିକ୍‌ରେ ତା ନିତ୍ୟକର୍ମ କରୁଥିବ କି ନାହିଁ ଭାବି ଚିନ୍ତିତ ହୋଇପଡୁଥିଲେ। ଆଦିତ୍ୟ ବୁଝାଇ ଦେଇଥିଲେ, 'ତା' ସହିତ ଅନ୍ୟ ରୁମମେଟ୍‌ମାନେ ଅଛନ୍ତି। ତାଙ୍କ ସାଙ୍ଗରେ ରହି ସବୁ ଠିକ୍ ସମୟରେ କରୁଥିବ। ତମେ ସେଥି ପାଇଁ ଜମାରୁ ବ୍ୟସ୍ତ ହୁଅନି'। ତଥାପି ମନ ବୁଝୁ ନଥିଲା ସୁଧାଙ୍କର। ରୀତିମତ୍ ପୁଅ ପାଖକୁ ଫୋନ୍‌ଯୋଗେ ଏସବୁ ଜାଣିବାକୁ ଭୁଲି ନଥାନ୍ତି। ପ୍ରାୟ ପ୍ରତ୍ୟେକ ଦିନ ତାଙ୍କ ଆଡୁ ହଷ୍ଟେଲକୁ ଫୋନ୍ କରିଥାନ୍ତି ନଚେତ୍ କୌଣସି ଆବଶ୍ୟକତା ଥିଲେ ପଲ୍ଲବ ତା' ଆଡୁ ଆଗୁଆ ଫୋନ୍ କରିଥାଏ।

ସେଦିନ ଫୋନ୍ କରିଥିଲା ପଲ୍ଲବ। ହଷ୍ଟେଲର ନୂଆ ଖବର ଜଣାଇ କହିଥିଲା, 'ଜାଣିଲ ମାମା, ଆଜି ସକାଳେ ହଷ୍ଟେଲରେ ମୋର ରୁମ୍ ବଦଳାଯାଇଛି। ଜଣେ ସିନିୟରଙ୍କ ସାଙ୍ଗରେ ମୁଁ ଏବେ ମିଶିକି ରହିବି। ତାଙ୍କର ନାଁ ସୁଧାଶଙ୍କର।' ଆଉ କ'ଣ କିଛି ଅଧିକ ଶୁଣିବା ଆଗରୁ ଏପଟେ ସୁଧାଙ୍କ ହାତରୁ ମୋବାଇଲ ଫୋନ୍‌ଟା ଖସିପଡିଥିଲା। ହଠାତ୍ ଏକ ଚମକପ୍ରଦ ସମ୍ବାଦ ପାଇଲା ପରି ପ୍ରତିକ୍ରିୟାରେ ଝଙ୍କୃତ ହୋଇଉଠିଥିଲା ତାଙ୍କ ସମଗ୍ର ଶରୀର। ଅସମ୍ଭବ ଆବେଗର ବିସ୍ଫୋରଣ ଯେପରି ଘଟିବାକୁ ଯାଉଥିଲା ଏହି ଖବର ପ୍ରାପ୍ତିରେ। ସେହି ନାଁ ପାଖରେ ଝୁଣ୍ଟି ଯାଇଥିଲେ ସୁଧା। ଅଭିଭୂତ ହୋଇପଡୁଥିଲେ ଉତ୍ତାଳ ଭାବାବେଗରେ। ତାଙ୍କ ସମ୍ମୁଖରେ ଗୋଟିଏ ଲୁକ୍‌କାୟିତ ଅତୀତ ବର୍ତ୍ତମାନରେ ରୁପାନ୍ତିରିତ ହେବାକୁ ବସୁଥିଲା। ଆଖିର ପରଦା ତଳେ ଚାପି ହୋଇ ରହିଥିବା ଏକାନ୍ତ ଗୋପନୀୟ କ୍ଷତାକ୍ତ ସ୍ମୃତି ସବୁ ପତ୍ର ମେଲିବା ପରି ଚେଇଁ ଉଠିଥିଲେ। ଅଥୟ ହୋଇପଡିଥିଲା ତାଙ୍କର ବିଗଳିତ ହୃଦୟ। ଅସମ୍ଭାଳ ହୋଇ ବାହାରି ଆସିଥିଲେ ଯେ ଘରୁ ଭୁଲିଯାଇଥିଲେ କାହାର ସ୍ତ୍ରୀ, କାହାର ମା' ଆଉ ସବୁକିଛି। ଏକ ଅଦମନୀୟ ଆକର୍ଷଣରେ ସମ୍ମୋହିତ ହେଲାପରି ତାଙ୍କର ଦୁଇ ଉତ୍ତାନପାଦ ସବୁ ସୀମାରେଖାକୁ ଅତିକ୍ରମ କରିବାକୁ ବସିଥିଲା। କେବଳ ସେ ପାଦପକାଇ ଚାଲିଥିଲେ ଆଗକୁ ଆଗକୁ ବିରାମହୀନ ଦ୍ରୁତଗତିରେ।

ନଦୀର ଉଚ୍ଛୁଳା ଢେଉ ପରି ଅମାନିଆ ମାତୃତ୍ୱ ମଥାପିଟି ଚାଲିଥିଲା ତାଙ୍କ ଭିତରେ। ବ୍ୟାକୁଳ ହୋଇପଡିଥିଲା ଭେଟିବାକୁ ସେହି ବିଗତ ସ୍ମୃତିର ଜୀବନ୍ତ ପ୍ରତିରୂପକୁ। ଅନ୍ତରଙ୍ଗ ଆଲିଙ୍ଗନରେ ନିବଦ୍ଧ କରିବାକୁ ଚାହୁଁଥିଲା ସେହି ପ୍ରାଣର ଶଂଖୁଳିକୁ। 'ସୁଧାଶଙ୍କର....ମୋ ଧନ....ମୋ ପୁଅ...' ସ୍ୱଗୋତୋକ୍ତି ପାଳଟି ବାହାରି ପଡିଥିଲା ତାଙ୍କ ମୁହଁରୁ। ବହିର ପୃଷ୍ଠା ପୁଣି ପଛ ଆଡକୁ ଲେଉଟିବା ଆରମ୍ଭ କରିଦେଇଥିଲା। ଲୁଚିଯାଇଥିବା ନିଭୃତ ସମୟର ଚିତ୍ର ସବୁ ଚେଇଁ ଉଠୁଥିଲେ ଆଉଥରେ।

ତାଙ୍କୁ ଆଣି ରଖାଯାଇଥିଲା ସୁଦୂର ଏକ ସହରରେ। ଯେଉଁଠି କାହା ସହିତ ସଂପର୍କ ନଥିଲା। ପାଖରେ ଥିଲେ କେବଳ ମା'। ଆଉ ସେହି ଦୂର ସହରର ପରିଚିତ ବିଶ୍ୱସ୍ତ ବ୍ୟକ୍ତି। ସେପରି ଗୁପ୍ତ ଭାବରେ ରହିବାଛଡା ଅନ୍ୟ କୌଣସି ଉପାୟ ନଥିଲା। ଶେଷ ମୁହୂର୍ତ୍ତରେ ଡାକ୍ତରଙ୍କ ଆଶ୍ରୟ ନେଲାବେଳକୁ ଆଉ ଗର୍ଭପାତ ସମ୍ଭବ ନୁହେଁ ବୋଲି ଡାକ୍ତର ସ୍ପଷ୍ଟ ଭାବରେ ଜଣାଇସାରିଥିଲେ। ଅବିବାହିତ ଝିଅଟିର ଗର୍ଭଧାରଣ କରିବା କଥାଟାକୁ କିପରି ଗ୍ରହଣ କରିଥାନ୍ତା ସମାଜ? ସେମାନଙ୍କ ବଂଶ ବୁନିଆଦି, ସାମାଜିକ ପରିଚୟ ଓ ପ୍ରତିଷ୍ଠା ସବୁକିଛି ସେହି ଅପବାଦର ସୁଅ ମୁହଁରେ ଭାସିଯାଇଥାନ୍ତା। ଆଉ କିଛି ଚାରା ନ ପାଇ ସେହି ବାଟର ଆଶ୍ରୟ ନେବାକୁ ପଡିଥିଲା। ଚାରିପାଖର ସାମାଜିକ ବଳୟ ଠାରୁ ବହୁତ ଦୂର ଏକ ନର୍ସିଂହୋମ୍‌ରେ ସେ ଜନ୍ମ ଦେଇଥିଲେ ତାଙ୍କ ପରିଚୟହୀନ ସନ୍ତାନକୁ।

ଦୁର୍ଘଟଣାରେ ଶଙ୍କରଙ୍କ ମୃତ୍ୟୁ ନ ହୁଅନ୍ତା କି ତାଙ୍କୁ ଏହି ଅବସ୍ଥା ଦେଇ ଗତି କରିବାକୁ ପଡି ନଥାନ୍ତା! ଆଉ କେଇଟା ଦିନ ପରେ ହୋଇଥାନ୍ତା ବାହାଘର। ଦୁହେଁ ପ୍ରେମିକ ପ୍ରେମିକା ସଂପର୍କରୁ ପରିବର୍ତ୍ତିତ ହୋଇଥାନ୍ତେ ପତିପତ୍ନୀର ବନ୍ଧନରେ। ସେମାନଙ୍କ ଦୀର୍ଘଦିନର ନିବିଡ ଭଲପାଇବାର ଆଉ କ'ଣ ବା' ସୁଖଦ ପରିଣତି ହୋଇଥାନ୍ତା! ନିମିଷେକ ଭିତରେ ବଦଳିଯାଇଥିଲା ସବୁକିଛି। ଟୁକୁରା ଟୁକୁରା କାଚଖଣ୍ଡ ପରି ଚୂରମାର୍ ହୋଇଯାଇଥିଲା ସାଇତା ସପନ। ନିଷ୍ଠୁର ସମୟର ନଜର ଲାଗିଯାଇଥିଲା ଯେପରି, ତିଳତିଳ କରି ଜାଳିଦେଇଥିଲା ଏକ ସମ୍ଭାବିତ ସକାଳର ଆକାଂକ୍ଷାକୁ।

ଗୋଟିଏ ସମୟ ଥିଲା ୟୁନିଭରସିଟି କ୍ୟାମ୍ପସ୍‌ରେ ଘୁରିବୁଲୁଥିଲା ସେମାନଙ୍କ ଚର୍ଚ୍ଚିତ ପ୍ରେମକାହାଣୀ। ସୁଧା-ଶଙ୍କର ଏଇ ଯୋଡା ପ୍ରେମୀ ଯୁଗଳଙ୍କ ନାମ ସହ ଅନେକ ଥିଲେ ବେଶ୍ ପରିଚିତ। କ୍ଲାସରୁମ୍‌ରୁ ଲାଇବ୍ରେରି ଯାଏଁ, ଲାଇବ୍ରେରିରୁ କ୍ୟାଣ୍ଟିନ୍ ଯାଏଁ, କ୍ୟାଣ୍ଟିନ୍‌ରୁ ପାର୍କ ଯାଏଁ ସବୁଠି ବିସ୍ତରିଯାଇଥିଲା ସେମାନଙ୍କ ପ୍ରେମର ପହଞ୍ଚ। ଦୁଇହଳ ପାଦଚିହ୍ନର ସମ୍ମୋହିତ ସ୍ୱାକ୍ଷର। ଶଙ୍କର କେବଳ ନଥିଲା ତାଙ୍କର ସହପାଠୀ ବରଂ ପାଲଟିଯାଇଥିଲା ଏକକ ଆତ୍ମିକ ପୁରୁଷ। ୟୁନିଭରସିଟିର ପାଠ ସରିବା ପରେ ମଧ୍ୟ ସେହି ଅଭେଦ୍ୟ ସଂପର୍କରେ ସମାପ୍ତି ଘଟି ନଥିଲା। ବରଂ ପରସ୍ପରର ଦୂରତା ଆହୁରି ନିବିଡରୁ ନିବିଡତର ପାଲଟିଥିଲା। ଦୁଇଜଣଙ୍କ ପରିବାର ଗ୍ରହଣ କରିନେଇଥିଲେ ସେମାନଙ୍କ ସଂପର୍କକୁ। କେବଳ ଆନୁଷ୍ଠାନିକ ବନ୍ଧନର ସ୍ୱୀକୃତି ବାକିଥିଲା। ସେତେବେଳକୁ ଶଙ୍କର ବ୍ୟାଙ୍କ୍ କଂପିଟେଟିଭ୍ ପରୀକ୍ଷାରେ କୃତକାର୍ଯ୍ୟ ହୋଇ ଟ୍ରେନିଂରେ ଥାଆନ୍ତି। ଅପେକ୍ଷା ରହିଥାଏ ଟ୍ରେନିଂ ସରିବା ପର୍ଯ୍ୟନ୍ତ।

ନିୟତିର ନିଷ୍ଠୁର ଉପହାସକୁ ସହିବାକୁ ପଡିଥିଲା ସୁଧାଙ୍କୁ। କେବଳ ସବୁଦିନ ପାଇଁ ଶଙ୍କର ବିଦାୟ ନେଇଯାଇ ନଥିଲେ ବରଂ ଏକ ନିଦାରୁଣ ଶୂନ୍ୟତାର ବଳୟ ଭିତରେ ଛାଡିଯାଇଥିଲେ ତାଙ୍କୁ। ନର୍ସିଂହୋମ୍‌ର ସେହି ଲେବର ରୁମ୍ ଭିତରେ ପ୍ରସବ ଦେଇଥିଲେ ଉଭୟଙ୍କ ମିଳନର ସ୍ମାରକୀକୁ। ଖାଲି ସମାଜିକ ଲୋକଲଜ୍ୟା ଓ ପାରିବାରିକ ଅସମ୍ମତିର ଭୟରେ ରାଜି ହୋଇଯାଇଥିଲେ ସେହି ଆତ୍ମାର ପିତୁଳାକୁ ନିଜଠାରୁ ଅନ୍ତର କରିବା ପାଇଁ। ନହେଲେ ତା'ର ମୁଖ ଦେଖି ଅବଶିଷ୍ଟ ଜୀବନ ଜୀଇଁବାରେ କୌଣସି କୁଣ୍ଠା ନଥିଲା। ଅତିକଷ୍ଟରେ ସେ ସଦ୍ୟଜାତ ସନ୍ତାନକୁ ଅନାଥଶ୍ରମରେ ଛାଡିବାକୁ ରାଜି ହୋଇଥିଲେ। ସମସ୍ତ ପ୍ରକ୍ରିୟା ସଂପୂର୍ଣ୍ଣ ଗୋପନରେ ଘଟିଥିଲା। କେବଳ ଗୋଟିଏ ସର୍ତ୍ତ ରଖିଥିଲେ ସେ ଯେ ପିଲାଟିର ନାମ ରହିବ ସୁଧାଶଙ୍କର। ପରେ କେବଳ ଏତିକି ଶୁଣିଥିଲେ କେହି ଜଣେ ସନ୍ତାନହୀନ ଧନୀକ ଦମ୍ପତି ସୁଧାଶଙ୍କରକୁ ସେହି ଅନାଥଶ୍ରମରୁ ଆଦରି ନେଇଛନ୍ତି। ମଝିରୁ ତାରଟେ ଛିନ୍ନ ହେବା ପରି ତା'ପରଠାରୁ ଆଉ କୌଣସି ସଂପର୍କ ନଥିଲା ତାଙ୍କର ସେହି ତିକ୍ତ ଅତୀତ ସହିତ।

ଏକ ପରେ ଆରେକ ଦୃଶ୍ୟ ପରି ସତେଜ ହୋଇଉଠୁଥିଲା ବିଗତ ଦିନର ସେହି ବିଭଙ୍ଗ ସ୍ମୃତି। ଯାହା ସହିତ ଜଡିତ ହୋଇ ରହିଥିଲା ତାଙ୍କ ମାତୃ ହୃଦୟର ନିବିଡ ଆଶ୍ଲେଷ। ଜନନୀ ହେବାର ପ୍ରଥମ ପୁଲକ। ପରିସ୍ଥିତିର ଚପରେ ତାହା ଏବେ ତାଙ୍କର ଛାଡିଆସିଥିବା ଅନ୍ଧକାରମୟ ଅତୀତ। ସମୟର ସ୍ରୋତରେ କେବେ ଧୋଇ ହୋଇଯାଇଥିଲା ସେହି ଅତୀତ। ସମ୍ପୂର୍ଣ୍ଣ ନିଶ୍ଚିହ୍ନ ହୋଇ ନଥିବା ସେହି ସ୍ମୃତିର ଚେରା ଟିକିକ ଏବେ ହଠାତ୍ ଶାଖା ମେଲାଇ ଯେପରି ଆଗରେ ଉଭା ହୋଇଛି। ଆମନ୍ତ୍ରଣ କରୁଛି ମା' ମା' ଡାକି। ସମ୍ମୋହିତ କରିଚାଲିଛି ଅଦମନୀୟ ଭାବରେ। ସେ ଶୁଣିପାରୁଛନ୍ତି ଯେପରି ସେହି ସୀମାହୀନ ଡାକର କ୍ଷୁଧାକୁ। ସେହି ନାମଟି ଶୁଣିବା ପରଠାରୁ ଉତ୍‌ଥିତ ଲହଡି ସଦୃଶ୍ୟକୂଳ ଲଂଘିବାକୁ ବାହାରିଛନ୍ତି ସେ। ଏକ ଲକ୍ଷ୍ୟ ଏକ ଦୃଷ୍ଟିରେ ଧାଇଁ ଚାଲିଛନ୍ତି ପୁଅ ପଲ୍ଲବର ହଷ୍ଟେଲ ଆଡକୁ ଯେଉଁଠି ଶୁଣିଛନ୍ତି ସୁଧାଶଙ୍କର ଠିକଣା।

ଯେତିକି ପାଖେଇ ଆସୁଥାଏ ସେହି ଠିକଣା, ହୃଦୟାବେଗର ତୀବ୍ରତା ସେତିକି ପ୍ରଖର ହୋଇଉଠୁଥାଏ। ଭିତରେ ପୁଞ୍ଜିଭୂତ ଭାବାବେଗରେ ଅପ୍ରତିହତ ଜୁଆର। 'ସୁଧାଶଙ୍କର....ମୋ ଧନ....ମୋ ପୁଅ।' ଛାତିର ବୁକୁରୁ ଥରକୁ ଥର ବାହାରି ଆସୁଥିଲା ଏହି ଉଚ୍ଚାରଣ। ମନେ ମନେ ବିଚାରୁଥିଲେ, 'ଅନ୍ଧାର ଭାଗ୍ୟ ନେଇ ଜନ୍ମ ହୋଇଥିଲା ଆହାଃ, ସେଇଥିପାଇଁ ବିସ୍ମୃତିର ଗହ୍ୱର ଭିତରେ ହଜିଯାଇଥିଲା ଏତେ ଦିନ!' ତାରି ପାଇଁ କମ୍ ଅଧିର ହେବାକୁ ପଡିନାହିଁ, କମ୍ ଲୁହ ଝରାଇବାକୁ ପଡିନାହିଁ।

ବାହାର ଦୁନିଆ ପାଇଁ ଅଲୋଡା ସେହି ସନ୍ତାନକୁ ଜନ୍ମଦେଇ ଯେଉଁ ଦିନ ନିଜ ହାତରେ ଟେକି ଦେଇଥିଲେ ଅନାଥଶ୍ରମକୁ, ବିଳପି ଉଠିଥିଲା ତାଙ୍କ ମାତୃତ୍ୱ। ଅସହ୍ୟ ହୋଇପଡିଥିଲା ତାଙ୍କ କୋଳର ଶୂନ୍ୟତା ସହ ଯୁଝିବା। ମା'ଠାରୁ ଛୁଆ ଅଲଗା ହେଲେ କ'ଣ ଦଶା ହୁଏ ତାକୁ ମରମେ ମରମେ ଭୋଗିଚାଲିଥିଲେ। ନିରବରେ ସହ୍ୟ କରି ଚାଲିଥିଲେ ସେହି ଅସୁମାରୀ ପୀଡାକୁ, ଯାହା ଚାହିଁଲେ ସୁଦ୍ଧା ଭରଣା କରିବା ସମ୍ଭବ ନଥିଲା। ଶଙ୍କରଙ୍କ ଶୁନ୍ୟସ୍ଥିତି ବିକ୍ଷୁବ୍ଧ କରିଦେଇଥିଲା ତାଙ୍କ

ବର୍ତ୍ତମାନକୁ। ଝୁରି ହେଉଥିଲେ ନିଜ ପ୍ରିୟତମ ମଣିଷକୁ, ଯାହାର ସ୍ମୃତି ପ୍ରତିନିୟତ ବିଗଳିତ କରିଚାଲିଥିଲା ତାଙ୍କୁ। ଗୋଟେ ପଟେ ଦିବଂଗତ ପାଲଟି ବହୁ ଦୂରକୁ ଚାଲି ଯାଇଥିଲା ସେହି ମଣିଷ। ଆରପଟେ, ତାରି ପ୍ରତୀକ ସାଜି ଭୂମିଷ୍ଠ ହୋଇଥିବା ପିଲାଟି ଥାଇ ମଧ୍ୟ ହୋଇଯାଇଥିଲା ସାତ ଦରିଆ ଦୂର। ପାରିବାରିକ ଚାପ, ଲୋକଲଜ୍ଜା, ସାମାଜିକ ନିଗଡର ପ୍ରହାରରେ ଦୁଇଖଣ୍ଡ ହୋଇଥିଲା ଗୋଟିଏ ଆତ୍ମା।

ସେହି ଅବସାଦର ଚାପରେ ଅନେକଦିନ ଯାଏଁ ସ୍ୱାଭାବିକ ହୋଇପାରି ନଥିଲେ ସୁଧା। ଅଧିକାଂଶ ସମୟ ଅକଥନୀୟ ଯନ୍ତ୍ରଣାର ଚାପରେ ନିରବ ପ୍ରାୟ ରହୁଥିଲେ। ଭୁଲିଯାଇଥିଲେ ନିଜର ଅସ୍ତିତ୍ୱ, ନିଜର ବର୍ତ୍ତମାନ,ଭବିଷ୍ୟତ ସବୁକିଛି। କୌଣସି କଥାରେ ନା ଥିଲା ଆଗ୍ରହ ନା ଥିଲା ଉତ୍ସାହ। ଘରଲୋକ ବ୍ୟତିବ୍ୟସ୍ତ ହୋଇପଡୁଥିଲେ ଏସବୁ ଦେଖି। ସବୁବେଳେ ପଛକଥାକୁ ଭୁଲିଯାଇ ଆଗକୁ ଚାହିଁବାକୁ ପ୍ରବର୍ତ୍ତାଇ ଥିଲେ। ଥରେ ନୁହେଁ ଅନେକଥର ବାପା ମା' ବୁଝାଇଥିଲେ, 'ଯାହା ହୋଇଗଲା ହୋଇଗଲା, ପଛ କଥା ଭାବି କିଛି ଲାଭ ନାହିଁ ମା'.....ଏଥର ଭବିଷ୍ୟତ ଆଡକୁ ଦେଖ....।' କାହାକୁ ଦେଖିଥାନ୍ତେ, କାହାକୁ ବା ଭୁଲିଥାନ୍ତେ ସେ ? ତାଙ୍କ ପାଇଁ ଭୁଲିଯିବା ସେତେ ସହଜ ନଥିଲା ଶଙ୍କରଙ୍କ ଆକସ୍ମିକ ବିୟୋଗ ଜନିତ ଦାରୁଣ ଦୁଃଖ ଓ ନିଜର ଜନ୍ମିତ ପୁତ୍ରଠାରୁ ସବୁଦିନ ପାଇଁ ଦୂରରେ ରହିବାର ମର୍ମବେଦନା। ସବୁକିଛି ମିଶି ତାଙ୍କୁ ଏକରକମ ନିର୍ବାକ୍ କରିଦେଇଥିଲା କହିଲେ ଚଳେ।

ଏଣେ ବାହାଘର ଖୋଜିବାରେ ଲାଗିପଡିଥିଲେ ଘରଲୋକ। କୌଣସିମତେ ମନ ବଦଳାଇ ରାଜି କରେଇବାକୁ ଚାହୁଁଥିଲେ। ସେ ଯେପରି ମୃତ ଅତୀତକୁ ନଝୁରି ସମୟର ବାସ୍ତବତାକୁ ଗ୍ରହଣ କରୁ, ସ୍ୱୀକାର କରିନେଉ ନୂଆ ଜୀବନର ଅୟମାରମ୍ଭକୁ। ତାହା କେତେ ଦୂର ସମ୍ଭବ ଥିଲା ତାଙ୍କ ପାଇଁ ସେତେବେଳେ ଏକ ପ୍ରଶ୍ନବାଚୀ ଥିଲା। ସବୁକୁ ଲୁଚାଇ ପଛ କରି କେମିତି ଏକ ବର୍ତ୍ତମାନ ଆରମ୍ଭ କରିହେବ ସେଇଟା ଥିଲା ତାଙ୍କ ପାଇଁ ଅଗ୍ନିପରୀକ୍ଷା ଭଳି। ମା' ବୁଝାଉଥିଲେ, କେତେଦିନ ଏମିତ ଚାଲିବ ? ଆମେ କ'ଣ ସବୁବେଳେ ତୋ ପାଖରେ ଥିବୁ ? ତୋର ପୁଣି ଭବିଷ୍ୟତ ବୋଲି କିଛି ଅଛି ନା ନାହିଁ .... ? ବାପା ଗୋଟିଏ କଥାକୁ ଦୋହରାଉଥିଲେ, 'ସମୟ ଗଡିଯିବା ଆଗରୁ ରାଜି ହୋଇଯା....ମା'।' ଶେଷକୁ ବାଧ୍ୟ ହୋଇ ମୁଣ୍ଡ ନୁଆଁଇଥିଲେ ଘର ଲୋକଙ୍କ ଆଗରେ। ଅତୀତକୁ କବର କରି ପୂର୍ଣ୍ଣଛେଦ ଟାଣିଥିଲେ ସବୁଦିନ ପାଇଁ।

ସ୍ୱାମୀ ହିସାବରେ ଆଦିତ୍ୟ ଥିଲେ ଖୁବ୍ ଦ୍ୱାୟିତ୍ୱବାନ୍ ଆଉ ଯତ୍ନଶୀଳ। ବେଳେବେଳେ ତାଙ୍କର ଆଦର୍ଶ ଓ ନୈତିକତାବୋଧ ସୁଧାଙ୍କୁ ବିଚଳିତ କରିଦେଇଥାଏ। ଅନ୍ୟଥା ନିଜର ବୈବାହିକ ଜୀବନକୁ ନେଇ ତାଙ୍କର କୌଣସି ଆପତ୍ତି କିମ୍ବା ଅଭିଯୋଗ ନଥାଏ। ହେଲେ ମନ ଭିତରେ ଡର ଥାଏ ଦେହର ଛାଇ ପରି ଜଡି ରହିଥିବା ନିଜର ବିଗତ ଅବସୋସ ପାଇଁ। ଯେଉଁଠି ଲୁଚିରହିଥିଲା ତାଙ୍କ ସ୍ଖଳିତ ସତୀତ୍ୱ ଓ ଅପୂର୍ଣ୍ଣ ପ୍ରେମ କାହାଣୀର ଇତିହାସ। ବିଫଳ ମାତୃତ୍ୱର ପ୍ରତିଲିପି। ସମୟର ସ୍ରୋତରେ ଯାହାକୁ ଏକ ଦୁଃସ୍ୱପ୍ନ ଭାବି ସେ ପ୍ରାୟ ପାସୋରି ସାରିଥିଲେ କହିଲେ ଠିକ୍ ହେବ। ଆଜି ପୁଣି ସେହି ଅଣଲେଉଟା ଇତିହାସର ପୃଷ୍ଠା ଫିଟିପଡିଥିଲା ଆଉଥରେ। ଯେତେବେଳଠୁ ସେ

ସୁଧାଶଙ୍କର ବିଷୟରେ ଶୁଣିଥିଲେ ପୁଅ ପଲ୍ଲବ ପାଖରୁ ସେତେବେଳଠୁଁ ତାଙ୍କ ଭିତରେ ଉଜ୍ଜୀବିତ ହୋଇସାରିଥିଲା ସେହି ଇତିହାସ। ଅପ୍ରତିହତ ଜିଜ୍ଞାସାରେ ତାଙ୍କ ମାତୃତ୍ୱକୁ ଆବାହନ କରିଚାଲିଥିଲା। ଯାହାର ତାଡନାରେ ସେ ଧାଇଁ ଚାଲିଥିଲେ ଅବିରାମ ଭାବରେ, ଲଘିଂବାକୁ ବସିଥିଲେ ସବୁ ସାମାଜିକ ଆକଟର ଗାର।

ଚେତା ଫେରିଆସିଲାବେଳକୁ ମୁଣ୍ଡ ପାଖରେ ବସିଥାନ୍ତି ଆଦିତ୍ୟ। ସୁଧା ନିଜକୁ ଆବିଷ୍କାର କରୁଥାନ୍ତି କୌଣସି ଏକ ଅଜଣା ହସ୍ପିଟାଲର ଚାରିକାନ୍ଥ ଭିତରେ। ଆଶ୍ଚର୍ଯ୍ୟ ଚକିତ ହୋଇ ଥରେ ଚାରିଆଡକୁ ଚାହିଁ ପୁଣି ଆଦିତ୍ୟଙ୍କ ଆଡକୁ ଚାହୁଁଥାନ୍ତି। ବୁଝିବାକୁ ଚେଷ୍ଟା କରୁଥାନ୍ତି ତାଙ୍କର ବାସ୍ତବ ସ୍ଥିତି ସଂପର୍କରେ। ପୁଣି ସେହି ଅବୁଝା ଚାହାଣିରେ ଅନାଇ ରହୁଥାନ୍ତି ଆଦିତ୍ୟଙ୍କ ଆଡକୁ। ଏପଟେ ସୁଧାଙ୍କ ହୋସ୍ ଫେରିବା ଦେଖି ଖୁସି ହୋଇଉଠିଥିଲେ ଆଦିତ୍ୟ। ତାଙ୍କ ଠାରେ ଏପରି ପ୍ରଶ୍ନିଳ ହାବଭାବକୁ ଦେଖି କହିଲେ, 'ବ୍ୟସ୍ତ ହୁଅନି, ତମର କିଛି ହୋଇନି, ଈଶ୍ୱରଙ୍କ ଦୟାରୁ, ଦୁର୍ଘଟଣାରୁ ଅଳ୍ପକେ ବର୍ତ୍ତିଯାଇଛ ! ଖାଲି କିଛି ସମୟ ପାଇଁ ଚେତା ପଳେଇଯାଇଥିଲା ଯାହା। ଡାକ୍ତର କହିଛନ୍ତି, ବିଶ୍ରାମ ନିଅ, ପୂରା ଠିକ୍ ହୋଇଯିବ।' ମୁହଁରେ ତାଙ୍କର ଥିଲା ସ୍ନେହଭରା ଆଶ୍ୱସନା। ସୁଧା ସ୍ମରଣ କରି ଚାଲିଥିଲେ ସେହି ଦିନର ଘଟଣା ସଂପର୍କରେ। କିପରି ପୁଅଠାରୁ ଫୋନ୍ ପାଇ ଅଣନିଶ୍ୱାସୀ ହୋଇ ଧାଇଁ ପଡିଥିଲେ ଏକ ଲୟରେ। କିପରି ଅତୀତର ଛିନ୍ନ ପୃଷ୍ଠାରୁ ହାତଠାରି ଡାକିଥିଲା ବର୍ତ୍ତମାନ। କିପରି ସେ ଅଣାୟତ୍ତ ହୋଇ ପଡିଥିଲେ ସେହି ନାଁକୁ ଶୁଣିବା ମାତ୍ରକେ।

ଆଦିତ୍ୟଙ୍କ ପାଖରେ ଛିଡା ହୋଇଥିଲା ପଲ୍ଲବ। ମାମାକୁ ଏପରି ଅବସ୍ଥାରେ ଦେଖି ତା' ମୁହଁଟି ଦିଶୁଥିଲା ଖୁବ୍ କରୁଣ। ସୁଧାକୁ ଆଖି ଖୋଲି ଚାହିଁବାର ଦେଖି ନିଜ ଆଡୁ ଉତ୍ସାହିତ ହୋଇପଡି କହିଲା, 'ମାମା ତମ ଚେତା ନଥିଲା ବେଳେ ଖାଲି ସୁଧାଶଙ୍କର ସୁଧାଶଙ୍କର ବୋଲି କହୁଥିଲା। ହେଇ ଦେଖ, ମୁଁ ତାଙ୍କୁ ତମ ପାଖକୁ ନେଇଆସିଛି।' ବିସ୍ମୟ ନୟନରେ ଚାହିଁ ରହିଥିଲେ କିଛି ଦୂରକୁ, ଯେଉଁଠି ଛିଡା ହୋଇ ରହିଥିଲା ସୁଧାଶଙ୍କର। ଅପରିଚିତ ସ୍ମିତ ହସରେ ଅଭିନନ୍ଦନ ଜଣାଉଥିଲା ତାଙ୍କୁ। ଅପଲକ ଆଖିରେ ସେ କିଛି ସମୟ ଚାହିଁରହିଲେ ତା' ଆଡକୁ। କୌଣସି ପ୍ରତିକ୍ରିୟାରେ ବିହ୍ୱଳିତ ହେବା ପୂର୍ବରୁ ପୁଣି ଆଖି ଫେରାଇଆଣିଲେ। ନିରବରେ ଚାହିଁରହିଲେ ନିଜର ସ୍ୱାମୀ ଓ ପୁଅ ଆଡକୁ। ଯେଉଁଠି ରହିଥିଲା ତାଙ୍କର ବାସ୍ତବ ପରିଚୟ, ସାମାଜିକ ସ୍ଥିତିର ବଳୟ। ଏତେ ପାଖରେ ଥାଇ ବି ଅପହଞ୍ଚ ହୋଇଯାଇଥିଲା ଆରଜଣକ। ଯାହାକୁ ପୁଅ ବୋଲି ଡାକିବାକୁ ଚାହିଁ ବି ଡାକିପାରୁନଥିଲେ। ଧନ ବୋଲି କୋଳେଇ ନେବାକୁ ଚାହିଁ ବି ଆଦରିପାରୁ ନଥିଲେ। ସାହାସ କୁଳାଇ ପାରୁନଥିଲେ ସାମ୍ନାରେ ଉଭା ହୋଇଥିବା ସତ୍ୟକୁ ସ୍ୱୀକାର କରିବାକୁ। ଯେପରି ତାଙ୍କର ଅତୀତ ଓ ବର୍ତ୍ତମାନ ମଝିରେ ରହସ୍ୟମୟ ଘନକୁହୁଡିର ଆସ୍ତରଣ ପାଲଟି ଅଦୃଶ୍ୟ ହୋଇ ଯାଉଥିଲା ସୁଧାଶଙ୍କର। ତାଙ୍କର ପ୍ରିୟ ଅତୀତ ପୁଣି ଅଲୋଡା ବର୍ତ୍ତମାନ।

ଶ୍ରାବଣର ବର୍ଷଣମୁଖୀ କୋହକୁ ଫେରାଇ ନେଉଥିଲେ ନିଜ ଭିତରକୁ ସୁଧା।

■

ବର୍ଣ୍ଣାଳିର କବିତା

ବର୍ଣ୍ଣାଳି ଚାହିଁଥିଲା ଆକାଶ ଆଡକୁ । ଦେଖୁଥିଲା ସଂଧ୍ୟା ଆକାଶର ବର୍ଣ୍ଣବିଭା । ଅସଂଖ୍ୟ ତାରାଗଣଙ୍କ ଚିତ୍ରିତ ସମାବେଶ । ଅନ୍ଧାର ଆଉ ଦିକିଦିକି ଆଲୁଅର ନିରବ ଯୁଗଳବନ୍ଦୀ । ଏକ ଲୟରେ ଚାହିଁରହିଥିଲା ସେହି ଦୂରନ୍ତ ଅପରୂପ ଶୋଭା ଆଡେ । କ'ଣ ଭାବି ଅନ୍ୟମନସ୍କ ହୋଇଉଠୁଥିଲା । ଅସ୍ଥିର ହୋଇପଡୁଥିଲା ସେଥିରେ । ତା' ଛୋଟ ଛୋଟ ଦୁଇ ଆଖିପତାକୁ କିଛି ସମୟ ପାଇଁ ମୁଦି ପୁଣି ଖୋଲି ଚାହୁଁଥିଲା ତାରାଗଣଙ୍କ ଆଡକୁ । କିଛି ବି ଫରକ ଦେଖୁ ନଥିଲା ସେହି ଗୋଟି ଗୋଟି ତାରା ଆଉ ତା' ମାମା ଭିତରେ । ଚାରିପଟର ଭିଡ ମଝିରେ ଦୁହେଁଯାକ ଥିଲେ ଏକୁଟିଆ । ସେପଟେ ଏତେ ତାରା ଭର୍ତ୍ତି ଆକାଶ, ହେଲେ ସମସ୍ତେ ଏକାକୀ । ସମସ୍ତେ ପରସ୍ପର ଠାରୁ ଦୂରରେ । ଏପଟେ ମାମାର ସବୁଦିନର ସଭାସମିତି । ଏତେ ଲୋକଙ୍କ ସହ ବସାଉଠା । ତଥାପି ଏକୁଟିଆ ।

ତାକୁ ଏହି ଏକୁଟିଆ ହେବାଟା ଭାରି ଖରାପ ଲାଗେ । ଆଉ ଲାଗେ ବୋର୍ ବି । ହୋମ୍‌ୱାର୍କ, ସ୍କୁଲ, ଟିଉସନ

ଏମିତିରେ ବ୍ୟସ୍ତ ରହିଯାଏ ଦିନଟା। ଜାଣିପାରେନା କୁଆଡେ କେମିତି ସକାଳଟା କଟି ସଂଧ୍ୟା ହୋଇଯାଏ। ସବୁଦିନ ସଂଧ୍ୟାରେ ଯେତେବେଳେ ଏହି ଛାତ ଉପରେ ବସି ଆକାଶକୁ ଚାହେଁ, ତାକୁ ତାରାମାନେ ଖୁବ୍ ଏକାକୀ ଲାଗନ୍ତି। ଖୁବ୍ ନିରୀକ୍ଷଣ କଲାପରି ସେହି ତାରାମାନଙ୍କୁ ଢେର ସମୟ ଚାହେଁ। ବହୁ ସମୟ ଧରି ସେମାନଙ୍କ କଥା ଭାବି ହୁଏ। ମନେ ମନେ ସେୟାଡକୁ ଚାହିଁ କଥାଭାଷା ହୁଏ। ଭାବେ, ହୁଏତ ତା ସହିତ କଥା ହେଲେ କିଛି ସମୟ ପାଇଁ ସେମାନଙ୍କ ବୋରିଂ କଟିଯିବ। ଆଉ ଏକୁଟିଆ ଲାଗିବ ନାହିଁ। ପୁଣି ଉପରକୁ ଚାହିଁ ଆଶ୍ଚର୍ଯ୍ୟ ହୋଇ ଭାବେ, ଆଚ୍ଛା ତାରାମାନେ ତ ନିଜ ନିଜ ଭିତରେ କଥା ହେଉଥିବେ ନା ବହୁତ ଦୂର ହୋଇଯାଉଥିବ ଜଣଙ୍କ କଥା ଆଉ ଜଣଙ୍କ ପାଖରେ ପହଞ୍ଚିବା ପାଇଁ! ଓହୋ ବିଚରା ! ଭାବି ଦୁଃଖୀ ହୋଇପଡେ ସେମାନଙ୍କ ପାଇଁ।

ଏହି ତାରାମାନଙ୍କୁ ଦେଖିଲେ ଆପେ ଆପେ ତା'ର ମାମା କଥା ମନକୁ ଆସିଯାଏ। ମାମା କବିତା ଲେଖେ। କହେ, ଏହି ତାରାମାନେ ହେଉଛନ୍ତି ଅକାଶର ଟିକି ଟିକି ଫୁଟିଥିବା ଫୁଲ। ସେହି ଫୁଲର ବାସ୍ନା ଆଲୁଅ ପାଲଟି ଭାସିଆସେ ଦୂର ଏହି ପୃଥିବୀକୁ। ଆମୋଦିତ କରେ ଆମ ଦୁଇ ଆଖିକୁ। ସେ ମାମା ପରି ତାରାମାନଙ୍କୁ ଫୁଲ ଭଳି ଦେଖିବାକୁ ଚେଷ୍ଟା କରେ। ଟିକେ ବିହ୍ୱଳିତ ହୋଇପଡେ। ଆଉ ଦେଖେ ଏହି ଛୋଟ ଛୋଟ ତାରାଫୁଲମାନେ ମିଶି କେତେବେଳେ ପେନ୍ଥା ପାଲଟି ଯାଉଛନ୍ତି ତ କେତେବେଳେ ଗୋଟିଏ ହାର ପାଲଟି ପଛକୁ ପଛ ଗୁନ୍ଥି ହୋଇଯାଉଛନ୍ତି। ଗୋଟିଏ ଗୋଟିଏ ସୁନ୍ଦର ଚିତ୍ର ପାଲଟିଯାଉଛନ୍ତି ସଂଧ୍ୟା ଆକାଶର ବ୍ଲାକ୍‌ବୋର୍ଡ ଉପରେ। ପୁଣି ସ୍ୱାଭାବିକ ହୋଇ ଫେରିଆସେ। ମନ ଊଣା କରିପକାଏ ଯେତେବେଳେ ଦେଖେ ତାରାଗୁଡିକ ଫୁଲର ପେନ୍ଥା କି ହାର ନ ହୋଇ ଗୋଟା ଗୋଟା ଇତସ୍ତତଃ ହୋଇ ଆକାଶସାରା ଖେଳେଇ ହୋଇ ପଡିଛନ୍ତି। ଅଳ୍ପରୁ ଦୂର ଯାଏଁ ଅଲଗା ଅଲଗା ହୋଇ ରହିଛନ୍ତି ଜଣେ ଆର ଜଣଙ୍କ ଠାରୁ।

ତାରାମାନଙ୍କର ଏହି ଅଲଗା ରହିବାଟା ବିଲ୍‌କୁଲ୍ ଭଲ ଲାଗେନି ବର୍ଣ୍ଣାଳିକୁ। ଭଲ ନ ଲାଗିଲେ ବି ସେ ନିରୁପାୟ ହୋଇ ଦେଖିବା ଛଡା ଆଉ କ'ଣ ବା କରି ପାରନ୍ତା? ଯେମିତି କିଛି ବର୍ଷ ହେଲା ଦେଖି ଆସୁଛି ବାବା ଆଉ ମାମାଙ୍କୁ। କେହି କାହା ପାଖରେ ନରହି ରହୁଛନ୍ତି ପରସ୍ପର ଠାରୁ ଦୂରରେ। ମାମା ପାଖରେ ସିଏ ରହୁଛି। ବାବା ତାଙ୍କୁ ଛାଡି ଆଉ କେଉଁଠି ରହୁଛନ୍ତି। ସେମାନଙ୍କୁ ସେ ଏହି ତାରାମାନଙ୍କ ପରି ଅଲଗା ଅଲଗା ରହିବାକୁ ଦେଖିବାକୁ ଚାହେଁନି। ନ ଚାହିଁଲେ ସୁଦ୍ଧା ଦେଖେ। ତା' ମନ ତଳର ଇଚ୍ଛାକୁ କିଏ ଦେଖୁଛି? କିଏ ପଚାରୁଛି ତା'ର ଚାହିଁବାକୁ? ସେତିକି ପଚାରୁଥିଲେ କି ଦେଖୁଥିଲେ ବାବା ଆଉ ମାମା କାହିଁକି ବା ଅଲଗା ରହିଥାନ୍ତେ? ମନ ଭିତରେ ଉଠୁଥିବା ପ୍ରଶ୍ନକୁ ନିଜକୁ ନିଜେ ଦେଇ ଚାଲିଥିଲା ଉତ୍ତର। ସେଥିରୁ ନା ସେ ନିଜକୁ ବୁଝାଇପାରୁଥିଲା, ନା ନ ଭାବି ରହିପାରୁଥିଲା।

ମନେ ପକାଉଥିଲା, ଯେଉଁଦିନ ଭେଟ ହୋଇଥିଲା ବାବାଙ୍କ ସହିତ ତା'ର। ଗଲା ଜନ୍ମଦିନରେ ବାବା ଆସିଥିଲେ ଘରକୁ। ଠିକ୍ ଏହି ସଂଧ୍ୟା ସମୟରେ ଯେତେବେଳେ ସେ ତାଙ୍କ

ଆସିବା ବାଟକୁ ଅପେକ୍ଷା କରି ରହିଥିଲା। ଏହି ଦିନକୁ ଛାଡିଲେ ଅନ୍ୟ କୌଣସି ଦିନ ତାଙ୍କୁ ଦେଖି ନଥାଏ। ଯଦିଓ ସେହି ଗୋଟିଏ ସହରରେ ସେ ରହିଥାନ୍ତି। ତା'ର ଏହି ପ୍ରତି ଜନ୍ମଦିନକୁ ଏପରି ଆସିଥାନ୍ତି। କିଛି ସମୟ ରହି ଚାଲିଯାଆନ୍ତି। ସବୁଥର ଆସିଲାବେଳେ ସାଂଗରେ ତା ପାଇଁ କିଛି ନା କିଛି ଉପହାର ନେଇ ଆସିଥାନ୍ତି। ଏଥର ସାଙ୍ଗରେ ଆଣିଥିଲେ ଜବାହରଲାଲ ନେହେରୁ ଜେଲ୍‌ରେ ଥିବା ବେଳେ ତାଙ୍କ ଝିଅଙ୍କ ପାଖକୁ ଲେଖିଥିବା ଚିଠି ସବୁର ବହି। ପାଖରେ ଛିଡାହୋଇ ସମସ୍ତଙ୍କ ସହିତ ମିଶି ହାପି ବାର୍ଥଡେ କହିଲେ, ହାତ ଧରି କେକ୍ କାଟିଲେ। ଗଲାବେଳେ ମୁଣ୍ଡ ଆଉଁସି କହିଲେ। 'ବର୍ଣ୍ଣାଳି ମୁଁ ଦୂରରେ ରହିଥିଲେ ବି ଜାଣିଥା,ସବୁବେଳେ ତୋ ପାଖରେ ରହିଛି।' ବାବାଙ୍କ କଥା ଶୁଣି ଆଖି ଛଳଛଳ ହୋଇଯାଇଥିଲା ସେଦିନ। ପଚାରିବାକୁ ଚାହିଁଥିଲା, 'ଦୂରରେ କାହିଁକି ବାବା, ପାଖରେ କାହିଁକି ନୁହଁ .... ?' ପଚାରି ନ ପାରି ନିରବରେ ଖାଲି ତାଙ୍କ ମୁହଁକୁ ଚାହିଁ ରହିଥିଲା।

ଭାରି ଜୋରରେ ମନେ ପଡୁଥିଲା ତା'ର ଛୋଟବେଳର କଥା। ଯେତେବେଳେ ବାବା,ମାମା ଦୁହେଁ ଏକାଠି ମିଶି ରହୁଥିଲେ। ଦୁହେଁଯାକ ଖୁବ୍ ଭଲ ପାଉଥିଲେ ପରସ୍ପରକୁ। ମାମା ଯାହା କହୁଥିଲା, କବିତା ଲେଖାରୁ ଆରମ୍ଭ ହୋଇଥିଲା ସେମାନଙ୍କର ସମ୍ପର୍କ । କେଉଁଠି କବିତା ପାଠୋତ୍ସବ ହେଲେ ଦି'ଜଣଯାକ ସେଥିରେ ଅଂଶ ଗ୍ରହଣ କରିଥାନ୍ତି। ସେଠି ନିଜେ ନିଜର କବିତା ପାଠ କରିଥାନ୍ତି। ପ୍ରତିବଦଳରେ ଶ୍ରୋତାମାନଙ୍କ ଠାରୁ ଶୁଣିବାକୁ ପାଆନ୍ତି ପ୍ରଶଂସା ଓ କରତାଳି। ସେହି ସମୟରେ କୁଆଡେ ପ୍ରତିଭାସଂପନ୍ନ ଯୁବକବି ଭାବରେ ବାବା ଆଶୁତୋଷ ମହାନ୍ତି ଓ ମାମା ପ୍ରୀତିନନ୍ଦା ସାମଲଙ୍କ ଢେର ସୁନାମ ଥିଲା। କବିତା ଲେଖାରୁ ସେମାନେ ପରସ୍ପର ସହ ମିଶିଥିଲେ। ଏହି ମିଶିବା ପରେ ପରିଣତ ହୋଇଥିଲା ବନ୍ଧୁତାରେ। କିଛି ଦିନପରେ ଏହି ବନ୍ଧୁତା ସମ୍ପ୍ରସାରିତ ହୋଇଥିଲା ବିବାହରେ।ସେହି ସମୟରେ ସାହିତ୍ୟ ମହଲରେ ସେମାନଙ୍କ ବିଭାଘର ବହୁତ ଚର୍ଚ୍ଚିତ ହୋଇଥିଲା ବୋଲି ମାମା କହେ।

ଆହୁରି ମଧ୍ୟ ମାମା କହେ,ସିଏ ଜନ୍ମ ହେଲାପରେ ଅଧିକ ବଢିଯାଇଥିଲା ସେମାନଙ୍କ ଖୁସିର ମାତ୍ରା। ତିନିଜଣଙ୍କୁ ନେଇ ଛୋଟିଆ ସଂସାର ପୂରି ଉଠିଥିଲା ହସଖୁସିର ଢେଉରେ। ଏମିତିକି ତା'ର ନାମରେ ଦୁହେଁ ମିଶି ଆରମ୍ଭ କରିଥିଲେ ଏକ ପୁସ୍ତକ ପ୍ରକାଶନ ସଂସ୍ଥା 'ବର୍ଣ୍ଣାଳି ପ୍ରକାଶନୀ'। ଆରମ୍ଭରେ ଏହି ବ୍ୟବସାୟ ବହୁତ ଭଲ ଚାଲିଥିଲା। ଯୁବ ସାହିତ୍ୟିକ ଏବଂ ନାମୀଦାମୀ ଲେଖକଙ୍କର ବହି ସବୁ ପ୍ରକାଶ କରି ପାଠକ ମହଲରେ ତିଆରି କରିଥିଲା ନିଜର ପୃଥକ୍ ପରିଚୟ। ପ୍ରତିବର୍ଷ ତା'ର ଜନ୍ମଦିନରେ ଏକ କବିତା ପାଠୋତ୍ସବ ହୁଏ। କାରଣ ସେହିଦିନ ହିଁ 'ବର୍ଣ୍ଣାଳି ପ୍ରକାଶନୀ'ର ଜନ୍ମୋତ୍ସବ ପାଳନ ହୋଇଥାଏ। ଜହ୍ନରାତିରେ ଘରର ଛାତ ଉପରେ କବିତା ପାଠ କରିଥାନ୍ତି ଜଣେ ପରେ ଜଣେ ନିମନ୍ତ୍ରିତ କବି। ଖାଇବା ପିଇବା ସାଙ୍ଗକୁ କବିତା ଆସର ଜମିଥାଏ ଢେର ରାତି ଯାଏଁ। ସେତେ ବେଳକୁ ସେ ଖୁବ୍ ଛୋଟ ହୋଇଥାଏ। ହାଲ୍‌କା ଶୀତରେ ଜାକିଜୁକି ହୋଇ ଶୋଇ ରହିଥାଏ ମାମାର କୋଳରେ।

ସେ ଯେତେବେଳେ ନୂଆ ନୂଆ ସ୍କୁଲ୍‌କୁ ଗଲା,ପାଠବହିର ରାଇମ୍‌ସକୁ ମୁଖସ୍ତ କରୁଥିଲା

ଥରକୁ ଥର। ତଥାପି ଭଲ ଭାବରେ ମନେ ରଖି ପାରୁନଥିଲା। ଯେଉଁଠି ଅଟକିଯାଉଥିଲା କି ବୁଝି ନ ପାରୁଥିଲା ବାବାଙ୍କୁ ପଚାରୁଥିଲା, 'ତା'ପରେ କ'ଣ' ବୋଲି। ବାବା ବୁଝାଇ କହୁଥିଲେ, 'ଆରେ ଏସବୁ ହେଉଛି ଛୋଟପିଲାଙ୍କ କବିତା।' ଅବଶିଷ୍ଟ ରାଇମ୍‌ସ ପଢ଼ିବା ଆଗରୁ ଏହାକୁ ଏପରି ଗାଇବାକୁ ପଡେ କହି ତା' ଆଗରେ ଆବୃତ୍ତି କରୁଥିଲେ ସେହିସବୁ ରାଇମ୍‌ସକୁ। ତାଙ୍କ ପାଖରୁ ଶିଖି ସେ ଚେଷ୍ଟା କରୁଥିଲା ସେପରି ବୋଲିବାକୁ। ସେହି ରାଇମ୍‌ସକୁ ପଢି କବିତା କ'ଣ କେମିତି ସେସବୁ ଟିକେ ଟିକେ ବୁଝିବା ଆରମ୍ଭ କରିଥିଲା। ତା'ର ବାବା,ମାମା ଦୁଇଜଣଯାକ କବିତା ଲେଖନ୍ତି। ସେଥିପାଇଁ ଆଗଭର ହୋଇ ବାବାଙ୍କୁ ପଚାରିଥିଲା, 'ବାବା, ଆମ ପାଠ ବହିରେ ଯୋଉଟା ଅଛି ସେଇଟା ତ ଛୋଟ ପିଲାଙ୍କ କବିତା ଆଉ ତମେ ଆଉ ମାମା ଯୋଉଟା ଲେଖୁଛ ସେଇଟା.... ?' ବାବା ଉତ୍ତର ଦେଇଥିଲେ, 'ତାହା ହେଉଛି ବଡ ପିଲାଙ୍କ କବିତା। ଯେତେବେଳେ ତୁ ଆହୁରି ଟିକେ ବଡ ହୋଇଯିବୁ ସେତେବେଳେ ଏସବୁ କବିତା ବୁଝିପାରିବୁ। ଆଉ ଆମ ପରି ଲେଖିପାରିବୁ।'

ସବୁଦିନ ବାବାଙ୍କୁ ଦେଖେ ରାତିଯାଏ କମ୍ପ୍ୟୁଟରରେ ବହିକାମ କରନ୍ତି। କ'ଣ ସବୁ ପଢି ଏଣୁତେଣୁ ଟାଇପ କରୁଥାନ୍ତି। ସିଏ ବି କେତେଥର କୌତୁହଳ ବଶତଃ କମ୍ପ୍ୟୁଟର ପରଦା ଆଗରେ ମୁହଁ ମାଡି ପଢିବାକୁ ଚେଷ୍ଟା କରିଥାଏ। ବାବା କହନ୍ତି, 'ନା ବର୍ଣ୍ଣାଳି, ଏତେ ପାଖରୁ ପଢନା। ଆଖି ଖରାପ ହୋଇଯିବ।' ତାପରେ ବାବା ସେହି କବିତାଟିକୁ ପଢନ୍ତି। ପଢି କହନ୍ତି ଏ କବିତା ହେଉଛି ଅମୁକ କବିଙ୍କର। ତାଙ୍କର ବହି ତିଆରି କାମ ଚାଲିଛି। ଗୋଟିଏ ପରେ ଗୋଟିଏ ବହି ଏମିତି ତିଆରି ହେବାର ସେ ଦେଖେ। କେତେବେଳେ ବାବାଙ୍କୁ ଦେଖେ ତ କେତେବେଳେ ମାମାଙ୍କୁ ଦେଖେ କମ୍ପ୍ୟୁଟର ଆଗରେ ବସି ବହି କାମ କରୁଥିବାର। ଘରସାରା ଦେଖେ ଖାଲି ଥାକ ଥାକ ବହି। ରଙ୍ଗୀନ୍ ମଲାଟ ପିନ୍ଧି ଗଦା ହୋଇଥାନ୍ତି ଏଠି ଆଉ ସେଠି। କବିତା କ'ଣ କେମିତି, ସେ ଶିଖିଥିଲା ରାଇମ୍‌ସ ବହିରୁ ପଢି। ସେହି କବିତା ସବୁ ମିଶି କିପରି ତିଆରି ହୁଏ ବହି ତାହା ଅତି ପାଖରୁ ଦେଖିଥିଲା ନିଜ ଘରେ।

ଏହି ବହି କଥା ମନକୁ ଆସିବାରୁ ତାର ମନେପଡିଲା ସେ ଲେଖିଥିବା ଶିଶୁ କବିତା ବହି। ବହିର ନାଁ 'ଆସ ଗୀତ ଗାଇବା, ଆସ ମିତ ବସିବା'। ପଞ୍ଚମ କ୍ଲାସ୍‌ରେ ପଢିଲାବେଳେ ସେ ଏହି କବିତା ସବୁ ଲେଖିଥିଲା। ପ୍ରଥମେ ଲେଖିଥିଲା ଗୋଟିଏ କବିତା। ତାକୁ ନେଇ ଦେଖାଇ ଥିଲା ବାବାଙ୍କୁ। ବାବା ଦେଖି କହିଥିଲେ, 'ବାଃ, ଭାରି ବଢିଆ ହୋଇଛି ତ ! ଯାକୁ ତୁ ଲେଖିଛୁ ନା !' ଖୁସିରେ ମାମାଙ୍କୁ ଡାକି ଦେଖାଇ କହିଥିଲେ, 'ହେଇ ଦେଖ, ଆମ ବର୍ଣ୍ଣାଳି ବଢିଆ କବିତା ଲେଖିଲାଣି !' ପଢି ଗାଲ ଆଉଁସି ପକାଇଥିଲା ମାମା। ସେହି ଉତ୍ସାହରେ ସେ ଗୋଟିଏ ପରେ ଗୋଟିଏ କବିତା ଲେଖି ପକେଇଥିଲା। ସେଥିରେ ଥିଲା ସାଙ୍ଗ, ଘର, ଥୁକୁଲ ଥାକୁଲ, ବର୍ଷା ଗୋଟିଏ ଦୁଷ୍ଟ ପିଲା, ବାବା ଓ ମାମା, ଏହିପରି ଆହୁରି କେତେ କବିତା। ସେଥିରେ ସବୁଠାରୁ ମଜାଳିଆ କବିତା ଥିଲା, 'ବର୍ଷା ଗୋଟିଏ ଦୁଷ୍ଟା ପିଲା'। ଲେଖିଥିଲା- 'ବର୍ଷା ଗୋଟିଏ ଦୁଷ୍ଟ ପିଲା

ପାଣି ପିଚ୍‌କାରୀ ମାରିଦେଲା

ଦେହସାରା କଲା କାଦୁଅ ପାଣି
ଓଦା ସରସର ନାକେ ସିଙ୍ଗାଣି।'

ମନେପକାଇ ହସି ଉଠିଲା ବର୍ଣ୍ଣାଳି। ସେଇ ବହିରେ ତାର ସବୁଠାରୁ ପ୍ରିୟ 'ବାବା ଓ ମାମା' କବିତାଟି ଥିଲା। ସଂପୂର୍ଣ୍ଣ ମନେ ରହିଯାଇଥିଲା ତା'ର ଏହି କବିତାଟି। ଲେଖିଥିଲା-

'ବାବା ମାମା ଯାହାର
ଚିନ୍ତା ନାହିଁ ତାହାର
ମାମା ଦିଏ ଖୁଆଇ
ବାବା ଦିଏ ପଢାଇ
ବାବା କହେ ଗେହ୍ଲାଇ
ମାମା କହେ ଫୁଲେଇ
ମାମା ଟାଣେ ମଶୁରି
ବାବା ମାରେ ଘୁଙ୍ଗୁଡି....।'

କବିତାଟିକୁ ପୂରା ବୋଲି ସାରିଲାବେଳକୁ ଗମ୍ଭୀର ହୋଇଯାଇଥିଲା ବର୍ଣ୍ଣାଳି।

ଈଷତ୍ ଆଲୁଅ ଆଉ ଅନ୍ଧାର ମିଶା ସଞ୍ଜର ରଙ୍ଗଟା ହଠାତ୍ ଗାଢ ହୋଇଯିବା ପରି ଲାଗୁଥିଲା ଆଖିକୁ। ତା'ର ସତେଜ ମୁହଁଟା ସେହି ଉତ୍ତୀର୍ଣ୍ଣ ବେଳାର ନିସ୍ତେଜ ଆଲୋକରେ ଦିଶୁଥିଲା ଖୁବ୍ ମଳିନ। ଅପ୍ରତିହତ କୋହରେ ଅସମ୍ଭାଳ ହୋଇଉଠୁଥିଲା ହୃଦୟ। ସଂଧ୍ୟା ଅକାଶର ମ୍ଳାନ ଦିଗନ୍ତ ଆଡକୁ ଚହିଁରହିଲା ଅତି କରୁଣ ଭାବରେ। ଯେପରି ତା' ଦୃଷ୍ଟିପଥ ସାରା ଭରି ରହିଥିଲା କାହାର ଶୂନ୍ୟସ୍ଥାନ। କାହାର ଅନ୍ତରଙ୍ଗ ଅନୁପସ୍ଥିତି। ବାହାରେ ଭିତରେ ସବୁଠି ସେଇ ଜଣଙ୍କର ଅଭାବକୁ ଖୋଜିବାକୁ ଲାଗିଲା ବିକଳ ଭାବରେ। ଖୋଜି ନିରାଶ ହୋଇଉଠୁଥିଲା। ଅଧୈର୍ଯ୍ୟ ହୋଇପଡୁଥିଲା ନିଜ ଭିତରେ।

ବେଶି ବେଶି ମନେ ପଡୁଥିଲା ବାବାଙ୍କ କଥା। ଛବି ବହି ଭଳି ନାଚିଉଠୁଥିଲା ତାଙ୍କ ସହ ବିତାଇଥିବା ମୁହୂର୍ତ୍ତସବୁ। ଆଗରୁ ସ୍କୁଲ, ବଜାର, ପାର୍କ ସବୁ ଆଡକୁ ସାଙ୍ଗରେ ନେଇ ଯାଉଥିଲେ ବାବା। ସେ ମଟରସାଇକେଲ୍‌ର ପଛ ଆଡେ ବସି ପିଠିପଟୁ କୁଣ୍ଢାଇ ଧରିଥାଏ। ବାବା ସବୁଦିନ ସ୍କୁଲକୁ ନେଇ ଯାଆନ୍ତି, ପୁଣି ଘରକୁ ଆଣନ୍ତି। ବଜାର କିମ୍ବା ପାର୍କକୁ ଗଲାବେଳେ ସାଙ୍ଗରେ ମାମା ଯାଏ। ମଟର ସାଇକେଲ ପଛରେ ବସେ ଆଉ ମଝିରେ ସିଏ। ତିନି ଜଣ ସାଙ୍ଗ ହୋଇ କେତେ କୁଆଡେ ନ ବୁଲିଛନ୍ତି। ପ୍ରତିଥର ନୂଆ ଫିଲ୍ମ ପଡିଲା ମାତ୍ରେ ସିନେମାହଲକୁ। ସବୁ ରବିବାର କିମ୍ବା ସ୍କୁଲ ଛୁଟି ଥିବା ଦିନ ନେହେରୁ ପାର୍କକୁ। ଗଣେଶ ପୂଜା, ଦଶହରା ବେଳେ ମେଢ ପରେ ମେଢ ଦେଖି ଏକାଠି ସାଙ୍ଗ ହୋଇ ବୁଲନ୍ତି।

ଏବେ ସ୍କୁଲକୁ ମାମା ନେଇଯାଉଛି ସ୍କୁଟିରେ। ପୁଣି ଆଣୁଛି। ଟିଉସନକୁ ବି ସେମିତି ନେଉଛି ଆଉ ଆଣୁଛି। କେତେବେଳେ କେମିତି ବଜାରକୁ ଗଲେ ସାଙ୍ଗରେ ନେଉଛି। ବାସ୍ ସେତିକି। ବାହାରକୁ ବୁଲିଯିବାର ଆଉ ସୁଯୋଗ ନାହିଁ। ପାର୍କ, ସିନେମା ଏସବୁକୁ ଯିବା ପୂରାପୂରି ବନ୍ଦ

ହୋଇଗଲାଣି । କୁଆଡେ ଯିବାକୁ ମାମାକୁ କହିଲେ, ସେ କହିବ, 'ମୋର ଆଜି ମନ ଭଲ ନାହିଁରେ ବର୍ଣ୍ଣାଳି, ଆଉ କୋଉଦିନ ଯିବା ।' କହି କଥାଟାକୁ ଟାଳିଦିଏ । ଯେତେବେଳେ ଦେଖିବ ଗୁମ୍‌ସୁମ୍ ହୋଇ ବସିରହିଥିବ । ନା ଅଧିକ କିଛି କଥା କହେ ନା ଶୁଣେ । ବେଶି କିଛି ପଚାରି ବସିଲେ କହେ, 'ମୋତେ ଆଉ ବିରକ୍ତ କରନା ପ୍ଲିଜ୍... ।' ମାମାକୁ ଏପରି ଦେଖି ଚୁପ୍ ହୋଇଯାଏ ସିଏ । ବେଶି ଭଲ ନ ଲାଗିଲେ ଛାତ ଉପରକୁ ଚାଲିଆସେ ।

ଭାରି ଉଦାସ ଲାଗେ ସେତେବେଳେ ମନଟା । ଘର ଭିତରେ ବାହାର ଯେଉଁଠି ଗଲେ ବି ଖାଁ ଖାଁ ଲାଗେ । ଛାତଟା ଉପରେ ଏକୁଟିଆ ବସି ରହିବା ଛଡା ଆଉକିଛି ବାଟ ନଥାଏ ତା' ପାଖରେ । ବସି ବସି ଅସ୍ତଗାମୀ ଦିଗ୍‌ବଳୟରେ ଅନ୍ଧାର ଆସିବାଯାଏଁ ଚାହିଁ ରହିଥାଏ । ଦେଖେ, ଚର୍ତୁଦିଗରୁ ଢାଙ୍କି ଆସୁଛି କେମିତି କଳାଧୂଆଁ ପରି ଅନ୍ଧାର । ସେମିତି ଅନ୍ଧାର ଆସି ଆଚ୍ଛାଦିତ କରିପକାଇଛି ତାଙ୍କ ଛୋଟିଆ ପରିବାରକୁ । ଯେବେଠୁ ବାବା ଆଉ ମାମା ଅଲଗା ହୋଇ ରହୁଛନ୍ତି, ସେବେଠୁ ସବୁ ହସ ଖୁସିର ସୂର୍ଯ୍ୟାସ୍ତ ହୋଇସାରିଛି । ବାବା ତାଙ୍କ ବାଟରେ । କୋଉଠି ରହୁଛନ୍ତି, କେମିତି ରହୁଛନ୍ତି, ସେ ବିଷୟରେ ତାକୁ କିଛି ମାଲୁମ୍ ନାହିଁ । ପାଖରେ ଦେଖେ ତ କେବଳ ମାମାକୁ । ଆଗପରି ତା'ର କଥା କହିବା, ହସିବା ସବୁ ବନ୍ଦ ହୋଇଯାଇଛି । ସେ ତା' ନିଜ ଆଖିକୁ ବି ବିଶ୍ୱାସ କରିପାରେନା ମାମା ଏପରି ବଦଳିଯିବ ବୋଲି ! ଆଗରୁ ବେଶ୍ କଥା କହୁଥିଲା, ଘଣ୍ଟା ଘଣ୍ଟା ଧରି ମୋବାଇଲରେ କଥା ହେଉଥିଲା । ବାବାଙ୍କ ପାଖରେ ବସି ନିଜ ଲେଖା କବିତା ପଢ଼ି ଶୁଣାଉଥିଲା, ବାବାଙ୍କଠାରୁ ବି ଶୁଣୁଥିଲା ତାଙ୍କରି ଲେଖା କବିତା । କେତେବେଳେ ଲେଖା ବିଷୟରେ ଆଲୋଚନା କରୁଥିଲା ତ କେତେବେଳେ ତା ପାଠ ପଢା ନେଇ ଅଭିଯୋଗ କରୁଥିଲା ବାବାଙ୍କ ଆଗରେ । ତା'ର ସବୁବେଳେ ସେହି ଗୋଟାଏ ଅଭିଯୋଗ, 'ବର୍ଣ୍ଣାଳିକୁ କିଛି କହୁନାହଁ । ଏତେ ଗେହ୍ଲା କରି ରଖିଛ ଯେ ଘରେ ଜମାରୁ ପାଠ ପଢୁନାହିଁ । ଯେତେବେଳେ ଦେଖିବ ଟିଭି ଲଗେଇ କାର୍ଟୁନ ସିରିଅଲ ଦେଖୁଛି ।' ବାବା ଟିକେ ହସନ୍ତି ଆଉ କହନ୍ତି, 'ତମେ ବ୍ୟସ୍ତ ହୁଅନି । ଦେଖିବ ସେ ଠିକ୍ ପଢିବ । ମୋ ସୁନା ଝିଅଟି ସେ.... ।' ପାଠ ପଢାକୁ ନେଇ ବାବା ସେପରି ଜୋର୍‌ରେ କେବେ କିଛି କହନ୍ତି ନାହିଁ ତାକୁ କାରଣ ସବୁଥର ସେ ପରୀକ୍ଷାରେ ଭଲ କରିଥାଏ । ଭଲ ରେଜଲଟ୍ ବି ରଖେ । ଏବେ ସେପରି କ୍ଲାସ ପରୀକ୍ଷା ଦେଉଛି ସତ, ପ୍ରତିବର୍ଷ ରେଜଲଟ୍ ବାହାରୁଛି ଆଉ ସେ ଭଲ କରୁଛି ସତ ହେଲେ, ଶୁଣି ସାବାସି ଦେବାଲାଗି ପାଖରେ ପୂର୍ବପରି ନଥାନ୍ତି ବାବା ।

ମାମାକୁ ଖୁସି ଦେଖିବାକୁ ତା'ର ଭାରି ଇଚ୍ଛା । ସେଥିପାଇଁ ମନଦେଇ ପାଠପଢେ । କ୍ଲାସ ପରୀକ୍ଷାରେ ଭଲ ନମ୍ବର ରଖିବାକୁ ଚେଷ୍ଟାକରେ । ରଖେ ମଧ୍ୟ । ମାମା ଖୁସିହୁଏ । ହେଲେ, ସେଥିରେ ସେ ମନକୁ ବୁଝାଇପାରେନା । କେମିତି ଫିକା ଫିକା ଲାଗେ ସେହି ଖୁସି । ଏମିତିରେ ତିନିବର୍ଷ ପ୍ରାୟ ବିତିସାରଲାଣି ବାବାଙ୍କ ବିନା ରହିବା । ଏ ସମୟତକ ଲାଗୁଥିଲା ଯୁଗଟିଏ କାଟିବା ପରି । ମାମା କଥା ହେଉଥିଲା, ଅନ୍ୟମାନଙ୍କ ସହ ମିଶୁଥିଲା, ସାହିତ୍ୟ ସଭାକୁ ଯାଉଥିଲା, ଘରର ମାର୍କେଟିଙ୍ଗ୍ କରୁଥିଲା, ତାସହିତ ତା' ହୋମୱାର୍କ ଦେଖୁଥିଲା ତଥାପି ସ୍ୱାଭାବିକ ପରି ଆଦୌ ଜଣାପଡୁନଥିଲା । ଏଇନେ ଥିବ ଥିବ ତା'ର ମନଟା ଠିକ୍‌ଠାକ୍ ଥିବ କିଛି ସମୟ ପରେ କୁଆଡେ ପୁଣି ବିଗିଡି ଯିବ ।

ଖାଲି ସ୍ଥିର ମୌନ ମୂର୍ତ୍ତିଟେ ପରି ଆଚରଣ କରୁଥିବ ଯାହା। ମୁହଁରେ କିଛି ନକହିଲେ ବି ତାହାର ଏକାକୀପଣକୁ ଅନୁଭବ କରିପାରୁଥିଲା ବର୍ଣ୍ଣାଳି।

ସେ ଜାଣିଥିଲା ସିଏ ଯେପରି ବହୁତ ମିସ୍ କରୁଥିଲା ବାବାଙ୍କୁ, ମାମା ସେପରି କରୁଥିଲା। ହେଲେ, ଭିତରେ ଉଦାସ ରହିବା ଛଡା କେହି କାହାକୁ କିଛି କହୁନଥିଲେ। ସବୁଦିନ ସେହି ରୁଟିନ୍ ବନ୍ଧା ଜୀବନ କଟୁଥିଲା ଦୁହିଁଙ୍କର। ସବୁଦିନର ସେହି ରୁଟିନ୍ ଭିତରେ କେଉଁଠି ନା କେଉଁଠି କିଛି ରହିଯିବା ପରି ଲାଗେ। ଡାଇନିଙ୍ଗ୍ ଟେବୁଲରେ ବସି ଖାଇଲାବେଳେ ଗୋଟିଏ ପାଖରେ ମାମା ବସିଥାଏ। ଆରପାଖଟା ଖାଲି ପଡିଥିବାର ଦେଖେ। ରାତିରେ ଶୋଇବାକୁ ଗଲାବେଳେ 'ଗୁଡ୍‌ନାଇଟ୍ ମାମା' କହୁ କହୁ ପାଟିରୁ 'ଗୁଡ୍ ନାଇଟ୍ ବାବା' ବାହାରି ଯାଏ। ବେଳେବେଳେ ସିଏ ଅନ୍ୟମନସ୍କ ହୋଇଯାଏ। ମାମାକୁ ବି ଅନ୍ୟମନସ୍କ ହେବାର ଦେଖେ। ଲାଗେ, ଯେପରି ସମସ୍ତେ କିଛି ନା କିଛି ହରାଇ ଚାଲିଛନ୍ତି ନିଜର ଭିତରେ। ଚେଷ୍ଟାକରି ବୁଝିପାରେନା ଏପରି କାହିଁକି ହେଲା ? ଏପରି ନହୋଇଥିଲେ କେତେ ଭଲ ହୋଇଥାନ୍ତା ସତରେ !

ସେହି ଦିନକୁ ମନେ ପକାଉଥିଲା ଯେଉଁଦିନ ସଂଧ୍ୟାରେ ବାବାଙ୍କ ମୋବାଇଲକୁ ଗୋଟିଏ ଫୋନ୍‌କଲ୍ ଆସିଥିଲା। ତାପରେ ଚାହୁଁ ଚାହୁଁ ବିକ୍ଷିପ୍ତ ହୋଇଗଲା ତାଙ୍କ ପରିବାରର ବନ୍ଧନ। ମୁହୂର୍ତ୍ତକ ମଧ୍ୟରେ ତିକ୍ତ ହୋଇଉଠିଲା ବାବା ମାମାଙ୍କ ମଧୁର ସଂପର୍କ। କଥାଟା ଥିଲା, ସେହି ବର୍ଷ ପାଇଁ 'କଳିଙ୍ଗ ଏକାଡେମୀ' ପୁରସ୍କାର

ଘୋଷଣା ହେବାକୁ ବାକିଥାଏ। ଏଥିପାଇଁ ସାହିତ୍ୟିକ ମହଲରେ ସେତେବେଳେ ଜଣକ ନାମକୁ ନେଇ ଚର୍ଚ୍ଚା ଚାଲିଥାଏ। ସେହି ନାମ ଥିଲା ଯୁବକବି ଆଶୁତୋଷ ମହାନ୍ତିଙ୍କର। ମାନେ ତା' ବାବାଙ୍କର। ପୁରସ୍କାର ଯେମିତି ବଡ ଥିଲା ପୁରସ୍କାରର ରାଶି ମଧ୍ୟ ସେମିତି ବଡ ଥିଲା। ସେଥିପାଇଁ ସବୁ କବି ଲେଖକଙ୍କର ନଜର ରହିଥାଏ ଏହି ପୁରସ୍କାର ଉପରେ। ବାବାଙ୍କ ନାଁ ଶୁଣା ଯାଉଥିବାରୁ ଭାରି ଖୁସିଥିଲେ ସେ ନିଜ ଭିତରେ। ଏମିତିକି ତାଙ୍କ କବିବନ୍ଧୁମାନେ ଆଗୁଆ ଶୁଭେଚ୍ଛା ମଧ୍ୟ ଜଣାଇ ସାରିଥିଲେ। କିନ୍ତୁ ସେଦିନ ସଂଧ୍ୟାରେ ଯେଉଁ ଫୋନ୍‌ଟା ଆସିଥିଲା ସବୁ ଓଲଟପାଲଟ କରିଦେଇଥିଲା ପୂର୍ବ ଗଣନାକୁ। ସମସ୍ତଙ୍କୁ ଆଶ୍ଚର୍ଯ୍ୟ କଲାପରି ବାବାଙ୍କ ନାମ ବଦଳରେ ମାମା ପ୍ରୀତିନନ୍ଦା ସାମଲଙ୍କ ନାମ ଘୋଷିତ ହୋଇଥିଲା ସେହି ପୁରସ୍କାର ପାଇଁ। ସେହି ଖବର ଶୁଣି ହଠାତ୍ କ'ଣ ଗୋଟିଏ ଜଳିଯିବା ପରି ବାବା ଉତ୍‌କ୍ଷିପ୍ତ ହୋଇପଡିଥିଲେ। ମାମା ଆଡକୁ ଥରୁଟିଏ ଚାହିଁ ବାହାରି ଯାଇଥିଲେ ଘରୁ। ଯାଇଥିଲେ ଯେ ନା ସେହିଦିନ ଠାରୁ ଆଉ ଫେରିଥିଲେ ନା ମାମା ସହିତ କଥା ହେଉଥିଲେ।

ସଂଧ୍ୟା ଉତ୍ତୀର୍ଣ୍ଣ ହୋଇ ଆସୁଥିଲା ଆକାଶରେ ବିଷାଦର କାଳି ରଙ୍ଗ ଢାଳି। ଚାରିପଟରେ ଜମି ଆସୁଥିଲା ନିରବତା। ମିଞ୍ଜିମିଞ୍ଜି ଜଳୁଥିବା ତାରାମାନେ ବାରି ହୋଇପଡୁଥିଲେ ଅନ୍ଧାର ଭିତରେ। ତଥାପି ଲାଗୁଥିଲେ ଏକୁଟିଆ। ସେ'ଆଡକୁ ଚାହିଁ ପଛକଥା ସବୁ ଭାବି ନିଜ ଭିତରେ ଗୁଣି ଫେଡି ହୋଇଚାଲିଥିଲା ସେ। କିଏ କ'ଣ କହୁ ନ କହୁ ସେ ଏଥିପାଇଁ ଦାୟୀ କରୁଥିଲା କବିତାକୁ। ଯେଉଁଥିପାଇଁ ସେହିଦିନ ଠାରୁ କବିତା ଲେଖିବା ପୂରାପୂରି ବନ୍ଦ କରିଦେଇଥିଲା ବର୍ଣ୍ଣାଳି।

ବସନ୍ତ ବିଳାସ

ବେଳେବେଳେ ପବନ ଏମିତି ଦୁଷ୍ଟାମି କରେ। କେହି ନ ଥିବେ, ଗେଟ୍‌ଟା ଆପଣାଛାଏଁ ଖୋଲିହୋଇଯାଏ। କୋଉଠୁ ଦଲକାଏ ପବନ ସହିତ ଚେନାଏ ଶିହରଣ ଆସି ଆନମନା କରିପକାଏ ଶେଫାଳିର ମନକୁ। ଚୂନା ଚୂନା ତରଙ୍ଗ ସବୁ ଛାତିରେ ସିଆର କାଟି ଉଲ୍ଲସିତ କରିପକାଏ।

ହତାରେ କଷି ଆମ୍ବ ବଉଳର ତାଜା ମହକ। ତା' ଗହନ ହୃଦୟକୁ ସେହି ବିଛୁରିତ ମହକ ଧିରେ ଧିରେ ଆକ୍ରାନ୍ତ କରୁଥାଏ। ସେ ଅନ୍ୟମନସ୍କ ହୋଇ ପଡୁଥାଏ ପୁଣି ଅଧିର ବି। ମୁକୁଳା ଗେଟ୍‌ର ଫାଙ୍କ ଦେଇ ମନ୍ଦ ମନ୍ଦ ପବନ ମଝିରେ ଆସି ଛୁଇଁଯାଉଥାଏ ନିମଜ୍ଜିତ ଚେତନାର ସ୍ତବ୍ଧ ଉପବନ। ସେଠି କେଉଁ ନିଭୃତ ପ୍ରଦେଶରୁ ସେ ଶୁଣିପାରେ କୋଇଲିର କୁହୁତାନ। ସବୁଜ ପତ୍ର ଗହଳରେ ଚପଳ ପବନର ରୋମାଞ୍ଚ। କିମିଆ ଲାଗିବା ପରି ଏକ ନିବିଡ ମାଦକତା। ଅବର୍ଣ୍ଣନୀୟ ପୁଲକ।

କେହି ଯେମିତି ଟୁପୁର୍ ଟୁପୁର୍ କହି ଦେଉଥିଲା, 'ହଁ, ଏଇତ ସେ ଆସୁଛନ୍ତି, ନା'....ନା' ଆସିଗଲେଣି ବୋଧେ

!' କାନକୁ ଜୋଅରେ ଶୁଭୁଥିଲା ଶୁଭ ଶଙ୍ଖର ନାଦ। ବାଟ ବରଣୀ ପ୍ରସ୍ତୁତି ପାଇଁ ସମସ୍ତ ସଜବାଜ। ତେଲିଙ୍ଗି ବାଜାର ତାଳେ ତାଳେ ମହୁରିଆର ସହନାଇ। ଛି..... ଛିଗୁଲିଆ କୋଉଠିକାର !' ମଧୁର ବିରକ୍ତିରେ ବହମାନ ଚଞ୍ଚଳ ପବନ ଆଡୁ ମୁହଁକୁ ଫେରାଇ ଆଣିଲା ଶେଫାଳି।

ଉତ୍ତୀର୍ଣ୍ଣ ମଧ୍ୟାହ୍ନ କ୍ରମଶଃ ବୟସ୍କ ପାଲଟି ଅପରାହ୍ନ ଆଡକୁ ମୁହାଁଉଥିଲା। ସାମ୍ନା ହତାରେ ଥମ୍ ପଡି ଆସୁଥିଲା ଚୋରା ଚଇତାଳିର ପାଦର ନୂପୁର। ତା'ର ସୁଲୁସୁଲୁ କିମିଆ। ସମ୍ମୋହନର ପାର୍ବଣ। ଶେଫାଳିର ଶୋଇବା ଘର ଝରକା ଡେଇଁ ସନ୍ତର୍ପଣରେ ପ୍ରବେଶ କରୁଥିଲା ନିର୍ଜନତା। ଖାଁ....ଖାଁ ଏକାକୀପଣ। ଚୁପ୍ ଚୁପ୍ ପାଦ ଥାପି ପଶି ଆସୁଥିଲା ଭିତରକୁ। ଅବାଧରେ.....ଅପ୍ରତିହତ ଭାବରେ। 'ଓଃ....କି ଅସହ୍ୟ, ହୃଦୟହୀନ ଏ ମୁହୂର୍ତ୍ତ!' ଚାପା ଚାପା କୋହ ସବୁ ସହସା ଉତ୍କ୍ଷିପ୍ତ ଢେଉ ପାଲଟି ବିଳପି ଉଠୁଥିଲା ଭିତରେ। ଅର୍ନ୍ତଦାହରେ ଥରି ଉଠୁଥିଲା ହିଆ।

ଚାହୁଁ ଚାହୁଁ ତିରିଶି ବସନ୍ତ ଆସି ଛୁଇଁ ସାରିଥିଲା ତା ଦେହକୁ। ଶଙ୍କିତ ଚାହାଁଣିରେ, ଚୈତ୍ରର ଏଇ ଶେଷ ସନ୍ଧିକ୍ଷଣରେ ତଥାପି ଯେପରି ଥିଲା ତା'ର ଅପେକ୍ଷା। ମଧୁର ପ୍ରତୀକ୍ଷା। ମନର ପୁରୁଷ ପାଇଁ ଉତ୍ତୀର୍ଣ୍ଣ ବୟସର ଅଭିସାର। ଏଣେ, ପଛକୁ ପଛ ହୋଇ ଗୋଟିଏ ପରେ ଗୋଟିଏ ବସନ୍ତ ତାକୁ ଅତିକ୍ରମ କରିଚାଲିଛି। ଥୋପା ଫୁଲରୁ ଥର୍ ଥର୍ ହୋଇ ଝରିପଡୁଛି ଏକ ପରେ ଏକ ବୟସ ଫୁଲର ପାଖୁଡା। ଛନ୍ ଛନ୍ ସବୁଜ ପତ୍ରରେ ଶିଉଳିର ଦାଗ ପରି ସଂଚରି ଯାଉଛି ବଢା ବୟସର ଛାପ। 'କେଉଁ ବସନ୍ତ ବା ଅପେକ୍ଷା କରିଛି ତା' ସତସତିକା ଅଭିସାର ପାଇଁ ? ସବୁ ଥର ଧୋକା ଦିଆଙ୍କ ପରି ଲେଉଟି ଯାଇଛି ଦୁଆର ହତାରୁ ?' ତା' ପାଇଁ ଆମ୍ବ କଷି ପରି ଇଏ ଯେପରି କେଇ କ୍ଷଣର ଚହଟା ବାସ୍ନା। ସ୍ୱପ୍ନଭୁକ୍‌ର ପ୍ରହର। ବିଭୋର ମରୀଚିକା।

ଚିଡି ଲାଗୁଥିଲା ତା'ର ନାଁକୁ ନେଇ। କାଳି ଝିଅର କମ୍‌ତିକୁ ନେଇ ଥରକୁ ଥର ବାହା ଘର ଭାଙ୍ଗି ଚାଲିଥିଲା ବେଳେ କୋଉ ଉତ୍ତୁରା ରଙ୍ଗକୁ ଦେଖି ନାଁ' ଟାକୁ ଶେଫାଳି ରଖିଥିଲେ କେଜାଣି ? ଇଚ୍ଛା ହେଉଥିଲା ବୋଉ ଉପରେ ସବୁତକ ରାଗ କୁଢେଇ ଦେବାକୁ। ତା' ଲମ୍ବା ପଣତରେ ଅମାନିଆ ଲୁହକୁ ଭିଜାଇ ପଚାରିବାକୁ ଚାହୁଁଥିଲା ଏହି ମର୍ମଦାହୀ ପ୍ରଶ୍ନ। 'କାହିଁକି, ଏ ବିଦ୍ରୁପ ତା ପାଇଁ ?' ହେଲେ, ତା'ର ଏ ପ୍ରଶ୍ନର ଉତ୍ତର ଦେବାକୁ ବୋଧେ ବୋଉ କେବେଠାରୁ ବାଟ କାଟିସାରିଥିଲା। ବର୍ଷର ଅଧିକାଂଶ ଦିନ ମଧ୍ୟସ୍ଥି ମାନଙ୍କର ଯା' ଆସ ସେ ଦେଖିଆସୁଛି। ଟିପ୍‌ପଣା ସହିତ କିଛି ବାଟ ଖର୍ଚ୍ଚ ଧରି ଉଠିଲା ବେଳକୁ ପ୍ରତିଥର ବାପାଙ୍କ ଖଣ୍ଡିକାଶ ଶୁଭେ। ତା'ପରେ ସେହି ଦୋରସ୍ତ ଡାକ 'ଶେଫାଳି ଇଆଡେ ଟିକେ ଆସିବୁ ତ !' ପାଦ ନଖରୁ ମୁଣ୍ଡର କପାଳ ପର୍ଯ୍ୟନ୍ତ ଡଗଡଗ ପଢିଯାଉଥିବା ସେହିସବୁ ପଣ୍ଡିତ ଗୁଡାକ ଅଙ୍କ କଷିଲା ପରି ତା ଆଡକୁ ଚାହିଁ କ'ଣ ସବୁ ଗୁଣୁ ଗୁଣୁ ହୁଅନ୍ତି ମନେ ମନେ। ତା'ପରେ ବାପାଙ୍କ ଆଖି ଠାରରେ ସେ କେତେବେଳେ ଚାଲି ଆସିଥାଏ ଭିତର ଘରକୁ।

ବାପାଙ୍କୁ ଦେଖେ। ଚାକିରିରୁ ଅବସର ପରେ ପଞ୍ଚ ବର୍ଷ ଗଡିଗଲାଣି ତାଙ୍କର ଯା ଭିତରେ। ଭାରି ଇଚ୍ଛା ରଖିଥିଲେ, ଚାକିରିଟା ଥିବା ଭିତରେ ଝିଅ ବାହାଘର କାମଟା ସାରିଦେବାକୁ। ଏବେ ଦିନକୁ ଦିନ ଭାରାକ୍ରାନ୍ତ ଓ ଅନ୍ୟମନସ୍କ ଲାଗୁଥିଲା ତାଙ୍କ ମୁଖମଣ୍ଡଳ। ବୋଉର ଅନୁପସ୍ଥିତିରେ

ଭାରଟା ଯେତେବେଳେ ଏକୁଟିଆ ତାଙ୍କ କାନ୍ଧରେ, ସେଥିପାଇଁ ଅନେକଥର ଭାବିଲା ପରେ ସୁଦ୍ଧା କେବେ ବାପାଙ୍କୁ କିଛି ପଚାରି ବସିବାକୁ ଚାହିଁ ନାହିଁ। ହୁଏତ, ଯେଉଁ ବେଦନାକୁ ସେ ଅନାୟାସରେ ପଚାରି ପାରିଥାନ୍ତା ବୋଉକୁ, ତଲବ କରିପାରିଥାନ୍ତା ତା'ଠାରୁ ଉତ୍ତର।

ସେପଟେ ମେଲାପଡିଥିଲା ବାଟଘର। ଦୁଆର ଖୋଲା ରଖି ବାପା କେତେବେଳେ ଶୋଇଯାଇଥିଲେ ଚଉକି ଉପରେ। ଆଖି ନିଦରେ ଲାଖି ଯାଇଥିଲେ ବି ଅପେକ୍ଷା ଥିଲା କାହାର ଆସିବା ବାଟକୁ। ଶେଫାଳି ଚାହିଁଲା, ସେଇ ବାଟଘରର ଦୁଆର କଡକୁ ଢାଙ୍କି ଛିଡା ହୋଇଥିବା ସବୁଠୁ ପୁରୁଣା ଆମ୍ବଗଛକୁ। ମୃଦୁ ଗୁଞ୍ଜରଣ ପରି ହଠାତ୍ କାନକୁ ଶୁଭିଲା ଟପ୍‌ଟପ୍ ଖସିପଡୁଥିବା କିଛି ଝଡା ଆମ୍ବ ପଡିବାର ଶବ୍ଦ। ଗଛ ସାରା ଭରି ରହିଥିଲା ମେଞ୍ଚା ମେଞ୍ଚା ଝଡା ବଉଳ ଫୁଲର ପସରା। ସେ ଭାବୁଥିଲା, 'ସବୁ ଆମ୍ବକଷି କ'ଣ ବଡ ହେବାର ଭାଗ୍ୟ ପାଏ ? କିଛିକୁ ଜାଳିପକାଏ ନିର୍ଦ୍ଦୟ କୁହୁଡି। ଆଉ କିଛି ଦୁର୍ବଳତାରୁ ଏମିତି ଝଡିଯାଆନ୍ତି ହାବୁକା ହାବୁକା ପବନରେ।' ତା' ଆଖିକୁ ଏସବୁ ଦିଶୁଥିଲା ବୁଢିଆଣି ଜାଲର ଅବୁଝା ଚିତ୍ର ପରି। ଯେପରି ଆଶା ଆଉ ହତାଶାର ଅଭେଦ୍ୟ ଏକ ଗୋଲକ ଧନ୍ଦା।

ବାହାରେ ଅଳସ ଅପରାହ୍ନ ସାରା ଭରି ରହିଥିଲା ଆଉଟା ନିଆଁ। ଫୁଟା ବଉଳ ପେଣ୍ଠାର ଉଚ୍ଛ୍ୱାସମୟ ଆମନ୍ତ୍ରଣ। ଖୋଲା ଝର୍କା ଦେଇ ମଝିରେ ମଝିରେ ହାଲ୍‌କା ଉଷ୍ମ ପବନର ଛୁଆଁ ଚହଟେଇ ଦେଉଥିଲା ତା'ର ସଂଗୁପ୍ତ ମନକୁ। ଦେହସାରା ଭରି ଆସୁଥିଲା ଅଜଣା ତାତି। ପୁଣି ଓହ୍ଲାଇ ଯାଉଥିଲା ପୁଣି ଫେରୁଥିଲା ଦେହର ସୁଦୂର ଗୋହିରି ଯାଏଁ । ବସନ୍ତର ଏଇ ନିବିଡ ଆଶ୍ଳେଷ କେତେବେଳେ ତାକୁ ସଂପୂର୍ଣ୍ଣ ଭାବମଗ୍ନ କରି ଦେଉଥିଲା, ପୁଣି କେତେବେଳେ ଆମ୍ବ ଗଛର ପୋଡା ବଉଳକୁ ଦେଖି ଚମକି ଉଠୁଥିଲା ଶେଫାଳି।

ବାଟ ଘରୁ ସେପଟୁ ବାପାଙ୍କ ପାଟି ଶୁଣାଗଲା, 'ଶେଫାଳି, ଇଆଡେ ଟିକେ ଆସିବୁ ତ!'

ଥୁଣ୍ଟା ବଉଳ ସବୁ ପୁଣି ଥରେ ମୁଣ୍ଡ ହଲାଇ ନାଚିବା ଆରମ୍ଭ କରିଦେଇଥିଲେ।

■

ବିଭଙ୍ଗ ସ୍ୱପ୍ନ

ଅତର୍କିତ ଭାବେ ବଡି ଭୋର୍‌ରୁ ଘରର କଲିଂବେଲ୍‌ଟା ବାଜି ଉଠିଲା । ସେହି ଅପ୍ରତ୍ୟାଶିତ ଶବ୍ଦରେ ସମସ୍ତଙ୍କର ପାହାନ୍ତି ନିଦ ଭାଙ୍ଗିଯାଇଥିଲା । ସେତେବେଳକୁ ଘରର ଏକମାତ୍ର ଅଞ୍ଜନାଦେବୀଙ୍କ ନିଦଟା ପତଳା ହୋଇ ଆସୁଥିଲା । ପାହାନ୍ତି ପ୍ରହରରେ ଉଠିବା ତାଙ୍କର ସବୁଦିନିଆ ଅଭ୍ୟାସ । କାରଣ ଘଣ୍ଟାରେ ପାଞ୍ଚଟା ବାଜିଲେ ସେ ମର୍ଣ୍ଣିଂୱାର୍କକୁ ବାହାରିଯାଆନ୍ତି । ସାଙ୍ଗରେ ଥାଆନ୍ତି ସ୍ୱାମୀ ପ୍ରକାଶବାବୁ । ସୁତରାଂ କେହି ଉଠିବା ଆଗରୁ ଅଜଣା ଉତ୍ସୁକତାର ସହ କିଏ ବୋଲି ଦେଖିବାକୁ ଉଠିଯାଇଥିଲେ ସାମ୍‌ନା ଦରଜା ଯାଏଁ । ମନ ଭିତରେ ବିରକ୍ତ ହୋଇ ଉଠୁଥିଲେ 'ଧେତ୍,ଏଇ ଭୋର୍‌ଟାରୁ କିଏ ସେ ଆସି ବେଲ୍ ମାରୁଛି । ତାକୁ ରାତିରେ ନିଦ ନାହିଁ ନା କଣ' ?

କବାଟ ପାଖରେ ଯାଇ କିଏ ବୋଲି ପ୍ରଶ୍ନ କଲାରୁ ସେପଟୁ 'ମୁଁ ନିରୁଆ' ବୋଲି ଉତ୍ତର ଆସିଲା । ଏଥର ନିସଙ୍କୋଚରେ କବାଟଟା ଖୋଲିପକାଇଲେ ସେ । ପୂରାପୂରି ଶଙ୍କିତ ମୁଦ୍ରାରେ ଗେଟ୍ ଆରପଟେ ଛିଡା ହୋଇଥିଲା ନିରୁଆ । ଅତନ୍ଦ୍ର ପ୍ରହରୀର ମୁହଁ ପରି ନିସ୍ତେଜ ଓ କ୍ଳାନ୍ତ ଲାଗୁଥିଲା

ତା'ର ମୁହଁଟା । ଦେଖୁ ଦେଖୁ ବ୍ୟଗ୍ରତାର ସହ ତା'ର କଣ୍ଠ ଥରିଉଠିଲା 'ମା, ପମି ଅଛି କି ?'

ଆଶ୍ଚର୍ଯ୍ୟର ସହ ଚାହିଁ ରହିଥିଲେ ତା ମୁହଁକୁ ଅଞ୍ଜନା ଦେବୀ । ଗଲା ରାତି ଦଶଟା ପରେ ମଧ୍ୟ ଆସିଥିଲା ସେମିତି ପମିକୁ ଖୋଜି । ଠିକ୍ ବାହାର ଗେଟ୍‌ରେ ତାଲା ଦେଇ ସାରିଲା ବେଳକୁ ଆସି ପହଞ୍ଚିଥିଲା । ସେତେବେଳକୁ ତାଙ୍କ ଘରର ରାତି ଖିଆପିଆ ସରିଯାଇଥାଏ । ଠିକ୍ ଖାଇସାରିବା ପରେ ଶୋଇବାକୁ ଉଠିଯାଉଥିବା ବେଳେ କଲିଂବେଲ୍ ଶବ୍ଦ ଶୁଭିଥିଲା । 'ଏତେ ରାତିରେ ପୁଣି କିଏ ଡାକିଲାଣି ? ଯାଇଁ ତମେ ଟିକେ ଦେଖିଲ !' କହି ଅଞ୍ଜନା ଦେବୀ ଚାବିଟା ଧରେଇ ଦେଇଥିଲେ ପ୍ରକାଶ ବାବୁଙ୍କ ହାତକୁ । ଦୁଆର ସେପଟେ ଅସ୍ତବ୍ୟସ୍ତ ହୋଇ ପମିକୁ ଖୋଜି ହେଉଥିଲା ନିରୁଆ । ରାତି ଏତେ ହେଲାଣି ତଥାପି ପମି ଘରକୁ ଫେରିନଥିଲା । ଖାଲି ଏଠିକି ନୁହେଁ ଆଉ ଯୋଉ ବାକି ତିନି ଘରେ ସେ ପାଇଟି କରେ ସମସ୍ତଙ୍କ ଘରୁ ଯାଇ ଖୋଜିସାରିଥିଲା । ହେଲେ କୋଉଠି ତାର ଦେଖାନଥିଲା । ଉପରଓଳି ଚାରିଘରୁ କାମ ସାରି ସଂଧ୍ୟା ସାତଟା ନ ବାଜୁଣୁ ତା ଘରେ ହାଜର ହୋଇଯାଇଥାଏ ସେ । ଉଠା ଚୂଲିରେ ଜାଳ ଗେଞ୍ଜି ଗେରସ୍ତ, ଆଉ ଦୁଇ ଛୁଆଙ୍କ ପାଇଁ ରାତି ଖାଇବା ତିଆରି କରେ । କୋଉ ଦିନ ତାଓ୍ୱା ବସାଇ ରୁଟି ସେକେ ନ ହେଲେ ଦିନର ଭାତ ପଖାଳ ଥିଲେ କ'ଣ ଗୋଟେ ମିଶେଇ ମାଶେଇ ତରକାରି ଫରକାରି ତିଆରି କରେ ।

ସଂଧ୍ୟା ଡେଇଁବା ପରେ ବି ପମି କାମରୁ ଫେରିନଥିଲା । ଛୁଆ ଦି'ଟା ବୋଉକୁ ଏପର୍ଯ୍ୟନ୍ତ ନ ଦେଖି ଅଥୟ ହୋଇପଡୁଥିଲେ । କୁଆଡୁ ବୁଲି ବୁଲି ଆସି ନିରୁଆ ଘରେ ପହଞ୍ଚି ଯାଇଥିଲା । ସେଦିନ ସେ କାମକୁ ଯାଇନଥିଲା । ସେଇ କଥା ପଚାରି ଦେଇଥିବାରୁ ମୁଣ୍ଡକୁ ପିତ୍ତ ଚଢି ଯାଇଥିଲା ଖରାବେଳେ । ସହଜରେ ତ ନିଶାଗ୍ରସ୍ତ ଥିଲା, ଚିତ୍କାର କରିଉଠିଲା, 'ତୁ ମାଇକିନାଟା ମୋତେ ପଚାରିବାକୁ କିଏ ? ମୁଁ କାମକୁ ଗଲି କେତେ ନ ଗଲି କେତେ' ! ଉତ୍ତରରେ ଖାଲି କହିପକେଇଥିଲା 'ନା ତମେ ଆଉ କାମକୁ ଯାଅନି, ଘରେ ବସ । ମୁଁ ଏମିତି ବୁଲି ବୁଲି ପରଘର ପାଇଟି କରୁଥାଏ । ଛି ! ଜନମ ମୋର !' କହି ଭୋ କରି କାନ୍ଦି ଉଠିଥିଲା ପମି । 'ବେଧେଇ, କ'ଣ ଟିକେ ରୋଜଗାର କରୁଛୁ ବୋଲି ସକେଇ ଫୁଲେଇ ହଉଛୁ ।' ଫାଳିକିଆ ଜାଳକାଠକୁ ଆଣି ନିରୁଆ କୋରି ପକେଇଥିଲା ପମିର ହାତଗୋଡ ପିଠିରେ । ତା ପରେ ଏକା ନିଃଶ୍ୱାସକେ କାଠଟିକୁ ଫୋପାଡି ଗାଉରୁ ଗାଉରୁ ହୋଇ କୁଆଡେ ବାହାରିଯାଇଥିଲା । ପିଲାମାନେ କେହି ଘରେ ନଥିଲେ ସେତେବେଳେ । ଦୁହେଁଯାକ ସ୍କୁଲ ଯାଇଥିଲେ । ନିଛାଟିଆ ଖରାବେଳେ ଭୟଙ୍କର ଶରୀର ପୀଡାରେ ଆର୍ତ୍ତନାଦ କରିଚାଲିଥିଲା ପମି ।

ତା'ର ଏପରି କୁଆଡେ ଚାଲିଯିବାଟା ଉଭୟ ପ୍ରକାଶ ବାବୁ ଓ ଅଞ୍ଜନାଦେବୀଙ୍କୁ ସୁଦ୍ଧା ଚିନ୍ତାଗ୍ରସ୍ତ କରିପକାଇଥିଲା । କୁଆଡେ ଯାଇଥିବ ବିଚାରୀ । ରାତିଟା କେଉଁଠି କାଟିଥିବ କେଜାଣି ! ଇଏ ତ କହୁଛି,ସବୁ ଘର ବୁଲି ବୁଲି ପଚାରିଆସିଲାଣି । ଯେଉଁଠି ଯେଉଁଠି ପମି କାମ କରେ କେଉଁଠି ହେଲେ ନାହିଁ । ତା ହେଲେ କୁଆଡେ ଗଲା ? ଏ ପ୍ରଶ୍ନଟି ଆନ୍ଦୋଳିତ କରିପକାଉଥିଲା ଦୁହିଁଙ୍କୁ । ଦୁଆର ମୁହଁରୁ ଫେରିଯାଇଥିଲା ନିରୁଆ । ଏତିକିବେଳେ ଅଞ୍ଜନାଦେବୀ ପାଟି ଫିଟାଇ ଧିକ୍କାରି ଆରମ୍ଭ କରି କହିଲେ, 'ତୋ ପାଇଁ ସବୁ ଏତେକ ଘଟିଲା... କଥା ଏତେବାଟ ଯାଏଁ ଗଲା । ଘର ଛାଡିଲା ବିଚାରୀ । ମଦ ପିଇବୁ... ଘରେ ବସିବୁ... ... କାମଧନ୍ଦା କରିବୁନି...... ଓଲଟି

ସ୍ତ୍ରୀଟାକୁ ସବୁବେଳେ ଅକାରଣରେ ବାଡାପିଟା କରିବୁ ? ତୋର ଦାଉ ସେ କେତେଦିନ ଯାକେ ସହୁଥିବ ? ଯିଏ ନାହିଁ ସିଏ ଦିନେ ନା ଦିନେ କ'ଣ ଗୋଟା କରିବସିଥାନ୍ତା ! ତୋ ଦୌରାତ୍ମ୍ୟ ନ ସହି ରାତିରେ ଘରକୁ ଫେରିନଥିବ। ବହୁତ ବାଧିଥିବ ତାକୁ। ନ ହେଲେ ଏପରି କାହିଁକି କିଏ କରିବ ?' ପୁଣି ଧାପେ ରହିଯାଇ କହିଲେ, 'ମୋ ମନକୁ କାହିଁକି ପାପ ଛୁଉଁଛି କେଜାଣି, ହେ ଭଗବାନ ଯେମିତି ଟ୍ରେନ୍ ଲାଇନ ତଳେ ଯାଇ ମୁଣ୍ଡ ନ ଦେଇଥାଉ ?' ଶଙ୍କିତ ହୋଇ ଛେପ ଢୋକି ପକାଇଲେ ସେ।

ତଳକୁ ମୁହଁ ପୋତି ଶୁଣୁଥିଲା ନିରୁଆ। ଦୋଷୀ ପରି ତା ପାଟିରୁ ଶବ୍ଦଟିଏ ବି ସ୍ଫୁରଣ ହେଉନଥିଲା। କାନ୍ଦ କାନ୍ଦ ହୋଇଉଠିଲା କଥାକୁ ଶୁଣି। ତା' ହତାଶାଭରା ମୁହଁ ଆହୁରି କରୁଣ ଓ ବିବର୍ଣ୍ଣ ଦିଶୁଥିଲା ସେହି ଚାହାଣିରେ। ଦାରୁଭୂତ ପରି ଛିଡା ହୋଇରହିଥିଲା ଗୋଟିଏ ଜାଗାରେ। ଚାରିପଟରେ ସକାଳର ଖରାଫିଟି ଆସୁଥାଏ ଧିରେ ଧିରେ। ଏତିକି ବେଳେ ପ୍ରକାଶ ବାବୁ ତାକୁ କହିଲେ 'ଯା ଆଉ ଛିଡା ହଅନା, ସକାଳ ହୋଇଗଲାଣି। କାଳେ ଘରକୁ ଫେରି ଆସିଥିବ ଦେଖ, ନ ହେଲେ ଆଉଥରେ ଯାଇ ସବୁଆଡେ ଖୋଜ। ଯଦି କୁଆଡେ କୋଉଠି ନ ପାଇବୁ ଯାଇଁ ଥାନାରେ ଏତଲା ଦେବୁ।'

ତା' ଫେରିଯିବାର ବାଟକୁ ଚାହିଁ ରହିଥିଲେ ନିର୍ନିମେଷ ନୟନରେ। ଦୁଇଜଣଙ୍କ ଆଖିରେ ଝଡ ପରି ଦାନା ବାନ୍ଧିଥିଲା ସମାନ ପ୍ରଶ୍ନବାଚୀ। କୁଆଡେ ତା ହେଲେ ଗଲା ପମି ? ଦୁହିଁଙ୍କର ମର୍ଣ୍ଣିଂୱାକ୍ ଆପାତତଃ ସେହିଦିନ ପାଇଁ ସ୍ଥଗିତ ରହିଲା। ବାକି ସବୁ ନିତ୍ୟକର୍ମ ସାରିବା ପାଇଁ ଘର ଭିତରକୁ ପଶିଗଲେ ପ୍ରକାଶ ବାବୁ। ଏକାକୀ ବାଟ ମୁହଁରେ ଛିଡା ହୋଇ ରହିଥିଲେ ଅଞ୍ଜନା ଦେବୀ। ସେହିପରି ଏକ ଲୟରେ ଚାହିଁ ରହିଥିଲେ ସମ୍ମୁଖ ରାସ୍ତାର ଦୃଶ୍ୟପଟକୁ। ନିରୁଆ କେତେବେଳୁ ଅଦୃଶ୍ୟ ହୋଇଯାଇଥିଲା ସେହି ପଥରୁ। ପମିକୁ ନେଇ ଗୋଟିଏ ପରେ ଗୋଟିଏ ଦୃଶ୍ୟ ନାଚିଯାଉଥିଲା ତାଙ୍କ ଆଖିରେ।

ଆଗରୁ ଏହି କଲୋନୀର କିଛି ଦୂରରେ ଥିବା ଅଜୟବାବୁଙ୍କ ଘରେ କାମ କରୁଥିଲା ପମି। ସେତେବେଳେ ତାଙ୍କ ଘରେ କାମ କରୁଥିବା ସ୍ତ୍ରୀ ଲୋକଟିର ଦେହ ଖରାପ ହେତୁ କାମ ଛାଡିଦେଇଥିଲା। ବହୁତ ହଇରାଣ ହୋଇ ଘରକାମ ସବୁ କରିବାକୁ ପଡୁଥିଲା। ଏହି ବୟସରେ ଏତେଗୁଡା କାମ କରିବାଟା ତାଙ୍କ ଶରୀରକୁ ଆଦୌ ସୁହାଉନଥିଲା।କେତେବେଳେ ଅଣ୍ଟା ତ କେତେବେଳେ ଆଣ୍ଠୁର ଯନ୍ତ୍ରଣା ବାହାରିପଡୁଥିଲା ପରିଶ୍ରମର ଚାପରେ। ଥରେ ସୋମବାର ଦିନ ପାଖ ମହାଦେବ ମନ୍ଦିରକୁ ଯାଇଥିବା ବେଳେ ଅଜୟବାବୁଙ୍କ ସ୍ତ୍ରୀ ସହିତ ଭେଟ ହୋଇଥିଲା। ପୂର୍ବରୁ ଅଜୟ ବାବୁ ଓ ତାଙ୍କ ସ୍ୱାମୀ ଗୋଟିଏ ଅଫିସରେ ଚାକିରି କରୁଥିଲେ। ସେହି ଦୃଷ୍ଟିରୁ ଜଣାଶୁଣା। କେବେ କେମିତି ବଜାରଘାଟରେ କିମ୍ବା ବାହାର ବୁଲା ସମୟରେ ଦେଖାଚାହାଁ ହୋଇଥାଏ। ସେଇଠି ଦି'ଚାରିପଦ ଭଲମନ୍ଦ କଥାବାର୍ତ୍ତା। ଘରକୁ କାମବାଲୀ କେହି ନଆସୁଥିବାର ଶୁଣି ସେ ତାଙ୍କଆଡୁ ପମିର ପ୍ରସ୍ତାବ ଦେଇଥିଲେ। ତା ପରଦିନଠାରୁ ପମି ଆସି କାମ ଆରମ୍ଭ କରିଥିଲା।

ଦେଖିବାକୁ ପତଳୀ, ମସିଆ ଗୋରୀ ରଙ୍ଗର। ବେଶୀ ବୟସ ହୋଇନଥିଲା। ହେଇ ହେଇ ଏଇ ତିରିଶ ବର୍ଷ ଭଳିଆ ହେବ। ଦୁଇଟା ଛୁଆର ମା' ହୋଇସାରିଥିଲା। ଅଭାବ ଅନାଟନର ସ୍ପଷ୍ଟ ଲକ୍ଷଣ ସବୁ ବାରି ହୋଇପଡୁଥିଲା ତା ରୁଗ୍ଣ ଶରୀରରେ। ପିନ୍ଧିଥିଲା ସେତେଟା ସଫା ନଥିବା

ଲୁଗା ଖଣ୍ଡେ। ପାଦରେ ହଳେ ସ୍ପଞ୍ଜ ଚପଲ। ଦୁଇ ହାତରେ ଖାଲି କେଇପଟ ପାଣି କାଚ। କିନ୍ତୁ ତା ଗୋଲିଆ ଛୋଟିଆ ମୁହଁରେ ଥାଏ ସତେଜ ହସର ଧାର। ଥରେ ପାଟି ଖୋଲିଲେ ଢେର ଲମ୍ବା ଯାଏଁ କଥା। ସେହି ପ୍ରଥମ ଦିନର ଚିତ୍ର ପୁଣି ଏବେ ସଜୀବ ହୋଇ ଉଠୁଥିଲା ତାଙ୍କ ଆଗରେ।

କଥା କହିବାରେ ତା'ର ଆତୁରତା ଥିଲା ଅସୀମ। କ'ଣ ଗୋଟେ ସୁଯୋଗ ପାଇଲେ ଅନର୍ଗଳ ଗପିବା ଆରମ୍ଭ କରିଦିଏ। ତା'ର ଏହି ଗପୁଡି ସ୍ୱଭାବଟା ବେଳେ ବେଳେ ତାଙ୍କୁ ବିରକ୍ତିକର ଲାଗେ। ସିଏ ମଧ୍ୟ କେତେଥର ନିଜର ବିରକ୍ତିଭାବକୁ ତା'ଆଗରେ ପ୍ରକାଶ କରିଛନ୍ତି 'କାହିଁକି ଅଯଥାରେ ଏତେଗୁଡା ଗପୁଛୁ କହିଲୁ, ତୋ ମୁଣ୍ଡ କ'ଣ ହେଇଯାଉନି!' ସେୟାଡୁ ପମି କହେ 'ନା ଲୋ ମା' ଟିକେ ଅଧେ ବକର ବକର ନ ହେଲେ ମୋ ମୁଣ୍ଡ ଆହୁରି ବିନ୍ଧି ପକାଇବ। ମୋର ବା ସେହି ଅଭ୍ୟାସଟା ପିଲାବେଳୁ ରହିଯାଇଛି।' ଆଉ କିଛି କହିପାରନ୍ତି ନାହିଁ। କାରଣ କାମ ଦାମରେ ପମିର କିଛି କ୍ଷୁଣ ନଥାଏ। ବାସନ ମାଜିଥିବ ସବୁ ଚିକ୍‌ଚାକ୍‌। ଘରେ ଝାଡୁମରା ଦେଇଥିବ କୋଉଠି ଟିକେ ଧୂଳି ପାଦକୁ ବି ଲାଗିବ ନାହିଁ। ତେଣୁ ତା' କାମକୁ ନେଇ ମୁହଁ ଉପରେ କିଛି କହି ହୁଏ ନାହିଁ। ଖାଲି ଯାହା ରହିଲା ତା'ର ଗପୁଡି ଅଭ୍ୟାସଟା ତାଙ୍କୁ ସହିବାକୁ ପଡେ।

ଗପୁ ଗପୁ କେତେ କଥା ସେ ନ ଗପେ। ତା'ର ଛାଡି ଆସିଥିବା ଗାଁର କଥା, ମନ ତଳର କଥା, ଆଖି ତଳର ସ୍ୱପ୍ନ, ଘର ସଂସାର, ଛୁଆପିଲାଙ୍କ ଭାଗ୍ୟ ଭବିଷ୍ୟତ ସବୁ ଆବେଗଭରା ଭାଷାରେ ପ୍ରକାଶ କରିପକାଏ। ନା ଥାଏ ସେଥିରେ କିଛି ଆବିଳତା ନା ଥାଏ ମପାଚୁପା ସଂଯମତା। ଛାତି ତଳର ସରଳ ଇଚ୍ଛାକୁ ବୟାନ କରିପକାଏ ନିର୍ଭେଜାଲ ଭାବରେ। ଯିଏ ତା କଥା ଶୁଣିବ ନିଶ୍ଚୟ କହିପକାଇବ, 'ଏଇଟା ଶକତ ଗୁପୁଡିଟା' ବୋଲି। ତା'ର ସବୁଠାରୁ ଭଲ ଗୁଣ ଏତେ ଗପେ ସତ ଆ' ଘର କଥା ତା' ଘରେ କହି ନଥାଏ। ଚାରି ଘର କାମ କରେ। ସବୁ ଘରର ଭଲମନ୍ଦ ଟିକିନିଖି ଦେଖେ, ଆଉ ଜାଣେ, ହେଲେ କୋଉଠି କାହାର କଥା କହିବା କେହି ଶୁଣି ନାହାଁନ୍ତି। ଏ ସବୁକୁ ଛାଡିଲେ ବାକି ଜଗତଯାକର କଥା ମେଲେଇ ହୋଇପଡେ ତା କୁହାଳିଆ ଓଠରେ।

ଯେତେବେଳେ ଦେଖିବ ତାଙ୍କ ଆଗରେ ଦୁଃଖକୁ ବଖାଣୁଥିବ 'ଅଭାବରେ ଥିଲୁ ସତ କେଡେ ଶାନ୍ତିରେ ନଥିଲୁ ଗାଁରେ। ଏଇଠିକି ଆସିଲା ପରେ ସବୁକିଛି ବିଗିଡିଗଲା। ମଣିଷ ମହରଗରୁ ଯାଇ କାନ୍ତାରରେ ପଡିଲା।' ଏହା ଭିତରେ ବର୍ଷ କେତେଟା ହୋଇଯିବଣି ତାର ଗାଁ ଛାଡି ସହରକୁ ଆସିବା। ନିରୁଆ ଗାଁରେ ଭାଗଚାଷ କରୁଥିଲା। ଘର ପଛକୁ ଲାଗି ଯେଉଁ ଅଳପ ଜାଗା ଟିକେ ଥିଲା ସେଇଠି କଖାରୁ, ଲାଉ ଠାରୁ ଆରମ୍ଭ କରି ଶାଗ ଖଡା ଯାଏଁ ଲଗେଇ କୌଣସି ମତେ ଦୁଇଓଳି ପେଟକୁ ଦାନ ଯୋଗାଡି ହୋଇଯାଉଥିଲା। ହାତରେ କଞ୍ଚା ପଇସା ନଥିଲା ହେଲେ ଯାହା ଯେମିତି ମତେ ସଂସାରଟା ଚଳିଯାଉଥିଲା। ଛୁଆ ଦି'ଟା ଜନମ ହେବା ପରେ ନିରୁଆ ମୁଣ୍ଡରେ ଅଲଗା ଭୂତ ଆସି ଚଢିଲା। ଖାଲି କହିଲା, 'ଚାଲ ସହରକୁ ପଳେଇଯିବା। ସେଇଠି ମୂଲ ମଜୁରୀ କରି ମୁଁ ନଗଦ ପଇସା କମେଇବି। ଏଠି ଆ' ତା'ର ଭାଗଚାଷ କରି ପଡିରହିଲେ କ'ଣ ହେବ? ଆମେ ପୁଣି ଛୁଆଙ୍କର ଭବିଷ୍ୟତ ଦେଖିବା ନା ନାହିଁ ?'

ପ୍ରଥମେ ପ୍ରଥମେ ଅରାଜି ହେଉଥିଲା ତା କଥାରେ। ଗାଁ ମାଟି ଛାଡି ବାରବୁଲାଙ୍କ ପରି

ଅରାଇଜରେ ପଡିରହିବ। ସେଇ ମେହେନତିର ମୂଲ୍ୟ କ'ଣ ଅବା ? ଲହରୀ ପରି ଭିତରୁ ଉଠୁଥିବା ପ୍ରଶ୍ନ ସହ ଯୁଝି ହେଉଥିଲା। ହେଲେ ନିରୁଆ ମୁହଁରୁ ସବୁବେଳେ ସେହି ଦୋହରା କଥାକୁ ଶୁଣି ଶୁଣି ମନ ଚହଲି ଯାଉଥିଲା ପମିର। ତା' କଥା କୁହା ଆଖି ଦି'ଟା ବିସ୍ତରି ଯାଇଥିଲା ସେଥିରେ। ପାଣିର ତରଙ୍ଗ ପରି ଚକା ଚକା ସ୍ୱପ୍ନ ସବୁ ଖେଳି ବୁଲିବାକୁ ଲାଗିଲା ତା' ନେତ୍ର ପୁଷ୍କରିଣୀରେ। ଗାଁର ବିଲଗୋହରି, ଖଳାବାଡି, ଦଣ୍ଡା ଗଡିଆ ଡେଇଁ, ମନ ପକ୍ଷୀରାଜ ଘୋଡାରେ ବସି ଛୁଇଁ ଯାଇଥିଲା ଦୂର ସହରର ସୁନେଲି ସୀମାକୁ। ଶେଷରେ ନିରୁଆ ହଁରେ ହଁ ଭରିଲା। ସେହିଦିନ ଠାରୁ ଭୁବନେଶ୍ୱର ନୁଆସାହି ବସ୍ତିରେ ମୁଣ୍ଡ ଗୁଞ୍ଜିଛନ୍ତି ଦୁହେଁ। ଜଣେ ନଗଦ ପଇସା କମେଇବା ନିଶାରେ ଆଉ ଜଣେ ନୁଆ କରି କଅଁଳିଥିବା ସପନର ଆକର୍ଷଣରେ। ସେମାନଙ୍କ କାଦୁଅପାଣି ନଡାଛପର ଗାଁ ଠାରୁ ଅନେକ ଦୂର ବଡ ସହରରେ ସାଇତା ଅରମାନକୁ ଗଣ୍ଠିଧନ କରି ଆରମ୍ଭ ହୋଇଥିଲା ସେମାନଙ୍କ ଜୀବନଯାତ୍ରା।

ଆରମ୍ଭରେ ଭାଗ୍ୟର ସୁନଜର ପଡିଥିଲା ସେମାନଙ୍କ ଉପରେ। ମଞ୍ଚେଶ୍ୱର ଶିଳ୍ପାଞ୍ଚଳରେ ନିଜ ପାଇଁ ଦିନ ମଜୁରିଆ କାମ ଯୋଗାଡ କରିନେଲା ନିରୁଆ। ଛୁଆ ଦି'ଟା ବସ୍ତି ପାଖ ସ୍କୁଲରେ ନାଁ ଲେଖେଇଲେ। ପମି ଯେମିତି ଭାବିଥିଲା ସେମିତି ସେମିତି ହୋଇ ଚାଲିଥିଲା ସବୁ କିଛି ଠିକ୍ ଠାକ୍‌ରେ। ତା ବାଟରେ। ଦୁଇ ଓଳି ଖାଇବା ଭଲରେ ହୋଇଯାଉଥିଲା। ତା ସହିତ ଛୋଟ ମୋଟର ସଞ୍ଚୟ। ନିରୁଆ ମୁହଁରେ ହସ ଫିଟାଇ କହୁଥିଲା, 'ଦେଖୁଛୁ! କେମିତି ରୋଜ୍ ପଇସା କମେଇ ହଉଛି, ମୁହଁକୁ ମାଡି ଘର ଡିହ ଚାଖଣ୍ଡେକୁ ଧରି ପଡିଥିଲୁ ଗାଁରେ ତୁଛାଟାରେ ନା.......!' ହଁ ବା କହି ନିଜର ଅନ୍ତରର ସମ୍ମତି ଜଣାଇ ନିରୁଆ କାନ୍ଧରେ ମୁଣ୍ଡ ରଖିଦିଏ ପମି। ନୂଆସାହି ବସ୍ତିର ରାତିର ଆଲୁଅ ସବୁ ଗୋଟା ଗୋଟା ହୋଇ ବନ୍ଦ ହୋଇଯାଆନ୍ତି ଧିରେ ଧିରେ।

ସଫା ଆକାଶରେ କଳାମେଘର ଅନୁପ୍ରବେଶ ପରି ହଠାତ୍ ବିଗିଡିଗଲା ସେମାନଙ୍କ ସଂସାରର ରଙ୍ଗ। ପଲକ ଖୋଲିଲେ କାଲି ପରି ଏଇ ଲାଗୁଥିଲା ସବୁକିଛି। ସବୁଦିନିଆ ଝାଳର ସଉଦା ବଦଳରେ ଛୋଟ ହସଖୁସିର ଜୀବନ। ଧାରେ ଆଲୁଅରେ ଉଦ୍‌ଭାସିତ ବଖୁରିଏ ସୁଖର ସାମ୍ରାଜ୍ୟ। ତା ପରେ ଝଡ ତୋଫାନରେ ଛାରଖାର ସେହି ନଷ୍ଟ କୁଟୀର। ଏକ ବିପର୍ଯ୍ୟସ୍ତ ଭବିଷ୍ୟତ ଆଡକୁ ମୁହାଁଉଥିଲା ଦିଶାହୀନ ଭାବରେ।

ରୋଜ୍ କାମ ସମୟରେ ମଦ ପିଇଲା ବୋଲି କଂପାନୀରୁ ତଡା ଖାଇଲା ନିରୁଆ। ସହରକୁ ଆସି ମଦ ପିଇବା ଶିଖିଯାଇଥିଲା। ଗାଁରେ ଥିଲା ବେଳେ ବିଲ୍‌କୁଲ୍ ସେସବୁର ପାଖ ପଶୁନଥିବା ମଣିଷଟା ନିଶାଚର ପାଲଟି ଗଲା ଯେମିତି। କୁଆଡେ ଯାଏ, କାହା ସାଙ୍ଗରେ ବସେ, ଉଠେ ସେସବୁ ଖବର ନଥିଲା ତା ପାଖରେ। ଖାଲି ଦେଖେ, ଯେତେବେଳେ ତା' ଲୋକଟା ଘରକୁ ଫେରେ ନାଲି ଚୁର୍‌ଚୁର୍ ଆଖିରେ। ଟଳମଳ ଅବସ୍ଥାରେ। ବହେ ଶୋଧାଶୋଧି କରି ଘରକୁ କମ୍ପାଏ। ଅକାରଣରେ ତା ଠେଇଁ ମାଡ ବସାଏ। ଦିନକୁ ଦିନ ଅବସ୍ଥା ଆହୁରି ଖରାପ ହୋଇଚାଲେ। କୁଆଡେ କିଛି କାମ ନ କରି ଇଆଡେ ସିଆଡେ ବୁଲେ। କୋଉଦିନ କେମିତି ମୂଲକୁ ଯାଏ। ଯାହା ପଇସା ପାଏ ମଦ ପାଣିରେ ସାରେ। ଏହି ଅବସ୍ଥାରେ ଘରଟା ଚଳିଥାନ୍ତା କେମିତି ? ବାଧ ହୋଇ

ପଦାକୁ ଗୋଡ କାଢେ ପମି। ପାଖ କଲୋନୀରେ ଯାଇ ବାବୁ ଭାୟା ଘରେ ଦୁଇ ଓଳି ପାଇଟି କାମ କରେ। ସେତକରେ ଯାହା ମିଳେ କଷ୍ଟେ ମଷ୍ଟେ ଚଳେଇ ନିଏ। ଅଞ୍ଜନାଦେବୀ ଜାଣିଥିଲେ ପମିର ଏହି ଦୁଃଖଦ ବ୍ୟଥାକୁ। ସବୁବେଳେ ଡଗଡଗ ହୋଇ ଏଣୁ ତେଣୁ ଗପିଯାଉଥିବା ଏହି ସ୍ତ୍ରୀଲୋକଟିର ହୃଦୟ ବେଦନାକୁ ବୁଝିପାରିଥିଲେ। ଅନେକ ସମୟରେ ବାସନ ମାଜୁ ମାଜୁ ତା' କରୁଣ ଅବସ୍ଥାକୁ ବଖାଣି ବସେ ତାଙ୍କ ଆଗରେ। 'କ'ଣ କହିବି ମା, ଛୁଆ ଦି'ଟା ମୋର ଆଜି ଦିନସାରା ଖାଡା ଉପାସ। ଯାହା ଦି'ଟା ରାନ୍ଧିଥିଲି କୁଆଡ଼ୁ ବୁଲି ବାଲିକି ଆଇଲା ଯେ ସେ ଅଳପେଇସାଟା ସମସ୍ତଙ୍କୁ ପରସ୍ତେ ଲେଖାଁଏ ମାଇଲା। ଭାତ ହାଣ୍ଡିଟାକୁ ଧରି ବାହାର ନଳାଟା ପାଖରେ ଓଜାଡି ପକାଇଲା।' କହୁ କହୁ ଲୁହ ଜରଜର ହୋଇଯାଉଥାଏ ତା ମୁହଁ। ଖାଲି ଏତିକିରେ ତା ଦୁଃଖର ପେଡି ସରେନା। ଅନ୍ୟ କୋଉଦିନ ଝାଡୁ ମାରୁଥିବ ଏଣେ ଲୁହ ଦି'ଟୋପା ଝରାଇ କହି ବସିବ 'ଜାଣିଲ ମା' ସବୁକିଛି ମୋତେ ଏବେ ବିଜାରା ଲାଗିଲାଣି। ମନ ଆଉ ଜମା ଏଠି ଲାଗୁନାହିଁ। ଯେତେ ଖଟି ଖଟି ପରିବାର ପୋଷିଲେ ବି ଗେରସ୍ତଟା ଜମାରୁ ବାଟକୁ ଆସୁନାହିଁ। ସେଇଥିପାଇଁ ମନ ଛାଡିଯାଉଛି। କୋଉ ଅକଲରେ ପଡି ମଣିଷ ଗାଁ ଛାଡିଲା କାହିଁକି କେଜାଣି?' କହୁ କହୁ ଭୋ' ଭୋ' କୋହ ଉଠିଆସେ ତା'ର। ଏମିତି କାହିଁ କେତେଥର ମରମ କଥାକୁ ଓଗାରି ପକାଇଛି ତାଙ୍କ ଆଗରେ। 'ଆହା.... ବିଚାରୀର ଭାଗ୍ୟ' କହି ଦୀର୍ଘଶ୍ୱାସ ଛାଡିବା ବ୍ୟତୀତ ଆଉ କିଛି ଚାରା ନଥାଏ ଅଞ୍ଜନା ଦେବୀଙ୍କର।

ସେଦିନ ସକାଳୁ କାହିଁକି ଖୁବ୍ ଉତ୍‌କ୍ଷିପ୍ତ ଜଣାପଡୁଥିଲା ଅଞ୍ଜନାଦେବୀଙ୍କ ମୁହଁ। 'ଏଇ ହାରମଜାଦା ନିଶ୍ଚୟ ତାକୁ ବହୁତ ବାଡାବାଡି କରିଥିବ ନ ହେଲେ ସେତେଟା ନ ବାଧିଥିଲେ ତା' ଭଳିଆ ଝିଅ କାହାକୁ କିଛି ନ କହି କୁଆଡେ ଚାଲିଯାଆନ୍ତା!' ନିରୁଆର ଫେରିବା ବାଟରୁ ଆଖି ଫେରାଇ ପ୍ରକାଶ ବାବୁଙ୍କୁ ଶୁଣାଇ କହିଲେ। ପମି ପ୍ରତି ସମବେଦନା ସବୁ କଅଁଳି ଆସୁଥାଏ ତାଙ୍କ ହୃଦୟରେ। ସେଦିନ ସକାଳ ଓଳି କାମ କଲା ପରେ ଆଉ ଉପର ଓଳିକୁ ଆସିନଥିଲା। ସେ ନ ଆସିବାରୁ ବୋଧେ କ'ଣ ତା' ଦେହପା' ଖରାପ ହୋଇଯାଇଥିବ ବୋଲି ଅନୁମାନ କରିନେଇଥିଲେ। ଯେତେବେଳେ ଦଶଟା ରାତିରେ ନିରୁଆ ଆସି ତାକୁ ଖୋଜିଲା ସେତେବେଳଠୁ ସେ ଭାବିନେଇଥିଲେ କିଛି ଗୋଟାଏ ଘଟିଛି। 'ଏ ବଦମାସ କ'ଣ ଗୋଟେ କାଣ୍ଡ ନିଶ୍ଚୟ ଭିଆଇଛି!' ଭାବିଥିଲେ, ମଦୁଆ ମରଦଠୁ ମାଡ ଖାଇ କୋଉଠି କାହା ଘରେ ମୁଣ୍ଡ ଗୁଞ୍ଜିଥିବ, ରାତି ହେଲେ ଛାଏଁ ଘରକୁ ଫେରି ଆସିବ। ଛୁଆ ଦି'ଟା ଯେତେବେଳେ ଅଛନ୍ତି। ତାଙ୍କର ଏହି ଅନୁମାନ ଟିକକ ସକାଳୁ ବଦଳିଯାଇଥିଲା ଆଶ୍ଚର୍ଯ୍ୟଜନକ ଭାବରେ ପୁଣି ଯେତେବେଳ ନିରୁଆ ପମିକୁ ଖୋଜି ଖୋଜି ଆସି ପହଞ୍ଚିଯାଇଥିଲା ବଡି ସକାଳଟାରେ।

ଦି'ଟା ଦିନ ବିତିଯାଇଥିଲା ଏହା ଭିତରେ। ଏଇ ଦୁଇ ଦିନ କାଳ ତାଙ୍କୁ ଚିନ୍ତିତ ହୋଇ ରହିବାକୁ ପଡିଥିଲା ତାରି ପାଇଁ। ଭାବିଥିଲେ ଯଦି କୁଆଡେ ଯାଇଥିବ, ଫେରିଲେ ନିଶ୍ଚୟ ତ କାମ କରିବାକୁ ଆସିବ। ତା' ଫଟା କପାଳରେ କାମରୁ ନିସ୍ତାର କାହିଁ? ତଥାପି ତା'ର ଏହିପରି ନିଖୋଜ ହୋଇ ଯିବାଟା ଅବୁଝା ପ୍ରଶ୍ନ ପରି ଝୁଲିରହିଥିଲା ଆଖି ଆଗରେ। ଏବେ ପାଇଟିଠାରୁ

ଆରମ୍ଭ କରି ଘରଓଳା ଲୁଗାସଫା ଯାଏଁ ସବୁଦିନିଆ କାମରେ ପମିର ଅନୁପସ୍ଥିତିକୁ ଅନୁଭବ କରୁଥିଲେ। ଏ ସବୁ କାମରେ ତା ଉପରେ ନିର୍ଭରଶୀଳ ଥିବାରୁ ଏହି ଦୁଇ ଦିନ ଭାରି କଷ୍ଟ ଲାଗୁଥିଲା ତାଙ୍କୁ। ଏଡେ ବଡ ଘରକୁ ଏତେଗୁଡା ମଣିଷଙ୍କ କାମ, ଆଉ ଗୋଟାଏ ଦିନ ତୁଲେଇବା ତାଙ୍କ ପକ୍ଷରେ ସମ୍ଭବ ନଥିଲା। ମନେ ମନେ ସ୍ଥିର କରିନେଇଥିଲେ, ଯଦି ପମି ନ ଆସେ ତାଙ୍କୁ ଯେମିତି ହେଲେ ଆଉ ଜଣେ କାମବାଲୀ ଠିକ୍ କରିବାକୁ ପଡିବ।

ଏଇ କେଇଟା ଦିନ ଘରର ଯାବତୀୟ କଥା ବୁଝିବା ବଡ କଷ୍ଟକର ବ୍ୟପାର ହୋଇପଡିଥିଲା। ରୁଟିନ୍ ବନ୍ଧା କାମର ବୋଝରେ ଭାରାକ୍ରାନ୍ତ ହୋଇପଡୁଥିବା ବେଳେ ବେଶୀ ବେଶୀ ମନେ ପଡୁଥିଲା ପମି। କେତେ ସହଜ କରିଦେଉଥିଲା କାମ ସବୁ! ତା'ମୁହଁରୁ ଭୁଟୁରୁ ଭୁଟୁରୁ କଥା ସାଙ୍ଗକୁ କାମ ତାଳ ପକାଇ ଚାଲୁଥାଏ। ପାଟି ଖୋଲିବାକୁ ପଡୁନଥିଲା କି ଆଙ୍ଗୁଠି ଦେଖେଇ କହିବାକୁ ପଡୁନଥିଲା, ଏଇଟା ରହିଗଲା ବୋଲି। ଯୋଉ ଘଣ୍ଟାକ ଘରକୁ ଆସେ ଘର କାମ ସହ ମନକୁ ବି ବହଲେଇ ଦିଏ। ଦୁନିଆ ଯାକର ଖବର ଆସି ଗପେ। ତା' ମୁହଁର ଖବର ପୁଣି ଏମିତିକା ଯୋଉଟା ଖବରକାଗଜରେ ପଢିବାକୁ ମିଳିନଥାଏ। ବସ୍ତିରେ କିଏ ସନ୍ତୋଷୀ ମା' ଓଷା କରି ପୁଅ ପାଇଲା, କିଏ ଅଜାତି ଝିଅକୁ ପ୍ରେମ କରି ବାହା ହେଲା, ଟୋକା ଦଳଙ୍କ ଜୁଆ ଖେଳି ନିଜ ଭିତରେ ମାଡପିଟ ଖବରର ଟିକିନିଖି ବର୍ଣ୍ଣନା ଥାଏ ସେଥିରେ।

ଆଜି ସକାଳୁ ତାରି କଥା ବେଶୀ ମନେ ପଡୁଥିଲା ଅଞ୍ଜନାଦେବୀଙ୍କର। 'ସେ ମଦୁଆର ଦାଉରେ କୁଆଡେ ଚାଲିଗଲା ଆହା। କୋଉଠି ଯାଇଥିବ କେଜାଣି? ଆସିଥିଲେ ତ ଏଠିକି ଆସିସାରନ୍ତାଣି?' ସଂଶୟ ଭରା ସମବେଦନାରେ ଭରିଆସୁଥିଲା ତାଙ୍କ ମନ। ଆପାତତଃ ନିଜକୁ ସେହି ଭାବନାରୁ ବିରତ ରଖି ଘରକାମ ପାଇଁ ତତ୍ପର ହୋଇଉଠିଲେ। ତାଙ୍କୁ ହିଁ ସବୁଯାକ କାମ କରିବାକୁ ପଡିବ। କେହି ନାହିଁ ଯେତେବେଳେ ଯେ.....। ରୋଷେଇ ଘର ବେସିନ୍‌ରୁ ଅଇଁଠା ବାସନଗୁଡାକ ଟାଣି ଧୋଇବା ଆରମ୍ଭ କରିଥିଲେ ମାତ୍ର। ଏତିକି ବେଳେ ଡ୍ରଇଁରୁମ୍‌ରୁ ପ୍ରକାଶ ବାବୁଙ୍କୁ ପାଟି ଶୁଭିଲା। ସେ ଆସିବା ପାଇଁ ଡାକ ପକାଉଥିଲେ। ସେଠି ଯାହା ଦେଖିଲେ ତାହା ତାଙ୍କ ପାଇଁ ଥିଲା ଅବିଶ୍ୱାସନୀୟ। ବାହାର ଗେଟ୍ ପାଖରେ ନିରୁଆ ତାର ଦୁଇଟି ଛୋଟଛୁଆଙ୍କୁ ଧରି ଛିଡା ହୋଇଥାଏ। ତାଙ୍କୁ ଦେଖି କହିଲା, 'ମା' ପମିର ଖବର ମିଳିଛି। ସେ ଗାଁକୁ ପଳେଇଯାଇଛି। ଆଉ ଭୁବନେଶ୍ୱର ଆସିବ ନାହିଁ ବୋଲି କହୁଛି। ମୁଁ ଛୁଆଦି'ଟାକୁ ନେଇ ସବୁଦିନ ପାଇଁ ଚାଲିଯାଉଛି ଗାଁକୁ।'

ନିର୍ବାକ୍ ହୋଇ ଛିଡା ହୋଇ ରହିଥିଲେ ଅଞ୍ଜନା ଦେବୀ। ସେ ଦେଖୁଥିଲେ ଗୋଟିଏ ବିଭଙ୍ଗ ସ୍ୱପ୍ନର ଅନ୍ତିମ ଚିତ୍ରନାଟ୍ୟକୁ। ତାଙ୍କୁ କାହିଁ ଏବେ ସବୁ ଠିକ୍‌ଠାକ୍ ଲାଗୁଥିଲା।

ବ୍ୟର୍ଥ ବଳୟ

ସବୁ ଚ...କା...କା..ର
ସବୁ ଫୁ......।
ଚୋରି.....ଡକାୟତି.....ଧର୍ଷଣ......ସ୍କାମ୍.....।
ସବୁର ଆରମ୍ଭ ଅଛି, ସମାପ୍ତ କାହିଁ... ?

ମନ ଭିତରେ ଉଠିଥିବା ଏହି ସୀମାହୀନ ଅଶାନ୍ତ ଝଡର ବେଗକୁ ନିରବରେ ଆକଳନ କରିଚାଲିଥିଲା ଆଦିତ୍ୟ। ମୁହଁର କେଇ ହାତେ ଉପରକୁ ଶୂନ୍ୟତାର ଶିଢି ଧରି ଧୀରେ ଧୀରେ ମିଳେଇ ଯାଉଥିଲା ସିଗାରେଟ୍‌ର ଧୂମ୍ରାୟିତ କୁଣ୍ଡଳୀ। ଆଖିକୁ ତାହା ଦିଶୁଥିଲା ନିରାଶର ଖଣ୍ଡେ ପତଳା ଆସ୍ତରଣ ପରି ଉତ୍ସାହହୀନ।

ଏଇଟା ଯେପରି ଥିଲା ତା'ର ଗୋଟିଏ ବଡ ପରାଜୟ। ଅସହାୟବୋଧର ତିକ୍ତ ସ୍ୱାଦ। କ'ଣ ପାଇଁ ଏସବୁ କରୁଥିଲା, କାହିଁକି କରୁଥିଲା ସେକଥା କେହି ବୁଝୁ କି ନବୁଝୁ କେବଳ ତାରି ପାଖରେ ଉତ୍ତର ରହିଥିଲା। କିଛି ଦୂରରେ ଛାଇ ପରି ଛିଡା ହୋଇରହିଥିଲା ରେଣୁ ପାଗଳି। କେତେବେଳେ ବଲ୍ ବଲ୍ ଆଖିରେ ଦଲକାଏ ଚାହିଁ ଦେଉଥିଲା ଆଦିତ୍ୟ ଆଡକୁ,

ଆଉ କେତେବେଳେ ଖୁବ୍ ନାଟକୀୟ ଢଙ୍ଗରେ 'ଅକ୍ଷୟ ହେଉ ପୂଣ୍ୟ ଜଗତେ, ଧର୍ମର ହେଉ ଜୟ' ପଦକୁ ଗାଇପକାଉଥିଲା ବିରାମହୀନ ଭାବରେ। ତା ଅସଜଡା କର୍କଶ କଣ୍ଠ ଦେଇ ବାହାରି ପଡୁଥିବା ଏଇ ବେସୁରା ଧାଡି କେଇଟା କାନକୁ ଲାଗୁଥିଲା ଅପ୍ରୀତିକର ଅଥଚ ଅର୍ଥପୂର୍ଣ୍ଣ। ଆଦିତ୍ୟ ଶୁଣୁଥିଲା ନିରବରେ। ପ୍ରତିକ୍ରିୟାହୀନ ଭାବରେ। ସେ ସେହିପରି ନିରୁତ୍ସାହିତ ଭାବରେ ଜଳନ୍ତା ସିଗାରେଟ୍‌ରୁ ଢୋକେ ଧୂଆଁ ଟାଣି ଫୁଙ୍କି ଫୋପାଡି ଦେଉଥିଲା ଶୂନ୍ୟ ଆକାଶ ଆଡକୁ।

କୋର୍ଟରେ ବରଖାସ୍ତ ହୋଇଯାଇଥିଲା ଦାୟର କରିଥିବା କେସ୍ ଖଣ୍ଡିକ। ଗଣଧର୍ଷିତା ରେଣୁକୁ ମିଳିପାରିଲା ନାହିଁ ନ୍ୟାୟ। ଗୋଟା ଗୋଟା କରି ସବୁ ଅଭିଯୁକ୍ତ ଗୁଡାକ ନିର୍ଦୋଷରେ ମୁକୁଳିଗଲେ ଦୁର୍ବଳ ଆଇନର ଫାଶକୁ ଏଡି। ସେମାନେ ଏବେ ନିର୍ଦୋଷ, ସ୍ୱଚ୍ଛନ୍ଦରେ ବିଚରଣ କରିପାରୁଥିବା ଜଣେ ଜଣେ ସଭ୍ୟ ମଣିଷ। ପାଗଳିର ପୁଣି ଧର୍ଷଣ ଗୋଟେ କ'ଣ ? ତା ଚାରିପାଖର ଚଳନ୍ତି ସଭ୍ୟ ସମାଜ ମୁହଁରୁ ଓଲଟି ଏହି ବିସ୍ମୟ ମିଶା ପ୍ରଶ୍ନ ବାହାରି ଆସିଛି ପ୍ରତିଥର, ଯେତେ ଥର ସେ ଏହି ମାମଲାକୁ ନେଇ ଆଉ କାହାର ସାହାଯ୍ୟ ଲୋଡିବାକୁ ଚାହିଁଛି। ଏମିତିକି ସେହି ଚା' ଦୋକାନୀ ଛବି ମଧ୍ୟ ଶେଷକୁ ହଁ'ନାଁ ର ମିଶ୍ରିତ ସ୍ୱରରେ ମୁହଁ ବୁଲାଇଦେଇଛି।

ରେଣୁ ପାଗଳି ସହିତ ନା ଥିଲା ଆଦିତ୍ୟର ରକ୍ତଗତ ସଂପର୍କ କିମ୍ବା ଅନ୍ୟ କୌଣସି ବନ୍ଧୁତ୍ୱର ଡୋର। ସେହି ଛବି ଚା' ଦୋକାନ ପାଖରେ ସକାଳ ସଞ୍ଜରେ ଭେଟ ହୋଇଥାଏ ତା ସହିତ। ଚା' ଦୋକାନର କାଠ ବେଞ୍ଚରେ ବସିଲା ମାତ୍ରକେ ଯେଉଁ ସର୍ବପ୍ରଥମ ଅସ୍ୱାଭାବିକ ଦୃଶ୍ୟ ଦୃଷ୍ଟି ଆକର୍ଷଣ କରିଥାଏ, ସେଇଟା ଥାଏ ରେଣୁର। କହରା ଜଟା ପଡିଆସିଥିବା ମୁଣ୍ଡ ବାଳକୁ ସାଲୁର ବାଲୁର କରି ଦେହରେ କୋଉ ଦିନର ମଳିଚିଆ ରଙ୍ଗର ନାଇଟ୍ ଖଣ୍ଡେ ଗଳାଇ ଛିଡା ହୋଇଥାଏ। ସବୁବେଳେ ଚୁପ୍‌ଚାପ୍ ଥିବ ଅଥଚ କେବେ କେବେ ଚମକାଇଲା ପରି ପାଟି ଖୋଲି ଭାଗବତରୁ ନବାକ୍ଷରୀ ପଦ କିମ୍ବା ମଧୁ ବର୍ଣ୍ଣବୋଧର ଦୁଇ ଧାଡିଆ ପଦକୁ ଆବୃତ୍ତି କରିପକାଇବ। ତାର ଏହି ପଦ୍ୟ ଆବୃତ୍ତି ଦୃଷ୍ଟି ଆକର୍ଷଣ କରିଥାଏ ଏଇଥି ପାଇଁ ଯେ ସେଗୁଡିକ କୌଣସି ତତ୍‌କାଳିକ ଘଟଣା ସହ ଥିବ ଅଳ୍ପ ବହୁତେ ସମ୍ପର୍କିତ। ଯେମିତି ଛବିର ଚା ଟେବୁଲ ଉପରେ ଧାଡି ଲାଗିଥିବା କାଚ ବମ୍ ଭିତରୁ ମନ ପସନ୍ଦର ବିସ୍କୁଟ୍ କିମ୍ବା କେକ୍ ନ ପାଇ ଯେତେବେଳେ ଗ୍ରାହକ, 'ଆରେ ଏ ବିସ୍କୁଟ ନାହିଁ କି ?' 'ନା, ସରିଯାଇଛି' ଖୁବ୍ ସଂକ୍ଷେପରେ ସେପଟୁ ଉତ୍ତର ରଖିଥାଏ ଛବି।

ଏହି ସାମାନ୍ୟ ଘଟଣାଟି ସେତିକିବେଳେ ଏକ ରକମର ନାଟକୀୟ ମୋଡ ନିଏ, ଯେତେବେଳେ ରେଣୁର ବନ୍ଦ ପାଟିଟା ତାଲା ଫିଟିଲା ପରି ଆପଣା ଛାଏଁ ଖୋଲିଉଠେ, 'ଆହାରେ ଭଲ ମନ୍ଦ ନାହିଁ, ଯେ ସ୍ଥାନେ ଯେମନ୍ତ ମିଳଇ।' ସଭିଙ୍କ ନଜର ଆପେ ଆପେ ନିବଦ୍ଧ ହୁଏ ଆସି ଏହି ଅପରିଚିତ ପାଗଳିଟି ଉପରେ। ଦୋକାନର ହାଲ୍‌କା ପରିବେଶଟା କେଇ ମୁହୂର୍ତ୍ତ ପାଇଁ ହୋଇ ଉଠିଥାଏ ଭାବଗମ୍ଭୀର।

ଦିନେ ଦିନେ ଫେରିବା ସମୟରେ ଅଧିକ ଟିକେ ସଂଜ ଗଡିଯାଇଥାଏ। କଲୋନୀ ଠାରୁ ଯଥେଷ୍ଟ ପୂର୍ବରୁ ଅବସ୍ଥିତ ଏହି ଦୋକାନଟାରେ ସେତେବେଳେ ଭିଡ ଭାଙ୍ଗିସାରିଥାଏ। ଅବସର ଟିକେ ପାଇ ଛବି ତା'ର ପୁରୁଣା ଛୁରୀଟାକୁ ଧରି କ୍ଷୀର ଫୁଟା ବାସନଟାକୁ ଚାରିପଟରୁ କୋରି

ପୋଡା କ୍ଷୀରର କଷ ଛଡାଉଥାଏ। ତା'ର ଏଇଟା ସବୁଦିନିଆ ଅଭ୍ୟାସ। ବେଳ ଟିକିଏ ପାଇଲେ ସଫାରଫା, ହିସାବପତ୍ର ଆଉ ବାକି ଯାହା ରହିଲା...। ଆଶ୍ଚର୍ଯ୍ୟ ଲାଗିଲେ ବି ସକାଳ ପରି ସଂଧ୍ୟାରେ ରେଣୁକୁ ସେଠି ସେମିତି ଦେଖିବାକୁ ମିଳେ। ଅବଶ୍ୟ ଛବିର ତା ପ୍ରତି ଅନୁକମ୍ପା ଅନ୍ୟ କାରଣ ବି ହୋଇଥାଇପାରେ। ସକାଳେ ସଂଜରେ ବଳିପଡିଥିବା ବାସି କେକ୍‌ରୁ ଖଣ୍ଡେ ଲେଖାଏଁ ଧରାଇ ଦେଇଥାଏ ତା ହାତକୁ। ସେତକ ଖାଇବା ପାଇଁ ଥାଏ ଯେପରି ତାର ଲମ୍ବା ଉଦ୍‌ବେଗହୀନ ପ୍ରତୀକ୍ଷା। ପରେ ସେ ଅଲକ୍ଷ୍ୟରେ କେତେବେଳେ କୁଆଡେ ଅର୍ନ୍ତଧ୍ୟାନ ହୋଇଯାଏ କେହି ଜାଣିପାରି ନଥାନ୍ତି। ଦାନା ବାନ୍ଧୁଥିବା ରାତିର ନିର୍ଜନତା ଭିତରେ ଦୋକାନର ଦିନ ତମାମ୍‌ର ଯେତକ ଗହଳି, କୋଳାହଳ, ଭାଷଣବାଜି ଆଲୋଚନା, ଟିପ୍ପଣୀଟିପ୍ପଣୀ ସବୁକିଛି କ୍ରମଶଃ ଅପସରିଯାଏ। ଦିନ ଯାକର ଉତୁରା କ୍ଷୀର ପରି ଉଷ୍ମ ଆବେଗ ଥଣ୍ଡା ଆଞ୍ଚ ପାଲଟି ନିରବେଇଯାଏ ବହଳ ସଂଧ୍ୟାର ଆଢୁଆଳରେ।

ସହରୀ ଜୀବନଟାକୁ ଏହି ଛବିର ଚା' ଦୋକାନ ପରି ଦେଖେ ଆଦିତ୍ୟ। ବଡି ସକାଳୁ ପିମ୍ପୁଡି ଜନ୍ଦାଙ୍କ ପରି ଉଠି ଧାଡିରେ ଚାଲିବା ଆରମ୍ଭ। ସଂଧ୍ୟାକୁ ଯେଝା ଯେଝାର ଗୋପନ ଗୁମ୍ଫା ଭିତରେ ଆତ୍ମଗୋପନ। ଗୋଟାଏ ସମୟ ଯାଏଁ ସବୁ ରକମର ଆଗ୍ରହ, ଉତ୍ସାହ, ଉତ୍ତେଜନା, ବେଗ ଇତ୍ୟାଦି। ତା'ପରେ ଜୁଆର ଭଟ୍ଟା।

ଡେରି ହେଲେ ସୁଦ୍ଧା ରୁମ୍‌କୁ ଫେରିବା ବାଟରେ ତା ଦୋକାନରେ ମୁହଁଟା ମାରିବା ଥିଲା ନିଶ୍ଚିତ। ସାରା ଦିନର କ୍ଲାନ୍ତ ଦେହଟାର ଯେପରି ଅପେକ୍ଷା ଥାଏ ଗିଲାସେ ଗରମ ଚା'ର। ଯେମିତି ହେଲେ ସେତକ ବଳେଇ ରଖିଥାଏ ଛବି। ସିଲଭର୍ ମଗ୍‌ରେ ଗ୍ୟାସ୍‌ରେ ଗରମ କରି ଗୋଟିଏ ଗ୍ଲାସ୍ ତା ଆଡକୁ ବଢାଇ ବାକି ଯୋଉ ସାମାନ୍ୟତକ ବଳିପଡେ ତାକୁ ଅନ୍ୟ ଗ୍ଲାସ୍‌ରେ ଢାଳି ରେଣୁ ପାଇଁ ରଖିଦିଏ ଅଲଗା। ଶେଷ ବସ୍‌କୁ ଯେମିତି ଅତ୍ୟନ୍ତ ଉତ୍ସୁକତାର ସହିତ ଅପେକ୍ଷା କରିଥାଏ ଯାତ୍ରୀ, ସେପରି ଆଗ୍ରହର ସହିତ ଚା' ଗ୍ଲାସ୍‌ଟିକୁ ମୁହଁରେ ଲଗାଇ ନିମିଷେକରେ ନିଃଶେଷ କରିଦିଏ। ତାପରେ ରାସ୍ତା ଆଲୁଅର ଧାରେ ଧାରେ କୁଆଡେ ଅଦୃଶ୍ୟ ହୋଇଯାଏ ରେଣୁ। ଗଲାବେଳେ ମୁହଁରେ କିଛି ଅସ୍ପଷ୍ଟ ଗୁଣୁଗୁଣୁ। ସ୍ମୃତି କୋଷରେ ଜିଆଁଇ ରଖିଥିବା କିଛି ବିକ୍ଷିପ୍ତ ପଦ।

କେବେକେବେ ଆଦୌ ବିଶ୍ୱାସ ଲାଗେ ନାହିଁ ସେ ପାଗଳି ବୋଲି। ଗାରୁ ଗାରୁ ହୋଇ କ'ଣ ସବୁ ଗପୁଥାଏ ସତ କିନ୍ତୁ ଏମିତିକା ବେଳେ ତା' ପାଟିରୁ ଯେଉଁ ଖଣ୍ଡେ ଅଧେ ବାକ୍ୟର ସ୍ଫୁରଣ ଘଟେ ତାହା ଅପ୍ରତ୍ୟାଶିତ ଭାବରେ ତା'ପ୍ରତି ଥିବା ଦୃଷ୍ଟିକୋଣକୁ ବଦଳାଇ ଦେଇଥାଏ। ଦିନେ ସେହିପରି ଫେରନ୍ତା ସମୟର ଏକ ଘଟଣା। ଚା' ଦୋକାନର କୋଳାହଳ ବିହୀନ ଉତ୍ତୀର୍ଣ୍ଣ ସଂଧ୍ୟାର ପରିବେଶ। ନିଛାଟିଆ ଦୋକାନ। ଅଭ୍ୟାସ ମୁତାବକ ସିଲଭର୍ ହଣ୍ଡାରୁ ଚା' କଷର ଦାଗକୁ ଛୁରାରେ ଘଷି ଛଡାଉଥାଏ ଛବି। ଟେବୁଲକୁ ଲାଗି ପାଖରେ ଅନ୍ୟମନସ୍କ ଚାହାଁଣିରେ ଛିଡା ହୋଇଥାଏ ରେଣୁ ପାଗଳି। ଇଲେକ୍ଟ୍ରି ଖୁଣ୍ଟର ଆଲୁଅକୁ ଚାହିଁ କ'ଣ ସବୁ ଇଆଡୁ ସିଆଡୁ ବିଳିବିଳାଉଥାଏ। ଜୀବନର ଅଜଣା ରହସ୍ୟର ଗୁମରକୁ ଯେପରି ଏକାଏକା ପଢି ଚାଲିଥାଏ। ସଂସାରର ଯାବତୀୟ ମଣିଷମାନଙ୍କ ଭିଡ ଭିତରେ କେଉଁ ଏକ ଅଲୋଡା ମଣିଷର ସଂଳାପ ପରି ତାର ଅବୁଝା ଉଚ୍ଚାରଣ। କିଛି ସମୟ ଚାହିଁ ତା' ଆଡୁ ଦୃଷ୍ଟି ଫେରାଇ ଆଣିଲା ଆଦିତ୍ୟ।

'କ'ଣ ଆଜି ଏତେ ଶୀଘ୍ର ଗହଳି ଭାଙ୍ଗି ଗଲାଣି ?' ପଚାରିଲା। ଉତ୍ତର ରଖିବା ପାଇଁ ଛବି ମୁଣ୍ଡ ଟେକିବା ଆଗରୁ କିଛି ଦୂରରୁ ଶୁଭିଲା, 'ମାମୁଁ ଘରେ ଗୋଟେ ଗାଈ, ରାତି ପାହିଲେ ମୋଟେ ନାହିଁ।' ଥରେ ନୁହେଁ, ଏକାଧିକ ବାର ପଦଟାକୁ ଦୋହରାଇ ଚାଲିଥିଲା ରେଣୁ। ରାସ୍ତା କଡର ଝାପ୍‌ସା ଅନ୍ଧାର ଓ ଆଲୁଅର ମଳିନ କିରଣ ତଳେ ସେହି ପାଗଳିର ମୁହଁଟା ଦିଶୁଥିଲା କେଉଁ ନିମଜ୍ଜିତ ଦାର୍ଶନିକର ବାଣୀ ପରି। ଜୀବନ ରହସ୍ୟର ଅନ୍ୱେଷାରେ ଭରାଭରା ପୁଣି ପ୍ରଶ୍ନିଳ।

ପାଗଳି ହେଲେ ବି ତାର ଏହି ଅପ୍ରତ୍ୟାହିତ ପାଣ୍ଡିତ୍ୟ ଖୁବ୍ ପ୍ରଭାବିତ କରିଥାଏ ଆଦିତ୍ୟଙ୍କୁ। ଆଚମ୍ବିତ ଲାଗେ ତାପରି ଜଣେ ଅର୍ଥହୀନ ମଣିଷର ଏଇ କେଇ ଧାଡିର ଅର୍ଥପୂର୍ଣ୍ଣ ପ୍ରତିକ୍ରିୟା। କାନରେ ଶୁଣି ବିଶ୍ୱାସ ହୁଏ ନା, ଏଇଟା ସତରେ ପାଗଳି ବୋଲି ! ଗୁଣଟାବି ଥିଲା ନିଆରା ! ସେଥିପାଇଁ କେତେବେଳେ ତା'ପ୍ରତି ଅହେତୁକ ସ୍ନେହ ଅଲକ୍ଷ୍ୟରେ ଆଦିତ୍ୟର ହୃଦୟରେ ଜମାଟ ବାନ୍ଧି ସାରିଥିଲା। ଏମିତି ତ ରୋଜ୍ ସକାଳେ ଓ ବିଳମ୍ବିତ ସଂଧ୍ୟାରେ ନିତିଦିନିଆ ଦେଖା। ବିସ୍କୁଟ୍ ଖଣ୍ଡେ ଯାଚିଲେ ପ୍ରଥମେ ପ୍ରଥମେ ଜମାରୁ ନେଉ ନଥିଲା। ସେହି ବିସ୍କୁଟ ଯଦି ଛବି ହାତ ଲମ୍ବାଇ ବଢାଇଦିଏ, ତାହେଲେ ଚଟ୍‌କିନା ଝାମ୍ପି ନେଇଯିବ। ଦିନ କେତେ ପରେ ଏପରି ଅପରିଚିତ ବୋଧର ଆଉ କାରଣ ରହିଲା ନାହିଁ। ସବୁଦିନ ସକାଳୁ ଯୋଉଦିନ ହାବୁଡିଯାଏ, ନହେଲେ ସଂଧ୍ୟାରେ ବିନା କୁଣ୍ଠାବୋଧରେ ହାତରୁ ସଂଗ୍ରହ କରି ନେଇଯାଏ ନୂଆ ସଂପର୍କର ଏହି ପାଉଣା। ମୁହଁରେ ନ ହସିଲେ ବି, ତା' ବାଙ୍କଚାହାଣି ଦିଆ ଖାଇବା କହିଦିଏ ସେ ଖୁସି ବୋଲି।

ଗଲା ଦୁଇ ଦିନ ହେଲା ରେଣୁ ପାଗଳିର ଦେଖା ନଥିଲା। ଉଦ୍‌ଗ୍ରୀବତାର ସହିତ ଆଦିତ୍ୟ କେତେ ଥର ପଚାରି ସାରିଥିଲା ଛବିକୁ। 'ପାଗଳି ଲୋକ ଯୁଆଡକୁ ମନ ଯାଉଥିବ, କୁଆଡେ ଯାଇ ବୁଲିବ ସେକଥା କିଏ କହିବ ?' ପ୍ରଶ୍ନଟିକୁ ଏହିପରି ସହଜ ସୁଲଭ ଭାବରେ ଫେରାଇ ଦେଇଥିଲା ଛବି। ମନଟା କିନ୍ତୁ ତଥାପି ଅବୁଝା ରହିଥାଏ ଆଦିତ୍ୟର। ଚା' ଦୋକାନର ସେହି ସବୁଦିନିଆ ଚିହ୍ନା ଅଚିହ୍ନା ଗ୍ରାହକଙ୍କ ଭିଡ ଭିତରେ ସେ ବାରି ପାରୁଥିଲା ତା'ର ଅନୁପସ୍ଥିତି। ସେହି ପରିଚିତ ଶୂନ୍ୟ ସ୍ଥାନ। ତାହାର ନା ତା ସହିତ ଥିଲା ସେପରି କିଛି ଦୀର୍ଘ ଦିନର ସଂପର୍କ ଅଥବା ସେହି ସଂପର୍କକୁ ନାମିତ କଲା ଭଳି କିଛି ଖାସ୍ ପରିଭାଷା। ତଥାପି କିଛି ଗୋଟିଏ ଯେମିତି ବିଚ୍ଛିନ୍ନ ହେବା ପରି ଲାଗୁଥିଲା। ନିଜକୁ ବୁଝାଇବାକୁ ଯାଇଁ ଛବି ପରି ସେ ଭାବି ପାରୁ ନଥିଲା, 'ବାୟାଣି ଲୋକଟା, ତା'ର ପୁଣି ଠିକଣା ଗୋଟେ କ'ଣ ?'

ଯେଉଁ ଦିନ ସକାଳୁ ଆଶ୍ଚର୍ଯ୍ୟଜନକ ଭାବେ ସେ ତାକୁ ପୁଣି ସେହି ଚା' ଦୋକାନ ପାଖରେ ଦେଖିବାକୁ ପାଇଲା, ସେଦିନର ଦୃଶ୍ୟ ଥିଲା ଟିକେ ଭିନ୍ନ। ସଂପୂର୍ଣ୍ଣ ଅପ୍ରତ୍ୟାଶିତ। ଆଖିକୁ ଅସହ୍ୟନୀୟ ଆଉ କୁତ୍ସିତ। ତା ପିନ୍ଧା ନାଇଟ୍‌ଟା ନାମକୁ ମାତ୍ର ଛାତି ପାଖରେ ଚେନାଏ ଚିରା କପଡା ପରି ଝୁଲି ରହିଥିଲା ତଳକୁ। ମୁହଁ ଓ ଦେହରେ ଆଘାତର ଚିହ୍ନ। ଦୁଇ ଓଠ କଡରେ ଶୁଖି ଯାଇଥିବା ରକ୍ତର ଧାର। ହାତ ପିଠି ଏପରିକି ଶରୀରର ଦୃଶ୍ୟମାନ ଅଂଶତକରେ କ୍ରୁର ଆଘାତର ଛାପ। ବୁଝିବାକୁ ବାକି ନଥିଲା ତା ଅପ୍ରକାଶ୍ୟ ନିର୍ଯ୍ୟାତନାର ଅଙ୍ଗେନିଭା କାହାଣୀ। 'କାହାକୁ ମୁହଁ ଖୋଲି କହନ୍ତା ଭଲା ? କିଏ କରିଛି ଏମିତି ତା' ସହିତ ?' ଆଦିତ୍ୟର ମନରେ ସଂଚରିତ ହୋଇଉଠୁଥିଲା

ପ୍ରତିକ୍ରିୟାର ଅସହ୍ୟ ଅସରନ୍ତି ପ୍ରଶ୍ନ। ହେଲେ 'ପଚାରିବ କାହାକୁ, କିଏ ଦେବ ତା'ର ଉତ୍ତର ?' ନିର୍ଜୀବ ପଥରର ମୂର୍ତ୍ତିଟିଏ ପରି ପାଗଳି ରେଣୁ ସ୍ଥିର ମୁଦ୍ରାରେ ବଲବଲ କରି ଚାହୁଁଥିଲା ଚାରିପଟେ ଘେରି ଚାହୁଁଥିବା ଦେଖଣାହାରି ମଣିଷମାନଙ୍କୁ।

ସେ ହିଁ ପ୍ରଥମେ ପାଖ ପୋଲିସ୍ ଷ୍ଟେସନ୍‌ରେ ଦାୟର କରିଥିଲା ଅଭିଯୋଗ, ଜଣେ ସାମାଜିକ କର୍ମୀର ପରିଚୟରେ। ତାହା ବି ସମ୍ଭବ ହୋଇ ନଥାନ୍ତା ଯଦି କିଛି ତା'ର ମିଡିଆ ବନ୍ଧୁମାନେ ଘଟଣାଟିକୁ ପ୍ରକାଶିତ କରି ଲୋକଲୋଚନକୁ ନ ଆଣିଥାନ୍ତେ। କେବଳ ସେହି ଦୃଷ୍ଟିରୁ ଏହି ମାମଲାରେ ପୋଲିସ୍ ଟିକେ ସକ୍ରିୟତା ଦେଖାଇବାକୁ ଏକରକମର ବାଧ୍ୟ ହୋଇଥିଲା କହିଲେ ଚଳେ। ନ ହେଲେ, ଜଣେ ଧର୍ଷିତା ପାଗଳି ପାଇଁ କାହାର ବା ଦରଦ ?

ଦିନକୁ ଦିନ ମଝି ରାସ୍ତାରେ ଦାନା ବାନ୍ଧୁଥିଲା ରେଣୁ ଗଣଧର୍ଷଣର କରୁଣ କାହାଣୀ। ଗଣ ମାଧ୍ୟମ ଗୁଡିକ ପାଇଁ ପାଲଟିଯାଇଥିଲା ଏକ ଧାରାବାହିକ ରୋମାଞ୍ଚକର ସମ୍ବାଦ। କେଉଁଠି ନାଟକୀୟ ଢଙ୍ଗରେ ବର୍ଣ୍ଣନା ତ କେଉଁଠି ଅର୍ଦ୍ଧ କାଳ୍ପନିକ ବୃତ୍ତାନ୍ତ। ସଭିଏଁ ଘଟଣାର ପରଦାକୁ ଉନ୍ମୋଚନ କରିବା ବଦଳରେ ରହସ୍ୟର ପ୍ରଲେପ ଦେବା ପାଇଁ ଥିଲେ ଯେପରି ଆଗଭର। ତା' ଭିତରୁ କୋଉଟା ସତ ଆଉ କୋଉଟା ମିଛ ସେକଥା ଜାଣିଥିଲା ଅବା କିଏ ? ଜାଣିଥିଲା ତ, ଏକା ରେଣୁ। 'ହଁ, ପାଗଳିଟା ଯେତେବେଳେ ତା'ର ଅକୁହା ଅସହ୍ୟ ଯନ୍ତ୍ରଣା, ଏବେ ଅନ୍ୟମାନଙ୍କ ପାଇଁ ଅସଂଖ୍ୟ ରୋମାଞ୍ଚକର କାହାଣୀ !' ପ୍ରତିକ୍ରିୟାରେ ଭ୍ରୂକୁଞ୍ଚିତ ହୋଇଉଠୁଥିଲା ଆଦିତ୍ୟର। ଭାବୁଥିଲା, 'ଅଧିକ କ'ଣ ବା ଫରକ୍ ପକାଇଥିବ ଏହି ଘଟଣାଟି ତା ବିକୃତ ମସ୍ତିଷ୍କର ସ୍ମୃତିକୋଷରେ ? କାଲି ଯାଏଁ ସେ ବଞ୍ଚୁଥିଲା ପାଗଳି ପରି, ଆଗକୁ ବଞ୍ଚିବ ସେହି ପାଗଳିର ଭାଗ୍ୟ ନେଇ। ବିଚାରି....... !' କେବଳ ଗୋଟିଏ କଥା ଚାହୁଁଥିଲା, ପାଗଳିଟି ଯେପରିଟି ତା'ର ନ୍ୟାୟ ପାଏ।

ଏହା ମଧ୍ୟରେ ସହରର ଛୋଟ ବଡ ଯେତେ ସବୁ ନାରୀ ସଂଗଠନ ଗୁଡିକ ରେଣୁ ଘଟଣାକୁ ଇସ୍ୟୁ କରି ହୋଇଯାଇଥିଲେ ଚଳଚଞ୍ଚଳ। ରେଣୁ ପାଲଟି ଯାଇଥିଲା ଅସଂଖ୍ୟ ମୂକ ନିର୍ବେଦ ଧର୍ଷିତା ମାନଙ୍କର ପ୍ରତୀକ। ରାଜରାସ୍ତାର ଧାରରେ ଯୁଆଡେ ଚାହିଁବ ସଫା ଧଳା ପ୍ଲାକାର୍ଡ ଉପରେ ଏକ ବିପର୍ଯ୍ୟସ୍ତ ନାରୀର ଚିତ୍ର। ପଟିରେ ଶକ୍ତ ଭାବରେ ବନ୍ଧା ତାର ପାଟି। ଦୁଇ ଆଖିରେ ବେଦନାଦଗ୍ଧ ନିର୍ଯ୍ୟାତନାର କରୁଣ ଗାଥା। ପ୍ରତିବାଦହୀନ ଅସଂଖ୍ୟ ଯୌନ ନିର୍ଯ୍ୟାତିତା ମାନଙ୍କର ପ୍ରତିଭୂ। ତାକୁ ନେଇ ଆରମ୍ଭ ହୋଇଯାଇଥିଲା ନ୍ୟାୟ ଓ ମୁକ୍ତିର ଏକାଧିକ ନାରାବାଜି। ପ୍ରତିବାଦ ଓ ବିକ୍ଷୋଭ।

ବିରକ୍ତ ଲାଗୁଥିଲା ଦେଖିଦେଖି। ଏସବୁ ଶୋଭାଯାତ୍ରା...... ସ୍ଲୋଗାନ୍....... ଏସବୁ ଦେଖାଣିଆ ହୋହାଲ୍ଲା....., ଏଥିରୁ କ'ଣ ଯାଏ ଆସେ ସେ ପାଗଳିର। କ'ଣ ଏ ଭରଣା କରି ପାରିବ ତା ପ୍ରତି ହୋଇଥିବା ଅତ୍ୟାଚାରର କ୍ଷତ ? ସେହି ଛେଉଣ୍ଡ ରାତିର ଅମାନୁଷିକ ପୀଡା ? ମାଂସଭୁକ୍ ନିଶାଚରମାନଙ୍କ ନିର୍ଦ୍ଦୟ ଗଣଭୋଜିର ଜ୍ୱଳନ ? ଏମିତି କେତେ କ'ଣ ପ୍ରଶ୍ନ ସବୁ ଖେଳି ବୁଲୁଥିଲା ଆଦିତ୍ୟର ସଂଶୟାଛନ୍ନ ମନରେ। ଧୈର୍ଯ୍ୟ ସବୁ ପାହାଡରୁ ପଥର ଖଣ୍ଡ ପରି ଚୂନା ଚୂନା ହୋଇ ଖସିପଡୁଥିଲା। ଅତିଷ୍ଠ ହୋଇ ପଡୁଥିଲା ସେ। ଯେତେବେଳେ ଏକମାତ୍ର ସେ ହିଁ ଘଟଣାକ୍ରମ ସହିତ ପ୍ରଥମରୁ ଥିଲା ସଂପୃକ୍ତ, ଅଧୈର୍ଯ୍ୟ ହୋଇପଡିବାଥିଲା ସ୍ୱାଭାବିକ।

ଶେଷକୁ ପରୀକ୍ଷାର ଦିନ ଉପନୀତ ହୋଇଥିଲା। ହେଉ ପଛକେ ମୂକ, ସ୍ଥାଣୁ ପ୍ରାଣର ଅର୍ନ୍ତଜ୍ୱଳନ, ଭୁରି ଭୁରି ନିରୀହ ଆଖିରେ ଅପେକ୍ଷା କରିଥିଲା ଦେଖିବାକୁ ହିସାବ। ନିସ୍ପନ୍ଦ ଛାତିରେ ଦ୍ରୋପଦୀ ପରି ଗୁପତରେ ବାନ୍ଧି ରଖିଥିଲା ଅକୁହା କାହାଣୀର ସାତ ହାତ ଲମ୍ୱା ଜଟା କେଶ। ତାକୁ ଫିଟାଇ ଖେଳାଇବ। ଖିଲ୍‌ଖିଲ୍ ହସ ପରି ମୁକୁଳାଇ ଶୁଖାଇବ। ବାସ୍, ଥରୁଟେ ଶାସ୍ତି ନିଧାର୍ଯ୍ୟ ହୋଇଗଲେ.......।

ଦୁଷ୍କର୍ମର ଦାନବ ମାନେ ଧରାପଡି ଠିଆ ହୋଇଥିଲେ କାଠଗଡାରେ। ଚରମ ଉତ୍ସାହର ବେଳ। ଆଦିତ୍ୟର ଅଣାୟତ୍ତ ମନରେ ସୀମାହୀନ ଉତ୍କଣ୍ଠା। ଇପ୍‌ସିତ ନ୍ୟାୟ ପ୍ରାପ୍ତିର ତୃଷ୍ଣା। ତାହାକୁ ତୁହା ଉଦ୍‌ବେଳନ। ଭିତରେ ଧାରେ ବିଜୁଳିର ଆଲୋକ ପରି ଆଶାର ଉତ୍‌କୀର୍ଣ୍ଣ କିରଣ। ହୃଦୟର ନେପଥ୍ୟରେ ଅନୁଦ୍ୱିଗ୍ନ ସ୍ୱର। 'ହଁ.....ହଁ ସମୁଚିତ ଶାସ୍ତି। କେବଳ ସମୁଚିତ ଶାସ୍ତି। ତାହା ହିଁ ଅଟକାଇପାରିବ ଏହି ଦୁରାଚାରୀମାନଙ୍କୁ। ପାଗଳି ହେଲେ ବି ତା'ର ଇଜ୍ଜତ, ମାନ ମହତ, ଅଚଳ ପଇସା ପରି କେବେ ମୂଲ୍ୟହୀନ ହେବ ନାହିଁ। ସେ ପାଇବ ସମୁଚିତ ନ୍ୟାୟ।' ଏପରି ଏକ ଆସ୍ଥା ସୂଚକ ଭାବନାଟିଏ ଝଲକାଏ ବିଜୁଳି ପରି ଖେଳି ବୁଲୁଥିଲା ଆଦିତ୍ୟର ମନ ଚଉତରାରେ।

ଚାପା ଚାପା ନିରବ ଗୁଞ୍ଜରଣ ବିଚ୍ଛୁରିତ ହେଉଥିଲା ସମଗ୍ର ବିଚାରାଳୟରେ। ଅନ୍ତ ହେବାକୁ ଥିଲା ରେଣୁ ଧର୍ଷଣ କାହାଣୀର ଯବନିକା। ଖଣ୍ଡ ଖଣ୍ଡ ଉଷ୍ମ ପ୍ରତ୍ୟାଶା ସବୁ ଏକାଠି ଘନୀଭୂତ ହେଉଥିଲା। କିଛି ସମୟ ଉତ୍ତାରେ ଫଳନ୍ତି ବର୍ଷା। ସମବେତ ଲୋକମାନଙ୍କ ମୁଖମଣ୍ଡଳରେ ସେ ବେଶ୍ ପଢି ପାରୁଥିଲା ଏହି ଇପ୍‌ସିତ ନ୍ୟାୟ କାମନାର ଅବ୍ୟକ୍ତ ଭାଷା।

ଲମ୍ୱା ବିଚାର ପରେ ଶେଷକୁ ଯାଇଁ କୋର୍ଟର ପାଟି ଫିଟିଲା। ନିଷ୍ପକ୍ଷ ଧର୍ମ ଅବତାରଙ୍କ ପାଖରୁ କେବଳ ଶୁଣାଗଲା........ 'ନା'। ଯେମିତି ହୁଲାଏ ନିଆଁର ନିରାଶ ପବନ ପହଁରିଗଲା କୋର୍ଟ ରୁମ୍ ସାରା। ଅନ୍ଧ ଧର୍ମାବତାର କ'ଣ ବା କରିପାରନ୍ତା ! 'ନା କାଠଗଡାର ସେହି ମୁଦାଲାମାନଙ୍କୁ ଚିହ୍ନିପାରୁଥିଲା ରେଣୁ, ନା ହାତପାଆନ୍ତାରେ ପାଇ ସୁଦ୍ଧା ଚିତ୍କାର କରି ଜଣାଇ ପାରୁଥିଲା, 'ହଁ', ଏମାନେ ସବୁ ସେହି ଅଭିଶପ୍ତ ରାତିର ପିଶାଚ। ନାରୀ ଦେହର ମାଂସ ଲୋଲୁପି ନର ରାକ୍ଷସ। ଏମାନଙ୍କୁ କଠୋର ରୁ କଠୋର ଶାସ୍ତି ଦିଅନ୍ତୁ ମହାଭାଗ।'

ପାଣି ଫୋଟକା ପରି ମିଳାଇଯାଉଥିଲା ଆଦିତ୍ୟ ପାଦତଳର ପୃଥିବୀ। ନିଜକୁ ଆବିଷ୍କାର କରୁଥିଲା ଅରା ଅରା ଶୂନ୍ୟତାର ଦିଗନ୍ତ ବିସ୍ତାରି ମରୁବାଲିର ପିଠିରେ। ରେଣୁକୁ ନେଇ ଦେଖିଥିବା ସ୍ୱପ୍ନର ପୁଞ୍ଜିଭୂତ ଝଡ ଧିରେ ଧିରେ ଏକ ବ୍ୟର୍ଥ ବଳୟର ରୂପ ନେଉଥିଲା।

■

ଚତୁର୍ଥ ମାଙ୍କଡ

ସମସ୍ତେ ଚହିଁ ରହିଥିଲେ ତିଆଡି ଆଜ୍ଞାଙ୍କ ଆଡକୁ। ସମସ୍ତଙ୍କ ମୁହଁରେ ଉତ୍ସୁକତା। ସମସ୍ତଙ୍କ ମୁହଁରେ ଉଦ୍‌ଗ୍ରୀବତା। କ'ଣ ଏହାର ସମାଧାନର ବାଟ ଫିଟିବ ନା ନାହିଁ ? କ'ଣ କହିବେ ଆଜ୍ଞା ? ଏହିଭଳି ପ୍ରଶ୍ନ ସବୁ ଉଙ୍କି ମାରୁଥିଲା ଉପସ୍ଥିତ ଲୋକମାନଙ୍କ ମନରେ। ସାରା ପରିବେଶ ଥିଲା ଚୁପ୍‌ଚାପ୍। ସଭିଁଙ୍କ ମନଗହନରେ ଲାଗିରହିଥିଲା ଅର୍ନ୍ତଦ୍ୱନ୍ଦ। ବାହାରକୁ ତୁନି ହୋଇ ସିନା ବସିପଡିଥିଲେ, ହେଲେ ଭିତରେ ଭିତରେ ସବୁ ହୋଇଉଠୁଥିଲେ ଅସ୍ଥିର। ବ୍ୟଗ୍ର ହୋଇ ପଡୁଥିଲେ ଶୁଣିବାକୁ, କେତେବେଳେ ତିଆଡି ଆଜ୍ଞା ପାଟି ଫିଟାଇବେ।

ମୌନ ହୋଇ ବସିରହିଥିଲେ ବାସୁଦେବ ତିଆଡି। ତାଙ୍କ ଚିନ୍ତିତ କପାଳର ରେଖାଗୁଡିକ ଭାଙ୍ଗପଡି ଆହୁରି ଗମ୍ଭୀର ଦିଶୁଥିଲା। ଲାଗୁଥିଲେ ଯେପରି ବଡ ବିଷମ ଅବସ୍ଥାରେ ପଡିଯାଇଛନ୍ତି। କ'ଣ ଯେ କରି ସମାଧାନର ବ୍ୟବସ୍ଥାଟିଏ କରିବେ, ସେହି ଚିନ୍ତା ଘାରୁଥିଲା ମୁଣ୍ଡକୁ।

ବେଳେବେଳେ ନିଜର ଦୁଇ ଆଖିକୁ ପହଁରାଇ ଆଣୁଥିଲେ ସାମ୍ନାରେ ଜମାଟ ବାନ୍ଧିଥିବା ମଣିଷମାନଙ୍କ ଉପରେ। କ'ଣ ଭାବି ପୁଣି ନିରବି ଯାଉଥିଲେ।

ଏତିକିବେଳେ ପାଟଳିପଂକ ଗାଁର ଅପର୍ତି ପ୍ରଧାନ ପାଟି ଫିଟାଇଲା, 'ଆଜ୍ଞା ପୂର୍ବଥର ଯୋଉ ସମାଧାନର ବାଟଟା ବାହାର କରିଥିଲେ ସେଇଟା ଫେଲ୍ ମାରିଲା। ଏବେ କ'ଣ କରିବା କୁହନ୍ତୁ ! ଏମିତି କିଛି ବାଟ କରନ୍ତୁ ଯେପରି ଏହାର ସ୍ଥାୟୀ ମୀମାଂସା କିଛି ବାହାରି ପାରିବ। ହପ୍ତାଟି ହେଲାଣି ଗାଁ ପିଲା ନା ସ୍କୁଲ୍‌କୁ ଯାଇପାରୁଛନ୍ତି ନା ପାଠ ପଢି ପାରୁଛନ୍ତି। ସବୁ କିଛି ପୁଣି ବେଲଗାମ୍ ହୋଇଯାଇଛି।' ଅପର୍ତି ମୁହଁରୁ ଏତିକି ସରିଛି କି ନାହିଁ ବ୍ରହ୍ମଗାଡିଆ ଗାଁର ବୈଷ୍ଣବ ପ୍ରଧାନ ସେଥିରେ ଆଉ ଦୁଇ ପଦ ଯୋଡି କହିଲା, 'ହଁ, ଆଜ୍ଞା କିଛି ଗୋଟାଏ ବ୍ୟବସ୍ଥା କରନ୍ତୁ। ନ ହେଲେ ଏ ଟୋକା ଦଳ ମଣିଷକୁ ବସେଇ ଉଠେଇ ଦେବା ବନ୍ଦ କରିଦେବ। ବିଲ୍‌କୁଲ୍ କାହା କଥା ଶୁଣିବା ଅବସ୍ଥାରେ ନାହାଁନ୍ତି। ଆର ଥର କହିଲାରୁ ସ୍କୁଲ୍‌ର ପୁଅଝିଅ ମାନଙ୍କ ଭିତରେ ରକ୍ଷାବନ୍ଧନ କରାଇଥିଲୁ। ଭାବିଥିଲୁ, କଥାଟା ଏଇଠି ଥମି ଯିବ। ହେଲେ, ଏବେ ପୁଣି ଯୋଉ କଥାକୁ ସେଇ କଥା।'

ଜଣେ ଦଶମ ଶ୍ରେଣୀ ଛାତ୍ରୀକୁ କମେଣ୍ଟ ମାରିବା ଘଟଣାକୁ ନେଇ ଦୁଇ ଗାଁ ପାଟଳିପଂକ ଓ ବ୍ରହ୍ମଗାଡିଆ ମଧ୍ୟରେ ଗଣ୍ଡଗୋଳର ସୁତ୍ରପାତ ହୋଇଥିଲା। ଦୁଇ ଗାଁର ଟୋକାଦଳ ମୁଣ୍ଡ ପୂରାଇଥିଲେ ଘଟଣାଟିରେ। ପ୍ରଥମେ ବଚସା ପରେ ହାତାହାତି ଯାଏଁ କଥା ବଢିଯାଇଥିଲା। ବିବାଦ ଥମିବାର ନାଁ ଧରୁନଥାଏ। କୁହୁଳା ପାଉଁଶ ପରି ସେଥିରୁ ଧରିପକାଉଥାଏ ନିଆଁ। ଗଲା କିଛି ଦିନ ହେଲାଣି ସେହି ଅସନ୍ତୋଷର ନିଆଁ ମଧ୍ୟରେ ଆଉଟୁପାଉଟୁ ହେଉଥାନ୍ତି ଦୁଇ ଗାଁର ସାଧାରଣ ବାସିନ୍ଦା। ପିଲା ମାନଙ୍କର ସ୍କୁଲ୍ ଯିବା ବନ୍ଦ। ସେମାନଙ୍କ ପାଠ ଘରେ ଯେପରି ପୂର୍ଣ୍ଣଚ୍ଛେଦ ପଡିଯାଇଛି। ଏକଥା ବୁଝିବାକୁ ଟୋକାମାନେ ନାରାଜ୍। ଓଲଟି ସେମାନଙ୍କ ଏହି ଗଣ୍ଡଗୋଳରେ ସାମିଲ କରାଇଛନ୍ତି ଆଣି ପିଲାମାନଙ୍କୁ। ପ୍ରତିବାଦରେ ସ୍କୁଲ ଗେଟ୍‌ରେ ତାଲା ଝୁଲୁଛି। କିଏ ଜାଣେ କେବେ ଏହାର ସମାଧାନ ହେବ। ସ୍କୁଲ୍ ଖୋଲିବ। ପୁଣି ପାଠପଢା ହେବ।

ସ୍ଥିର ଚିତ୍ତରେ ସବୁକଥା ଶୁଣି ଚାଲିଥିଲେ ତିଆଡି ଆଜ୍ଞା। ଦୁଇ ଗାଁର ମୁରବି ମାନେ ଆସି ଏକାଠି ହୋଇଥିଲେ ତାଙ୍କ ପିଣ୍ଡାରେ। ଆଖପାଖ ଦଶଖଣ୍ଡି ମୌଜାର ଭଲମନ୍ଦ, ହାନିଲାଭ ଯାହା କିଛି ନିଶାପ ହୁଏ ସବୁ ଏଇଠି ହୋଇଥାଏ। ଅହିଂସାର ପୂଜାରୀ ବାସୁଦେବ ତିଆଡି। ପୁରୁଣା ଗାନ୍ଧିବାଦୀ ମଣିଷ ବୋଲି ତାଙ୍କୁ ସଭିଏଁ ଜାଣନ୍ତି। ନ୍ୟାୟ ନିଶାପ କଲାବେଳେ ପାଖରେ ଥୋଇଥାନ୍ତି ମହାତ୍ମାଗାନ୍ଧୀଙ୍କର ଫଟୋଟିଏ। ସେହି ଫଟୋରେ ଶୋଭାପାଉଥାଏ ଗାନ୍ଧିଙ୍କ ଛବି ଆଉ ତାଙ୍କର ତିନି ମାଙ୍କଡ। ଉଭୟ ପକ୍ଷର ସବୁକଥାକୁ ଧୀର ସ୍ଥିର ଭାବରେ ଶୁଣି ନିଜର ମତ ରଖନ୍ତି। ସମସ୍ତେ ଅଚିରେ ଗ୍ରହଣ କରି ନିଅନ୍ତି ତାଙ୍କ ପରାମର୍ଶକୁ।

ନିଜର ଅଶୀ ବର୍ଷର ଉର୍ଦ୍ଧ ଜୀବନକାଳରେ ଅନେକ ନ୍ୟାୟନିଶାପ କରିଆସିଛନ୍ତି। ସବୁଥର ଏଇ ତିନି ମାଙ୍କଡର ଉଦାହରଣ ଦେଇ ଝାମେଲା ତୁଟାଇଥାନ୍ତି। କାହାକୁ ଖରାପ କାମ ନ କରିବାକୁ, କାହାକୁ ନ ଶୁଣିବାକୁ, କାହାକୁ ନ ଦେଖିବାକୁ ଉପଦେଶ ଦେଇ ଖୁବ୍ ସରଳ ଭାବରେ ଛିଣ୍ଡାଇଦିଅନ୍ତି

କଳିର ସୂତ୍ର। ତାଙ୍କ ମତରେ ଏଇ ତିନି ମାଙ୍କଡର ମାର୍ଗକୁ ପାଥେୟ କଲେ ମଣିଷ ମଣିଷ ଭିତରେ, ଗୋଷ୍ଠୀ ଗୋଷ୍ଠୀ ଭିତରେ ଆଉ କନ୍ଦଳ କିଛି ରହିବ ନାହିଁ। ସବୁ ହୋଇଯିବ ଠିକ୍‌ଠାକ୍। ସବୁ ଚାଲିବ ତା' ବାଟରେ।

ଏହି ଦୁଇ ଗାଁର ଅଛିଣ୍ଡା ଗଣ୍ଡଗୋଳକୁ ନେଇ ସେଦିନ କାହିଁକି ଖୁବ୍ ମର୍ମାହତ ଜଣାପଡୁଥିଲେ ସେ। ଏହା ପୂର୍ବରୁ ବି ଦୁଇ ଗାଁର ମୁରବି ଏକାଠି ହୋଇଥିଲେ। ସେତେବେଳେ ଘଟଣାଟିର ଆପୋଷ ବୁଝାମଣା ପାଇଁ ରକ୍ଷାବନ୍ଧନର ପ୍ରସ୍ତାବ ଦେଇଥିଲେ। ସ୍କୁଲର ସବୁଝିଅ ସବୁ ପୁଅମାନଙ୍କ ହାତରେ ବାନ୍ଧିଥିଲେ ରାକ୍ଷୀ। ଭାବିଥିଲେ କମେଣ୍ଟ୍ ମରା ପରି ସାମାନ୍ୟ ଘଟଣାଟିକୁ ଭୁଲି ସ୍ନେହର ଡୋରରେ ବାନ୍ଧିହୋଇଯିବେ ସମସ୍ତେ। ସ୍ୱାଭାବିକ ହୋଇଯିବ ସ୍କୁଲ୍‌ର ପାଠପଢା। ସେଥିରୁ ଉପୁଜିଥିବା ଦୁଇ ଗାଁର ମନାନ୍ତର। ଟୋକାଦଳଙ୍କ ଯୁଦ୍ଧଂ ଦେହି ଡାକରା।

ଢେର ସମୟ ନିରବ ରହିଲା ପରେ ପାଟି ଖୋଲିଲା। ଖାଲି କହିଲେ, 'ଚତୁର୍ଥ' ମାଙ୍କଡ .... ହଁ...ହଁ... ଚତୁର୍ଥ ମାଙ୍କଡ।' ସଭିଏଁ ଉତ୍କଣ୍ଠାର ସହ ହଁ କରି ଚାହିଁ ରହିଥିଲେ ତାଙ୍କ ଆଡକୁ। ସେଠୁ ତିଆଡି ଆଙ୍କା କଥାଟା ପରିଷ୍କାର କଲେ, 'ତିନି ମାଙ୍କଡ, ଦ୍ୱାରା ଏ କାମ ନୁହେଁ। ଏଇଠି ଆବଶ୍ୟକ ଚତୁର୍ଥ ମାଙ୍କଡ। ଯାହାର ହାତଗୋଡ ହୋଇଥିବ ବନ୍ଧା ଖରାପ କାମ ନ କରିବାକୁ।' ଏତିକି କହି ସେ ତିନି ମାଙ୍କଡ ଫଟୋ ଆଡେ ଚାହିଁ ରହିଲେ। ସେଠି ଦେଖୁଥିଲେ ସେହି ଶୂନ୍ୟ ସ୍ଥାନକୁ।

■

ଚଉକି

ଡ୍ରଇଁ ରୁମ୍‌ରେ ବସି ଖବରକାଗଜ ଉପରେ ଆଖି ବୁଲାଇ ଆଣୁଥିଲେ ନଗେନ୍ଦ୍ରବାବୁ। ମନ ଜମାରୁ ଲାଗୁ ନଥାଏ କାଗଜ ପଢାରେ। ବାରମ୍ବାର ଧ୍ୟାନ ଭଙ୍ଗ ହେଲା ପରି ଏଣେ ତେଣେ ମୁହଁ ଉଠାଇ ଚାହୁଁଥାନ୍ତି। ପୁଣି ବୃଥା ମନୋନିବେଶ କରୁଥାନ୍ତି ପଢାରେ। ଚଳଚଞ୍ଚଳ ଚିତ୍ତ। ଧୈର୍ଯ୍ୟର ସହିତ ଗୋଟିଏ ଜାଗାରେ ବସିବା ପାଇଁ ଆଉ ଆଗ୍ରହ ନ ଥାଏ। ଅସ୍ଥିର ଭାବରେ ବସିଥିବା ଚେୟାରରେ ଥରକୁ ଥର ଆଗପଛ ହେଉଥାନ୍ତି। ଯେମିତି କେଉଁ ଏକ ଅଣାୟତ୍ତ ଉଦ୍‌ବେଗ ତାଙ୍କୁ ଛଟପଟ କରି ଚାଲିଛି। ଗୋଟାଏ ଜାଗାରେ ଆଦୌ ସ୍ଥିର କରି ବସାଇ ଦେଉନାହିଁ।

ଥିଲେ ଥିଲେ ହଠାତ୍ ଉଠି ପଡିଲେ ନିଜ ଚେୟାରରୁ। ବାହାର ପିଣ୍ଡାରେ ଆଉଜା ହୋଇଥିବା ସାଇକେଲ୍ ଖଣ୍ଡକୁ କାଢି ଯିବାକୁ ବାହାରି ପଡିଲେ। 'ପୁଣି କୁଆଡେ ଏବେ ଯିବାକୁ ବାହାରିଲଣି ? ଗୋଟାଏ ଜାଗାରେ ବସି କ'ଣ ପଢାପଢି କରୁନ !' ପଛରୁ ପାଟି ଶୁଭାଗଲା ସୁଲକ୍ଷଣା ଦେବୀଙ୍କର। ଦାଣ୍ଡ ପିଣ୍ଡା ଯାଏଁ ମାଡି ଆସି ଛିଡା ହୋଇଥିଲେ

ଦୁଆର ମୁହଁରେ। କେମିତି ଗୋଟେ ଆଶ୍ଚର୍ଯ୍ୟ ଭାବେ ଖେଳି ବୁଲୁଥିଲା ତାଙ୍କ ମୁଖମଣ୍ଡଳରେ। ସେୟାଡକୁ ଆଉ ନିଘା ନଥିଲା ନଗେନ୍ଦ୍ର ବାବୁଙ୍କର। 'ଏଇ ଟିକିଏ ଆସୁଛି।' କହି ସାଇକେଲଟା ଧରି ଗେଟ୍ ବାହାରକୁ ଚାଲି ଆସିଥିଲେ।

ଏଇ କିଛି ଦିନ ହେଲା ଏପରି ବ୍ୟତିକ୍ରମକୁ ଲକ୍ଷ୍ୟ କରୁଥିଲେ ସୁଲକ୍ଷଣା ଦେବୀ। ଘଣ୍ଟାରେ ଦଶଟା ବାଜିଯିବା ମାତ୍ରେ ଯୋଉଠି ଥିବେ, ବାହାରକୁ ଯିବାକୁ ଅଥୟ ହୋଇପଡିବେ। କାହାକୁ କିଛି ନ କହି ଉଠି ପଡିବେ ଯିବାକୁ। ପଚାରିଲେ, 'ଏଇ ଟିକିଏ ଆସୁଛି' ବୋଲି ଖାଲି ଯାହା ଉତ୍ତର ଶୁଣିବାକୁ ମିଳିବ। ଆରେ କୁଆଡେ ଆସୁଛ, କୁଆଡେ ଯାଉଛ, କିଛି ଜଣାଇବାର ନାହିଁ। ଖାଲି 'ଟିକିଏ ଆସୁଛି...' କହିଦେଇ କୁଆଡେ ଗାଏବ! ଏଇ କଥାଟା ବିସ୍ମିତ କରିଥାଏ ତାଙ୍କୁ। ଆଦୌ ବୁଝିପାରନ୍ତି ନାହିଁ ନିଜ ସ୍ୱାମୀଙ୍କର ଏହି ଖିଆଲି ଆଚରଣକୁ।

ଦୁଇ ମାସ ହୋଇଯିବଣି ଚାକିରିରୁ ଅବସର ନେଇଛନ୍ତି ନଗେନ୍ଦ୍ର ବାବୁ। ଏହି ଦୁଇମାସ ଯେପରି ପାଲଟିଯାଇଛି ତାଙ୍କ ପାଇଁ ଦୁଇ ଯୁଗ। ଏକ ପ୍ରଲମ୍ବିତ ସମୟର ଅଭିସାର। ଖାଲିଟାରେ ବସି ବସି ସମୟ କାଟିବା ମୁସ୍କିଲ ହୋଇପଡିଛି। ଏଣେ ଘରେ ବସି ରହିଲେ ବୋରିଂ ହେବା ହିଁ ସାର। କୁଆଡେ କ'ଣ ଚିନ୍ତା ସବୁ ଆସି ମୁଣ୍ଡରେ ଢୁକିବ। ତା ଛଡା ବାହାରକୁ ଯିବାର କୌଣସି ସ୍କୋପ୍ ନାହିଁ। ଯଦି ଦୈବାତ୍ ବାହାରକୁ କୁଆଡେ ଗୋଡ କାଢିଲେ ସିଆଡେ ପତ୍ନୀଙ୍କର ଉପଦେଶ, 'ତମେ ତ ରିଟାୟାର୍ଡ କଲଣି। ଘରେ ନ ବସି ଇଆଡେ ସିଆଡେ କାହିଁକି ହଉଛ? ମନ ଯଦି କୋଉଠି ଲାଗୁନାହିଁ ବାଡି ବଗିଚାରେ କାମ କରୁନାହଁ ଯାଇଁ କାହିଁକି? ନ ହେଲେ ଗୀତା ଭାଗବତରୁ ଅଧ୍ୟାୟେ ଲେଖାଏଁ ପଢ, ମନଟା ସ୍ଥିର ରହିବ।'

'ଛେନା ଗୁଡ ହେବ' କହି ମନେ ମନେ ବିରକ୍ତ ହୋଇ ଉଠନ୍ତି ନଗେନ୍ଦ୍ର ବାବୁ। ମୁହଁ ଖୋଲି କିଛି କହନ୍ତି ନାହିଁ ସତ ଅନୁଗତଙ୍କ ପରି ପତ୍ନୀଙ୍କ କଥାରେ ଚାଲିପାରନ୍ତି ନାହିଁ। ତାଙ୍କୁ ଲାଗେ କେବଳ ସେ ହିଁ ଏକା ଜାଣନ୍ତି ଅବସର ନେବାର ବୋଝକୁ। ଭାରାକ୍ରାନ୍ତ ସମୟ ଧିରେ ଧିରେ ଅତିବାହିତ ହେଉଥିବ ଆଉ ତମେ ସେଠି ନିରବ ଦର୍ଶକ ପରି ଚାହିଁ ରହିଥିବ। ନା ପାଖରେ ଥିବ ପରିଚୟ ନା ସମୟ ଅତିବାହିତ କରିବା ପାଇଁ କୌଣସି ଉପାୟ। ଘରେ ବସି ଖବରକାଗଜ ପଢି, ଟିଭି ଦେଖି ସମୟ କାଟିବା ଛଡା ଆଉ କିଛି ଚାରା ନଥାଏ। କେତେ ସେଗୁଡାକ ଦେଖୁଥିବ ପଢୁଥିବ। ଧୈର୍ଯ୍ୟଚ୍ୟୁତି ଘଟୁଥାଏ ତାଙ୍କର।

ମଝିରେ ପତ୍ନୀଙ୍କ କଥା ମାନି ବାଡିବଗିଚା କାମରେ ମନ ପୁରାଇଥିଲେ। ହାଟରୁ ବାଇଗଣ, ଭେଣ୍ଡି ମଞ୍ଜି ସବୁ ଆଣି କିଆରି କରି ପକାଇଥିଲେ। ଗଛଗୁଡା ଛୋଟ ହୋଇଥିବା ବେଳେ କି ପୋକଖିଆ ରୋଗ ଲାଗିଲା କେଜାଣି ସବୁଯାକ ପରିଶ୍ରମ ବୃଥାରେ ଗଲା। ସେଇଠୁ ବାଡିକାମରୁ ମନ ଛାଡିଗଲା ନରେନ୍ଦ୍ରବାବୁଙ୍କର। ପତ୍ନୀ କହୁଥିଲେ "ଆଉ ଥରେ କରି ଦେଖ। ଏଥରକୁ ପୋକମରା ଔଷଧ କ'ଣ ଆଣି ଦେଲେ ଭଲ ବଢିବ।" ସେଗୁଡା ଶୁଣିବାକୁ ଆଉ ଇଚ୍ଛା ନଥିଲା ତାଙ୍କର। କେମିତି କ'ଣ ପତ୍ନୀଙ୍କ ମନ ରଖିବାକୁ ବାଡି କାମରେ ହାତ ଦେଇଥିଲେ ସିନା ଆଉ ଶାରିରୀକ ପରିଶ୍ରମ କରିବାକୁ ଆଗ୍ରହ ନଥିଲା।

ଅବସର ପରେ ସବୁ ଯେମିତି ହୋଇଯାଇଥିଲା ସ୍ଥିର । ମନ, ଆଗ୍ରହ, ପ୍ରେରଣା ସବୁ କିଛିରେ ଭଟ୍ଟା ପଡିଯାଇଥିଲା । କୌଣସି ଗୋଟିଏ ବିଷୟ ପ୍ରତି ସାମାନ୍ୟ ସ୍ପୃହା ନଥିଲା । ସେଥିରୁ ରକ୍ଷା ପାଇବା ପାଇଁ ଆଉ ବା କିଛି ବାଟ ଅଛି ପାଖରେ ? ବେଳେ ବେଳେ ସଂପୂର୍ଣ୍ଣ ବିରସ ହୋଇପଡନ୍ତି ସେହି କଥାକୁ ଭାବି । ତାଙ୍କ ଅବଚେତନାରେ ଏକ ଅନାହତ ଦୁର୍ବାର ଆକର୍ଷଣ ପରି ସଂଗୁପ୍ତ ଇଚ୍ଛାଟିଏ ସଂଚରି ଆସେ । ତା'ର ତାଡନାରେ କାହାକୁ କିଛି ନ କହି ପ୍ରତିଦିନ ନିଜର ସାଇକେଲଟିଏ ଧରି ବାହାରି ପଡିଥାନ୍ତି ପଦାକୁ ।

କେତେବେଳେ ଆସି ପହଞ୍ଚିଯାଇଥାନ୍ତି ଜିଲ୍ଲା ଅଫିସ୍ ସମ୍ମୁଖରେ । ଏଇଟା ହେଉଛି ତାଙ୍କର ଅପ୍ରକାଶ୍ୟ ଗନ୍ତବ୍ୟସ୍ଥଳ । ଏଇ କିଛିଦିନ ହେଲା ନିୟମିତ ଏଠାକୁ ଆସୁଛନ୍ତି ଯଦିଓ ଦୁଇମାସ ହେଲାଣି ଚାକିରିରୁ ରିଟାୟାର୍ଡ ନେଇଛନ୍ତି । ଅଫିସ ସମୟ ହୋଇଯିବା ମାତ୍ରେ ଘରେ ଅଟକି ରହିବା ତାଙ୍କ ପକ୍ଷେ ଅସମ୍ଭବ ହୋଇପଡେ । ଦେହରେ ପ୍ୟାଣ୍ଟ ସାର୍ଟ ଗଳାଇ ବାହାରି ପଡନ୍ତି । କୌଣସି ଆକଟ ତାଙ୍କୁ ଅଟକାଇ ରଖିପାରେନା । ସେପଟୁ ପତ୍ନୀଙ୍କର ବାରଣ ହେଉ ବା ଆଉ କୌଣସି କଥା ତାଙ୍କ କାନରେ ପଶେନା । ଭୁଲିଯାଆନ୍ତି ଯେ ସେ ଜଣେ ଅବସରପ୍ରାପ୍ତ କର୍ମଚାରୀ ବୋଲି । ସରକାରୀ କାର୍ଯ୍ୟାଳୟରେ ତାଙ୍କର ଆଉ କୌଣସି ଭୂମିକା ନାହିଁ । ନାହିଁ ମଧ୍ୟ ପଦ ବା ପଦବୀ । ତଥାପି କିପରି ଏକ ଅନ୍ତରୀଣ ତାଡନାରେ ମୁହାଁଇ ଆସନ୍ତି ଅଫିସ୍ ଆଡକୁ ।

ଏହି ଅଫିସରେ ସାତବର୍ଷ କାଳ ବଡବାବୁ ପଦବୀରେ କାର୍ଯ୍ୟ କରି ଆସିଛନ୍ତି । ସେହି ଦୃଷ୍ଟିରୁ ଅଧିକାଂଶ କର୍ମଚାରୀଙ୍କ ସହ ଆତ୍ମୀୟ ସଂପର୍କ । ଅଫିସ୍‌ର କାନ୍ଥ, ଆଲମାରୀ ଠାରୁ ଆରମ୍ଭ କରି ଚେୟାର ଟେବୁଲ୍ ପର୍ଯ୍ୟନ୍ତ ସବୁ କିଛି ଚିହ୍ନା ପରିଚିତ । ସମସ୍ତେ ନିଜର ଲାଗନ୍ତି । ତାଙ୍କର ବେଶ୍ ମନେ ଅଛି ରିଟାୟାରମେଣ୍ଟ୍ ଦିନ ଯେଉଁ ବିଦାୟକାଳୀନ ସଭା ହୋଇଥିଲା ହାକିମ କହୁଥିଲେ, 'ଅଫିସ ଗୋଟିଏ ପରିବାର ହେଲେ ଆମେ ସବୁ ସେହି ପରିବାରର ସଦସ୍ୟ । ଆଜି ଆମ ପରିବାରର ଜଣେ ବୟସ ହେତୁ ଅବସର ନେଉଛନ୍ତି । ଅବସର ନେଲେ ବି ସେ ଆମ ପରିବାରର ସଦସ୍ୟ ହୋଇରହିବେ । କନିଷ୍ଠ ମାନଙ୍କୁ ମାଗଦର୍ଶନ ଦେବେ । ତାଙ୍କ ସୁଦୀର୍ଘ ଅଭିଜ୍ଞତାରୁ ଆମେ ସବୁ ଉପକୃତ ହେବା ଇତ୍ୟାଦି ।' ନୂଆ କରି ବଡବାବୁର ଦାୟିତ୍ୱ ନେଇଥିବା ରମେଶ ବାବୁ ମଧ୍ୟ ଭାବ ଗଦ୍‌ଗଦ୍ କଣ୍ଠରେ କହିପକାଇଥିଲେ, 'ମୁଁ ମୋର ବଡଭାଇ ନଗେନ୍ଦ୍ର ବାବୁଙ୍କୁ ଅନୁରୋଧ କରିବି ସେ ଅବସର ନେଇଥାନ୍ତୁ ପଛକେ ନିୟମିତ ଆମ ପାଖକୁ ଆସିକି କାର୍ଯ୍ୟରେ ସହାୟତା କରିବା ହେବେ । ଆମକୁ ଦିଗ୍‌ଦର୍ଶନ ଦେବେ ।' ଉପସ୍ଥିତ ସମସ୍ତ କର୍ମଚାରୀ ବୃନ୍ଦ କରତାଳି ଦେଇ ରମେଶ ବାବୁଙ୍କର ଏହି ପ୍ରସ୍ତାବକୁ ଅକୁଣ୍ଠ ସମର୍ଥନ ଜଣାଇଥିଲେ । ଖୁସିରେ ଛାତି ପୁରିଉଠିଥିଲା ନଗେନ୍ଦ୍ର ବାବୁଙ୍କର । ସେ ଏକ ରକମ ବିହ୍ୱଳିତ ହୋଇପଡିଥିଲେ ସେହି ବିଦାୟକାଳୀନ ସଭାରେ ।

ପ୍ରତ୍ୟୁତ୍ତରରେ ଭାବପ୍ରବଣ ହୋଇ କହିଥିଲେ 'ମୁଁ ତ ଏହି ଅଫିସ୍‌ର ଡୋରରେ ବନ୍ଧା । ଦୀର୍ଘ ପଇଁତିରିଶ ବର୍ଷ କାଳ ଚାକିରି ଜୀବନ ପରେ ଅବସର ନେଉଛି । ହେଲେ, ଆପଣମାନଙ୍କ ପାଖରୁ କେବେ ଅବସର ନେଇପାରିବି ନାହିଁ । ସହକର୍ମୀ ଭାବରେ ଆପଣମାନଙ୍କ ସ୍ନେହ ସଂପର୍କର ବନ୍ଧନରେ ମୁଁ ବାନ୍ଧି ହୋଇଯାଇଛି । ସେହି ବନ୍ଧନ ଭୁଲି ହେବାର ନୁହେଁ ।' ଏହା ପରେ

କର୍ମଚାରୀମାନଙ୍କ ତରଫରୁ ବଡବାବୁ ଏକ ସାଲ୍‌କୁ ତାଙ୍କ ବେକରେ ପକାଇଥିଲେ। ଦୁଇ ହାତରେ ଧରାଇ ଦେଇଥିଲେ ପୁଷ୍ପଗୁଚ୍ଛ। ସେହି ଉଚ୍ଛ୍ୱସିତ ବିଦାୟୀ ସମ୍ବର୍ଦ୍ଧନାକୁ ଆଜି ପର୍ଯ୍ୟନ୍ତ ମନେ ରଖିଛନ୍ତି ନଗେନ୍ଦ୍ର ବାବୁ। ଚାକିରିରୁ ବିଦାୟ ନେଇଯାଇଛନ୍ତି ସତ ହେଲେ ସେହି ବିଦାୟକାଳୀନ ସ୍ମୃତି ଏବେ ବି ତାଙ୍କ ଭିତରେ ଅକ୍ଷତ। ଭାବିଲେ ଆଖି ଛଳ ଛଳ ହୋଇ ଉଠେ।

ପିଛିଲା ଅତୀତର ଏହି ସ୍ମୃତିକୁ ରୋମନ୍ଥନ କରିଚାଲିଥିଲେ ସେ। କାଲି ପରି ଲାଗୁଥିଲା ଏହି ସବୁ ଘଟଣା ଗୁଡିକ। କାଲି ପର୍ଯ୍ୟନ୍ତ ଅଫିସ୍‌ର ବଡବାବୁ ହୋଇଥିଲେ। ଦଶଟା ବାଜିଲାକ୍ଷଣି ତାଙ୍କୁ ତାଙ୍କ ଚେୟାରରେ ଦେଖିବାକୁ ମିଳିଥାଏ। ସେହି ଦୃଷ୍ଟିରୁ ସେ ଥିଲେ ଭାରି ସମୟାନୁବର୍ତ୍ତୀ। ଅଫିସରେ ବଡବାବୁଙ୍କର ଦାୟିତ୍ୱ କ'ଣ ବୁଝିଥିଲେ। ସେହି ପଦବୀର ଗୁରୁତ୍ୱ ଅନୁସାରେ ନିଜର ଦାୟିତ୍ୱ ନିର୍ବାହ କରୁଥିଲେ। ସାତବର୍ଷ କାଳ ଗୋଟିଏ ପଦବୀରେ ରହି କାମ କରିବା ଭିତରେ ସେହି ଚଉକିଟି ତାଙ୍କର ଅତ୍ୟନ୍ତ ଆପଣାର ପାଲଟିଯାଇଥିଲା। ଯାହାକୁ ସବୁଦିନ ଝାଡୁଦାର ଦିନା କପଡାରେ ପୋଛି ସଫା କରୁଥିଲା। ଟାୱେଲ୍‌ଟାକୁ ଝାଡି ପରସ୍ତ କରି ପକାଇ ଦେଉଥିଲା ଉପରେ। ସାମ୍‌ନା ଟେବୁଲ ଉପରେ ପଡିଥିବା କାଚ ଉପରେ କପଡା ବୁଲାଇ ପୋଛି ପରିଷ୍କାର କରୁଥିଲା। ବଡବାବୁଙ୍କର ସିଟ୍ ଯେତେବେଳେ ଡର ରହିବନି ବା କାହିଁକି ? ସିଟ୍‌ରେ ନ ବସୁଣୁ ଦୁଆର ମୁହଁରୁ ଦଣ୍ଡବତ ପକାଉଥିଲା। ଖୋଦ୍ ବଡବାବୁ ଯେତେବେଳେ ବିଜେ କରୁଛନ୍ତି ସରକାରୀ କାଇଦାରେ ସସମ୍ମାନେ ଅଭ୍ୟର୍ଥନା ଜଣାଇବାକୁ ହେଳା କରୁନଥିଲା।

ଯେଉଁ ଦିନ ବରିଷ୍ଠ କିରାଣିରୁ ବଡବାବୁ ପଦକୁ ପଦୋନ୍ନତି ମିଳିଥିଲା ସେଦିନ ତାଙ୍କ ପାଇଁ ଥିଲା ଏକ ବିଶେଷ ଖୁସିର ଦିନ। ଆନନ୍ଦର ମୁହୂର୍ତ୍ତ। ସେହି ମୁହୂର୍ତ୍ତ ତାଙ୍କ ପାଇଁ ପାଲଟିଯାଇଥିଲା ଏକ ସ୍ମରଣୀୟ ଦିବସ ରୂପରେ। ଅଫିସ୍‌ରେ ଚଉକି ବଦଳିଥିଲା। କିରାଣି ଚେୟାର ବଦଳରେ ତାଙ୍କୁ ମିଳିଥିଲା ବଡବାବୁଙ୍କର ଚଉକି। ନୂଆ ପୁଲକ, ନୂଆ ଉତ୍ସାହ, ନୂଆ ଉଦ୍ଦୀପନାରେ ଆରମ୍ଭ କରିଥିଲେ ନୂତନ କାର୍ଯ୍ୟଭାର। ଜିଲ୍ଲା ଅଫିସ୍‌ର ବଡବାବୁ। ଖୁସିରେ ସ୍ତ୍ରୀ ସୁଲକ୍ଷଣାକୁ ଯାଇ କହିଥିଲେ, 'ବୁଝିଲ, ତମେ ଆଉ କିରାଣି ଦାସବାବୁଙ୍କର ସ୍ତ୍ରୀ ନୁହଁ, ଆଜି ଠାରୁ ବଡବାବୁଙ୍କର ସହଧର୍ମିଣୀ।' ପରିପୂର୍ଣ୍ଣତାର ଉତ୍ତୁଙ୍ଗ ଜୁଆର ସବୁ ପିଟି ହେଉଥିଲା ତାଙ୍କ ଛାତିରେ।'

ସାତ ବର୍ଷ ତଳର କଥା ସବୁ ମନେ ପଡିଯାଉଥିଲା ଚଳଚ୍ଚିତ୍ରର ଗୋଟା ଗୋଟା ଦୃଶ୍ୟ ପରି। ଯୋଉ ଦିନ ନୂଆ କରି ବଡବାବୁ ହୋଇଥିଲେ ଜଣ ଜଣ କରି ସହକର୍ମୀମାନେ ଆସି ହାତ ମିଳାଇ ଅଭିନନ୍ଦନ ଜଣାଇଥିଲେ। ଏବେ ଯେଉଁ ରମେଶ ବାବୁ ବଡବାବୁ ସିଟ୍‌ରେ ବସିଛନ୍ତି, ସେତେବେଳେ ସିଏ ହିଁ ତାଙ୍କୁ ସମସ୍ତଙ୍କ ତରଫରୁ ପୁଷ୍ପଗୁଚ୍ଛ ଦେଇ ସ୍ୱାଗତ ଜଣାଇଥିଲେ ପ୍ରଥମ ଦିନ। ସ୍ୱପ୍ନ ପରି ଲାଗୁଥିଲା କାଲିର ସେଦିନ। କେତେବର୍ଷର କିରାଣି ଜୀବନ କାଟିଲା ପରେ ସେହି ସୌଭାଗ୍ୟ ଯାଇଁ ଜୁଟିଥିଲା। ଯେଉଁଠି ପହଞ୍ଚିବାକୁ ତାଙ୍କୁ ଅତିକ୍ରମ କରିବାକୁ ପଡିଥିଲା ଦୀର୍ଘବର୍ଷର ପଥ। କନିଷ୍ଠ କିରାଣିରୁ ବରିଷ୍ଠ କିରାଣି ପୁଣି ଶେଷରେ ବରିଷ୍ଠ କିରାଣିରୁ ବଡବାବୁ। ଚାକିରିର ଉପର ତା' ଉପର ସୋପାନ ଡେଇଁ ପରିଶେଷରେ ଅବସରର।

ସବୁଥର ସାଇକେଲ୍‌ଟିକୁ ଷ୍ଟାଣ୍ଡରେ ରଖି କ୍ଷିପ୍ରଗତିରେ ମାଡିଯାଆନ୍ତି ଅଫିସ୍ ଆଡକୁ। ସେହି

ନିୟମିତ ସମୟ। ହାତଘଣ୍ଟାର କଣ୍ଟା ପୂର୍ବାହ୍ନ ଦଶଟା ଅତିକ୍ରମ କରିଥିବ। ଠିକ୍ ଅଫିସ ଦୁଆର ମୁହଁରେ ପହଞ୍ଚିଲେ ତାଙ୍କ ଦୁଇପାଦ ଅଟକିଯାଏ। ସେ ପର୍ଯ୍ୟନ୍ତ ତାଙ୍କ ଭିତରେ ଭରି ରହିଥାଏ ଉତ୍ସାହ। ସେହି ଅଫିସ ଦୁଆର ମୁହଁରୁ ଦଣ୍ଡେ ଛିଡା ହୋଇ ନିରିଖେଇ ଚାହାଁନ୍ତି ଭିତରକୁ। ସେଇଠୁ ସତର୍କ ପାଦରେ ବଡବାବୁଙ୍କ ପ୍ରକୋଷ୍ଠ ଆଡକୁ ମୁହାଁଇଯାଆନ୍ତି। ପାଦ ଅଟକିଯାଏ ବାଟ ମୁହଁରେ। ଆବେଗଭରା ଚାହାଣିରେ ବଡବାବୁଙ୍କ ଚଉକି ଆଡକୁ ଚାହାଁନ୍ତି। କିଛି ସେକେଣ୍ଡ୍ ପାଇଁ ଚଉକି ଦର୍ଶନ। ତା ପରେ ଲେଉଟିଯାଆନ୍ତି ନିଜ ବାଟରେ। ଆଗରୁ ସିଟ୍‌ଟା ପୂରଣ ହୋଇସାରିଥାଏ ବର୍ତ୍ତମାନର ବଡବାବୁ ଅର୍ଥାତ୍ ରମେଶ ବାବୁଙ୍କ ଦ୍ୱାରା। ସିଏ ତାଙ୍କର କାମ କରିବାରେ ବ୍ୟସ୍ତ ଥାଆନ୍ତି। ନିଘା ନଥାଏ କେତେବେଳେ ନଗେନ୍ଦ୍ର ବାବୁ ଆସି ଦୁଆର ମୁଣ୍ଡରୁ ଚାଲିଯାଇଥାନ୍ତି।

ରିଟାୟାରମେଣ୍ଟ ପର ଠାରୁ ତାଙ୍କ ଭିତରେ ଏହି ବିଚିତ୍ର ଆଚରଣ ଦେଖିବାକୁ ମିଳୁଥିଲା। ବାକି ସମୟରେ ପୂରା ଠିକ୍‌ଠାକ୍ ଲାଗୁଥିବା ଲୋକଟିର ଭିତରେ କ'ଣ ବିଗିଡିଯାଏ କେଜାଣି ଏକ ନିର୍ଦ୍ଦିଷ୍ଟ ସମୟରେ ଏହିଭଳି ବ୍ୟବହାର କରେ। ସବୁକିଛି ଅବୁଝା ଜଣାପଡେ। ବ୍ୟତିକ୍ରମ ଲାଗେ। ପତ୍ନୀ ସୁଲକ୍ଷଣାକୁ ତ ସଂପୂର୍ଣ୍ଣ ଖାପଛଡା ଲାଗେ ଏହିପରି ଆଚରଣ। କିଛି କ'ଣ ନ କହି କୁଆଡେ ବାହାରିଯାଆନ୍ତି ସେଇଟା ତାଙ୍କୁ ବେଶୀ ଆଶ୍ଚର୍ଯ୍ୟ କରିଥାଏ। ଜାଣିପାରନ୍ତି ନାହିଁ କ'ଣ ତାଙ୍କ ଲକ୍ଷ୍ୟ, କ'ଣ ତାଙ୍କ ଉଦ୍ଦେଶ୍ୟ। ଏପଟେ ନଗେନ୍ଦ୍ର ବାବୁ ଯାଇ ଯାଇ ଆସି ପହଞ୍ଚନ୍ତି ତ ତାଙ୍କର ପୁରୁଣା ଅଫିସ୍ ଆଗରେ। କାହା ସହିତ କଥା ନାହିଁ ବାର୍ତ୍ତା ନାହିଁ ବଡବାବୁଙ୍କ ରୁମ୍ ପାଖରୁ ଚଉକି ଖଣ୍ଡକକୁ ଚାହିଁ ଫେରିଆସନ୍ତି। ସେତିକିରେ କିନ୍ତୁ ପେଟ ପୂରି ନଥାଏ ତାଙ୍କର। ମନର ତୃଷ୍ଣା ଥାଏ ଅଲଗା କିଛି। ଚଉକିରେ ଆଉ ଥରେ ଯାଇ ଟିକେ ବସିବା। 'ହେଉ ପଛେ ରିଟାୟାରମେଣ୍ଟ୍, ତା ବୋଲି.......।' ସବୁଥର ନିଜ ଲକ୍ଷ୍ୟରୁ ବିଫଳ ହୋଇ ଫେରିଥାନ୍ତି। କାଳେ କିଏ ଦେଖି ପକାଇବ ସେହି ଭୟଟି ଥାଏ।

କିଛି ଦିନ ହେଲା ଏଇ ଭୋକଟି କଅଁଳି ଥିଲା ତାଙ୍କ ପେଟରେ। କେମିତି ଟିକେ ବଡବାବୁଙ୍କ ଚଉକିରେ ଆଉଥରେ ଯାଇଁ ବସନ୍ତେ। ସାତବର୍ଷ କାଳ ବସିଥିଲେ ସେହି ସିଟ୍‌ରେ। ଏତେ ଶୀଘ୍ର ଭୁଲି ପାରୁନଥିଲେ ତାର ସମ୍ମୋହନ। ରିଟାୟାରମେଣ୍ଟ୍ ପରେ ବି ଭିତରେ ଭିତରେ ଆଉଟୁପାଉଟୁ ହୋଇଚାଲିଥିଲେ। କି ଅଦ୍‌ଭୁତ ଏ ଖିଆଲ। ଲୋକଟା ରିଟାୟାର୍ଡ ହୋଇସାରିଛି। ଚାକିରି ଆଉ ନାହିଁ। ତଥାପି ମନ ଭିତରେ ଝୁଙ୍କ୍ ପୁରୁଣା ସିଟ୍‌ରେ ଯାଇ ବସିବା ପାଇଁ। ନିଜର ଏହି ନିଭୃତ୍ତ ଇଚ୍ଛାକୁ କାହା ଆଗରେ ବା ପ୍ରକାଶ କରାଯାଇପାରେ ?

ଅଫିସ୍‌ର ପୁରୁଣା ସହକର୍ମୀ ସବୁ ଜାଣିଲେ ଠୋ' ଠୋ' ହୋଇ ହସିବେ। କହିବେ, ଦାସବାବୁଙ୍କର ଆଉ ଥରେ ଚାକିରି କରିବାକୁ ମନ ହେଲାଣି ନା କ'ଣ? ନ ହେଲେ, କହିବେ, ଏତେ ବର୍ଷ ବଡବାବୁ ରହିଲେ ତଥାପି ମନ ପୂରିଲା ନାହିଁ, ପୁଣି ଥରେ ବଡବାବୁ ହେବାକୁ ମନ! ସୁଲକ୍ଷଣା ଯଦି ଜାଣିବ ସିଧା କହିପକାଇବ, 'ତମ ମୁଣ୍ଡ ବିଗିଡି ଗଲାଣି ନା କଣ? ରିଟାୟାର୍ କଲାଣି ଆସି ଦୁଇମାସ ହୋଇଯିବଣି ସେ କଥା ଭୁଲିଯାଇଛ ନା କ'ଣ? ଅଗତ୍ୟା ମନର ଭୋକକୁ ମନ ଭିତରେ ରଖି ସୁଯୋଗ ଅପେକ୍ଷାରେ ଥାଆନ୍ତି ନଗେନ୍ଦ୍ର ବାବୁ।'

ସେଦିନ ଟିକେ ସହଳ ଆସି ଅଫିସ୍ ଆଗରେ ପହଞ୍ଚି ଯାଇଥିଲେ ନଗେନ୍ଦ୍ର ବାବୁ। ଦଶଟା ବାଜି ନଥିବାରୁ କୌଣସି କର୍ମଚାରୀ ସେପର୍ଯ୍ୟନ୍ତ ଆସି ନଥାନ୍ତି। ଏଇଟା ଥିଲା ଯେପରି ତାଙ୍କ ପାଇଁ ସୁବର୍ଣ୍ଣ ସୁଯୋଗ। କେହି କୁଆଡେ ନାହାଁନ୍ତି, ଏତିକି ବେଳେ ମନ ତଳର ଇଚ୍ଛାକୁ ଚରିତାର୍ଥ କରାଯାଇପାରେ। ଏହି ସୁଯୋଗରେ ସେ ସିଧା ପଶିଗଲେ ବଡବାବୁଙ୍କ ପ୍ରକୋଷ୍ଠକୁ। ଚଉକିଟି ଖାଲି ପଡିଥାଏ। ସମୟ ହୋଇନଥିବାରୁ ରମେଶ ବାବୁଙ୍କର ଦେଖାନଥାଏ। ହୁଏତ ଆଉ କିଛି ସମୟ ମଧ୍ୟରେ ଆସି ପହଞ୍ଚିଯିବେ। ଏତିକି ବେଳେ ଖାଲିପଡିଥିବା ଚଉକି ଉପରେ ଟିକେ ବସିଗଲେ କ୍ଷତି କଣ ? ଭିତରର ଲାଳସାକୁ ପୂର୍ଣ୍ଣ କରିବାକୁ ବ୍ୟଗ୍ର ହୋଇଉଠିଲେ ସେ। ବଡବାବୁଙ୍କ ଶୂନ୍ୟ ଚଉକି ପାଖରେ ଛିଡା ହୋଇ ବସିବା ନିମନ୍ତେ ଯାଆନ୍ତି ତ ପଛରୁ ପାଟି ଶୁଭିଲା, 'ଦାସ ବାବୁ ଆଜ୍ଞା, ଆପଣ କେତେବେଳେ ଆସିଲେ ! ରିଟାୟାର୍ଡ କଲା ପରଠାରୁ ଆପଣଙ୍କୁ ଜମା ଦେଖିନଥିଲି। ଭଲରେ ଅଛନ୍ତି ତ !"

ପଛକୁ ଚାହିଁଲା ବେଳକୁ ମୁହଁରେ ପ୍ରଶ୍ନିଳ ହସ ମିଶାଇ ଚାହିଁ ରହିଥିଲା ଝାଡୁଦାର ଦିନା। ନଗେନ୍ଦ୍ର ବାବୁଙ୍କ ଦୁଇପାଦ ସ୍ଥିର ହୋଇଗଲା ସେଇଠି। ଦିନା ମୁହଁକୁ ଚାହିଁ କୁନ୍ଥାଇ ହସି କହିଲେ, 'ନା ଏମିତି ଟିକେ ଚାଲିଆସିଥିଲି।' ବଡବାବୁଙ୍କ ଚଉକିଟି ଗୋଟିଏ ଶୂନ୍ୟସ୍ଥାନ ପାଲଟି ଛିଡା ହୋଇଥିଲା ସମ୍ମୁଖରେ। ତାଙ୍କ ଦେହରୁ ବାରି ହୋଇପଡୁଥିଲା ରିଟାୟାରମେଣ୍ଟ ଚାକିରିଆର ଗନ୍ଧ।

■

ଦୋ'ଛକି

ଆଶୁତୋଷ ଅଫିସ୍‌କୁ ଚାଲିଗଲେଣି କେତେବେଳୁ। ଦାଣ୍ଡ କବାଟ ସେମିତି ଦରମୁକୁଳା ହୋଇ ପଡିଥାଏ। ଅନ୍ୟ ଦିନ ହୋଇଥିଲେ ସ୍ୱାଭାବିକ ଭାବରେ ପ୍ରିୟମ୍ବଦା ଦୁଆର ମୁହଁ ଯାଏଁ ଆସିଥାନ୍ତି। ସେଇଠୁ ହେଲ୍‌ମେଟ୍ ଖଣ୍ଡିକ ବଢାଇ ଦେଇଥାନ୍ତି ସ୍ୱାମୀଙ୍କ ହାତକୁ। ହାତ ହଲାଇ ବିଦାୟ ଜଣାଇ ପୁଣି ଲେଉଟିଥାନ୍ତି ଘର ଭିତରକୁ। ସେଦିନ କାହିଁ ସବୁ ବ୍ୟତିକ୍ରମ ଲାଗୁଥିଲା। ଢେର ସମୟକାଳ ଶୋଇବା ଘର ଖଟ ଉପରେ ଚୁପ୍‌ଚାପ୍ ବସି ରହିଥିଲା ପ୍ରିୟମ୍ବଦା। ଚିନ୍ତାମଗ୍ନ କପାଳ। ଲାଗୁଥିଲା ଯେପରି କୌଣସି ଗଭୀର ସମସ୍ୟାର ଭଉଁରି ଭିତରେ ଆଉଟୁ ପାଉଟୁ ହୋଇ ଚାଲିଛି। ନିଶ୍ଚଳ ହୋଇ ବସିରହିଥିଲେ ସୁଦ୍ଧା ଆଦୌ ସ୍ଥିର ହୋଇପାରୁନଥିଲା ମନରେ। ସଂପୂର୍ଣ୍ଣ ବିଚଳିତ ହୋଇପଡିଥିବା ତା'ର ମୁଖମଣ୍ଡଳ ସୂଚାଉଥିଲା ଏକ ଦୋ' ଦୋ'ପାଞ୍ଚ ସ୍ଥିତିକୁ।

ବ୍ୟାକୁଳିତ ନୟନରେ ଚାହିଁ ରହିଥିଲା ଟିକି ଝିଅ ତନିମା ଆଡକୁ। ଝିଅ ଶୋଇଥିଲା ଖଟ ଉପରେ। ଏଇ କିଛି ସମୟ ହେଲା ତାକୁ ଫିଜିଓଥେରାପି କରାଇ ନେଇକି ଆସିଛି।

ଏକ୍ସରସାଇଜ୍‌ର୍ ଥକ୍କାରେ ଘରେ ଆସି ଶୋଇପଡିଛି। ଏଇଟା ତା’ର ସବୁଦିନର ରୁଟିନ୍। ସକାଳୁ ଘଣ୍ଟାଏ ଫିଜିଓଥେରାପି ଏକ୍ସରସାଇଜ୍ କରିବାକୁ ଯିବ। ସେଠୁ ଫେରିଲେ ସଂଧ୍ୟା ବେଳେ ନିଜେ ସେହି ଏକ୍ସରସାଇଜ୍‌କୁ ଘରେ କରାଇଥାଏ। ସବୁ ଯାବତୀୟ କାମ ମଧ୍ୟରେ ଝିଅର ଏହି କାର୍ଯ୍ୟକୁ ପ୍ରାଥମିକତା ଦବାକୁ ପଡିଥାଏ। ନହେଲେ ଅନ୍ୟଥା ନାହିଁ। ଡାକ୍ତରଙ୍କ ନିର୍ଦ୍ଦେଶ, ନିୟମିତ ଏକ୍ସର୍‌ସାଇଜ୍ ଦ୍ୱାରା କିଛି ଲାଭ ହୋଇପାରିବ। ଏହାଛଡା ଅନ୍ୟ କୌଣସି ପନ୍ଥା ନାହିଁ। ସେଥିପାଇଁ ଘରର ରୋଷେଇବାସ କାମ ଠାରୁ ଆରମ୍ଭ କରି ଆଶୁତୋଷଙ୍କ ଭଲ ମନ୍ଦ ବୁଝିବା କାମଟା ଅନେକ ସମୟରେ ଅବହେଳା କରିପକାଏ। ସକାଳୁ ସଂଜ ଏଇ ଝିଅଟା ପିଛା ସମୟ ଦେବାକୁ ହୋଇଥାଏ।

ତନିମା ଜନ୍ମଟି ବେଳୁ ମସ୍ତିଷ୍କ ପକ୍ଷାଘାତ ରୋଗରେ ପୀଡିତ। ଏକଥା ଜାଣିସାରିଲା ପରେ ଉଭୟ ଆଶୁତୋଷ ଓ ପ୍ରିୟମ୍ବଦାଙ୍କ ପାଦତଳୁ ସ୍ୱପ୍ନର ପୃଥିବୀ ଧସିପଡିଥିଲା। ପ୍ରଥମ ସନ୍ତାନ ତାହା ପୁଣି ଭାଗ୍ୟର ବିଡମ୍ବନାରୁ ଏପରି ଅସ୍ୱାଭାବିକତା ନେଇ ଜନ୍ମଲାଭ କରିବ ସେକଥା ସେମାନଙ୍କ କଳ୍ପନାରେ ସୁଦ୍ଧା ନଥିଲା। ଅକାତକାତ ପାଣିରେ ଭାସିଯାଇଥିଲା ସଞ୍ଚିତ କୋମଳ ଆଶା। ମାତୃତ୍ୱର ସବୁତକ ତରଳ ଅଭିପ୍ସା। ତନିମା ଗର୍ଭରେ ଥିଲାବେଳେ କେତେ ସ୍ୱପ୍ନ ନ ଦେଖିଥିଲେ ଦୁହେଁ ଯାକ। ସେମାନଙ୍କ ନବ ବୈବାହିକ ଜୀବନକୁ ପୂର୍ଣ୍ଣ କରିବାକୁ ଆସିବାର ଥିଲା ମହାର୍ଘ ଅତିଥି। ଉଭୟ ମସ୍‌ଗୁଲ୍ ଥିଲେ ସେହି ଆସନ୍ନ ଖୁସିରେ। ବିଭୋର ଥିଲେ ସେମାନଙ୍କ ଭବିଷ୍ୟତର ସମ୍ଭାବ୍ୟ ସୃଷ୍ଟିକୁ ନେଇ। ଏମିତିକି ସେହି ଆକାଂକ୍ଷିତ ପିତୃତ୍ୱର ଖୁସିରେ ପାଦତଳେ ଲାଗୁନଥିଲା ଆଶୁତୋଷଙ୍କର। ଅଧିକରୁ ଅଧିକ ଆବେଗପ୍ରବଣ ହୋଇପଡୁଥିଲେ ସିଏ। କହୁଥିଲେ, ଯିଏ ଆସିବ ଆମ ପ୍ରେମର ପ୍ରତୀକ ହୋଇ, ଏ ସଂସାରରେ ସିଏ ହେବ ଆମର ସବୁଠାରୁ ପ୍ରିୟତମ, ସବୁଠାରୁ ଅନ୍ତରଙ୍ଗ। ପୁତ୍ର ହେଉ କି କନ୍ୟା, ହେବ ଈଶ୍ୱରଙ୍କ ଆମ ପ୍ରତି ଦୁର୍ଲଭ ବରଦାନ।

ସେଇ ଆଶୁତୋଷ ଏପରି ବଦଳି ଯିବେ ବୋଲି ସେ କେବେ ସ୍ୱପ୍ନରେ ସୁଦ୍ଧା ଭାବି ନଥିଲା। ତନିମା ପେଟରେ ଥିଲାବେଳେ କେତେ ଯତ୍ନଶୀଳ ନ ଥିଲେ ସେ ! ସବୁବେଳେ ଟିକିନିଖି କଥା ବୁଝିବାକୁ ଆଗଭର ହୋଇପଡୁଥିଲେ। ଜଣେ ଦାୟିତବାନ୍ ପତି ରୂପରେ ପତ୍ନୀର ସବୁତକ କଥା ବୁଝିବାକୁ ନା କେବେ ହେଳା କରୁଥିଲେ ନା କାର୍ପଣ୍ୟ। କେତେ ଖୁସି ହୋଇ ନଥିଲେ ସେହିଦିନ ଯେଉଁଦିନ ତନିମା ଜନ୍ମ ହୋଇଥିଲା। ପିତା ହେବାର ଗୌରବରେ ଆତ୍ମହରା ହୋଇଯାଇଥିଲେ ଗୋଟାପଣ। ସତେ ଯେପରି ପୃଥିବୀର ସେ ହିଁ ଏକମାତ୍ର ବ୍ୟକ୍ତି ଛୁଇଁଯାଇଛନ୍ତି ପ୍ରାପ୍ତିର ଚରମ ସୀମାକୁ। ଲହର ଲହର ଖୁସିର ଢେଉରେ ଅତିକ୍ରମ କରିଯାଇଛନ୍ତି ସଂସାରର ପାରାବର।

ଯେତେବେଳେ ଜଣାପଡିଲା ଜନ୍ମିତ ଝିଅଟି ମସ୍ତିଷ୍କ ପକ୍ଷାଘାତରେ ଆକ୍ରାନ୍ତ ବୋଲି, ପାଣି ଫୋଟକା ପରି କୁଆଡେ ମିଳାଇ ଯାଇଥିଲା ତାଙ୍କର ସବୁତକ ସ୍ଫୁର୍ତ୍ତି ଓ ଆନନ୍ଦ। ଧିରେ ଧିରେ ଖୁବ୍ ପରିବର୍ତ୍ତିତ ହୋଇ ଯାଇଥିଲେ ଆଶୁତୋଷ। କଥାବାର୍ତ୍ତା, ବ୍ୟବହାର ସବୁଥିରେ ଅଲଗା ପଣ। ଝିଅ ପ୍ରତି ପୂର୍ବର ଭଲପାଇବା ମନୋବୃତ୍ତି କୁଆଡେ ଅପସରିଯାଇଥିଲା। ତା ବଦଳରେ ହୋଇଯାଇଥିଲେ ପୂରାପୂରି ନିରୁତ୍ସାହିତ। ପୂରାପୂରି ବୀତସ୍ପୃହ।

ଝିଅ ଯେତିକି ଯେତିକି ବଡ ହେଉଥିଲା ତାଙ୍କ ଭିତରର ଅନାଗ୍ରହ ସେତିକି ସେତିକି ବଢି ଚାଲିଥିଲା। ତନିମାକୁ ଚାରିବର୍ଷ ଚାଲିଲାଣି। ଏହା ଭିତରେ ଅନେକ ଦ୍ୱନ୍ଦ ଓ ଅଶାନ୍ତି ମଧ୍ୟରେ ବିତିଚାଲିଛି ସେମାନଙ୍କ ପାରିବାରିକ ଜୀବନ। ସ୍ୱାମୀ ସ୍ତ୍ରୀର ସମ୍ପର୍କ। ଫାଟ ପଡିଯାଇଛି ସେହି ଅନ୍ତରଙ୍ଗ ସଂପର୍କର ପାଚେରି ଉପରେ। କଥା କଥାକେ ଚିଡ଼୍ ଚିଡ଼୍ ହେଉଛନ୍ତି ଆଶୁତୋଷ। ସବୁ ରାଗ ଝିଅକୁ ନେଇ। ଯାହାର କୌଣସି ମଧ୍ୟ ପରିବର୍ତ୍ତନ ହେଉ ନଥିଲା। କେବଳ ଶରୀରରେ ବୃଦ୍ଧି ଘଟିଚାଲିଥିଲା। ଅନ୍ୟଥା ମାନସିକ ବିକାଶରେ ସାମାନ୍ୟ ସୁଦ୍ଧା ଉନ୍ନତି ଘଟୁନଥିଲା। ପଙ୍ଗୁ ପରି ଆଶ୍ରୟ ନେଉଥିଲା ମା' କୋଳରେ। ଯାହା କରିବ ତା'ର ମା'। ଖୁଆଇଦେବ, ଶୁଆଇଦେବ ଆଉ ବାକି ଦିନ ରାତି ତା' ପିଛାରେ ଲାଗିପଡିଥିବ। ପୋଷାକ ପିନ୍ଧା, ବଦଳା, ପରିଷ୍କାର ପରିଚ୍ଛନ୍ନ କରି ଶୁଖା, ଗାଧେଇଦବା ଠାରୁ ଆରମ୍ଭ କରି ଟିକିନିଖି ଯତ୍ନ ସବୁକଥା ବୁଝିବାକୁ ପଡୁଥିଲା। ଘର କାମରୁ ଟିକେ ଫୁର୍‌ସତ୍ ମିଳିଲେ ଝିଅର ଏକ୍ସରସାଇଜ୍। ପଛକୁ ପଛ କାମ। ଏସବୁ ଜଞ୍ଜାଳ ଭିତରେ ସମୟ ନିଅଣ୍ଟିଆ ହୋଇଯାଉଥିଲା କେତେବେଳ ଜଣାପଡୁନଥିଲା। ସବୁ କାମ ତାକୁ ହିଁ କରିବାକୁ ପଡୁଥିଲା।

ବେଳେବେଳେ ଝିଅର ଏ ଭାଗ୍ୟ ପାଇଁ ଧିକ୍କାର ଦିଏ। ତା' ପୋଡା କପାଳକୁ ନିନ୍ଦେ। କହେ, 'ହତଭାଗିନୀଟା! କାହିଁକି ଏପରି ଜନ୍ମ ନେଉଥିଲୁ କେଜାଣି ? ନିଜେ ଏପରି ହେଲୁ ତ' ହେଲୁ ମତେ ବି ସାଙ୍ଗରେ ହନ୍ତସନ୍ତ କଲୁ।' ବିଚଳିତ କୋହରେ ଫାଟିପଡୁଥାଏ ତା'ର ଅସହାୟ ମାତୃତ୍ୱ। କରିବ ତ' କ'ଣ କରିବ ? ସନ୍ତାପିତ ମନକୁ କେଉଁ ଭାଷାରେ ପ୍ରବୋଧନା ଦେବ ? କୂଳ କିନାରା ହୀନ ଯାତ୍ରୀଟିଏ ପରି ଭାସିଯାଉଥିଲା ନଦୀର ଉଚ୍ଛନ୍ନ ସ୍ରୋତରେ। ସେହି ଏକାକୀ ଯାତ୍ରୀର କୋଳରେ ପକ୍ଷାଘାତ ଶିଶୁ। ସାମ୍ନାରେ ସୀମାହୀନ ଦିଗନ୍ତ। ଅନ୍ଧକାରଚ୍ଛନ୍ନ ଭବିଷ୍ୟତ। ଭାସିଯିବ ତ କୁଆଡେ ଯିବ ? କେଉଁଠି ଲାଗିବ ସେମାନଙ୍କ ଜୀବନତରୀ ? ପ୍ରତି ନିୟତ ଏପରି ଅସମାହିତ ପ୍ରଶ୍ନରେ ପୋତି ହୋଇପଡୁଥିଲା ପ୍ରିୟମ୍ବଦା। ଛୋଟ ଝିଅକୁ ନେଇ ଏହି ଅନିଶ୍ଚିତ ଯାତ୍ରାର ନା' ଥିଲା କୌଣସି ଆଶ୍ୱସନାମୟ ସକାଳ। ଥିଲା କେବଳ ଦିଗନ୍ତବ୍ୟାପୀ ଅନ୍ଧକାର।

ଯେଉଁଦିନ ତନିମା ଜନ୍ମ ହୋଇଥିଲା, ଲାଗୁଥିଲା ସବୁତକ ଖୁସି ଆସି ତାଙ୍କ ପଣତ କାନିରେ ଓଜାଡି ହୋଇପଡିଛି। ସଗର୍ବରେ ଫୁଲି ଉଠିଥିଲା ମାତୃତ୍ୱ। ପ୍ରଥମ ସନ୍ତାନ ଯେତେବେଳେ ଆନନ୍ଦର ସୀମା ନ ଥିଲା। ସେହି ମୁହୂର୍ତ୍ତର ପ୍ରାପ୍ତି ନିମନ୍ତେ କେତେ ପ୍ରତୀକ୍ଷା ନଥିଲା ସତରେ ! ଗୋଟା ଗୋଟା କରି ଦିନ ଗଣୁଥିଲେ ସେହି ସୁଲଗ୍ନର ଆଗମନ ପାଇଁ। ଅନ୍ତରରେ ଅବର୍ଣ୍ଣନୀୟ ଉଚ୍ଚାଟ। ମନରେ ଅସୁମାରୀ ପୁଲକ। ଆଗାମୀ ଅତିଥି ପାଇଁ ଛାତିରେ ସଜ ହୋଇ ରହିଥିଲା ଅପତ୍ୟ ସ୍ନେହ ଓ ମମତା।

ବିଧାତାର ଖେଳ ଥିଲା ବିଚିତ୍ର। ସମୟକ୍ରମେ ଏକ ନିଷ୍ଠୁର ଉପହାସ ପାଲଟିଯାଇଥିଲା ସେମାନଙ୍କ ଖୁସି। ଜଣାପଡିଲା, ତନିମା ଭୟଙ୍କର ସ୍ନାୟବିକ ରୋଗରେ ପୀଡିତ। ଚଳତ୍‌ଶକ୍ତିହୀନ ଗୋଟିଏ ଜୀବନ୍ତ ମାଂସପିଣ୍ଡୁଳା କହିଲେ ଅତ୍ୟୁକ୍ତି ହେବ ନାହିଁ। ସାଧାରଣ ଛୁଆଙ୍କ ପରି ତା'ର ଶାରୀରିକ ଅଭିବୃଦ୍ଧି ହେବ ସତ ଅନ୍ୟ କୌଣସି ଦୃଷ୍ଟାନ୍ତଯୋଗ୍ୟ ପରିବର୍ତ୍ତନ

ହେବ ନାହିଁ । ବଦଳିବ ନାହିଁ ତା'ର ମୁହଁର ଭାଷା । ବାକି ସମସ୍ତଙ୍କ ପରି ପାଦରେ ପାଦ ଥାପି ଚାଲିପାରିବ ନାହିଁ । ମା' ବୋଲି ସମ୍ବୋଧନ କରିପାରିବ ନାହିଁ । ଯାହାକୁ ଶୁଣିବା ପାଇଁ ଆତୁର ଥିଲା ପ୍ରିୟମ୍ବଦାଙ୍କ ହୃଦୟ । ସେହି ମଧୁର ଡାକଟି ଏକ ଅପହଞ୍ଚ ଭାଷାହୀନ ଶୂନ୍ୟତା ମଧ୍ୟରେ ନିଖୋଜ ହୋଇଯିବ । ଖାଲି କଷ୍ଟ ହେଲେ କି ଭୋକ ଲାଗିଲେ ଚିତ୍କାର କରି କାନ୍ଦିବା ଛଡା ଆଉ କୌଣସି ଭାବାବେଗର ସଂକେତ ନଥିଲା ତା'ଠାରେ । ବଞ୍ଚିଥିଲା ତ' ଏକ ଅଭିଶପ୍ତ ଶରୀରର ବିଡମ୍ବନାକୁ ଧରି ।

କ୍ରମଶଃ ବଦଳି ଚାଲିଥିଲା ଆଶୁତୋଷଙ୍କ ସ୍ୱାଭାବ । ଝିଅ ପ୍ରତି ଦାୟିତ୍ୱ ସଂପନ୍ନ ପିତାର ଭୂମିକା ନିର୍ବାହ କରିବା ବଦଳରେ ଅଧିକରୁ ଅଧିକ ଅସହନଶୀଳ ହୋଇପଡୁଥିଲେ । ଯେପରି ଆଦୌ ଗ୍ରହଣ କରିପାରୁନଥିଲେ ଏହି ନିଷ୍ଠୁର ସତ୍ୟକୁ । ବିଧାତାର ଇଚ୍ଛାକୁ । ଏତେ ଉଦାସୀନ ହୋଇପଡିଥିଲେ ଯେ ପାଖ ସୁଦ୍ଧା ମାଡୁ ନଥିଲେ ଝିଅର । ତାଙ୍କ ମାନସିକତାରେ ଦେଖାଦେଇଥିଲା ଅଭୂତପୂର୍ବ ପରିବର୍ତ୍ତନ । କେବଳ ନିଜର ଏହି ଅକ୍ଷମ ଝିଅ ପ୍ରତି ନୁହେଁ ତା' ସହିତ ପତ୍ନୀଙ୍କ ପ୍ରତି ପୂର୍ବ ମନୋଭାବ ମଧ୍ୟ ବଦଳିଯାଉଥିଲା ଧିରେ ଧିରେ । ତାଙ୍କର ଏପରି ବ୍ୟବହାରିକ ପରିବର୍ତ୍ତନକୁ ଆଦୌ ଗ୍ରହଣ କରିପାରୁନଥିଲା ସେ । ହଠାତ୍ ଯେପରି ତା' ଜୀବନର ପୂର୍ଣ୍ଣିମା ଆକାଶରେ ଅମାବାସ୍ୟାର କଳାବାଦଲ ଘୋଟିଯାଇଥିଲା । ସବୁ ହୋଇଯାଇଥିଲା ଓଲଟପାଲଟ । ସଂପର୍କର ପରିଧିରେ ପ୍ରବେଶ କରିଥିଲା ଅସନ୍ତୋଷର ନିଆଁ ।

ପରସ୍ପର ପ୍ରତି ଭଲ ପାଇବାର ବନ୍ଧନରେ ଆବଦ୍ଧ ହୋଇ ସେମାନଙ୍କ ସଂପର୍କକୁ ଦେଇଥିଲେ ବିବାହର ପରିଭାଷା । ଆଶୁତୋଷ କଲେଜ ବେଳର ସହପାଠୀ । ସେହି ସମୟରୁ ପ୍ରେମ ସଂପର୍କ ଗଢି ଉଠିଥିଲା ତାଙ୍କ ସହିତ । ଦୁହେଁ ପରସ୍ପରକୁ ବୁଝିଥିଲେ । ନିବିଡ ଭାବରେ ଭଲ ପାଉଥିଲେ । ସେହି ବନ୍ଧନ ଆଗରେ ପରିବାରର ବାରଣ ମଧ୍ୟ ନ୍ୟୁନ ହୋଇଯାଇଥିଲା ସବୁ ବାଧାବିଘ୍ନକୁ କାଟି ଶେଷରେ ସେ ଆଶୁତୋଷକୁ ବରଣ କରିନେଇଥିଲା ନିଜ ଜୀବନ ସାଥୀ ରୂପେ । ଏଥିପାଇଁ ଯଥେଷ୍ଟ ମୂଲ୍ୟ ଦେବାକୁ ସୁଦ୍ଧା ପଛାଇଯାଇନଥିଲା । ବାପ ଘର ସହିତ କୌଣସି ସଂପର୍କ ନଥିଲା ସେହି ଦିନ ଠାରୁ ।

ସେହି ଆଶୁତୋଷ ଏବେ ବିବର୍ତ୍ତିତ ଏକ ମଣିଷ । ତନିମା ପାଲଟିଯାଇଥିଲା ତାଙ୍କ ସ୍ୱାଭାବିକ ଜୀବନଧାରାରେ ଯେପରି ଏକ କଣ୍ଟା । ଅଲୋଡା ଅତୀତ । ଯାହାର ମୁହୂର୍ତ୍ତକର ଉପସ୍ଥିତିକୁ ସୁଦ୍ଧା ସହ୍ୟ କରିବାକୁ ଧୈର୍ଯ୍ୟ ତାଙ୍କ ପାଖରେ ନଥିଲା । ଏପରି ପ୍ରତିକ୍ରିୟାଶୀଳ ହୋଇଯାଇଥିଲେ ଯେ ଝିଅଟିର କେଁ କେଁ କାନ୍ଦ ଶୁଣିବା ମାତ୍ରକେ ଆରଘରକୁ ଉଠି ଚାଲିଯାଉଥିଲେ । ରାତିରେ ଅନ୍ୟ ରୁମ୍‌ରେ ଯାଇ ଶୋଉଥିଲେ । ନିଜ ରକ୍ତର ସନ୍ତାନ ପ୍ରତି କିପରି ଏତେ ଘୃଣା ଆସୁଥିଲା ଭାବି ଆଶ୍ଚର୍ଯ୍ୟ ହୋଇପଡୁଥିଲା ପ୍ରିୟମ୍ବଦା ।

ସେଦିନ ସକାଳୁ ସକାଳୁ ତନିମାକୁ ନେଇ ବହେ ଉଚ୍ଚବାଚ ହୋଇଯାଇଥିଲା ଦୁହିଁଙ୍କ ମଧ୍ୟରେ । ଝିଅକୁ ଫିଜିଓଥେରାପି କରାଇ ଏଇମାତ୍ର ଫେରିଥିଲା । ଉତ୍‌କ୍ଷିପ୍ତ ହୋଇ ଅପେକ୍ଷା କରିଥିଲେ ଆଶୁତୋଷ । ପହଞ୍ଚିଲା ମାତ୍ରକେ ଶୁଣାଇ ଦେଇଥିଲେ ତାଙ୍କର ଚରମ ଚେତାବନୀ,

'ପାରୁଛ ତ ତାକୁ ନେଇ ଅନାଥଶ୍ରମରେ ଛାଡିବାର ବନ୍ଦୋବସ୍ତ କର। ନହେଲେ କୋଉ ଚିଲ୍ଡ୍ରେନ୍ସ୍ ହୋମ୍‌ରେ ନେଇ ରଖ। ଏପରି ଅବସ୍ଥାରେ ତାକୁ ଏଠି ଆଉ ରଖିବା ସମ୍ଭବ ନୁହେଁ।'

ସେତେବେଳଠୁ ଭୟଙ୍କର ଭାବରେ ମୁଣ୍ଡ ପେଷି ହୋଇଯାଉଥିଲା ପ୍ରିୟମ୍ବଦାର। ଦୁଇ ପାଦରେ ଛିଡା ହେବା ସୁଦ୍ଧା କଷ୍ଟକର ଥିଲା ତା' ପକ୍ଷରେ। ଖଟର ବାଡକୁ ଧରି ଲଥ୍ କରି ବସିପଡିଲା। ମୁଣ୍ଡ ଆଦୌ କାମ କରୁନଥାଏ। ଗୋଟିଏ ପଟରେ ଝିଅ। ଆର ପଟରେ ସ୍ୱାମୀ। ଲାଗୁଥାଏ ମଝିରେ ଫାଶୀ ଦଉଡିରେ ଲଟକିଯାଇଛି ତା'ର ଶ୍ୱାସ। ନିଥର ପାଲଟି ଯାଉଛି ତା'ର ହାତ ଆଉ ପାଦ। ଯେପରି ଗୋଟିଏ ପ୍ରବଳ ଘୂର୍ଣ୍ଣିଝଡ ଆସି ଆମୂଳଚୂଳ ଦୋହଲାଇ ଚାଲିଛି ସମଗ୍ର ସତ୍ତାକୁ। ସେହି ଝଡର ପ୍ରକୋପରେ ଅଣାୟତ୍ତ ତା'ର ଟଳମଳ ଅସ୍ତିତ୍ୱ। ଭିତରୁ ବିବଶ ହୋଇ କିଏ ଯେପରି ଆର୍ତ୍ତଚିତ୍କାର କରିଚାଲିଛି। କରିବ ତ' କ'ଣ କରିବ ? ଏବେ ବାଛିବ ତ' କେଉଁ ବାଟକୁ ବାଛିବ ?

ନିଜର ତିକ୍ତ ଅସନ୍ତୋଷକୁ ରଖି ଆଶୁତୋଷ ଚାଲିଯାଇଥିଲେ ଅଫିସ୍। ଶୁଣାଇଯାଇଥିଲେ ତାଙ୍କର ନିଷ୍ଠୁର ନିଷ୍ପତ୍ତି। ଯୋଉଟା କି ଅଗ୍ନିପରୀକ୍ଷା ସଦୃଶ ଥିଲା ପ୍ରିୟମ୍ବଦା ପାଇଁ। ଖୁବ୍ ଅସହାୟ ଭାବରେ ନେଇ ଛିଡା କରାଇଥିଲା ଏକ ବାଟବଣା ଦୋ'ଛକିରେ। ଝିଅକୁ ଏପରି ଅବସ୍ଥାରେ ନେଇ କୁଆଡେ ପାଦ ଥାପିବ ? ବାପ ଘର ଦରଜା ତ' କେଉଁଦିନଠୁ ବନ୍ଦ ହୋଇସାରିଛି ତା' ପାଇଁ। ଏବେ ବାକି ରହିଛି ଯାହା ଏ ଘରର ଦରଜା। ଯାହା ଆଡକୁ ଆଙ୍ଗୁଠି ଦେଖାଇସାରିଛନ୍ତି ଆଶୁତୋଷ। ଦୁଆର ସେପଟେ ଅନିଶ୍ଚିତ ବାଟ।

ବ୍ୟାକୁଳ ହୋଇ ତନିମା ଆଡକୁ ଚାହିଁ ରହିଥିଲା ପ୍ରିୟମ୍ବଦା। ଆଜି ଫିଜିଓଥେରାପିରେ ନୂଆ ଘଟଣାଟି ଦେଖିଥିଲା। ତନିମା ତା'ର ଦୁଇ ହାତର ଭରାରେ ଗୋଡରେ କିଛି ସମୟ ଛିଡା ହେବାକୁ ସମର୍ଥ ହୋଇଥିଲା। ଅତ୍ୟନ୍ତ ଉତ୍ସାହର ସହିତ ଫିଜିଓଥେରାପିଷ୍ଟ କହୁଥିଲେ, 'ଏମିତି ଅଭ୍ୟାସ କଲେ ସେ ଦିନେ ପୁରା ଛିଡାହୋଇପାରିବ।' ନିଘଞ୍ଚ ଅନ୍ଧାର ମଧ୍ୟରେ ଧାରେ କ୍ଷୀଣ ଆଲୁଅର ରେଖା ପରି ଲାଗୁଥିଲା ଆଜିର ସକାଳ। କାଲି ପାଇଁ ଆଶ୍ୱାସନାର ଚିତ୍ରଟିଏ ଆଙ୍କି ହୋଇଯାଉଥିଲା ମନ ଭିତରେ ।

ନିଘୋଡ ନିଦରେ ଶୋଇପଡିଥିଲା ଝିଅ। ଉଠିଲେ କେଁ କେଁ କରି କାନ୍ଦିବା ଆରମ୍ଭ କରିଦେବ। ଯାଇ ତା' ପାଇଁ କିଛି ଖାଇବା ପ୍ରସ୍ତୁତ କରିବାକୁ ପଡିବ। ସେ ସିଧା ଉଠିଗଲା ରୋଷେଇ ଘରକୁ। କାନର ପରଦାରେ ଦୋହରାଇ ଦୋହରାଇ ଶୁଭୁଥାଏ ଆଶୁତୋଷଙ୍କ ଚେତାବନୀ। ସେ ସ୍ଥିର କଲା ଯେତେ ଯାହା ଝଡଝଞ୍ଜା ଆସୁ ଲଢିବ। ପିତୃତ୍ୱର ନ ହେଲା ନାହିଁ ସେ ଏକାକୀ ତାକୁ ମାତୃତ୍ୱର ହକ୍ ଦେବ। ତାକୁ ହିଁ ନେଇ ବଞ୍ଚିବ ସବୁ ଅସହାୟତାର ପ୍ରତିକୂଳ ସ୍ରୋତରେ।

■

ଲେଉଟାଣି

ସଂଜ ମାଛି ଅନ୍ଧାର ଡେଇଁଛି କି ନାହିଁ ଶାମାଗୁଡିଆ ଜଳଖିଆ ଦୋକାନ ଅଗରେ ହୋହାଲ୍ଲା। ମାଟି ପିଣ୍ଡାରୁ ଦୁଲ୍‌କିନା ତଳକୁ ଗଡିପଡିଥିଲା ବୁଦ୍ଧିଆ। ମୁହଁରେ ଭଣ ଭଣ ଦେଶୀ ମଦର ଗନ୍ଧ। ନିଶାରେ ହୋସ୍‌ଟା ପୂରା ନ ଯାଇଥିଲେ ବି କ'ଣ ଗୋଟା ବିଳିବିଳି ହେଉଥିଲା ବ.... ଅସ୍ପଷ୍ଟ ଭାବରେ। ହୋ...... ହୋ ହୋଇ ଲୋକଗୁଡାକ ସେତେବେଳକୁ ଚାରିକଡରେ। ଗମାତରେ ଭରିଯାଇଥିବା ତାସ୍ ଖେଳଟା ଲଥ୍ କରି ବନ୍ଦ ହୋଇସାରିଥିଲା ଅଧାରୁ। ଜଣ ଜଣ କରି ସବୁ ଓହ୍ଲାଇ ଆସିଥିଲେ ପିଣ୍ଡା ତଳକୁ। ମୁଣ୍ଡରୁ ତାସ୍‌ର ନିଶା, ତା ସାଙ୍ଗରେ ମଦର ନିଶା କୁଆଡେ ଛୁ.....।

ଦି' ଚାରି ପାଣି ଛାଟରେ ଚେତା ଲେଉଟିଲା ବେଳକୁ ହାତ ଗୋଡ ଚାରିକାତ ମେଲାଇ ବୁଦ୍ଧିଆ ପଡିଥିଲା ସଅପ ଉପରେ। ମୁଣ୍ଡର ଅତିପାଖରୁ ଦମାକାଶଟା ରହି ରହି ଶୁଭୁଥିଲା କାନକୁ। ବା' ତା'ର ଛାଁ କୁ ଛାଁ ବିଳପି ଚାଲିଥିଲା 'ଭଲା କାହିଁକି ଦୁର୍ଯୋଗକୁ ଡାକିଲିରେ। ଯା ଯେମିତି ବିଦେଶରେ ଥିଲା, ଅଇଲା ଦିନରୁ ନରକକୁ ଗଲା। ଏଇଆ ଦେଖିବାକୁ

ଶେଷରେ ରଖିଲୁରେ ଦଇବ....।' ଫେରିଲା ହୋସ୍‌ରେ ଧୀରେ ଧୀରେ ଟିକେ ବାଗେଇ ଆସୁଥିଲା ବୁଦ୍ଧିଆ। ରାତିର ଅନ୍ଧାର ବହଳ ଚାଦରରେ ଘୋଡାଇ ପକାଇଥିଲା ସାରା ଘରଟାକୁ। ବାରଣ୍ଡାରେ ମିଞ୍ଜି ମିଞ୍ଜି ଜଳୁଥିଲା ଡିବିରି ଆଲୁଅ। ମେଲା କବାଟ ଦେଇ ନିଷ୍ପ୍ରଭ ଆଲୁଅରୁ ଧାରେ ଘର ଭିତର ଯାଏ ମାଡି ଆସିଥିଲା। ସେଇ କ୍ଷୀଣ ଆଲୁଅର ପରସ୍ତକୁ ଥରେ ନିରୀକ୍ଷଣ କଲା। ଆଉ ଥରେ ମୁହଁ ଉଠାଇ ଅନ୍ଧାର ଭିତରେ ଦରାଣ୍ଡି ଖୋଜି ନେଲା ବା'ର ଅସ୍ପଷ୍ଟ ଚେହେରା। ଧୁଁ...ଧୁଁ ହୋଇ ବେଳେବେଳେ ସେଇଠୁ ଉକୁଟି ଆସୁଥିଲା ଲହରା କାଶଟା। ତା' ଛାତିଟା ବି ଟାଣି ହୋଇଯାଉଥିଲା ସେଥିରେ। 'ଛ୍ୟା....ଦେ' ଛାଡିଲି ମଦ ପାଣି। ଆ' ପରେ ଆଉ ଜମା ନୁହଁ......।' ଶପଥ ନେଇଥିଲା ବୁଦ୍ଧିଆ ସେଇ ଏକାନ୍ତ ରାତିର ଅସ୍ଥିର ପ୍ରହରରେ।

ଥରେ କି ଅଧେ ନୁହେଁ, କେତେଥର ହୋଇଯିବଣି ମୁଣ୍ଡ ଛୁଆଁଇ ମଦ ଛାଡିବାକୁ ବାରଣ କରିଥିଲା ବା'। କୋଉ ବାଡବନ୍ଧ ଅବା ତାକୁ ଆକଟ କଲା ? ଦିନେ ଦି'ଦିନ ଯାଇଥିବ କି ନାହିଁ ପୁଣି ସେହି ଶାମାଗୁଡିଆ ପିଣ୍ଡାକୁ ଚଢିବ। ହାତରେ ତାସ୍ ଫେଣ୍ଟି ବହେ ଖେଳିବ। ଦେଶୀ ମଦ ସହ ଆଳୁକଷାର ଚାଖଣା ମିଶାଇ ଢୋକେ ଢୋକେ କରି ଗିଳାସେ ପେଟକୁ ନବ। ଆସର ଜମୁଥିବ ରାତି ଢେର ଯାଏଁ। ଫେରିଲାବେଳକୁ ଚୌକିଦାରୀ କଲା ପରି ମୁକୁଳା ଘରକୁ ସେପାଖେ ଜଗି ବସିଥିବ ବା'। କଣ ଦି'ଟା ହାଣ୍ଡିଶାଳରେ ଫୁଟେଇ ମଞ୍ଜୁ ଚାଲିଯାଇଥିବ ତା' ଘରକୁ। ଖାଡା ଉପାସରେ ଇୟାଡେ ବାଟ ଚାହିଁ ରହିଥିବ ପୁଅର। ଥାଳି ଗୋଟାକରେ ବାଢିଆଣି ଥୋଉ ଥୋଉ ମନର କଥାକୁ ଓଗାଳିବ। ସେଇ ଦୋହରା କଥା, 'ନିଶାପାଣି ଛାଡେ..., ବା....ସା ହ..., ଘର ସଂସାର କ.. ର।' କଥାଗୁଡା ରାତିରେ କାନକୁ ପଶେ ହେଲେ ସକାଳକୁ ନଥାଏ।

ଜାଲୁଜାଲୁ ହୋଇ ଆଖି ଆଗରେ ନାଚିଯାଉଥିଲା ଏଇ ଗଲାସନର ଘଟଣା। ନଟିଆ ଭାଇ ହାତରେ ବା' ପଠେଇଥିବା ଚାରିଭାଙ୍ଗ କରା ଚିଠିର ଦୋହରା ଦୋହରା ଅକ୍ଷରର ଧାଡିଗୁଡାକ। ବାରମାସୀ ଲୁହରେ ବତୁରା ଛାତି ତଳର ମରମ କଥାକୁ ଥରିଲା ହାତରେ ଲେଖି ଦୁଇ ଚାରି ଧାଡି କରେ ସାରିଦେଇଥିଲା। 'ଆଉ ପାରୁନିରେ ବୁଦ୍ଧିଆ, କେତେବେଳେ ଯେ ଡାକରା ଆସିଯିବ କିଏ କହିବ ? ତୋ ବୋଉ ତ' ଆଗରୁ ସୁଖରେ ବାଟ କାଟିନେଲା। ମୋ କପାଳରେ କୋଉ ଯୋଗ ଦଇବ ସାଧିଛି କେଜାଣି !' ଏକା ନିଶ୍ୱାସକେ ପଢିପକାଇଥିଲା ଧାଡି କେଇଟା। ମଞ୍ଜି ଭିତରଟା ଉଛୁଳା କୋହର ଲୁହରେ ହୋଇଯାଇଥିଲା ପୂରା ଉବୁଟୁବୁ। ଯେତେ ଜୋରେ ନିଶ୍ୱାସ ଢୋକୁଥିଲା ଭିତରକୁ, ତାଠାରୁ ଆହୁରି ଜୋରେ ଛାଡୁଥିଲା ପଦାକୁ। ଦୁଇ ଆଖିଯାକ ଝୁଲନ୍ତା ବର୍ଷାଖଣ୍ଡ ପରି ଓଦା ହୋଇ ଟୁଳ୍ ଟୁଳ୍। ହାତ ବୁଲାଇ ଦୁଇ ଘେରା ପୋଛି ପକାଇଲା ସେହି ଅଣାୟତ ଧାରକୁ। ଦଣ୍ଡେ ଖଣ୍ଡେ ରହିଯାଇ ଛେପ ଢୋକିଲା, ପୁଣି ନଜର ପକାଇଲା ବାକି ଥିବା ଚିଠିର ଶେଷ ଦୁଇ ଧାଡି ଉପରେ। ଏଥର ବା' ପୁରା ପ୍ରସଙ୍ଗଟା ବଦଳାଇ ଦେଇଥିଲା। ଲେଖିଥିଲା, 'ବୁଦ୍ଧିଆରେ ଗାଁରେ ଏବେ ଶସ୍ତାରେ ସରକାରୀ ଚାଉଳ ସାଙ୍ଗକୁ ପୋଖରୀ ଖୋଳା, ରାସ୍ତା କାମରେ ବି ମଜୁରି ଭଲ ଦି' ପଇସା ମିଳୁଛି। ଆଉ ଡେରି ନକରି ଚାଲି ଆରେ ବାପା।'

ସେଦିନ କେଇଟା ମୁହୂର୍ତ୍ତ ପାଇଁ ଯେମିତି ପାଦ ତଳର ସମୟଚକ ଠପ୍ ହୋଇଯାଇଥିଲା।

ଚିଠିର ଛୋଟ ଚଉହଦି ଭିତର ଦେଇ ଛବି ପରି ଫୁଟି ଉଠୁଥିଲା ଗାଁ ମାଟିର ଚିତ୍ର। ସାହାଣୀ ଘର ମୋଡ ଭାଙ୍ଗିଲେ କରଞ୍ଜ ଗଛର କଡେ କଡେ କେଇ ହାତ ପାଦଚଲା ବାଟ। ସାମ୍ନାରେ ଗମ୍ଭୀର ମୁହାଁ ଉଚ୍ଚା ଚାଳର ପୁରୁଣା ଘର। ମାଟି ପିଣ୍ଡାରେ ପିଆଶାଳ କାଠର ରଙ୍ଗ ଛଡା ଅଧା ଭଙ୍ଗା ଲମ୍ୱା ଚଉକି ଖଣ୍ଡେ। ତା' ଉପରେ ବସି ମଝିରେ ମଝିରେ ଖୁଁ.... ଖୁଁ କାଶୁଥିବା ବା'। ପୁରୁଣା ଦମା ରୋଗୀ। ଆଇଲା ବେଳେ ତାକୁ ଦି' ବାର ବାରଣ କରି କହିଥିଲା, ' କଞ୍ଚା ପାଣିକୁ ଜଗୁଥିବୁ। ତୋ ଦେହ ପା'କୁ ଆଉ ଯାଉ ନାହିଁ। ମଞ୍ଜୁକୁ କହିଛି ଗାଧେଇବା ପାଇଁ ଯେମିତି ଗରମ ପାଣି ଗରାଏ ଆଉ ପିଇବା ପାଇଁ ଫୁଟା ପାଣିର ବ୍ୟବସ୍ଥା କରୁଥିବ।' ବା'ର ସେହି ମୁହଁଟା ପରସ୍ତ ପରସ୍ତ ହୋଇ ନାଚି ଯାଉଥିଲା ଆଖି ଆଗରେ। ରଙ୍ଗହୀନ ଉଦାସ ଅପରାହ୍ନର ଆକାଶ ପରି ମାନ୍ଦା ପଡିଯାଇଥିବା ଚେହେରାଟା। ଉଁ....କି....ଚୁଁ କିଛି କହି ନଥିଲା ପାଟିରେ। ହେଲେ ପେଟ ଭିତରଟା ଛଟପଟ ହୋଇ କଡ ନେଉଟାଉଥିଲା ବାକ୍‌ହୀନ ଶବ୍ଦରେ। ସେଇ ଅସମ୍ଭାଳ ମରମ କଥାକୁ କେତେ ଦିନ ଚାପି ରଖିପାରିଥାନ୍ତା ! ଚିଠିରୁ ମୁହଁ ଉଠାଇ ନଟିଆ ଭାଇ ଆଡକୁ ଅପ୍ରସ୍ତୁତ ହତପ୍ରଭ ଆଖିରେ ଚାହିଁ ରହିଲା । କ'ଣ କରିବ ନ କରିବର ଦ୍ୱନ୍ଦ ? ପାଦରୁ ମଗଜ ଯାଏଁ ଅସ୍ଥିରତାରେ ଆଉଟୁ ପାଉଟୁ ହେଉଥିବା ଦେଖି ସେପଟୁ ମୁଣ୍ଡ ଟୁଙ୍ଗାରିଲା ନଟିଆ ଭାଇ। ସବୁଦିନ ପାଇଁ ଗୁଜୁରାଟରୁ ସିଧା ମୁହଁ ଫେରାଇଥିଲା ଗାଁ ବିଶନପୁରକୁ ବୁଦ୍ଧିଆ।

ହାତରୁ ସାରା ଦେହଟା ଯାଏଁ ବିଦ୍ୟୁତ୍ ପରି ସଂଚରିଯାଉଥିଲା ତାଜା ପୋଡା କୋହର ଅସହ୍ୟନୀୟ ସ୍ରୋତ। ସୋରା ସୋରା ହୋଇ ଛାତିର କଲିଜାଟା ବିଲପି ଉଠୁଥିଲା। ଏଇନେ ବା'ର ଶୀର୍ଣ୍ଣ ଜରାଗ୍ରସ୍ତ ଦେହଟାକୁ ଜୁଇ ନିଆଁରେ ଜାଳି ଫେରିଛି। ସେହି ଦମା କାଶରେ ଚାହୁଁ ଚାହୁଁ ପିଣ୍ଡ ଛାଡି ଦେଇଥିଲା ବା'। କିଛି ବି ଫରକ୍ ପଡିନଥିଲା ତା'ର ଗାଁକୁ ଫେରିବା, ନ ଫେରିବାରେ। ଯେମିତି ବାଟ କାଟିବା କଥା, ବାଟ କାଟିଲା। 'କ'ଣ ଆସି କରି ପାରିଲା ? ଆଖି ଆଗଟାରେ ମଡକ ପଡିଲା ପରି ସବୁକିଛି ଘଟିଗଲା। .... ସବୁ କିଛି ସରିଗଲା ଦେଖୁ ଦେଖୁ।' ଯନ୍ତ୍ରଣାରେ ପେଷି ହୋଇଯାଉଥିଲା ଭିତରେ। ଅକାତ ପାଣିରେ ଭାସିଯାଉଥିଲା ବିଦୀର୍ଣ୍ଣ ହୃଦୟର ଉଚ୍ଛନ୍ନ ଖଣ୍ଡ।

ଗାଁକୁ ଫେରିଲାବେଳେ ସାଙ୍ଗରେ କେତେ ଇଚ୍ଛା ନେଇ ନ ଫେରିଥିଲା ? ସମୟ ଦେଇ ପାରୁନଥିବାରୁ ଦି' ପୁରୁଷ ସରିକି ଖଞ୍ଜା ଘରଟା ବିଲ୍‌କୁଲ୍ ପଡିରହିଥିଲା ଅଣଦେଖା ହୋଇ। ଅରା ଅରା ହୋଇ ମାଟି ଧସି କାନ୍ଥ ଗୁଡାକ ଖଣ୍ଡିଆ ଅଲରା କୋଠି ପରି ଦିଶୁଥିଲା ଆଖିକୁ। ଉପର ସଂଗାସାରା ଛୋଟବଡ କଣା, କଳା ମିଚିମିଚି ଅଳନ୍ଧୁରେ ଭର୍ତ୍ତି। ଚଟାଣରେ ଏଣେ ତେଣେ ମୂଷା ଖୋଳା ଗାତ। ଘର ଭିତରୁ ନିବୁଜ ଗମୁରିଆ ଗନ୍ଧ। ପୂରା ଅପରିଚ୍ଛନ୍ନ ହୋଇ ପଡି ରହିଥିଲା ଯେମିତି। 'ବା' ଟା ଏକୁଟିଆ ରୋଗୀ ମଣିଷ, ସେ ଆଉ କ'ଣ କରିପାରିଥାନ୍ତା ? ବିଚରା ଦମାରୋଗୀ। ଏଇ ବୁଢା ବୟସରେ ରୋଗଟା ବି ତାକୁ ଏମିତି ଜାବୁଡି ଧରିଛି, ସେଥିରେ ଯୁ କୋଉଠି ପାଇବ ଏଗୁଡାକ ଦେଖାରେଖା କରିବାକୁ ?' ହଲପ କରିନେଇଥିଲା, ଫେରିବ ତ ସବା ଆଗେ ସଜାଡିବ ଏଇ ଦୁଇ ପୁରୁଷ ପୁରୁଣା ଅସଜଡା ଘର।

ପୂବେଇ ପବନରେ ଥରି ଉଠୁଥିଲା ଗୋଟା ସୁଦ୍ଧା। ଦାହ କର୍ମ ସାରି ଠାକୁରାଣୀ ଗଡିଆରୁ ବୁଡ ପକାଇ ଉଠିଥିବା ଓଦା ସରସର ଦେହଟାରୁ ପାଲଟା ଲୁଗା ସେଯାଏଁ ଖସି ନଥିଲା। ଶୀତଳ ଦେହଟାରେ ତଥାପି ଥମି ନଥିଲା ଜୁଇର ନିଆଁ। ଚାରିପଟୁ କାଠ ଖେଞ୍ଚିଲା ପରି ଦରପୋଡା ଅଙ୍ଗାରରେ ଚହଟିଯାଉଥିଲା ନିଆଁର ଲହ ଲହ ଝୁଲ। ଘାଣ୍ଟି ହେଉଥିଲା ମନ ତଳର ଅକୁହା ବେଦନା। ଅପୋଡା ଭଗ୍ନାଂଶ ପାଲଟି ଜମାଟ ବାନ୍ଧୁଥିଲା ଦୁଇ ନାକ ପୁଡାର ଦ୍ୱାରରେ। ବାହାରକୁ ଖାଲି ଶୁଭୁଥିଲା ଲମ୍ବା ସଁ....ସଁର ଅବ୍ୟକ୍ତ ଆର୍ତ୍ତନାଦ।

ସବୁଦିନ ପାଇଁ ଚାରିକାନ୍ଥ ଥାଇ ବି ବେସାହାରା ଲାଗୁଥିଲା ଘରଟା। ମୁଣ୍ଡ ଉପରୁ ଉଠିଯାଇଥିଲା ଏକମାତ୍ର ପ୍ରିୟଜନର ହାତ। ଯୋଉ ମସିଆ ରଙ୍ଗର ଶିରାଳ ହାତଟା ପ୍ରତିଥର ଆସିଲାବେଳକୁ ଛାଏଁ ଛାଏଁ ମୁଣ୍ଡ ଉପରେ ଆଉଁସି ଯାଉଥିଲା, ସେଠି ଶୂନ୍ୟତାର ସୀମାହୀନ ଗର୍ତ୍ତ। ସେହି ଗର୍ତ୍ତ ଦେଇ ଖସୁଥିଲା ଧାର ଧାର ଉତ୍ତପ୍ତ ଲାଭା। ଅସହନୀୟ ପୀଡାରେ ଖିଲ୍‌ବିଲ୍ କରି ଦେଉଥିଲା ତା' ଅରକ୍ଷିତ ଜୀବନର ଅବଶିଷ୍ଟାଂଶ। ଯୁଆଡକୁ ଚାହୁଁଥିଲା ଆଖିରେ ଭରିଯାଉଥିଲା ଶୂନ୍ୟତା। ବିରାମହୀନ ଖାଁ....ଖାଁ ପଣ। ଘର ଉପରେ ମଥାନ ଥାଇ ବି ଲାଗୁଥିଲା ସଂପୂର୍ଣ୍ଣ ଲଣ୍ଡା ପାଲଟି ଯାଇଥିବା ଛେଉଣ୍ଡ ଛୁଆ ପରି ବେସାହାରା। 'ଜଣେ ବୋଲି ତ ଥିଲା ସାହା, ତା'ପରେ ଆଉ କ'ଣ ରହିଲା... ?' ତତଲା ନିଶ୍ୱାସରେ ଆଉ ଥରେ ଦୁକୁଦୁକୁ ହୋଇ ଜଳି ଉଠିଲା ଅଧାପୋଡା କଲିଜା ଗୋଟାକ। ଛାତି ଭିତରଟା ସାରା ଖେଳେଇ ହୋଇ ଯାଉଥିଲା କୁହୁଳା ନିଆଁର ଧୂଆଁ।

କ'ଣ ସବୁ ସ୍ୱପ୍ନ ଦେଖି ନଥିଲା ବା'କୁ ନେଇ। ଗୁଜୁରାଟ ଛାଡି ଗାଁ ମୁହାଁ ହୋଇ ଏମିତି ଧାଇଁ ଆସିବା ପଛରେ ଗୋଟିଏ ବୋଲି ତ ଅଭିଳାଷ ଥିଲା। ସେଇଟା ଯେତେବେଳେ ପୋଡି ପାଉଁଶ ହୋଇଗଲା ଆଉ କ'ଣ ରହିଲା ପାଖରେ ? କେଡେ ବିକଳ ହୋଇ ନଟିଆ ଭାଇ ହାତରେ ଚିଠି ଖଣ୍ଡେ ଲେଖି ଗୁଞ୍ଜି ଦେଇଥିଲା। ପରିଣାମରେ କ'ଣ ପାଇଲା ? ବୋଉର ହେପାଜତ ବିନା ରୋଗିଣା ଦେହଟାକୁ ଘୋଷାରି ଘୋଷାରି ଟାଣି ଆଣିଥିଲା ଏତେ ଗୁରାବାଟ। ପାଖରେ ଦୋ' ଅଣି ପରି ଆଉ ଯେତିକି ବାକି ଆଶା ଭରସା ବଞ୍ଚାଇ ରଖିଥିଲା ସବୁ ପୁଅ ଉପରେ। ପୁଅ ବୋଇଲେ ଗୋଟିଏ। କୂଳକୁ ଏକମାତ୍ର ଯାହା ସାହା। ବଞ୍ଚି ଥାଉ ଥାଉ ନେତ୍ରରେ ପୁଅର ପୂରିଲା ସଂସାର ଟିକେ ଦେଖିବାର ଇଚ୍ଛା। ଏଣେ ରୋଗ ବଇରାଗ ସହ ଯୁଝୁଯୁଝୁ ଅସମ୍ଭାଳ ଅବସ୍ଥା। ସେଇଠୁ ଆଉ କ'ଣ କରିଥାନ୍ତା ? ଛଳକପଟ ନ ରଖି ଗୋପନ ବେଦନାକୁ ସିଧାସିଧା କାଗଜ କାଳିରେ ଉତାରି ପଠାଇ ଦେଇଥିଲା ବିଦେଶ। କ'ଣ ଭୁଲ କରିଥିଲା, ନିଜକୁ ପଚାରୁଥିଲା। ତୁହାକୁ ତୁହା ଭୀଷଣ ବର୍ଷା ପରି ପ୍ରଶ୍ନ ଗୁଡାକ ଅଦୃଶ୍ୟ ଭଅଁର ମୁନରେ ଛିଦ୍ର କରି ଚାଲିଥିଲା ଭିତରେ। ତା'ର ଚାରିବର୍ଷର ପ୍ରବାସ କାଳରେ କେବେ ଦିନେ ମୁହଁ ଫିଟାଇ ନଥିବା ମଣିଷଟା ହଠାତ୍ କାହିଁକି ଅଧୈର୍ଯ୍ୟ ହୋଇପଡିଲା। ଭାଙ୍ଗିପକାଇଲା କୋହର ବାଡ। ସ୍ଥିର ଧୀର ନଈଟା ଥିଲା ଥିଲା ଉଚ୍ଛୁଳା ଲହଡି ଟେକି ମଥା କୋଡିଲା ଆସି କୂଳରେ। ସବୁ ଜାଣିଥିଲା। ସବୁ ଚଳାଇ ନେଉଥିଲା। ମାଲୁମ୍ ଥିଲା, ଏଇ କମେଇ ପଇସା ନ ଆସିଲେ ସେଣେ ସବୁ ଅଚଳ। ତେଜରାତି ସଉଦା, ଦେହପା' ପାଇଁ ଯାଇତାଇକା ଓଷଧ ଖର୍ଚ୍ଚ ଆଉ ଯାହା କିଛି ଭଲ ମନ୍ଦକୁ ନିଅଣ୍ଟ।

'ଏ ମଞ୍ଜୁ ହାତଟା ଉପରେ ଆଉ କେତେ ଦିନ ଭରସା କରିବୁ ! ଆଜି ନ ହେଲେ କାଲିକି ପର ଘରକୁ ଯିବ, ତା'ପରେ କ'ଣ ଚିନ୍ତା କଲୁଣି ?' ପାଟିଟାକୁ ଫାଁ ମେଲାଇ ଚାହିଁ ରହିଥାଏ ତା' ଆଡକୁ ସବୁଥର ବା'। ନିଉଛଣା ଆଖିରେ ଖାଲି ସମ୍ମତିଟାକୁ ଅନେଇ ବସିଥାଏ। ବୋହୂ ଖୋଜା ପାଇଁ କେଇଟା ଯୋଗାଡିଆଙ୍କୁ ବି କହିସାରିଥିଲା ଯା' ଭିତରେ। କଥା ବେଶୀ ବାଟ ଆଗେଇ ପାରୁନଥିଲା। 'ଆଗେ ଘର ଖଣ୍ଡେ ଭଲ କି ସଜାଡେ, ତା'ପରେ.....' କହି କୁଆଡେ କେମିତି ଟାଳି ଦେଉଥିଲା ପ୍ରସ୍ତାବ ଗୁଡାକୁ। ମନ ଉଣା କରୁଥିଲା ବା'। ନ କରିବ କେମିତି ? ବୋଉ ପରେ ସେଇ ଗୋଟିଏ ବୋଲି ବିଷୟ ତାକୁ ଅଥୟ କରୁଥିଲା ଯେତେବେଳେ! 'କଉଥିଲା, ତତେ ଦି' ହାତ ନ କଲେ ଉପରେ ତୋ ବୋଉ ଆଗରେ କ'ଣ ଜବାବ ରଖିବି ? ଏଇୟା' ପୁଅଟାକୁ ଅଭିଆଡା କରି ଛାଡିକି ଆଇଲ !' ଗଣିଲେ ଦିନ କେଇଟା ବି ଯାଇ ନଥିବ, ଅଧାରେ ରହିଗଲା ତା' ଅପୂରା ଆଶାଟା।

କେତେଥର ବୁଝାଇଥିଲା ବା' କୁ, 'ଆଉ ଟିକେ ଥୟ ଧ। ଘରଟା ଟିକେ ବାଗେଇ ଦିଏ.....।' ଭିତରେ ସିଆଡେ କିନ୍ତୁ ସାଇତା ଥିଲା ଚେରା ମନର କଥା। 'କେମିତି ଅବା କହିବ ବାପାଟାକୁ ? ଏକରେ ଜାତିର ନୁହେଁ। ସେ ଯାହା ହୁଅନ୍ତା ନ ହୁଅନ୍ତା ମନସ୍ଥ କରିଥିଲା ମନ୍ଦିରରେ ମାଳା ପିନ୍ଧାଇ ଘିତି ଆଣିବ ଘରକୁ। ତା'ପରେ ଯାହା ହୋଇଥାନ୍ତା ଦେଖାଯାଇଥାନ୍ତା ! ତା'ର ତ ଘରକୁ ବୋହୂ ଦରକାର। ରୋଷେଇବାସ, ଭଲମନ୍ଦକୁ ଦି'ହାତ ମେଲେଇ ପାରୁଥିବା ମାଇପଟେ ଦରକାର। ସେବତୀ ପାଖରେ କୋଉ ସେଗୁଡା ନାହିଁକି ? ତେଣେ ତା'ର ଏକା ଜିଦି, ବଡନାନୀ ବାହାଘରଟା ସରିଲେ ଯାଇ ଯୋଉ କଥା। ବୁଢା ବାପାଟାକୁ ଏତେ ଗୁଡା ଗହନ କଥା କେମିତି ବଖାଣି ପାରିଥାନ୍ତା ?' ଅସମାହିତ ପ୍ରଶ୍ନଗୁଡାକ ଅମାନିଆ ପବନ ପାଲଟି ପିଟି ହେଉଥିଲା ତା ବିରହୀ ବୁକୁର ପଠାରେ। ନିଛାଟିଆ କାଶତଣ୍ଡୀ ଗଛ ପରି ଚାହିଁ ରହିଥିଲା ଫୁଲଫୁଟା ଆଶ୍ୱିନର ପ୍ରତିଶ୍ରୁତି।

କେବେକେବେ ଉତ୍କଣ୍ଠା ସବୁ ଚାରିଗୁଣ ଉଚ୍ଚାଯାକେ ନେଇଯାଏ। ସେତିକିବେଳେ ବୁଦ୍ଧିଆର ମନ ପବନ ଦୋଳିରେ ଝୁଲେ। ଆଉ କେଇଟା ଦିନର କଥା। ସଇଲେ ଗଲା। ନୂଆ ବୋହୂ ସାଜି ସେବତୀ ଡେଇଁବ ଘରର ଏରୁଣ୍ଡି ବନ୍ଧ। ଯେତେ ଯାହା ଖଣ୍ଡିଆ, ଦଦରା, ଅପରିଷ୍କାର ଲାଗୁଥିବା ଘରଟା ତା' ଗୋବରପାଣି ଲିପା ପୋଛାରେ ଚନ୍ଦ୍ର ଉଦିଆ ଭଳିଆ ଚମକିବ। ବାହାର କାନ୍ଥରେ ଫୁଟିଉଠିବ ଝୋଟି ଚିତାର ଫୁଲ। ବୋଉ ଗଲା ପରଠୁ ମାଷ୍ଟୁ ଉପରେ ଧୂଳି ମାଖି ପାଡିଥିବା ମାଣ ଖଟୁଲିଟା ପୁଣି ଥାପନ ହେବ ଠାକୁର ଘରେ। ସବୁଠୁ ବେଶୀ ଝଲିଉଠିବ ବା'ର ରଙ୍ଗଛଡା ମୁହଁ। ପୂନେଇ ରାତି ପରି ଦିଶିବ ପ୍ରସନ୍ନ। ଯାହା ଚାହୁଁଥିଲା ତା ଖଞ୍ଜା ଘରକୁ, ପୁଅର ଦୁଇ ହାତକୁ, ସବୁ ମିଳିଲା। ଏଥର ବାହାର ପିଣ୍ଡା କାଠ ଚଉକିରେ ବସି ଥିର ଚିତ୍ତରେ ପଢି ପାରିବ ମନବୋଧ ଚଉତିଶାରୁ ଚାରିପଦ।

'ସେବତୀ ରଙ୍ଗ ବଦଳାଇ ନାହିଁ ତ ?' ବେଳେବେଳେ ଏ ଆଶଙ୍କଟା କଳାହାଣ୍ଡିଆ ମେଘ ପରି ପଶି ଆସେ। ଅଥିର କରି ପକାଏ। ଆ' ତା' ମୁହଁରୁ ଫୁଟୁରୁ ଫୁଟୁର ଶୁଣୁଥିବା କଥାଗୁଡା

ଯେତେବେଳେ କାନରେ ଗଲେ, ଚାପ କୁଆଡେ କ'ଣ ବଢିଯାଏ ମଥାର। ଦିକ୍ ଦିକ୍ ଶିରା ପ୍ରଶିରା ଦେଇ ଖର ଚିନ୍ତା ସବୁ ଛୁଟେ। 'ମନ ବଦଳାଇ ନାହିଁ ତ ସେବତୀ....। କାହିଁକି ତା ହେଲେ ଟାଳି ଚାଲୁଛି ବାହାଘର। ଏବେ ବଡନାନୀକୁ ଆଣି ବାଟ କିଳୁଛି। ଆଗରୁ କହୁଥିଲା, ନାନୀ ଆଉ ବାହାହେବନି, କାହିଁକି ନା ତା'ର ବାତ ବେମାରି। ବୋଧେ ସେ ମଦପାଣି ପିଇବା କଥାଟା ଜାଣି ପାରିଛି, ଅନ୍ୟଥା.... ?'

'ଏ ମଣିଆ ଭାଇଟା ପାଇଁ ସବୁ ଏମିତି ହେଲା। ବାଟ ଛାଡି ଅବାଟକୁ ଗଲା।' ମନେ ପକାଉଥିଲା ଗୁଜୁରାଟରୁ ଫେରିଆସିଛି କି ନାହିଁ, ଦେଖୁ ଦେଖୁ କହି ପକାଇଲା, 'ଭଲ କଲୁ ବୁଦ୍ଧିଆ। ଆଉ ବିଦେଶରେ କ'ଣ ପଇସା ରହିଛି ଯେ ପଡିରହିଥାନ୍ତୁ ? ଗାଁରେ ଏବେ ଯେତିକି ରହିଲେ ସମସ୍ତଙ୍କ ହାତକୁ କାମ। ତୁ ତ ଭେଣ୍ଡାଟା, ହାତକୁ କୋଉ କାମ ମିଳିବା ଅଘଟ ରହିବ ଯେ'। ମଣିଆ ଭାଇ ଗାଁ ୱାର୍ଡମେମ୍ବର। ସରପଞ୍ଚର ପାଖଲୋକ। ତା' ଭରସାରେ ପରତେ ଗଲା। ଡାହାଣ ହାତ ଭଳି ପଡିରହିଲା ପାଖରେ। ହାତକୁ କାମ ଦେଲା ସତ ସାଙ୍ଗକୁ ଶାମା ଗୁଡିଆର ପିଣ୍ଡା ମାଡିବା ବି ଶିଖାଇଲା। 'ଶଃ....ନିଶାପାଣି ଅଭ୍ୟାସଟାକୁ ପୂରା ଜାରି ପକାଇଲା ଦେହଟାରେ ! ଯୋଉଟା ଆଗରୁ ଥରେ ଅଧେ କେମିତି ଭୋଜି ମଉଜରେ ହେଉଥିଲା ସେଇଟା ହେଇଗଲା ସବୁଦିନିଆ। ସଂଜ ବୁଡିଲେ ଗୁଡିଆ ପିଣ୍ଡା, ଆଉ ଯେମିତି ଚିନ୍ତାଦକ କିଛି ନାହିଁ।'

କେତେଥର ଭାବିଥିଲା, ବା'ଟାକୁ ନେଇ କଟକରେ ବଡ ଡାକ୍ତର ପାଖରେ ଦେଖାଇ ଆଣନ୍ତା। ଭଲ ଔଷଧପତ୍ର ବ୍ୟବସ୍ଥା କରନ୍ତା। ଏଇ ବୁଢା ବୟସରେ ଦେହପା' କଥାଟାକୁ ଠିକ୍‌ରେ ନ ଜଗିଲେ ଅସୁବିଧା। ରୋଗଟା ତା'ର ଯେତେ ପୁରୁଣା ହେଉଛି ସେତେ ବଢି ଚାଲିଛି। ଦମାଟା ଅଧିକ ଧଇଲେ ପାଖ ମେଡିକାଲ ଯାଇ ବଟିକା ଆଣିଖାଏ। ଦିନ କେତେଟା ପରେ ପୁଣି ଯୋଉ କଥାକୁ ସେଇ କଥା। ଔଷଧ କାଟୁ କରେନା। ରୋଗ ମାଡିଯାଏ ଦି' ପାଦ ଆଗକୁ। କଥା କହୁ କହୁ ଧଇଁ ପେଲି ହୁଏ। ଲହରା କାଶ ଉଠାଏ। ଅଣନିଶ୍ୱାସରେ ଛାଟିପିଟି ହୁଏ। 'ଆଃ....କେତେ କଷ୍ଟ ନ ପାଉଥିଲା ଦଦରା ଲୋକଟା ? ଲଗାଣ କାଶରେ ଛାତି କଙ୍କାଳର ମଞ୍ଜାଟା ସୁଦ୍ଧା କମ୍ପି ଉଠୁଥିଲା ଧାଉଁ ଧାଉଁ ହୋଇ।'

ଘରକୁ ଯଦି ବୋହୂ ଆନ୍ତା, ଏତିକିବେଳେ ପିଠି ଟିକେ ଆଉଁଶି ପକାଇଥାନ୍ତା। ପାଣି ମୁନ୍ଦେ ଆଣି ପାଟିରେ ଦେଇଥାନ୍ତା। 'ଏତିକି ବୋଲି ତ ଚାହୁଁଥିଲା ସେ ମଣିଷଟା। ଏଇ ବୁଢା ବେଳରେ ଛାଇ ପରି ହାତ ପାଖରେ ଟିକେ ସାହାରା।' ସେତିକି ଟିକେ ଇଚ୍ଛାକୁ ଶେଷ ଯାଏଁ ସୁଦ୍ଧା ବୁଝିପାରିଲା ନାହିଁ। କଥାଟାକୁ ରଖିଲା ନାହିଁ, କି ଶୁଣିଲା ନାହିଁ। ଗୁହାରି କଲା ଭଳିଆ କେତେ ଥର ସିଧା ବଙ୍କା କରି ପ୍ରସଙ୍ଗ ନ ଉଠାଇଛି ! ନିରାଶ ହୋଇ ଶେଷକୁ ଅନ୍ୟ କାହା ମୁହଁରେ ସୁଦ୍ଧା ପେଟର ଭାଷାକୁ କାନ ପାଖରେ ଆଣି ଥୋଇଛି। ଖାଇବା ଥାଳି ଆଗରେ ଥୋଉ ଥୋଉ ମଂକୁ କେତେ ଥର ଶୁଣେଇ ସାରିଥିଲା, 'ଆଉ ଡେରି କରୁଛ କାହିଁକି ନନା' ? ଯୋଉଥିପାଇଁ ଗାଁରେ ଆସି ରହିଲ ସେଇ କଥାକୁ ଝଅଟି ନିପଟି ଦେଉନ କାହିଁକି ? ଦାଦିବୁଢା କଷ୍ଟ କ'ଣ ଆଖିକୁ ଦିଶୁ ନାହିଁ' ! ଭାତଗୁଣ୍ଡା ଅଧାରୁ ରଖି ଶୁଣୁଥିଲା ସତ କେବେ ସେତେଟା ଗୁରୁତ୍ୱ ଦେଇନଥିଲା କଥାଟାରେ।

ଦେଖିବାକୁ ଗଲେ ବୋଉ ପରେ ପରେ ସେ ହିଁ ଏଯାଏଁ ଚଳାଇଆସିଥିଲା ଘରଟାକୁ। ସମୟ କାଢ଼ି ବୁଝି ଦେଉଥିଲା ଛୋଟ ବଡ କଥା।

ହାତରେ ଗଣି ହିସାବ କଲେ ବରଷେ ଖଣ୍ଡେ ପାଖାପାଖି ହୋଇଯିବଣି ଗୁଜୁରାଟରୁ ଫେରିବା। ଯୋଉଥି ପାଇଁ ମାସିକା ମାସ ନଗଦ କମେଇକୁ ଛାଡି ଧାଇଁ ଆସିଥିଲା ଗାଁକୁ ,କିଛି ବୋଲି କରିପାରିଲା ନାହିଁ। ନା' ବା'କୁ ନେଇ କଟକରେ ଦେଖେଇ ପାରିଲା, ନା' ତା' ମନକଥାକୁ ବୁଝି ଘରକୁ ବୋହୂ ଆଣିପାରିଲା ? ନିଶୂନ୍ ଅଗଣାକୁ ଚାହିଁ ଚାହିଁ ଡୋଳା ଲେଉଟାଇ ଦେଲା ଶେଷକୁ। ଖଞ୍ଜା ଘରର ମଝି ଶୂନ୍ୟ ଆକାଶ ଆଡକୁ ଚାହିଁ ରହିଥିଲା ବୁଦ୍ଧିଆ। ଏକ ଲୟରେ, ଭଗ୍ନ ଆବେଶରେ। ଲାଗୁଥିଲା, ବା'ର ଅତୃପ୍ତ ଆତ୍ମାଟା ଏଇଠି ମଝି ଆକାଶରେ କୋଉଠି ଏଠିସେଠି ହୋଇ ଘୂରି ବୁଲୁଛି। ଦେଖିଲା ଭଳି ବାରିପାରୁଥିଲା ତାର ଅଦୃଶ୍ୟ ଉପସ୍ଥିତି। ଜାବ ପକେଇଲା ପରି ଛାତିରେ ଭେଦିଯାଉଥିଲା ତା'ର ବଳକା ଅରମାନ୍‌ର ଦୁଃଖ। ଘଡିଏ ସୁଦ୍ଧା ଯାଇନଥିବ, ତା' ଥିବା ଦେହଟାକୁ ଶ୍ମଶାନ ଗଡାରେ ଜାଳି ପୋଡିକି ଆସିଛି। ସାକାର ଶରୀରଟା ଦେଖୁ ଦେଖୁ ଧୂଆଁ ଧାରରେ ପଟଳ ପଟଳ ହୋଇ ନିରାକାର ପାଲଟିଛି। ବା' ଭୂଇଁ-ଛାଡି ଆକାଶକୁ ଯାଇଛି। କଣ୍ଠନଳି ଫାଟିଆସୁଥିଲା କୋହରେ ଯେମିତି। ବଢି ପାଣିର ଅତଡା ଖସୁଥିଲା ଭିତରେ। ପୁଳା ପୁଳା ହୋଇ ସେଥିରେ ଧସି ପଡୁଥିଲା ଘଳିଆ ଛାତିର ଅସ୍ତିତ୍ୱ। ଭୋ..... ଭୋ କରି କାନ୍ଦି ଉଠିଲା ବୁଦ୍ଧିଆ।

'ଆରେ ବତୁରା ଦେହଟାରେ ଆଉ କେତେ ସମୟ ଛିଡା ହୋଇ ରହିବୁ !' ଗିରିଆ ଧୋବା ଚେତେଇ ଦେଲାପରି ପାଟି କରି ଉଠିଲା। ଆସିବା ବେଳଠୁ ଚାତକ ପରି ଅନାଇ ବସିଥିଲା ଅଗଣା ପିଣ୍ଡାରେ। କେତେବେଳେ ଓଦା ଲୁଗାଟା ବୁଦ୍ଧିଆ ଦେହରୁ କାଢିଲେ ସେହି ପାଲଟା ଖଣ୍ଡକ ଧରି ଘରକୁ ଫେରିବ। ସେହି ପ୍ରାପ୍ୟଟା ଯେତେବେଳେ ତା'ର ଛାଡିବ ବା କାହିଁକି ?

ଶୂନ୍ୟ ଆକାଶ ଆଡୁ ଖସିଆସୁଥିଲା ବୁଦ୍ଧିଆ। ପୋଡା ତାରା ପରି ଛିଣ୍ଡିପଡୁଥିଲା ମାଟି ଉପରେ। ଯାହା ଥିଲା କେଇ କ୍ଷଣକ ଆଗରୁ ସବୁ ରହିଗଲା ମଥାନ ଉପରେ। ହଜିଗଲା ନିର୍ବାକ ନୀଳିମାର ନିର୍ଜନତାରେ। ଏବେ ଆଖିର କୋରଡ ଖାଲି। ଛାତିର ଗହ୍ୱର ଖାଲି। ଖାଲି ଖାଲିର କୋଶ କୋଶ ଅସରନ୍ତି ବାଟ। ରିକ୍ତ ହାତ ମୁଠାରେ ସୀମାହୀନ ଅବସୋସ।

ଗିରିଆ ଧୋବା ଆଉଥରେ କଥାଟାକୁ ଦୋହରେଇ ଉଠିଲା, 'ଆରେ ଥୁଣ୍ଟା ଗଛ ପରି କାହିଁ ସେମିତି ଛିଡା ହୋଇ ରହିଲୁ ! ତୋର ମଗଜ ବିଗିଡି ଗଲାଣି କିରେ !' ଏଥର ସାଷ୍ଟାମ ହେଲା ବୁଦ୍ଧିଆ। ଓଦା ଲୁଗାଟାକୁ ସହସା ଅଗଣାରେ ଫୋପାଡି ସିଧା ପଶିଗଲା ଘର ଭିତରକୁ। ଟ୍ରଙ୍କ୍ ଖୋଲି ଭଣ୍ଡାଳି ପକାଇଲା ନଟିଆ ଭାଇର ନମ୍ବର। ତାକୁ କହିବ, 'ନଟିଆ ଭାଇ, କାମ ବୁଝ୍, ମୁଁ ଫେରିଯିବ ଗୁଜୁରାଟ।'

ମିଛି ମିଛିକା ରାତି

ଆବେ ଅଲବତ୍...

କହିଲି ପରା ଅଲବତ୍ ଯିବୁ...। ମୁଣ୍ଡ ଘୂରେଇ ଦୋହଲୁଥିବା ଅବସ୍ଥାରେ ଏଇ ଦୁଇ ଧାଡିର ସଂଳାପ ଛିଟ୍‌କି ପଡୁଥିଲା ମାନଗୋବିନ୍ଦଙ୍କ ମୁହଁରୁ। କିଛି ବୋଲି ଶୁଣିବାକୁ ଚାହୁଁ ନଥିଲେ। କେବଳ ଜାରି କରିବାକୁ ଚାହୁଁଥିଲେ ହୁକୁମ୍, ଆବେ ଅଲ୍‌ବତ୍ ଯିବୁ...।

ସକାଳୁ ପେଟମରା ରୋଗଟା ଆରମ୍ଭ ହୋଇଯାଇଥିଲା ନୟନାର। ରହି ରହି ଭୀଷଣ କଷ୍ଟ ଦେଉଥିଲା। କିଛି ଗୋଟା କାମ ଠିକ୍‌ରେ କରାଇ ଦେଉନଥିଲା ଏ ଯାଏଁ। ରୋଷେଇ ଅଧାପଡିଥିଲା। ଟେବୁଲ ଉପରେ ଅଧା କଟାଯାଇ ଥୁଆ ହୋଇଥିଲା ପରିବାପତ୍ର। ଏଇ କିଛି ସମୟ ଆଗରୁ ସେଇଠି ବସି ଛୁରୀରେ ଫାଳ ଫାଳ କରି କାଟୁଥିଲା ଆଳୁ, ବାଇଗଣ, ଝୁଡଙ୍ଗ ସବୁରୁ ଦି'ଟା ଲେଖାଁଏ। କେମିତି କ'ଣ ସନ୍ତୁଳାଟା କରିଦେଇଥିଲେ କାମ ସରିଯାଇଥାନ୍ତା। ଠିକ୍ ଏତିକିବେଳକୁ ପେଟ ଯନ୍ତ୍ରଣାଟା ଏତେ ଜୋରେ ବାହାରି ପଡିଲା ଯେ ଛାଟିପିଟି ହୋଇ ବିଛଣାରେ ପଡିରହିବା ଛଡା ଆଉ କିଛି ବାଟ ନଥିଲା।

ଥିଲା ଥିଲା ଦାଣ୍ଡ ଘରୁ କାନ୍ଥ ଘଣ୍ଟାଟା ବାଜିଉଠିଲା ଢଣ୍

ଉଣ୍ ହୋଇ। 'ନ'ଅଟା ବାଜିଗଲା ତା'ହେଲେ' ! ଆସନ୍ନ ଶଙ୍କାରେ ଚହଁକି ଉଠିଲା। ଶୋଇବା ଘରର ଜଳୁଥିବା ବଲ୍‌ବଟା ଯେମିତି ନିଷ୍ପ୍ରଭ ଦେଖାଗଲା ଆଖିକୁ। ହାବୁକାଏ ଅନ୍ଧାର କୋଉଠୁ ଆସି ଛାଇଗଲା ସବୁଆଡେ। ମନର ଦରଜା ଦେଇ ସେହି ଆତଙ୍କଗୁଡା ପ୍ରବେଶ କରିଚାଲିଥିଲା ଅନାୟାସରେ। ଦୁଇ ଆଖିକୁ ଯେତେ ଜୋର୍‌ରେ ବନ୍ଦ କଲେ ବି ବାହାରର ସେହି ଆସନ୍ନ ଅନ୍ଧାରଟା ତା'ର କାୟାବିସ୍ତାର କରି ଛାଇ ହୋଇଯାଉଥିଲା ଚାରିପାଖରେ। ନିଷ୍ଠୁର ଆମନ୍ତ୍ରଣରେ ଗୋଟାସୁଦ୍ଧା ଆବଦ୍ଧ କରିନେବାକୁ ପ୍ରସ୍ତୁତ ହୋଇରହିଥିଲା ସମ୍ମୁଖରେ। କିଛି କରିବା ଆଗରୁ ଟାଣିଓଟାରି ନେଇଯିବ ତା' ଅନ୍ଧଗହ୍ୱର ଭିତରକୁ। ଯେଉଁଠି ଖାଲି କଳାରାତି ପରି ଜଳୁଥିବ ଆଲୁଅ। ଧାଡି ଧାଡିର ଆଲୁଅ। ରଙ୍ଗବେରଙ୍ଗର ଆଲୁଅ। ଅଟ୍ଟହାସ୍ୟର ଆଲୁଅ। ଅଥଚ ଆଖିକୁ ସବୁ ଦିଶୁଥିବ ଅନ୍ଧକାର। ମିଟିମିଟି...... ଅନ୍ଧକାର।

ଠିକ୍ ଏତିକିବେଳେ ଆସି ପହଞ୍ଚିଯାଇଥିଲା ମାନଗୋବିନ୍ଦ। ଯେମିତି ସବୁ ରାତିରେ ଫେରେ, ନିଶାରେ ଚୁର୍। ଅଣାୟତ୍ତ ଟଳମଳ ପାଦ। ବିକୃତ ଚେହେରା। ଭିତରକୁ ପଶି ଆସିବା ମାତ୍ରେ ଭଣ ଭଣ ମଦର ଗନ୍ଧରେ ଫାଟି ପଡୁଥିଲା ପୂରା ଘରଟା। ଦେହଟା କାହିଁ ଭଲ ଲାଗୁନି ବୋଲି କହିବାରୁ ସେପଟୁ ପାଟି ଫଟେଇ ଚିତ୍କାର ଆରମ୍ଭ କରିଦେଇଥିଲା। 'ଆବେ..... ଅଲବତ୍ ଯିବୁ......ଶାଳି......।' ଏତେ ଜୋର୍‌ରେ ଚିତ୍କାର କରୁଥିଲା ଯେ ସେ ନିଜେ ସୁଦ୍ଧା ଅସମ୍ଭାଳ ଅବସ୍ଥାରେ ପଡିବା ପଡିବା ହୋଇଯାଉଥିଲା। କୌଣସି ମତେ ସେଥିରୁ ବର୍ତ୍ତିଯିବାର ବାଟ ନଥିଲା। ସବୁ ଆଡକୁ ଯେପରି ରାସ୍ତା ବନ୍ଦ। କେବଳ ଗୋଟିଏ ବାଟ ଯୋଉଟାକି ସେ ଚାହୁଁନଥିଲା। ସେ ବାଟରେ ଯିବାକୁ ନିର୍ଘାତ ଭାବରେ ଜାହିର କରିଦେଇଥିଲା ତା'ର ପ୍ରଭୁତ୍ୱ। ତା'ର ଯାବତୀୟ ଅଭାଷା। ତା'ର ନିଷ୍ଠୁର ପଶୁତ୍ୱପଣ।

ବାଧ୍ୟ ହୋଇ ଖଟରୁ ଉଠି ବସିଲା ନୟନା। ସେପର୍ଯ୍ୟନ୍ତ ପେଟର ପୀଡାଟା ଥୟ ଧରି ନଥାଏ। ଅନ୍ୟ ଉପାୟ କିଛି ନଥିଲା ଉଠି ବସିବା ଛଡା। ଯଦି ସେପରି ନ କରୁଛି, ମାନଗୋବିନ୍ଦର ଅଶ୍ଳୀଳ ଚିତ୍କାର ଆହୁରି ବଢିଚାଲିବ ଯୋଉଟାକୁ କି ସେ ଘୃଣା କରେ। ସେହି ଶବ୍ଦଗୁଡା ଶୁଣିଲା ମାତ୍ରକେ ଆତ୍ମାରେ ନିଆଁ ଲାଗିଯାଏ। ତା ଛଡା ରାତି ଅଧରେ ମଦ୍ୟପ ସ୍ୱାମୀ ସହ ପାଟିତୁଣ୍ଡ କରି ଲାଭ ବା କ'ଣ ? ନିଜକୁ ଯିବା ପାଇଁ ପ୍ରସ୍ତୁତ କଲା। ଡ୍ରେସିଂ ଟେବୁଲ୍ ଆଗରେ ଛିଡା ହୋଇ ଦେହରେ ଗଳାଇଲା ବରାଦୀ ପୋଷାକ। ଘରୁଆ କଟନ୍ ଶାଢୀ ବଦଳରେ ପିନ୍ଧିଲା ଚକ୍‌ମକି ଜରିଲଗା ମିନିସ୍କର୍ଟ୍। ତା ସାଙ୍ଗରେ ବଡି ଫିଟିଂ ଟପ୍। ମୁହଁରେ ପାଉଡର କ୍ରିମ୍ ସହିତ ହାଲ୍‌କା ଗୋଲାପି ରଙ୍ଗର ରୁଜ୍। ପାଦରେ ମ୍ୟାଚିଂ ଜୋତା। ଆଉ ତା ବିପର୍ଯ୍ୟସ୍ତ ବବ୍ କଟ୍ ବାଳ ଉପରେ କେଇଥର ବୁଲାଇ ଆଣିଲା ପାନିଆ।

କଷ୍ଟ ଲାଗୁଥିଲେ ବି ଧିରେ ଧିରେ ପାଦ ଥାପିଲା ଦୁଆର ମୁହଁ ଆଡକୁ। ଅନିଚ୍ଛା ସତ୍ତ୍ୱେ ଘୋଷାରି ନେବାକୁ ପଡୁଥିଲା ସେହି ଦୁଇଟାକୁ। ଦୁଆର ଟପିଲେ ତା'ର ପରିଚୟ ଅଲଗା। ଦୁନିଆ ଅଲଗା। ମାୟା ଜଗତର ଦୁନିଆ। ଯାହା ସହିତ ଯୋଡି ହୋଇଯାଇଛି ତା'ର ଏହି ଜର୍ଜରିତ ଜୀବନର ସଂପର୍କ। ରହିଛି କହିଲେ ଗୋଟିଏ କୃତ୍ରିମ ଅଭିନୟର ପୃଥିବୀ। ମଧ୍ୟରାତ୍ରୀର ଅଭିନିବେଶ। ରୁଚିହୀନ...ପୁଣି ବିରକ୍ତିକର। ବାହାରେ ଅପେକ୍ଷା କରି ରହିଥିଲା ଗାଡି। କାଳବିଳମ୍ବ ନ କରି ସିଧା ନେଇ ପହଞ୍ଚାଇ ଦେବ ନର୍କର ସେହି ମାହୋଲରେ। ସେଠି ପଙ୍ଗପାଳ ପରି ଆଁ' ମେଲାଇ

ଅପେକ୍ଷା କରି ରହିଥିବେ ଗୋଛାଏ ଭୋକିଲା ଦର୍ଶକ। ଦେଖୁ ଦେଖୁ ପୋତି ପକାଇବେ ଅଶ୍ଳୀଳ ତାଳି ମାଡର ଇସାରା ଆଉ ନାନାଦି ଅସଭ୍ୟ ଉଲ୍ଲାସରେ। 'ରେକର୍ଡ ଡ୍ୟାନସ୍‌ରେ ....ଡ୍ୟାନ୍ସ କୁଇନ୍ ନୟନା। ଆଜିର ରଜନୀର ଆକର୍ଷଣ ଡ୍ୟାନ୍‌ସ କୁଇନ୍ ନୟନା.....।' ନେପଥ୍ୟରୁ ରହି ରହି ଶୁଭୁଥିଲା ଘୋଷକର କଣ୍ଠସ୍ୱର। ଲୋକେ ବସିବା ଆରମ୍ଭ କରିଦେଇଥିଲେ। ସୁସଜ୍ଜିତ ପେଣ୍ଡାଲ। ଚାରିପଟରେ ତଳଉପର ହୋଇ ଆଲୁଅର ଧାଡି। ରେକର୍ଡ ବାଦ୍ୟର ତାଳେ ତାଳେ ତରଙ୍ଗାୟିତ ନୃତ୍ୟ ପାଇଁ ଉନ୍ମୁଖ। ପ୍ରସ୍ତୁତ ରଙ୍ଗମଞ୍ଚ। ପ୍ରଥମ ଅର୍ଘ୍ୟରେ ମୋହିବ ଦର୍ଶକଙ୍କ ମନ। ଦେହର ଚୋରା ବର୍ଣ୍ଣାଳିରେ ଉଷୁମ ହୋଇଉଠିବ ସାରା ପରିବେଶ। ସଂଗୀତ ସହ ତାଳଦେବ ନୃତ୍ୟ। କ୍ଷୁଧାର୍ତ୍ତ ମାନଙ୍କ ଚାହାଁଣି ସହ ତାଳ ଦେଉଥିବ ନୃତ୍ୟାୟିତ ବକ୍ଷୋଜ। ଛନ୍ଦାୟିତ ନିତମ୍ବ ଆଉ ଉନ୍ମୁକ୍ତ ଜାନୁ। ନାଚିଉଠିବ ମୁକ୍ତ ରଙ୍ଗ ମହଲ। ଭରପୂର୍ କଟାଯାଇଥିବା ଟିକେଟ୍‌ରେ ବିକ୍ରି ହେବ ଚୋରା ଯୌନତାର ମାଦକତା। ରେକର୍ଡ...ଡ୍ୟାନସ୍....ନଗ୍ନତା।

ତୀବ୍ର ପ୍ରତିକ୍ରିୟାରେ ଶିହରି ଉଠୁଥିଲା ନୟନାର ସମଗ୍ର ଶରୀର। ତିଳେ ମାତ୍ର ଇଚ୍ଛା ନଥିଲା ଦେହଟାକୁ ନେଇ ଇଚ୍ଛା ବିରୁଦ୍ଧରେ ଧେଇ....ଧେଇ ନଚାଇବାକୁ। ମନ ଓ ଦେହ ଭିତରେ ଲାଗିଯାଇଥିଲା ଦ୍ୱନ୍ଦ। ମନ କହୁଥିଲା......ନା', ଦେହ ପାଖରେ ପ୍ରତିବାଦ ପାଇଁ ନଥିଲା ଭାଷା। 'ଯଦି ସେତକ ତା' ପାଖରେ ଥାନ୍ତା, ଏତେ କଷ୍ଟ ଭିତରେ ସେ ସଜାଇ ହୋଇ ବାହାରି ପଡି ନଥାନ୍ତା ଦେଖଣାହାରୀଙ୍କ ଶସ୍ତା ମନୋରଞ୍ଜନ ପାଇଁ !' ବିଦ୍ରୋହର ସ୍ୱର ପହଁରି ଯାଉଥିଲା ଭିତରେ। ଅନ୍ତରକୁ ଫାଳ ଫାଳ କରି ଚିରି ଦେଉଥିଲା ସେହି ମର୍ମଭେଦୀ ସ୍ୱରର ତୀକ୍ଷଣ ଧାର। କାଟି ଖଣ୍ଡ ବିଖଣ୍ଡିତ କରି ନେଇଯାଉଥିଲା ଆହୁରି ପଛକୁ। ପଛକୁ....ପଛକୁ।

ସଂଗୀତ ନାଟକ ମହାବିଦ୍ୟାଳୟରେ ନାମ ଲେଖାଇବାର ଦିନ। କେତେ ଜିଦି କଲାପରେ ଯାଇ ସେଠି ତା'ର ନାଁ ଲେଖାହୋଇଥିଲା। ପରିବାର ଲୋକଙ୍କ ଇଚ୍ଛାର ପ୍ରବଳ ବିରୋଧ ସତ୍ତ୍ୱେ ସେ ବାଛିନେଇଥିଲା ଏହି ପାଠ୍ୟକ୍ରମ। ବାଛିନେଇଥିଲା ଅଭିନୟ ହିଁ ହେବ ତା'ର ଭବିଷ୍ୟତର ପେଟପାଟଣା। ସେ ନିଜକୁ ପ୍ରମାଣିତ କରିବ। ଦକ୍ଷତାର ଶିଢ଼ିରେ ଗୋଟିଏ ପରେ ଗୋଟିଏ ପାହାଚ ଚଢି ଯିବ ଉପରକୁ। ପ୍ରତିଷ୍ଠା ଓ ସୁନାମ ତା ନାଁର ଆଗପଛରେ ଘୂରିବୁଲୁଥିବ ବଳୟ ପରି। ଦିନ ଆସିବ ସେ ପାଲଟିବ ଅଭିନୟର ରାଣୀ ମହୁମାଛି। ସିନେମା ହଲ୍‌ର ସଫେଦ୍ ପରଦାରେ ରେକର୍ଡ ଭାଙ୍ଗୁଥିବ ତା' ଅଭିନୀତ ଚଳଚ୍ଚିତ୍ର ! ରାସ୍ତାଘାଟରେ ଛାଇ ହୋଇଯାଇଥିବ ତା' ଛବିର ପୋଷ୍ଟର। କାଷ୍ଟିଂରେ ସବା ଆଗରେ ଲେଖାହୋଇଥିବ ଅଭିନେତ୍ରୀ ନୟନାର ନାମ।

ବାପା କେବେ ଚାହୁଁନଥିଲେ ଏଇ ଲାଇନ୍‌ରେ ଛାଡିବା ପାଇଁ। ତାଙ୍କର ଇଚ୍ଛା ଥିଲା ପ୍ଲସ୍ ଟୁ' ପରେ ଝିଅ ବି.ଏ. ପଢୁ। ତା'ପରେ ଏମ.ଏ.। ଅନ୍ୟମାନଙ୍କ ପରି ଚାକିରି ନିମନ୍ତେ କମ୍ପିଟେଟିଭ୍ ଦେଉ। ଯଦି ସରକାରୀ ଚାକିରି ଖଣ୍ଡେ ହୋଇପାରିଲା, ତା'ହେଲେ ଭଲ। ନ ହେଲେ ସାଧାରଣ ପରିବାରର ଝିଅ ଭାଗ୍ୟରେ ଯାହା ଲେଖାଥାଏ। କୋଉଠି ଗୋଟେ ସୁହାଇଲା ଭଳି ପ୍ରସ୍ତାବ ଦେଖି ବାହାଘର। ତା'ପରେ ଘର ସଂସାର। ତାଙ୍କ ଆଡୁ ପ୍ରବଳ ବିରୋଧ ସତ୍ତ୍ୱେ ଏହି ପାଠ ପଢ଼ିବାକୁ ଚାହିଁଥିଲା। ଶେଷରେ ତା'ର ଜିଦି ଆଗରେ ହାର ମାନିଥିଲା ବାପାଙ୍କର ଇଚ୍ଛା। ଡ୍ରାମା ବିଭାଗରେ

ନାମ ଲେଖାଇଥିଲା ଛାତ୍ରୀ ଭାବରେ । ଆଖିରେ ଅସୁମାରି ଉତ୍ସାହ, ଛାତି ତଳେ ଅଭିନୟର ଅପ୍ରତିହତ ନିଶା, ଦୁଇ ସ୍ୱପ୍ନିଳ ପାଦକୁ ଧରି ଆଗେଇ ଆସିଥିଲା ଭବିଷ୍ୟତର ପଥରେ ।

ଗାର୍ଲସ୍ ସ୍କୁଲରେ ପାଠ ପଢୁଥିବା ବେଳେ ସେହି ବର୍ଷ ଥିଲା ଅଷ୍ଟମ ଶ୍ରେଣୀ । ସ୍କୁଲ୍‌ର ବାର୍ଷିକ ଡ୍ରାମା ପାଇଁ ଚରିତ୍ର ଚୟନ ଚାଲିଥାଏ । ମଞ୍ଚସ୍ଥ ହେବାର ଥାଏ ନୃତ୍ୟନାଟିକା କାଞ୍ଚିକାବେରୀ । କବିତା ଭଲ ଆବୃତ୍ତି କରିପାରୁଥିବାରୁ କୃଷ୍ଣଙ୍କ ଭୂମିକାରେ ଅଭିନୟର ସୁଯୋଗ ପାଏ । ତାହା ପୁଣି ଉପରଶ୍ରେଣୀର ପିଲାଙ୍କ ମୁକାବିଲାରେ । ପ୍ରଥମ ଥର କରି ଡ୍ରାମାରେ ଭାଗ ନେଉଥାଏ । କ'ଣ ନାଇଁ କ'ଣ ହେବ ଭାବି ମନ ଭିତରେ ଛନକା । କେବଳ ତା' ଭିତରେ ନୁହେଁ ସ୍କୁଲର ସମସ୍ତଙ୍କ ମଧ୍ୟରେ ସେହି ସମାନ ପ୍ରକାରର ପ୍ରତିକ୍ରିୟା 'ଏ ଛୋଟ ଝିଅ ଠିକ୍‌ରେ କରି ପାରିବ ତ' ? ମାତ୍ର ଯେଉଁ ଦିନ ସ୍କୁଲ ପେଣ୍ଡାଲ ଉପରେ ନାଟକଟି ମଞ୍ଚସ୍ଥ ହେଲା, ମୁହୂର୍ତ୍ତଗୁଡିକ ତା' ପାଇଁ ଯେପରି ଥିଲା ଅବିଶ୍ୱସନୀୟ । ତାଳିମାଡରେ ଫାଟି ପଡୁଥିଲା ସମଗ୍ର ପରିବେଶ । ନିଜେ ଅତିଥି ମଞ୍ଚ ଉପରକୁ ଉଠି ଆସି ସାବାସୀ ଦେଇ କହିଥିଲେ, 'ବାଃ....ବଢିଆ ଅଭିନୟ କରୁଛ ।' ପ୍ରଶଂସାର ସେହି ସ୍ମରଣୀୟ ସଂଧ୍ୟାର ଗହଳି ଭିତରେ ପ୍ରଥମ ଥର ପାଇଁ ସେ ନିଜ ଭିତରେ ଆବିଷ୍କାର କରିଥିଲା ଏହି ଯାଦୁକରୀ ସାମର୍ଥ୍ୟକୁ । ଲାଗ୍ ଲାଗ୍ ନବମ ଓ ଦଶମ ଦୁଇ ବର୍ଷ କାଳ ତାକୁ ହିଁ ନିର୍ଦ୍ୱନ୍ଦରେ ବଛାଯାଇଥିଲା ନାଟକର ମୁଖ୍ୟ ଚରିତ୍ର ଭାବରେ । ଅଭିନୟ ପ୍ରତି ଅଦମନୀୟ ତୃଷ୍ଣା ଛାଏଁ ଛାଏଁ ବୀଜଟିଏ ପାଲଟି ତା' ଭିତରୁ ଅଙ୍କୁରିତ ହୋଇ ଆସିଥିଲା ଅଲକ୍ଷ୍ୟରେ ।

ମାନଗୋବିନ୍ଦଙ୍କ ସହ ସଂଗୀତ ନାଟକ ମହାବିଦ୍ୟାଳୟରେ ଚିହ୍ନା ପରିଚୟ । ସେତେବେଳେ ମନୁ ଭାଇ ରୂପେ ବେଶ୍ ଜଣାଶୁଣା । ଡ୍ରାମା ବିଭାଗର ସିନିୟର୍ କୃତି ଛାତ୍ର । ଉଭୟ ଅଭିନୟ ଓ ମଞ୍ଚ ନିର୍ଦ୍ଦେଶନାରେ ପାରଙ୍ଗମ । ବିଭିନ୍ନ ସୌଖିନ୍ ନାଟକ ସଂସ୍ଥା ସହ ଜଡିତ ଥିବାରୁ ତାଙ୍କ ନିର୍ଦ୍ଦେଶିତ ନାଟକ ମାନଙ୍କରେ ଜୁନିଅର୍ ପିଲାମାନଙ୍କୁ ଅଭିନୟର ସୁଯୋଗ ଦେଇଥାନ୍ତି । ଦିନେ କ୍ୟାମ୍ପସ୍‌ରେ ଯାଉଥିବା ବେଳେ ହଠାତ୍ ପଛରୁ ତାଙ୍କ ଡାକ ଶୁଭିଲା, 'ନୟନା......ମୋର ଗୋଟେ ଡ୍ରାମାରେ କାମ କରିବ ?' ତାଙ୍କ ଆଖିରେ ଭରି ରହିଥିଲା ବିଶ୍ୱାସ ସହ ଏହି ପ୍ରତ୍ୟାଶାଭରା ପ୍ରଶ୍ନଟିଏ । ଅବବୋଧ ପାଇଁ ଆଉ ଟିକେ ବିଷଦ କରି କଥାଯୋଡି କହିଲେ, 'ମୋ ଫିମେଲ୍ କ୍ୟାରେକ୍ଟରଟା ଯେମିତି ଡିମାଣ୍ଡ କରୁଛି, ସେମିତିକା ଚରିତ୍ର ତୁମେ ହୋଇପାରିବ । ଏଇଟା ଗୋଟେ ଏକ୍ସପେରିମେଣ୍ଟାଲ୍ ଡ୍ରାମା । ରିସ୍କ ତ ରହିଛି । ....ଦେଖିବା । ତମେ କ'ଣ କହୁଛ ?' ଆଉ କିଛି ବୁଝିବାକୁ ଅପେକ୍ଷା ନ ରଖି ସେଇଠି ସିଧା ହଁ ଭରିଦେଇଥିଲା ପ୍ରସ୍ତାବଟିରେ । 'ସୁଯୋଗ ପାଖରେ ଆସି ଜୁଟିଛି ଯେତେବେଳେ ହାତଛଡା କରିବା ଠିକ୍ ନୁହେଁ ! ତାଛଡା ଏପର୍ଯ୍ୟନ୍ତ ଯାହା କରିଛି ସବୁ କଲେଜର ଅଡିଟୋରିୟମ ଭିତରେ । ବାହାରେ କିଛି କରି ଦେଖେଇବାର ଇଏ ଗୋଟିଏ ଚାନ୍ସ, ଛାଡିବ କାହିଁକି !' ଭାବି ରାଜି ହୋଇଯାଇଥିଲା ନୟନା ।

ପୂରା ମଞ୍ଚରେ ଜିରୋ ଲାଇଟ୍‌ର ଅନ୍ଧାର । ସେହି ହାଲ୍‌କା ଅନ୍ଧାରରେ ରୁଣୁଝୁଣୁ ତରଙ୍ଗ ପରି ନେପଥ୍ୟର ଭାସି ଆସୁଥାଏ କେଉଁ ଏକ ପରିଚିତ ରୋମାଣ୍ଟିକ ସଂଗୀତର ବାଦ୍ୟ ଯନ୍ତ୍ର ତାଳ । ମଝିରେ ମଝିରେ ମାଇକ୍‌ରେ ଚାଲିଥାଏ ଉଦ୍‌ଘୋଷଣା । 'ପ୍ରିୟ ଦର୍ଶକ ବନ୍ଧୁ, କିଛି ସମୟ

ପରେ.....ଡ୍ୟାନ୍ସ କୁଇନ୍ ନୟନା ଓ ସାଥୀମାନଙ୍କର ରେକର୍ଡ ଡ୍ୟାନସ୍।' ଦର୍ଶକ ମାନଙ୍କର ବିନିଦ୍ର ଆଖିରେ ମିଠା ଶିହରଣର ଉତ୍କଣ୍ଠା। କେତେବେଳେ ଆଲୋକିତ ହେବ ରଙ୍ଗମଞ୍ଚ। ରଙ୍ଗବେରଙ୍ଗ ଯାଦୁର ଆଲୋକରେ ଉଭା ହେବେ ଡ୍ୟାନସ୍ କୁଇନ୍ ମାନେ। ନେପଥ୍ୟରେ ବାଦ୍ୟ ଯନ୍ତ୍ରର ତାଳ ତାର ଆରୋହ ଅବରୋହ ଦେଇ ଗତି କରିଚାଲିଥିଲା। ଶ୍ରୁତି ମଧୁର ଧ୍ୱନ୍ ପାଲଟି ଅକ୍ତିଆର କରୁଥିଲା ପ୍ରତୀକ୍ଷାରତ ଦର୍ଶକମାନଙ୍କ ବିଗଳିତ ହୃଦୟର ଉପତ୍ୟକା। ମାହୋଲକୁ ମଝିରେ ମଝିରେ ଉଷ୍ମ କରିଦେଉଥିଲା ମାଇକ୍‌ରେ ଶୁଭୁଥିବା ଉଦ୍‌ଘୋଷଣା।

ସଚେତନ ହୋଇଉଠିଲା ନୟନା। କିଛି ମୁହୂର୍ତ୍ତ ପାଇଁ ହଜିଯାଇଥିଲା ଘଟଣା ପ୍ରବାହରେ। ଯେଉଁଠି ତାକୁ ଫୁଲପାଖୁଡାର କୋମଳ ଅନୁଭବଠାରୁ ବେଶୀ କ୍ଷତାକ୍ତ କରୁଥିଲା କଣ୍ଟାର ତୀକ୍ଷଣ ମୁନ। ଉଜୁଡା ସ୍ମୃତି ବଗିଚାର ଅବଶେଷ। ନାଁକୁ ସେଠି ଖାଲି ଫୁଲ, ଡେମ୍ଫ ସାରା ଖାଲି କଣ୍ଟା ହିଁ କଣ୍ଟା। ଅନେକ ବାରଣ ସତ୍ତ୍ୱେ ଏହି ବାଟକୁ ଆପଣେଇ ନେଇଥିଲା ଭବିଷ୍ୟତର ସ୍ୱପ୍ନ ଭାବି। ଯାକୁ ନେଇ କ୍ୟାରିଅର କରିବ, ଟ୍ୟାଲେଣ୍ଟ୍‌ର ପ୍ରମାଣ ଦେଇ ନିଜର ଉତ୍କର୍ଷତାକୁ ସାବ୍ୟସ୍ତ କରିବ। ଏମିତି ଗୋଟେ ନିଶା ଆରମ୍ଭରୁ ଛାଇ ରହିଥିଲା ତା' ଭିତରେ। କଲେଜ ହତା ଛାଡିବା ପରେ ସେହି ସ୍ୱପ୍ନର ବର୍ଣ୍ଣମାଳା କୁଆଡେ ବଦଳିଯାଇଥିଲା। ଜୀବନ ପାଲଟିଯାଇଥିଲା ଏକ କ୍ଷତାକ୍ତ ରଙ୍ଗମଞ୍ଚ। ସେଠି ନିଷ୍ଠୁର ଭାଗ୍ୟକୁ ସାଙ୍ଗରେ ଧରି ଜୀବନକୁ ସାମ୍ନା କରୁଥିଲା ତା'ପରି ଜଣେ ସତସତିକା ନାୟିକା। ଧୂଳି ଚାଟି ଲହୁଲୁହାଣ ହେଉଥିବା ସ୍ୱପ୍ନଭୁକ୍ ଗୋଟେ ଚରିତ୍ର। ଯାହାର ସଂଳାପ ନାହିଁ ...... ଅଭିନୟ ନାହିଁ...... ରହିଛି କେବଳ ରେକର୍ଡର ତାଳ ସହ ନୃତ୍ୟ।

ପେଟର ଯନ୍ତ୍ରଣା କମିବାର ନା' ଧରୁ ନଥାଏ। ଭାରି ଅଶ୍ୱସ୍ତିକର ଲାଗୁଥାଏ ନିଜକୁ। ଏତିକିବେଳେ ହାଲୋର ହୋଇ ଉଠିଲା ପେଣ୍ଡାଲ। ଧପ୍ ଧପ୍ ହୋଇ ଜଳି ଉଠିଲା ଚାରିଦିଗରୁ ଆଲୋକ। ସଦ୍ୟ ଫୁଲ ଫୁଟାର ରଙ୍ଗ ପରି ଜ୍ୟୋସ୍ନା ବିଧୌତ ଆଲୋକ। ଭାସିଆସୁଥାଏ ରେକର୍ଡ ସଂଗୀତର ମଧୁର ମୂର୍ଚ୍ଛନା। ଆଇନାକୁ ମୁହଁ ଆଗରେ ରଖି ମେକପ୍‌କୁ ସଜାଡି ନେଉଥିଲା ନୟନା। ସେପରି କାହିଁ ଠିକ୍‌ଠାକ୍ ଲାଗୁନଥିଲା ଚେହେରାଟା। କୋଉଠି ଟିକେ ଅଖାଡୁଆ ଲାଗୁଥିଲା ଆଖିକୁ। ମେକପ୍‌ର ଚାଦର ତଳେ ତଥାପି ଲୁଚି ପାରୁନଥାଏ ମନର ବିଷର୍ଣ୍ଣତା। ଦେହ ଭିତରର ପୀଡା, ଏଣେ ମରମ ତଳର ଜ୍ୱାଳା। 'ଓଃ.....କେତେ କଷ୍ଟର ପରୀକ୍ଷା ନେବ ଏ ପେଟଟା ? ହେବା ଦିନରୁ ପିଛା ଛାଡିଲା ନାହିଁ ଜମାରୁ।' ଯନ୍ତ୍ରଣାର ଚିହ୍ନ ଗୁଡାକ ଭାଙ୍ଗପଡିଲା ପରି ଫୁଟି ଉଠୁଥିଲା ଦେଖୁଥିବା ଆଇନାରେ।

ମାସେ ଖଣ୍ଡେ ହୋଇଯିବଣି ଦ୍ୱିତୀୟ ଗର୍ଭପାତକୁ ଏହା ଭିତରେ। ତାର ପ୍ରଭାବରେ ପୀଡାଟା ଏବେ ବି ତଳିପେଟ ଛାଡିବାକୁ ନାଁ ଧରୁ ନାହିଁ। କେତେଥର ମନା ନ କରିଥିଲା ମାନଗୋବିନ୍ଦଙ୍କୁ। 'ଏ ଗର୍ଭଟି ରହୁ। ମୁଁ ତାକୁ ନଷ୍ଟ କରିବାକୁ ଚାହେଁନା। ତା ଛଡା ତିନି ମାସ ପରେ ହୋଇଗଲାଣି ଯେତେବେଳେ....।' କୌଣସି ବିନତି ଅଟକାଇ ପାରିନଥିଲା ତାଙ୍କୁ ଏହି ନିର୍ମମ ନିଷ୍ପତ୍ତି ନେବାରେ। 'ଶାଳି, ତୁ ଯଦି ଇଆଡେ ଛୁଆ ବେଇବୁ, ସିଆଡେ ଯାତ୍ରା କେମିତି ଚାଲିବ ! ଦାନା କୁଆଡୁ ଆସିବ ଭାତହାଣ୍ଡିକୁ.....ଆଉ ମୋ ମଦପାଣି ?' ଭୟଙ୍କର ପିଶାଚର ଅଟ୍ଟହାସ୍ୟ ପରି ଲାଗୁଥିଲା ତାଙ୍କର ସେହି ପ୍ରତିକ୍ରିୟା। ବିବେକହୀନ ଚେତନାଶୂନ୍ୟ ଜଣେ ମଦମତ୍ତର ସଂଳାପ।

ଭାବିନେଇଥିଲା, ଏହି ଗର୍ଭଧାରଣ କଥାଟା ଟିକେ ଡେରିରେ ଜଣାଇଲେ ବୋଧେ ଆଉ ସେପରି କଠୋର ନିଷ୍ପତ୍ତି ନେବେ ନାହିଁ। ଛୁଆଟା ପେଟରେ ବଢ଼ିବ, ପୂରା ପୂର୍ଣ୍ଣାଙ୍ଗ ପ୍ରାପ୍ତି ଯାଏଁ। ଅକ୍ଷତ ଆୟୁଷ ନେଇ କୁଆଁ ମେଲିବ। ହେଉ ପଛକେ ନିଦାରୁଣ, ହେଉ ପଛକେ ବିପର୍ଯ୍ୟସ୍ତ, ତା' ପୃଥିବୀ ସେ ଦେଖିବ। ପେଟରେ ପିଲା ଥିଲାବେଳେ କ'ଣ କ'ଣ ସେ ଭାବି ନଥିଲା। ହଁ, ତାର ଭାବନା ଗୁଡାକ ଥିଲା ସବୁ ଲୁଚାଚୋରା। ମାନେ ମାନଗୋବିନ୍ଦଙ୍କ ଅଜାଣାତରେ। ମାତୃତ୍ୱର ସମ୍ଭାବନାମୟ ଅନୁଭବରେ ପୁଲକିତ ହେଉଥିଲା ସତ ସେହି ପୁଲକକୁ ବାଣ୍ଟୁଥିଲା ନିଜ ସହ ନିଜେ। ଇଆଡେ ଭୀଷଣ ଡର ଥିଲା ତାଙ୍କୁ ନେଇ। 'ଯଦି ଜାଣିଲେ କଥା କ'ଣ ହେବ? କେଡେ ନିର୍ଦ୍ଦୟ ଭାବରେ ସେଥର ପ୍ରଥମ ଗର୍ଭକୁ ନଷ୍ଟ କରିବାକୁ କହି ଦେଇଥିଲେ। ବୁଝି ପାରିଲେନି ଜଣେ ସ୍ତ୍ରୀ ଲୋକର ଅନ୍ତରର କଥା। ତାଙ୍କ ପିତୃତ୍ୱ ଓ ପଶୁତ୍ୱ ଭିତରେ କ'ଣ ଫରକ୍ ଥିଲା?' ବିଗତ ଦିନର ଆଘାତ ସବୁ ଚେଇଁ ଉଠୁଥିଲା ଗୋଟା ଗୋଟା ହୋଇ। ଖଣ୍ଡ ଖଣ୍ଡ ସ୍ୱପ୍ନ ଭଙ୍ଗର ବିକ୍ଷିପ୍ତ ମେଘପଟଳ ପରି ବର୍ଷି ଯାଉଥିଲା ବିଷାଦଗ୍ରସ୍ତ ମନର ଇଲାକାରେ।

ଆଗରୁ ସ୍ଥିର କରିନେଇଥିଲା ଖାଲି ସେତିକି ନୁହେଁ, ଭିତରେ ଗଣ୍ଠି ପକେଇଲା ପରି ପ୍ରତିଜ୍ଞା ସୁଦ୍ଧା କରିଥିଲା ଯାହାକୁ ବି ଜନ୍ମ କରିବ, ତାକୁ ଦୂରେଇ ରଖିବ ଏ ରଙ୍ଗମାୟାର ଜଗତରୁ। ଏ ଛଳନା ପ୍ରତାରଣାର ଦୁନିଆରୁ କୋଶ କୋଶ ଦୂର। ସେ ବଢ଼ିବ ଅଲଗା ପରିବେଶରେ। ଯେମିତି ବଢ଼ୁଛନ୍ତି ଚାରିପାଖର ଆଉ ସବୁ। ଅଭିନୟକୁ କଦାପି ଜୀବନ ଭାବି ନୁହେଁ, ଜୀବନକୁ ଜୀବନ ଭଳି ଜୀଇଁବ। ସେଇଟା ଶିଖାଇବ ସେ ତାକୁ। ଏପରିକି ନିଜର ଛାଇ ସୁଦ୍ଧା ପଡିବାକୁ ଦେବନାହିଁ ତା'ଠାରେ। ଏଥିପାଇଁ ଦରକାର ପଡିଲେ, ତା ମଦ୍ୟପ ସ୍ୱାମୀକୁ ସୁଦ୍ଧା ମୁକାବିଲା କରିବାକୁ ପଛାଇବ ନାହିଁ।

କୋଉଠୁ ବଳ ଆସୁଥିଲା ଭିତରେ। ସଂବାଲୁଆର ଖୋସା ପରି ଦେହର କେଉଁ ଅଜଣା ଗୁପତ କୋଷରୁ ବାହାରି ଖଣ୍ଡିଉଡା ଦେଉଥିଲା ସାହାସର ଟିକି ପ୍ରଜାପତି। ଛୁଇଁ ପାରୁଥିଲା ଶରୀରରେ ସମୁଦ୍ରର ଢେଉ ପରି ଉଠିଆସୁଥିବା ସେହି ଗଭୀର ଉତ୍ସ। ଭିନ୍ନ ଏକ ପ୍ରଚୋଦନାରେ ପ୍ରବାହିତ ହେଉଥିବା ଅନମନୀୟ ସ୍ରୋତ। ଧିକ୍କାରିଲା ନିଜକୁ, 'କାହିଁକି ସେ ଗର୍ଭପାତ କରିବାକୁ ରାଜିହେଲା, ମନା କରିଥିଲା ତ କରିଥିଲା, ଶେଷ ପର୍ଯ୍ୟନ୍ତ ଅଟଳ ରହିଥାନ୍ତା। ସେ ମଦୁଆଟାର ଅସଭ୍ୟ ମଦରପଣ ଆଗରେ ଡରି କାହିଁକି ଉଜାଡି ବସିଲା ସମ୍ଭାବନାର ସୁକୁମାର ସ୍ୱପ୍ନ। ନିଜର ଆସନ୍ତାକାଲି ?' ପଶ୍ଚାତାପ ଆଉ ବିଦ୍ରୋହର ଫେଣ୍ଟାଫେଣ୍ଟି ମିଶା ତରଙ୍ଗଟିଏ ସବାର ହୋଇଯାଇଥିଲା ତା ମୁଣ୍ଡରେ। ସେ ଭଲ କରି ଏଥର ଦେଖିପାରୁଥିଲା ତା'ର ରଙ୍ଗଛଡା ମୁହଁକୁ। ବହଳ ମେକପ୍‌ର ଓଢଣି ତଳେ ଲୁଚିଥିବା ଏକ ନଗ୍ନ ପ୍ରତିଛବି, ଯେଉଁଥିରେ ଲାଗିସାରିଥିଲା ଦର୍ଶକମାନଙ୍କର ମୋହର। ଯାହାର ହସଗୁଡା ଦିଶୁଥିଲା ଦୁଃଖର ଢେଉ ସଦୃଶ। ଆଖିର ଚାରି ପଟରେ ମେଞ୍ଚା ମେଞ୍ଚା ଅନ୍ଧାର ସବୁ ଝୁଲିରହିଥିଲା ବୁଢିଆଣି ବସା ପରି। ସେ ଥରକୁ ଥର ନିଜର ଚେହେରା ଉପରକୁ ଝାଙ୍କୁଥିଲା। ଚିହ୍ନୁଥିଲା ନଷ୍ଟ ଅତୀତର ଇନ୍ଦ୍ରଜାଲରେ ନିଖୋଜ ହୋଇଯାଇଥିବା ନୟନାର ଅସ୍ତିତ୍ୱ।

ଏଇ ରଙ୍ଗର ଭ୍ରମରେ ଭାସି ଯାଇଥିଲା ଦିନେ। ରବୀନ୍ଦ୍ର ମଣ୍ଡପର ସେହି ମନୋରଞ୍ଜନ ଭରା ଉତ୍ତୀର୍ଣ୍ଣ ସଂଧ୍ୟା। ମଞ୍ଚସ୍ଥ ହେଉଥାଏ ନାଟକ। ଯାହାର ନିର୍ଦ୍ଦେଶକ ଓ ନାୟକ ଦୁଇଟି ଦାୟିତ୍ୱରେ ଥାଆନ୍ତି

ମାନଗୋବିନ୍ଦ ଓରଫ୍ ମନୁଭାଇ। ତାଙ୍କରି ସୁପାରିଶରେ ନାଟକରେ ନାୟିକାର ଭୂମିକାରେ ଅଭିନୟ ପାଇଁ ସୁଯୋଗ ପାଇଥାଏ। ସୌଖୀନ୍ ରଙ୍ଗମଞ୍ଚରେ ପ୍ରଥମ ପଦାର୍ପଣ। ତାହା ପୁଣି ରବୀନ୍ଦ୍ର ମଣ୍ଡପ ପରି ଆଭିଜାତ୍ୟ ମଞ୍ଚରେ। ସେଥିରେ ମନୁଭାଇଙ୍କ ଭୂମିକା ଥିଲା ଜଣେ ସମାଜ ସଂସ୍କାରକ ଯୁବକର। ଉଚ୍ଚଶିକ୍ଷା ପ୍ରାପ୍ତ ହୋଇ ସୁଦ୍ଧା ଲୋଭନୀୟ ଚାକିରି ବୃତ୍ତିକୁ ପରିତ୍ୟାଗ କରିଥିବା ଜଣେ ଆଦର୍ଶ ସାମାଜିକ କର୍ମୀ। କର୍ମକ୍ଷେତ୍ର ତା'ର ଗାଁରେ। କୁସଂସ୍କାର ବିରୁଦ୍ଧରେ ଲଢେ। ଅନ୍ୟାୟ ବିରୁଦ୍ଧରେ ଲୋକଙ୍କୁ ଏକଜୁଟ କରାଏ। ରାଜନେତାଙ୍କ ଶଠତାକୁ ପଦାରେ ପକାଏ। ଘଟଣାକ୍ରମରେ ଗାଁ ସରପଞ୍ଚର ଝିଅ ତାକୁ ପ୍ରେମ କରି ବସେ। ପ୍ରତିରୋଧ ଓ ସଂଘର୍ଷରେ କାହାଣୀ ଗତି କରେ। ସମାପ୍ତିରେ ମିଳନ। ସେହି ନାଟକରେ ମନୁଭାଇଙ୍କ ଅଭିନୟ ଏତେ ପ୍ରଭାବଶାଳୀ ଥିଲା ଯାହା ଖାଲି ଦର୍ଶକଙ୍କୁ ମୁଗ୍ଧ କରି ନଥିଲା, ସେଥିରେ ସେ ମଧ୍ୟ ମୋହିତ ହୋଇଯାଇଥିଲା ସଂପୂର୍ଣ୍ଣ ଭାବରେ।

ନାଟକ ସ୍କୁଲ୍‌ରେ ନାମ ଲେଖାଇଲା ବେଳକୁ ଯେମିତି ବାପାଙ୍କର ବାରଣ ଥିଲା, ସେମିତି ଘଟିଥିଲା ମାନଗୋବିନ୍ଦଙ୍କ ହାତ ଧରିଲା ବେଳକୁ। ଘର ଲୋକଙ୍କ ପ୍ରବଳ ଅସହଯୋଗ। ବାପାଙ୍କ ଆହୁ ଦୃଢ ସ୍ୱରର ଚେତାବନୀ, 'ଦେଖିବୁ ତୁ ପଛରେ ପସ୍ତେଇବକୁ କହିଦେଉଛି ! ଗୋଟିଏ ନାଟୁଆଟାକୁ ଜୀବନସାଥୀ ବାଛିଛୁ। ଦୁଃଖଛଡା ତୋତେ ଆଉ କିଛି ମିଳିବ ନାହିଁ।' ସେତେବେଳେ ପରବାଏ କରି ନଥିଲା ଏସବୁ ଆକଟକୁ। ଗୋଟାପଣ ନିମଜ୍ଜି ଯାଇଥିଲା ରଙ୍ଗର ଦୁନିଆରେ। ସେଇଟାକୁ ଭାବୁଥିଲା ସତ। ବାକିସବୁ ମିଛ। ଜୀବନଟା ତା ପାଇଁ ଥିଲା ନାଲିନେଳିର ଆଲୁଅ। ସେହି ଆଲୁଅରେ ଚାଲ୍‌ବୁଲ୍ ହେଉଥିବା ଚରିତ୍ରମାନେ ଅଧିକ ତା ପାଇଁ ଥିଲେ ବିଶ୍ୱସନୀୟ। ସେହି ରଙ୍ଗୀନ ବିଶ୍ୱାସର ପଥରେ ନିସର୍ତ୍ତରେ ପାଦ ଥାପି ଦେଇଥିଲା ସବୁଦିନ ପାଇଁ। ପଛରେ ଛାଡି ଆସିଥିଲା ନିଜର ସବୁତକ ସାମାଜିକ ପରିଚୟର ଛାଇ।

ଅସହ୍ୟ ଗରମ ଲାଗୁଥିଲା। ତାଜା ଝାଳରେ ବତୁରି ସାରିଥିଲା ଗୋଟା ସୁଦ୍ଧା। ବିନ୍ଦୁ ବିନ୍ଦୁ ହୋଇ ଜକେଇ ଆସିଥିଲା ସାରା କପାଳ। ଖଣ୍ଡିଏ ଚେୟାର ଉପରେ ବସି ପଡି ଥକ୍କା ମେଣ୍ଟାଉଥିଲା ନୟନା। ଧଇଁସଇଁ ଲାଗୁଥିଲେ ବି ଟିକେ ସହଜରେ ନିଶ୍ୱାସ ନେଇପାରୁଥିଲା ଏଥର। 'ଓଃ...ଭଗବାନ, କୌଣସି ମତେ ରେକର୍ଡ ଡ୍ୟାନସ୍ କାମଟା ସାରିଦେଇଛି। ସରିଯାଇଛି ମୋ ଭୂମିକା। ଆଜି ପାଇଁ ନିଷ୍କୃତି...।' ସାମାନ୍ୟ କମିଯାଇଥିଲେ ବି ପେଟର ପୀଡାଟା ଦାଉ ସାଧିବା ଛାଡି ନ ଥିଲା। ଅପେକ୍ଷା କରିଥିଲା ମ୍ୟାନେଜର୍ ବାବୁଙ୍କ ଆସିବା ବାଟକୁ। ପେମେଣ୍ଟ ତା ସହିତ ଘରକୁ ଫେରିବା ନିମନ୍ତେ ଗାଡି ବ୍ୟବସ୍ଥା ଥିଲା ତାଙ୍କ ହାତରେ।

ଏକ ଲୟରେ ନିରୀକ୍ଷଣ କରୁଥିଲା, ସେ ବସିଥିବା ପରଦା ଅନ୍ତରାଳର ଅନ୍ଧାରରୁ ବିଚ୍ଛୁରିତ ଆଲୋକରେ ଭରା ମଞ୍ଚର ଦୂରତା। ବେଶୀ ବାଟ ନ ଥିଲା ସେହି ଦୂରତା। କାଲିପରି ଲାଗୁଥିଲା ସେହିସବୁ ସଂଘର୍ଷ ଭରା କାହାଣୀ। ସ୍ୱପ୍ନଭଙ୍ଗର ଆଦ୍ୟ ଉପକଥା। ଦୁଇ ଚାରିଟା ଟି.ଭି. ସିରିୟଲ ପରେ ସୁଯୋଗରେ ପୂର୍ଣ୍ଣଚ୍ଛେଦ ପଡିଯାଇଥିଲା। ଚଳଚ୍ଚିତ୍ରର ଦୁନିଆ ଥିଲା ଆହୁରି ଦୂରରେ। ବଢାଇଥିବା ହାତ ଠାରୁ ଯୋଜନ ଯୋଜନ ବ୍ୟବଧାନରେ ଥିବା ତାରାଖଚିତ ଆକାଶ ପରି। ସ୍ୱପ୍ନର ଉଡାଣ ଅଚିରେ ଛିଡିଯାଇଥିଲା ଲଥ୍ କରି। ସବୁ ବଡ ବଡ ଅଭିଳାଷ କୁଆଡେ ମିଳାଇଯାଇଥିଲା ପାଣିଫୋଟକା

ପରି। ଚାରିଆଡେ ହତାଶଭରା ବାସ୍ତବତା ହିଁ ବାସ୍ତବତା। 'ପେଟ ପୋଷ ନାହିଁ ଦୋଷ।' ଶେଷରେ ଅପେରା ଜଗତରେ ପାଦ ଥାପିବାକୁ ପଡିଥିଲା ଦୁହିଁଙ୍କୁ।

ଯେଉଁ ମଞ୍ଚରେ ଦିନେ ନାୟିକା ରୂପରେ ବିନିଦ୍ର ରଜନୀ ପାହୁଥିଲା, ସେଠି ତାର ପରିଚୟ ଏବେ ରେକର୍ଡ ଡ୍ୟାନ୍‌ସରର୍। ପଇଁଚାଳିଶିରୁ ଘଣ୍ଟାକର ଅବଧି ଭିତରେ ସବୁ କାମ ଶେଷ। ଆଲୋକିତ ପେଣ୍ଡାଲରୁ ମିଞ୍ଜି ମିଞ୍ଜି ଅନ୍ଧାରର ନେପଥ୍ୟ। ତା ପାଇଁ ଯେପରି ଏ ଦୂରତା ଥିଲା କୋଶ କୋଶ ବ୍ୟାପୀ ଲମ୍ବ। ସଂଘର୍ଷର ଅସରନ୍ତି କାହାଣୀରେ ତିକ୍ତ ଓ ବିଷାଦିତ।

ଯାତ୍ରାରେ ପଶିବା ଦିନଠୁ ମାନଗୋବିନ୍ଦଙ୍କ ଚରିତ୍ର ଦିନକୁ ଦିନ ବଦଳିଚାଲିଥାଏ। ମଦ ପାଲଟେ ତାଙ୍କ ପାଇଁ ଏକ ନିୟମିତ ପାନୀୟ। ଯେତେବେଳେ ଦେଖିବ ନିଶାରେ ଚୁର୍। ଏଥି ସହିତ ଅନ୍ୟ ମାମଲାରେ ଥିଲେ ବି ବଦନାମ। ଶୁଣିଥିଲା ଯାତ୍ରା ଦଳର ଆ' ତା' ସହିତ ତାଙ୍କର ରହିଥିଲା ଦୈହିକ ସଂପର୍କ। ଖୁବ୍ ଜଲ୍‌ଦି ତାଙ୍କ ପରିଚୟରେ ଆସିଯାଇଥିଲା ସ୍ଖଳନର ଦାଗ। ଏସବୁ ଅସହ୍ୟନୀୟ ଥିଲା ପ୍ରଥମେ ନୟନା ପାଇଁ। ଯେତେଥର ପ୍ରତିବାଦ କଲା, ସେତେଥର ସେପଟୁ ଶୁଭିଲା, 'ଆବେ ଶାଳି.....ଚୁପ୍।' ପାଟି ବନ୍ଦ କରି ସହିଯିବା ଛଡା ଆଉ କିଛି ଚାରା ନ ଥିଲା। ଭାବିଥିଲା ସବୁ ଛାଡିଛୁଡି ପୁଣି ପଳାଇଯାଆନ୍ତା ଘରକୁ। ହେଲେ ପୁଣି ଦୋହରା ଭାବନା ଆସୁଥିଲା 'ତା'ର ପୁଣି କୋଉ ଘର ! ସେ ତ ନିଜେ ସବୁଦିନ ପାଇଁ ପର କରି ଆସିଛି ସେହି ଘରକୁ।'

ଯାତ୍ରାର ଅସ୍ଥାୟୀ ତମ୍ବୁ ପାଲଟିଯାଏ ତା' କରୁଣ ସଂସାରୀ ଜୀବନର ଆଦ୍ୟ ଠିକଣା। କେବେ ସେଠି, କେବେ ଏଠି। ତା' ସହିତ ଗତି କରୁଥାଏ ସଂଘର୍ଷର ତିକ୍ତ ବିଷାଦ କାହାଣୀ। ସମୟ ସୁଯୋଗ ସବୁ ଗୋଟିକ ପରେ ଗୋଟିଏ ହାତଛଡା ହୋଇଚାଲେ। ଅପେରା ପାଟିର କେବଳ ଲୋଡା ଥାଏ ସୁପର ହିଟ୍‌ର ରେକର୍ଡ। ତିନି ରାତିରୁ ପାଞ୍ଚ ରାତି ଯାଏଁ ଦର୍ଶକଙ୍କୁ ଆକୃଷ୍ଟ କରି ଭଲ ବ୍ୟବସାୟ କରିପାରୁଥିବ ସଫଳ ନାଟକ। ଭାଗ ମାପକରା ମସାଲା ପରି। ଇମୋସନ ଥିବ। ଅଶ୍ଳୀଳତାକୁ ଇଙ୍ଗିତ କରୁଥିବା ରୋମାନ୍ସ ଥିବ। ଟ୍ରାଜେଡି ଥିବ। ତା ହେଲେ ଯାଇ ତାଳିମାଡ ମିଳିବ। ପ୍ରଥମେ ତାଙ୍କୁ ମିଳେ ନିର୍ଦ୍ଦେଶନାର କାମ। ଯେଉଁଠି ଥରକୁ ଥର ବିଫଳତାର ସ୍ୱାଦ ଚାଖିବାକୁ ପଡେ। ସୌଖୀନ୍ ରଙ୍ଗମଞ୍ଚର ଦକ୍ଷତା, ଅନୁଭୂତି ସବୁ ଫେଲ୍ ମାରେ।

ରାତି ଅଧରେ ଫେରିଲାବେଳକୁ ଦେହର ସବୁତକ ବଳ ସରିଯାଇଥିଲା। ନିଃଶେଷ ହୋଇଯାଇଥିଲା ସ୍ନାୟୁକୋଷର ଶକ୍ତି। ମଝିରେ ଟିକେ କମିଯାଇଥିବା ତଳି ପେଟର ଯନ୍ତ୍ରଣା ପୁଣି ଥରେ ରୁକ୍ ରୁକ୍ କରିବା ଆରମ୍ଭ କରିଦେଇଥିଲା। ସେହି ଦୌରାତ୍ମ୍ୟରେ ମୁହୂର୍ତ୍ତକ ପାଇଁ ଠିଆ ହେବା ଅସମ୍ଭବ ହୋଇପଡିଥିଲା ତା' ପକ୍ଷରେ। ଗରମ ପୋଷାକ ତଳେ ଚିକିଟା ବହଳ ଝାଳର ଦୁର୍ଗନ୍ଧ ଆହୁରି ଅସ୍ତବ୍ୟସ୍ତ କରିପକାଉଥିଲା। ଅଧୈର୍ଯ୍ୟ ହୋଇ ପଡି ଆଘାତ କଲା କବାଟ ଉପରେ। ଛାଏଁ ଖୋଲିଗଲା ଭିତରପଟୁ। ଆଖି ଆଗରେ ଦୃଶ୍ୟଗୁଡିକ ଥିଲା ବିପର୍ଯ୍ୟସ୍ତ। ଡାଇନିଂ ଟେବୁଲ୍ ଉପରେ ବିକ୍ଷିପ୍ତ ହୋଇ ପଡିରହିଥିଲା ଅଧାକଟା ପରିବାଗୁଡାକ। ଝରକା ଗୁଡାକ ସବୁ ଖୋଲା। ରୋଷେଇ ଘର ପଡିଥିଲା ମେଲା ହୋଇ। ଗ୍ୟାସ୍ ଚୂଲା ଉପରେ ଆସିବା ପୂର୍ବରୁ ସନ୍ତୁଳା ତିଆରି ପାଇଁ ବସେଇଥିବା କରେଇ ସେମିତି ଅକ୍ଷତ ହୋଇ ଥୁଆହୋଇଥିଲା ତା' ଯାଗାରେ। ଭିତର ଘର ଆଲମିରାଟା ସଂପୂର୍ଣ୍ଣ

ଭାବରେ ମୁକୁଳା। ଲୁଗାପତ୍ର ସବୁ ପଦାରେ ଟାଣି ହୋଇ ପଡିଥିଲା। ‘ଏଇ ଡରଟା ଥିଲା ମନରେ ! ତରତରରେ ଗଲାବେଳେ ଆଲମିରାରେ ଚାବି ଦେଇପାରିନଥିଲା। ନିଶ୍ଚୟ ମାନଗୋବିନ୍ଦଙ୍କ ନଜରରେ ପଡିଥିବ। ପଇସା ଖୋଜିବା ପାଇଁ ଘାଣ୍ଟି ପକାଇଥିବେ ତଳ ଉପର ସବୁତକ ଥାକ। ଇସ୍........ ଲୋକଟାର କି କଦର୍ଯ୍ୟ ପ୍ରକୃତି !’ ଚିଡି ଉଠୁଥିଲା ନୟନା।

ଖଟ ଉପରେ ପାଲ୍‌ଟା ହୋଇ ଶୋଇଯାଇଥିଲେ ମାନଗୋବିନ୍ଦ। ପାଦରୁ ଜୋତା ବାହାରି ନଥିଲା କି ଦେହରୁ ମଇଳା ପ୍ୟାଣ୍ଟ ସାର୍ଟ। ଘୁଙ୍ଗୁଡି ସହିତ ମୁହଁରୁ ବାହାରୁଥିବା ମଦଗନ୍ଧରେ ବିଷାକ୍ତମୟ ଲାଗୁଥିଲା ରୁମ୍‌ଟା। ସେୟାଡକୁ ଆଉ ନଜର ଦେବାକୁ ଆଗ୍ରହ ନ ଥିଲା। କୌଣସି ମତେ ଘର ପିନ୍ଧା ଲୁଗାଟାକୁ ଧରି ଗାଧୁଆ ଘରକୁ ପଶିଗଲା। ମଗ୍ ପରେ ମଗ୍ ପାଣି ଆଣି ଢାଳି ପକାଇଲା ଦେହସାରା। ମେଣ୍ଟାଇଦେବାକୁ ଚାହିଁଲା ସବୁଯାକ ଅବସାଦ। ତଥାପି ଆହୁରି ତୃଷାର୍ତ୍ତ ହୋଇପଡୁଥିଲା ଦେହ, ମନ ଓ ପ୍ରାଣ। ଶରୀରର କ୍ଳାନ୍ତି, ମନର ବେଦନା ସବୁ ଏକାଠି ହୋଇ ଶୀତଳତା ଚାହୁଁଥିଲେ। କେମିତି ପ୍ରଶମିତ କରିଥାନ୍ତା ସେମାନଙ୍କୁ ? ତରତର ହୋଇ ଲୁଗାଟାକୁ ପିନ୍ଧି ବାହାରି ଆସିଲା ଗାଧୁଆଘରୁ।

ଥକ୍କାପଣ ଯୋଗୁଁ ଆଖିକୁ କେତେବେଳେ ନିଦ ମାଡିହୋଇଯାଇଥିଲା ଜଣାପଡିନଥିଲା। ସେମିତି ଅଖିଆ, ଅପିଆ ହୋଇ ଖଟର ଗୋଟିଏ ପାଖରେ ଶୋଇଯାଇଥିଲା ନୟନା। ହଠାତ୍ ଉପରେ କାହାର ଚାପରେ ଆଖି ଖୋଲିପକାଇଲା। ନିଦ ଜରଜର ଆଖିରେ ଦେଖୁଥିଲା ମାନଗୋବିନ୍ଦଙ୍କୁ। ଉତ୍କଟ ମଦଗନ୍ଧରେ ଭରା ମୁହଁଟାକୁ ପାଖକୁ ଆଣି ନିଶାର୍ଦ୍ଧ ରାତ୍ରୀର କ୍ରୀଡା ଆରମ୍ଭ କରିଦେଇଥିଲେ। ବଣୁଆ ପଶୁ ପରି ନାକ ବାଟେ ଛୁଟୁଥିଲା ସଁ ସଁ ନିଶ୍ୱାସ। ଦୁଇଟାଯାକ ହାତ ଲୋମଶ ଜନ୍ତୁର କ୍ଷୁଧାର୍ତ୍ତ ପଂଝା ପରି ଭିଡି ଧରି ଥିଲା ଶରୀରଟାକୁ। ଚେଷ୍ଟାକଲା ସେହି ଫାଶରୁ ମୁକୁଳି ଆସିବାକୁ। ଏତେ ସହଜ ନଥିଲା। ସବୁତକ ବଳ ଖଟାଇ ଶେଷରେ ଧକ୍କାଟା ପକାଇଲା ଖୁବ୍ ଜୋର୍‌ରେ। ଭୁସ୍‌କିନା ଖସିପଡିଲେ ମାନଗୋବିନ୍ଦ ଖଟ ତଳକୁ।

ଚେତାଶୂନ୍ୟ ହୋଇ ପଡି ରହିଥିଲେ ତଳେ ମାନଗୋବିନ୍ଦ। ସେୟାଡକୁ ଥରୁଟେ ଚାହିଁଲା। ଆଦୌ ଅନୁଶୋଚନା ନଥିଲା ମନରେ। କେମିତି ଗୋଟେ ଅଲଗା ଉନ୍ମାଦନାର ପୁଲକ ଖେଳିଯାଉଥିଲା ଭିତରେ। ନିଜକୁ ସାବାସି ଦେଉଥିଲା, ଭଲ କରିଛି...... ବହୁତ ଭଲ କରିଛି ! ଆଗରୁ କରିଥିଲେ ଆହୁରି ଭଲ ହୋଇଥାନ୍ତା !’ ବାହାରେ ଜମାଟ ବାନ୍ଧିଥିବା ରାତିର ଆୟୁଷ ସରିଆସୁଥିଲା କ୍ରମଶଃ। ଖୋଲା ଝରକା ଦେଇ ପାହାନ୍ତି ଆକାଶ ଦିଶୁଥିଲା ଘର ଭିତରକୁ। ବିଲ୍‌କୁଲ୍ ଏକମନସ୍କ ହୋଇ ଚାହିଁ ରହିଥିଲା ସେହି ଅପସୃୟମାଣ ରୁକ୍ଷ ରାତିର ଅବଶେଷ ଆଡକୁ। ଯାହାର ଚାଦର ତଳେ ସେ ଏଯାଏଁ ବଞ୍ଚିଆସିଥିଲା ଅଣନିଃଶ୍ୱାସୀ ହୋଇ। ପ୍ରଥମ ଥର ପାଇଁ ନୟନା ଦେଖୁଥିଲା, ପାହିଆସୁଥିବା ଗୋଟିଏ ମିଛିମିଛିକା ରାତି।

■

ମୂର୍ଚ୍ଛନା

ହାଇ ସ୍କେଲରେ ଗୀତର ମୁଖଡାକୁ ଉଠାଇବାକୁ ଚାହୁଁଥିଲା। ହାରମୋନିୟମର କିବୋର୍ଡ ଉପରେ ହାତର ଆଙ୍ଗୁଠି ତା'ର ମୃଦୁମଧ୍ୟମ ଚାପ ଦେବାକୁ ପ୍ରସ୍ତୁତ ଥିଲା। ବଡ ଜୋର୍‌ରେ ଗଳାର ଦ୍ୱାରକୁ ଉନ୍ମୁକ୍ତ କରି ଆରମ୍ଭ କରିବାକୁ ଯାଉଥିଲା ବୋଧେ, କ'ଣ ଗୋଟେ ଆସି ଅଟକିଗଲା ସ୍ୱରନଳିରେ। ମୁହଁଟାକୁ ବାଁ ଆଡକୁ ବୁଲାଇ ଦୁଇଚାରିଥର ଗଳା ଝାଡିଲା ପରେ ବି ତଥାପି ରହିଯାଇଥିଲା କିଛି। ଠିକ୍ ହୋଇପାରିଲାନି ସ୍ୱର ତନ୍ତ୍ରିଟା। ହଠାତ୍ ଗଳା ଉପରକୁ ଉଠି ଆସିଥିବା କଫଟା ସଫା ହୋଇପାରିଲାନି ବୋଧେ ରିଆଜ୍‌କୁ ଅଧାରେ ରଖି ଉଠିପଡିଲା ସୁନିଲ ଓରଫ ସୁନିଲ କୁମାର।

କେହି କେହି ତାକୁ କହନ୍ତି ମେଲୋଡି ଷ୍ଟାର ଆଉ କେହି କହନ୍ତି ଷ୍ଟାର ସିଙ୍ଗର। ଅଭିନୟରେ ଯେମିତି ସଲମନ୍ ଖାନ୍, ମେଲୋଡି ଦୁନିଆରେ ସେମିତି ସୁନିଲ ଭାଇ। ଯେଉଁଥିପାଇଁ ମ୍ୟୁଜିକ୍ ଲାଇନ୍‌ରେ ଅଧିକାଂଶ ଭଲ ପାଇ ତାକୁ ଡାକନ୍ତି ସଲମନ୍ ଭାଇ ନାମରେ। ଅର୍କେଷ୍ଟ୍ରାରେ ଗୀତ ଗାଇବାର ସୁଦୀର୍ଘ ଅଭିଜ୍ଞତା ହେତୁ ଏହି ନାମରେ ସେ ଥିଲା ବେଶ୍

ପରିଚିତ। ଷ୍ଟେଜ୍‌ରେ ସେ ଗୀତ ଗାଇବା ଆଗରୁ ଆନାଉନ୍‌ସର ଘୋଷଣା କରିଥାଏ, 'ଭାଇ ଓ ଭଉଣୀମାନେ, ଏବେ ଆପଣଙ୍କ ସାମ୍ନାକୁ ଗୀତ ଗାଇବାକୁ ଆସିବେ ଅଭିଜ୍ଞ ଗାୟକ ତଥା ଓଡ଼ିଆ ମେଲୋଡ଼ି ଜଗତର ସୁପରଷ୍ଟାର ସଲମନ୍ ଭାଇ ଓରଫ ସୁନିଲ କୁମାର। କୋଡ଼ିଏ ବର୍ଷରୁ ଅଧିକ ହୋଇଯିବଣି ତା'ର ମେଲୋଡ଼ିରେ ଗୀତ ଗାଇବା। କମ୍‌ସେ କମ୍ ପାଞ୍ଚଛଅଟି ଖଣ୍ଡେ ପାର୍ଟି ବଦଳାଇ ସାରିଛି ଏହା ଭିତରେ। ସେଥି ମଧ୍ୟରୁ କେତେଟା ତା' ଆଖି ଆଗରେ ତିଆରି ହୋଇ ପୁଣି ଭାଙ୍ଗିଯାଇଛି। ପୁଣି ନୂଆ ନୂଆ ପାର୍ଟି ସବୁ ତିଆରି ହୋଇଛି। ଏହା ଭିତରେ ଗାୟକ ହିସାବରେ ସୁନିଲ କୁମାରର ଚାହିଦାରେ କିଛି ଏପଟସେପଟ ହୋଇଛି ସତ ତଥାପି ତା'ର ଗାଇବା କେବେ ବନ୍ଦ ହୋଇନାହିଁ।

ଏବେ ଗଳା ଟିକେ ଟିକେ ଧୋକା ଦେବାକୁ ଆରମ୍ଭ କଲାଣି ବୋଲି ସେ ଭାବୁଥିଲା। ସେଥିପାଇଁ ରିଆଜ୍ କଲାବେଳେ କୋଉଠୁ କଫ ଜକେଇ ଆସି କଣ୍ଠନଳିଟାକୁ ଜାମ୍ କରିପକେଇଲେ ନହେଲେ ସେମିତି କିଛି ଖସ୍‌ଖସ୍ ଲାଗି ଗଳା ବାଟଟାକୁ ଅଠାଳିଆ କରିପକାଇଲେ ତା'ର ରକ୍ତଚାପ ତତ୍‌କ୍ଷଣାତ୍ ସାମାନ୍ୟ ବଢ଼ିଯାଏ। ମିଜାଜ୍‌ଟା କୁଆଡ଼େ ବିଗିଡ଼ିଯାଏ ସେଥିରେ। ନିଜ ଉପରେ ଚିଡ଼୍‌ଚିଡ଼୍ ହୋଇଉଠେ। ହାରମୋନିୟମ୍ ପାଖରୁ ଉଠିଯାଇ ଇଆଡ଼େ ସିଆଡ଼େ ବୁଲେ। ଗଳା ଠିକ୍ କରିବାକୁ ଯାଇ ଉଷୁମ ପାଣିରେ ଲୁଣ ଟିକେ ପକାଇ କୁଳୁକୁଳୁ କରେ। ତାପରେ ଜୋର୍‌ରେ କଣ୍ଠ ଫିଟାଇ ଗଳା ଝାଡ଼େ। ଠିକ୍ ଲାଗେ ତ ନଚେତ୍ ରିଆଜ୍‌କୁ ସେଇଠି ରଖିଦିଏ।

ଏହି କଣ୍ଠକୁ ନେଇ ତାର ଭାରି ଗର୍ବ। ଭାରି ସ୍ୱାଭିମାନ। ଯେଉଁଥିପାଇଁ ସିଏ ଚାହେଁ କି ନ ଚାହେଁ ଅନେକ ଥର ହାତଟା ଉଠିଆସି ମୃଦୁ ପରଶ ଦେଇଥାଏ ବେକର ସ୍ୱରନଳି ଉପରେ। ଏତିକିବେଳେ ମନେ ପଡ଼ିଥାଏ ସୁମିତ୍ରା କହିଥିବା କଥା, 'ସୁନିଲ ଭାଇ ତମ କଣ୍ଠରେ ଯାଦୁ ଅଛି। ଯିଏ ଥରଟେ ଶୁଣିବ ତମ ପ୍ରେମରେ ପଡ଼ିଯିବ।' ଆଉ କିଏ ପଡୁ ନ ପଡୁ ସୁମିତ୍ରା ନିଜେ ପଡ଼ିଯାଇଥିଲା ସେହି କଣ୍ଠର ପ୍ରେମରେ। କେବଳ ସେ ନୁହେଁ ଦିନେ ସୁନୟନା ଆଉ ସୁଲେଖା ମଧ୍ୟ ଭଲପାଇ ବସିଥିଲେ ସେହି ସ୍ୱରକୁ। ଗଛରେ ନୂଆ ନୂଆ ସବୁଜ ଯୋଡ଼ିପତ୍ର କଅଁଳିବା ପରି ତାହା ପ୍ରେମର ପ୍ରତିଶ୍ରୁତି ଆଣି ଦେଇଥିଲା ସୁନିଲ ପାଇଁ। ସଙ୍ଗୀତର କୁହୁତାନ ସହିତ ପ୍ରେମର ମୂର୍ଚ୍ଛନା ମିଶି ଏକ ଅନନ୍ୟ ସମ୍ମୋହନର ଦୁନିଆ ରଚିଉଠିଥିଲା ଯେମିତି ତା' ଆଗରେ ସେମିତି ଏକ ସ୍ୱପ୍ନ ଭଙ୍ଗର ନୈରାଶ୍ୟକୁ ମଧ୍ୟ ଆଣିଦେଇଥିଲା।

ମନେ ପଡୁଥିଲା, ବି.ଏ ଶେଷବର୍ଷ ପାଠ ପଢୁଥିବା ବେଳେ ସେ ପ୍ରଥମ କରି ପ୍ରବେଶ କରିଥିଲା ଏହି ମେଲୋଡ଼ି ଦୁନିଆରେ। ସେତେବେଳେ 'ସୁରମନ୍ଦିର' ନାମକ ଅର୍କେଷ୍ଟ୍ରା ପାର୍ଟି କଟକ ସହରରେ ନୂଆକରି ତିଆରି ହୋଇଥାଏ। ଗୀତ ବୋଲିବା ପାଇଁ ମନ ଭିତରେ ପ୍ରବଳ ଇଚ୍ଛା, କୋଉଠି ଟିକେ ସୁଯୋଗକୁ ଥିଲା ଖାଲି ଅପେକ୍ଷା। ଆଗରୁ ଦୁଇବର୍ଷ କାଳ 'କଳା ବିକାଶ କେନ୍ଦ୍ରରେ' ସଙ୍ଗୀତ ଶିଖୁଥିଲା। ସପ୍ତାହର ଶନିବାର ଓ ରବିବାରରେ ଗୁରୁଙ୍କ ପାଖରେ ବସି ସ୍ୱର ସାଧନା କରୁଥିଲା। ସେଥିରେ ପାଠପଢ଼ା ବାଧା ହେଉଛି କହି ଘରେ ସବୁବେଳେ ବିରକ୍ତ ହେଉନଥିଲେ ସେ ହୁଏତ 'ସଙ୍ଗୀତ ଭୂଷଣ' କୋର୍ସଟା ସାରିଦେଇଥାନ୍ତା। ତେବେ ସେତେକ ତାଲିମ ଖଣ୍ଡେ ଥିବାରୁ ଯେଉଁ ଗୀତଟି ବୋଲୁଥିଲା ଠିକ୍‌ରେ ସ୍ୱର ଲଗେଇପାରୁଥିଲା। ଯେଉଁଥିପାଇଁ ସେହି ଅର୍କେଷ୍ଟ୍ରା ପାର୍ଟିରେ ତାକୁ ସୁଯୋଗ ମିଳିଥିଲା ଗୀତ ଗାଇବା ପାଇଁ।

ସେହି ବର୍ଷ ଇନ୍ଦିରାଗାନ୍ଧୀ ମହିଳା ମହାବିଦ୍ୟାଳୟର ବାର୍ଷିକ ଉତ୍ସବରେ ତାଙ୍କ ଅର୍କେଷ୍ଟ୍ରାପାର୍ଟି ସଙ୍ଗୀତ ପରିବେଷଣ କରୁଥାଏ। ତାକୁ ଦିଆଯାଇଥିବା କେତୋଟି ଗୀତ ଗାଇସାରିଲା ପରେ ଷ୍ଟେଜ୍ ଉପରେ ଗରମ ଅନୁଭବ କରିବାରୁ ସେ ଚାଲିଆସିଥିଲା ତଳକୁ। ଏହି ସମୟରେ ଜଣେ ଝିଅ ଆସି ପହଞ୍ଚିଯାଇଥିଲା ପାଖରେ। କୌଣସି ଉପସର୍ଗ ନରଖି କହିଲା, 'ବଢିଆ ଗୀତ ଗାଇଲେ ସୁନିଲ ଭାଇ। ମାନେ... ସବୁ ଗୀତଯାକ ଥିଲା ମୋ ମନ ପସନ୍ଦର। ଆପଣଙ୍କ କଣ୍ଠରୁ ଶୁଣି ଭାରି ଭଲ ଲାଗିଲା! ଜାଣନ୍ତୁ ଆଜିଠୁ ମୁଁ ଆପଣଙ୍କ ଫ୍ୟାନ୍ ହୋଇଗଲି।' ହସ ହସ ମୁହଁରେ ଛିଡା ହୋଇ ରହିଥିଲା ସେ। ତା' ତୋଫା ଗୋରା ମୁହଁରେ ଖେଳିବୁଲୁଥିଲା ପ୍ରାପ୍ତି ଆଉ ପୁଲକର ମିଶ୍ରିତ କୁନି କୁନି ଢେଉ। ପ୍ରତି ବଦଳରେ ଧନ୍ୟବାଦ ଜଣାଇବା ସହ ଅଚିହ୍ନା ଚାହାଁଣିରେ ଚାହିଁରହିଥିଲା ତା' ଆଡକୁ। ଜାଣିପାରି ଝିଅଟି ନିଜର ପରିଚୟ ଦେଇ କହିଲା, 'ମୋ ନାଁ ସୁମିତ୍ରା କର। ମୁଁ ଏହି କଲେଜରେ ପ୍ଲସ୍ ଥ୍ରୀ ପ୍ରଥମ ବର୍ଷରେ ପାଠ ପଢେ। ଟିକେ ରହି, 'ଆପଣଙ୍କ ନାଁ ତ ମୁଁ ଆଗରୁ ଜାଣିସାରିଛି, ମାନେ ବେଶୀ ଆଗରୁ ନୁହେଁ। ଏଇ ଷ୍ଟେଜ୍‌ରେ ଆନାଉନ୍‌ସ ହେବା ପରେ।' କହି ହସିଉଠିଲା ସେ। ତା' ସହିତ ସିଏ ବି ହସିଉଠିଲା ଏକା ସାଙ୍ଗରେ।

ଏହା ପରେ ଯୋଉଠି ଯୋଉଠି ତାଙ୍କ ଅର୍କେଷ୍ଟ୍ରା ପାର୍ଟିର ଷ୍ଟେଜ୍ ପ୍ରୋଗ୍ରାମ୍ ହୁଏ, ସେଇଠି ଦେଖିବାକୁ ମିଳେ ସୁମିତ୍ରାକୁ। ସବୁଠି ଉତ୍କଣ୍ଠିତ ଚିତ୍ତରେ ଅପେକ୍ଷା କରି ରହୁଥିଲା ତା'ରି ଗୀତ ଶୁଣିବା ପାଇଁ। ଶୁଣି ବିମୁଗ୍ଧ ଶ୍ରୋତାଙ୍କ ପରି ପ୍ରତିକ୍ରିୟା ଦେଉଥିଲା। କେବେ କହୁଥିଲା 'ବଢିଆ ହେଲା' କେବେ କହୁଥିଲା 'ଏକ୍‌ସିଲେଣ୍ଟ'। ସେ କେବଳ ହୋଇନଥିଲା ଗାୟକ ସୁନିଲ କୁମାରର ଖାସ୍ ଶ୍ରୋତା ବରଂ ଧିରେ ଧିରେ ହୋଇଯାଇଥିଲା ଶ୍ରୋତାରୁ ପ୍ରେମିକା। ଗୀତ ଗାଇ ସେ ସୁମିତ୍ରାର ହୃଦୟକୁ ଜିତିଥିଲା। ଅନ୍ୟବାଟରେ ବୁଝିଲେ ସୁମିତ୍ରା ପ୍ରଶଂସାର ଫୁଲଶରରେ ହରଣ କରିନେଇଥିଲା ତା'ର ହୃଦୟକୁ। ସେ ଗୀତଗାଉ ନଥିଲା ସତ ହେଲେ ସେହି ବୟସରେ ବେଶ୍ ବୁଝୁଥିଲା ଗୀତକୁ। ଯେତେବେଳେ ଦୁଇଜଣ ଏକାଠି ହୁଅନ୍ତି, ଭଲମନ୍ଦ କଥାବାର୍ତ୍ତା ଯେତେ ନଥାଏ ତା'ଠୁ ଅଧିକ ଅଳି ଥାଏ ସୁମିତ୍ରାର ଏହି ଗୀତରୁ କି ସେହି ଗୀତରୁ ପଦେପଦେ ବୋଲିବା ପାଇଁ। ବିଲ୍‌କୁଲ୍ ପୂରା ତନ୍ମୟ ହୋଇ ଶୁଣେ। ଲାଗେ ଯେମିତି କେବଳ ତା'ରି ଗୀତ ଶୁଣିବା ପାଇଁ ଭଗବାନ ତାକୁ ପଠେଇଛନ୍ତି ମର୍ତ୍ତ୍ୟକୁ। ମାନେ, ମେଡ୍ ଫର୍ ଇଚ୍ ଅଦର।

ତା'ର ମନେପଡୁଥିଲା ବିଗତ ଦିନର ସେହିସବୁ ମଧୁର ସ୍ମୃତି। କଲେଜ ପାଠପଢାର ଶେଷବର୍ଷ ଓ ସୁମିତ୍ରା ସହ କାଟିଥିବା ମୁହୂର୍ତ୍ତ। କଲେଜର କ୍ଲାସ୍ ପରେ ଯାହା ସମୟ ଟିକେ ମିଳୁଥିଲା ସେତକ ବାଣ୍ଟିବାକୁ ପଡୁଥିଲା ଦୁଇ ଭାଗରେ। ଗୋଟିଏ ଭାଗ ଗୀତ ରିହର୍‌ସେଲ୍‌ରେ ଯାଉଥିଲା। ଆଉ ଗୋଟିଏ ଭାଗ କଟୁଥିଲା ସୁମିତ୍ରା ପାଖରେ। କେବେକେବେ ସାଇକେଲ ଚଲାଇ ଏପଟ ସେପଟ ହୋଇ ତା'ପାଖରେ ପହଞ୍ଚିବାରେ ଡେରି ହୋଇଯାଉଥିଲା। ସେ ଅପେକ୍ଷା କରୁଥିଲା। ଡେରି ହେବାର ଦେଖି ରାଗି ଅଭିମାନ କରୁଥିଲା। ଯେମିତି ସିନେମାର ନାୟିକାମାନେ କରିଥାନ୍ତି। ସେତେବେଳେ ସିଏ ବି କୋଉ କମ୍ ଥିଲା କି। ରାଜେଶ ଖାନା ପରି କିଶୋର କୁମାର ଗାଇଥିବା ହିଟ୍ ଗୀତରୁ ଗାଇପକାଉଥିଲା ପଦେ। 'ହମେ ତୁମ୍‌ସେ ପ୍ୟାର୍ କିତନା...'।

ସେଦିନର କଥା ଭାବିଲା ବେଳକୁ କେମିତି ଏକ ଶିହରଣ ଖେଳିଯାଉଥିଲା ଦେହରେ। ପ୍ରଥମ ପ୍ରେମର ମୃଦୁ ଗୁଞ୍ଜରଣ ଆଜି ବି ଅନୁଭବ କରିପାରୁଥିଲା ତା' ଛାତିରେ। ସୁମିତ୍ରାକୁ ନେଇ ସୀମାହୀନ ସ୍ୱପ୍ନ ଦେଖୁଥିଲା ଆଖିରେ। ତା'ରି ନାଁକୁ ନେଇ ମନରୁ ଗୀତ ଫାନ୍ଦି ସୁର ଲଗାଉଥିଲା ତ କେତେବେଳେ କୋଉ ପ୍ରିୟ ଗୀତର ସ୍ୱର ସହିତ ଶବ୍ଦ ଖଞ୍ଜି ଗୀତ ଗଢୁଥିଲା। ସେହି ଛୋଟ ଛୋଟ ମୁଖୁଡାକୁ ଖାଲି ସେ ଏକାନ୍ତରେ ଗାଉନଥିଲା ବରଂ ଶୁଣାଉଥିଲା ସୁମିତ୍ରାକୁ। ଏମିତିକି ତା' କଲେଜ ନୋଟ୍ ଖାତରେ ଏଠିସେଠି ହୋଇ ଛୋଟ ଛୋଟ ଗୀତ ସବୁ ଲେଖିପକାଉଥିଲା। ରିହରସେଲ୍ କଲାବେଳେ ଆଖି ଆଗରେ ନାଚି ଉଠୁଥିଲା ତା'ରି ପ୍ରତିଛବି। ଯେପରି ସେ ଏକମାତ୍ର ଶ୍ରୋତା ହୋଇ ବସିରହିଥିଲା ସମ୍ମୁଖରେ। ଖୁସି ହୋଇ ତାଳି ମାରୁଥିଲା। ଭଲ ଲାଗିଲା ବୋଲି ମୁଣ୍ଡ ହଲେଇ କହିଦେଉଥିଲା। ଅତୃପ୍ତ ଆଖିର ଇସାରାରେ ଜଣାଇଦେଉଥିଲା ବୋଲିବା ପାଇଁ ଆହୁରି ଗୋଟିଏ ଗୀତ। ସେ ବୋଲିଚାଲିଥିଲା ଆଉ ସେ ଶୁଣିଚାଲିଥିଲା।

ହଠାତ୍ ତା' ସହିତ ସଂପର୍କରେ ଏମିତି ଭଙ୍ଗା ପଡିଯିବ ବୋଲି ସେ କେବେ କଳ୍ପନା କରିନଥିଲା। ଶେଷ ବର୍ଷ ପରୀକ୍ଷାର ରେଜଲଟ୍ ବାହାରିସାରିଥାଏ। ଏହା ପରେ ତା'ର କିଛି ପଢିବାକୁ ଇଛାନଥାଏ କି କିଛି କରିବାକୁ ଇଚ୍ଛା ନଥାଏ। ସବୁକୁ ବାଦ୍ ଦେଇ ଏକ ମନରେ ଚାହୁଁଥିଲା କେବଳ ଗୀତ ଗାଇବାକୁ। ଗୀତକୁ ନେଇ ଭବିଷ୍ୟତ ଗଢିବାକୁ। ଯାହା ଚାହୁଁ ନଥିଲା ସୁମିତ୍ରା। ଘର ଲୋକଙ୍କ ପରି ସିଏ ବି ଚାହୁଁଥିଲା କମ୍ପିଟେଟିଭ୍ ପାଇଁ ପଢାପଢି କରୁ। ନିଜକୁ ସେଥିପାଇଁ ଭଲଭାବରେ ପ୍ରସ୍ତୁତ କରୁ। ବିଭିନ୍ନ ଚାକିରି ପାଇଁ ପରୀକ୍ଷା ଦେଉ। ଆଉ ଗୋଟିଏ ଭଲ ଚାକିରି ଯେପରି ସେ କରୁ। ସେଥିପାଇଁ ଚେତାଇଦେବାକୁ ଯାଇଁ କହୁଥିଲା, 'ସୁନିଲ ଭାଇ, ଗୀତ ଲାଇନ୍‌ରେ ଷ୍ଟ୍ରଗଲ କରି ବଞ୍ଚିବା ଭାରି କଷ୍ଟ। ହଁ, ସଉକରେ ଗାଇଲ ଅଲଗା କଥା କିନ୍ତୁ ତାକୁ ନେଇ କ୍ୟାରିୟର କରିବା ବିଲକୁଲ ଏକ ପାଗଳାମୀ।' ସେ କାହା କଥା ଶୁଣୁନଥିଲା। ନା ସୁମିତ୍ରା କଥାକୁ ନା ଘର ଲୋକଙ୍କ କଥାକୁ। କେବଳ ଶୁଣୁଥିଲା ତ ନିଜ ମନର କଥା।

କିଛି ବର୍ଷ ପରେ ଅର୍କେଷ୍ଟ୍ରାପାର୍ଟି ବଦଳେଇ ଦେଇଥିଲା ସୁନିଲ। 'ସୁର ମନ୍ଦିର' ଛାଡି ଚାଲିଆସିଥିଲା 'ସରଗମ୍'କୁ। ସେଇଠି ଦେଖାହୋଇଥିଲା ସୁନୟନା ସହିତ। ପ୍ରଥମ ଦେଖାହେବା ଦିନ ତା'ର ମିଠା ସ୍ୱରରେ କିଣିନେଇଥିଲା ଅଧାମନକୁ। ସେହିଦିନ ତା'ସହିତ କେତୋଟି ଡୁଏଟ୍‌ଗୀତ ବୋଲି ପ୍ରାକ୍‌ଟିସ୍ କରିଥିଲା। ପ୍ରାକ୍‌ଟିସ୍ ସରିବା ପର୍ଯ୍ୟନ୍ତ କେହି କାହା ସହିତ ପଦେ କି ଅଧେ କଥାହୋଇନଥିଲେ। ସେ ତା'ଆଡୁ ଆରମ୍ଭ କରି ପଚାରିଥିଲା, 'ଆପଣଙ୍କ ନାଁ ଆଗରୁ ମୁଁ ଶୁଣିଥିଲି। ଯାହା ହେଉ ଆଜି ଦେଖା ହେବାର ସୌଭାଗ୍ୟ ମିଳିଲା।' 'ଖାଲି ଦେଖା ତ ହେଲା ନାହିଁ ସାଙ୍ଗ ହୋଇ ଗୀତ ବି ବୋଲିଲେ।' ଉତ୍ତରରେ ମୃଦୁ ହସଟେ ମୁହଁରେ ଖେଳାଇ କହିଥିଲା ସୁନିଲ। ସେମାନଙ୍କ ପରିଚୟ ଦିନକୁ ଦିନ ଘନିଷ୍ଠ ହୋଇଯାଇଥିଲା। ଦୁଇଜଣଙ୍କ ଯୋଡିଟା ଠିକ୍ ସୁହାଉଥିଲା ବୋଲି ମେଲୋଡି ପାର୍ଟିର ଅଧିକାଂଶ ଡୁଏଟ୍ ଗୀତ ବୋଲିବାକୁ ଦିଆଯାଉଥିଲା ସେମାନଙ୍କୁ। ଆନାଉନ୍‌ସର ବି ଘୋଷଣା କରି କହେ, 'ପେସ୍ କରୁଛୁ, 'ସରଗମ୍' ଅର୍କେଷ୍ଟ୍ରାର ସୁପରହିଟ୍ ଯୋଡି ସୁନିଲ ଓ ସୁନୟନା...।' ମନ ଖୁସି ହୋଇଯାଉଥିଲା ସେଥିରେ। ଇଚ୍ଛା ହେଉଥିଲା ବାରମ୍ବାର ଶୁଣିବାକୁ। ଥରକୁ ଥର ଯୋଡି ହୋଇ ଗୀତ ବୋଲିବାକୁ।

ଭାବିଥିଲା ଏଥର ସୁନୟନା ସହିତ ଯୋଡିଟା ଖାଲି ଡୁଏଟ୍ ଗୀତ ଭିତରେ ରହିଯିବନି ସତସତିକା ଜୀବନରେ ମଧ୍ୟ ଠିକ୍ ରହିବ। ସେୟା ବୋଧେ ଉପରବାଲାର ଇଚ୍ଛା। ନଚେତ୍ ସୁମିତ୍ରାର ଚାଲିଯିବାଟା ଆଉ ଏବେ ସୁନୟନା ସହ ଭେଟ ହେବାଟା ଏକ ପ୍ରକାର ଉଦ୍ଦେଶ୍ୟମୂଳକ ପରି ଲାଗୁଥିଲା ତାକୁ। କାରଣ ସେ ଓ ସୁନୟନା ଦୁହେଁ ଗୀତ ଗାଉଥିଲେ। ଗୀତର ନିଶାକୁ ବୁଝୁଥିଲେ। ଗୀତ ଗାଇ ବଞ୍ଚୁଥିଲେ। ଖାଲି ସେତିକି ନୁହେଁ ଆହୁରି କିଛି ବାଟ ଭାବନାରେ ଅଗେଇ ଯାଇଥିଲା ସିଏ। ତା' କଳ୍ପନାରେ ଭାସି ବୁଲୁଥିଲା ଏକ ସୁନ୍ଦର ଛବିପରି ଦୃଶ୍ୟ। ସେଠି ଥିଲା ଖାଲି ଗହନ ଆମ୍ବଗଛରେ ଭର୍ତ୍ତି ଏକ ବିରାଟ ବଗିଚା। ସେହି ବଗିଚାର ମଝିରେ ଏକ ସବୁଜ ଆମ୍ବ ଗଛର ଡାଳ। ଡାଳରେ ପେନ୍ଥା ପେନ୍ଥା ଓହଳି ପଡିଥିଲା ବଉଳ। ଚାରିପଟରେ ତା'ର ଚହଟ ବାସ୍ନା। ସେହି ଡାଳରେ ବସିଛନ୍ତି ଯୋଡିଏ କୋଇଲି। ଜଣେ ଏକତାନରେ ଗୀତ ଗାଇ ଚାଲିଛି। ଥକିଗଲେ ଆରଜଣକ ସେଇଠୁ ଆରମ୍ଭ କରୁଛି। ବିରାମହୀନ ଭାବେ ସେଠି ଝଙ୍କୃତ ହୋଇଚାଲିଛି କେବଳ ସଙ୍ଗୀତ ହିଁ ସଙ୍ଗୀତ।

ଲାଗିରହିଛି ସୁଲଳିତ ସ୍ୱରର ଉତ୍ସବ। ସଙ୍ଗୀତକୁ ଆପଣାଇ ତା'ସହ ନିବିଡ ହୋଇ ବଞ୍ଚିବାରେ ଏହାଠାରୁ ବା କ'ଣ ଆନନ୍ଦ ଥାଇପାରେ ! ସୁନିଲର ଆଖିରେ ସପ୍ତସ୍ୱର ପରି ନାଚିଉଠୁଥିଲା ସାତରଙ୍ଗୀ କଳ୍ପନାର ଢେଉ।

ବର୍ଷେ କି ଦୁଇବର୍ଷ ନୁହେଁ ପୂରା ସାତବର୍ଷକାଳ 'ସରଗମ୍' ଅର୍କେଷ୍ଟ୍ରାରେ ଜମିରହିଥିଲା ସେମାନଙ୍କର ଯୋଡି। କଟକ କି ଭୁବନେଶ୍ୱର ନୁହେଁ ଓଡିଶାର ସବୁ ସହର ବଜାରରେ ଏକାଠି ଗୀତ ପରିବେଷଣ କରି ନାଁ କମେଇଥିଲେ ଦୁହେଁ। ଖାଲି ଅର୍କେଷ୍ଟ୍ରାରେ ନୁହେଁ, ସେତେବେଳେ ବଡ ବଡ ଯାତ୍ରା ପାର୍ଟିରେ ସୁଦ୍ଧା ନାୟକ ନାୟିକାଙ୍କ ପାଇଁ ଗୀତ ଗାଉଥିଲେ। ପୂରା ଫୁଲ୍ ଟାଇମ୍ ପେସା କରିନେଇଥିଲେ ଏହି ବୃତ୍ତିକୁ। ସୁନୟନା ସହିତ ଏତେ ବର୍ଷ ଧରି ଗୀତ ଗାଇବା ଭିତରେ ଅନେକଥର ଭାବିଥିଲା, ଏବେ ବହୁତ ହୋଇଗଲା। ଏଥର ମନକଥା ଖୋଲି କହି ଆଗକୁ ଆଗେଇବାକୁ ପଡିବ।ସବୁଥର ମିଶି ଗୀତ ଗାଇଲା ପରେ ବି, ମିଶି ଯିବାଆସିବା କଲାପରେ ବି ଅସଲ ମନ କଥା ପ୍ରକାଶ କରିପାରୁନଥିଲା ତା' ଆଗରେ। ସବୁବେଳେ କ'ଣ ପାଇଁ କହିବ କହିବ ହୋଇ ରହିଯାଉଥିଲା। ପୁଣି ତା'ପରଥର କହିବାକୁ ପଣ କରୁଥିଲା। ସବୁଥର ମନକୁ ସେହି ଗୋଟିଏ କଥା କହି ବୁଝେଇ ଦେଉଥିଲା, 'ଆରେ ତୁ ବି ଯୋଉ ଲାଇନ୍‌ର, ସେ ବି ସେହି ଲାଇନ୍‌ର। ସୁନୟନା ତୋତେ ବାହାହେବନି ତ କାହାକୁ ବାହାହେବ।'

ଦିନେ ଆଗରୁ କିଛି ନ ଜଣାଇ ବିସ୍ମିତ କଲାପରି ସୁନୟନା ଆସି ପହଞ୍ଚିଯାଇଥିଲା ଘରେ। ତାକୁ ଦେଖି ଭାବିଥିଲା ବୋଧେ କିଛି ପ୍ରୋଗ୍ରାମ୍ ହଠାତ୍ କେଉଁଠି ସ୍ଥିର ହୋଇଯାଇଛି,ସେଥିପାଇଁ ଜଣାଇବାକୁ ଆସିଛି। ତାକୁ କିଛି ସମୟ ପାଇଁ ବସାଇ ସେ ଯିବା ପାଇଁ ସଙ୍ଗେ ସଙ୍ଗେ ନିଜକୁ ପ୍ରସ୍ତୁତ କରିନେଇଥିଲା। 'ଆସ ଯିବା' କହି ବାହାରିବା ବେଳକୁ ସେ ହାତକୁ ବଢାଇ ଦେଇଥିଲା ଖଣ୍ଡିଏ କାର୍ଡ। ଧରି ଦେଖିଲା ବେଳକୁ ତାହା ଥିଲା ଏକ ବିବାହ ନିମନ୍ତ୍ରଣ ପତ୍ର। 'ମୋର ବାହାଘର ହେଉଛି ଏଇମାସ ଦଶ ତାରିଖରେ। ମଉସା ମାଉସୀଙ୍କୁ କହିଛି। ଆସିଲାବେଳକୁ ସେମାନଙ୍କୁ ମଧ ସାଙ୍ଗରେ

ନେଇଆସିବ।' ଏକାନିଃଶ୍ୱାସକେ କଥାଟା ସାରିଦେଇଥିଲା ସୁନୟନା। ହତଚକିତ ହୋଇ ଚାହିଁ ରହିଥିଲା ସେ ତା'ରି ମୁହଁକୁ। କେଇ ମୁହୂର୍ତ୍ତ ନିରବ ରହି ପଚାରିଥିଲା, 'ପିଲାଟି କ'ଣ କରେ?' 'ସେ ପୋଷ୍ଟାଲ ଆସିଷ୍ଟାଣ୍ଟ୍ ଅଛି। ଯାହା ହେଲେ ବି ସେଣ୍ଟ୍ରାଲ ଗମେଣ୍ଟ୍ ଚାକିରି। ମାସକୁ ମାସ ଦରମା। ଆଉ ଆମ ଲାଇନ ଭଳିଆ ଅଧା ମାସ ଖାଅ, ଅଧାମାସ ଉପାସ ତ ନୁହେଁ? ନହେଲେ ତ ମୁଁ କେବେଠୁ ତମକୁ ବାହା ହୋଇ ଯାଇଥାନ୍ତି।' ଓଠରେ ରହସ୍ୟଭରା ହସଟେ ଖେଳାଇ ଉତ୍ତର ଦେଇଥିଲା ସୁନୟନା। ଅଧା ଗାଇଥିବା ଗୀତଟେ ପାଲଟି ସବୁଦିନ ପାଇଁ ବିଦାୟ ନେଇଯାଇଥିଲା ତା' ଜୀବନରୁ।

ସୁନିଲ କିନ୍ତୁ ଅଟକିଯାଇ ନଥିଲା ସେଠି। ସେ ଠିକ୍ କରିଥିଲା ଗାଇବ। ଯେତେ ବାଧା ଆସୁ ପଛେ ଗାଇବ। ସୁନୟନା ବାହାହୋଇଯିବା ପରେ ତା'ର ହୃଦୟ ଭାଙ୍ଗିଯାଇଥିଲା ସତ, ସେଥିରୁ ଛିଡିଯାଇ ନଥିଲା ସ୍ୱରର ତାର। କିଛି ଦିନ ଏକା ଏକା ଲାଗିଲା ଅର୍କେଷ୍ଟ୍ରା ପାର୍ଟିରେ। ମୁଡ୍ ଆସିଲାନି ଗୀତ ଗାଇବାକୁ। ଚେଷ୍ଟାକଲେ ସୁଦ୍ଧା ଆଉ କାହା ସହିତ ଡୁଏଟ୍ ଗୀତ ଠିକ୍‌ରେ ବୋଲିପାରିଲାନି। ବାଧ୍ୟ ହୋଇ ସୁନୟନାକୁ ଭୁଲିବାକୁ ଯାଇ ସେ ପୁଣି ପାର୍ଟି ବଦଳାଇଦେଲା। ନୂଆ ଏକ ଅର୍କେଷ୍ଟ୍ରା ପାର୍ଟିରେ ଯାଇ କାମ କଲା। ପୁଣି ପୂର୍ବ ପରି ଗାଇବାକୁ ଲାଗିଲା ଗୀତ ଯେମିତି ବୋଲୁଥିଲା ଆଗରୁ। ମେଲୋଡି କିଙ୍ଗ୍ ସୁନିଲ କୁମାର ନାଁରେ।

କିଛି ବର୍ଷ ପରେ ଦେଖାହୋଇଥିଲା ସୁଲେଖା ସହ। ତା ସହିତ ସେପରି କୌଣସି ଷ୍ଟେଜ୍ ପ୍ରୋଗ୍ରାମ୍ କିମ୍ବା ସଙ୍ଗୀତ ଆସରରେ ଭେଟ ହୋଇନଥିଲା। ବରଂ ସେ ତା' ଠିକଣା ଖୋଜି ଖୋଜି ଆସି ପହଞ୍ଚିଥିଲା ପାଖରେ। ବୃତ୍ତିରେ ସେ ଥିଲା ଟି.ଭି ସାମ୍ବାଦିକା। ମେଲୋଡି ଗାୟକ ଗାୟିକା ମାନଙ୍କ ଉପରେ ଏକ ଡକ୍ୟୁମେଣ୍ଟାରୀ ତିଆରି କରୁଥିଲା। ସେଥିପାଇଁ ପ୍ରଥମେ ଆସି ପହଞ୍ଚିଥିଲା ତା' ଠିକଣାରେ। ଯେଉଁଦିନ ସୁଲେଖା ଆସିଥିଲା ସେତେବେଳେ ସେ ଗୋଟେ ଗଜଲ ଅଭ୍ୟାସ କରୁଥିଲା ହାରମୋନିୟମ୍ ଧରି। ଗୀତଟି ଯାଇ ସିଧା ଛୁଇଁଥିଲା ତା' ହୃଦୟକୁ। କିଛି କ୍ଷଣ ପାଇଁ ଭାବବିହ୍ୱଳ ହୋଇଯାଇଥିଲା ସେଥିରେ ସେ। ଉତ୍‌ଫୁଲ୍ଲିତ ହୋଇପଡି କହିଥିଲା, 'କି ଚମତ୍କାର ଗାଇଲେ ଆପଣ! ଆପଣଙ୍କ ପରି ଗାୟକଙ୍କ ପାଖରୁ ଆରମ୍ଭ କରୁଛି ମାନେ ମୋ ଡକ୍ୟୁମେଣ୍ଟାରୀଟା ନିଶ୍ଚୟ ସକ୍‌ସେସ୍ ହେବ।' ତାପରେ ନିଜର ପରିଚୟ ଦେଇ ଆସିବାର ଉଦ୍ଦେଶ୍ୟ ଜଣାଇଥିଲା ସଂକ୍ଷେପରେ। ତା' କଥାବାର୍ତ୍ତାରେ ଏତେ ଚୁମ୍ବକୀୟତା ଥିଲା ଯେ ସଂପୂର୍ଣ୍ଣ ମୋହାବିଷ୍ଟ ହୋଇଯାଇଥିଲା ସୁନିଲ। ଲାଗୁଥିଲା, ଯେପରି ବହୁତ ଦିନ ପରେ ମଳୁଆଲା ଚଇତାଳି ଆସି ଭଉଁରି କାଟୁଛି ତା ନିସ୍ତବ୍ଧ ପଡିଯାଇଥିବା ମନ ଉଦ୍ୟାନରେ। ପୁଣି ଥରେ ପ୍ରେମର ଛୋଟ ଛୋଟ ଫୁଲକଢି ଫୁଟିଉଠିଛି ସେଠି।

ଦୁହିଁଙ୍କ ଭିତରେ ସଂପର୍କର ସେତୁ ତିଆରି ହୋଇଥିଲା ସେହି ପ୍ରଥମ ସାକ୍ଷାତରେ। ଡକ୍ୟୁମେଣ୍ଟାରୀ ନିର୍ମାଣ ପାଇଁ ତା'ଠାରୁ ସହଯୋଗ ଚାହିଁଥିଲା ସୁଲେଖା। ପୁରୁଖା ଅର୍କେଷ୍ଟ୍ରା କଳାକାର ଭାବରେ ଯେହେତୁ ତାକୁ ମାଲୁମ ଥିଲା ଅନେକ କଥା, ସେଥିପାଇଁ ତା'ର ସାହାଯ୍ୟ ନେବାକୁ ଚାହୁଁଥିଲା। ସେହି ବାବଦରେ ନିଜର ଯଥେଷ୍ଟ ସମୟ ଦେଇ ତା ସହିତ ବଛା ବଛା ମେଲୋଡି ଗାୟକ ଗାୟିକାଙ୍କ ପାଖକୁ ଯାଇଥିଲା। ସଂଗ୍ରହ କରିଥିଲା ସେମାନଙ୍କ ମତାମତ। ସଂଘର୍ଷ ଓ ପ୍ରତିଷ୍ଠାର ଏକ ଆରେକ କାହାଣୀ। ସେତେବେଳେ ତା' ମନ ଭିତରେ କେବଳ ଏକମାତ୍ର ଅଭିଳକ୍ଷ୍ୟ ଥିଲା ସୁଲେଖା ତିଆରି

କରୁଥିବା ଏହି ପ୍ରୋଗ୍ରାମ୍‌ଟା ଖୁବ୍ ଭଲ ହେଉ। ଖୁବ୍ ନାଁ କରୁ ସେଥିରୁ ସେ। ସେଥିପାଇଁ ଲାଗିପଡିଥିଲା ଅଫୁରନ୍ତ ଉତ୍ସାହରେ। କେଉଁଠୁ ଆସୁଥିଲା ତା' ଭିତରେ ଏତେ ଆଗ୍ରହ, ଆଉ କ'ଣ ପାଇଁ ଆସୁଥିଲା, ସେ ନିଜେ ଭାବି ଆଶ୍ଚର୍ଯ୍ୟ ହୋଇଯାଉଥିଲା। ତା' ହୃଦୟରେ ସୁଲେଖା ପ୍ରତି ଜନ୍ମିସାରିଥିଲା ଏକ ଅଦମ୍ୟ ଆକର୍ଷଣ। ଅପ୍ରତିହତ ସଂବେଗ।

ସେଇ କିଛି ଦିନ ମଧ୍ୟରେ ନିବିଡ ବନ୍ଧୁତା ହୋଇଯାଇଥିଲା ଦୁଇ ଜଣଙ୍କ ଭିତରେ। ପରସ୍ପରର ନିକଟବର୍ତ୍ତୀ ହେବା ସହିତ ପରସ୍ପରକୁ ଊଣା ଅଧିକେ ବୁଝିପାରିଥିଲେ ବୋଲି ସେ ଭାବୁଥିଲା। ତା'ର ମନ ଜିଣିବାକୁ ଗଜଲଟେ ଗାଇ କେତେବେଳେ ଶୁଣାଇ ଦେଉଥିଲା। ଆଉ କେତେବେଳେ ମଟର ସାଇକେଲ ପଛରେ ବସାଇ ବୁଲାଉଥିଲା ହଜାର ବର୍ଷର କଟକ ସହର। କାଠଯୋଡି ନଈପଠାରୁ ଚହଟାଘାଟ। ଚଣ୍ଡୀ ମନ୍ଦିରରୁ ମଧୁପୁର କୋଠିର ପୁରୁଣା ରେଡିଓ ଷ୍ଟେସନ। ସବୁବେଳେ ସାଥୀରେ ତାକୁ ବୁଲାଇଲାବେଳେ ଭାବେ, 'ନିଶ୍ଚୟ ଦି'ଜଣଙ୍କ ଭିତରେ ବହୁତ କିଛି ମେଳ ଖାଉଛି। ଖାଲି ବୟସଟା ସେଥିରୁ ବାଦ୍ ଦେଲେ ହେଲା।' ତା'ର ଉତ୍ତୀର୍ଣ୍ଣ ଚାଳିଶି ବର୍ଷର ସଙ୍କୋଚ ଛଡା ଆଉ କିଛି ବାଧା ନଥିଲା ଏଥିପାଇଁ। ତଥାପି ଭାବିବାରୁ ନିଜକୁ ଅଟକାଇପାରୁ ନଥିଲା, 'ସୁଲେଖା ଆଗରେ ପ୍ରସ୍ତାବଟା ରଖିଲେ କେମିତି ହୁଅନ୍ତା ?'

ଡକ୍ୟୁମେଣ୍ଟାରୀ କାମ ସରିଯାଇଥିଲା ସୁଲେଖାର। ଯେଉଁଦିନ ସେ ଶେଷଥର ପାଇଁ ବିଦାୟ ନେବାକୁ ଆସିଥିଲା, ଅତ୍ୟଧିକ ଭାବେ ଭାବପ୍ରବଣ ହୋଇପଡିଥିଲା ସୁନିଲ। ତା'ଦୁଇ ଆଖିରେ ପ୍ରତିଫଳିତ ଅକୁହା ମନର କଥାକୁ ବୋଧେ ପଢିପାରିଥିଲା ସେ। ସିଧା ନହେଲେ ବି କଥା ଛଳରେ କହିଥିଲା, 'ଆମ ପ୍ରଫେସନ୍‌ରେ ଇମୋସନର ଜାଗା ଅଛି ସତ ହେଲେ ତା'ର ମଧ୍ୟ ଏକ ସୀମାରେଖା ଅଛି। ଆପଣ ହୁଏତ ପଢିଛନ୍ତି କି ନାହିଁ ସୁରେନ୍ଦ୍ର ମହାନ୍ତିଙ୍କ 'କୃଷ୍ଣଚୂଡା' ଗଳ୍ପ। ଯେଉଁଠି ସେ କହିଛନ୍ତି, ଜଣେ ସଂପାଦକର ଜୀବନରେ କୃଷ୍ଣଚୂଡାର ଆକର୍ଷଣ ମୂଲ୍ୟହୀନ। ସେମିତି ଆମେ ହେଲୁ ସାମ୍ବାଦିକ ଲୋକ। ଭାବନାରେ କୋଉଠି ଅଟକିଯିବା ଆମର ଧର୍ମ ନୁହେଁ। ଓଃ....ପ୍ଲିଜ୍ ସୁନିଲ ବାବୁ, ଏତେ ଇମୋସନାଲ ହୁଅନି।' କିଛି କହିବା ଆଗରୁ ହାତ ହଲାଇ 'ବାଏ' କହି ଚାଲିଆସିଥିଲା ସୁଲେଖା।

କିଛି ସମୟ ଧରି ସେ ଯେପରି ଆବିଷ୍ଟ ହୋଇଯାଇଥିଲା ବିଗତ ଦିନର ଲେଉଟା ପୃଷ୍ଠା ଭିତରେ। ହଜିଲା ଅତୀତ ମଧ୍ୟରେ ଯୁଝିହେଉଥିଲା ପାଇ ହରାଇବାର ଓ ହରାଇ ପାଇବାର ଗହନ ମାନସାଙ୍କଙ୍କୁ। ସେଥିରୁ ବେଦନା ଓ ରୋମାଞ୍ଚର ମିଶ୍ରରାଗ ଉତୁରି ଆସୁଥିଲା ତା' ଭିତରେ। ଖୁବ୍ ଆବେଗିକ ଭାବରେ ସେ କିଛି ଗୋଟେ ଗାଇବାକୁ ଚାହିଁଲା। ଥରେ ଦୁଇଥର ଗଳାଝାଡି ଆରମ୍ଭ କରିବାକୁ ଚେଷ୍ଟା କଲା। ତଥାପି ହେଲା ନାହିଁ। କୋଉଠି ଯେମିତି ଅଟକି ଓଦା ହୋଇଯାଉଥିଲା ତା' କଣ୍ଠଟା। ବାହାରକୁ ଶୁଭୁଥିଲା ତ ଖାଲି ହାରମୋନିୟମ୍‌ରୁ ବାହାରୁଥିବା କରୁଣ ମୂର୍ଚ୍ଛନା।

ନିରବ ସିପାହି

ଯେତେବେଳେ ବି ତାଙ୍କ କଥା ମନକୁ ଆସୁଥିଲା ସବୁବେଳେ ସେହି ବିଷମ ଚିତ୍ର ଗୁଡାକ ଝଲସି ଉଠୁଥିଲା ଆଖି ଆଗରେ। 'ଓଃ କି ବିଚିତ୍ର ମଣିଷ ! କେମିତି ଏତେ ଅଭିନୟ କରିପାରୁଛନ୍ତି କେଜାଣି ?' ପୁଣି ଟିକେ ରହିଯାଇ ଭାବନ୍ତି 'ଯାହା ବି କୁହ ଓସ୍ତାଦି ଲୋକଟା ! ଜମାରୁ ଧରା ପକେଇ ଦିଏନି ନିଜ ଭିତରର ଦୁର୍ବଳତା। ବାହାରକୁ ସବୁବେଳେ ପରିଷ୍କାର, ଯେପରି ସଫା ଆକାଶର ଶୁଭ୍ରତା। ବିଷାଦ ବାଦଲର ଚିହ୍ନବର୍ଣ୍ଣ ସୁଦ୍ଧା କୋଉଠି ଖୋଜିଲେ ମିଳିବ ନାହିଁ। ମୁହଁରେ ସ୍ୱାଭାବିକ ସଜୀବତା। କଥାବାର୍ତ୍ତାରେ ମଧ୍ୟ ସେହିପରି।' ଆଶ୍ଚର୍ଯ୍ୟ ଲାଗେ ତାଙ୍କର ଏପରି ଅନ୍ତଃବିରୋଧାଭାସ ଜୀବନରେ ସହବସ୍ଥାନର ସଙ୍ଗମକୁ ଦେଖି। ଏଇ କଥାଟା ବାରମ୍ବାର ବିସ୍ମିତ କରିଥାଏ ନିଳାଦ୍ରି ବାବୁଙ୍କୁ।

ତାପସ ବାବୁଙ୍କ ସହ ତାଙ୍କର ଦୁଇ ପ୍ରକାରର ସମ୍ପର୍କ। ଏକେତ ପାଖ ପଡୋଶୀ ଲୋକ। ଘର ଠାରୁ ମାତ୍ର ଋରୋଟି ଘର ଆଗକୁ ଡେଇଁଲେ ତାଙ୍କ ଘର। ସେହି ଅନୁସାରେ ଗୋଟିଏ ମୋଟାମୋଟି ଭଲ ସାମାଜିକ ସଂପର୍କ ରହିଆସିଛି। ପୁଣି ଆରପଟେ ଦେଖିଲେ ସିଏ ପୁଣି ଏକା ଅଫିସର ସହକର୍ମୀ। ଦୀର୍ଘ କୋଡିଏ

ବର୍ଷରୁ ଊର୍ଦ୍ଧ୍ୱ ହେବ ଗୋଟିଏ କାର୍ଯ୍ୟାଳୟରେ କାମ କରିଆସୁଛନ୍ତି। ଯଦିଓ ଦୁହିଁଙ୍କ ବିଭାଗ ଅଲଗା, କିଛି ନ ହେଲେ ପ୍ରତି ଦିନ ଚା' ପିଇଲା ବେଳେ କ୍ୟାଣ୍ଟିନ୍‌ରେ କିମ୍ବା ଷ୍ଟାଣ୍ଡ୍‌ରେ ଗାଡି ରଖିଲାବେଳେ ଦେଖା ସାକ୍ଷାତ ହୋଇଯାଏ। କେବେ କେବେ ଘରୁ ବାହାରିଲା ବେଳେ ସ୍କୁଟର ଷ୍ଟାର୍ଟ କରିବା ସମୟରେ ନଜର ପଡିଥାଏ ତାଙ୍କ ଉପରେ। ସିଏ ମଧ୍ୟ ନିଜ ସ୍କୁଟର ଖଣ୍ଡିକ ଧରି ଅଫିସ୍ ଅଭିମୁଖେ ବାହାରିଥାନ୍ତି। ତରତରରେ ଧାରେ ହସ ବାହାରି ଆସୁଥାଏ ମୁହଁରୁ। 'ଯାହା ହେଉ ଆଜି ଏକା ସାଙ୍ଗରେ ବାହାରିବାର ଯୋଗ ହେଲା।' କଥାପଦଟେ ସାରି ନିଜ ଗାଡିକୁ ଛୁଟାଇ ନିଅନ୍ତି ଆଗକୁ। ଫେରିଲା ବେଳକୁ ସେପରି ଦେଖା ଚାହାଁ ସମ୍ଭବ ହୋଇପାରେନା। ଯେହେତୁ କାହାର କେତେବେଳେ କାମ ସରେ ସେହି ଅନୁସାରେ ଫେରିବାକୁ ପଡେ। କେତେବେଳେ ସଞ୍ଜ ତ କେତେବେଳେ ରାତି। କାମ ଚାପର ବି କୋଉ ଠିକ୍ ଠିକଣା ଥାଏ !

ପ୍ରାୟ ଅଧିକାଂଶ ସମୟ ତାଙ୍କ ସହିତ ଭେଟାଭେଟି ହୋଇଥାଏ ସେହି ଅଫିସ କ୍ୟାଣ୍ଟିନ୍‌ରେ। ଛାଆଁକୁ ଛାଆଁ ପାଖକୁ ଲାଗି ଆସନ୍ତି। ସୌହାର୍ଦ୍ଦପୂର୍ଣ୍ଣ ଭଙ୍ଗୀରେ ପଚାରନ୍ତି 'ଆଉ କଣ ଖବର ନୀଳାଦ୍ରି ବାବୁ' ! ପ୍ରତିଉତ୍ତରରେ ସେମିତି କିଛି ପଚାରିବାକୁ ଇଚ୍ଛା ଥିଲେ ବି କୌଣସି ପ୍ରକାରରେ ସେହି କୁଆରି ଇଚ୍ଛାଟିକୁ ଦବାଇ ଖାଲି ମୁଣ୍ଡ ହଲାଇ ଭରିଦିଅନ୍ତି। ଜିଭ ଅଟକି ଯାଏ ଅଧାବାଟରୁ। କାହିଁକି ନା ସେ ଭଲଭାବରେ ଜାଣନ୍ତି ତାପସ ବାବୁଙ୍କ ପାରିବାରିକ ଜୀବନର ବିଶୃଙ୍ଖଳ ଚିତ୍ର। ପଡୋଶୀ ଭାବରେ ଅନେକ କଥା କାନ୍ଥରୁ କାନ୍ଥ ଡେଇଁ ତାଙ୍କ ପାଖରେ ଆସି ପହଞ୍ଚି ଥାଏ। ମୁହଁରେ କେବେ ନ ପଚାରିଲେ ସୁଦ୍ଧା ଅନୁମାନ କରିପାରନ୍ତି ତାଙ୍କ ବିଡମ୍ବିତ ପରିବାରର ଦୁଃସ୍ଥିତି। ସେଥିପାଇଁ ଆଗ୍ରହ ଥିଲେ ସୁଦ୍ଧା ସେପଟୁ ତାପସ ବାବୁଙ୍କର ନିରବତାକୁ ଦେଖି ଚୁପ୍ ରହିବାକୁ ଉଚିତ୍ ମନେ କରନ୍ତି। ହେଲେ, ଭିତରେ ଭିତରେ ତାଙ୍କ ପ୍ରତିଥିବା ପ୍ରଶ୍ନିଳ ଧାରଣା ଗୁଡିକ ଘନେଇ ରହିଥାଏ କଳା ବାଦଲର ଚାଦର ପରି। ମନ କହୁଥାଏ ପଚାରି ଦେବାକୁ। ପୁଣି କଣ ଭାବି ନିଜକୁ ନିବୃତ୍ତ ରଖିଥାନ୍ତି ସେଥିରୁ। ଚୁପ୍ ରହିଯାନ୍ତି।

ସେପଟୁ ଖଣ୍ଡେ ଟୁକୁରା କାଗଜ ଉପରେ ନିମିକି ଦି'ଟା ହାତରେ ଭାଙ୍ଗି ଖାଉ ଖାଉ କଥା ଯୋଡନ୍ତି ତାପସ ବାବୁ। ଆଉ ଆଗକୁ ଏହି ଗାଆଁ ଜିନିଷ ସବୁ ଖାଇବାକୁ ମିଳିବନି, ଜାଣିଲେ...। ଏବେ ତ ପିଜା ବର୍ଗରର ଯୁଗ। ଆମ ପିଲାମାନଙ୍କୁ ଏସବୁ ନିମିକି କରଞ୍ଜି ନାଁ କହିଲେ ଶୁଣି ନାକ ବୁଲାଇଦେବେ। ହେଲେ ଯାହା ବି କୁହନ୍ତୁ, ଏହାର ଖାଇବା ମଜାଟା ନିଆରା। ସେଗୁଡା ପିଲା କୋଉଠୁ ଅବା ଜାଣିବେ !' ଖଣ୍ଡେ ଖଣ୍ଡେ ମସକା ନିମିକିର ଆନନ୍ଦକୁ ପାଟିରେ ଚାକୁଳାଇ ସେ ତାଙ୍କ କଥାର ଫୁଆରା ଖୋଲିପକାନ୍ତି। ଆଉ ଗୋଟିଏ ଦୁଇଟି ପ୍ରସଙ୍ଗକୁ ଅନାୟାସରେ ଯୋଡି ଦିଅନ୍ତି ସେହି ଆସରରେ। ଜଣାପଡେ ନା କେତେବେଳେ ପାଖାପାଖି ଅଧ ଘଣ୍ଟା ଭଳି ସମୟ ଅତିକ୍ରାନ୍ତ ହୋଇଯାଇଥାଏ। ଚା' ପିଆ ସରିଥାଏ ସତ ହାତରେ ସେମିତି ଖାଲି ଗ୍ଲାସ୍‌ଟାକୁ ଧରି ଚାହିଁ ରହିଥା'ନ୍ତି ତାଙ୍କ ମୁହଁକୁ। ସେପଟୁ ଅନର୍ଗଳ କଥା, ତା' ସହିତ ନଥା। ପାଇପ ଖୋଲିଲେ ଯେମିତି ଝରଝର ହୋଇ ବାହାରିଆସେ ପାଣି ସେମିତି ତାଙ୍କ ପାଟିରୁ କଥାର ଲମ୍ବା ସ୍ରୋତ ଛୁଟି ଚାଲିଥାଏ। ମଝିରେ ଟିକେ ଟିକେ ବିରାମ। ତାପରେ ପୁଣି କଥା। ଆଶ୍ଚର୍ଯ୍ୟ ଲାଗେ, କେମିତି ଲୋକଜଣକ ସହଜ ହୋଇ

ଏତେ ସମୟ ଗପି ପାରନ୍ତି ! ଭିତରେ ଏତେ ଦୁଃଖ, ଏତେ ଗୁଡାଏ ଚାପକୁ ଧରି କେମିତି ହସିପାରନ୍ତି ! ଲାଗେ ଯେପରି ନିଜ ସହିତ ଛଳନା କରିଚାଲିଛନ୍ତି। ମୁଖରେ କୃତ୍ରିମ ହସ ଆଉ ଗପର ପସରା। ସେଥିରେ ଲୁଚାଇ ଦେବାକୁ ଚାହାଁନ୍ତି ତାଙ୍କ ଭିତରର ପ୍ରକୃତ ଅସ୍ତିତ୍ୱ। ଭୁଲାଇ ଦେବାକୁ ଚାହାଁନ୍ତି ଚିରହରିତ୍ ଅରଣ୍ୟ ପରି ଦୁଃଖର ଉହ୍ୟ ପୀତ ଆକ୍ରୋଶ। 'ଓଃ କି ଅଦ୍ଭୁତ ପ୍ରତାରଣା ! ପୁଣି ନିଜ ସହିତ !' ଆଦୌ ବିଶ୍ୱାସ କରିପାରନ୍ତି ନାହିଁ ନିଳାଦ୍ରି ବାବୁ।

ପ୍ରତିଥର ତାଙ୍କ ସହ ଦେଖା ହେଲେ ଭାବନ୍ତି, 'ଆଜି ହୁଏତ ନିଜର ଭିତର ଗୁମରକୁ ଫିଟେଇ ବସିବେ। କେତେ ଦିନ ଅବା ସେସବୁକୁ ଚାପି ରଖିଥିବେ ! ମଣିଷର ପୁଣି ଧୈର୍ଯ୍ୟର ସୀମା ରହିଛି ନା ନାହିଁ ? କୋଉ ଅଛପା ରହିଛି ଯେ ?' ପାଖ ପଡୋଶୀ ହିସାବରେ ତାପସ ବାବୁଙ୍କ ଘରର ବିପର୍ଯ୍ୟସ୍ତ ସ୍ଥିତି ନେଇ ସେ ବେଶ୍ ଅବଗତ। ତାଙ୍କ ପାରିବାରିକ ପାଚେରିର ନିବିଡ ହତା ଡେଇଁ ଅନେକ କଥା ଅକଥା ଶୁଣିବାକୁ ପାଆନ୍ତି। ଆଉ ଯାହା ନିଜ ଆଖିରେ ଦେଖନ୍ତି, ସେହିସବୁ ଶୁଣାକଥା ଗୁଡାକ ବିଶ୍ୱାସ କରିବାକୁ ଏକରକମ ପରତେ ଯାଆନ୍ତି। ମାଳିନୀର ତ ଏସବୁ କଥା ଶୁଣିବା ଜାଣିବାକୁ ଅସୀମ ଆଗ୍ରହ। ତା ଠାରୁ ବେଶୀ ଉତ୍ସାହ କଥାଗୁଡାକୁ ଶୁଣି କେମିତି ଆଉ ଟିକେ ବନେଇ ଚୁନେଇ ପ୍ରକାଶ କରିବାରେ। ଯେମିତିକି ଗୋଟିଏ ନୂଆ ତଥ୍ୟ ତାଙ୍କର ହସ୍ତଗତ ହୋଇଛି। ପୂରାପୂରି ତାଜା ଖବର। ଟି.ଭି.ର ହେଡ୍ ଲାଇନ୍ ନ୍ୟୁଜ୍। ଥରେ ନୁହେଁ କି ଦି' ଥର ନୁହେଁ, ଦି'ଚାରିଦିନ ପର୍ଯ୍ୟନ୍ତ ସେହି କଥାଟାକୁ ଅଲଗା ଅଲଗା ବାଟରେ ଉଠାଇ ଧ୍ୟାନ ଆକର୍ଷଣ କରି ଚାଲିଥିବେ। ପୁଣି ତା' ସହିତ ଯୋଡି ଚାଲିଥିବେ ସଦ୍ୟ ପ୍ରାପ୍ତ ପରିବର୍ଦ୍ଧିତ ତଥ୍ୟରୁ ଖିଏ। 'ଶୁଣିଲଣି, କାଲି କୁଆଡେ ରାତିସାରା ଦୀପକ ବାନ୍ତି କରିଛି ! ବଡି ସକାଳୁ ତାକୁ ଅଟୋରେ ଧରି ତାପସ ବାବୁ କୁଆଡେ ଗଲେ। ହଁ, ମେଡିକାଲକୁ ନେଇଥିବେ ଆଉ କୁଆଡେ ?' ମାଳିନୀଙ୍କ ମୁହଁରୁ ଏହି ମୃଦୁ ଉପହାସଭରା ଖବରଟି ଶୁଣି ଟି.ଭିର ପରଦା ଉପରୁ ନଜରଟି କାଢି ଆଣିଲେ ନିଳାଦ୍ରି ବାବୁ। ଘଟଣାଟି ତାଙ୍କ ନିମନ୍ତେ ସେତେଟା ଗୁରୁତର ନ ଥିଲେ ସୁଦ୍ଧା ମନଟା ସକାଳୁ ସକାଳୁ ଟିକେ ଦବିଲା ପରି ଲାଗିଲା। 'ଆହାଃ, ବିଚରା ପିଲାଟା ! ସଙ୍ଗଦୋଷରେ ପଡି କ'ଣ ଆଜି ନ ହେଲା ?' ପାଟିରୁ ଆପଣା ଛାଏଁ ବାହାରି ଆସିଲା ଧାଡି କେଇଟା। 'କ'ଣ ହେଲା ଆଉ କହୁଛ ? ପୁରା ତ ନଷ୍ଟ ହୋଇଗଲା ! ଛୁଆଟା କଲେଜ ମାଟି ମାଡିଛି କି ନାହିଁ ଅବସ୍ଥା ଦେଖ !' ମାଳିନୀ ଦେବୀଙ୍କ ନୟନରେ ବିସ୍ଫାରିତ ହୋଇ ଖେଳି ଯାଉଥିଲା ଆକ୍ଷେପର କଟୁକ୍ତି। ସେହି ମନ୍ଦ ଧାରଣାଟି ତାଙ୍କ ମନ ଭିତରେ ବସା ବାନ୍ଧିଲା ପରି ଦିନକୁ ଦିନ ବିସ୍ତାରୀ ଚାଲି ଥିଲା ତା'ର କାୟା। 'ଗଲା, ବରବାଦ ହୋଇଗଲା ପିଲାଟା !'

ଦୀପକକୁ ଖୁବ୍ ପିଲାଟି ବେଳରୁ ଦେଖି ଆସିଛନ୍ତି ନୀଳାଦ୍ରି ବାବୁ। ତାଙ୍କ ପୁଅ ମିଟୁଠାରୁ ବୟସରେ ବର୍ଷେ ଖଣ୍ଡେ ସାନ ହେବ। ଏଇଠୁ ଏକାଠି ବିଦ୍ୟା ମନ୍ଦିରରେ ପାଠ ସାରି ହାଇସ୍କୁଲରେ ପଢୁଥିଲେ ଆଗ ପଛ ହୋଇ। ପାଠ ପଢିବା ବୁଝିବା ନେଇ ସବୁବେଳେ ତାଙ୍କ ଘରକୁ ଥିଲା ଯା' ଆସ। ଏମିତିକି ଖେଳାଖେଳି ବି ସାଙ୍ଗ ହୋଇ କରି ଆସୁଛନ୍ତି। ମିଟୁ ପରେ ପରେ ସିଏ ବି ହାଇସ୍କୁଲ ପାସ୍ କରି ଏବେ କଲେଜ ଯାଉଛି। 'କ'ଣ ହଠାତ୍ ପିଲାଟାର ବିଗିଡି ଗଲା କେଜାଣି ?' ଆଶ୍ଚର୍ଯ୍ୟ ପ୍ରକଟ କରୁଥିଲେ ଭାବି। ଯେହେତୁ ସେହି ଅତୀତ ଏହି କିଛି ବର୍ଷ ତଳର ଦେଖି ଆସିଥିବା ଘଟଣା,

ସେଥିପାଇଁ ଏବେ ମନେ ପକାଇଲେ ବିମର୍ଷ ହୋଇପଡନ୍ତି ନିଜ ଆଡୁ। ସ୍ତ୍ରୀଙ୍କ ମୁହଁରୁ ମଝିରେ ମଝିରେ ଏମିତି କିଛି ଅପ୍ରୀତିକର ଖବର ଶୁଣିଲେ ଆହୁରି ଅଧୈର୍ଯ୍ୟ ହୋଇପଡନ୍ତି। ପଡୋଶୀ ଭାବରେ ଆଖି ଆଗରେ ଯେତେବେଳେ ତାକୁ ଦେଖି ଆସିଛନ୍ତି ପିଲାଟି ବେଳରୁ, ତା' ଛଡା ପୁଣି ସହକର୍ମୀଙ୍କ ପୁଅ, ଘଟଣାଟା ବ୍ୟଥିତ ନ କରିବ କାହିଁକି ?

ସବୁଠାରୁ ଅଧିକ ବିସ୍ମୟକର ଲାଗେ ତାପସ ବାବୁଙ୍କ ଏ ନେଇ ନିରବତା। କେମିତି ସବୁ କଥାରେ ପାଟି ଭକ୍ ଭକ୍ ଖୋଲିଯାଏ ହେଲେ ଏଇ କଥାବେଳକୁ ସ୍ୱର ନଥାଏ। 'ବାହାରିବ ବା କୁଆଡୁ ? ଅଯାଗା ଘା' କାହାକୁ ଅବା ଦେଖେଇ ହେବ ?' ରହସ୍ୟମୟ ମଣିଷଟିଏ ପରି ଏତେ ଗଭୀର ଉତ୍ପୀଡନକୁ ସୁଦ୍ଧା ଭିତରେ ଛପାଇ ରଖିପାରନ୍ତି। ତିଳେ ମାତ୍ର ବାହାରକୁ ଜଣାଇବାକୁ ଦିଅନ୍ତି ନାହିଁ ତାଙ୍କର ଏହି ବିପନ୍ନ ପାରିବାରିକ ଅବସ୍ଥା ସଂପର୍କରେ। ମୁହଁରେ ଯେତେବେଳେ ଦେଖିବ ସାଧାସିଧା ସରଳ ହସର ଧାରେ ରେଖା। କଥା କୁହା ପାଟି। ବିଲ୍‌କୁଲ୍ ପ୍ରଗଳଭ୍ ହୋଇ ଗପିବାରେ ଓସ୍ତାଦ୍। ଯେ କୌଣସି ପ୍ରସଙ୍ଗ ହେଉ ସବୁଥିରେ ଅଳ୍ପବହୁତେ ଜ୍ଞାନ। ରାଜନୀତି ବିଷୟ ପଡିଲେ ଦିଲ୍ଲୀଠାରୁ ଆରମ୍ଭ କରି ରାଜଧାନୀ ହାଟର ତଟକା ପରିବା ପରି ବଖାଣି ପକାନ୍ତି ଓଡିଶାର ସଦ୍ୟତମ ହାଲ୍‌ଚଲ୍। ଯଦି ପ୍ରସଙ୍ଗକ୍ରମେ ସିନେମା ବିଷୟଟା ଆଲୋଚନା ଭିତରକୁ ଚଳି ଆସିଛି, ତାହେଲେ ଭାବିନିଅ ଗପସପରେ ଆଉ ଦଶ ମିନିଟ୍‌ର ବୋନସ୍ ସମୟ ଯୋଡି ହୋଇଗଲା ବୋଲି। ପୁରୁଣା ହିନ୍ଦୀ ଗୀତର ମୁଖୁଡା ସବୁ ତାଙ୍କ ଭାବପ୍ରବଣ କଣ୍ଠରୁ ଝରି ଆସିବ ଛାଏଁ ଛାଏଁ। ସେତେବେଳେ ଦେଖିବ ତାଙ୍କ ମୁଡ୍‌ଟା ଆକାଶୀ ଗୁଡି ପରି ଏକ ସଙ୍ଗେ ହାଲ୍‌କା ଓ ବେପରୁଆ ଲାଗୁଥିବ ଆଖିକୁ। ନିରିଖେଇ ଦେଖିଲେ ହଉ ପଛେ ଛିଣ୍ଡା ସୂତାର ସଂସାର, ହଉ ପଛେ ଠିକଣାହୀନ କଟା ଗୁଡି, କିଛି ଯାଏ ଆସେ ନାହିଁ। ଏହି ଅଦ୍ଭୁତ ମିଜାଜ୍ ସବୁଥର ତାପସ ବାବୁଙ୍କ ବିଷୟରେ କିଛି ନା କିଛି ଭାବିବା ପାଇଁ ଅଟକାଇ ଦେଇଥାଏ। 'କି ଅଜବ ଲୋକ ଦେଖୁଛି ! କେତେ ସହଜରେ ସବୁ ଜିନିଷକୁ ଭସାଇ ଦେଉଛି ମନର ଚଳାପବନ ତଳେ, ଗୁଡିଟା ଛିଣ୍ଡା କି ଯୋଡା କିଛି ସୁଦ୍ଧା ପଦାକୁ ଜଣାଇବାକୁ ଦେଉନାହିଁ' ? ଏପରି ଅବୁଝା ଅବଧାରଣାଟି ପ୍ରତିଥର ନୂଆ ନୂଆ ରୂପରେ ଉଙ୍କି ମାରିଥାଏ ମନ ଗହନରେ।

ବାହାରେ ଏହି ସହକର୍ମୀଙ୍କ ପ୍ରତି ଯେତେ ବନ୍ଧୁଭାବାପନ୍ନ ମନ ରହିଲେ ସୁଦ୍ଧା ଭିତରେ ତାଙ୍କୁ ନେଇ ଅନେକ ଅବ୍ୟକ୍ତ ପ୍ରଶ୍ନ ଛୋଟ ଛୋଟ ଝଡ ପରି ମୁଣ୍ଡ ଟେକୁଥାଏ। ଅବଶ୍ୟ ସେ କେବେ ନିଜ ଆଡୁ ଏସବୁର ରହସ୍ୟ ଉନ୍ମୋଚନ ପାଇଁ ପ୍ରଚେଷ୍ଟା କରିନାହାଁନ୍ତି କହିଲେ ଠିକ୍ ହେବ ନାହିଁ। ମୁଖ୍ୟତଃ ବ୍ୟକ୍ତିଗତ ଜୀବନର ସମସ୍ୟା ପ୍ରକାଶରେ ତାପସବାବୁଙ୍କ କାର୍ପଣ୍ୟପୂର୍ଣ୍ଣ ମନୋଭାବ ଓ ଉଦାସୀନତା ତାଙ୍କୁ ସବୁଥର ଚୁପ୍ ରହିବାକୁ ବାଧ୍ୟ କରେ। ଛାଁ କୁ ଛାଁ କହି ପକାନ୍ତି, 'ପାଟି ଫିଟାଇ କହିଲେ ସିନା କିଏ କ'ଣ କରିବ ? ନ ହେଲେ ଉପରେ ପଡି କିଏ ବା କାହିଁକି ବାହାରିବ ଜାଣେ ?' ପୁଣି ଆଉ ଦି'ପଦ ସମବେଦନା ଶୁଣାଇଲା ପରି ପାଟିରୁ ବାହାରି ଆସେ, 'ଆହା, ଗୋଟିଏ ବୋଲି ପୁଅଟା, କେତେ ଆଶା ନ ରଖିଥିଲେ ! କେତେ ସ୍ୱପ୍ନ ନ ଦେଖିଥିଲେ ! ଶେଷକୁ ଏୟା ଅବସ୍ଥା.......... ବିଚରା ପାଖରେ ସାହା ହେବାକୁ କେହି ନାହିଁ ଯେ...... ?'

ଯେତେବେଳେ ଦୀପକ ବିଷୟରେ କିଛି କଥା ପଡେ ନ ହେଲେ ତା ଚରିତ୍ର ବିଷୟରେ କୋଉଠି କିଛି ଶୁଣିବାକୁ ପାଆନ୍ତି ସଙ୍ଗେ ସଙ୍ଗେ ଭାବନାରେ ଏଇଭଳି ବିଚଳନ ଆସିଯାଏ। ମନଟା ବିଷାଦରେ ଢାଙ୍କି ହୋଇଯାଏ ଗୋଟା ସୁଦ୍ଧା। ଯାହା ହେଲେ ବି ଜଣେ ନିକଟତମ ସହକର୍ମୀର ସନ୍ତାନ। ଯାହା ସହିତ ଗୋଟିଏ ଅଫିସ୍‌ର ଛାତ ତଳେ ଛଅ ଘଣ୍ଟା କାଟନ୍ତି ଏକାଠି। ତା ବାଦେ ପୁଣି ଘର ପାଖର ପୁରୁଣା ସାହି ପଡୋଶୀ। ସବୁକଥା ଜାଣିବା ଦେଖିବା ପରେ ଦୁଃଖ ଆସିବାଟା ଅକାରଣ ନୁହେଁ ବୋଲି ସେ ହୃଦୟଙ୍ଗମ କରିପାରନ୍ତି। ମାଳିନୀଙ୍କର ଏସବୁ ଘଟଣା ନେଇ ସେତେଟା ସମ୍ବେଦନଶୀଳତା ଥିଲା ପରି ଲାଗେ ନାହିଁ। 'ସେତକ ଯଦି ତାଙ୍କ ଭିତରେ ଥାଆନ୍ତା, କାନକୁହାଙ୍କ ପରି ଦିନ ରାତି କୋଉଠି କ'ଣ ଘଟିଲେ ଦେଖି କଟା ଘା'ରେ ଲୁଣ ଛାଟିଲା ପରି ଫେଣେଇ ଫେଣେଇ ବର୍ଣ୍ଣନା କରନ୍ତେ ନାହିଁ। ଅନ୍ୟ କାହାର କଷ୍ଟକୁ ଦେଖି ଧାରା ବିବରଣୀ କରି ବନେଇ ଚୁନେଇ ପ୍ରକାଶ କରନ୍ତେ ନାହିଁ। ଆରେ, 'ଯାହା ହେଲେ ବି ସେ ତମର ପଡୋଶୀ ! ତାଙ୍କର ଆଜି ଯୋଉ ଅବସ୍ଥା, ସେଇଟା କାଲି ତମର ନ ହବ କାହିଁକି ? ଈଶ୍ୱର ସିନା ତମକୁ ଠିକ୍‌ଠାକ୍‌ରେ ରଖିଛନ୍ତି ବୋଲି ପର ଦୁଃଖ ଭିତରେ ମାଡି ହେଉନ, ଓଲଟି କୋଉ ଦିନର ପୁରୁଣା ରାଗତକ ସୁଝାଇଲା ପରି ଦେଖି ଶାନ୍ତି ପାଉଛ ସେଥିରୁ ! କେମିତି ଅସଜଡା ଘରଟା ସଜଡା ହୋଇପାରିବ ସେଥିପାଇଁ ତ ଦିନେ ଚିନ୍ତା ନାହିଁ, ଖାଲି ଭଣଭଣ ଦୁର୍ଗୁଣ ବଖାଣିବାରେ କ'ଣ ମିଳିବ ?' ପ୍ରତିକ୍ରିୟାରେ ନିଜ ସ୍ତ୍ରୀଙ୍କ ଉପରେ ପାରଦ ଚଢିଲା ପରି କ୍ରୋଧ ଉତୁରି ଆସେ ସିନା ମୁହଁ ଖୋଲି କିଛି କହି ପାରନ୍ତି ନାହିଁ। ଭାବନ୍ତି, କ'ଣ ଲାଭ, ଯାହାର ଯାହା ପ୍ରକୃତି। କହିଲେ ସେ କ'ଣ ବଦଳିଯିବ ?

ଖାଲି ସେତକରେ ବି ତାଙ୍କୁ ଶାନ୍ତି ମିଳେନା ! ଆହୁରି ଦି'ପାଦ ଆଗେଇ ପଡି ନିଜ ମାତୃତ୍ୱପଣକୁ ଜାହିର କରିବାକୁ ସୁଦ୍ଧା ପଛାଇ ଯାଆନ୍ତି ନାହିଁ। ଚେତାଇ ଦେଇ କହିସାରିଛନ୍ତି, 'ଦେଖ, ସେ ମିଟୁକୁ ମନା କର ଯେମିତି ଦୀପକ ସହିତ ମିଶାମିଶି ବେଶୀ ନ କରେ ! ଗୋଟିଏ ଜାଗାରେ ଖେଳକୁଦ ବସାଉଠା... ମତେ କାଇଁ ଠିକ୍ ଦିଶୁନାଇଁ ଏଗୁଡାକ। ସହଜେ ଟୋକାଟା ଝରି ପାଞ୍ଚିରୁ ଯାଇଛି; ଆମ ପୁଅଟାକୁ ବି ବିଗାଡି ପକାଇବ !' ଆଉଟା ଗରଗର ରାଗତକ ତାଙ୍କର ବାହାରି ଆସେ ତାପସ ବାବୁଙ୍କ ପଥଚ୍ୟୁତ ପୁତ୍ର ଉପରେ।

ଏହି ଦୀପକର ପ୍ରଥମ ଜନ୍ମ ଦିନର କଥା। ସତ୍ୟ ନାରାୟଣ ପାଲା ହେବା ଦିନ ଠାରୁ ତାକୁ ଅତି ଛୋଟଟି ବେଳରୁ ଦେଖି ଆସୁଛନ୍ତି। ପ୍ରସବ ସମୟରେ ଅସ୍ତ୍ରୋପଚାର କରାଯାଇ ଜନ୍ମ ହୋଇଥିବାରୁ ସେହି ସମୟରେ କୌଣସି ଆନୁଷ୍ଠାନିକ ଉତ୍ସବ ପାଳନ କରାଯାଇନଥିଲା। ତା'ପରେ ନୂଆ ପଡୋଶୀ ହୋଇ ସହକର୍ମୀ ତାପସ ବାବୁ ସେ ରହୁଥିବା କଲୋନୀରେ ଆସି ବସାଘରଟିଏ ନେଇଥାନ୍ତି। ଆସିବାକୁ ନିମନ୍ତ୍ରଣ ଦେବାକୁ ଅଫିସ୍‌ରେ ଥରେ କହି ପୁଣି ଆସି ଦୋହରା ଘରେ କହିଯାଇଥାନ୍ତି। ସଂଧ୍ୟାରେ ଦେଖନ୍ତି ଛୋଟ ଦୀପକକୁ। ବର୍ଷକର କଅଁଳିଆ ଗୋଲଗାଲ ଛୁଆ। ବାପା ମା'ଙ୍କର ଅନେକ ଆଶା ଆକାଂକ୍ଷାଂକୁ ନେଇ ଯେପରି ସ୍ୱପ୍ନର ଫୁଲଟିଏ ହୋଇ ଫୁଟିଥିଲା ସଚରାଚର ଜଗତରେ। ପ୍ରତିଶ୍ରୁତି ପରି ଥିଲା ତାର ଆତ୍ମପ୍ରକାଶ। ସେଇଥିପାଇଁ ସଭିଏଁ ମିଶି ତାର ନାଁ ଦେଇଥିଲେ ଦୀପକ। ଅର୍ଥାତ୍ କୁଳର ଶିଖା। ଆଶାର ପ୍ରଜ୍ୱଳିତ ଜ୍ୟୋତିଷ୍କ। ଗୋଟିଏ ପିଢିରୁ ଆଉ ଗୋଟିଏ ପିଢିକୁ ସଞ୍ଚରି ଯାଉଥିବା

ସୃଷ୍ଟିର ଆକାଂକ୍ଷା। କୋମଳ ନବନୀତ ଉନ୍ମେଷ। ମାତୃ ଆଉ ପିତୃ ପ୍ରାଣର ଯୁଗଳ ସ୍ୱର୍ଣ୍ଣିମ ପ୍ରକାଶ। ଆନନ୍ଦର ଢେଉ ଢେଉକା ଲହରୀ ଖେଳେଇ ହୋଇଯାଉଥିଲା ତାପସ ବାବୁଙ୍କ ଘରର ଅଗଣା ମଝିରେ ଯେଉଁଠି ସତ୍ୟ ନାରାୟଣ ପୂଜା ପାଠ ପାଇଁ ଖଟୁଲି ଓ ଅନ୍ୟାନ୍ୟ ବ୍ୟବସ୍ଥା କରାଯାଇଥିଲା। ସମସ୍ତେ ଥିଲେ ସେହି ନବଲଗ୍ନର ଉଲ୍ଲାସମୟ ମାହୋଲରେ ଆନନ୍ଦିତ। ସନ୍ତାନର ପ୍ରାପ୍ତି ପୁଲକରେ ବିଭୋର।

ସେହି ଦିନରୁ ଆଜି ଷୋହଳ ବର୍ଷ ଇତିହାସକୁ ଆଉଥରେ ପରଖି ଦେଖୁଥିଲେ ନୀଳାଦ୍ରି ବାବୁ। ଘଟଣାର ପ୍ରବାହ ଭିତରେ ଅଙ୍କୁରିତ ବିଦୀର୍ଣ୍ଣ ବାସ୍ତବତାକୁ ଏବେ ପ୍ରତ୍ୟକ୍ଷ କରୁଥିଲେ ନିଜର ଚର୍ମ ଚକ୍ଷୁରେ। ଯାହା ସବୁମତେ ଲାଗୁଥିଲା ଅବିଶ୍ୱାସଯୋଗ୍ୟ। ଅବାଞ୍ଛନୀୟ। ହେଲେ ସତ୍ୟର ପ୍ରକାଶିତ ପରିଚୟ ଅପ୍ରୀତିକର ହିଁ ଥିଲା। ଆଶା ଆଉ ଆକାଂକ୍ଷାର ନିର୍ମମ ହତ୍ୟା ଘଟି ସାରିଥିଲା ବାସ୍ତବତାର ସମୟ ଚକ୍ରରେ। କାଲିର ସମ୍ଭାବିତ ସ୍ୱପ୍ନ ଆଜିର ଉଜୁଡ଼ା ନଷ୍ଟ କ୍ଷେତ। ମାଇଲ ମାଇଲ ହୋଇ ସମୟ ମାଡ଼ିଯାଉଥିଲା ଆଗକୁ। ସମସ୍ତଙ୍କୁ ଆଘାତ ଦେଲା ଭଳି କିଛି ଅବକ୍ଷୟର ଚିତ୍ରକୁ ଆଣି ଆଖି ଆଗରେ ରଖୁଥିଲା। 'ଓଃ, କି ଭୟଙ୍କର ସମୟର ଗତି ! ତାର ନିରବଚ୍ଛିନ୍ନ ସ୍ରୋତରେ କ'ଣ କ'ଣ ଦୁର୍ଦ୍ଦିନ ସବୁ ନ ଆଣି ଆସିଥାଏ ! ହତଚକିତ ହୋଇପଡୁଥିଲେ ସମୟର ଏହି ନିଷ୍ଠୁର ସାରାଂଶକୁ ଉପଲବ୍ଧି କରି। ପୂରା ଚମକାଇ ଦେଲା ପରି ଯେପରି ତାର ଅଗ୍ରଗତିର ପ୍ରଭାବ। ଯୋଉଟା କି ମଣିଷ କେବେ ଭାବି ପାରି ନଥିଲା ଆଜି ସେହି ସମୟର ଦର୍ପଣରେ ତା'ର କ୍ରୁର ପ୍ରତିଛବି। 'ଦେଖି ଅଙ୍ଗେ ଲିଭାଉଥିବା ଲୋକକୁ କେମିତି ଯନ୍ତ୍ରଣା ଦେଉ ନଥିବ ଏହି ପରିଣତି ?' ସହକର୍ମୀ ବନ୍ଧୁଙ୍କ ପ୍ରତି ତୀବ୍ର ସମ୍ବେଦନାରେ ଭରି ଆସୁଥିଲା ହୃଦୟ। ସ୍ଥିର ନିଶ୍ଚିତ କରିନେଲେ ତାପସ ବାବୁ ମୁହଁ ଖୋଲନ୍ତୁ କି ନ ଖୋଲନ୍ତୁ, ସହଯୋଗ କରନ୍ତୁ କି ନ କରନ୍ତୁ, ସେ ଅବଶ୍ୟ ଦୀପକ କଥାରେ ଏଥର ମୁଣ୍ଡ ପୂରାଇବେ। ତାଙ୍କ ଜାଣିବାରେ ଏ ସହରରେ ଗୋଟିଏ ନିଶାନିବାରଣ ପରାମର୍ଶ କେନ୍ଦ୍ର ରହିଛି ଯୋଉଠି କି ଦୀପକକୁ ନିଆଯାଇପାରେ। ଆବଶ୍ୟକ ମାନସିକ ପରାମର୍ଶ ଓ ସହାୟତା ପାଇଲେ ତା ସହିତ ଯଦି ପରିବାର ସହଯୋଗ କରେ ତେବେ ନିଶା ଛାଡ଼ିବାଟା ବଡ଼ କଥା ହେବ ନାହିଁ। ସେ ବଦଳିଯିବ। ଏପରି ବିଶ୍ୱାସଟିଏ ଖୁବ୍ ଯୋର୍‌ରେ ଦାନା ବାନ୍ଧି ଆସୁଥିଲା ତାଙ୍କ ଭିତରେ।

ସକାଳୁ ସବୁ ନିତ୍ୟକର୍ମ ସାରି ଅଫିସ୍‌ରେ କିଛି ସମୟ ଆଗରୁ ପହଞ୍ଚି ଯାଇଥିଲେ। ଆଶା ଥିଲା ତାପସବାବୁ ଯଦି ଟିକେ ସଅଳ ଆସିଯାଆନ୍ତେ ତାହେଲେ କିଛି ସମୟ ସେହି ବିଷୟରେ କଥା ହୋଇଯାଆନ୍ତେ। ଗତକାଲି ଠାରୁ ସେହି ସୂଚନା ଜଣାଇ ସାରିଥିଲେ 'ତାପସବାବୁ ଆପଣ କାଲି ଟିକେ ଶୀଘ୍ର ଅଫିସ ବାହାରି ଆସିଲେ ହଅନ୍ତାନି ! ଟିକେ କଥା ଥିଲା। ସାମାନ୍ୟ ସମୟ ଯାହା ଦରକାର। ଆପଣ ଏକୁଟିଆ ବେଳେ ସେହି କଥାଟା ହେବା, ଘରେ ଏସବୁ କଥା ସମ୍ଭବ ନୁହେଁ।' କଥାଟା ପ୍ରକୃତରେ ସେପରି ଗମ୍ଭୀର ଥିଲା। ତାକୁ ନିରୋଳା ବେଳରେ ଆଲୋଚନା କଲେ ଯାହା କିଛି ହେବ, ନହେଲେ, 'ପାଣି ତ ନେଡ଼ି ଗୁଡ଼ରୁ ବହିଲାଣି, ଆଉ କିଛି କରିବା ସମ୍ଭବ ନୁହେଁ।' ଏୟା ମନେ କରୁଥିଲେ ନିଳାଦ୍ରୀ ବାବୁ।

ଅଫିସ ତଳେ ଗାଡ଼ି ଷ୍ଟାଣ୍ଡରେ ଦୁଇ ଜଣଙ୍କର ଦେଖା। ସ୍କୁଟର ପାର୍କିଙ୍ଗ୍ କରୁ କରୁ ତାପସ

ବାବୁଙ୍କ ଆଡକୁ ଥରେ ଚାହିଁନେଲେ ନିଳାଦ୍ରୀ ବାବୁ। ମୁହଁରେ ସେଇ ସ୍ୱାଭାବିକ ମୁଚୁମୁଚିଆ ହସ। ଧୀର ଚଞ୍ଚଳ ମୁଖମଣ୍ଡଳ। ଯେପରି କିଛି ବୋଲି କୌଣସି ଠାରେ ଘଟିନାହିଁ। ସବୁ ସ୍ୱାଭାବିକ। ସବୁ ପୂର୍ବବତ୍। ବ୍ୟତିକ୍ରମ ନାହିଁ। ଭିତରେ ଝଡ କି ଝଞ୍ଜା ନାହିଁ। ପାଣି ଧାର ପରି ଗଡି ଚାଲିଛି ସଂସାରର ଚକ। ମୁହଁରେ କୌଣସି ଅଡୁଆର ଆଭାସ ନାହିଁ। ଯନ୍ତ୍ରଣାର ସ୍ୱରଲିପି ନାହିଁ। ସବୁ ଚାଲିଛି ଯେପରି ଠିକ୍ ଢଙ୍ଗରେ।

'ଓଃ...... ଲୁଚିଛି ନା ଗୋଡ ଦି'ଟା ଦିଶୁଛି !' ତାପସ ବାବୁଙ୍କ ଦେଖୁ ଦେଖୁ ଭିତରରୁ ଶବ୍ଦହୀନ କଟାକ୍ଷୋକ୍ତି ବାହାରି ଆସିଲା । ସବୁଥର ପରି ସେ ଅବିଶ୍ୱସନୀୟ ଭଙ୍ଗୀରେ ତାଙ୍କ ଆଡକୁ ଚାହିଁଲେ ଆଉ ପାଖକୁ ଆସିବାକୁ ସଙ୍କେତ ଦେଲେ। ଦେଖିଲେ ବିଶ୍ୱାସ ତ ଜମାରୁ ହେଉନଥାଏ। ଆରମ୍ଭ କରିବେ ତ କେଉଁଠୁ ? ପ୍ରତିଥର ଏମିତି ହୋଇଥାଏ। ତାଙ୍କ ପାରିବାରିକ ସମସ୍ୟା ନେଇ କିଛି ଗୋଟାଏ ପଚାରି ବସିବାକୁ ଚାହିଁଲା ବେଳକୁ ସେପଟେ ପୂରା ଅଲଗା ଅବସ୍ଥା। କିଛି ଶୁଣିବା ଆଗ୍ରହରେ ଥିବା ପରି ଜଣାପଡନ୍ତି ନାହିଁ। ସଂପୂର୍ଣ୍ଣ ବେପରୁଆ.... କାଜୁଆଲ୍। ସେଠି ସିରିୟସ୍ କଥା ଉଠାଇବ କିଏ ?

ପ୍ରତିକ୍ରିୟାହୀନ ସହାସ୍ୟ ମୁହଁରେ ସେପଟୁ ଚାହିଁ ରହିଥିଲେ ତାପସବାବୁ। ମୁହୂର୍ତ୍ତକର ନିରବତା ଭାଙ୍ଗି ବିରାଜିତ ଉତ୍କଣ୍ଠାରୁ ପରଦା ଉଠାଇଲେ ନିଜ ଆଡୁ। 'ମୁଁ ଜାଣେ, ଆପଣ କ'ଣ କହିବାକୁ ଚାହୁଁଛନ୍ତି। ମୁଁ ଜାଣେ, ମତେ ନେଇ ଆପଣଙ୍କ ଭିତରେ ଅନେକ ପ୍ରଶ୍ନ ଉତ୍ଥାପିତ ହୋଇ ସାରିଥିବ। ଏପରିକି ଆପଣ ମୋର ଉଦାସୀନ ପିତୃତ୍ୱକୁ ମଧ୍ୟ ପ୍ରଶ୍ନ କରିଚାଲିଥିବେ। ଏଥିନେଇ ମୋର ନିରବତାକୁ ସନ୍ଦେହ ଚକ୍ଷୁରେ ଦେଖୁଥିବେ। ଭାବୁଥିବେ କି ଅଜବ ଏ ଲୋକଟା। ଏତେ ବିପର୍ଯ୍ୟୟ ସତ୍ତ୍ୱେ ନିଜ ବିଷୟରେ ମୁହଁ ଫିଟାଇବାର ନାଁ ସୁଦ୍ଧା ଧରୁନାହିଁ। ନା' କ'ଣ ?' କୁହୁଡିର ଆସ୍ତରଣ ପରି କ୍ରମଶଃ ପାଲଟା ପ୍ରଶ୍ନରେ ଆହୁରି ଘନୀଭୂତ ପାଲଟି ଯାଉଥିଲା ସେହି ଅଦ୍ଭୁତ ବାତାବରଣ।

ନିଛାଟିଆ ସାଇକେଲ୍ ଷ୍ଟାଣ୍ଡରେ ଦୁଇଟି ସ୍କୁଟର ପରସ୍ପରକୁ କଡ କରି ଛିଡା ହୋଇରହିଥିଲା। ଦୁହେଁ ନିର୍ବାକ୍। ଦୁହେଁ ନିରୁତ୍ତର। ସମୟ ହୋଇନଥିବାରୁ ସେପର୍ଯ୍ୟନ୍ତ କୌଣସି ଅଫିସ୍ ଷ୍ଟାଫ୍ଙ୍କର ଦେଖାସାକ୍ଷାତ ନ ଥାଏ। ନୀଳାଦ୍ରି ବାବୁ ତଟସ୍ଥ ପରି ଚାହିଁ ରହିଥିଲେ ତାପସବାବୁଙ୍କ ଆଡକୁ। କିଛି ସମୟର ନିରବତା ଭାଙ୍ଗି ତାପସ ବାବୁ ମୁହଁ ଖୋଲିଲେ। 'ମୋ ବିଷୟରେ ଆପଣ ଅନେକ ବିଚିତ୍ର ଧାରଣା ମନ ଭିତରେ ବାନ୍ଧିଥିବେ। ସେହି ବିଷୟରେ ମୁଁ ଅବଗତ। ହେଲେ, ଜୀବନର ସମସ୍ୟା ସହ ଯୁଝି ହେବାର ବାଟ ମୋର ସଂପୂର୍ଣ୍ଣ ଅଲଗା ଆଉ ବ୍ୟକ୍ତିଗତ। ଜୀବନ ଯେମିତି ଆସୁଛି ମୁଁ ତାକୁ ଗ୍ରହଣ କରିନେଇଛି। ଲଢୁଛି ଏକା ଏକା। ହାରୁଛି ଏକା ଏକା। ହାରିବାରେ କ'ଣ ସାଙ୍ଗ ଖୋଜାଯାଏ ? ବରଂ ଏହି ଯନ୍ତ୍ରଣାକୁ ଆତ୍ମସ୍ଥ କରି ହସି ହସି ଜୀଇଁବାରେ ଏକାକୀ ସିପାହି ପାଲଟିଯାଇଛି।'

ଆଉ କିଛି ଅଧିକ ପ୍ରଶ୍ନ ପଚାରିବାକୁ ଇଚ୍ଛା ନଥିଲା ନୀଳାଦ୍ରି ବାବୁଙ୍କର। ଧୂମ୍ରକୁଣ୍ଡଳୀ ପରି ତାଙ୍କ ପ୍ରଶ୍ନିଳ ମୁହଁଟି ଧିରେ ଧିରେ ପରିଷ୍କାର ହୋଇଆସୁଥିଲା।

■

ପୁତୁଲ୍‌ର ପୃଥିବୀ

ନହନହକା ଡେଣାରେ କଙ୍କିଟି ଛୁଇଁବାକୁ ଚାହୁଁଥିଲା ଆକାଶର ନୀଳ ରଙ୍ଗରୁ ଧାପେ। ଗହଳ ଗଛର ସବୁଜିମାରୁ କାଣିଚାଏ। ଚେକା ଚେକା ହୋଇ ଉଡି ବୁଲୁଥିବା ଭାସମାନ ବାଦଲରୁ ଟୁକୁରାଏ। ବହମାନ ଶୀତଳ ସମୀରଣରୁ ଦଲକାଏ। ଏମିତି କିଛି କିଛି କୋମଳ ପ୍ରସ୍ଫୁଟିତ ସ୍ୱପ୍ନ ସବୁ ତା' ନୂଆ କରି ପବନ ଧରିଥିବା ପଙ୍ଖରେ ଚିତ୍ର ପରି ଫୁଟି ଉଠୁଥାଏ। ଗୁଣୁଗୁଣୁ ବିଭୋର ସଙ୍ଗୀତରେ ତରଙ୍ଗାୟିତ ହେଉଥାଏ ଶୂନ୍ୟ ଆକଶର ସେହି ଅରାକ। ସାତ ତାନ ସଙ୍ଗୀତର ଚାଖଣ୍ଡେ ଚାଖଣ୍ଡେ ଛାୟାପଥ ପାଲଟି ଇତସ୍ତତଃ ପରିବ୍ୟାପ୍ତ ହେଉଥାଏ ଉଡନ୍ତା କଙ୍କିର ସେହି ଘୂମନ୍ତ ଆକାଶ।

ପଢା ଘରର ଝରକା ସେପଟୁ ଦୁଇ ଏକାଗ୍ର ଆଖିକୁ ପାରି ଦେଇଥିଲା ପୁତୁଲ୍। ବାହାରେ ଉତ୍ତୀର୍ଣ୍ଣ ଅପରାହ୍ନର ଆମନ୍ତ୍ରଣ। ଖେଳପଡିଆ ସାରା ଠା'ଠା' ସୁନା ଖରାର ଅଭିସାର। ତାକୁ ଲାଗୁଥିଲା ଅନ୍ୟ ସବୁଦିନ ମାନଙ୍କ ପରି ଏଇଟା ଅବିକଳ ସେହି ପ୍ରତୀକ୍ଷିତ ପରିଚିତ ଅପରାହ୍ନ। ଉନ୍ମୁକ୍ତ ବିରାମର ନରମ ମୁହୂର୍ତ୍ତ। ଫୁରସତ୍‌ବାଜିର ଅନ୍ତରଙ୍ଗ ସମୟ।

ସାଙ୍ଗସାଥୀଙ୍କ ସହ ମନ ହାଲ୍‌କା କରିବାର ବେଳ। ଟିକେ ଖେଳ ଆଉ କିଛି ଏଣୁ ତେଣୁ ଗପସପ। ଘଣ୍ଟାରେ ସଂଧ୍ୟା ଛ' ନ ବାଜିବା ଯାଏ ବେପରୁଆ ଟାଇମ୍ ପାସ୍। ସେଠି ମଝିରେ ସ୍କୁଲ୍ ପାଠର କଳା ବ୍ଲାକ୍ ବୋର୍ଡ ପରି ଭୟଙ୍କର ଚେହେରା ଆସି ଡରାଉନଥିବ। ଆଉ ବାପାଙ୍କର ଅଫିସ୍ ଫେରିବା ସମୟ ତ ସବୁଦିନ ସଂଧ୍ୟା ସା'ତେ। ଠିକ୍ ସେତିକିବେଳେ ଟିଉସନ୍ ସାର୍ ଆସିଥା'ନ୍ତି। ଆସିଲା ମାତ୍ରକେ, ଟ୍ୟାକ୍‌ସର ଝାମେଲା ଆରମ୍ଭ। ଗଣିତ, ଇଂରାଜୀ, ବିଜ୍ଞାନ, ସାହିତ୍ୟ, ସାମାଜିକ ପାଠ ସବୁ ଧାଡ଼ି ପାଲଟି ପଛକୁ ପଛ ବାଣ୍ଟି ହୋଇଯାଏ। ଘଣ୍ଟାରୁ କଣ୍ଟା ପୁଣି କଣ୍ଟାରୁ ଘଣ୍ଟାର ମାପଚୁପ୍। ମୁଣ୍ଡର ଖାଲି ଜାଗାତକ ଅନାଉ ଅନାଉ ଆଉ ଥରେ ହୋଇଯାଏ ଜାମ୍।

ବାହାର ପଟେ ସେହିପରି ତଳ ଉପର ମାଟି ଛୁଆଁ ହୋଇ କଙ୍କିଟି ଉଡ଼ି ଚାଲିଥାଏ। କେତେବେଳେ କେମିତି ଥମ୍ ହୋଇ ବସିପଡ଼େ କେଉଁ ଥୁଣ୍ଟା ଗଛର ନହକା ଡାଳରେ। କିଛି ସମୟ ପରେ ପୁଣି ଖେଦି ପକାଏ ଅରା ଅରା ଆକାଶକୁ ତା'ର ସେହି ଦୁଇ ଅବୁଝା ଡେଣାର ଆହୁଲାରେ। ହୁଏତ ଅନ୍ଧାର ଘୋଟିବା ଆଗରୁ ଆହୁରି ଆହୁରି ମସ୍ତିରେ ଖେଦି ପକାଇବ ତା'ର ସେହି ଅବାଧ ଖେଳ ପଡ଼ିଆ। ଯୋଉଠି ସେଇଠି କିକ୍ ମାରି ଫୋପାଡୁଥିବ ତା' ଅଦମ୍ୟ ଇଚ୍ଛାର ଶୂନ୍ୟ ପେଣ୍ଡୁକୁ।

ସପ୍ତାହେ ଖଣ୍ଡେ ହୋଇଯିବଣି, ପୁତୁଲ୍ ଅନ୍ୟସବୁ ଦିନମାନଙ୍କ ପରି ଖେଳିବାକୁ ଯାଇନାହିଁ। ମନଟା କେମିତି ପାଲଟି ଯାଇଥିଲା ଗଣିତର ମୋଟା ବହି ପରି ଓଜନିଆ। ପୃଷ୍ଠା ଲେଉଟାଇଲା ବେଳେ ଯେମିତି ଦୁଇଚାରି ପୃଷ୍ଠା ଏକାଠି ଅଠା ପରିକା ଲାଗିଯାଏ ସେମିତି ହୋଇଯାଇଥିଲା ଅନ୍ୟମନସ୍କ। ଇଆଡେ ମମିର ପାଞ୍ଚ ମିନିଟ୍‌କୁ ଛାଡ଼ି ପାଞ୍ଚ ମିନିଟ୍ କଡ଼ା ନଜର, 'ଏ ପୁତୁଲ୍, କ'ଣ କରୁଛୁ... ? ପାଟି ଆଉ ଶୁଭୁନି କାହିଁ ?' ସଙ୍ଗେ ସଙ୍ଗେ ସେ ଟେବୁଲ୍ ଉପରେ ଖୋଲା ହୋଇଥିବା ମେଲା ବହିର ପୃଷ୍ଠାକୁ ଚାହିଁ ଗୁଣୁଗୁଣୁ ହେବା ଆରମ୍ଭ କରିଦିଏ। ପ୍ରଥମେ ଟିକେ ଜୋର୍‌ରେ ଶୁଭେ ସେହି ଶବ୍ଦ, ତା'ପରେ ଧିମା ପଡ଼ିଯାଏ। ଖାଲି ମମି କାନରେ ଟିକେ ବାଜୁ, ଜାଣୁ, ସେ ପରୀକ୍ଷା ନେଇ ଭାରି ସିରିଅସ୍। ତା ପରେ ପୁଣି ସେ ଆନମନା ହୋଇଯାଏ ଝରକା ସେପଟ ଦୃଶ୍ୟରେ।

କଙ୍କିଟି ଡେଣା ହଲାଉଥିଲା। କୁନି କୁନି ଡେଣାରେ ଉଡ଼ି ଉଡ଼ିକା କେତେବେଳେ ଆସି ଝରକା ସାମ୍ନାର ପାଚେରି କଣ୍ଟା ଉପରେ ବସି ପଡ଼ିଥିଲା। 'ଇସ୍ ତା ନରମ ଗୋଡ଼କୁ ଜମାରୁ ସୁହାଉ ନଥିଲା ସେହି ମୁନିଆଁ କଳଙ୍କି ଲଗା କଣ୍ଟାଟା ! ସେଠି କାହିଁକି ବସିଲା କେଜାଣି ?' ପୁତୁଲ୍ ପ୍ରଶ୍ନ କରୁଥିଲା ଛାଁ' କୁ ଛାଁ'। ଷ୍ଟାର୍ଟ ହୋଇସାରି ଆଗକୁ ଗଡୁନଥିବା ଗାଡ଼ି ପରି କଙ୍କିଟି ସେହିପରି ଗୋଟିଏ ଯାଗାରେ ବସି ତା ନହକା ଡେଣାକୁ ଧିରେ ଧିରେ ହଲାଉଥିଲା। କେବେକେବେ ଜଣାପଡୁଥିଲା ସ୍ଥିର। ଅବିକଳ ବହିର ପ୍ରତିଛବି ପରି। ଆଉ କେବେକେବେ ଅସ୍ଥିର। ସତେ କି, ଲମ୍ଫଟାଏ ମାରି ଖେଦି ପକାଇବ ସାମ୍ନା ନୀଳକ୍ଷେତର ଆକାଶ।

ପୁତୁଲ୍‌ର ଆଖି ଖୋସି ହୋଇଉଠୁଥିଲା ଏତେ ପାଖରେ ରଙ୍ଗୀନ୍ କଙ୍କିଟିକୁ ଦେଖି। ସରଳ ବିସ୍ମୟରେ ଅପଲକ ଆଖିରେ ଚାହିଁ ରହିଲା କଙ୍କିଟିର ସେହି ମନ୍ଦ ମୂର୍ଚ୍ଛନାର ନୃତ୍ୟକୁ। ତା' ଡେଣାର ପଡ଼ିବା ଉଠିବା ଛନ୍ଦକୁ। ପବନରେ ଧିରେ ସୁସ୍ଥେ ଉଡୁଥିବା ଖଣ୍ଡେ ଧଳା ଚାଦର ପରି ଦିଶୁଥିଲା

ଆଖିକୁ। ଆଉ ତା'ର ମୁନିଆ ଲାଞ୍ଜଟା ସତର୍କ ଘଣ୍ଟି ପରି ବେଳେବେଳେ ଟେକି ହୋଇଯାଉଥିଲା ଆପଣାଛାଏଁ ଉପରକୁ। 'ଆହା, ସେହି କଣ୍ଢା ପାଚେରି ଉପରୁ ଉଡିଯାଉନି କାହିଁକି କେଜାଣି ? ଖୋଲାପଡିଆର ଗଛ ଡାଳକୁ ଛାଡି ଏଠି କ'ଣ ମିଳୁଛି ଯେ ଆସି ବସିପଡିଲା ?' ଫୁ.....ଫୁ ପାଟିରୁ ଅରାଏ ପବନ ଛାଡିବା ଶବ୍ଦ କରି ଉଡାଇଦେବାକୁ ଚାହିଁଲା କଙ୍କିଟିକୁ ସେହି ସ୍ଥାନରୁ। ତଥାପି କିଛି ଫରକ୍ ପଡିଲାନି ତା'ଠାରେ ! ସେହିପରି ବସି ରହିଥିଲା କଳା ଦନ୍ତୁଡା କଣ୍ଟାର ପିଠି ଉପରେ।

ବୋଧହୁଏ, ସେଠାରୁ ଉଡିଯିବାକୁ ଚାହୁଁ ନ ଥିଲା ବୋଲି ଡେଣା ହଲାଇ ମନା କରୁଥିଲା। ନତୁବା, ତାକୁ ଘର ଭିତରେ ଏକୁଟିଆ ବସିଥିବାର ଦେଖି ସାଙ୍ଗ ହେବାକୁ ଚାହୁଁଥିଲା। ମଝିରେ ମଝିରେ ଟିକି ରୋବଟ୍ ପରି ଦେଖାଯାଉଥିବା ତା'ର ଛୋଟ ମୁଣ୍ଡଟାକୁ ଏପଟ ସେପଟ କରି ଆଗ ଦୁଇ ଗୋଡକୁ ଉପରକୁ ଟେକି ବନ୍ଧୁତାର ସମ୍ମତି ଜଣାଉଥିଲା। ଏଥର କ'ଣ ଭାବି ସେହି ଯାଗାରୁ ତାକୁ ଉଡାଇ ଦେବାକୁ ଚାହିଁଲାନି ପୁତୁଲ୍।

ଆଉ କିଛି ସମୟ ପରେ ମମି ଆସି ତା' ପଢା ରୁମ୍‌ରେ ପହଞ୍ଚିଯିବ। ଟିକେ ସତର୍କ ହୋଇପଡିଲା। ପାଚେରି ଉପରୁ ମୁହଁ ଫେରାଇ ଆଣି ଅଟକି ଥିବା ବହିର ପୃଷ୍ଠା ଉପରେ ଆଖି ପକାଇ ତରତର ହୋଇ ପଢି ପକାଇଲା ସେଥିରୁ କେଇ ଧାଡି। ପୁଣି କ'ଣ ଭାବି ଅଟକି ଗଲା ମଝିରେ। 'ଆରେ ସତ ତ, ମମି ଏଇନେ ଆସି କହିବ, 'ଯା' ଝରକଟା ଜଲ୍‌ଦି ବନ୍ଦ କରିଦେ। ସଂଧ୍ୟା ହେବାକୁ ବସିଲାଣି, ନ ହେଲେ ମଶା ସବୁ ପଶି ଆସିବେ !' ସେ ମୁଣ୍ଡ ଉଠାଇ ଚାହିଁଲା ପୁଣି ପାଚେରି ଆଡକୁ। ଆକାଶଟା ଦିଶୁଥିଲା ମ୍ଳାନ ସୂର୍ଯ୍ୟାସ୍ତର କିରଣରେ ତଥାପି ପରିଷ୍କାର। ଯଦିଓ କିଛି ସମୟ ଭିତରେ ଏହି ରଙ୍ଗଟା ଦେଖୁ ଦେଖୁ ବଦଳିଯିବ। ଘୋଟି ଆସିବ ଅନ୍ଧକାର। ଚାରିଆଡୁ ଢାଙ୍କି ପକାଇବ କଳା ରଙ୍ଗର ଚାଦର।

ମନେ ପଡିଲା, ପରୀକ୍ଷା ପାଇଁ ଟ୍ୟୁସନ୍ ସାର୍ ଦେଇଥିବା ସମ୍ଭାବ୍ୟ ପ୍ରଶ୍ନଗୁଡିକ ବିଷୟରେ। ଯେମିତି ହେଲେ ତାଙ୍କ ଆସିବା ଆଗରୁ ସେଗୁଡିକୁ ଲେଖିବାକୁ ପଡିବ। ସହସା ପଢା ବହିଟାକୁ ବନ୍ଦ କରି ଟେବୁଲ ଉପରୁ ଟାଣି ଆଣିଲା ଟ୍ୟୁସନ୍ ସାର୍‌ଙ୍କ ଖାତାଟା। ବାଁ ପଟୁ ପୃଷ୍ଠା ଗଡାଇ ଗଡାଇ ପହଞ୍ଚିଗଲା ସେହି ନିର୍ଦ୍ଧାରିତ ଯାଗାରେ। ସାର୍‌ଙ୍କ ହାତ ଲେଖା ନାଲି କାଳିରେ ଏକ ଦୁଇ ତିନି ଏମିତି ଲମ୍ବିଯାଇଥିଲା ପ୍ରଶ୍ନ ପରେ ପ୍ରଶ୍ନ। ମୋଟ୍ ପନ୍ଦରଗୋଟି। 'ହାତରେ ଏତେ କମ୍ ସମୟକୁ ଏତେ ଗୁଡାଏ ପ୍ରଶ୍ନ ?' ମନେ ମନେ ବିରକ୍ତ ହୋଇଉଠୁଥିଲା ସାର୍‌ଙ୍କ ଉପରେ। 'ଠିକ୍ ପରୀକ୍ଷା ପାଖେଇ ଆସିଲା ବେଳକୁ ତାଙ୍କ ପାଖରୁ ଏପରି ପ୍ରଶ୍ନର ତାଲିକା ବାହାରେ। ସେଥିରୁ ଚାରି-ପାଞ୍ଚଟା ଲେଖାଏଁ ହେଲେ ସବୁ ଦିନେ ଦିଅନ୍ତେ, ଦେବେ ତ ଏକା ଥରେ ପନ୍ଦର ନ ହେଲେ କୋଡିଏ।' ଯାହା ଆସୁଛି ଭାବି ଲେଖି ପକାଇବାକୁ ଚାହିଁଲା। ପାଖରେ ଆଉ ଅଳପ ସମୟ ରହିଲା ଯେ, ବ୍ୟଗ୍ର ହୋଇଉଠିଲା ପୁତୁଲ୍।

କିଛି ସମୟ ସେଥିରୁ ଖଣ୍ଡେ ଲେଖିସାରିଛି କି ନାହିଁ, ଟିକେ ରହିଯାଇ ଛାଡିଯାଇଥିବା ପ୍ରଶ୍ନଗୁଡାକୁ ଆଉ ଥରେ ଏକ ଦୁଇ ତିନି କରି ଗଣି ନେଲା। ତଥାପି ଆହୁରି ଅଧାରୁ ଅଧିକ ପ୍ରଶ୍ନ

ରହିଥିଲା ବାକି। ଟ୍ୟୁସନ୍ ସାର୍‌ଙ୍କ ନିର୍ଦ୍ଦେଶ, ତାଙ୍କ ଆସିବା ଆଗରୁ ଯେପରି ଏସବୁ ପ୍ରଶ୍ନର ଉତ୍ତର ଲେଖା ସରିଥିବ। ନ ହେଲେ, ସେହି ବିଷୟରେ ନମ୍ବର କମିଯାଇପାରେ ! ଗଲା ମାସେ ହୋଇଯିବଣି ବାର୍ଷିକ ପରୀକ୍ଷାକୁ ନେଇ ଏଇଟା ଥିଲା ସର୍‌ଙ୍କର ରିଭିଜନ୍ ପ୍ଲାନ୍। ଏତକହେଲେ ଯାଇଁ ପୂରା ବିଷୟଟାକୁ ଠିକ୍‌ରେ ଆୟତ୍ତ କରିହେବ। ଗ୍ୟାରେଣ୍ଟି ଦେଇ ହେବ ଭଲ ପର୍ସେଣ୍ଟେଜ୍‌ର।

ଏହି ପର୍ସେଣ୍ଟ୍ ଶବ୍ଦଟା ମନକୁ ଆସୁ ଆସୁ ଟିକେ ସତର୍କ ହୋଇ ଉଠିଲା ସେ। ଆଉ କିଛି ସମୟ ଅନ୍ତରରେ ଟ୍ୟୁସନ୍ ସାର୍‌ଙ୍କ ପରେ ଅଫିସ୍‌ରୁ ପହଞ୍ଚିଯିବେ ଆସି ଡାଡି। ତାଙ୍କର ଖାଲି ଏହି ପର୍ସେଣ୍ଟେଜ୍ ନେଇ ଚିନ୍ତା। କେବେ ଦିନେ ବିଷୟଟା ପଢାଇବାକୁ ଫୁର୍‌ସତ୍ ବା କାହିଁ ? ଯାହା ପଚାରିଲେ, 'ମମିକୁ ଯାଇ କହ, ନହେଲେ ଟ୍ୟୁସନ୍ ସାର୍‌ଙ୍କ ଠାରୁ ବୁଝିନେ !' ଏଣେ କେଉଁ ବିଷୟରେ ଦୁଇ ତିନି ନମ୍ବର ଯଦି ପରୀକ୍ଷାରେ କମିଯାଏ ତା ହେଲେ ତାଙ୍କ ମୁଡ୍‌ଟା ପୁରା ଗୋଳାମିଶା ହୋଇଯିବ। ଯେମିତି ତାଙ୍କ ମୁହଁଟା ଇଆଡୁ ସିଆଡୁ ରଙ୍ଗର ଏକ ବିକୃତ ଚିତ୍ରପଟ। ପୁତୁଲ୍ ଗମ୍ଭୀର ହୋଇଉଠୁଥିଲା କ୍ରମଶଃ।

ଆଉ ଗୋଟିଏ ପ୍ରଶ୍ନକୁ ନଇଁ ପଡି କଷିବା ଆରମ୍ଭ କଲା। ଏଥର ଭଲ କରି ପଢିନେଲା ପରବର୍ତ୍ତୀ ପ୍ରଶ୍ନଟିକୁ। ସାର୍‌ଙ୍କ ହାତର ଛଟା ନାଲି ଅକ୍ଷର। ସେଇଟା ତାକୁ ଲାଗୁଥିଲା ଡାଡିଙ୍କ ନାଲି ଆଖି ପରି। ଖୁବ୍ ଜୋର୍‌ରେ ରାଗିଗଲେ ଡାଡିଙ୍କ ଆଖିଟା ଏହି ଭଳିଆ ନାଲି ଦିଶେ। ଏପରିକି ସେତିକିବେଳେ ମମି ମଧ୍ୟ ତାଙ୍କ ପାଖ ପଶିବାକୁ ଡରେ। ସେଇଥିପାଇଁ ତ ମମି ବାରମ୍ବାର ମନା କରିଛି, 'ଦେଖ୍ ଡାଡି ସବୁଦିନ ଥକ୍କା ହୋଇ ଅଫିସ୍‌ରୁ ଫେରୁଛନ୍ତି, ତୁ ତାଙ୍କୁ ଆଉ କିଛି ପଚରାପଚରି କରି ବିରକ୍ତ କରାନା !'

ଠିକ୍‌ରେ ଉତ୍ତରଟାକୁ ଭାବି ପାରୁନଥିଲା। ମମିକୁ ପଚାରିବ ବୋଲି ଚିନ୍ତା କଲା। ଯାହା ବି ହେଲେ ଏଇ କେତୋଟା ପ୍ରଶ୍ନକୁ ଲେଖିବାକୁ ପଡିବ। ଆଗରେ ବର୍ଷ ଶେଷର କ୍ଲାସ୍ ପ୍ରମୋସନ୍ ପରୀକ୍ଷା। ସେଥିପାଇଁ ଏବେ ସମସ୍ତଙ୍କ ମୁଣ୍ଡରେ ଚିନ୍ତା। ମମିର ତା' ଉପରେ କଡା ନଜର। ପାଠ ଛଡା ଯେପରି ଆଉ କିଛି ନହୁଏ। କିଛି ଦିନ ହେଲାଣି ଚାରିଟା ବେଳେ ଖେଳ ପଡିଆକୁ ଯିବା ଏକରକମର ବନ୍ଦ କରିଦେଇଛି। ଏଥିପାଇଁ ଟ୍ୟୁସନ୍ ସାରଙ୍କର ସ୍ୱତନ୍ତ୍ର ରିଭିଜନ୍ ପ୍ଲାନ୍। ରୀତିମତ୍ ଖାତାରେ ପୁଲାଏ ଲେଖାଏଁ ସମ୍ଭାବ୍ୟ ପ୍ରଶ୍ନର ତାଲିକା। ଆଉ ସେଗୁଡିକର ସବୁଦିନ ଉତ୍ତର କଷିବାକୁ ପଡିବ। ଦୋରସ୍ତ ହେବାକୁ ପଡିବ। ତା'ହେଲେ ଯାଇଁ ନମ୍ବର ଦୌଡରେ ଆଗରେ ରହିବ। ଆଉ ଡାଡିଙ୍କର ତ ଛାଡ, ପରୀକ୍ଷା କହିଲେ ସେ ବୁଝନ୍ତି ଭଲ ପର୍ସେଣ୍ଟେଜ୍, ବାକି କଥାର ତାଙ୍କ ପରି ବ୍ୟସ୍ତ ମଣିଷଙ୍କ ପାଖରେ କୌଣସି ମାନେ ନଥାଏ। ଏହିପରି ପରୀକ୍ଷାକୁ ନେଇ ଇଆଡୁ ସିଆଡୁ ଗୁଡାଏ କଥା ବିବ୍ରତ କରି ପକାଉଥିଲା ପୁତୁଲ୍‌ର କୋମଳ ମସ୍ତିଷ୍କକୁ।

'ଝରକା ବନ୍ଦ କରିବାକୁ କହିଥିଲି ନା, ଏପର୍ଯ୍ୟନ୍ତ ଖୋଲା ପକାଇ ରଖିଛୁ ? ମଶା ସବୁ ପଶି ଆସିବେ ଯେ, ଯା'...... ଜଲ୍‌ଦି ବନ୍ଦ କରିଦେ।' ମମି କେତେବେଳେ ତା' ପଢାଘରର ଦୁଆର ମୁହଁ ଯାଏଁ ମାଡି ଆସିଥିଲା। ତାଙ୍କ ସ୍ୱରଟା ଶୁଭୁଥିଲା ଆହୁରି କଡା। ଧଡ୍‌କିନା ସେ ବସିଥିବା ଚେୟାରରୁ ଉଠି ପଡିଲା। 'ଆହା, ସେ ତ ପୂରା ଯେପରି ଭୁଲିଯାଇଛି ଝରକା ବନ୍ଦ କରିବା କଥାଟା !'

ଝରକା ପାଖରେ ଛିଡା ହୋଇଛି କି ନାହିଁ ପୁଣି ମୁହୂର୍ତ୍ତେ ପାଇଁ ଅଟକିଗଲା ପୁତୁଲ୍। ଆସନ୍ନ ଅନ୍ଧାର ମିଶା ଅସ୍ତ ସୂର୍ଯ୍ୟର ଛିଟାରେ ବାହାର ଆକାଶଟା ଦିଶୁଥିଲା ଓଦା ଖଣ୍ଡେ ରକ୍ତ ଗୋଲାପି କାଗଜ ପରି। ସେହି କାଗଜର ଚାରିପଟରେ ଅନ୍ଧାରଗୁଡାକ ହାଲ୍କା କଳାରଙ୍ଗ ପାଲଟି କ୍ରମଶଃ ସଞ୍ଚରି ଆସୁଥିଲା ଭିତରକୁ। କେତେ ଥର ୱାଟର କଲର୍ ପେଣ୍ଟ୍‌ରେ ସେ ସୂର୍ଯ୍ୟାସ୍ତର ଦୃଶ୍ୟ ଆଙ୍କିଲା ବେଳେ ଏହି ଭଳିଆ ରଙ୍ଗ ସବୁକୁ ଫେଣ୍ଟି ଲ୍ୟାଣ୍ଡ୍‌ସ୍କେପ୍ ତିଆରି କରିଛି। ତା' ହାତ ଅଙ୍କାର ଭଲ ଛବି କେତୋଟି ଏବେ ମଧ୍ୟ ସନ୍‌ଡେ ଆର୍ଟ ସ୍କୁଲ୍‌ର କାନ୍ଥରେ ଟଙ୍ଗା ହୋଇଥିବ। ଖାଲି କଳା ଶିକ୍ଷକ କାହିଁକି ଅନ୍ୟମାନେ ସୁଦ୍ଧା ପ୍ରଶଂସା କରିଥାନ୍ତି ସେହିସବୁ ଚିତ୍ରଗୁଡିକୁ। ଆର୍ଟ ବୋର୍ଡର ଓଦା କାଗଜ ମିଶା ରଙ୍ଗ ପରି ତା ମନଟା ଫୁଲି ଉଠୁଥିଲା। ଚାହୁଁଥିଲା, ଖଣ୍ଡେ ଚାରିକୋଣିଆ କାଗଜ ଥାକରୁ ଟାଣି ଆଣି ଆଙ୍କି ପକାନ୍ତା ଏହି ଦୃଶ୍ୟକୁ। ହେଲେ, ପରୀକ୍ଷାଟା ଯେ ଆଗରେ ! ସେଥିପାଇଁ ସବୁ ବନ୍ଦ। ସନ୍‌ଡେ ଆର୍ଟ ସ୍କୁଲ ଯିବା ବନ୍ଦ। ମନେ ମନେ ଗଣୁଥିଲା, ଆସନ୍ତାକାଲି ରବିବାର। 'ହେଲେ ସିଏ ତ କୌଣସିମତେ ଯାଇପାରିବ ନାହିଁ ?' ଭାବି ନିରାଶ ହୋଇ ପଡୁଥିଲା। ହଠାତ୍ ତା' ଆଖି କେତେବେଳେ ଆସି ଆଉଥରେ ସ୍ଥିର ହୋଇଗଲା ଝରକା ଆରପଟ ପାଚେରି ଉପରେ। 'ଆରେ, କଙ୍କିଟା ଏ ପର୍ଯ୍ୟନ୍ତ ସେଠାରୁ ଉଡି ଯାଇନାହିଁ ?' ଅପଲକ ନେତ୍ରରେ ସେ ଚାହିଁ ରହିଥିଲା କଙ୍କିଟି ଆଡକୁ। ପାଚେରି କାନ୍ଥର କଣ୍ଟା ଉପରେ ଅବିଚଳିତ ହୋଇ ବସି ରହିଥିଲା କଙ୍କିଟି। 'ତା'ର କ'ଣ ଘର ନାହିଁ, ତା'ର କ'ଣ ଅନ୍ଧାରକୁ କି ମଶା କାମୁଡାକୁ ଡର ନାହିଁ ?' ଆଶ୍ଚର୍ଯ୍ୟ ଚକିତ ହୋଇ ଉଠୁଥିଲା ପୁତୁଲ୍। ପୁଣି ଟିକେ ରହିଯାଇ ଭାବିଲା, 'କେଉଁଠି ହୋଇଥିବା ତା'ର ଘର? ଗଛର ଡାଳରେ, ହଁ ଗହଳ ସବୁଜ ପତ୍ରଙ୍କ ମେଳରେ। ଏମିତି କେଉଁଠି ନିଶ୍ଚୟ ବସାଟାଏ ବାନ୍ଧିଥିବ ! ଉଡିଉଡିକା ଏ ଡାଳରୁ ସେ ଡାଳକୁ ଡେଇଁ ରାତି କଟାଇବ। ପୁଣି ସକାଳ ହେଲେ, ସୂର୍ଯ୍ୟ ଉଇଁଲେ, ଇଆଡେ ସିଆଡେ ଖଣ୍ଡିଉଡା ଦେବ। ଗୁଡି ପରି ତା' ଦୁଇ ପତଳା ଡେଣାକୁ ହଲାଇ ଖେଦି ପକାଇବ ସାମ୍ନା ଆକାଶର ଶୂନ୍ୟ ଖେଳ ପଡିଆ। ବାଃ...... ବଢିଆ ତ !' ଭାବି ବିସ୍ମୟାଭୂତ ହୋଇ ଆସୁଥିବା ବେଳେ କ'ଣ ଚିନ୍ତା କରି ଟିକେ ରହିଗଲା। ମୁହଁଟା ବି ଟିକେ ତା'ର ଦିଶିଲା ବିଷର୍ଣ୍ଣ। କଥାଟା ଭାବି, 'ଏ ଅନ୍ଧାରରେ କଙ୍କିଟା ତା' ଘରକୁ ଯିବ କେମିତି ? କିପରି ଯାଇପାରିବ ଅବା ଏତେ ଗୁଡା ବାଟ ?'

'ହୁର୍‌ର୍ ......ହୁର୍‌ର୍ .... ଯା ....ଯା'। ଉଡେଇ ଦେବାକୁ ଚାହିଁଲା କଙ୍କିଟିକୁ ପାଚେରିର ମଥାନ ଉପରୁ। ବିବ୍ରତ ହୋଇଉଠୁଥିଲା ପୁତୁଲ୍‌ର ମୁଖମଣ୍ଡଳ। ରାତିର ଅନ୍ଧାର ସଂପୂର୍ଣ୍ଣ କାୟାବିସ୍ତାର କରିବା ଆଗରୁ କେମିତି ହେଲେ ସେଇଟା ପଳାଇଯାଆନ୍ତା ତା' ଠିକଣାରେ। ଧେତ୍........... ବିରକ୍ତ ହୋଇଯାଉଥିଲା। ତଥାପି 'ଉଡିଯାଉନାହିଁ ଯେ !' କଙ୍କିଟି ଯେପରି ଉଡିଯିବାକୁ ଅମଙ୍ଗ ଥିଲା। ଡେଣା ଦୁଇଟିକୁ ସାମନ୍ୟ ଟିକେ ଦୋହଲାଇ ପୁଣି ପୂର୍ବବତ୍ ନିଶ୍ଚଳ ହୋଇ ବସି ରହୁଥିଲା ସେହି ସ୍ଥାନରେ।

କେତେବେଳେ ଟ୍ୟୁସନ୍ ସାର୍ ପଶି ଆସିଥିଲେ ରୁମ୍ ଭିତରକୁ। ତାଙ୍କ ଓଜନିଆ ଗଳାର ଖୁଁ ଖୁଁ ଶବ୍ଦରେ ସଚେତନ ହୋଇ ଉଠିଲା ସେ। ସାର୍‌ଙ୍କ ରିଭିଜନ୍ ପ୍ଲାନ୍‌ର ପାଠତକ ଅଧା ଲେଖା

ହୋଇ ପଡିରହିଥିଲା ଟେବୁଲ୍ ଉପରେ। ତଳକୁ ମୁହଁ ଲେଉଟାଇ ପଡିଥିଲା ଅଧା ମେଲା ଖାତାଟା। ସେପାଖକୁ ନଜର ପଡିଲା ତା'ର। କ'ଣ ଉତ୍ତର ରଖିବ ଠିକ୍‌ରେ ସ୍ଥିର କରିପାରୁ ନଥିଲା। ଦୋ' ଦୋ' ପାଞ୍ଚ ଅବସ୍ଥାରେ ପାଟିରୁ ଛାଏଁ ବାହାରି ଆସିଲା, 'ସାର୍ ସବୁ ସାରି ଦେଇଥାନ୍ତି ! ହେଲେ ଏଇ କଙ୍କିଟା .... ?' ଅବୁଝା ଆଖିରେ ଟ୍ୟୁସନ୍ ସାର୍ ଚାହିଁ ରହିଥିଲେ ପୁତୁଲ୍ ଆଡକୁ। ତା'ର ଏପରି ବାର୍ତ୍ତାଳାପ ତାଙ୍କୁ ଖାଲି ଅସ୍ୱାଭାବିକ ତ ଲାଗୁନଥିଲା, ଅଧିକନ୍ତୁ ମାଲୁମ୍ ପଡୁଥିଲା ଉଦ୍‌ଭଟ ଓ ଅଯୌକ୍ତିକ। ଏଥର ସାର୍‌ଙ୍କୁ ବିଶ୍ୱାସ ଦେବାକୁ ଯାଇ ସେ ପଛ ଆଡକୁ ସାମାନ୍ୟ ବୁଲିପଡି ସେପାଏଁ ମେଲା ପଡିଥିବା ଝରକା ଆରପଟ ପାଚେରିଆଡକୁ ନିଜର ଆଙ୍ଗୁଠି ବଢାଇଲା। ଆଶ୍ଚର୍ଯ୍ୟ, କଙ୍କିଟା ସେହି ଯାଗାରେ ଆଉ ନଥିଲା। ସେ ଟିକେ ଭଲ କରି ନିରେଖି ଚାହିଁଲା ଅନ୍ଧାର ଭର୍ତ୍ତି ହୋଇ ଆସୁଥିବା ଫାଙ୍କା ଆକାଶର ଦୂର ପଥକୁ। ଛୋଟ ଗୋଟିଏ ଚଳନ୍ତି ବିନ୍ଦୁ ପରି ଦୂରକୁ ଦୂରକୁ ଖୁବ୍ ଜୋର୍‌ରେ ଉଡିଯାଉଥିଲା କଙ୍କିଟି। ହଜିଯାଉଥିଲା ସଞ୍ଜ ଅନ୍ଧାରର ଓଢଣା ତଳେ।

କିଛି ବୁଝି ପାରୁନଥିଲେ ଟ୍ୟୁସନ୍ ସାର୍। ବଲ୍ ବଲ୍ ହୋଇ ଚାହିଁ ରହିଥିଲେ ପୁତୁଲ୍‌ର ଅବୁଝା ମୁହଁକୁ। ମିଳନ ପଡିଯାଇଥିବା ତା' ମୁହଁଟାରେ ଏଥର ଖେଳିବୁଲୁଥିଲା ଧାରେ ହସର ଚେନାଏ ଚମକ।

■

ରାତି ପାହିବା ବାକି

କେମିତି ଗୋଟାଏ ସ୍ପନ୍ଦନ ଖେଳି ହୋଇଯାଉଥିଲା ଭିତରେ। ତରଙ୍ଗାୟିତ ମନର ଦରଜା ଦେଇ ପୂବେଇ ପବନର କିମିଆ ଉଦ୍‌ବେଳିତ କରୁଥିଲା ନିଶିଥ୍‌କୁ। ସେ ବାରମ୍ବାର କଡ ଲେଉଟାଉଥିଲା ଖଟିଆ ଉପରେ। ଗୋଟିଏ ପଟକୁ ଶୋଇ ଯେଉଁ ସ୍ୱପ୍ନଟାକୁ ପରସ୍ତେ ଦେଖୁଥିଲା ପୁଣି ଆରପଟକୁ କଡେଇ ସେଥିରେ ଯୋଡୁଥିଲା ଆଉ ଗୋଟିଏ ପୃଷ୍ଠା। ଏମିତି ପୃଷ୍ଠା ପରେ ପୃଷ୍ଠା ଯୋଡି ହୋଇ ତା' ସ୍ୱପ୍ନଟା କାହାଣୀର ରୂପ ନେଉଥିଲା। ହଁ, ତାର ଏହି ମସ୍‌ଗୁଲ ଏକାନ୍ତ କଳ୍ପନାର ଉଜାଗରି ସାକ୍ଷୀ ଥିଲା ଉତ୍ତପ୍ତ ଜ୍ୟେଷ୍ଠ ମାସର ଛଟପଟ ରାତି। ଛାତ ଉପର ଚାରିପଟର ଗୁମ୍‌ସୁମ୍ ଗଛ କେଇଟା ଓ ସାମନା ଦୂରରେ ଥିବା ଘଞ୍ଚ ବାଉଁଶ ବଣ। ଯୋଉଟା ମଝିରେ ମଝିରେ ପରସ୍ତେ ପବନ ସହ ଘୁଁ....... ଘୁଁ ଶବ୍ଦ କରି ତାକୁ ଆହୁରି ଆବେଗ ପ୍ରବଣ କରି ଦେଉଥିଲା।

ବୈଶାଖୀ ସହ ବୁଝାମଣା ହୋଇଯାଇଥିଲା ଏହା ମଧ୍ୟରେ। ଫ୍ୟାମିଲି କୋର୍ଟରେ ଦୁଇପକ୍ଷ ପଢି ବୁଝି ଦସ୍ତଖତ ରଖିଥିଲେ। ଗଲା ତିନି ବର୍ଷର ଦାମ୍ପତ୍ୟ ବିବାଦର ହୋଇଥିଲା

ଅବସାନ। ଯେମିତି ନାଟକୀୟ ଢଙ୍ଗରେ ଗୋଟିଏ ଦାରୁଣ ବଜ୍ରପାତରେ ବିବାହ ବେଦୀରୁ ହିଁ ଜଳିପୋଡି ଯାଇଥିଲା ସେମାନଙ୍କ ସମ୍ଭାବିତ ମିଳନର ପର୍ବ। ପୁଣି ସେହିପରି ନାଟକୀୟ ଅରୋହଣରେ ଯୋଡି ହେବାକୁ ଯାଉଥିଲା ଦୁଇ ବିକ୍ଷୁବ୍ଧ ବେଳାଭୂମିର ଅନ୍ତଃଚିତ୍କାର। ବିଚ୍ଛେଦର ଦୂରନ୍ତ ଗହନପୀଡା ଉପରେ ଛାଏଁ ଛାଏଁ କଅଁଳିଥିଲା ସବୁଜ ଉପସମର ଶୀତଳ ବନାନୀ। ଯୋଉଟା ଦିନେ ଘାଇ ପରି ପାଲଟି ଯାଇଥିଲା ଅପହଞ୍ଚ ଆଉ ପ୍ରଶସ୍ତ ସେଠି ଦୁଇମୁଣ୍ଡର ଘାଇକୁ ଯୋଡିବା ପାଇଁ ପଡିଥିଲା ଉଜୁଡା ସଂପର୍କର ସେତୁ ଉପରେ କେଇ ମୁଠା ନୂଆ ମାଟିର ପ୍ରଲେପ।

ବୈଶାଖୀ କାହିଁକି ସେଦିନ ହସ୍ତଗଣ୍ଠିର ସମାପନ ପୂର୍ବରୁ ନିଜ ସରୁ ମେହେନ୍ଦି କରା ହାତଟାକୁ ତା' ହାତର ବନ୍ଧନରୁ ନିଷ୍ଠୁର ଭାବରେ ପଛକୁ ଘୋଷାରି ନେଇଥିଲା ସେହି ଆଘାତ ଏବେ ବି ତା ଭିତରେ ଥିଲା ତାଜା। ଅପାସୋରା ଦୁଃସ୍ୱପ୍ନର ରାତି ପରି ସଦା ଜାଗ୍ରତ। ସପ୍ତଫେଣିର କଣ୍ଟା ପରି ଅବଶିଷ୍ଟ ଜୀବନକୁ କରି ପକାଇଥିଲା କଣ୍ଟକିତ। ଅକୁହା ଯନ୍ତ୍ରଣାରେ ମର୍ମରିତ। କେତେ କ'ଣ କଥା ଆ' ତା' ମୁହଁରୁ ଶୁଣିବାକୁ ପାଇଥିଲା। ହେଲେ କୋଉଟା ସତ, କୋଉଟା ମିଛ ତା'ର କଷୋଟର ଅବକାଶ ନ ଥିଲା। କରି ଅବା ଲାଭ କ'ଣ?

ଥରକୁ ଥର ଏ ପ୍ରଶ୍ନ ଆନ୍ଦୋଳିତ କରିଛି। ପ୍ରତିଥର ହାର ମନାଇଛି। ହୃଦୟର ଚଟାଣକୁ କ୍ଷତାକ୍ତ କରିଛି ଅଦୃଶ୍ୟ ତଟକା ରକ୍ତ ଛିଟାରେ। 'ଆଃ........... ବୈଶାଖୀ ସେତେବେଳେ ତା' ପାଇଁ ମରୁଭୂଇଁର ତୀକ୍ଷଣ୍ କଣ୍ଟା ନୁହେଁ ତ ଆଉ କ'ଣ? ମରୁଝରର ତ କେବେ ନୁହେଁ.......... ଯଦି ସେ ଝରର ଧାରଟିଏ ସୁଦ୍ଧା ହୋଇଥାନ୍ତା, ତା ହେଲେ କ'ଣ ପାଇଁ ତା'ର ଥିଲା ସେହି ନିର୍ଦ୍ଦୟ ପ୍ରତ୍ୟାଖାନ?' ଦାରୁଣ ଭାବରେ ଶିହରିତ ହୋଇ ଉଠୁଥିଲା ନିଶିଥର ଅବୁଝା ହୃଦୟ।

ପବନ ଟିକେ ଥମ୍ ପଡିଯାଇଥିଲା। ଏଇ ଟିକେ ଆଗରୁ ଯେମିତି ତା'ର ମୃଦୁ ଶିହରଣ ମନର ସବୁ ଗୋପନ ତନ୍ତ୍ରୀକୁ ପ୍ରାପ୍ତିର ଅନେଶତ ପୁଲକରେ ଉଚ୍ଚାଟିତ କରିଚାଲିଥିଲା, ସେଠି ପୁଣି କିଛି କ୍ଷଣ ପାଇଁ ଲେଉଟି ଆସିଥିଲା ବିରାମ। ନିଶ୍ୱାସ ଓ ପ୍ରଶ୍ୱାସର ଠିକ୍ ମଝାମଝି ଏକ ଅସମାହିତ ସ୍ଥିତି। ମୁଣ୍ଡରୁ ଦେହସାରା ଗୋଟା ସୁଦ୍ଧା ବତୁରା ଝାଳରେ ଜୁଡୁବୁଡୁ। ନିଜ ଦେହଟା କେମିତି ଗମରା ଲାଗୁଥିଲା ତା' ସହିତ ଶୁଭୁଥିଲା ଭିତରେ ଗୁମୁରୁ ଥିବା ବହୁ ଦିନର ବାହୁନା। ଅସହ୍ୟ ହୋଇପଡୁଥିଲା ସିଏ। ଭଲା ପବନ ଟିକେ ପୁଣି ବହନ୍ତା କି! ସ୍ଥିର ଦୁଇ ଡେଣାକୁ ଝାଡି ଚଳଚଞ୍ଚଳତାରେ ଭରି ଦିଅନ୍ତା ଏଇ ଖାଁ ଖାଁ ସ୍ଥବିର ରାତିକୁ। ଓଃ, ଏ ବୈଶାଖୀ କେବେ ମାୟାର ପ୍ରଭଞ୍ଜନ ପୁଣି କେବେ ନ ପାହୁଥିବା ଗୁଳୁଗୁଳି ରାତି ପରି ବିରକ୍ତିକର। ମନଟା ବିଳପି ଉଠୁଥିଲା ନିଶିଥ୍ର। ଆହୁରି ଅବଶିଷ୍ଟ ରାତି ସରିବାକୁ ଥିଲା। ଗ୍ରୀଷ୍ମର ଉଷ୍ମ ଅଭିସାର ନିଷ୍ଠୁର ମଧ୍ୟାହ୍ନ ପରି ଛାଇ ରହିଥିଲା ନିରବ ରାତିର ଅସ୍ତବ୍ୟସ୍ତ ବିଛଣା ଉପରେ।

ଚାରିପଟରେ ଦାନ୍ତ କାମୁଡିଲା ପରି କିଛି ସମୟ ଧରି ପୂରା ନିଶ୍ଚୁପ୍ ପଡିଯାଇଥିଲା ପବନଟା। କିଏ ବୁଝିବ ତା'ର ଏହି ଅବ୍ୟକ୍ତ ଅଭିମାନ। ବର୍ଷେ କି ଦୁଇ ବର୍ଷର ନୁହଁ ପାଖାପାଖି ପୂରା ତିନିବର୍ଷର। ତା' ଜୀବନରେ ନ ପାହୁଥିବା ରାତିକୁ କିଏ ବା ବୁଝିଛି? ଯଦି ସେତକ ବୈଶାଖୀ ବୁଝିବାକୁ ଆଗଭର ହୋଇଥାନ୍ତା, ତା ହେଲେ ଏ ଫ୍ୟାମିଲି କୋର୍ଟ, ଏ ସବୁ ନାଟକ ବାଜିର

କ'ଣ ବା ଆବଶ୍ୟକତା ପଡିଥାନ୍ତା ! ପୁଣି ଶେଷକୁ ସେଇ ବୁଝାମଣା ଯୋଉଟା କି ଆହୁରି ଆଗରୁ ମଧ୍ୟ ଚାହିଁଥିଲେ ସମ୍ଭବ ହୋଇପାରିଥାନ୍ତା ! ଏତେ ସବୁ ଅର୍ନ୍ତଦାହର ପୀଡା, ବିରହର ଅପୂର୍ଣ୍ଣ କ୍ଷତ ଆଉ ଅବୁଝା ଅଶୁଖା ହୋଇ ରହିନଥାନ୍ତା ! କେବେଠୁ ଗୋଟିଏ ନୀଡରେ ଏକାଠି ବସା ବାନ୍ଧି ସାରନ୍ତେଣି ଦୁଇ ବାସହରା ପକ୍ଷୀ !

ଏବେ ଖାଲି କଳ୍ପନାରେ କାହିଁକି, ବେଳେ ବେଳେ ନିଜର ଦୁଇ ସ୍ୱପ୍ନ ଗଜୁରା ଆଖିକୁ ସୁଦ୍ଧା ତା' ଘରଟା ବାୟା ଚଢେଇର ସୁନ୍ଦର କୁନି ବସାଘର ପରି ଦେଖାଯାଉଥିଲା। ଶୂନ୍ୟର କୋଳରେ ଦୋହଲା ପବନରେ ଝୁଲି ଝୁଲି ଆଖିକୁ ଯେମିତି ଆକର୍ଷିତ କରୁଥାଏ ବାୟା ଚଢେଇର ବସାଟା ସେମିତି ଆକର୍ଷଣରେ ଭରିଯାଇଥିଲା ତା' ଇଟାକାନ୍ଥରେ ତିଆରି ସ୍ୱପ୍ନର ଇମାରତ୍। ସେ ଦେଖୁଥିଲା ସେହି ବସାର ଛୋଟ ମୁହଁ ଦେଇ ଦୁଇଟି କୁନି କୁନି ଟିକି ଚଢେଇର ମୁଁହ। ଭସା ଭସା ନୀଳ ଆକାଶକୁ ପଛ କରି ଅସୀମ ଦାମ୍ପତ୍ୟ ପ୍ରେମର ମହା ଆନନ୍ଦରେ ବିଭୋର। କାହାକୁ ବୋଲି ପରବାଏ ନାହିଁ, ନାଁ ଦୁଃଖର ନା ଅଭାବର। ସେହି ଛୋଟ ବସାରେ ଅଛି ତ କେବଳ ନିରୋଳା ସୁଖ ହିଁ ସୁଖ। ନିରୋଳା ପ୍ରେମ ହିଁ ପ୍ରେମ। ଆସ୍ତେ ଆସ୍ତେ ଏମିତି ଗୋଟିଏ ସ୍ୱପ୍ନର ବସା ପାଲଟି ଯାଉଥିଲା ତା'ର ଘରଟା। ଅପେକ୍ଷା ଥିଲା ତ ବୈଶାଖୀର। ଯାହାର ଆଗମନରେ ଏହି ରୂପାନ୍ତରଣ ପାଇବ ତା'ର ଶେଷ ପୂର୍ଣ୍ଣାଙ୍ଗ ବିନ୍ୟାସ। ଆଗତ ପୁଲକରେ ଅଧିର ହୋଇଉଠୁଥିଲା ନିଶିଥ୍।

ଏତେ ଖୁସିରେ ବିଭୋର ହୋଇ ଉଠୁଥିଲା ଯେ ତାକୁ ଆନ୍ଦୋଳିତ କରୁଥିବା ଅଭ୍ୟନ୍ତରର ଏକାନ୍ତ ଗୁପତ ପ୍ରଶ୍ନ ଗୁଡାକ ସୁଦ୍ଧା ପାଶୋରି ଦେବାକୁ ବସିଥିଲା। ଏଇ ଯେଉଁ ଅସମାହିତ ସଂଗୀନ ପ୍ରଶ୍ନ ଆଜି ଯାଏଁ ଭିତରେ ଭିତରେ ଉତ୍‌ପୀଡିତ କରି ରଖିଥିଲା, ସେଥିରୁ ଗୋଟିଏ ତ ନିଶ୍ଚିତ ଥିଲା ବୈଶାଖୀ ପାଇଁ। କ'ଣ ଏମିତି କେଉଁ ରହସ୍ୟ ହେତୁ ବାହାବେଦୀରୁ ସହସା ମୁହଁ ଫେରାଇ ନେଇଥିଲା ଯେ ସେହି ଅଚ୍ଛିଣ୍ଡା ଗଣିତର ଭାଗଶେଷ ପାଖରେ ନିଜ ଭାଗ୍ୟକୁ ବନ୍ଧା ଦେବାକୁ ବାଧ୍ୟ ହୋଇଥିଲା। ଚାହିଁଥିଲେ ପରେ ଆଉ ଥରେ ବିବାହ ମଧ୍ୟ କରିପାରିଥାନ୍ତା। ଜୀବନର ସେହି ଅଭିଶପ୍ତ ମୋଡକୁ ଦୁର୍ଘଟଣା ବୋଲି ମନେ କରି ଡେଇଁ ଯାଇଁ ନିଜ ପାଇଁ ଆଉ ଗୋଟିଏ ମଧୁର ସଳଖ ରାସ୍ତା ବାଛିପାରିଥାନ୍ତା। କିନ୍ତୁ ସେପରି କରିବାକୁ ଉଚିତ୍ ମଣିଲା ନାହିଁ। ସେମିତି କରିଥିଲେ ହୁଏତ ବିବାହ ବନ୍ଧନକୁ ନେଇ ମନରେ ଥିବା ସବୁତକ ନୈସର୍ଗିକ କୋମଳ ଭାବନାତକ ଓଲଟପାଲଟ ହୋଇଯାଇଥାନ୍ତା। ପ୍ରତିବଦଳରେ ଅପେକ୍ଷା କଲା। ସମୟର ସ୍ରୋତରେ ଉତ୍‌ଥିତ ବିପର୍ଯ୍ୟୟ ଝଡର ବେଗ ପ୍ରଶମିତ ହେବା ଯାଏଁ। ମନର ଅଶାନ୍ତ ସାଗରରେ ଧାପେ ଆଶାର ତରୀଟିର ମେଲାଇ ଶାନ୍ତ ଏକ ସୂର୍ଯ୍ୟୋଦୟକୁ ଚାହିଁ ରହିଥିଲା ଅସୀମ ଧୈର୍ଯ୍ୟ ଓ ବିଶ୍ୱାସର ସହ। ସେହି ସକାଳ ଏବେ ଉଇଁବା ଉଇଁବା ହେଉଥିଲା ଜୀବନ ଆକାଶର ପୂର୍ବାଶାରେ। ନୂଆ ପ୍ରେମରାଗର ଉଦୟ କାକଳିରେ ସିନ୍ଦୁର ଫଟା ଦିଗ୍‌ବଳୟର ଚିତ୍ରପଟେ ଉଇଁ ଆସୁଥିଲା। ଖୁବ୍ ହାତପାଆନ୍ତାରେ। ବିଲ୍‌କୁଲ ଆଖିର ସାମ୍ନାରେ।

ପାହାନ୍ତି ଆଡକୁ ମୁହାଁଉଥିଲା ନିଃଶବ୍ଦ ରାତି। ଆଉଟା ଗରମରେ ସାରା ରାତିର ଦଂଶନ ସହିତ ବିଞ୍ଚଣାର କେଁ କଟର ପରି ପରସ୍ତ ପରସ୍ତ ଦହନରେ ଅତିଷ୍ଠ ଛାତି କଲିଜାଟାକୁ ଶିଝାଇ ପକାଇଥିଲା ଯେମିତି ! ପଚାରିବ ତ କୋଉ କୋଉ ପ୍ରଶ୍ନକୁ ପଚାରିବ ! ଯାହାକୁ ସେ ଏ ଯାଏଁ

ନିଜକୁ ପଚାରି ଆସୁଥିଲା, ପଚାରି ଏ ଯାଏଁ ନିଜକୁ ଲହୁଲୁହାଣ କରୁଥିଲା। କାନ୍ଦୁଥିଲା ନିଜେ, ଆଉ ବୋହି ପଡୁଥିବା ଲୁହଧାରକୁ ପୋଛି ପକାଉଥିଲା ନିଜର ସବୁ ନିଭୃତ୍ତ ପ୍ରହର ମାନଙ୍କରେ।

'ନା' ଆଜି ଆଉ ହିସାବ କିତାବର ସମୟ ନୁହେଁ। ଯାହା ହୋଇଯାଇଛି ସେଇଟା ଅତୀତ। ତାକୁ ଆବୋରି ବର୍ତ୍ତମାନକୁ ଆରମ୍ଭ କରାଯାଇନପାରେ'! ଅନ୍ତଃପ୍ରଦେଶରୁ ସେ ଶୁଣିପାରୁଥିଲା ଏଇ କେଇ ଧାଡିର ସ୍ୱଗୋତକ୍ତି। ହଁ, ତାକୁ ଭୁଲିଯିବାକୁ ହେବ ଅମାବାସ୍ୟାର ଅନ୍ଧକାର ପରି ତା'ର ପିଛିଲା ସମୟ। ମଙ୍ଗଳ ବେଦୀରେ ଯେଉଁ ତେଲିଙ୍ଗି ବାଜାର ଲହରୀଟା ହଠାତ୍ ବନ୍ଦ ହୋଇଯାଇଥିଲା ପୁଣି ସେହି ଲହରୀର ଗୁଞ୍ଜନ ଆଜି ତା କାନ ପାଖରେ ହେଉଛି ଗୁଞ୍ଜରିତ। ପୁରୋହିତଙ୍କ କଣ୍ଠରୁ ଅଧା ବାହା ବେଦୀର ମନ୍ତ୍ର ଆଉ ଥରେ ଯେପରି ହେଉଛି ଉଚ୍ଚାରିତ। ସବୁ ଅଧା ହେବ ଆଉ ଥରେ ଗଢା। ଭଗ୍ନାଂଶ ହେବ ପୂର୍ଣ୍ଣାଂଶ। ଛାତିରୁ ଫେଡି ହୋଇ ଆସୁଥିଲା ତମାମ୍ ଅବଶୋଷ। 'ଛ୍ୟାଃ... ପୋଛିଲା ଲୁହକୁ ଆଉଥରେ ଆଖିରୁ ଝରାଇ ଲାଭ କ'ଣ?' ଧାରେ ଆଶ୍ୱସ୍ତିର ହସ ଫିଟି ଆସୁଥିଲା ତା' ଓଠରେ। ଏପର୍ଯ୍ୟନ୍ତ ଅକୁହା ଦୁଃଖର ପଥର ଚାପରେ ଜାବ ପଡିଯାଇଥିବା ତା ଓଠ ଧାରରେ ଖେଳି ଉଠୁଥିଲା ପ୍ରାଣ। ସେ ଆଗକୁ ଆବିଷ୍କାର କରୁଥିଲା ଗୋଟିଏ ଦୀର୍ଘ ସୁଖଦ ସଂସାରର ପଥ। ଦୁଇ ଧାରରେ ସବୁଜ ଗଛକୁ ଉହାଡ କରି ଲମ୍ବି ଯାଇଥିବା ସେହି ପଥ। ମଝିରେ ପରସ୍ପରର ହାତ ଧରି ଅଗ୍ରସର ହେଉଥିବା ଦୁଇ ପଥଚାରୀ। ଗୋଟିଏ ଦିଗରେ। ଗନ୍ତବ୍ୟ ଏକ। ଯାତ୍ରା ଅବିରତ। ଦୁଇ ଜୀବନ ସଂଗୀତର ମିଳିତ ମୂର୍ଚ୍ଛନାରେ ଏକାଠି ପାଦ ବଢାଉଥିବା ଗୋଟିଏ ତାଳ। ଏକ ମୁହାଁ ହୋଇ ବାଟ ଚାଲୁଥିବା ଗୋଟିଏ ଲୟ।

ଆଃ .... ପାହାନ୍ତି ମୃଦୁ ପବନର ହାବୁକାଏ ଶୀତଳତାରେ ସତେଜ ହୋଇ ଉଠୁଥିଲା ନିଶିଥ୍‌ର ଦେହ ଆଉ ମନ। ସାରା ରାତିରେ ନିର୍ଦ୍ଦୟ ଗ୍ରୀଷ୍ମର ଉଷ୍ଣ ଅଭିସାର ଭିତରେ ରୁଦ୍ଧ ହୋଇଯାଇଥିଲା ପ୍ରାଣଟା। ବାହାରୁ ଯେତେ ଅସ୍ତବ୍ୟସ୍ତ ଲାଗୁଥିଲା, ଭିତରେ ଅତିଷ୍ଠ କରୁଥିଲା ଆଉ ଏକ ବ୍ୟଗ୍ରତା। 'ଅଧୀର ହୃଦୟକୁ ବୁଝାଇବା ଥିଲା ବି ସତରେ କି କଷ୍ଟକର! ବୈଶାଖୀର ଅବୁଝା ପ୍ରତାରଣା ପୁଣି ତା' ଠାରୁ ବିରହର ଏହି ଲମ୍ବା ଅବଧି ବେଦନାପ୍ରଦ ନୁହେଁ ତ ଆଉ କ'ଣ?' ଛାତି ତଳେ ଏହି ଉଦ୍‌ବେଳିତ ପ୍ରଶ୍ନ ତଥାପି ଦୋହରାଉଥିଲା ଅବୁଝା ପବନ ପରି। ବାଉଁଶ ବଣର ଘୁଁ..... ଘୁଁ ପାଲଟି ପିଟି ହେଉଥିଲା ମନର ଦରଜାରେ। 'ପୁଣି ଦେଖ ସେହି ଆହତ ମନର ଗହନରେ ଶୁଭୁଛି, ଆଜି କିପରି ମିଳନ ରାଗର ବଂଶୀସ୍ୱନ।' ପ୍ରଗଳ୍‌ଭ ହୋଇପଡୁଥିଲା, ତା' ସହିତ ଭାବନାରେ ଭାସିଯାଉଥିଲା ଦୂରକୁ ଦୂରକୁ। ସେତେବେଳକୁ ସକାଳର ପ୍ରଥମ ସୁନେଲି ଆଭାରେ ପରିଷ୍କାର ହୋଇ ଆସୁଥିଲା ଆକାଶ।

ପ୍ରତୀକ୍ଷିତ ଦିନ ଓହ୍ଲାଇ ଆସିଥିଲା ନିଶିଥ୍‌ର ଘର ଅଗଣାକୁ। ନରମ ରଙ୍ଗର ମୁରୁଜ ପକାଇ ଅଗଣା ସାରା ବିଛାଡି ହୋଇପଡିଥିଲା ପହିଲି ସୂରୁଜର କିରଣ। ଆବେଗ ପ୍ରବଣ ହୋଇ ଉଠୁଥିଲା ସେ। 'ବୈଶାଖୀ ପହଞ୍ଚିବା ଆଗରୁ ଆହୁରି କେତେ କାମ ରହିଲା ଯେ........।' ଗୃହ ପ୍ରବେଶ ପାଇଁ ମଙ୍ଗଳ ଶଙ୍ଖ ଧ୍ୱନି ଓ ବନ୍ଦାପନା। ହୁଳହୁଳି ନାଦରେ ସେ ଆପିବ ତାର ପ୍ରଥମ ପାଦ। ଗୋଟିଏ ମୃଦୁ ତରଙ୍ଗ ଖେଳାଇ ହୋଇ ଯାଉଥିଲା ତା'ର ଚଳଚଞ୍ଚଳ ହୃଦୟ ପ୍ରଦେଶରେ। ପାଦ ସହିତ ମିଶିବ

ପାଦ। ଅଧୁରା ଜୀବନର ହେବ ଆଉ ଥରେ ଶୁଭ ଅୟମାରମ୍ଭ। ଏକ..... ଦୁଇ ପରେ ଛିଣ୍ଡି ଯାଇଥିବା ଜୀବନଗଣିତ ପୁଣି ତିନ୍ ପାଖରୁ ଗଣନା ଆରମ୍ଭ କରିବ।

ଘରର ମାହୋଲ ବି ଟିକେ ମୁଖର ଲାଗୁଥିଲା ସକାଳୁ। ପରିଜନମାନଙ୍କ ମୁହଁରେ ସଦ୍ୟ ହଳଦୀ ରଙ୍ଗ ପରି ଖୁସିର ଛିଟା। ଏଇ ନିଶିଥ୍‌ର ଜୀବନରେ ଘୋଟି ଆସିଥିବା ଅଦିନ ଅନ୍ଧାରକୁ ନେଇ ଯେଉଁ ନୈରାଶ୍ୟର ଚାଦରରେ ଢାଙ୍କି ହୋଇଯାଇଥିଲା ସଭିଙ୍କ ଚେହେରା, ସେଠି ଏବେ ଅସୀମ ଆନନ୍ଦର ଶୁଭ୍ର ଝଲକ। ଅଦୃଶ୍ୟ ଝୋଟି ଚିତାର ପାଖୁଡା ହସରେ ପୂରି ଉଠୁଥିଲା ଘର ବାହାର, ଦାଣ୍ଡ ଦୁଆର ସବୁ କିଛି। ସବୁଠି ଭରି ରହିଥିଲା ସଜ ଫୁଲର ମାଦକତା। କାହାର ଆସିବା ନେଇ ସଜବାଜ। ପ୍ରସ୍ତୁତିର ବିରାମହୀନ ପର୍ବ।

ଇତସ୍ତତଃ ଦୁଇ ଆଖି ଅପଲକ ଭାବରେ ପହଁରି ଚାଲିଥିଲା ବାହାର ପଟ ରାସ୍ତାରେ। ଖୁବ୍ ବିଚଳିତ ଭାବରେ ମଝିରେ ମଝିରେ ଚାହିଁ ରହୁଥିଲା ରାସ୍ତାର ସେହି ବାଙ୍କ ମୁଣ୍ଡ ଯାଏଁ, ଯେଉଁଠି ମୋଡ ବୁଲିଲେ ରାସ୍ତାଟା ସିଧା ହୋଇ ପହଞ୍ଚେ ତା' ଘର ସାମ୍ନାରେ। ସକାଳ ଗଡି ଚାଲିଥିଲା ଧିରେ ଧିରେ। ସହନାଇର ମନ୍ଦ ମନ୍ଦ ଲହରୀ ପରି ଖରାର ତେଜ ଟିକେ ଟିକେ ବଢି ଆସୁଥିଲା ପଦାକୁ। ବ୍ୟତିବ୍ୟସ୍ତ ଲାଗୁଥିଲା ତାକୁ। ସକାଳୁ ଢେର୍ ସମୟ ଧରି ସିଏ ଆସି ଅପେକ୍ଷାରତ ଥିଲା ଘର ଆଗରେ।

ମାମୁଁ ଝିଅ ଭଉଣୀ ଅନୀତାର ଦାୟିତ୍ୱ ଥିଲା ବୈଶାଖୀକୁ ସାଙ୍ଗରେ ଧରି ଆସିବାକୁ। ସେହି ଅନୁସାରେ ସବୁ ଯୋଜନା ମଧ୍ୟ ପ୍ରସ୍ତୁତ ହୋଇଥିଲା ପୂର୍ବରୁ। ଅନୀତା ସେହି ଗୋଟିଏ ସହରରେ ରହେ ଯେଉଁଠି ରହେ ବୈଶାଖୀ। ଆଉ ପୂର୍ବରୁ ସିଏ ତାକୁ ଜାଣିଥିଲା ମଧ୍ୟ। ନିଜେ ଦାୟିତ୍ୱ ନେଇଥିଲା ଭାଉଜଙ୍କୁ ଧରି ସକାଳୁ ଆସି ପହଞ୍ଚିଯିବ ଠିକଣା ସମୟରେ ଅର୍ଥାତ୍ ଯଥା ଶୁଭ ବେଳାରେ। ମଝିରେ କେତେଥର ବିଳମ୍ବର କାରଣ ଜାଣିବାକୁ ତା ମୋବାଇଲକୁ କଲ୍ କରିଥିଲା। ହେଲେ କ'ଣ ପାଇଁ କେଜାଣି ସେପଟୁ ତା'ର ମୋବାଇଲ୍‌ଟା ସୁଇଚ୍ ଅଫ୍ ବୋଲି ବାରମ୍ବାର ଜଣାଉଥିଲା। ଏହା ଯେମିତି ଖାଲି ଉତ୍କଣ୍ଠାକୁ ଦୁଇଗୁଣ ବଢାଇ ଦେବା ଭଳି କଥା ନଥିଲା ବରଂ ସବୁପ୍ରକାର ଭାବରେ ଅସହ୍ୟନୀୟ ଥିଲା ନିଶିଥ୍ ପାଇଁ।

ଦାଣ୍ଡରେ କେତେବେଳେ ଧୀର ଭାବରେ ବ୍ରେକ୍ କଷି ଛିଡା ହୋଇଯାଇଥିଲା ଗାଡି। ଅପ୍ରସ୍ତୁତ ଭାବରେ ଏକୁଟିଆ ଗାଡିରୁ ଓହ୍ଲାଇ ପଡିଥିଲା ଅନୀତା। ଘରର ସବୁଲୋକ ଜମାଟ ବାନ୍ଧି ସାରିଥିଲେ ଆସି ଦୁଆର ମୁହଁରେ। ସମସ୍ତଙ୍କ ମୁହଁରେ ଅଦମନୀୟ ଉଦ୍‌ଗ୍ରୀବତା। ଘେରା ଘେରା ପ୍ରଶ୍ନିଳ ଚାହାଣି। ହଠାତ୍ ନିଶିଥ୍‌ର ହାତକୁ ଧରି ଘର ଭିତରକୁ ସାଙ୍ଗରେ ଭିଡିନେଇଗଲା ଅନୀତା। କ'ଣ କିଛି ବୁଝିବା ଜାଣିବା ପାଇଁ ଯେପରି ସଂପୂର୍ଣ୍ଣ ହତବାକ୍ ଥିଲା ନିଶିଥ୍। ଖାଲି ବଲ୍ ବଲ୍ ଆଖିରେ ଚାହିଁ ରହିଥିଲା ତା' ଆଡକୁ। ସେପଟୁ ସେ କହୁଥିଲା, 'ତିନି ବର୍ଷ ତଳେ ଯେଉଁ ହସ୍ତଗଣ୍ଠିକୁ ଛାଡି ବୈଶାଖୀ ବେଦୀରୁ ଉଠିଥିଲା, ସିଏ ତା'ର ମନପସନ୍ଦର ହାତ ପାଇସାରିଛି। ଆଉ ସେଠାରୁ ଫେରିବାର ଆଶା ନାହିଁ।' ତାକୁ ସେଥିରୁ କିଛି କଥା ବୁଝା ପଡୁଥିଲା, ପୁଣି ବୁଝି ଲାଗୁଥିଲା ଅବୁଝା। ଗତ ରାତିର ଉତ୍କଟ ତାତି ପରି ତା' ଛାତିକୁ ଗ୍ରାସି ପକାଉଥିଲା ଗ୍ରୀଷ୍ମର ଗରଳ। ରାତି ପାହିବା ଯେପରି ଆଉ ବାକିଥିଲା।'

■

ସାଥୀ

ଆଷାଢ଼ ଆକାଶରେ ଖଣ୍ଡ ଖଣ୍ଡ ପତଳା ଭସା ବାଦଲର ଆସ୍ତରଣ। ବର୍ଷା ହେବାର କୌଣସି ବିଶ୍ୱସ୍ତ ସୂଚନା ନା ସେଥିରୁ ମିଳୁଥିଲା ନା ସକ୍ରିୟ ମୌସୁମୀର ଉପସ୍ଥିତି। ଅସହ୍ୟ ଗୁଳୁଗୁଳିରେ ଅସ୍ତବ୍ୟସ୍ତ ଖରାବେଳର ଲମ୍ବା ବିରାମ। ଖଟଟା ଉପରେ ପଡି ଛଟପଟ ଲାଗୁଥିଲା ନରହରି ବାବୁଙ୍କୁ। ଦ୍ୱି' ପ୍ରହରର ଗୁଳୁଗୁଳି ପରି କେମିତି ଗୋଟିଏ ଅର୍ନ୍ତବେଦନା ଭିତରେ ଭିତରେ କବଳିତ କରିପକାଉଥିଲା ତାଙ୍କୁ। ବେଳେ ବେଳେ ସେଥିରେ ଅତିଷ୍ଠ ହୋଇ ଖଟ ଉପରେ କିଛି ସମୟ ପାଇଁ ବସିପଡୁଥିଲେ। ଉପରକୁ ଛାଡୁଥିଲେ ପଛକୁ ପଛ ଦୀର୍ଘଶ୍ୱାସ। ଦରଆଉଜା ଝରକା ଆଡକୁ ଚାହିଁ ଉନ୍ମୁକ୍ତିର ଧାପେ ଆଶ୍ୱସ୍ତିପଣକୁ ଖୋଜି ହେଉଥିଲେ। ପୁଣି ନିରାଶ ହୋଇ ଅସହାୟ ଭାବରେ ଲୋଟି ପଡୁଥିଲେ ଶଯ୍ୟା ଉପରେ। ଏମିତି ଶୋଇରହିବା ପୁଣି ଅଧୈର୍ଯ୍ୟ ହୋଇ ଉଠି ବସିବାରେ ଅତିକ୍ରାନ୍ତ ହେଉଥିଲା ତାଙ୍କର ନିଛାଟିଆ ଦ୍ୱି'ପ୍ରହର।

ସରସ୍ୱତୀ ଏଇନେ ପାଖରେ ଥିଲେ ଖଟ ପାଖରେ ବସି ପାନ ଭାଙ୍ଗୁଥାନ୍ତା ! କୁଆଡେ କ'ଣ କଥା ସବୁ ପକାଇ

ଗପ ଲମ୍ବାଇଥାନ୍ତା। ଘର ପାଖର କୋଉଠି କାହାର କ'ଣ ଭଲମନ୍ଦ ହେଲା ସବୁତକ ଖବର ତା' ପାଖରେ ଥାଏ। ଏହି ଅଳସବେଳା ଦେଖି କଥା ପେଡିରୁ ଗୋଟିଏ ପରେ ଗୋଟିଏ କାହାଣୀ ଯୋଡିଚାଲେ। କଥା ଶୁଣୁଶୁଣୁ କେତେବେଳେ ଆଖିକୁ ନିଦ ଆସିଯାଇଥାଏ ଜଣାପଡେନି। 'ଶୋଇପଡିଲଣି ନା' କ'ଣ!' କହି ସେ ତା ଗପ ପସରାକୁ ବନ୍ଦ କରେ। ଖଟ ଉପରୁ ମୃଦୁ ଘୁଙ୍ଗୁଡିର ଶବ୍ଦ ଓହ୍ଲାଇ ଆସି ତଳେ ପହଁରେ। ତା'ର ପାନଖିଆ ପାଟି ତୁନି ପଡିଯାଏ ଛାଁକୁ ଛାଏଁ।

ଏବେ ସେହି ସମୟସବୁ ନିସ୍ତବ୍ଧ ପାଲଟିଯାଇଛି। ଶୁଭୁନାହିଁ, ସରସ୍ୱତୀଙ୍କ ଗୁଆକାତିର କୁଟ୍‌କୁଟ୍ ଶବ୍ଦ। ଗପି ଚାଲିଥିବା କଣ୍ଠର ବିରାମହୀନ ସ୍ୱର। ସବୁ ଖାଁ ଖାଁ। କେମିତି ଏକ ଗମ୍ଭୀର ଗାଢ ନିରବତା ଛାଇଯାଇଛି ସବୁଆଡେ। ସବୁଠି ଅସହ୍ୟନୀୟ ସମୟର ପଦପାତ। ବିଭଙ୍ଗ ଲାଗୁଥିଲା ସମୟର ଏହି କ୍ରୁର ମୌନ ଅଭିସାର।

ସରସ୍ୱତୀ ଚାଲିଯାଇଛି ଆରପାରିକୁ। ଏବେ ଏ ପାରିରେ କେବଳ ସେ ଏକୁଟିଆ। ଚାଳିଶି ବର୍ଷର ଦାମ୍ପତ୍ୟ ଜୀବନରେ ପୂର୍ଣ୍ଣଚ୍ଛେଦ ପଡିଛି। ଖୁବ୍ ନିଃସଙ୍ଗ ଲାଗୁଛି ସରସ୍ୱତୀ ବିନା ଏ ଜୀବନ। ଲାଗୁଛି ଯେପରି ଜଳ ବିହୁନେ ମୀନ ସମ। ଛଟପଟ କୋହରେ ଭରି ଆସୁଛି ହୃଦୟ। ପତ୍ନୀ ବିରହର ଯନ୍ତ୍ରଣାରେ ଅସମ୍ଭାଳ ହୋଇଉଠୁଛି ପ୍ରତ୍ୟେକଟି ମୁହୂର୍ତ୍ତ। କେମିତି ବଞ୍ଚିହେବ ଅବଶିଷ୍ଟ ଆୟୁଷ ? ତାହା ପୁଣି ଏହି ଉତ୍ତୀର୍ଣ୍ଣ ବୟସର ଅନ୍ତିମ ସୋପାନରେ! ଯେଉଁଠି ଜୀବନସାଥୀର ସହଚର୍ଯ୍ୟ ହିଁ ଥିଲା ଏକମାତ୍ର ବଞ୍ଚିବାର ଅବଲମ୍ବନ, ସେଠି ସେହି ସାହାରା ବିନା ସବୁ ଯେମିତି ଅସାର ଆଉ ମୂଲ୍ୟହୀନ। ସ୍ତ୍ରୀଙ୍କ ବିୟୋଗ ପରେ ଅତ୍ୟନ୍ତ ଦୁର୍ବିସହ ଲାଗୁଥିଲା ତାଙ୍କୁ। ଯୁଆଡେ ଚାହିଁବ ଶୂନ୍ୟତା। ମାଇଲ ମାଇଲ ବ୍ୟାପୀ ଶୂନ୍ୟତା ହିଁ ଶୂନ୍ୟତା। ଚାରିଆଡୁ ଆସି ଗ୍ରାସ କରିପକାଉଥିଲା ତାଙ୍କ ଭିତରର ଅସ୍ତିତ୍ୱକୁ।

ଗୋଟିଏ ବୋଲି ପୁଅ। ରହେ ରାଉରକେଲାରେ। ସରସ୍ୱତୀ ଥିବା ପର୍ଯ୍ୟନ୍ତ କେବେ ପୁଅ ପାଖରେ ଯାଇଁ ରହିବାର ପ୍ରଶ୍ନ ଉଠୁନଥିଲା। ଗଲେ ଦୁଇ ଚାରିଦିନ ପାଇଁ ପୁଣି ଫେରି ଆସିଥାନ୍ତି ଗାଁକୁ। ଯୁଆଡେ ଗଲେ ସସ୍ତ୍ରୀକ ଯିବା ଆସିବା। ଦୁଇ ପ୍ରାଣୀ ଖୁସିବାସିରେ ଚଳି ଆସୁଥିଲେ। ହାତ ଗୋଡ ଚାଲୁଥିଲା ତ' ସବୁ ଠିକ୍‌ଠାକ୍। କାହା ଉପରେ ନିର୍ଭର କରିବାର ଅବସର ଆସିନଥିଲା। ଜଣେ ଆର ଜଣଙ୍କ ପାଇଁ ବଞ୍ଚିବା ପରି ସ୍ୱାମୀ ସ୍ତ୍ରୀ ଦୁହେଁ ତାଙ୍କ ବାର୍ଦ୍ଧକ୍ୟ ବୟସରେ ସୁଦ୍ଧା କାହା ଉପରେ ନିର୍ଭରଶୀଳ ନଥିଲେ।

ସ୍ତ୍ରୀ ଚାଲିଗଲା ପରେ ଏବେ ସବୁକିଛି ପ୍ରଶ୍ନବାଚୀ ପାଲଟିଯାଇଛି। ଅଟକିଯାଇଛି ସମୟର ଚକ। ଆଗକୁ ବଞ୍ଚିବେ ତ' କାହାକୁ ନେଇ ବଞ୍ଚିବେ ? କିଏ ଛାଇ ପରି ସଦାସର୍ବଦା ପାଖରେ ଆଉ ଥିବ ? ଭଲ ମନ୍ଦ ଖବର ବୁଝୁଥିବ। ଖାଇ ବସିବା ବେଳେ ଆସି ପାଖରେ ବସୁଥିବ। କ'ଣ ଦରକାର ପଛରେ ବାଢିଦେଇ ଟିକିନିଖି ଖବର ଅନ୍ତର ବୁଝୁଥିବ। ଯେମିତି ବୁଝୁଥିଲା ସରସ୍ୱତୀ। ତାର ଅନୁପସ୍ଥିତିରେ ସବୁ ଯେମିତି ଲାଗୁଥିଲା ନିରର୍ଥକ। ଏକ ସୀମାହୀନ ମରୀଚିକା ପରି ସମୟର ସ୍ରୋତରେ ଭାସିଯାଉଥିଲା ତାଙ୍କର ବେସାହାରା ବର୍ତ୍ତମାନ। କେଉଁଠି କିଛି କୂଳ କିନାରା ଦେଖାଯାଉ ନଥିଲା। ଆହା' ବୋଲି କହିବାକୁ ପାଖରେ ପ୍ରିୟ କଣ୍ଠସ୍ୱର ଆଉ ନଥିଲା। ଥିଲା କେବଳ ନିଃସଙ୍ଗତାର

ପାହାଡ ପରିକା ଲମ୍ବା ଛାଇ। ଦୂର ଦୂରାନ୍ତ ଯାଏଁ ମାଡିଯାଇଥିବା ସେହି ଛାଇର ନିର୍ମମ ପହୁଁଚ।

ଏବେ ପୁଅ ରୋହିତ ପାଖରେ ରାଉରକେଲାରେ ଆସି ରହୁଛନ୍ତି। ଏକପ୍ରକାର ବାଧ୍ୟବାଧକତାରେ ଏଠାକୁ ଆସିଛନ୍ତି କହିଲେ ଠିକ୍ ହେବ। ନହେଲେ ଏହି ବୟସରେ ପିତୃପୁରୁଷ ଭିଟାମାଟିକୁ ଛାଡି ସେ କାହିଁକି ବା ଆସିଥାନ୍ତେ ? ଏଠାକୁ ଆସିବା ଛଡା ଗତ୍ୟାନ୍ତର ବି ନ ଥିଲା। ପୁଅ ବାଧ୍ୟ କରି ଆସି ନେଇଯାଇଥିଲା ସାଙ୍ଗରେ। ଏକୁଟିଆ ଲୋକ। ଗାଁଟାରେ ପଡିରହି କ'ଣ କରିଥାନ୍ତେ ? ତାଙ୍କ ଦେଖାଚାହାଁ କରିଥାନ୍ତା ସେଠି ଅବା କିଏ ? ବୁଢା ବୟସର ଏକୁଟିଆ ଲୋକଟାକୁ ସେ କିପରି ବା ଛାଡିଆସିଥାନ୍ତା ଗାଁଟାରେ।

ପୁଅ ପାଖରେ ଆସି ରହିବା ସପ୍ତାହେ ହୋଇଯିବଣି। ଏହି ସମୟତକ ବଡ ବିଷମୟ ଅବସ୍ଥାରେ କଟି ଚାଲିଛି ଯେପରି ଏକାକୀ ସନ୍ୟାସୀର ଜୀବନ ପରି। ସରସ୍ୱତୀର ଅବର୍ତ୍ତମାନରେ ବାକିଥିବା ଜୀବନର ଅବଶିଷ୍ଟାଂଶ। ଯେତେ ଚେଷ୍ଟା କଲେ ସୁଦ୍ଧା ସ୍ମୃତିକୋଷରୁ ଫେଡି ହେଉନଥିଲା ପିଛିଲା ଅତୀତର ମଧୁମୟ ସୁଖଦୁଃଖର ଚିତ୍ର। ଏତେ ବର୍ଷ କାଳ ଜୀବନ ସଂଗିନୀ ହୋଇ ରହିଥିବା ମଣିଷ ଆଜି ପାଖରେ ନାହିଁ। ଅଛି କେବଳ ତା'ର ତାଜା ଉଷ୍ମ ସ୍ମୃତି। ଯାହା କେବେ ଭୁଲି ହେବାର ନୁହେଁ। ସକାଳୁ ସଂଧ୍ୟା ପୁଣି ରାତିରୁ ସକାଳ ଯାଏଁ ସବୁଥିଲା ତାଙ୍କ ଜୀବନରେ ସରସ୍ୱତୀମୟ। କୌଣସି ଦିନ ଏପରି ବିତି ନଥିଲା ଯୋଉଦିନ ପତ୍ନୀଙ୍କ ବିନା ସେ ସମୟ କାଟିଥିଲେ। ସେହି ଦୀର୍ଘବର୍ଷର ଦାମ୍ପତ୍ୟ ଜୀବନର ଅବସାନ ଘଟିସାରିଛି। 'ଏକ ଆରେକ ପାଇଁ' ର ମଧୁର ନିବିଡ ସଂପର୍କର ପରିସମାପ୍ତି ହୋଇସାରିଛି। ସଂପୂର୍ଣ୍ଣ ବେସାହାରା ହୋଇପଡିଥିବା ତାଙ୍କର ଅସ୍ତିତ୍ୱ ଏବେ ଚଲାପଥରେ ଏକାକୀ ପଥିକ।

ଏଠିକି ଆସିବା ପରେ ରୋହିତ ମଧ୍ୟ ଯତ୍ନଶୀଳ ହୋଇପଡିଛି। 'ବାପା ଖାଇଲଣି ନା ନାହିଁ ? ଔଷଧ ଠିକ୍ ସମୟରେ ଖାଇଲ ନା ନାହିଁ ?' ଇତ୍ୟାଦି ପ୍ରଶ୍ନ ପଚାରି ଖବର ଅନ୍ତର ବୁଝେ। ଜାଣିପାରେ ବାପାଙ୍କ ଭିତରେ ଥିବା ଏକାକୀପଣ ଆଉ ବୋଉ ବିନା ସେଠି ସଂଜାତ ହେଉଥିବା ତୀବ୍ର ବେଦନା ବୋଧ। ତାଙ୍କ ବିରହୀ ପ୍ରାଣର ପୀଡା। ସେଥିପାଇଁ ବାପାଙ୍କ ମନ ଭୁଲାଇବା ପାଇଁ ପୁଅ ଲିପୁନ୍‌କୁ ଜେଜେଙ୍କ ସାନ୍ନିଧ୍ୟକୁ ଆଣିବାକୁ ଚେଷ୍ଟା କରେ। ଚାହେଁ ବାପା ତାଙ୍କ ଅତୀତକୁ ଭୁଲି ବର୍ତ୍ତମାନର ନୂଆ ଜୀବନରେ ବଞ୍ଚନ୍ତୁ। ଆଗକୁ ବାଟ ଚାଲିବାକୁ ଦମ୍ଭ ହୁଅନ୍ତୁ। ବୋଉ ତ ଆଉ ପାଖରେ ସବୁଦିନ ରହି ନଥାନ୍ତା ? ତା'ର ଯେତିକି ଦିନ ବଞ୍ଚିବାର ଥିଲା, ବାପାଙ୍କ ସହ ସେତିକି ଜୀବନ କାଟିଲା। ସେହି କଥା ବାପା ବୁଝୁନାହାଁନ୍ତି କାହିଁକି ? ଏତେ ଅଧୈର୍ଯ୍ୟ ହୋଇପଡିଲେ କେମିତି ହେବ ? ସେ ଜାଣିପାରୁ ନଥିଲା କେମିତି ବାପାଙ୍କୁ ପ୍ରବୋଧନା ଦେଇ ବୁଝାଇହେବ।

ସବୁଦିନ ଦେଖିଆସୁଛି ବାପାଙ୍କର ଏହି ବିଲ୍‌କୁଲ୍ ଖାପଛଡା ଅବସ୍ଥା। ଖାଇବାକୁ ଦେଲେ ଠିକ୍ ସମୟରେ ଖାଇବେ ନାହିଁ। ଥାଳିରେ ଭାତ ବଢା ହୋଇ ସେମିତି ଥୁଆ ହୋଇଥିବ। ସେଥିପ୍ରତି ତାଙ୍କର ଧ୍ୟାନ କି ଆଗ୍ରହ ନ ଥିବ। ଝରକା ଆଡକୁ ଚାହିଁ ଅନ୍ୟମନସ୍କ ହୋଇ ବସିଥିବେ ଯେ ବସିଥିବେ। ଦୁଇ ଚାରି ଥର କହିଲା ପରେ ଯାଇଁ ଭାତ ଥାଳି ପାଖରେ ଉଠି ବସିବେ। ସେହିପରି ଦିନ ସାରା କୁଆଡେ ବାହାରକୁ ଯିବେ ନାହିଁ। ଯେତେ କହିଲେ ସୁଦ୍ଧା ଘରଟା ଭିତରେ

ପଥର ପରି ବସିଥିବେ। ସଦା ଉଦାସ ଚେହେରା। ନିରୀହ ଚାହାଣିରେ ଏକମନସ୍କ ହୋଇ ଚାହିଁ ରହିଥିବେ କୁଆଡେ। ମଝିରେ ମଝିରେ ବାଉଳାଙ୍କ ପରି କ'ଣ ସବୁ ଗୁଣୁଗୁଣୁ ହୋଇ ନିଜ ସହ କଥା ହେଉଥିବେ। ଏହି ସବୁ ବିଲକ୍ଷଣ ଏବେ ବାରି ହୋଇପଡୁଥିଲା ତାଙ୍କ ଠାରେ।

ବିପତ୍ନୀକ ହୋଇ ଜୀବନ ବଞ୍ଚିବା ଯେ କେତେ କଷ୍ଟକର ସେକଥା ମର୍ମେ ମର୍ମେ ଅନୁଭବ କରୁଥିଲେ ନରହରି ବାବୁ। ଏତେ ବର୍ଷର ଦାମ୍ପତ୍ୟ ଜୀବନ କାଟିସାରିବା ପରେ ଏବେ ପାଖରେ ଛିଡା ହେବା ମଣିଷଟେ ଯେ ନାହିଁ ଆଦୌ ଗ୍ରହଣ କରିପାରୁନଥିଲା ତାଙ୍କର ଅନ୍ତର ଆତ୍ମା। ହତାଶାଭରା ଛାତିରୁ ଉଠିଆସୁଥିଲା କୋହ। ଅଣାୟତ୍ତ ଝାଞ୍ଜିପବନ ସଦୃଶ୍ୟ ସନ୍ତୁଳି ପକାଉଥିଲା ତାଙ୍କ ଶୋକଗ୍ରସ୍ତ ହୃଦୟକୁ।

– 'ଏ ଜନ୍ମରେ ଆଉ ନାହିଁ, ପୁଣି ପ୍ରତୀକ୍ଷା ଆର ଜନ୍ମକୁ।' ବିରହ ବିଜଡିତ କଣ୍ଠରୁ ବାହାରି ଆସୁଥିଲା ସ୍ୱଗୋତକ୍ତିର ସ୍ୱର। ସେଥିରେ ସେ ନିଜକୁ ନିଜେ ସାନ୍ତ୍ୱନା ଦେବାକୁ ଚେଷ୍ଟା କରୁଥିଲେ। ଏପରି କରିବାକୁ ଯାଇଁ ବାରମ୍ବାର ହାରୁଥିଲେ ନିଜ ପାଖରେ। ଯେତେ ଯାହା ଚେଷ୍ଟା କଲେ ବି ସରସ୍ୱତୀଙ୍କର ଅନୁପସ୍ଥିତିକୁ ଗ୍ରହଣ କରିବାକୁ ପ୍ରସ୍ତୁତ ନ ଥିଲା ତାଙ୍କର ମନ ଓ ହୃଦୟ।

ଏପଟେ ନିରବଚ୍ଛିନ୍ନ ଦ୍ୱିପ୍ରହରର ଦଂଶନ। ନିଦ୍ରାହୀନ ଯନ୍ତ୍ରଣା ଜର୍ଜରିତ ମୁହୂର୍ତ୍ତ ସବୁ କଟିଚାଲିଥାଏ ଘଣ୍ଟାର ଟିକ୍‌ଟିକ୍ ଶବ୍ଦ ପରି। ଭାରି ଅତିଷ୍ଠ ଲାଗୁଥାଏ ସମୟର ଏହି କୁଣ୍ଠିତ କଛପ ଗତି। ଗୋଟିଏ ଗୋଟିଏ ସେକେଣ୍ଡ୍ ସୁଦ୍ଧା କାଟିବା ମୁସ୍କିଲ୍ ହୋଇପଡୁଥାଏ। ମୁଣ୍ଡ ଭିତରେ ତୁହାକୁ ତୁହା ପବନ ପରି ଚକ୍କର କାଟୁଥାଏ ପତ୍ନୀ ବିରହର ଯନ୍ତ୍ରଣା। ସାଥୀହୀନ ହୃଦୟର ମର୍ମବେଦନା। ଏସବୁକୁ ସହିବା ଖୁବ୍ କଷ୍ଟକର ବ୍ୟାପାର ଥିଲା ତାଙ୍କ ପକ୍ଷରେ। କଣ୍ଟକିତ ସମୟ ଯେମିତି ତା'ର ଜାଲ ବସାଇ ଗୋଟାସୁଦ୍ଧା କବଳିତ କରିଦେଇଥିଲା ତାଙ୍କ ବିଦଗ୍ଧ ହୃଦୟକୁ।

କେତେବେଳେ ଆସି ଅପରାହ୍ନ ହୋଇଯାଇଥିଲା। ସାମାନ୍ୟ ଛାଇ ନିଦରେ ଆଖି ଟିକେ ଲାଗି ଆସିଥିଲା। ଏହି ସମୟରେ 'ଜେଜେ, ଉଠ ଉଠ। ଚାରିଟା ବାଜିଗଲାଣି। ଦେଖ ମୁଁ ସ୍କୁଲରୁ ଫେରିଲିଣି। ଖାଇଦିଏ, ମୋତେ ସାଙ୍ଗରେ ପାର୍କ ବୁଲାଇ ନେବ।' ଲିପୁନ୍‌ର କଣ୍ଠସ୍ୱର ଶୁଭୁଥିଲା ଅତି ପାଖରୁ। ଦେହରେ ଥିଲା ସ୍କୁଲ୍‌ର ପୋଷାକ। ପିଠିପଟେ ଗଳାଇଥିଲା ବ୍ୟାଗ୍। ସ୍କୁଲରୁ ଫେରି ସିଧା ଜେଜେଙ୍କ ରୁମ୍‌କୁ ପଶି ଆସିଥିଲା।

ସେହି ମୃଦୁ ଡାକରେ ନିଦ ଭାଙ୍ଗିଗଲା ନରହରି ବାବୁଙ୍କର। ଏକ ଲୟରେ ଚାହିଁ ରହିଲେ ନାତି ଲିପୁନ୍ ଆଡକୁ। ଆସିବା ଦିନ ଠାରୁ ମଝିରେ ମଝିରେ ଆସି ତାଙ୍କ ସହ କଥା ହେଉଛି। ଅର୍ନଗଳ ଗପି ଚାଲୁଛି। କେତେବେଳେ ସ୍କୁଲ୍ କଥା, କେତେବେଳେ ଏଣୁ ତେଣୁ କଥା। ହଁ ହାଁ ମାରି ଉତ୍ତରକୁ ସଂକ୍ଷିପ୍ତରେ ସାରିଦେଇଥାନ୍ତି ସେ। ସରସ୍ୱତୀର ବିୟୋଗ ହେତୁ ତାଙ୍କ ଭିତରୁ ସବୁ କୋମଳ ଭାବନାତକ ଅପସରି ଯାଇଥାଏ। ଆଗରୁ ନାତି ପାଖକୁ ଆସିଲେ ତା' ସାଙ୍ଗ ଛାଡନ୍ତି ନାହିଁ। କୁନି ହାତ ଧରି ସହରର ଗଳିକନ୍ଦି ବୁଲିଯାଆନ୍ତି। ଘଣ୍ଟା ଘଣ୍ଟା ଧରି ଚବର ଚବର ହୁଅନ୍ତି ତା' ସହିତ। ସରସ୍ୱତୀ ପାଖରେ ଥାଏ। ସିଏ ବି ଯୋଡି ହୋଇଯାଏ ଏମାନଙ୍କ ସହିତ।

ଲିପୁନ୍ ବାରମ୍ବାର କରି ସେହି ଗୋଟାଏ କଥାକୁ ଦୋହରାଉଥାଏ, 'ଜେଜେ ଚାଲ ପାର୍କ

ଆଡେ ଯିବା।' ନିରୁତ୍ତର ରହି ସେମିତି ଏକ ଦୃଷ୍ଟିରେ ଚାହିଁ ରହିଥିଲେ ନରହରି ବାବୁ। କୌଣସି ପ୍ରତିକ୍ରିୟା ତାଙ୍କ ଭିତରେ ନଥାଏ। ଏପଟେ ଗୋଟିଏ ପଟ ହାତକୁ ହଲାଇ ନାତି ଥରକୁ ଥର ଯିବା ପାଇଁ କହୁଥାଏ। ଅଳି କରୁଥାଏ ସାଙ୍ଗ ହୋଇ ଯିବା ପାଇଁ। ଏଠାକୁ ଆସିବା ଦିନ ଠାରୁ କୁଆଡେ ବାହାରକୁ ପାଦ ପକାଇ ନଥିଲେ ନରହରି ବାବୁ। ଆତ୍ମ ନିର୍ବାସନ ବରଣ କଲା ପରି ଘରଟା ଭିତରେ ବନ୍ଦୀ ହୋଇ ରହିଥିଲେ ସେଯାଏଁ। ତାଙ୍କ ଭିତରର ଇଚ୍ଛାଟା ସଂପୂର୍ଣ୍ଣ ମରି ଯାଇଥିଲା। କୁଆଡେ ହଜିଯାଇଥିଲା ପୂର୍ବର ସ୍ଫୁର୍ତ୍ତି ଆଉ ସତେଜତା। ସେଦିନ କ'ଣ ଭାବି ଖଟରୁ ଉଠି ବସିଲେ। ଦର ଆଉଜା ଝରକାକୁ ଖୋଲି ଦଣ୍ଡେ ଚାହିଁଲେ ବାହାର ପଟ ଆକାଶ ଆଡକୁ। କୋଉଠି ଟିକେ କିଛି ଅଲଗା ଲାଗୁଥିଲା ଭିତରେ। କେମିତି ଏକ ନୂଆ ଆକର୍ଷଣରେ ଫିଟି ଆସୁଥିଲା ହୃଦୟ। ନାତି ଆଡକୁ ଚାହିଁ କହିଲେ, "ହଁ, ଯିବା ଯେ ତୁ ଆଗେ ଖାଇସାର...।"

ଲାଗୁଥିଲା ଯେପରି ଜୀବନର ଅପରାହ୍ଣରେ ଏଥର ବାଟ ଚାଲିବାକୁ ନୂଆ ସାଥୀଟିଏ ମିଳିଯାଇଛି ତାଙ୍କୁ।

■

www.ingramcontent.com/pod-product-compliance
Lightning Source LLC
Chambersburg PA
CBHW050303110726
47898CB00007B/2510
* 9 7 8 1 6 4 5 6 0 0 2 3 7 *